野村望東尼 姫島流刑記

「夢かぞへ」と「ひめしまにき」を読む

浅野美和子

石風社

カバー装画　野村望東尼『獄中図』（「望東尼姫島書簡集　一」より）
福岡市博物館所蔵　画像提供：福岡市博物館／DNPartcom

野村望東尼流刑地の姫島全景
（福岡県糸島市）

姫島獄舎跡
（福岡県糸島市姫島　昭和44年整備）

野村望東尼胸像
（防府市松崎町防府天満宮）

野村望東尼肖像
（福岡市博物館所蔵　野村望東尼遺品図録より転載）

獄舎専用食器（個人蔵）

獄舎で使用していた碗（個人蔵）

持参の印籠（個人蔵）

右：望東尼遺品写真　志摩望東会提供

野村望東尼山荘跡　草庵
（明治42年に建坪を拡張して再建　その後平成21年まで数次にわたり修復　福岡市中央区平尾山荘）

野村望東尼之墓
（防府市桑山　防府市教育委員会提供）

望東禅尼の墓
（福岡市博多区吉塚明光寺）

駿河天満宮
（福岡市中央区桜坂）

野村望東尼生誕地
（福岡市中央区桜坂）

野村望東尼遺品　嵌込細工　竹に満月模様
（福岡市博物館所蔵　野村望東尼遺品図録より転載）

野村望東尼自筆「姫島獄中図」（福岡市博物館所蔵）

野村望東尼姫島書簡集より「薬用覚」（254頁）（福岡市博物館所蔵）

仰ことにより　いへをいつる時に
かへらても　たゝしきミちの　すゑなれハ
たれもなけくな　われもなけかし
望東

扇子に残された望東尼の和歌（123頁）

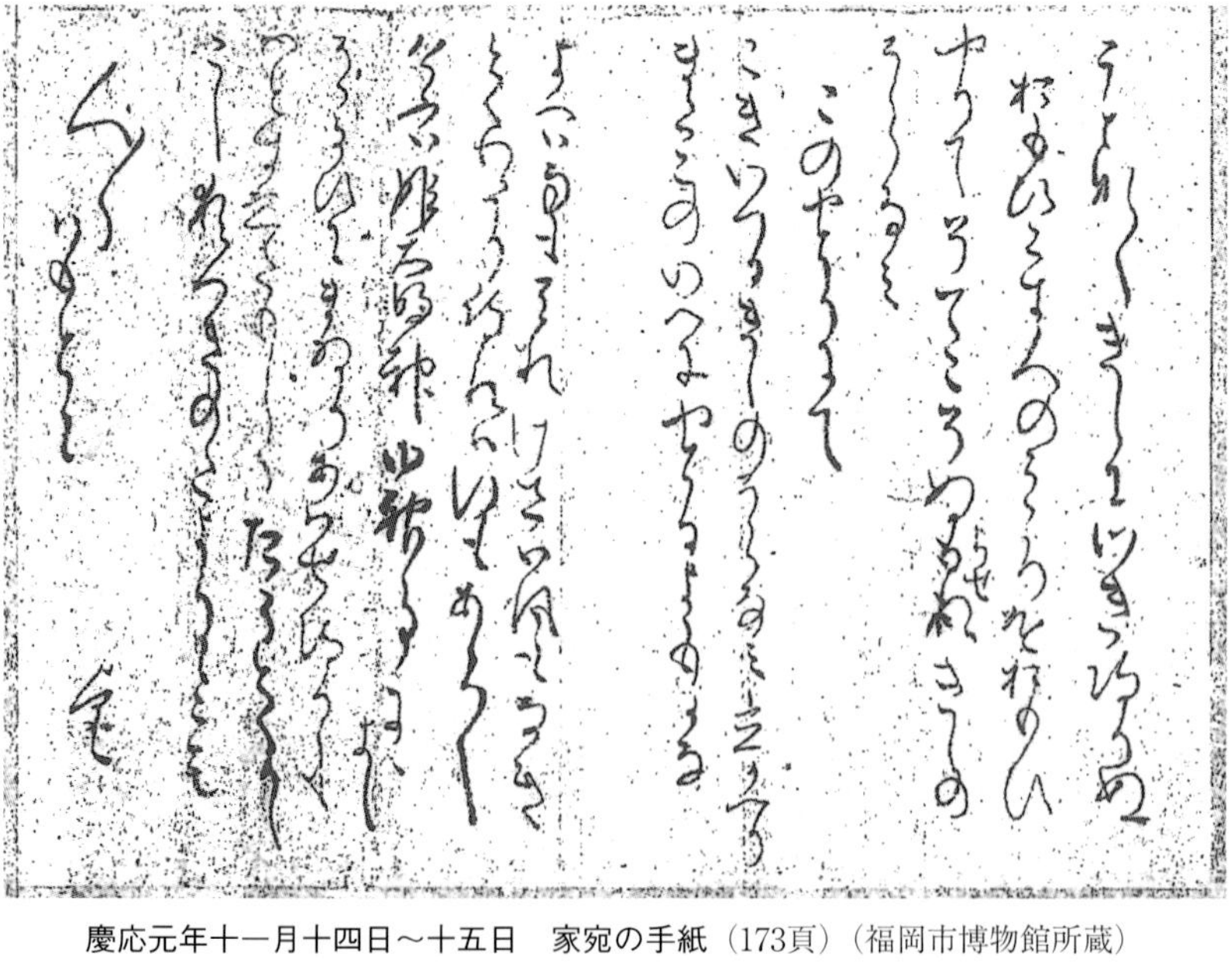

慶応元年十一月十四日〜十五日　家宛の手紙（173頁）（福岡市博物館所蔵）

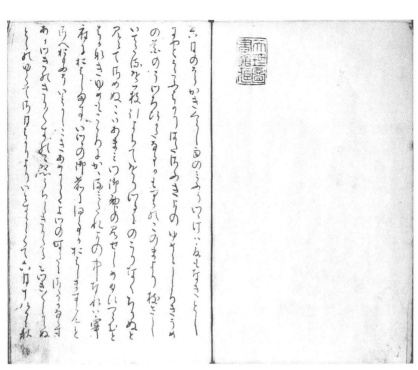

夢かぞへ　書き出し部分（52頁）（天理図書館所蔵）

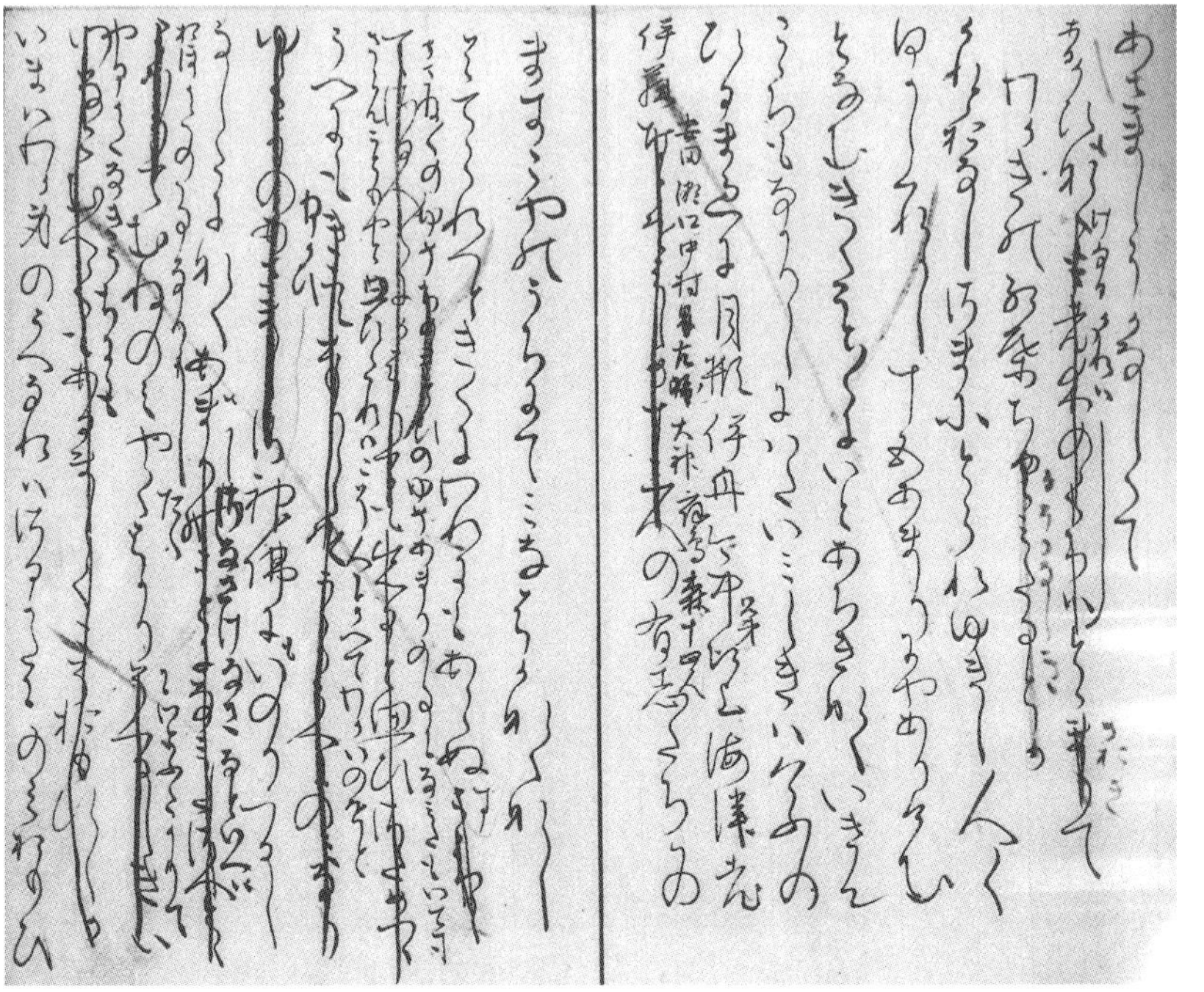

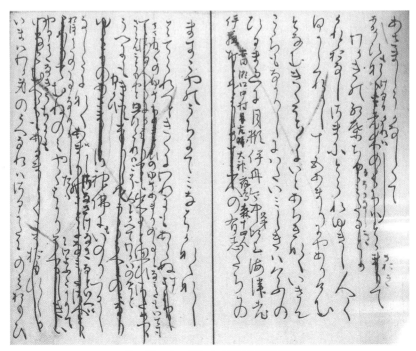

夢かぞへ（157頁）（天理図書館所蔵）

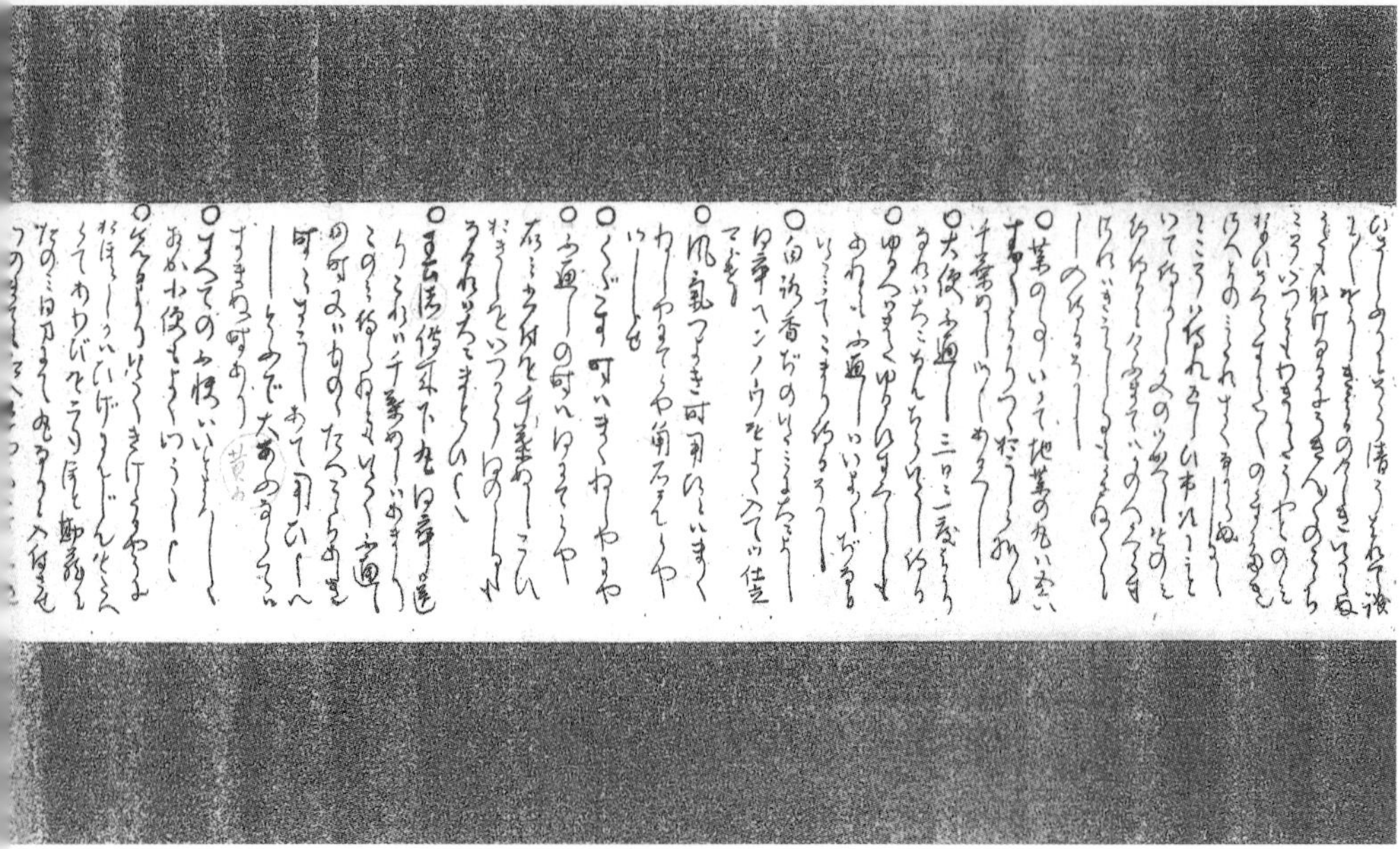

家宛の手紙
薬の用法を千葉薬師に訊ねてくれるよう頼んでいる
（236頁、254頁）（福岡市博物館所蔵）

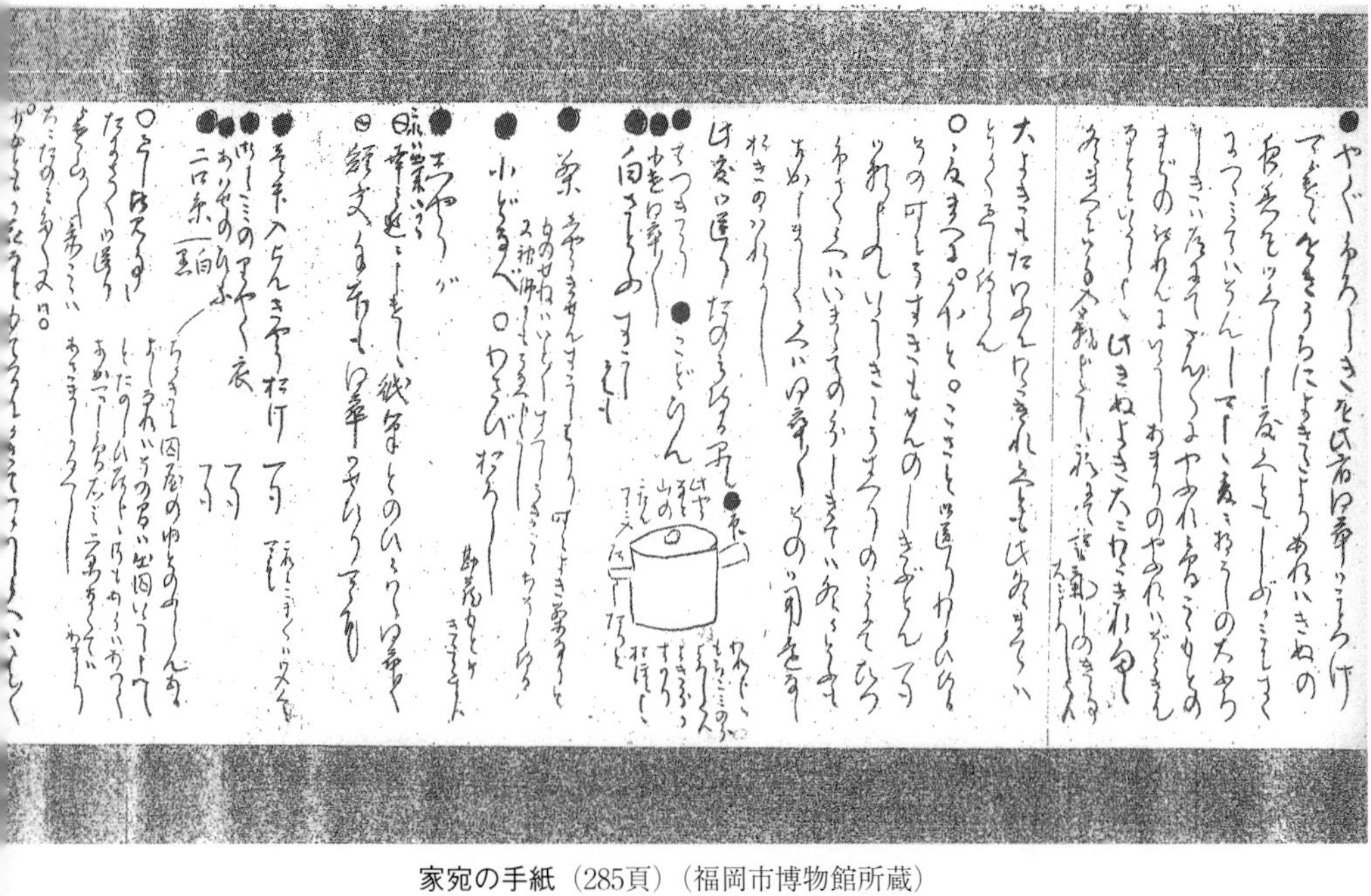

家宛の手紙（285頁）（福岡市博物館所蔵）

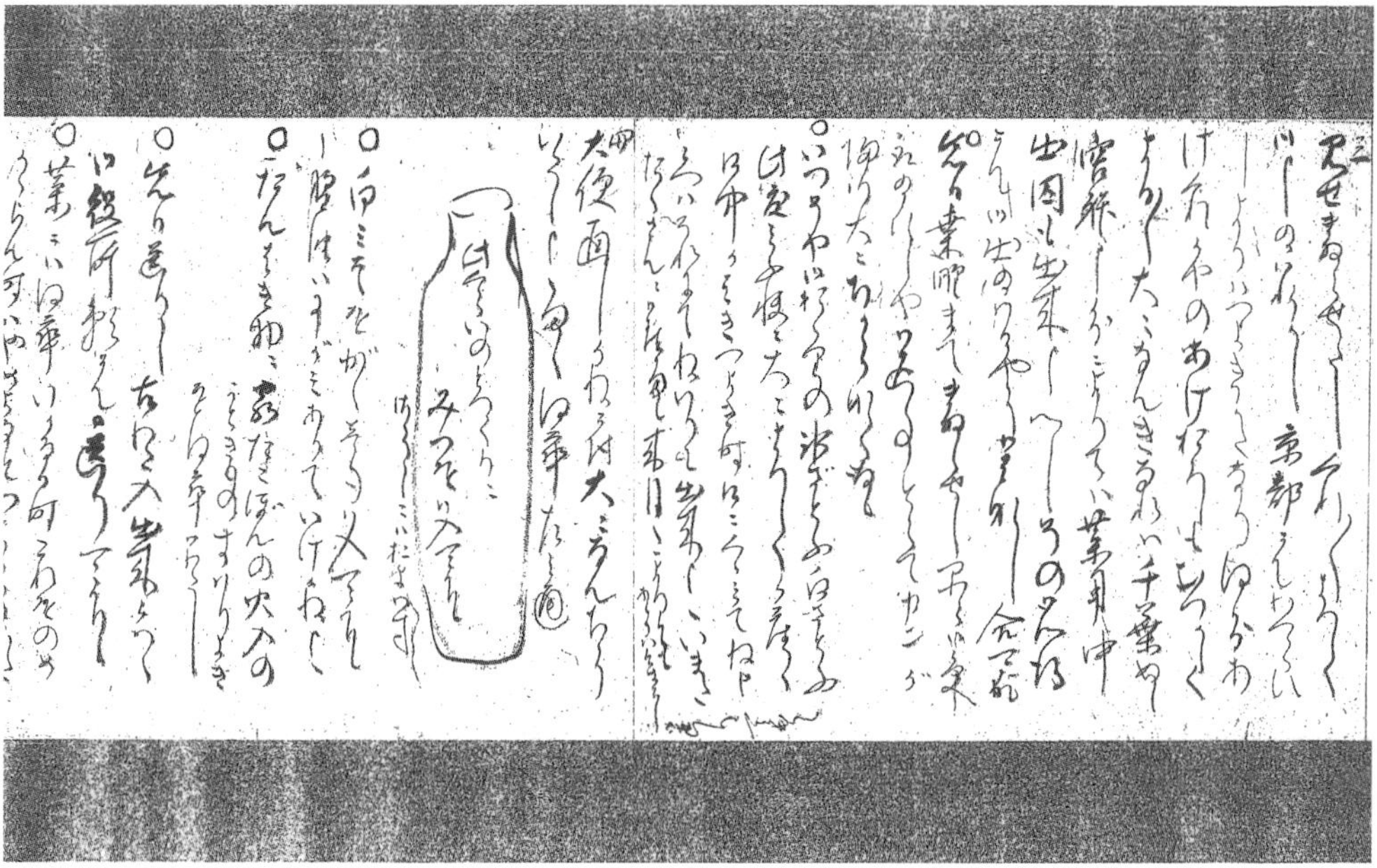

家宛の手紙（303頁）（福岡市博物館所蔵）

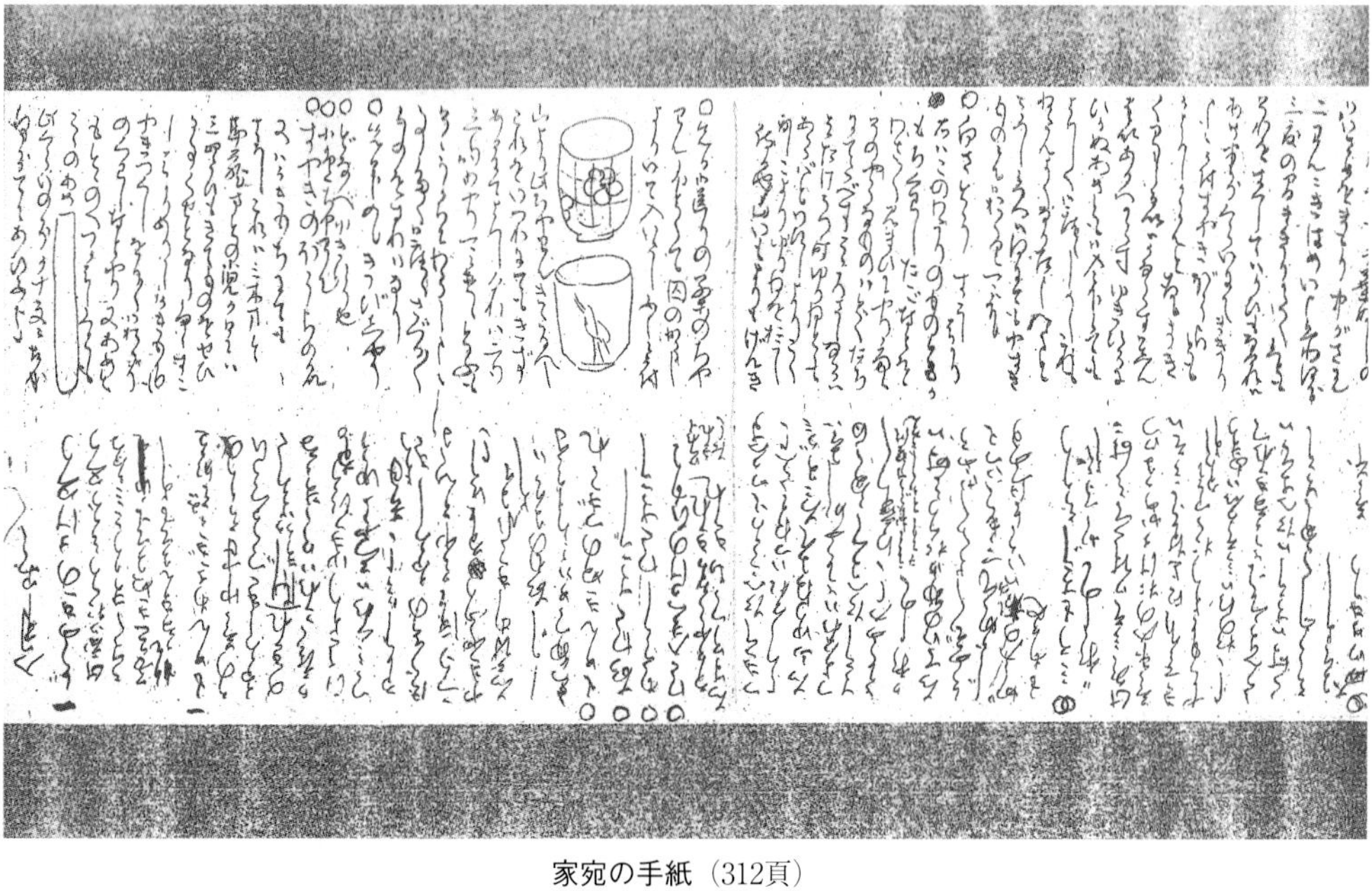

家宛の手紙（312頁）
折紙に書かれているので下半分は文字が逆さになっている
（福岡市博物所蔵）

望東尼の描いた図画（福岡市博物館所蔵　野村望東尼遺品図録より転載）

「しゅうじ」

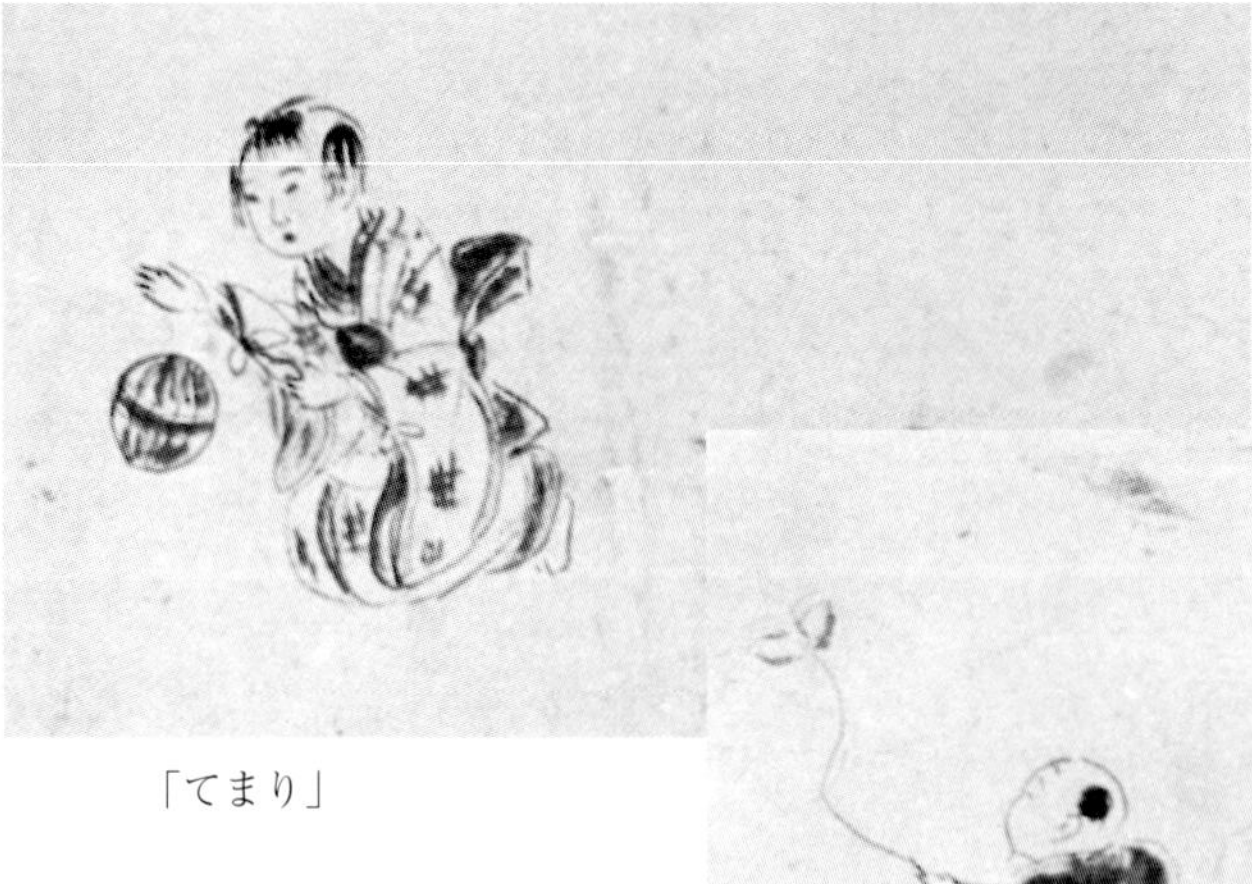

「てまり」

「ししまい」

「しゃみせんひき」

「たこあげ」

「ゆきだるま」

自筆辞世の和歌（解読不能）
（福岡市博物館所蔵　野村望東尼遺品図録より転載）

野村望東尼にゆかりのある建物を記した福岡市内の地図

野村望東尼 姫島流刑記

――「夢かぞへ」と「ひめしまにき」を読む ◉ 目次

一　『夢かぞへ』「ひめしまにき」以前のこと

二　夢かぞへ　慶応元年（一八六五）六月〜十一月

三　ひめしまにき　慶応元年（一八六五）十一月〜慶応二年三月

七　ひめしまにき　原文

凡例

一　底本について　原文は野村望東尼自筆の稿本を使用した。天理大学図書館および福岡市博物館に所蔵されている史料による。

二　自筆稿本をそのまま翻刻したものを原文、解釈のため漢字仮名交じり文に直したものを本文と称する。

三　原文は漢字が少なく、殆どひらがなで句読点、濁点、改行などもあまり無い。翻刻に当たっては、本文は、ひらがなを解釈し漢字を充て、濁点のあるべき語にはそれを付した。原文に濁点のついている場合もあるが、一部を除きとくに断っていない。また、原文・本文とも適宜句読点、改行を施し、理解の助けとした。

原文は、出来る限り稿本を忠実に復元するよう努めた。歴史的仮名遣いとは異なる表記も尊重した。

→例　ろふたし（歴史的仮名遣い：らうたし）・きわやか（同：きはやか）・もらう（同：貰ふ）等。

また、日付の下に文章が続いている場合と改行されている場合とがあるが、すべて原文のままである。

四　訂正の方法　原文においては、誤字、脱字、疑問点は右脇に小文字でママと註し、本文は五のような原則により訂正を行った。

五　本文で漢字を充てる場合については、常用漢字のあるものはこれを用い、新字体を採用した。

誤字または今は使用しない表記→例　人や（囚）、無（亡き）人

脱字・省略→例　過て　過（ぎ）て　手向（け）　浦（野）　吉（田）　いみじ（う）嬉し

脱字と思われるもの→うちなく「なげく《ママ》」カ

衍字→例　しじめくる　込められ（し）たる

一般に送り仮名をつけない字でも、誤読を防ぐため、公や古などは公け・古へのように送り仮名をつけ読みやすくした。

疑問、註記の必要なものは＊を付し、段落末などに註記した。

ふりがなの原則

例1　大人《（うし）》・神代《（こうじろ）》のような場合は原文が漢字でよみがなをつけたもの

例2　いと無礼《なめ》く・拍子木《ほうしぎ》のような場合は原文ひらがなに漢字を当て、もとのひらがなをよみがなに用いたもの

和歌などは原文を読める状態で消されている場合がある。これらは採用し、＊を付してミセケチと註記した。

六　引用文献の略記号　引用回数の多い文献のみ

佐佐木信綱編『野村望東尼全集』一九五八年→佐佐木『全集』

春山育次郎『野村望東尼伝記』一九七六年→『伝記』

小河扶希子『野村望東尼』二〇〇八年→小河『野村望東尼』

谷川佳枝子『野村望東尼』二〇一一年→谷川『野村望東尼』

野村望東尼　姫島流刑記

——「夢かぞへ」と「ひめしまにき」を読む

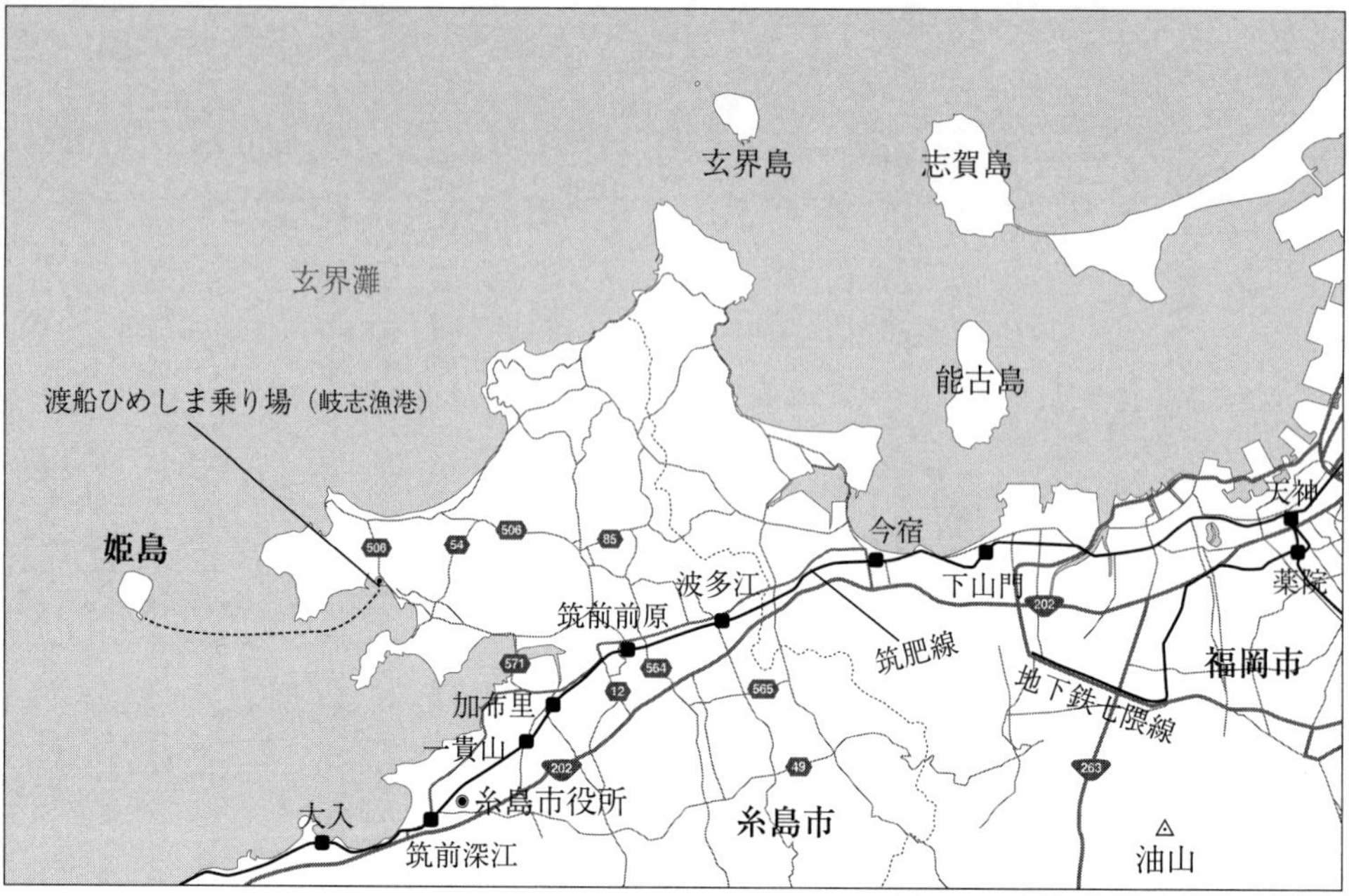
玄界島
志賀島
玄界灘
能古島
渡船ひめしま乗り場（岐志漁港）
姫島
506
54
506
85
今宿
天神
波多江
下山門
202
薬院
筑前前原
筑肥線
571
564
福岡市
加布里
12
565
地下鉄七隈線
一貴山
202
49
263
糸島市役所
大入
糸島市
油山
筑前深江

福岡県北西部

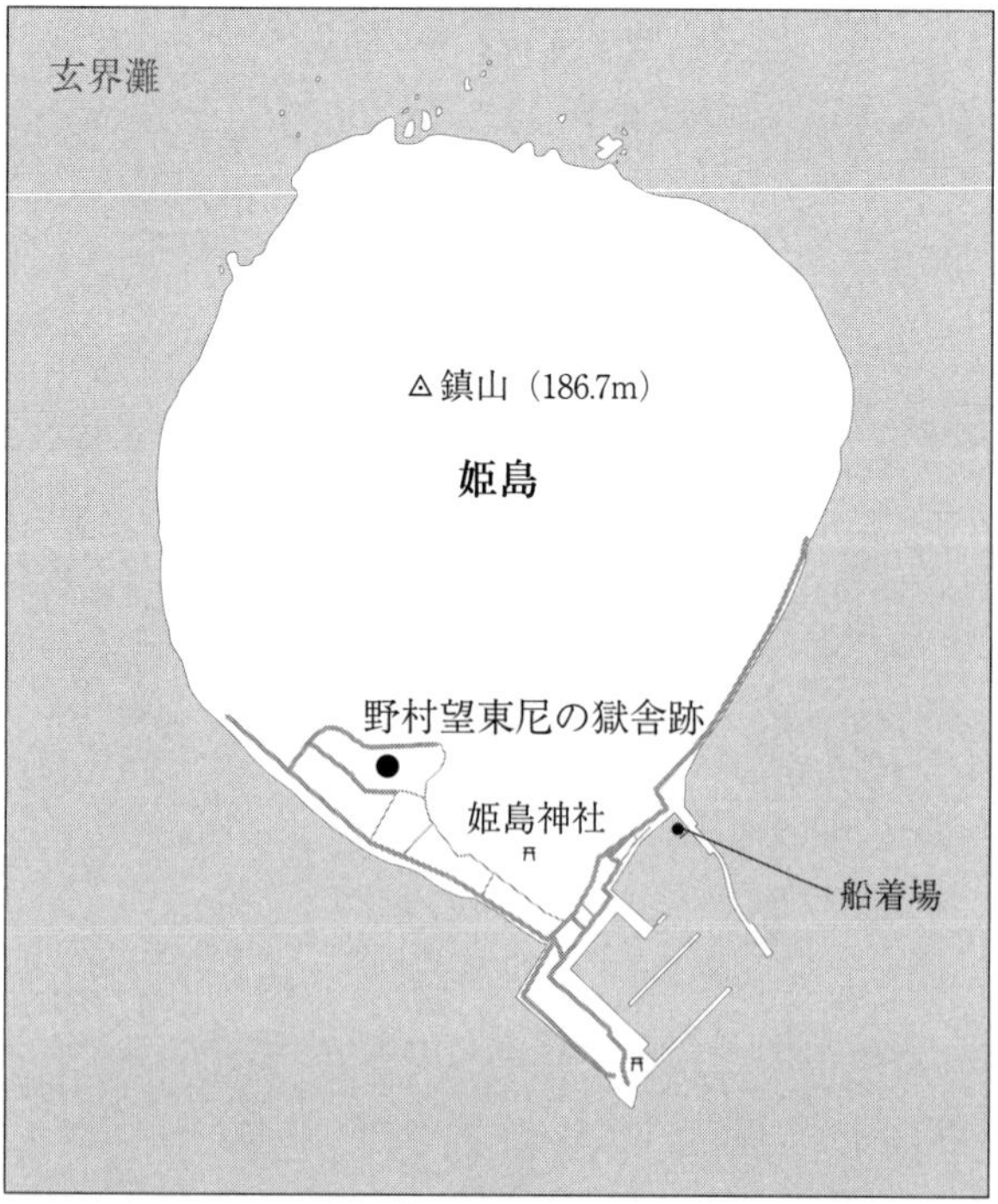
玄界灘
鎮山（186.7m）
姫島
野村望東尼の獄舎跡
姫島神社
船着場

姫島

一　『夢かぞへ』「ひめしまにき」以前のこと

『夢かぞへ』「ひめしまにき」は、江戸時代末期に筑前藩の武家の主婦野村望東尼《のむらぼうとうに》（本名もと・一八〇六～一八六七）が事あって藩当局に捕らえられ、自宅謹慎を経て姫島に流罪、投獄された時期に書かれた獄中記である。両書は和歌を所々に散らした一続きの歌日記であるが、『夢かぞへ』のほうは、望東尼が筑前藩政府から罪の宣告を受け自宅謹慎を命じられた慶応元年（一八六五）六月二十四日から、玄界灘を望む糸島半島北西部の孤島姫島に流罪を申しつけられて移ったしばらく後の同年十一月三十日まで、「ひめしまにき」のほうは同年十一月二十六日から翌慶応二年一月二十九日に続き、二月三月は断続的に残されている。

『夢かぞへ』の題名は作者望東尼がある夜見た夢に因んでいる。

森の中の白梅を一枝折り取ったら花が皆散ってしまったところで目が覚めた。何かよからぬ事が起こる兆しを天神様が知らされたのではないかと気にしていたが、果たして……次々起こる悪夢のような出来事はいつまで続くのかと、数えて日記に記したという意味であろうか。それに続く「ひめしまにき」はまさに題名通り姫島における獄中記である。

望東尼は一生涯日記を書き続けたわけではない。『夢かぞへ』の場合は、自らと孫の助作貞省が藩政府から罪を宣告され、自宅謹慎の命を受け取ったその晩に、隣家の喜多岡勇平が殺されるという異常な事件が起こる。この事を記さずにいられようかという、作家魂に促されて書き始めた。しかし望東尼は時に立ち止まる。古の日記作者たちは、その時代でも悪い出来事はあっただろうに、めでたき事のみを記している、こんなおぞましい事ばかり書く価値があるのかと。その度に息子の嫁たねに励まされて「うめきいづる」ように書くのだと告白する。「ひめしまにき」のほうは、故郷へ便があるたび、手紙に添えて日記を送っている。これにより福岡の家族は望東尼の獄中の生活を知ることが出来たのである。それらは今日まで保存され、われわれが文学作品として、また歴史の第一級資料として読むことが可能となった。

日記が文学として成立している歴史を思い、望東尼は獄中記も人に見られても恥ずかしくないように整え、出版も考えていたらしい。

没後、明治になって『比売嶋日記』として上梓された。本書の底本はこれとは違い、ありのままを綴った草稿を用いている。

底本について、および本書の意図するもの

野村望東尼の獄中記『夢かぞへ』と「ひめしまにき」は一続きの日記文学であるが、ただ、本人が環境の変化に従って題名を区別しているのである。『夢かぞへ』は慶応元年望東尼が自宅謹慎の藩命を受けた六月二十五日に始まり、生家の座敷牢の住人になってから姫島へ移される十一月十四日を挟んで同月三十日までの出来事を記している。これに対して、「ひめしまにき」のほうは姫島の獄に入牢後十二日目の同年十一月二十六日から、翌慶応二年三月十三日までの姫島の獄中での日々の出来事と感懐を和歌と文章で綴った作品である。したがって十一月二十六日から三十日までの五日間の出来事は両書に書かれ重なりがあるわけである。これらはすべて望東尼本人の自筆で残されている。

望東尼の姫島での牢居は、慶応二年九月十六日に藤四郎《ふじ》らによる救出まで続くが、日記は三月十二日まで、手紙類は九月十日まで、または七月八月とのみ判るものが残存するほか、日付なしや「薬用覚」などの断簡が若干残っている。

本書はすべて野村望東尼本人の自筆稿本より翻刻したものであるが、稿本の状態は次のようである。「夢かぞへ」は月ごとに綴じられている。「ひめしまにき」のほうは、十一月二十六日から三十日まで（ただし三十日の分だけは半ばで破れ途切れている）、慶応二年正月十一日より三十日、二月一日より十日、三月一日より十三日まで（途中、四日から別本になっている）。以上が天理大学図書館に所蔵され、残りの慶応元年十二月と同二年正月一日から十日までは福岡市博物館に架蔵されている。保存状態はいずれもよいが、二月十一日から三十日までと三月後半は、書かれたとすればいつどこでどうなったのであろうか。

これまでに「夢かぞへ」は次の人々によって翻刻されている。一九一一年三宅龍子『もとのしづく』のうち、一九一九年古谷知新編江戸時代女流文学全集第三巻のうち（翻刻者不詳）、一九四三年磯辺実校注『望東尼夢かぞへ』、一九五八年佐佐木信綱『野村望東尼全集』（以下『全集』と略記）のうち、一九九七年小河扶希子『野村望東尼・獄中記――夢かぞへ』などである。また「ひめしまにき」は佐佐木信綱により「夢かぞへ」に引き続き『全集』に翻刻収録されたが、十二月分全部および慶応二年一月一日から十日までの分を欠いている。そのためであろう、佐佐木は一月十一日以降の分を「続ひめしまにき」と命名した。しかしこの欠損分は後に発見され福岡市博物館に架蔵されているため、本書ではこれらも加えて一続きの「ひめしまにき」として扱った。

筆者は野村望東尼の研究を志したものの、それ以前に、これらの翻刻のいずれにも満足できなかった。『全集』以前のものはあまりに古くかつ不完全であるし、『全集』は仮名遣いがすべて旧文部省制定の方式に統一されて原文に忠実ではなく、また脱漏もある。小河氏のものは「ひめしまにき」を欠いており、望東尼の獄中記を一続きの日記文学として展望するには不十分である。やむをえず稿本を自分の目で検討するうちに翻刻と注釈を決意した次第である。本書で筆者が意図するところは次の三点である。

　一つは原文になるべく忠実に翻刻すること。江戸時代には統一された仮名遣いは無いが、現代から見れば、文章語には共通性があり、どの地方の人が読んでも理解可能であった。その仮名遣いは、いわゆる「現代仮名遣い」と「歴史的仮名遣い」が交じっているように見える。それらは封建社会の特質が文章にも表れているのであって、翻刻にあたっては、それらを現代の視点から勝手に書きかえてはならないと筆者は思うからである。

　二つ目は、難解な言葉に注釈を付けたこと。

　最後に、『夢かぞへ』「ひめしまにき」の成立した時代背景を見ながら、この日記を全体として読み込んだことである。

　あまり膨大にならぬよう、判りきった文章はそのままにして、少しずつ区切って説明、感想などを記すという形にしたい。

　翻刻については、もとよりこれが完璧だとは思っていないので、今後もより正確な翻刻が出ることを願っている。

「勤王」とは何か

　望東尼は歌人・日記作者・紀行文作家として一生筆を執り続けた人であり、それを貫く思想のあり方としては「勤王」だといわれ、みずからもそう任じている。筆者は必ずしも勤王家という点に重点をおくわけではないが、それを避けて通る訳にもいかない。「勤王」思想について、これまでの諸本は戦前、戦中のパラダイムにおいて最高の価値ある思想と捉え賛美する方向にあったし、戦後から最近にかけても、所与の事として問題にしないようであるが、筆者は「勤王」とは何かを、歴史的な文脈の中で抑えておく必要を感じる。

勤王—天皇に忠誠をつくし、天皇中心の社会をめざす生き方、それは望東尼が生きた幕末という時代にどのような立場を指し、どんな意味を持った思想であろうか。そして望東尼の目指した勤王とはいかなるものか。

まず、この時期の政治社会情勢に簡単に触れておこう。

天保十一年~十四年(一八四〇~四三)清国ではイギリスとの間にアヘン戦争が勃発、敗北に帰し、その情報はすぐにわが国にもたらされた。翌十五年にはオランダ使節が長崎に来航、開国を勧告するオランダ国王の書簡を幕府に進呈する。その前後頻々と欧米ロシアなどの船がさまざまな理由で接近し、海外の情報をもたらした。またジョン万次郎ら漂流民が帰国してアメリカなどの実情を知らせた。欧米列強は資本主義の発展期にあたり、市場の拡張を求めてアジア各国を植民地化したり、開国を迫ったりしていた。

幕府は、諸外国が日本をとりまく情勢について、具体的な対策はともかく、情報だけは入手していた筈である。そして外国の中でもとくに強力なアメリカを迎える日が来た。

嘉永六年(一八五三)六月三日米国海軍ペリー提督が軍艦四隻を率いて浦賀に来航し、幕府の抵抗を無視して江戸湾を測量し、九日大統領国書を幕府に手渡す。十五日幕府は、開明派の老中首座阿部正弘の指揮のもと、幕府開設以来初めての政治的案件としてペリー来航を朝廷に報告、七月はじめ諸大名と幕臣に大統領国書を示し諮問をした。はじめ意見は多様だったが、幕閣では議論が重ねられていった。

七十九歳という高齢の海防掛筒井政憲は、交易を推進すべきと考えていて、外国人との社交や議論にたけていた。海防掛目付の岩瀬忠震《ただなり》も、交易による利益をあげる政策への転換を主張した。これに対し海防掛勘定奉行の水野忠徳や川路聖謨《としあきら》は、急激な変化は好もしくないとして慎重な意見を表明した。かれらはいずれも低い身分から身を起こし、学問と民政・財政の豊富な経験を積んで独自の知見を獲得し、それによる外交力を発揮した。

老中首座阿部は、外交交渉に当たる人物として、ロシア交渉の応接係に筒井政憲・川路聖謨を、イギリスとの交渉に長崎奉行水野忠徳を、アメリカとの交渉には目付の岩瀬忠震・下田奉行の井上清直をそれぞれ起用して事に当たらせた。

他方で阿部は、対外強硬派の水戸藩主徳川斉昭を海防参与に任命し、幕府は、自らの開国路線の中に攘夷路線を抱え込むことになった。徳川斉昭は、わが国に軍事的実力が調うまでの間としつつも、強硬に開国に反対し、以後全国に開国・攘夷の論客が登場、議論闘諍が百出の状態になる。

ペリーは四ヶ月後の嘉永七年一月十六日に幕府の解答を求めて再び来航した。幕府は大学頭林復斎を全権代表に宛て、岩瀬忠震・井上清直らを海防掛目付として実務交渉にあたらせた。

林はそれまでに江戸時代の対外交渉史料集『通航一覧』の編集をまとめ、また後には『墨夷応接録』を著すなど当代きっての知識人であった。このときは幕閣の意見を代表して、通商を求めるペリーに反論した。その態度は威厳と礼譲に満ち、弁論は堂々として論理的だったので、ペリーは交易の要求を通すことが出来ぬまま引き下がった。こうして翌年（安政元）三月に締結されたのは、貿易条項を含まぬ日米和親条約となった。そして下田・函館の二港が開かれた。貿易条項を含まない日米和親条約は、朝廷からも問題なく受け入れられた。

ついで幕府は同年八月、水野忠徳の交渉を経て日英和親条約に調印、長崎・函館を開港した。同年（安政元・一八五四）十二月には、筒井政憲・川路聖謨の交渉によりロシア使節プチャーチンとの間に双務的領事裁判権を含む日露和親条約が締結された。函館・下田・長崎の開港と官吏の駐在も合意された。

安政二年（一八五五）には老中首座は阿部正弘からより開国に積極的な堀田正睦《まさよし》に代わった。この年十二月にはオランダとの間に日蘭和親条約が結ばれた。

アメリカの真の目標は通商条約にあるため、ペリーは和親条約だけでは引き下がらなかった。岩瀬忠震もまた国を豊かにし財政を健全化する方策として、貿易による関税収入が必要と考えていた。岩瀬は井上とともに、下田に駐在するハリスとの交渉に奮闘した。ただ、ハリスが要求する、アメリカ人が日本国内を自由に通行し商業活動を行い得る「内地解放」には強硬に反対しこれを許さなかった。

安政五年（一八五八）六月、幕府は大老井伊直弼の指揮の下、日米修好通商条約を締結した。交渉現場では岩瀬・井上らが活躍し、条約をまとめあげた。こうして成った日米修好通商条約はしかし、弱点を持つことが間もなく判る。一つには関税自主権の欠如、二つにはアメリカに領事裁判権を許している事である。昌平黌《こう》出身の秀才岩瀬もそこまでの知見は有していなかった。

幕府全体としては、内部で意見が割れて定見を持ち得ず、催促するアメリカを宥《なだ》め、期日を延長するなどしてやっと締結にこぎつけた形となった。日米に続き日蘭、日英、日露、日仏とも修好条約から修好通商条約締結へとさらなる一歩を進めた。

鎖国という現状を変更し開国するということは、市場獲得のためには植民地化をも辞さない、荒々しい上昇期の資本主義各国の中に、日本という遅れた小国が身をさらす事でもある。その危険の差し迫った状況に、徳川斉昭は幕府のアメリカへの弱腰を責めて幕政参与を辞任、佐久間象山や吉田松陰らが幕府の姑息を批判して投獄されるなど反幕、攘夷の運動が活発になった。知識人の間では種々な立場から攘夷あるいは開国が論じられ、政治・政体の変革をめざす学問・思想と、それに基づく実践運動が盛んになる。

幕府、諸藩内部の改革派

熊本藩士の横井小楠は朱子学を根本から読み直す「実学」を唱え、諸国遊歴で多様な人物に会い見聞を広めた。水戸学の攘夷論に失望し、清国の地誌『海国図志』*を読むに及んで、国際上の日本の立場を理解する。外国の研究を深め、特に共和国アメリカの国情に興味を持ち、ともに協力して世界の平和に貢献すべきだと考えた。その中で日本は朝廷、幕府、諸藩が共和一致して政事を協議する政体を構想した。福井藩の橋本左内と共鳴し、藩主松平慶永（春嶽）に招聘され、福井藩の賓師《ブレイン》として政策の主導に当たった。慶永が文久二年（一八六二）政事総裁職に就任した際、求められて進言した中に、大名の参勤交代を緩め、その妻子を国元に帰すなどがあり、実現された。小楠は江戸滞在中、将軍・一橋慶喜・閣老らと会談する機会があり、一同が幕府に小楠の登用を申し出たが実現しなかった。この年には勝海舟に会い共鳴する所があった。小楠の「日本国中共和一致」の政治思想は、勝海舟・坂本龍馬・西郷隆盛らの共感を得、様々な人に影響を与えた。

幕臣勝海舟（麟太郎・義邦）は、独学で蘭語・蘭学などを極め、世界の歴史に詳しく国際情勢によく通じていた。ペリー来航後の嘉永六年七月、幕府が諸藩主・幕臣らに今後の対策につき意見を徴したとき、所信を述べた。それは、防備のため軍艦を買い入れ、海軍生を養成することが大切、というものであった。勝は抜擢され、異国応接掛岩瀬忠震《ただなり》・海防掛大久保忠寛（一翁）の許で長崎海軍伝習所の設立のために働くことになる。その後海軍伝習所ほか関係の役職を務めたが、伝習所の弟子には反幕派の人々もあり、かれらに大きな影響を与えた。役目柄、将軍や高官にまで意見を述べる機会があり、イギリス大使パークスや通訳アーネスト・サトウらとも親しく、幕府終焉の際には西郷隆盛との会談で平和裡に事を収めるのに役立った。

先述の幕臣大久保忠寛は、勝海舟よりも家格が高く、国学、蘭学を学び、常に揺るがぬ信念と思想をもっていた。対立する幕閣の勢力の間で、独自の改革案を主張した故か、厚遇、冷遇の波に翻弄されながら、松平春嶽、勝海舟、坂本龍馬らと共鳴、「天理」に基づき世界に通用する「公明正大」の道をもって事に当たるべきだと主張した。国内一致して外圧の危機を乗り切るべく「公議所」という衆議機関の設立をも構想していた。そして徳川氏の将来は、大政奉還ののち故郷の駿・遠・三の故地に一大名として戻るか、または政治には関わらず悠々自

＊『海国図志』　中国清末の地理書。十九世紀前半までの世界情勢を記す。著者は魏源。

適する、などが最善と考えた。幕府の終末期には、勝海舟と協力して幕府側の責任者として江戸開城に立ち会った。

先に触れた岩瀬忠震は、阿部老中に外交思想を買われて海防掛目付に抜擢された行動派であった。貿易により日本を豊かにするよう唱え、外国人と応接し相手国に理があればこれを認め、日本の利益を守るべきであると考えたが、一方で幕府内部の超保守派や、開国に消極的な現状維持派を説得し事を進めるという困難な仕事を成し遂げた。日々実務に忙しく著書などは残していないが、岩瀬を中心とする数人の目付連中（大目付小目付からなり、中に大久保忠寛もいた）は、保守派や多勢を占める現状維持派に反対して幕閣へ度々上申書を提出した。上申書の内容は殆ど岩瀬の主張とされ、そこで述べている事は、

1　世界情勢の中で日本は改革の政治をとるべきである。
2　旧習に捉われず、ハリスはじめ諸国の在留官吏の出府を許し、各国事情を知り、摩擦が起こるのを防ぐ。
3　外国の事情を知るため留学生を派遣する。
4　理財の根本策を講じた上で貿易を開き、天下と利を公共にする。
5　公明正大に世界万国を懐中に入れ、万国の形勢を判断して日本の法制はじめ対外国規則・方針を早々に勇決してほしい。
6　世界の内、信義強大の国に交を厚くし、孤弱の国を救う。

任意に重要項目だけを拾ったが、3に関しては自ら香港に渡航の申請を出したが許可されなかった。書簡によるとついでにジャワ・ヨーロッパを望み、通商条約批准にはアメリカへ赴く希望をもっていた。

以下、青山忠正『幕末維新』より引用する。条約調印のための幕閣の評議のなかで岩瀬は、

調印のために不測の禍《わざわい》を惹起して、或は徳川氏の安危に関る程の大変にも至るべきが（中略）国家の大政に与る重職は（略）、社稷《しゃしょく》を重しとするの決心あらざる可らず。

と述べたという。社稷とは天子が農神を祭る国家のこと、徳川氏より古来の国家のほうが大切だというのだ。ここまでの発言をする人が幕府の中にもいた。岩瀬は条約締結のために井伊大老に利用されたが、それが済むと永蟄居を命ぜられ、失意のうちに病を得て文久元年七月死去した。

たまたま筆者が右に挙げた四人は、幕府諸藩を支えていた人材の氷山の一角に過ぎない。砲術家の江川英竜は新時代を目前にして逝き、横浜ドックを建造した小栗忠順は戦乱に散った。

薩長を批判し別の方法で新しい日本を目指して五稜郭に拠った榎本武揚や、会津藩士から物理学者で東京帝国大学・京都帝国大学の総長となった山川健次郎らは、後に異なる回路を通って人材不足に悩む明治政府に登用された。

このように、勤王思想の対極ともいうべき幕府側また諸藩にも、外国事情に詳しく、近代への展望をもつ人々は多士済々ともいうべく、改革の動きもさまざまにあった。

条約調印をめぐる幕府と朝廷

条約調印について幕府は、外交問題は幕府の専権事項と考えて、事後に朝廷に報告すればよいと考えて来たが、日米交渉の全権委員井上清直と岩瀬忠震が連名で「将軍、御三家、諸大名が外交担当の官僚も含め、開国条約について率直に議論し、全体の合議により結論を出し、それを国是と定める。これを天皇に奏上し裁可を得て全国に公布する」という上申書を老中に提出した。老中はこれを受け天皇に勅許を要請した。天皇の「大政委任」を受けている従来の慣例から、勅許は難しくないと考えていた。

老中堀田正睦は岩瀬忠震と川路聖謨を伴い上京して、朝廷の代表を招き条約草案を示して、日本を取り巻く国際情勢と、アメリカ他列強が軍事力をもち開国を求める動きなどを丁寧に説明した。

関白九条尚忠からは「条約調印は国家の重大事だから、再度、三家以下諸大名で議論して奏上せよ」との勅諚が伝えられた。この勅諚は慣例通り、九条関白が案文を作成したものだった。天皇は堀田老中が入洛する以前から、調印に反対を表明していたが、幕府から天皇の言動を規制する任務を与えられている九条関白は、天皇の意思を無視して「反対」の文言を入れなかった。天皇は諦めず、朝議に参加しなかった公家たちの考えを求め、九条の案文を書き改めるべきだとの意見を得た。さらに中下級の八十八人の公家（この中には天皇の近習岩倉具視もいた）が、条約承認派の関白鷹司輔熙《すけひろ》に、案文の訂正を求めて「列参」におよぶ出来事もあった。ハリスとの約束の三月五日をはるかに過ぎた二十日、天皇は堀田老中に対面し、左大臣近衛忠熙を通じて、もう一度衆議を尽くし言上するようにと述べた。

天皇と中下級公家が条約調印について反対であるのに対し、幕府と上級公家は賛成だという意見の違いが明らかになった。

米領事ハリスは幕府に対し、アヘン戦争に敗北した清国が、外国人に国内旅行を許す条約を余儀なくされた事を伝え、早期に日米条約を結ぶのが日本に有利だと強調した。四月に井伊直弼が大老に就任した幕閣では、ハリスの忠告に従うべきだというのが多数意見となり、井上清直、岩瀬忠震とハリスの間で日米修好通商条約が調印された。安政五年六月十九日の事である。続いてロシア、イギリス、フランス、オランダとの修好通商条約が結ばれた。

八月に天皇は井伊の条約締結を非難する勅諚、いわゆる戊午の密勅を水戸藩や幕府に下す。幕府から禁じられている天皇の政治的行為である。その後年末に至り、天皇は破約攘夷、すなわち一度条約を破約し後に結び直す条約改正の難しさを老中間部詮勝《まなべあきかつ》から説明されて理解し、将来の実現を期待して、「心中氷解した」と幕府に伝えた。あいまいな表現だが勅許は下されたといえる。しかしそれは、井伊大老の意見で朝幕間の密約とされた。後に破棄される条約と判れば、国際紛争になると考えたからである。

この頃から翌年にかけて、戊午の密勅に刺激されて井伊は尊攘派や将軍擁立の一橋派などを拘禁、処刑などで反対派を弾圧していた。また朝廷内の親王や公家の反幕府派を辞官落飾させるように天皇に請い、天皇はかれらに謹慎を命じた。安政の大獄の反動は大きく、翌万延元年三月、井伊大老は桜田門外で水戸と薩摩の有志に襲撃され横死した。

同年七月、幕府は人心を収攬し、かつ破約攘夷をも実現するためには、公武が合体して朝廷と幕府の親密を図るべきだとして、天皇の妹皇女和宮と将軍家茂との結婚を願い出た。天皇は公武間に問題はない、和宮も不承知だとして消極的だったが、近習の岩倉具視は、幕府の政権を朝廷に取り戻し「王政復古」を目指す好機だとして、縁組みを進めるように進言した。謹慎中の上級公家から自由になった天皇は進言を容れ、岩倉は以後の活躍の端緒をつかんだ。文久二年（一八六二）に江戸城で将軍家茂と和宮の婚儀が行われた。

薩摩藩・長州藩の動き

公武合体の成立に続き、薩摩藩主の父島津久光が大軍を率いて入京、じつは大久保利通が島津家の縁家近衛家を通じて、上京を天皇の内命として貰うよう工作したものである（佐々木克『幕末史』）。久光は、処罰されている一橋慶喜を将軍後見職、松平慶永を政事総裁職に登用する事を幕府に求めて、兵力をバックに発言し、実現された。さらに京都には新たに京都守護職が置かれ、会津藩主松平容保が就任した。

当時京都には諸藩の浪士が集まっていた。久光の上京を機に関白九条尚忠や所司代酒井忠義を襲撃しようとする薩摩藩士有馬新七ら尊王攘夷激派が伏見の寺田屋で蜂起を計画していた。朝廷と諸藩による幕政改革をねらう久光は、かれらを説得し沈静させる使いの藩士を送ったが、従わなかったので有馬ほか八名を殺害させた。寺田屋事件である。そしてこの事件の背後には、じつは天皇による、浪士どもの不穏な動きを抑えるようにという久光への内命が存在した。久光はこれにより天皇・朝廷からの強い信頼をかちえたのである。

筑前脱藩士の平野國臣はかねてから討幕を主張していたが、久光入京以前に薩摩に至り、自説の討幕攘夷説「尊攘英断録」を藩主に建白した。それは「薩摩がリーダーとなって雄藩が連合し江戸に至って幕府を解体させ、統一国家を作る」という案であった。だが薩摩は無視して上洛を決定、平野は「回天管見策」に次ぎ「回天三策」に書き換え、今度はこれを天皇の叡覧に供した。

それによると久光在坂中に勅命を得て、大坂・彦根・二条の幕府三城を落とし、幕府役人を追放する。ついで天皇が兵を率いて箱根に進軍し、幕府の罪を糾弾するという計画である。平野はこうした討幕論を京都に集まる同志小河一敏や真木和泉に語らっていた。

ここでやっと、わが野村望東尼の物語の脇役、平野國臣が登場した。平野は、筑前藩主黒田長溥《ながひろ》が参勤交代のために東上する報を得て、早速西下し明石大蔵谷で藩主が止宿しているのに出会った。平野は、久光からの依頼と偽り建白書を提出、そこには「久光とともに幕府攻撃の挙に出るならば京都に潜伏する志士らは従うであろう」という事が書かれていた。長溥は驚いて平野を捕らえさせ、参勤を中止して回駕、帰国した。藩主を拝もうと伏見で待ち受けていた望東尼は、行列の影も見えぬことに失望した。これ以下のことはのちに詳述の予定である（38頁）。

文久元年（一八六一）ごろから長州藩の長井雅楽《うた》が開国論の「航海遠略策」を朝廷に進言した。積極的に通商を開き将来的には対等な条約を結ぶという構想は挫折したが、翌年長州藩は、京都藩邸で、幕府の結んだ日米修好通商条約は日本に不利な条項を含むとして、長州の藩論を戦略的な破約攘夷へと導いた。これ以後長州藩は京都に地歩を築いたが、それにより時勢を論ずる人々が集まってきた。先に薩摩の項で挙げたような攘夷、討幕、個々の役所の襲撃を企てる者もあれば、国の未来についての論議も盛んになった。高杉晋作、久坂玄瑞らが、品川に建設中のイギリス公使館を焼き討ちしたのは文久二年十二月のことである。

朝廷は幕府に攘夷決行を迫る勅使として正使三条実美《さねとみ》、副使姉小路公知《あねがこうじきんとも》を江戸へ派遣した。三条と姉小路は以後、朝廷内で尊攘運動の先鋒となる。朝廷には国事を扱う部署が設置され、尊攘激派公家の拠点となった。孝明天皇は、歴代の天皇が「万世一系の血脈」を継ぐ日本は「神州」で、欧米との通商は「瑕瑾《かきん》」と捉え、攘夷すべきだと考えていたことから、尊皇派と条約破棄をもくろむ攘夷派とは結びつきやすかった。天皇は武力や過激行動は好まなかったが、三条、姉小路ら尊攘激派の公家が朝廷で力をもつようになる。

将軍家茂は勅旨を蒙り上京、天皇は家茂や諸大名を率いて賀茂社や石清水に攘夷を祈願した。京都周辺では「天誅」と称して、安政の大獄の関係者や公武合体派の公家の家臣を狙う暗殺が猛威をふるった。

幕府がやむなく文久三年五月十日を攘夷決行の日と決めると、長州尊攘派が海峡を通航するアメリカ商船やフランス・オランダの軍艦を砲撃した。

六月、三条と長州の木戸孝允により公家の勉学のために学習院が設けられ、真木和泉や後には平野國臣が出仕を命じられた。ここが尊攘激派の集会の場となり、天皇を強引に行幸に「動座」させるもくろみもあった。

長州藩はまた攘夷親政を朝廷に要請し、三条実美は、天皇が神武帝陵に攘夷祈願をし、大和に滞在して親政を行う行幸を推進していた。八月十三日大和行幸の勅命が出された。

公家の中山忠光を中心に尊攘派浪士を集めた天誅組は、天皇を迎えるためとして、十五日挙兵、十七日大和五条の代官所を襲い五条を「天朝直轄地」と宣言するなどした。これを知り、三条は無謀の事として天誅組を鎮めさせるため平野國臣を遣わしたが、平野はかえって天誅組に同調してしまった。翌日の政変のために帰京できなくなった平野は、再起をはかり他のメンバーとともに但馬の生野をめざす。

文久の政変

天皇は攘夷論者ではあったが、朝廷に三条らのような攘夷過激派がのさばるのには不本意だった。文久三年五月末日の久光宛手紙に記す。

三条らは勝手に偽勅を出し悲嘆の極みだ、朕とともに「姦人掃除」のために急ぎ上京してほしいと。偽勅とは四月二十一日に命じた五月十日を期して「醜夷掃攘」せよとの勅命を指す。長州の下関攘夷戦争も天皇は望んでいなかったという（佐々木克『幕末史』）。

天皇は、三条や真木、長州藩などが推進する過激な攘夷行動を嫌い大和行幸も肯定しなかったが、十二日の朝議では三条ら四人の議奏の発言に押し切られ、十三日には行幸が発令されてしまった。天皇は憤激し、書面で過激な議奏らの辞職を迫った。反長州で穏健な朝彦親王、近衛忠熙・忠房父子、二条斉敬《なりゆき》、鷹司関白らは協議して七月十二日に、朝廷に失望して帰国していた薩摩の久光にふたたび上京せよとの勅命を発令した。

八月十八日には「八月十八日の政変」（文久の政変）が起こる。薩摩藩と会津藩、朝彦親王らによって慎重に計画され、天皇の承認も得たクーデタだった。大和行幸は当然中止となった。

政変後天皇は、攘夷についてこれまでと考えは変わらない、以前は偽勅などもあったが、これからは「真実」自分の意見だと心得よと述べた。過激派の書いた「勅命」は私の真意ではないという、利用された人の苦渋がにじむ発言である。

居場所を失った長州藩と尊攘激派は京都から逃れ、三条実美、東久世《ひがしくぜ》道禧《みちとみ》、沢宣嘉《のぶよし》ら七人の尊攘派公家も長州目指して落ちた。「七卿落ち」と呼ばれる。

鷹司輔熙に代わり、徳川家斉の甥にあたる二条斉敬が関白となる。七卿のうち五人と二条斉敬は今後、野村望東尼と何らかの関係をもつことになる。

望東尼が京都に滞在した、文久元年十二月から二年五月にかけての京都には、上述のような政治の熱狂の嵐が吹き荒れていた。

この嵐に揉まれつつ望東尼は道に迷ったかのように、足下と周囲を見回し行く先を考えていた。折節、畿内の旅の道案内をしてくれる馬場文英に、もろ人の思想渦巻く今の状況と今後の歴史を生きる道案内をも求めたいと思った。

尊王攘夷・勤王と近代

この時代徳川斉昭に代表された水戸藩は、江戸時代初期から尊王を旗印とし、光圀による『大日本史』の編纂と、それに続く水戸学の系譜――会沢正志斎や藤田東湖は識者に一定の影響を与えていた。しかし尊皇思想は幕藩体制と矛盾する訳ではない。水戸藩も幕府御三家の一として幕藩体制を支える棟柱の立場にいた。望東尼は尊敬と期待をこめて「水戸老公」と呼んでいた。斉昭の子息の徳川慶喜は最後の将軍となったが、結果的にその父とは逆に尊攘派と対立し、いわばマイナスの引力で近代を呼び込んだ。

尊王を唱えた人々も多様で、吉田松陰・高杉晋作ら長州藩士は外国を知らない訳ではない。松陰はアメリカを知ろうとして密航を企て、晋作は幕府視察団随員として、植民地化されつつある上海を視察し、通商後の日本の将来に危惧を抱いていた。攘夷主義者の多くは、その後の歴史的経験を経た後には、攘夷の不可能を知り発想を逆転させ、外国の事情を理解し、知識・技術を身につけて国際社会に伍していこうと考えるようになる。明治政府を作るのはこの尊攘派の人々である。

彼らは主観的には、自己を天皇に忠誠をつくす勤王だと規定し、またそう称していた。しかし実際には、彼らの政治的主張を実現するために、「玉」と呼んで天皇を勝手に「動座」させようとしたり、その準備行動をして歴史を騒がせたりした。薩長を中心とする他の一派はまもなく「玉」を手に入れてクーデタを起こし、若い祐宮《さちのみや》を抱き込んで明治天皇とし、明治政府を作ることになる。

勤王とは、天皇中心の政府を目指しつつも、実際には当時の孝明天皇には不興を買った、そのような行動や観念だと言うことができる。

彼らの活動は、時に書き換えてまで記録に残され、歴史として書かれてきた。以後も日の当たる歴史の表面に躍り出て、一九四五年に太平洋戦争が敗戦で終わるまで好戦的な政府が続く。

幕末の政争に敗れた勢力や、多くの人々の記録は埋もれ隠され、戦火に失われたりしたが、この頃やっと光を当てようとする動きが出てきた。

筆者はあえて敗れた幕府側の人材に光を当て、勤王派を逆照射してみた。思うに、幕府側の人材が集まり連合政府を作ったとしても、無理なく日本の近代化は成し遂げられたであろう。

「勤王とは何か」という課題にこんな風に答えようと思う。

皇国観念の台頭

望東尼は「皇国」という言葉を好んで用いる。現代の感覚からはよほど国粋主義的に思えるが、調べてみればそれほどではなく、かなり一般に使われていたようなのだ。

藤田覚『幕末から維新へ』(三六～一一二頁)に依って暫く記す。十八世紀末には、江戸時代の天皇と幕府の政治的関係は、「大政委任論」として捉えられ、歴代将軍は天皇から任命されて国政を担当していると説明されていた。

国学者の本居宣長は『玉くしげ』(天明六年・一七八六)の中で、朝廷と幕府と諸藩の関係を「御任《みよさし》」と捉え、この三者の政務委任の秩序を大政委任論として説いた。老中松平定信にも、朱子学者中井竹山にも蘭学者杉田玄白らにも広くそうした考え方が認められた。松平定信は、天皇は神国日本の主でその地位は神々に護られ、将軍以下諸大名らは王臣であり赤子《せきし》であるとする。

儒学者さえ、中国を中華と称えるのは誤りで、皇国こそ万国一の尊い国だという本居宣長の説に賛成した。蘭学者志築忠雄も日本を「皇国」と書いている。「皇国」とは天皇の統治する国、日本を世界に比類のない国として誇る意味を含む。この皇国観念に大政委任論が組み込まれ、日本の「国の形」として観念化されていく。これは国際的には通用しない独善的な自尊史観・観念であるが、皇国が「侮辱された」と感じると、すさまじいまでの反発を引き起こす。幕末の国家的危機、欧米列強への従属化の危機意識が高揚するなか、皇国への狂信と激情が生み出された。

国学者系統の神道説は、仏教渡来以前の民俗的神道への復帰を唱えて復古神道と呼ばれ、平田篤胤は国学に宗教性を加えて継承し、それが地方の神職や豪農に広まり、幕末の尊皇攘夷運動に大きな影響を与えた。

藤田覚氏は概略このような筋道で、近世中期から幕末に向かって「皇国」観念が形成され、肥大化する様を述べている。

これを知れば、望東尼やその周辺の人々が特別なこともなくこの用語を使っているのだと知れる。とはいえ、開国問題が浮上し、幕府が初めて天皇に報告したのが、後に「勅許を得る」と変化する中で、外国を意識するとき、日本全体に天皇を頂く反封建的国民国家意識が芽生え、ともすれば夜郎自大的な自尊感情が高まるのではないだろうか。天皇の「赤子」などは、戦時教育を受けた筆者などは記憶が蘇り、聞きたくない言葉である。

人間の生活経験の中から生まれてくる意識によって、周囲の状況を認識し、なすべき行動を考える一貫した思考内容を思想と呼ぶなら、周囲に外国の動きの激しいこの時期の思想は、優れて対外思想として捉えられる。勤王をこれまで問題にしてきたが、対外というスケールで当時の人々の思想を分類すれば、勤王思想の占める位置も自ずから判る。幕末の政治の動向を検討した中で振り返れば、勤王思想は「最右翼」と位置づけられよう。

望東尼の周囲の思想状況

様々な思想と行動の渦巻く幕末の社会で、望東尼の身近にあったのは国学系の思想と運動だった。江戸中期に本居宣長らが日本の古典の解読・解釈によって、佛教、儒教渡来以前の日本古来の精神、文化を探求した学問が国学である。幕末までに各地に学統学派が形成されていた。それらの中でも宣長系の国学は、儒教などの学問・思想を「からごころ」として排斥し、古来の天皇中心の体制を理想とするが、幕藩体制の否定はしなかった。国学はまさに「国の学」であって、儒学のようなユニバーサルな面を持たずややもすると国粋主義に陥る弱みもあったが、現状批判の契機にはなり得た。

望東尼の周囲の武士たちは儒学とともに国学を同時に学び、程度こそ違え外国の知識も併せ持った、平野國臣・喜多岡勇平・馬場文英・学問和歌の師匠松蔭二川相近《すけちか》らが、町人では和歌の師匠大隈言道《ことみち》らがいた。彼らはそれぞれ立場と行動様式は違うものの国学系の教養を持ち、時代への批判を共有していた。

勤王とは何かと問えば、尊王をいっそう純粋化した政治的立場であり思想であると思う。それは幕藩体制とは相容れない場合が多い。その勤王思想や運動にもまた、種々の考え方があるが、望東尼が和歌を学ぶ道すがら近づいたのは、これら国学系の勤王思想である。

幕藩体制は政治制度としてはこの時代、機能不全を来していたが、先に瞥見したように、幕府諸藩内部には新しい思想を持った有能な人物を抱えていた。様々な理由から、彼らが次の時代を招来する主導権を握ることはなかったが、後述するように、薩長によるクーデタとして近代化が実現されたことは、後の歴史に多くの歪みをもたらし、必ずしも人々を幸福にするものではなかった。

歴史に「もし」は禁句だなどと言われるが、筆者は同意しない。大いに「もし」を考え、その時点で様々な選択肢があり得た事を顧みることが、歴史を真の鑑としてその後の時代を相対化する事が出来るからである。しかし、別の選択肢の延長線上に望東尼はいたであろうか、それは大いなる疑問である。

望東尼は若いうちから和歌や古典文学に親しみ、国学的教養を持つ師匠から学び、友人たちとの交際や自身の古典の独学などを通じて、自然に天皇を中心とする政治を理想とする勤王（攘夷）思想に親しんでいったようである。五十七歳のとき上京中に、馬場文英から社会情勢についての反幕的な見方を学び、それまでのややあいまいな公武合体思想から、より幕府への批判的な姿勢を鮮明にした。幕藩体制を廃止し統一国家「皇国」の世を実現するのが、日本のこれからの針路だと考えるようになった。では自分の生活と勤王思想との関係をどう捉えていたのだろうか。

望東尼は病気がちでオランダ医学の恩恵を受けるものの、それを新しい知見として思想化することはなかった。筑前藩は長崎警護の役を引き受けていたので、他藩よりは海外の事情に人々は敏感であった。だが武家の主婦という生活環境からは視野が限られ、外国から学ぶよりも脅威として捉えるのはやむを得ないところである。「尊王攘夷」を奉じて活動していた人々が、外国の事情を知るに及び幕藩制否定、国家統一、近代化志向に転身していく過程はめざましいものがある。尊王攘夷とは、近代化のためにはやがて克服さるべき思想なのだが、望東尼の思想的歩みは、近代化についてはむしろ否定的な色合いが目立つ。

三人の子のうち一人は異常な状態で失い、一人は社会的に落伍を余儀なくされ、筑前藩の歴史のうねりに翻弄され、友人知人、やがて自身もが捕縛され流刑の憂き目に遭うという不幸の拠って来たる所を、幕藩制社会の矛盾とどのように関連づけていたかは、必ずしも明らかではないが、その混乱の収束さるべき方向として、反幕を志向したのは当然の成り行きであろう。

望東尼は文学に造詣が深く、古典を通じて知った幕府登場以前の「皇国」、封建的割拠以前の統一国家をあるべき世と考えていた。しかし一方では、藩主黒田氏の譜代の臣として藩主に畏敬の念を懐いてもいた。藩主が「正義」を実現できないのは、「君側の奸」によるものと信じ、幕府が倒れ天朝の世になれば皆が幸せになる、と素朴に考えていた。それを実現する手段としては、「勤王」だけが身を投ずべき唯一の道なのであった。といって望東尼が反幕のために何らかの行動を起こした訳ではなく、行動する人々を匿ったり励ましたりしただけだが、それにより罪に問われたのである。勤王派が目指す社会の実現一歩手前で世を去った望東尼には、「近代」についての知見は無かった。ただ世にある限り、身の回りの最新の思想「勤王」を生きる拠所としたのである。

望東尼の半生

「夢かぞへ」を書き始めたとき、望東尼は数え年（以下同じ）六十歳だった。しかし歌を作り文章を書き始めたのは、遅くとも歌人大隈言道に入門した時であろう。言道に入門以前、おそらく十代後半頃に二川相近《すけちか》に和歌や書の基礎を学んだと言われているが、自覚的に作品として書かれたものは残っていない。和歌も『向陵集』の巻頭作品「たゞ一夜わがねしひまに大野なるみかさの山は霞こめたり」には「言道大人《うし》を歌の師とたのみし時、初によみたりし年のはじめの歌」という詞書があり、『野村望東尼伝』の筆者春山育次郎もこれ以前のものはみられないと述べている。そこでこの歌は、天保三年（一八三二）望東尼二十七歳の時の作品ということになる。これ以後望東尼は作歌活動を展開するわけだが、ここで望東尼の出生からの略伝をたどることにしよう。

俗名浦野もとは、文化三年（一八〇六）九月六日、筑前藩士の父勝幸（三〇〇石）・みち夫妻の三女として福岡城南御馬屋後《おんまやうしろ》（現福岡市中央区赤坂）に生れた。父は藩士としての勤めのほかに華道作庭に優れた人でもあった。

母は農家の出身であるが、家計の管理に長け娘をしっかりと躾けた。もとは母の影響か身だしなみよく、センスの利いた衣服を身につけ、細身の凛とした姿の娘に成長した。尼になってからの姿を写した座像が平尾山荘（向陵庵）の資料館にあり、若き日の端正で清楚な風姿を偲ばせる。

十三歳から二〜三年、家老林直統の家に行儀見習いとしてあがり、働きながら学問の基礎知識のほか裁縫・手芸、茶華道、絵画など女子としての教養を身につけた。押し絵や生活をスケッチした絵の作品は巧みで、福岡市博物館に今も残っている。

十七歳で二十歳も年上の郡利貫に縁づくが、半年ほどで自ら望んで離縁し生家に帰る。理由は詳らかではないが、あまりの年の差に未来の幸せが見えなかったのではないか。

このころ松蔭二川相近に入門したようである。松蔭は書家として著名で、望東尼も二川塾で学んだと思われるが、二人の書体はかなり異なっており、むしろ二川塾同門でのちに師匠となった大隈言道に望東尼の書体は似通っている。二川松蔭は今様の大家でもあり、望東尼はこれも学んだらしく、「上京日記」や姫島の獄中でのつれづれに今様を作り歌ったことを記している。松蔭は、本居宣長門の田尻真言に師事して日本語の語法、文法などを学び文献、資料なども収集していた。福岡市博物館には、もとが「言葉の書取」をした折紙が残されており（史料番号68「雑記諸紙収巻」のうちの折紙一枚）、読んだ古典の表現のうちから気付いた言葉や語法をメモして、文章表現のキイワードを学習をしたことが判る。

二川松蔭への師事については文献資料が無いが、二川と望東尼の関わりを著書『野村望東尼』に記されている小河扶希《すま》子氏に訊ねたところ、以下のことが判明した。

小河氏は『野村望東尼全集』の編者佐佐木信綱の高弟村田邦夫から、二川相近の玄孫で『二川相近風韻』の著者二川瀧三郎に、邦夫が直接会って二川家の先祖から伝わった話を聴いている。また村田は鶴原誠（望東尼の文章にしばしば現れる曾孫とき子）とも面識があって、誠の生家野村家に伝わった、曾祖母望東尼と二川家にまつわる話をも誠から聴いており、小河氏はそれを村田から聴き取った。すなわち小河氏は、二川と野村の両家に伝わった話を村田から聞き書きをしたというのである。小河氏の著書『野村望東尼』にある、すべての二川と望東尼に関する記述はこの聞き書きによるという。筆者はこれを信用し記述に採用した。

もと二十四歳の文政十二年（一八二九）、二川塾の同門で三十六歳の野村貞貫（四三〇石）と再婚した。貞貫も再婚で、もとは一度に先妻の生んだ十六歳、十三歳、十一歳の男児の母となった（長男は早くに夭折）。自らの子も四人産んだが、みな生後まもなく失うことになった。

何歳からか定かではないが、もとは結核らしい病気を患い生涯の持病のようになる。ある春には桜の花も見られない程衰弱したが、たまたま次男の貞則も病臥していて「春もはてにもなりにけるかな」と和歌の下句を詠みかけると、もとが「桜花咲き出ぬまより病みふして」と上句を付け、病の中にも母子の心が通う喜びを共にした。

貞則は天保九年（一八三八）ごろ神代勝利《こうじろ》・春枝の娘たねと結婚し、二年後長男の貞和、その三年後に次男貞省（助作）を儲けた。

同十一年（一八四〇）七月、四男の雄之助は隅田《すだ》家に養子となって小助と呼ばれたが、婚約相手の娘は亡くなり、江戸勤務中に「同じ侍のつらかりしにたへずして行方知れず」（『向陵集』和歌の詞書）となった。同僚との人間関係のもつれに堪えられず、夏衣のまま出奔した子をもとは案じ続けたが、小助はやがて捕えられ、玄界灘の大島に流された。翌年には恩赦を得て、野村家の知行地香椎村にひっそりと住み家族を持つことが出来た。

三男鉄太郎は、もと夫妻の最初の師であった二川塾に学ばせ、武術も修業していたが、弘化元年（一八四四）二川家の養嗣子となり相遠と名乗って若先生の役を務めた。

病身で継子の世話を続けながら、どこか心の空しさを抱えるもとは詠う。

かりがねの帰りし空を眺めつつ立てるそほづはわが身なりけり

雁が帰った空を眺めて立っている不用になった案山子《かかし》とおなじわが身よ

　　うつせみのもぬけの殻にひとしくて猶このもとにある此身かな
　空蝉のように空っぽなのに猶この（子の・木の）許にある木の実のように子供のことが忘れられず、どこへ
　　も行けない私だなあ

先妻の子を実子として育て、子らが巣立ったあとのやるせない気持を表すのに、和歌はまたとない表現手段だった。

弘化二年十月夫貞貫は家督を貞則に譲り隠居、平尾村向陵《むかいのおか》に草庵を建て、翌三年に夫妻で移り住む。山の斜面には二川松蔭が育てた梅、桜、楓などを譲り受けて植えつけた。しかし山里の冬は寒く、病気も再発し本宅に帰ることになる。

この年六月長崎にフランス船が来航し、貞則は警備のため長崎に派遣された。二年後の嘉永元年（一八四八）貞則は江戸勤務となり二月二十八日に出発した。

　　君が身に心や添ひて出でつらん別れしのちは現《うつゝ》げもなし

息子と共にわが心も出ていったのか、送り出した後はぼんやりしてしまう望東尼である。

同年七月十二日、もとの実母みちが病で亡くなる。母の生前、もとは太宰府天満宮に病気の快癒を祈って千度《ちたび》詣でをし、和歌を奉納することを誓った。母の死後一年、誓ってからは十四年たって六十五首の歌を集めた「柞葉《ははそは》集」を奉納することができた。

嘉永二年八月二十日に、歌友で遠縁にあたる明石行敏・いさ子夫妻の娘いく子が急死して、もとは深く悲しみ歌を何首も作ったが、自身が高熱を出して、見舞いにも葬儀にも赴くこと叶わなかった。医師も同じ病で来られず、というところをみると病はインフルエンザだったようだ。出向く代りに『木葉日記』という、いく子を悼む小さな歌集を作って夫妻に贈った。この歌集の文末には「浦野氏もと」（野村もとではない）と江戸期の女性に一般的だった名乗りの署名がある。『向陵集』嘉永四年春の部に「一昨年の冬より心地例ならでいまだ臥しがち

にのみありける……初子《はつね》の日にも得ゆかねば」という詞書があるのを見ると、インフルエンザの後二年ほども体調は不良だったようである。

嘉永三年五月貞則が江戸から帰国したが、三十五歳の息子は「いとねびまさり」（年寄りくさくなり）「黒髪の枯れたる」（『向陵集』）姿に驚くばかりだった。鬱病らしい貞則は症状がいっそう重くなり、家禄の返上を申し出たり「おどろおどろしげ」な行動をして目が離せなくなった。家族が交替で見守っていたが、ちょっと目を離した隙に自刃して果てた。八月二十六日の払暁のことである（「和綴詠草」）。

この世にて剣の枝になり果つるこの身を見むと思ひかけきや

小助と言い貞則と言い、武士社会の壮絶な軋轢が、少し繊細な心身を押し潰したのだ。追い打ちをかけて家禄（四三〇石）も家も公けに返上を迫られ、本家の浜町下屋敷を借りて移り住む。二ヶ月後八十石減俸されて家禄は再拝領できた。家は亡き貞則の妻たねの実家（大濠北）の小屋を改造して、そこを借りることになった。当主貞和はまだ十一歳、幼名才丸を改めたばかり、もとからは孫にあたり貞則の長男である。貞和は手足が麻痺する神経病を病んでおり、当然貞貫・もと夫妻の後見が必要となった。もとは政治、社会の出来事に関心が強くなり、嘉永六年のペリー来航、旱魃に心を痛めるが、異国船については

異国《ことくに》の人は彼の世の鬼なれや火の車して舟さへぞ乗る

外国人は「鬼だからか、火の車の舟に乗る」と考える。別の和歌にも「異国の人は心短し」と詠み批判的な目をむける。後年の排外的な思想の兆しがここにはある。

地震の歌では、安政元年（一八五四）十一月十四日「東海道よりこなた人の家もことごとく揺りつくし大坂は津波さへうちいでて」の詞書（歌省略）、「安政二乙卯十月二日の夜に」有名な安政大地震に人々の家や寺社が倒れ火災が起こり幾万、という噂に一首詠んだ。

平らけき道失へる世の中を揺り改めむ天地《あめつち》のわざ

多くの人々も地震を、こうした天地がおのずから揺れて世を改める「世直し」の作用と捉えていた。向陵庵の近くの大休山《おおやすみ》では黒船騒ぎ以来、藩の軍事訓練がしばしば行われ、夫妻でそれを見物する。

　ものゝふの弓引き替へて石火矢にうち変り行く世の響きかな

という感慨の一方では「調練てふことすなるを見て」

　夢にだに戦だてするものゝふを見べき御世とも思はざりしを

平和に慣れた武士の世をあたり前だと思っていた自分に驚く。

安政三年には姫島の役人である弟喜右衛門に誘われて渡島し、珍らしい漁業の風物を観賞した。まさか後年、そこへ自身が流されようとは思ってもみなかった。同四年夏には病気が快癒しない貞和を連れて、夫とともに武蔵の湯（筑紫野市）へ二十一日間の湯治に出かける。手紙によると、もと自身も友人に会ったり蛍狩りに出向いたり、結構楽しんだようである。仲間を集めて古典の研究をしたり、古典の中の文法や語法について学んだのもこの頃であった。

安政五年、三男の二川相遠《すけとお》が世を去った。病気と聞いて見舞いに訪れたが、珍しく相遠に引き留められて「父君の待ち給へば」と帰って間もなくの訃報に、「留めし面影ぞ形見なりける」と悲しんだ。同年孫で野村家の当主貞和が、井出勘七の娘久子と結婚。このころ「我身」と題して

　如何になる身とも知らねど行く末は風に任する我身なりけり

と詠んで、五十四歳の境涯を見つめている。だがその翌年冬には「長く患ひて寝たりけるころ雪の降りけるを見て」と題し

　しばしだに枕放たで伏庵《ふせいお》の主をそろろと起こす雪かな

と詠む（「みのとしうまのとし」）。夫妻枕を並べて病みついていた病気は、疔《ちょう》というその頃流行した皮膚病であった。歌友で縁者の四宮素行がたえず見舞いにきていたが、もとが「一度はもう駄目かと思いました」と歌いか

けると素行が「あわやと見えた時には泉の水を汲むのも辛いことでした」と答える。家庭医学書によると、疔の多発するものは癤《せつ》と呼ばれ、汗腺から皮膚の深部に化膿菌が入り激痛を起こす。顔に出来る面疔は重症化すると血栓や脳膜炎を引き起こす。二人とも命の危機に瀕したが、夫の貞貫は脳を冒されたようである。その病気の最中十二月四日夜半に「大地震七度ばかり揺りければ心地例ならぬ身にはいと耐へ難くて」と詞書した一首がある（歌省略）。翌安政六年にも貞貫の病は癒えず、「七月初めよりおどろ〳〵しう見え玉ひて」異常行動ののち昏睡状態に陥った。二十八日遂に貞貫は六十六歳の生涯を終えた。

もろともに長き病に臥せる間はわれもや先と思ひしものを

自身が先かと思うほど病がつらく、夫の看病も思うに任せなかった。

八月九日、もとは持病のある身で明光寺の巨道和尚の引導により曹洞宗の修行をし、髪をおろして招月望東禅尼と名のった。しばらくしてまた病魔に襲われ

亡きものと思ひ捨てたる心にも得耐えがたきは命なりけり

万延元年（一八六〇）三月三日、大老井伊直弼が水戸藩浪士に襲われる事件が起こった。客観的、やや傍観的な歌を作る（歌は後述）。

このあと筑前藩では、月形洗蔵ら勤王派が処刑される辛酉《しんゆう》の獄が起こるが、望東尼の周辺はまだ平穏であった。

上京とマラリア罹患

夫を失った望東尼は、翌年弟の桑野喜右衛門を、翌々年四男の小助を亡くし喪失感に沈んでいたが、長年憧れてきた古典文学に関わり深い京都に赴き、夫と自身の歌集を上梓しようと思い立った。文久元年（一八六一）十一月二十四日、歌の師大隈言道の住む大坂へ出発、師と再会し、十二月二十一日入京した。

京都での滞在先は京都藩邸御用達の大文字屋比喜田源五郎、野村家からは遠縁にあたる。また筑前藩京都聞役の藪幸三郎にも滞在中の身元を引受けてもらう。二十五日には常々信仰する天満宮の本宮北野天神社に参拝。藪家で雅楽の演奏を聴かせてもらったり、大文字屋の忙しい年末風景を、自身は普段と違ってのんびりと過ごした。明けて文久二年の正月、五摂家の宮中参賀の行事、初子《はつね》の日の宮中行事など、尼姿は忌まれるので小袖と被衣《かつぎ》を借りてまで参観する。神社、名所旧跡を探訪し、神光院に大田垣蓮月を訪ねる。

心せくままに方々を訪ねているうち、望東尼は病気に罹ってしまった。孫貞和あての手紙によると、正月二十四日より「不快」となり一週間後蘭方医に診てもらうと、「わらは病み」つまり瘧《おこり》、現代ではマラリヤと呼ばれる病気である。そのことは処方された薬がキナエンであることから判る。大文字屋で養生していたが、蘭方医と繋がりのある藪家に移り「信実の世話」を受けた。マラリヤはハマダラ蚊が媒介する感染症で治癒すれば抗体ができるが、薬の使用期間が短く不十分な治療では慢性化したり、再発を繰り返したりする。早く外を歩きたい望東尼はそこそこに床を上げてしまった。そのため後年もこの病気の再発に悩まされることになる。

三月四月と月ノ瀬梅林などに遊び、さらに奈良、初瀬、多武峰、吉野、大原、石山寺などを探訪し、家からの帰国費用が届くのを待ちながら、大隈言道に頼んであった選歌がやっと届いたので、大文字屋からの伝手で公家の千種有文に序文を頼んだ。千種には歌を添えて都府楼*の瓦を贈り、千種からは重陽の節句に使用した「菊の被綿《きせわた》」と短冊を賜った。ようやく五月十五日に帰国の途に就いたが、途中大坂の大隈宅へ選歌の礼に立ち寄った時マラリヤが再発し、師の家で寝込む。廿日出航の船に乗り込み六月十二日小倉に着くまでに、船内では麻疹が流行ったが、望東尼は免疫があったらしく罹らずにすんだ。

当時の望東尼の精神のありようを示す歌

＊都府楼　古代の大宰府政庁の建築物をいう。大宰府は外交と防衛を任としたが十世紀初頭に焼失した。江戸時代には建物跡で瓦などを拾う事が出来たらしい。菅原道真の漢詩に「瓦」が見えるので、都府楼の瓦の土産は歌人には嬉しい品であったろう。

平らなる御世に誇れる世の人のうつゝの夢は覚むる時なし
生れける年に失せたりし子の廿五年を弔ひける時に
嬰児《みどりご》も盛りとならむ年は経ぬ在らば憂き目はみるか知らねど
貞和が手足の病を恥じて外へ出るのも厭うのを諫めて（詞書趣意）
膝行《ゐざ》りても心片羽になかりせば弓矢取る身に恥づることなし
一筋の道を守らばたをやめもますらをのこに劣りやはする
平和ボケしている社会への危機感、亡き子への追憶、ジェンダーに捉われず女の生き方を貫く姿勢など、多方面への関心が窺われる。

政治に目覚める

文久二年（一八六二）四月、薩摩の大久保利通の示唆を容れて、孝明天皇は薩摩藩主の父島津久光に内命をもって上京を促した。久光は兄の島津斉彬譲りの「禁闕」すなわち朝廷の守護を優先するという藩是を口実に、千人の兵を率いて入洛した。久光の率兵入洛に、西国諸藩の尊攘派は倒幕の意図を勝手に読み取った。しかし、もとより久光の意図は別の所にあり、兵力と天皇の権威を背にして幕府に改革を迫ろうとしたに過ぎなかった。藩主代理と尊攘激派藩士の思惑は大きく食い違い、先述のように尊攘激派を上意討ちにするという寺田屋事件に帰結した。

寺田屋事件は、かえって多くの尊攘激派を京都に集める結果となり、京都には平野國臣はじめ尊攘激派が潜伏し、公武合体派との争闘をくり広げ、市中には「天誅」と称するテロが荒れ狂った。望東尼はまだ在京中である。望東尼は比喜田とともに伏見まで出かけて、参勤途中に上洛する藩主黒田長溥の一行を待ったが、行列を拝むことはできなかった。この時長溥は参勤のため東上中であったが、播州大蔵谷（明石市）でさる脱藩士に行く手を遮られ回駕するという大事件が起こっていたのだ。騒擾の日々のなか、望東尼は故郷の動向が心配で早い帰国を願っていたが、帰国費用の金子が届かず、京都聞役の藪も騒ぎが収まるまで待つように勧めた。「利子もつけずにお返ししますが……その節は」という意味の歌を後に贈っているところを見ると、この時望東尼は藪から多少の金子を借りたようである。

帰国を待つ日々に望東尼は、「大黒屋の手代」馬場文英に京都の混乱した政治状況の見方について質問した。身近に起こる騒擾事件に恐怖を覚えるとともに、望東尼はその意味を解しかねたのではないだろうか。文英に時勢について質問することによって、漠然と感じていた時勢への不満を明瞭に自覚したのだろう。文英は日本全国から収集した膨大な史料や古文書を用いて現状を分析し、「国体の大義」（馬場文英「野村望東尼行状」）などを望東尼に語った。そして史料収集の一環として筑前の実情を知らせてほしいと頼んだ。

望東尼は文英の「勤王」という価値観を手に入れ、それに共鳴し、それによって社会に起こる諸事象を判断することで、一貫したものの見方が出来るようになった。望東尼の社会を見る目は、揺るぎない思想として心に定着し、その後の生き方を変えていくのである。

藩邸からも、帰国したら藩主回駕の実情を調べて知らせるように頼まれ、藪が藩士一人を供につけてくれた。政治への関心と、藩の実情報告の宿題を持って、望東尼は帰国した。

帰国後の文久三年六月十七日付望東尼から藪幸三郎宛の手紙では、藩主を大蔵谷で遮ったのは平野國臣という脱藩士であり、平野が「大蔵谷にて世の有様を聞こえ上げ奉りし」という事情によるという。

平野は、江戸や長崎で見聞したヨーロッパ諸国の傲慢無礼な態度に対して、幕府が何ら対策を講じないのを憤っていた。このまま幕府に日本を委ねておいては独立が危ない、幕府を倒し国を統一したうえで外交に当たるべき、そのために雄藩諸侯の連合によって幕府を解体させようという討幕論（小河扶希子『平野國臣』）を、安政五年（一八五八）ごろから、都に集まる勤王の志士らに提唱していた。

久光上京の目途が「公武一和」にあると知る平野は、久光の出立前薩摩に赴き「回天管見策」なる建白書を提出しようとした（小河扶希子『平野國臣』八四頁写真）。幕府を倒し、日本統一後に条約改正などの外交を行おうという主張である。しかし大久保利通に建白書の内容の変更を迫られて、涙を飲んで「尊攘英断録」に題名を変え、内容も控えめなものにした。同様の思想は平野のみならず、横井小楠、横井の影響下にあった三岡八郎（後の由利公正）、後には勝海舟や幕府を見限った大方の人々に共有されるようになった。

諦めきれない平野は、参勤の旅の途上にあった筑前藩主黒田長溥の行列を大蔵谷で遮り、藩主に向かって必死の思いで攘夷に方針を改めるよう訴え、在京の久光にも藩論を攘夷に変更するよう説得を頼んだ。長溥は驚いて参勤を取りやめ、病と称して回駕、平野を途中まで同船させ、下関で捕えさせたのである。

平野國臣・喜多岡勇平と親しくなる

文久二年十月、野村家では脚の病が癒えぬ貞和に代って、弟の貞省が家督を継ぐことになった。望東尼は貞省が妻を迎えるにあたり、新居として下警固《けご》村立益町《りゅうえきのちょう》に土地を求め家の新築を計画した。隣家は喜多岡勇平の家である。喜多岡勇平は、文章に秀で右筆を務めるとともに徒罪方《とざい》を創設運営し、大頭役所《おおがしら》取締を兼務するなど有能な官僚として実力を発揮、自然に藩の機密にも触れるようになっていた。

京都と藩を頻繁に往復するそんな勇平を、望東尼は「隠れ目付なるべし」と見抜いていた（谷川佳枝子『野村望東尼』）。また喜多岡が京都聞役補佐の三木省吾の知人でもあるため、三木は、多くの情報をもつ喜多岡と親しむよう望東尼に促し、藩庁と京都藩邸間を連絡する御用状を情報の交換に利用するよう勧めた。

『向陵集』に文久三年二月十六日のこととして、「花見に行かんとて喜多岡何かしをそゝのかしに」行き、その妻に草餅でもてなされた、と一首を詠んでいる。一方江島茂逸編『喜多岡勇平遭難遺蹟』に引用されているものでは、三月十五日、十六日（年代不記、二月の誤りか）と連続に元道（勇平）と望東尼の和歌の応酬が十回ほども繰返され、他の友人も加わり、酒や月も登場してごく親しい友人隣人となったことが判る。おそらく同じ時のことであろう。

喜多岡は平野國臣とは竹馬の友でもあった。藩主の行列阻止と脱藩の罪で囚われている平野を、徒罪方として親切に世話をした。普段から平野は異様な風体でいるのを喜多岡が忠告したことがあるが、脱藩している平野は意に介さず、藩の能吏である喜多岡とは好対照であった。平野は、諸外国から開国を迫られているが、開国の前に日本を統一すべきだと主張していた。こんな平野國臣に望東尼は興味を持ち、喜多岡に平野に歌を届けてくれるよう頼んだ。

類ひなき声になくなる鶯は籠《こ》に住む憂き目見る世なりけり

平野から返歌が送られてきた。

をのづから鳴けば籠にも飼はれぬる大蔵谷の鶯の声　旭桜

牢内では筆墨が許されないため、平野は紙を紙縒《こより》に縒《よ》って飯粒で文字の形に貼り付けた苦心作である。『神武必勝論』などの著述もこの方法で行った。望東尼は紙縒に用いる塵紙を獄中の平野に差し入れ著作を助けた。

前年の六月十二日に望東尼は福岡に帰郷したが、平野はまだ獄中にいる。京都で尊攘派の勢いが強まった翌三年、朝廷の筑前藩に対する国事犯赦免の働きかけにより、平野は特赦となり、三月二十九日には禁固を解かれた。望東尼とも親しく会うことになった。六月末には望東尼と一夜語り合った後、七月二十五日に藩命により再び上京、やがて学習院出仕を命じられた。

このとき平野は、望東尼が獄中に紙を差入れ紙縒文字作成の協力をしてくれた礼に、料紙一束を贈って去った。この料紙は奇しくも、望東尼が罪を宣告されてから姫島に流されるまでの日記『夢かぞへ』を書くのに役立ったのである。平野に続いて筑前の勤王派の雄、月形洗蔵、中村円太も釈放された。

望東尼は上京した平野に、宿として大黒屋を斡旋したり京都聞役に会うよう勧めたりと配慮した。また、そのころ企てていた京都に関する文学作品の取材のため、情報を得ようと平野にも頼んだ。しかし平野からの返事は無く、「正気伝芳」（望東尼の馬場宛手紙を中心として勤王派の書状類を後年馬場が集めたもの）（1―20）の日付不明の望東尼から馬場宛手紙が語るところでは、平野を丹波境まで送ってくれた事への礼が述べられている。後の消息になるが、「正気伝芳」（1―3）では、文久三年十一月二十九日馬場宛望東尼の手紙に、在京中の喜多岡勇平からの報せで、但馬生野での平野の動向と捕縛されたという結末を知り、「驚き、憂れたく悲しく……潔く心地よく……墨染めの袖を絞り申候」と述べている。

八月十四日には、攘夷派の一部天誅組が、大和に拠って天皇を迎え旗揚げを企て五条代官所を襲撃、朝廷ではこれを無謀として鎮撫のため平野を遣わしたが、平野は「大和義挙」として共感するところ大であった。彼は八月十八日に公武合体派が起こした「文久の政変」のため帰京できなくなり、京都守護職に追われる立場になった。やむをえず馬場は、但馬へ向かう平野を丹波境まで送り出したのである。こののち平野は「生野の変」へと飛躍し、馬場と望東尼は頻繁に文通を交わす事となる。

「文久の政変」により公武合体派は勢いを盛り返し、攘夷派を追い落して政権を握る。三条実美ら七人の尊攘派の公家は朝廷に参内を禁止され、禁門を警護していた長州藩は任を解かれた。七人の公家達は長州藩兵とともに長州へ落ち延びた。

平野は但馬で農兵を組織し、この武力で大和の天誅組に援軍を送るべく、その長官として、都落ちした七卿の一人沢宣嘉を迎え「元帥」と頼んだ。一隊は生野代官所を占拠したがまとまらず、沢宣嘉がまず脱落、「生野の変」は三日で鎮圧された。平野は捕縛され、京都六角の獄に収容された。望東尼はこの事を喜多岡からの報せで知り、さきの馬場宛の手紙に悲喜交々の思いを綴ったのである。

七月には野村家の新居が竣工し、一家をあげて杉土手の仮家から転居した。去る二月の「花見の宴」を通じて懇意の間柄となった隣家の喜多岡勇平とは、かつて獄中にあった平野國臣との間を取り持ってくれた仲である。出獄後上京した平野について望東尼は、馬場宛の手紙の中で平野をおおいに褒め称えながらも、生野での行動については「かの人には少し似合はぬつたなさ、便《びん》なき（不都合な）事ぞかし」（「正気伝芳」1―11）と残念がった。

元治元年（一八六四）六月五日、謀議中の長州藩浪士を新撰組が襲った池田屋事件に続き、長州藩は池田屋事件を指揮した京都守護職の追放をもくろんだ。十八、十九日と、朝廷を守護する薩摩・会津の兵と戦って敗れ、御所に向け発砲した廉で長州藩は朝敵と呼ばれるようになった（禁門の変）。この時筑前藩の志士中村恒次郎無可《ありよし》は戦死、望東尼の孫助作貞省も従軍した。望東尼は馬場文英宛ての急ぎの手紙に、助作をよろしく、内々知らせ給へ（「正気伝芳」1―7元治元年八月一日）と頼んだ。

筑前藩では「禁門の変」の一部始終を書き記すよう馬場に頼み、馬場は膨大な資料と取材をもって『元治（夢）物語』を書き上げた。六角の獄にあった平野國臣は、戦乱の中で斬首に追い込まれた。

望東尼はこのころ体調が優れなかったが、政治への関心は京都の「禁門の変」、対馬や萩の「正義士」の斬罪、水戸藩の天狗党の乱、長州へ異国船が渡来して、筑前藩からも軍勢が差し向けられた事など多岐にわたる出来事に向けられていた（「正気伝芳」1―8慶応元年七月三日）。

「十一月ばかりより、ここかしこの隠れ人を預かり、それに取り紛れ只一筆を書く暇なく」（「正気伝芳」1―6慶応元年＝一八六五年十二月二十七日）と望東尼が馬場に訴えたのは、十一月二十一日からほぼ十日、高杉晋作が長州藩の保守派に追われ向陵庵に潜伏したのに続き、対馬藩の改革派の一人多田荘蔵が保守派に敗れ、藩の飛地である「田代（佐賀県北部）より逃げ来る人もありて、忍びく〱の世話多く……恨めしき世となり申候」という、忙しくてものを書く暇など無い生活を送る日々だった。「天朝昔に帰らせ給ふ事如何にや。つひに異人の国とやなり侍らん……薩より大に尽力いたし候まゝ……やがて日本は薩のものとなり申べし。さもあらば中々（却って）

天朝の御為になるやうにやと、今は長のかたこそ……疎ましけれ」、朝廷が幕府以前の昔の時代に還るという事はどうなのだろう。しまいに外国人の国になるのではないか。…それでもやがて日本は、この頃尽力している薩摩のものとなるだろう。そのほうが却って朝廷の御為になるかも知れない。…御所に発砲し都を荒らした長州のほうが疎ましい。

「勤王」の価値観を獲得したとしても、現実はやはり複雑に絡まり合って判断に苦しむことが多い。疑問がいっぱいで理想とはあまりにかけ離れた現実を、望東尼は反語をもって語ることしかできなくなっていた。さまざまな勢力が混沌と渦を巻く状態を克服して、古典にあるような「天朝」の世が実現し、安定した日々が送れることを望東尼は願わずにはいられなかった。

五卿移転と喜多岡勇平

筑前藩では「文久の政変」以後、北隣の大藩長州藩が幕府に攻められ、内乱となるのを未然に防ぐ工作を始めていた。世子長知が文久三年秋から元治元年四月初めにかけ上京して、長州赦免の周旋活動を行ったが成果が得られずにいるうち、七月二十四日に幕府の意を受けて朝廷が長州討伐令を発した。これにより、幕府は西国諸藩に出兵を命じ、征長総督に前尾張藩主の徳川慶勝を任命した。筑前藩にも出兵命令が出た。藩主長溥は苦境にたつ。朝廷・幕府・諸藩から「長州同気」の嫌疑を受けるのを恐れ逡巡したが、征長総督の慶勝が寛大な処置に留める意向を見せ、長州藩主には戦意が無かったとの情報も得て、内乱回避の可能性を信じて周旋を続けた。そして長州藩が謝罪服罪したならば攻撃を中止するよう慶勝に建議した。長州は謝罪服罪を受け入れ、第一次征長は中止された。

この時点において懸案だったのが、慶勝の示した服罪の要件の一つである、長州亡命中の三条実美以下五卿

（七卿のうち一人病死、一人脱落）を九州に移転させるという問題だった。五卿の存在は長州の正当性を保証する人質の立場にあったからである。五卿の転座はやがて望東尼の大きな関心事となる。

こうした状況の中で喜多岡勇平は、先に世子長知に従って上京してから、藩の方針に添って長州周旋に情熱を注ぐようになった。勇平は薩摩の征長参謀西郷隆盛に会い、長州の謝罪恭順を促し和解の道を探ることが、内乱回避に繋がると説得した。長州と総督府を何度も往復し、持論をもって折衝、提案をなし、長州支藩の岩国藩主吉川監物《きっかわけんもつ》や薩摩藩士高崎兵助とともに、五卿の九州移転のために働いた。しかし五卿らは長州の奇兵隊諸隊の人質のようになっており、乱暴な諸隊との折衝はさすがの勇平も困惑の体であった。築前藩庁は、長州諸隊と親しく五卿の信頼もあつい月形洗蔵を起用し、最終的に五卿を大宰府の延寿王院に転座させることに成功した。この際幕府側は五卿を江戸へ送るよう命じたが、勇平は、五卿を別々の藩に分けず筑前藩で一緒に預かるよう自説を展開、福岡と長州と総督府を何度も往復して説得し実現した。

元治二年二月、筑前藩では長州周旋に勤王派が力を発揮したため、黒田播磨・加藤司書ら勤王派に理解を示す人物が藩政に登用された。加藤ら勤王派の起用については、藩主長溥は不信を抱いていた。長州周旋について、長溥は幕藩体制を保持しつつ内乱を回避する意図から行ったのに対し、月形ら勤王派は長州勤王派に資金援助までして提携し倒幕への路線を歩もうとしていた。長溥はそれを知りながら、五卿を自藩に連れてくるためにだけ一時的に月形洗蔵を利用したが、事が成ってしまえば不用かつ危険な存在となった。

五卿転座をめぐって勤王派は朝命藩命に背く行動を取り、藩主を怒らせ、加藤は政権の座から追放された。慶応元年（一八六五）六月から月形ら勤王派は謹慎を命じられ、十月には百四十名が斬罪や切腹に処された（乙丑《いっちゅう》の獄）。望東尼の自宅謹慎、流謫処分もこれに繋がるものと考えられる。

『夢かぞへ』に望東尼は「乙丑の獄」について記すが、保守派のしわざと捉えていて、藩主の意思によるものだとは考えていない。望東尼は片思いのように藩主を信ずるところがあり、長溥も人間としては譜代の家臣を尊重していたらしいが、政治的行動はこれとは全く位相を異にするもので、「蘭癖大名」と言われるほど新しもの好きの一方では、倒幕など思いも寄らぬ事と信じていた。

勤王派の藩政支配の期間は短く四ヶ月余り、望東尼と馬場文英との通信のポストだった京都聞役も、保守派の領する所となっていた。

慶応元年五月幕府は第二次征長を企て、将軍が陣頭指揮を執ることになり、洛内の治安確保のため親長州派の志士らの掃討捕縛が行われた。望東尼と馬場の通信ポストはこの時の掃討で破壊され、同年五月、馬場は京都所司代によって拘束されていた。容疑は『元治物語』を書いたこと、および平野國臣ら志士を匿ったこととされた。福岡藩庁では、京都と国元の情報のあまりに速い伝達を不審に思い調査の結果、馬場・望東尼間の文通の事実を探知し、まず馬場を捕縛するよう所司代に頼んだ訳である。この時点で望東尼の身にも危険が及んだと言わねばならない。また容疑の内容が、後に望東尼が罰せられる際のものと偶然にも同じであった。

ここで「正気伝芳」1―1慶応元年五月二十七日分（この手紙を馬場が読むのはおよそ一年後、六角の獄から解放された時である）により望東尼が当時の世相をどう見ていたかを示しておく。

福岡の現状について。「此御国もいよ〳〵御正儀には疑ひなくおはしませども、内々様々と入り乱れ、二つ三つに分かれたるやうになむ。……歎き侍る事どもぞかし。有志とても心許し難きもあれば……矢野大夫（勤王派重臣）はいまだ事なくわたらせられ……加藤（司書、勤王派重臣）は少しおのがじし（自分勝手）もありげにて……かくなる（追放の事）筋無きにしもあらじかし」。

将軍と「皇国」。「大樹（将軍）自ら（第二次征長戦への）御進発は、いづこの人も憎み笑ひ侍る……ある人来りてお止めになりしとの事……こたび御進発あらば、自ら滅び給ふ死出の旅……皇国の御危うさ、誠に〳〵風の前の灯火」。幕長戦争は、同二年、将軍家茂の死去により九月二日終結した。望東尼の思惑は適中した。

月形洗蔵の評価。「(五卿様を）五国に御引別れあらば（五卿様を、幕府の要求に添って五藩に分けてお預かりするならば）いかなる御憂き目にもならんを、まづ御一つにましますやう月形洗蔵ぬしが致したるは……正義の計らひと嬉しく思ひ侍るを、怪しき人どちはいらざる厄介者引入しなどと言ひはやし、悲しいかな月形は差し控へとなり人に会ふのも御止めにて、おのれらも行きがたし……長崎の御周旋（五卿らを長州奇兵隊諸隊から解放したこと）は、かの人の力なりしを……少しの枝葉をもてかく押込めし」。

藩主への期待。「君公あきらけくおはしませばやがて開き侍らん」。日本の現状を嘆いて。「ただ古へ、神々のはじめ、国も分かれずゆら〳〵と漂ひし時にや立かへりぬらん。とても一たび揺り直さではかなはぬ御世なるべし」。

勤王派の分裂を歎き、幕府は滅ぶべき運命だが「皇国」も危うい、月形の境遇を悲しみ、やがて自分も月形と同じ運命に陥ることは気づかず、藩主に幻想的な望みを託し「揺り直し」を夢見る。この手紙が保守派の手に落ちたかと思えば結果は知れ、心寒い。

喜多岡勇平の活躍と遭難

ここで喜多岡勇平のその後の動静について、江島茂逸編『喜多岡勇平遭難遺蹟』に拠りながら述べる。勇平は西郷隆盛らと、五卿が筑前に入った時点で征長軍を解兵するよう総督府に説き、十二月二十七日解兵が発令された。元治二年二月十五日五卿は大宰府に着く。勇平は五卿を迎える準備を調え、五卿着後はしばしば伺候し時事を論じて信頼を得た。しかし藩論は勤王佐幕入り乱れていた。勤王派内の過激派の処置をめぐり、家老の黒田山城は「人心一和」を唱え、他日の用を期して罪を許し呼び返そうと考え、勇平もこれにひそかに賛同していた。山城とともに藩庁上層にあった浦上数馬・野村東馬らは暴徒の誅罰を主張し、過激派の非を山城の責に帰し、五卿を江戸へ送れという幕命に反するのを恐れ、「浮説怪談」をもって藩論の転覆を試みた。家老の連署によって藩主に直訴し、その親書発布を引出した。「公武和合皇国永久の願いにも拘わらず、人心不和、党を結び、他藩と繋がり主命を蔑《ないがし》ろにするのは以ての外である。こうした輩には厳重な処分を申しつける」という趣旨であった。

　これにより建部武彦・斎藤五六郎・衣斐茂記らが謹慎を申しつけられたが、月形洗蔵・鷹取養巴らはしばらく無事だった。黒田播磨は病気と称し采地の三奈木に隠り、矢野相模・大音《おおと》因幡も辞職を願い聞き届けられた。浦上数馬も世評を憚って復職の命を辞した。藩庁には黒田大和・林丹後・櫛橋内膳らが残った。

　このような状況下の慶応元年（一八六五）六月二十二日、勇平は神代《こうじろ》勝兵衛とともに藩主から大宰府への使いを命ぜられた。内容は不明ながら、「藩主は国法に違反した者を処罰した。その中には五卿の転座に尽力した者もあるが、旧に倍して五卿方を守護、復官帰洛に努めるので安心せられよ」という事らしかった。勇平にとってはこの使命は一大難事だった。多くの同志と進退を共にせず独り佐幕の藩庁に留まったことは、人々の疑惑を呼ぶ事になったからである。編者の江島茂逸は「崩れかかる堤防を片手で防がんとするごとき決意で、何とか藩庁に留まり同志を罪から救はん」と決意する勇平の苦衷を忖度している。友人らからは、早く職を退き過激派から身を守るべきだと忠告されたが、勇平は、藩は佐幕派の専有物ではない、危険は承知しているが運を天に委せて踏み止まり、内部から同志の援助をしたいと考えた。しかし藩主の特命を受けたとはいえ、五卿の嫌忌を受けること必至だろうと悩み、辞退すべきかを実兄に相談したが、慰留されてしまった。絶体絶命、生きて帰れるかと危ぶみ、身辺を整理し、二十三日神代とともに太宰府へ出発した。同志の真藤善八も同伴してきた。藩が佐幕派の占有になれば五卿を捕えて幕府に差出すだろうと危惧する人々の使いで、五卿の従者を訪ねるのである。

　勇平が五卿の旅館に入ると、後をつけてきた過激派の伊丹真一郎が善八に、「彼は天下の大奸賊だ。使命の顛末を聞き糺し、事によっては即座に討ち果たす」と告げた。勇平が使命を遂げて帰路につくと、伊丹は待ち受けて殺害しようとしたが、帰途の街道を違えていたため危難を免れた。

　翌二十四日、勇平は病気と称して出仕しなかった。友人が次々訪れ話を交わし、夕方には隣の望東尼を訪れ、木陰で涼みつつ語りあった。そして短冊を乞うて一首を書き付けた。

民草の猶安かれと老の身もいとはで君が家を出でつつ　元道

図らずもこれが喜多岡勇平の辞世となった。晩には二人の兄が訪れ酒を酌み交わし、これ迄の事を語り溜息を吐き、涙を禁ずる事が出来なかった。勇平は十一時ごろ床についた。

この日の夕方望東尼は自宅謹慎の命を受け取る。「夢かぞへ」はここから始まる。望東尼が床に就こうとした夜半、隣の喜多岡勇平が賊に襲われ殺されるという大事件がおこる。望東尼は自分を襲った非常の出来事もそっちのけで事件の顛末を記録する。

二　夢かぞへ

慶応元年（一八六五）六月～十一月

ゆめかぞへ（表紙）

水無月の書

七月八月のはじめ

六月の空かきくらし[1]、雨のみ降りつづけば、夏もなき年にやと疑ふばかり。はだ寒《さぶ》き夜の夢に、白き梅の花のうつろひがたなるが[2]、森の木《こ》の間より枝差し出でたるを、一枝引よぢて[3]折りつるに、残りなく散りぬと見えて覚めぬ。こは、天満御神《あまみつおんかみ》[4]の見せしめ給ひつらむと、はかなき夢も心にかゝる。

乱れ世の中なれば、宰府《さいふ》におはします五つの御前[5]に、何事かおはしますらんとさへ思ふぞいと畏き。天《あめ》が下、四つの時（季）だに定かならず。暁の蟋蟀《きりぎりす》[6]の声うちしきりたるも、つきぐ〵しからぬ年の行く手、皐月《さつき》[7]ばかりよりいと涼しくて、六月十八日に秋の立ち初《そ》めしより、中々灼《や》くばかりにて、民草の憂いさへ添ひぬべき世の有様、人の心も鎮めがたげなりや。

1 かきくらす——掻き暗す、空を暗くする／2 うつろひがた——（梅の花が）散り始めている／3 よぢて——すがりついて／4 天満御神《あまみつおんかみ》——天神様。天満天神（菅原道真）を祭る／5 宰府に〜五つの御前——太宰府に滞在する五人の公家達。文久三年（一八六三）八月十八日の政変で尊攘派の七人の公家は長州に落ち延びたが、幕府の長州征討のため三条実美・三条西季知・東久世通禧・四条隆謌・の五人は、太宰府に移された／6 蟋蟀《きりぎりす》——現代のコオロギ／7 皐月《さつき》——旧暦五月

解説

太陽暦で暮らしている現代人には、六月の雨は普通のことである。だが近代以前に使われた太陰暦は今よ

り一ヶ月ばかり遅れることを思えば、この年は天候不順だったようだ。六月十八日に立秋になって、不意に灼けるように暑くなった。望東尼が肌寒い夜に見た夢、折りとった白梅の花がみな散ってしまった。太宰府に滞在なさる五卿様方に何かあったのか、と不吉な連想をする。五卿様とは、「文久の政変」で公武一体派に追われて太宰府に落ち延びて来た、尊攘派びいきの五人の公家達のこと。その行方はこの日記物語に象徴的な意味を与える。政変のあった文久三年八月十八日からおよそ一年九ヶ月余の夜の夢を記し、天候は人の世の変転を映しているかのようで世の人心も鎮まり難い事よと、望東尼はこの夢を日記物語の序とする。

二十四日の夜《よ》は、家近き所にまし〱ける天満宮[8]に、里童《さとわらは》、夏の祓《はら》へ[9]にとて千々《ちぢ》の灯火《ともしび》奉るを、曾孫《ひまご》[10]に拝ませんとて、隣[11]の娘など率《ゐ》て詣でゝ、幼きものども、女どもと御社に遊ばせおき、男童《おとこわらは》[12]を率《ゐ》て、このごろ作りたりし、芭蕉《はせを》の色紙・短冊《たにさく》を見まほしといふ老人[13]ありしかば、そこにとて持て行（き）。つるに、程もなく家の従者《ずさ》はせ来りて、「疾く帰れ、急ぐ事いで来たり」といふ。

事の様子問へど知らず。さらばとて行かたにもゆかず。帰りざまに御社に行（き）。、幼きものども具して帰る時、はた先に来りし従者が文持て来る。やりすてゝ、はた異方《ことかた》にも文持て行く。見まほしけれど人も行き違へば、はや家も近し帰りてと思ひ、取り隠しつゝ帰り見れば、あるじ省《はぶく》[14]を御縛《いまし》めありげなる召文来たりたりとて、呼びにおこしゝ文なりけり。

さて、一族てふものも一人率《ゐ》てなどあれば、先に会ひしは、浦野[15]何がし（某）を呼びに行（き）。しなりけり。使ひとゝもに来れり。かくて司人[16]のもとにとて出でゆく。

いかなる事ならむと心慌ただし。こゝかしこさるべき人[17]を呼びに遣しゝに、先《まづ》、井手[18]何がし（某）、四宮[19]何がし（某）なむ来たる。瀬口[20]といふ者、わが庵《いほ》を守《も》らせて、去年《こぞ》よりものしたりしが、今日張物[21]の用ありて今朝より来りしを、この事聞きていと気遣ひ、帰らむともせず。みなつれ〴〵とあるじが帰るを待つほど、浦野一人ぞ帰り来る。一ひらの仰文《（おおせぶみ）》を出《いだ》し、われに渡す。

こは、御疑ひの事ありて、家の続きあらん親族《うから》やからに、しばし預けさ（せ）給ひて、代る〴〵守らしめ給ふ由なりけり。

世を捨てし身にさへかゝる浮草の濡衣《ぬれぎぬ》、墨の衣に引重ねつる事ども、いと畏しとも思ひ分きがたし。[22]

---

8 天満宮——註4参照。野村家に近い天満宮は、現福岡市中央区桜坂二丁目にある駿河天満宮である／9 夏の祓《はら》へ——夏越《なごし》の祓えとも言い、六月晦日に行われる大祓《おおはらえ》の神事、茅の輪くぐりなどで身を浄める／10 曾孫《ひまご》——孫の貞和の娘とき子／11 隣の娘——喜多岡勇平の娘駒子／12 男童《おとこわらは》——野村家で召し使っている少年／13 老人——ここでは歌人で同志の魚住楽処／14 省《はぶく》——望東尼の孫、貞和の弟で野村家当主の貞省／15 浦野——望東尼の生家の人。浦野勝幸／16 司人——原文も漢字表記だが「つかさびと」と読むのだろう。役人／17 さるべき人——一族の中の人々／18 井手——井手勘七。貞和の妻の父／19 四宮——四宮琢蔵。野村家の親戚／20 瀬口——瀬口三兵衛。望東尼夫妻が向陵の庵で家番を頼んでいた足軽／21 張物——着物を解いて洗濯し、板に張ったり伸子《しんし》で伸ばしたりして乾かす作業／22 思ひ分きがたし——どう考えたらよいか分らない

解説

慶応元年（一八六五）六月二十四日がどんな日か、略伝に記した藩政の動きや喜多岡勇平の事件を思い起こしたい。何よりも望東尼は、昨夕隣との境の路地で勇平と夕涼みをした時の、勇平の沈んだ様子が気にかかっていた筈だ。それが何を意味するか解らぬまま、勇平の娘で十四歳の駒子を誘って、二歳の曾孫《ひまご》とき子を連れて駿河（桜）天神の祭に出かけた。

桜天神はごく小さな社のお宮だが、古色蒼然たる鳥居があり、地下鉄桜坂駅を北へ六百メートルほど。ここから東へ五百メートルの所に望東尼のまだ新しい家があったと想像できる。隣は喜多岡家である。

桜天神は、夏の祓えで氏子が献灯した沢山の灯火で明るく賑わっていた。お参りのあと子供らを女たちに

任せて、望東尼は近くの友人魚住楽処の家に寄っていると、家の使いの少年が走ってきて早く家に帰るように言う。受け取った文の内容は、家の当主で孫の貞省が役所から召喚されたということだ。召文に応じて貞省は付き添いの浦野とともに役所へ出頭し、家には親戚や向陵庵の留守居瀬口三兵衛も集まってきた。みな退屈してあるじが帰るのを待つうち浦野だけが帰り、役所の仰文を望東尼に渡す。それは望東尼にも疑いがあり、自宅謹慎させ親戚中で見守れという仰文だった。世を捨てたこの身に何たる事、不吉な予感が望東尼の心に広がる。

子《ね》の時[23]過《すぐ》る頃、あるじ[24]も帰りしかば、先《まず》、仰言《おおせごと》をうち寄りてぞ問ふ。異なる事もなく、たゞ我と同じ様《さま》ながら、こは大やけ（公）より守人つけさせ給ふ由なりけり。

今宵おなじさまに御縛《いまし》めありし人々、先、月形ぬしの親洗蔵・筑紫衛・鷹鳥（取）養巴・森安平・万代保之丞・江上栄之進・伊熊幾次郎・梅津又八・今中作兵衛・伊丹真一郎・真藤善八・尾崎逸蔵と野村省・おのれまで併せて十四人《よたり》、その外御そばの筒役十人、御足軽やうの者まで併せて三十九人なりけり。過し廿日には建部武彦[25]ぬし・衣斐茂記[26]ぬし・斉藤五六郎ぬし、かの方々はひときは重く召使はせ給ふ人々なれば、守人はなし。河合茂山老といふ人も、かの人々と同じ日に物せられしかども、こは一族に御預けとか。

さる事出できぬる頃より、誰《た》が上にもなどは思ひしかども、かく数多《あまた》あらむとは思ひかけざりき。誰々も御国家[27]のみためを深く思ひ奉るばかりなるを、いかなる人の禍事《まがごと》やしつらむ。さりながら、世に知られたる皇国《すべくに》[28]の義士とかいふ人々の中に、言ひがひなき尼法師の身にて連なれる、人笑へも中々にとて

うきくものかゝるも嬉しものゝふの大和心の数に入る身は

など書いつけて見せければ、瀬口笑ひて、「我もその御数に入（る）○にやあらん、いで、帰りて御庵《いほり》をも片付

けおき侍らむ。御入用のものあらば、明日取りにおこし給へ」など言ひて帰る。

23 子の時――午前零時前後／24 あるじ――貞省を指す／25 建部武彦――貞省の妻たつの父。望東尼の押込めの四日前の二十日に押込めを命じられた／26 衣斐茂記――貞省の妻たつの叔父／27 御国家――ここでは筑前藩をさす／28 皇国《すべくに》――天皇が治める日本国

解説

貞省の罰は、望東尼とおなじく謹慎ながら部屋を別にし、監視人は公けの人が来るとか。同時に拘束された人々は十人余り、側筒や足軽まで併せて三十九人。これより以前二十日には、貞省の妻たつの父建部武彦・たつの叔父衣斐茂記・斉藤五六郎らも憂き目に遭ったが、彼ら重臣は監視人無し、河合茂山は一族預け。世に言う乙丑の獄の始まりである。事の気配が見えた頃から、誰々もこんな目に遭い得るとは思っていたが、これほど多数だとは。皆々国の事を深く思っていた――ここで「国」を筑前藩と訳したのは、日本国の状況に藩国家がいかに対処すべきかという意味からである。皇国の義士などという人々の中に、言い甲斐もない尼法師の身が連なるなんて、世のお笑い草さね、と言いつつ一首ものした。風刺を効かせた表現のなかに昂揚した気持がこめられている。

人々うち寄り額を集めて、守りに来むん(×)人々の名ども書い集むるうち、隣に板戸の倒れたる響きてすさまじ。みな驚きて耳そばだてゝ聴けど続く音もせねば、「こは此頃かなたの東《ひんがし》の酒屋が、家の造作すとて境の壁破りたれば、そこに戸をや立てつらむ、犬などの倒《たは》しゝにや」など言ひつゝ心安かりつるに、やがてこゝかしこばた〳〵といふ音して、人の足音たゞならず聞ゆれば、いよゝ家の内に犬の入りたるを、追ひ出《いだ》して打つにやと思ふ

うち、表のかたに馳せゆく音するやいなや、「この畜生〳〵」とかいふ声遠く聞えて、ばた〳〵と打つ音四つ五つも聞えければ、何かはたゞならぬことなれば、よそに見てあるべきにあらず。

されど、あるじも我もかゝる身にて、いかゞはせん。我守りの旁々ながら、「行きて何事によらず力を添へ給へ」とて、井手ぬし、四宮ぬしをやらむとて灯火の用意どもしつゝ、従者《ずさ》どもにも「疾《と》く〳〵」など言ふうち、隣の妻なる人、裏辺の家に息子の寝たるを呼びて、「父上は大事なり。われも娘も手を負ひたり」と言ふ声聞ゆ。「さればよ、人殺しなりけり。いで早く」など言ふも夢のやうなり。みな慌てゝすべき方なし。いかにわが身御咎めに遭へりとて、たゞ果つべき[29]事にもあらねば、人々遣はしゝうしろより、裏道の境まで行（き）て「いかなる事にや」と声をかけたるに、たゞ「あはや〳〵」とばかりなりけり。

有明の月もまだしき程なりければ、ものゝあやめ[30]も分かず。はや曲者《くせもの》は去りしにや、遠くばた〳〵としたる後《のち》は何の音もなし。喜多岡が声はさらにせで、たゞ家《いへ》人、「何方《いづち》〳〵」と尋ぬる気配のみなりけり。かしこは火も消え果てゝ、何のあやめも分かざりしに、井手ぬしが提灯にて、やをら娘が斬られし所も見る気配すれど、そこまで入りたらむ事は、慎ましき身の憂き時、心ばかり騒がれて身も震ひたり。

29 たゞ果つべき――このまま捨てておくような／30 あやめ――文目、物の形や色

解説

場面は急展開する。前文に記したように勇平自身は危険を予知していたかもしれないが、望東尼にとっては全く思ってもみない凶事である。そういえば昨夜木陰で涼を取りながら語り合ったとき、どこか浮かない顔をしていたのが気がかりではあったが、わが家の大変事のためいつか忘れていた。こういう事件が起これば、武士の一族でも「みな慌てゝすべき方なし」という状態になるのはやむを得ない。望東尼自身は、お咎

めに遭った身だからとてじっとしていることは出来ず、昨夜勇平と語り合った隣との境の辺りまで行って、様子を訊ねてみるが、誰もまともな返事もできない。まっ暗な中で隣の人々が主を探す声がするのみ。これ以上深入りするのも憚られるが、心が騒いで体が震えてくるのだ。

武士といえば「勇猛果敢」「沈着冷静」などと思ってしまう偏見？は小気味よく打ち砕かれる。誰でも夜中に不意打ちを食らえば慌てるのは当然だということを思い知らされる。そしてその経験を忌憚なく、人間の真実として書き記した望東尼は、優れたノンフィクション作家といえる。

先に遣りつる人帰り来て「主《ぬし》の行方《ゆくへ》知れず」と言ふ。「さらば、逃れていづくにか隠れけむ」とて、「皆行(き)てかなたこなた尋ぬとも分かずとて帰り来し」など答《いら》ふ。いと覚つかなけれども、命生けらんと空に嬉しく思ひたるに、はた、「こゝに〱」などいふ声して、女も男も走りゆくと等しく、「あな〱こは〱」と泣く声いみじうして、妻の声にて、「こは誰にや〱」と言ふ。母なる人「これこそ、あるじなるぞ」と言ふ。されば殺されてこそあらめと、いとう悲しく憂れたきなども、世の常なりや、[31] さらに現《うつゝ》げもなし。はた、二人の人に「今一たび行て、力を添へ給へ」と頼み遣はし、従者《ずさ》どもゝ残りなくやりて、いかなる事やらんと、たゞいよゝ世の中怪しまれぬるぞわりなき。[32]

31 世の常なりや――在り来たりの表現だろう／32 わりなき――理不尽である

解説

隣の主の行方が分からない。うまく逃れてどこかに隠れているのでは、「命生けらんと、そらに嬉しく」

思ったという本音を書き記す。逃げ隠れるなど、武士にあるまじき事なのに。こんな時人々が口から発するのは、「ここに」「あな」「こは」など言葉にならない感嘆詞のような音声ばかり、それを鋭く捉えリアリティーを出しているのも望東尼の文章力である。

提灯を灯しても、現代からは想像もつかない暗闇の中での事件、妻は夫を、母は息子を確認するのも容易ではない。結局勇平の母が息子の死を確認した。望東尼は現実とは思えない事件を「いとう悲しく憂れた」く思いつつ「世の中怪しまれぬる」と社会一般の中に事件を置いて考えている。

しばしありて皆帰り来たり。ありし事どもの初め終りを語るを、人々寄り合ひてぞ聞く。先《まず》、東の遣戸[33]を毀《こぼ》ち放ちて三人入来り、「勇平ありや」と、憎げに二声呼ばはり、すぐに蚊帳の手を切り落す。ぬしは答へもせず滑り出でて、北の戸を押し破りつるを、そこにも曲者や廻りけむ。追ひかけて、息子が寝たる家と、わが家の間《あはひ》に駈け入りたるを、一打ち打ちたる音したるを、妻なる人は出でもやらず、戸に身を寄せて潜み居たりしよし。娘は東《ひんがし》の方に転《まろ》び出づるを、あるじと思ひてか、一打ち打ちて、手触りや覚つかなかりけむ、「勇平にや」と言ひしかば、娘は「父上」と声出《いだ》したれば、さなきとや[34]思《おほ》ひけん、そのまゝにして表のかたに出でゆきし由。そのまゝ後を追ひゆきて、向へなる小家《をや》の間に、井のありける後ろにて追ひつきけん。こゝに五刀《いつかたな》に斬り伏せあるよし。その曲者は、音たえしより歌うたひて、いづくともなく失せ果てしと、その小家《をや》に寝たる男ぞ語りける由になむ。

娘[35]が傷など介抱せんと井（手○）ぬしがしたりし時、「われはいとひ給はで、早く父のありかを」と言ひて、頭《かしら》四寸ばかり切られて血流るゝを、手して押へながら、父のありか知れしと聞きし時、馳せ行きしよし。

まことに心優にありけりと、人々も驚きて言ふ。妻はかの有様を見て、「侍の慣ひ、かゝる目に遭ふは常ながら、一太刀だに報ひ、たとひ討ち得ずとも、手に一刀だに執りて、帯などものしてかくなり給ふものならば、かく口惜しくもあらじを、あな浅ましや。たゞ直《ひた》肌に麻衣単衣《ひとへ》も、帯なければ着たる甲斐やはある、見苦しの有様こそ、返す〳〵も口惜し」と、悲しびたりと聞くも、いと悲しういま〳〵し。

われさへさ思ふを、妻や子の心の内推し量られて、わが身をわがものゝやうにも覚えず。足もよろめきてたゞ夢にやと辿られ、身（の）上の憂き御咎めは忘れ果てつ。

やがて暁にも近げなれど、家の者ども臥すべくもあらず。恐れをのゝきてありながら、かくても果てねば、門《かど》閉《さ》させて、「しばしの間だに臥せれかし」とて、皆蚊帳ども引かせて入りたれば、殊にもの悲しう心凄し。さらに現《うつゝ》とも覚えねば、心収めんかたもなし。まどろぶともなく、二十五日とはなりぬ。

---

33 遣戸――引戸におなじ／34 さなきとや――そうではないのかと。勇平ではないのかと／35 四寸――十二センチメートルほど

解説

しばらくして皆帰ってきて、事の一部始終を聞く。勇平の殺される様子が、聞き書きながら目に見えるようだ。娘、妻の事件への感じ方がよく現れていて興味深い。「私の怪我よりも父のありかを」と頼んだ娘の態度は「まことに心優にありけり」と皆を感心させる。妻はといえば、名を惜しむ武家のあるべき様ばかりを言いたて、帯も刀もおびず仕返しも出来なかった、見苦しい、と体面ばかりを気にかけ、夫を失った妻の素直な悲しみが伝わって来ない。望東尼は言葉に出してはいないが、書きぶりから違和を感じていることが判る。母はわが息子の遺体を冷静に確認した。これこそ武家の女らしいと言えるかも知れない。小屋に寝ていた息子は、家に潜んで事の次第を聞いていたのに、助太刀にも出ていない。

門いたく叩くを、従者《ずさ》ども恐れて開け惑ふめり。こは公け人三人、あるじを守りのためなりけり。かの人々、昨夜《よべ》とく来りたらば曲者をも捕へなむを、いかで遅くはありけむ。咎人を守らせ給ふ人を、その仰事ありて後、程経てかく来る事ならば、さらになくてもよろしからましを、何事も元末分《もとすゑ》かぬ[36]事ども、あなかしこ。

36　元末分かぬ――順序が逆である。本末転倒だ

解説

貞省を守る役人が明け方になってやってきた。昨夜早く来ていたなら隣家の事件にもすぐ対応できた筈。こんなに遅くなって来るなんて「元末分かぬ事」と役所を批判し、「ああ、畏れ多い」とぺろりと舌をだす。きびきびとした筆の運び、気持は昂ぶっていながら冷静な観察、ここまでの事件を記録するルポルタージュとして、優れた出来ばえといえよう。

勇平を襲った犯人が、勤王派のうちの過激分子伊丹真一郎・藤《ふじ》四郎・戸次彦之介らであることが判ったのは後のことである。

猶今日も暑けく、日影灼くばかりにありながら、まだき咲き出でし朝顔のみぞ、ひとり笑みしたる。白、浅葱[37]などことに麗し。

もの深く何思（ふ）らんあさがほの浅き色こそめでたかりけれ

浦野・井手・神代《こうじろ》[38]ぬしなどかた〴〵に知らせ文ども書く。たゞ昨夜《よべ》の恐ろしかりつる夢物語のみ、外にことも

なし。
昼間過ぐる頃より夕立降り出でければ、このほどの暑さ、いさゝか和め顔なり。たゞ一間にのみこもりゐて、

何事の罪ある身とも身に知らでいま幾日かもかくて過ぐさむ

隣の物音、万《よろづ》につけていと哀れに悲しきに、人々入り来て「かの人よ、表は清げなりしかども、正を讒《ざん》しておのれが身を立てんとしたりしかば、有志てふ輩《ともがら》が御国家のみ為にとて」など言ふぞ、いと怪しき。御前《まへ》近う仕ふまつる人さへ言ひしといふ。いとあぢきなし。こは、必ずよからぬ人のかゝる事しいでゝ、よき人に浴ぶせて言ひ流す禍事なるべしと(こ)そ、推し量ら(る)れ。

今日は守人《まもり》は神代ぬし、二川[39]ぬしなりけり。今宵もさらに寝《い》がたくて、来し方行く末あぢきなく思ふ事ども、片つ端より書いつけんとて、昨日よりのありし事ども、夢の末を書い続くるに、むかし人の、ことに気高《けだか》き身[40]にして、類なう畏き御前どもの、事により書い連ねし日記やうのもの[41]は、めでたき事を書い残さん心構へより、人の心得べき事も浅からず書かれけんを、こは、いと忌々しく浅ましき下ざまの事、あからさまに物する、何のあはれもをかしげもなく、うたて〱しければ、書かぬこそ勝るらめ。

さは思ふものから[42]、今よりいつまでか、かくてあらん心やる方もなし。山郷[43]にだに住みなば、眺めやるかたもあはれ深かるべきに、家のみ建て広げて、庭だにいと狭《せば》けれ(ば)心遣り[44]もなし。たゞ思ふ事聞く事を今日より書いつけて見んとて、紙ども綴ぢそへなどするに、夜も明けぬぬべし。

今より守りに来る人々の労も記しなんとて、仮にものすれば、もしおのが亡くなりなば、家人《いへ》焼き捨てよかし。人にな洩らしそ。

---

37 浅葱——水色／38 神代——次男貞則の妻たね（智鏡尼）の父／39 二川——三男二川相遠の子幸之進／40 気高《けだか》き身——身分の高い人／41 日記やうのもの——日記や随筆など／42 さは思ふものから——そうは思うものの／43 山郷——やまざと。ここでは向陵の庵のある平尾の山／44 心遣り——気晴らし、心の慰み

解説

日付は二十五日に移っている。まず、日常を取戻すべく朝顔の花から書き始める。自分の罪も知れず、この後何日すごすのだろう、隣の物音も聞こえてくる。殺された勇平の悪口をいう世間の評価に腹が立つ。したり顔で、表面は正義面をして正しい人の讒言をして身を顕《あらわ》そうとしたなどと、殿のお側の人さえ言うとか。面白くない。きっと心の曲がった人が悪事を企んで、善い人のせいにして言い触らすのだろう。

昨夜からの悪夢を書き留めた日記を省みて、昔の人の「めでたき事」と比べ「浅まし」と思いつつ、こうして何時までいるのだろうか、その心遣る方無き故に書くのだという、きわめて正当な物書きの心情を述べる。そのとおり、望東尼が書いてくれたからこそ、後世の読者は事の様子、真相が分かる、優れた文学だと評価できるのだ。

二十六日　空晴れて北風少し吹（き）、夏も去りゆく気配見ゆ。日の盛りはいと暑きに、神代ぬし、わが居る所、朝日夕日かなたこなたより入れば、覆《あふ》ひして得させんとて自らものせらるゝ、いと嬉しゝ。

清水の郷《さと》[45]に姉君[46]住み給ふ。その息子なる吉田又右衛門が父遊藻老人[47]来たられて、いとうわが上を姉の心遣ひすと言ひて、さま〴〵慰めらるゝも宜《うべ》々しけれど、何かは思ひ屈《く》[48]し侍らむ。罪あらばこそ。よく姉上に諭し給へ。

本家の野村ぬし[49]来たられぬ。こは此頃、省どもが司人[50]となれゝば、ことによろづの心得ども言ひ諭して、隣の憂き事により、こなたよりも届け文ものせよ、などある。

今日は知らせ文聞きつけて来る人多くて、常よりも賑々しく、中々なる咎人の家なりけり。「何事も暗闇ながらものゝふの太刀の光はさやけかりけり」とか、誰詠めるとも知らねど、このごろ聞きつとて、語りし人も誰なりけむ。

いとう曇りて暑きに、汗しぼりいづるやうなる夕蝉の、声うちしきりて鳴く。

　物思ふ宿とやどとの中垣に鳴く音いぶせき[51]夕蝉の声

雨少し降りいでけれ（ば）みな嬉しがるうち、疾く止みぬ。

　降れかしと思ひし雨は降りやみてまた暑けくもなる夕べかな

かしこ[52]は、今宵野辺送りにや、人声あまたして、もの忙しき気配ぞする。暮れ果つるころ、送り出づる[53]音聞えていとあはれにもの憂し。一昨日の夕べは、裏道よりもの言ひ交はしゝを、今日かくなりゆく友どち、送りだにせられぬ身の上あぢきなし。大やけ（公）わたくしの守り人あまた集ひたれば、女[54]は中々心強げにて、「今宵さなくば[55]いかに恐ろしからむ」と喜びあへるもうべなりかし。

湯浴みなど、暮れなばとて、昼のうちにやしたりけん。はた夕べの暑さに、甲斐なく衣《きぬ》も濡らしけん、など笑ふもあり。

---

45 清水の郷《さと》――現福岡市南区清水一～三丁目／46 姉君――望東尼の姉たか、吉田信古の妻／47 遊藻老人――望東尼の姉たかの夫吉田信古の雅号／48 思ひ屈《く》し――（終止形思ひ屈す）思い悩んで憂鬱になる／49 本家の野村ぬし――野村守貞／50 省どもが司人――貞省たちを担当する役人／51 いぶせき――（終止形いぶせし）気が塞ぐ、憂鬱だ／52 かしこ――隣の喜多岡家／53 送りいづる――野辺の送りに出す／54 女――野村家の女たち／55 さなくば――守り人たちが大勢いなかったならば

解説

六月二十六日は旧暦だと少し秋の気配もあるらしい。陽暦の八月下旬の感じだろうか。暑さ対策に神代さんが覆いを作ってくれる。

この後の記述はやや不自然な感じ。「清水の郷に姉君住み給ふ」は読者を意識した書き方、それに「息子の父遊藻老人」も、もって廻った表現だ。「姉君の夫君」でいいのではと思える。その遊藻さんが、姉がひ

どく私を心配していると慰めてくれるが、なんで憂鬱になどなるものか、「罪あらばこそ」は、「罪があらばこそ憂鬱にもなろうが無いのだから」の略。よく姉を諭したまえと、例の昂然たる気概。
多くの人が来るので賑やか。隣の様子もそれとなく知れる。親戚が集まってきて、死者を野辺送りにする気配だ。改めて一昨日の夕べ、勇平と会って話した事を思い出し、わが身の上の憂さを感じる望東尼。わが家も親族や監視人など沢山の人がいるのが却って心強い。湯浴みをするのさえ、暮れてからでは怖しいというのも皮肉な現実。

二十七日　例より疾く起きいでゝ、家の廻《めぐ》りにたゞ植ゑに植（ゑ）たる朝顔のみぞ、うち対《むか》ひ難き[56]なりけり。いつの朝よりもいと咲き勝りたり。

　人ごとにものゝみ思ふ宿ながら咲き盛りぬる朝顔の花

二川ぬしを向ひの陵《をか》に遣はしゝに、瀬口は事なくありしとぞ。西原来りて、「このごろの大事により、瀬口に御疑ひありと聞きたり」など語りしよし言ひしかば、うち笑ひて「我遅く歌うたひしま[57]ゝ、さる事言ふにや。さ無くとも皆人並みに、いつ捕りに来るかと待（ち）入（居る）ぞかし」、西原も「我とても疑ひの数に洩れぬるこそ面なけれ。同じくば共に捕はれまほし」など、戯《たはぶ》れしよし。いと心ゆく戯れなりけり。神（代）ぬしが来りて、今日ある方にて聞けば、過し夜の曲者は、こたび人や（囚）に入りし足軽のうち三人《みたり》が、いと遅く呼出しに出でしかば、彼らに御疑ひありとか。
夕立の景色、いたく降りくべき雲いつしか遠ざかり、気色ばかり降りて止みぬ。

　いさゝめにうきくも霽《は》るゝ夕暮れの景色のみこそ涼しかりけれ
　天《あめ》が下人の心もかかひなしと鳴くかかなしき茅蜩《ひぐらし》の声

やをら秋の立ちし徴《しるし》ぞ見ゆる。今宵は粟野《（あわや）》ぬしが守り人に来る。暁の蟋蟀《きりぎりす》[58]の声も時めきて[59]、あはれ深し。宰府の御五方《（いつかた）》、いかゞ聞かせ給ふらむ。わが家にありてだに、憂き事のかゝれる身となりては、例ならぬ心地するを、具し奉りて[60]み力ともなるべき武士《もののふ》どもの限り、かく取り込められしかば、み心細く、御行く末危うくや思しわたらせ給ふらん、など思ひ続けて寝《い》も安からず。

秋ごとに珍しかりしきりぐ〵す悲しきものと今宵知るかな

56 うち対《むか》ひがたき――（朝顔の明るさに人は）対抗しにくい／57 遅く歌うたひし――勤王であることを表明するのが遅かった／58 蟋蟀《きりぎりす》――こおろぎの古称／59 時めきて――時機にかなって／60 具し奉りて――お供になってお連れして

解説

望東尼の最初の師二川相近の養子になった相遠は亡くなったが、その子である孫幸之進が野村家を訪れた。その幸之進に向陵庵の様子を見に行かせた。彼がいうには、瀬口は無事で、来ていた西原と、ほかの人並みにいつ捕らえにくるのか待っている、西原も疑いの数に洩れて恥ずかしい。同じ事なら一緒に捕まりたいものだな、などと冗談を言っていたとか。望東尼は気が晴れる冗談だと面白がって聞いた。

自然の移り変りに心敏くなったのだろうか。こおろぎの声もいつもより哀れに悲しくひびく。それにつけても、太宰府の五卿様方はどうしておられるのだろう。お力になれる武士たちは皆囚われているので、さぞ行く末危うく思し召すことだろう。望東尼の思いはやはり五卿の消息にあるようだ。

二十八日　朝日差し出づるより群雲たちて、巳時[61]ばかりより雨降りいづる。心知りたる薬師《くすし》・石井何がし[62]（某）

来りしかば、畏き御前[63]より賜りしみ歌ども取りいでゝ見すれば、いとう愛で畏みて拝し奉る。いつ取り出でゝ拝みまつりても、飽く世なき御筆のめでたさ、み歌のあはれに麗しさなど、たれかは学《まね》び奉らむ。世に立ち並ぶ御方やはある。猶才々《かどかど》しき方[64]にも立勝らせ給へば、天が下こぞりて愛で奉る御光は、世に満ちみちて消たれ給はねど、あぢきなき曲《まが》人なむ言ひ消ちて、いと無礼《なめ》くもてなしまつるこそ腹立たしけれ。それも、いと淡つけき者[65]ならばいかゞはせん。時めかしき[66]大やけ（公）人なむ、ことに唯人《たゞうど》のやうに言ひて物知り顔*したる、殊に憎し。

＊原文「ものしりかしたる」

此文、日毎にありつる事をこそと思ひしを、はた、例の思ふ事の問はず語りに時を移しぬ。

月形[67]・伊丹[68]に昨日より御足軽三人、一族に添へて守らしめ給ふよし。瀬口・西原などに御疑ひありて、これも捕はれんよし。御足軽の十五人《とおいつたり》捕はれしは、皆人や（囚）に入りしが、こは組に御預け*となりたりとか。御ゆるべありしは、その中に御疑ひもなきにや。＊原文「御あつ」

あるじを守《も》れる人の代り、夜の申の時[69]に来べかりしを、酉[70]過ぐるまで来ざりければ、皆腹立てゝ、「公に聞こしあげむ」とて一人行（き）しも、やをら戌の時[71]過てぞ帰り来たる。「いまだ殿のうち騒がしく、ことに大頭《（おおがしら）》の役場なむ人込み居たり」と言ふ。はた捕はるゝ人やあるらん、瀬口・西原などいかゞなりつらんと、家の者寄りてひそ〲語りあふもあぢきなし。

有志[72]てう限りして、父母と頼み聞ゆる黒田太夫[73]・矢野太夫[74]の大人《うし》[75]たち、みな仕へを返されて、黒田の大人は朝*倉の三奈木[76]の居城に引入られ、矢野の大人は井原村[77]の家に引かれし由。「都に上られし吉田主馬《しめ》[78]といふ人も、かしこにて押込められし」などゝ言ふもあれば、さらば大内[79]をはじめ奉り、世は暗闇となり行くかと、心一つに天が下広く思ひあつかふ、夢の行く末は中々。＊原文「あくら」

暁の鳥が音につら〲とまどろびし間に明け果てぬ。

61 巳時――午前十時前後。（原文漢字）／62 石井何がし――鍼医の石井仲琢／63 畏き御前――太宰府にいる三条実美をさす。慶応元年閏五月十五日に、望東尼は三条から扇子と書簡を賜っている。鍼医の石井には、この三条の書簡を見せたと思われる／64 才々《かどかど》しき――才能の目立つ、また漢学方面にもという解釈も可能である／65 淡つけき――軽薄で教養の無い／66 時めかしき――時機に合って栄えている／67 月形――月形洗蔵／68 伊丹――伊丹真一郎／69 申の時――午後四時前後／70 酉――午後六時前後／71 戌の時――午後八時前後／72 有志――勤王の志有る者／73 黒田太夫――黒田播磨、前家老／74 矢野太夫――矢野相模、前家老／75 大人《うし》――師匠や学者の尊称／76 三奈木――現福岡県朝倉市三奈木／77 井原村――現福岡県前原市井原／78 主馬《しめ》――正しくはシュメ。在京の中老、保守派を改革しようとしていた／79 大内――皇居。天皇の住まい

解説

鍼医の石井仲琢はいつも望東尼が体の痛みなどをケアして貰っている人で、互いに心を許して話が出来る間柄。手当が済んでから、以前三条実美ほか五卿の公家から賜った歌を見せる。筆跡も歌も世に並びなきすばらしさで、才能の目立つ方々よりも優れておられると望東尼は評価する。だが、世に容れられぬ人となると、時めく公け人さえ作品までけなすのだ。

はて、いつのまにか、思うことを問わず語りしてしまったようだ。

貞省の監視の交替人が時間に来ないので、役所に届けようと出かけた人が、やっと八時過に帰って来た。「役所の中は騒がしく、大頭（衛府の陣所―中心の役所）はとくに混雑していた」と。また捕らわれる人があるらしい。

月形洗蔵・伊丹真一郎も囚われ、足軽の瀬口・西原も逮捕された。家老の黒田播磨・矢野相模も引退。朝廷をはじめ世の中は暗闇へと向かう。わが心一つに天下を広く見渡せば、この夢の行く末はまだ途中。

今見ているのは夢だ。その夢を天下の情勢の中に置いて見る。しかし先のことは見えない。大状況の中の現実、客観情勢の中の我。望東尼のものの見方は物書きらしく複眼的だ。だが、どちらを見ても悪いことば

かり。

二十九日　明けゆくまゝに、薄雲群だちて紅《くれなゐ》匂ひたるに、東風《こち》少し吹きてさらに秋とはなれり。家の廻りに植ゑたりし朝顔の花のみ笑（み）勝りたり。

朝ごとに咲き改めてしほれつる昨日忘るゝ朝顔の花
しほれつる昨日忘れて朝顔の咲き改むる花の清けさ

幼き曾孫《ひまご》が、何の憂いもなく慕ひきて、むつれ〳〵して、ものなど気色ばかり言ひ習ひて言ふ、ろふたさ[80]美しさにぞ紛らはさるゝこそをかしけれ。

うなゐ子[81]の笑める面輪に朝顔の花の匂ひは消たれ顔なる

朝餉《あさかれい》[82]などものする時、向ひの陵《をか》なる山守、慌ただしげに来れり。こは瀬口の事ならんと問はすれば、違《たが》はず。「昨日捕り手の人々来りしかども、留守なれば、平尾の里人あまたに御家は守《も》らせたり」といふ。さらばこなたより受け取らでは叶はじ[83]とて、司のもとに浦野など遣はすなど、様々事しげし。

空かきくらし、雨涼しげに降るかと見えしを止みて、灼くばかり暑し。

心さへ涼しき秋はいつか来む晴れ曇る夜の定めなければ

今宵の守りに井手ぬし来りて、今日黒御門の外に貼りたりとて、人の見せしかば写し来りぬる由にて、見せられし貼り文、その言葉、

皇国不容易時ニ当リ、各藩之人志（士）、膾ニ（ヲ）国家ニ砕キ候折柄、此者主命ヲ矯《た》（メ）[84]、諸侯（ヲ）往復いたし、天下有志ノ笑ヲ主君ニ帰（シ）、加之《しかのみならず》、陽（ニ）正義（ヲ）錺《かざ》リ、政府有志之役人ヲ欺（キ）、陰ニ姦党[85]之（ヲ）結候、一藩之覆敗ヲ謀候条、天地不容之罪、神明赫怒、手ヲ野人[86]ニ借、此罪（罰）ヲ加る者也。とあ

り。こは過にし日討たれし者[87]の事と見えて、いとあさまし。かれの人はもと[88]有志にて、いと心正しき人とゝ（×）こそ思ひつれ。いかなる事にかあらむ。こは、その友のしたるやうに言ひなさんと思ふ曲人《まがびと》の、かゝる難しげなること書きて、貼りたるにこそあらめ。

二十八日に瀬口は、紅葉松原[89]にて捕はれし由。わが庵《いほり》に置ける調度ども、こなたに取り寄せんも、司に伺ひてなど、事むつかし。

---

80 ろうたさ——かわいさ／81 うなゐ子——幼子／82 朝餉《あさがれい》——朝食。あさごはん／83 こなたより受け取らでは——平尾の里人に守られている庵をこちらで受け取らねば／84 矯《た》メ（ル）——いつわる。曲げる／85 姦党——悪事を行う仲間／86 野人——民間の人／87 討たれし者——喜多岡勇平を指す／88 もと——もともと。元来／89 紅葉松原——福岡市早良《さわら》区西新《にしじん》のあたり

解説

夜明けごろは、雲の様も風の優しさも秋らしくなった。朝顔の花に慰められ、曽孫のとき子の憂いを知らぬ可愛さ、片言を言う美しさに日頃の鬱憤が紛らわされる。

瀬口もついに捕らわれた。平尾の向陵庵は留守番がいなくなって里人に守られているという。それでは受取りに行かなくてはと役所に届けるが、調度品をこちらに取寄せるにも役所に伺ってなど煩わしいこと。

お城の黒門の外に貼られた斬奸状について、これを書き貼り出したのは下関の大庭伝七（白石正一郎の弟）・石蔵卯平と勇平を殺した藤四郎だという。小河扶希子『野村望東尼獄中記　夢かぞへ』によると、勇平暗殺を知った藩主黒田長溥《ながひろ》は「嚇として怒り、痛く激徒が妄状を咎め…加害者を…野を分け山を狩りても必獲を要せられたり」という。藩主にとって勇平は、藩政を動かすのに無くてはならぬ優秀な家臣であり、能吏だった。それを奪われて怒り心頭に発したのだろう。加害者のうち藤四郎は、のちに勇平を殺した事をいたく悔い、勇平の友人望東尼に謝罪し、望東尼を姫島から救い出すことになる。瀬口は勇平殺しの容疑者とし

て捕らわれたが、無実とわかり一度は釈放された。

『夢かぞへ』「ひめしまにき」に書かれた事態はすべて、文久三年八月十八日の「文久の政変」による中央政治の力関係の逆転から起こった事、望東尼はそれを残念なことと思っていたに違いない。

夢かぞへ（表紙）　　文月（七月）

七月一日になりぬと聞きて、まこと昨夜《よべ》は夏越《なごし》の祓《はら》へ[1]なりしを、中々に暑けき初秋《はつあき》の空、照り輝く日影耐え難し。

みそぎする昨日《きぞ》の夕べも忘られて猶秋知らぬ七月（の）空

今日は、平尾の庵《いほり》に浦野・二川など行きて、こなたの調度[2]、瀬（口）が調度など取り分かちて、かれが身寄りの者に渡すなど、人々の労することそ心苦しけれ。従者どもが運び来るも、いとあぢきなくせは〳〵し。

昼は井手ぬし、夜は桑野ぬしゝて守る。

二日

今日は夕立*の気色もなく、日影も和びて、荻《をぎ》の葉そよぐ秋風こそ珍しけれ。＊原文「ゆたち」

まとひたる朝顔の花もいと涼しげなり。夜の守りに神代ぬし来りて、隅棚の廻りなる荻・朝顔に水うちて、わが暑さを助くれば、

君がいと深き心のうち水にわが身の夏越今宵こそすれ

隣にも今日は七日の弔《とぶら》ひする気配しるく、娘などが病《いたづき》[3]もこゝちよげに聞けば、憂かりし時のことども身にしみて、忘るとにはあらねど、亡きものの日々にとか、人の笑ふ声も聞えて、よそより思ひやるばかり、泣き沈みたる人も無げなるこそ、いさゝか心安けれ。

うつゝげもなく間にいつか七日にもなるまで袖は乾きだにせず

　われもまた明日の憂き目は知らねども先《(まず)》歎かるゝ人の上哉

家の童《わらは》[4]が、夜ごとに老の身をうちさすりて労を慰むるぞ、いとろふたき。その紛れに微睡《まどろ》びしを、この頃いづくも夜回りことぐ\しくすなるその音夥しく、里の若人どもが、戯《たわ》れあざれて[5]拍子木《ほうしぎ》に鉦《かね》包みなど打ち添へ、大声（に）しゞめ[6]（×）くる音に、幾たびか覚めつらん。果てぐ\はさらに寝ら（れ）ず。たゞ蟋蟀《きりぎりす》の声数へらるゝ心やりもはかなし。

病して親同胞《はらから》・男などに別れたるは、人にもあらぬ憂き身ひとつのやうに思ひなされて悲しきを、まひて[7]、闇に失ひたる男の仇《かたき》も知れず、いかに妻子《つまこ》の思ひわぶらん。秋の夜の有様、思ひやるだに寝《い》がたきを、かゝるわが身の慎ましき時ならずば、折々訪《と》ひてだに憂き物語も語りあへば、慰む心地もすなるぞかし。このあはれさのみは、悲しと言ひても言足らず、たゞ大方の事[8]になむ。

　うちつけに[9]夜長くなりて憂き人に現《うつつ》の夢を見する秋哉

1　夏越《なごし》の祓《はら》へ——旧暦六月晦日に神社で茅の輪をくぐり、身を浄めて厄を祓う行事／2　調度——日常に使う家具や道具の類い／3　娘などが病《いたづき》——賊に襲われて切られた額の傷／4　家の童《わらは》——孫の貞省の妻たつのこと、若いので望東尼はこう呼んだ／5　あざれて——ふざけて／6　しゞめく——ざわめき騒ぐ／7　まひて——それにもまして／8　大方の事——常識的な表現／9　うちつけに——急に、思いがけず

解説

「夏越の祓へ」が済んで名ばかりの秋となった。初七日の弔いをする隣の様子。怪我をした娘の予後もよいらしい。笑い声さえ聞こえるのがせめてもの救いだ。一首目の歌「うつゝげもなく」は、「泣く」にかけて、本当のことだとは思えず泣く間にいつか七日になったが、いまだに涙で袖が乾きもしない、の意。

「家の童」と呼ぶのは孫嫁で若い十代のたつ、その子が今夜も我が身をさすってくれる。思いはまたまた隣のことへ。親兄弟や夫に別れた人の事さえわが身のように悲しいのに、暗闇で殺された夫の仇さえ知れず、妻や子はどんなに辛いことか、お咎め中の身でなかったら時々会って悲しみを語り合うのに、それさえもできぬ我が身が恨めしい。

三日

草木の露も置きまさりて、所柄あるかた[10]にも住みなば、いかにをかしき暁ならまし。

吉田老人、昨日守《も》りあかして、朝顔の花かれこれ良し悪しきなど家人《いへ》と言ひしらひ[11]、良き種をとて標《しるし》などつけて物すれば、同じ心めきて書いつけなどしつゝはありながら、定めがてなる世の事、心に離るゝ時なし。

向ひの陵《をか》の家に、瀬口を捕へに来り(し)時、その役人どもが、戸を(押)して毀《こぼ》ち放ち探したりとて、そこをまだそのまゝにしてある由なれば、はた、けふも人々そこに行く。いかに御用とて、人の家をさやはしつる。[12]掟[13]もいかゞにや。

神代の曾祖母《おほば》君[14]より、昨日も今日も、珍しきものども調じて訪《とぶ》らはるれども、一筆だに聞ゆる事も叶はねば、浅からぬ心も知られがたし。幼き者[15]が、あけくれ何心なき振舞のみこそ、憂き事遙けにはなりぬ。かの曾祖母の君にも、うち絶えて会ひまゐらす事だに得ならねば、いかに恋しく思ひ給ふらむ[16]かし。

いみじう人の良からぬ事、内々にては親しき限りは語り合はめど、あまりに物憎みして、悪しき人をいと悪しう、外様《とざま》の人にもうちいでゝ言ふ人こそ、いと聞き苦しけれ。人の今際《いまは》の浅ましかりし事どもは、殊更に聞えてわろし。その人の親しき限り聞かんには、いかならむ[17]。ことにかゝる折柄、もの言ひ慎ましうこそ、制しおくべき事ぞかし。

夕されば、三日月見ゆらむを、こゝより見えねばすべなし。

　初秋の匂ひそめたる月にだに疎《うと》きわが身と何のなしけん

四日

今日空清く、はた寒く吹く風に秋のあはれ、誰々も動くべき頃ほひなりけり。

吉田老人、人間《ひとま》あるを[18]、更にうち続きて守人となり、今朝も朝顔の種の標《しるし》などして、千代も経ぬべき人の心ばへ[19]いと羨まし。外《ほか》に咲く花もなければ、こちたきまで[20]植ゑ茂らせたる朝顔も甲斐ありげなり。大やけ（公）人さへ、朝ごとに愛で歩《あり》くもをかし。

鍼《はり》の師なる石井ぬし来りて[21]、鍼ども物す。かねて心知りたる人なれば、その間《あひだ》に世の有様ども語りあひけるに、ある人、わがことを、「女にていかなれば勤皇てふ事するならん、唐《から》にはありしかども日本には聞かず」とか言ひしとて笑ふ。いと浅ましう、をかしうもまたはかなし。「なべてさる人ばかり時めく世なればこそ、かゝる憂き身ともなりぬる」など言ひあへるついでに、

　老らくの行く末人に知られじと思ひの外に名こそ出でけれ

「天皇《すべらぎ》の大御国《おほみくに》に生きとし生けるも（の）、何かは勤皇ならざらむ、歌さへ詠まぬはなし[22]」と、貫之の大人《うし》も書かれしぞかし。いまは勤皇とて、異国の耶蘇宗などに類《たぐ》ひたるさまに言ひなし、さ心得たるも少なからずや。芭蕉の葉にて枝折（しおり）を作りて書いつくとて、

　宵々の月の宿りの広葉もて惑はぬ道の標《しるべ》にぞする

　あまりにも文の林の茂りきて中々惑ふ人もありけり

---

10 所柄あるかた――趣があり住み心地のよい所／11 言ひしらひ――言い合って／12 さやはしつる――そのようにするものだろうか／13 掟――筑前藩の法令／14 神代の曽祖母《おほば》君――貞則の嫁である智鏡尼たねの母親、神代勝利の妻。正しくは「ひい

ばば」／15 幼き者――曾孫のとき子／16 いかに恋しく思ひ給ふらむ――（とき子は、神代の曽祖母君にとっても曾孫なので）、どんなに恋しく思っておいでだろう／17 親しき限り～いかならむ――親しい人々が（その悪口を）聞いたならどう思うだろう／18 人間《ひとま》ある――当番の人のいない間／19 千代も経ぬべき～心ばへ――千年も生きるかのような心のさま／20 こちたきまで――うるさい程たくさんに／21 石井ぬし――石井仲琢、鍼医／22 天皇《すべらぎ》の～詠まぬはなし――天皇の治め給うすばらしい国に生きる者すべて、勤王でないものは無い。歌を詠まぬ者も無い。紀貫之の『古今集』仮名序の文句をもじったもの

解説

江戸時代に朝顔の栽培を趣味とする人が多かったのは、品種改良の結果今日にも多様な色や種類が残されていることからも判る。吉田老人の細かな作業はその一端を偲ばせる。拘束される時間をせめて埋める心遣りだったようだ。それを手伝いながらも、望東尼は世の事が心を離れない。

瀬口を捕らえに行った役人の心ないやり口にも腹が立つ。いくらご用だとはいえ、人の家を壊してそのままにするとは。藩の掟はどうなのか。

神代の曾祖母君即ちたね子の母にあたる方が、珍しい料理を作って慰問して下さるのに、一筆のお礼状もさし上げられず、感謝の気持もお知らせできない。幼いとき子の日々の振舞が唯一の慰みだが、神代の曾祖母君は、とき子からみれば私同様にひいばあ様なのにお会いする事もならず、どんなに恋しく思っておいでだろう。

「いみじう人の良からぬ」以下は、何か具体的な出来事が機縁となって記したのだろうが、それは不明である。人の悪口を表立って言うべきではない、死に目の見苦しかった事などは殊にそうだとするところに望東尼の思惟の一端が見える。

鍼の石井師が来て、療治を受けつつの世間話に、「女で勤王という事をするなんて日本では聞いた事がない」という人があるとか、ご禁制のキリスト教のように見る人もあるらしい。これが世間一般の考え方だ。

「女は勤王などしないもの」という世間のジェンダー・バイアスを無視して望東尼は勤王家としての自意識をしっかり持っていた。芭蕉の葉の栞（枝折は原文漢字）に記した「惑はぬ道の標にぞする」とは自戒の言葉。『古今集』仮名序をさりげなくもじったのも、望東尼らしいユーモアである。二首目の歌は「あまりに学問が盛んになって、却って解釈・判断を誤る人もあるようだ」の意。

五日

今日は、本家の郎党竹田何がし（某）守人なれば、家の者ども*中々につくろひげなるこそはかなけれ。いたう暑き日にて、青きものゝ葉萎《しほ》れぬもなし。荻の葉のみ、鉾を立てたるやうに立（ち）誇りたり。＊原文「もとも」

　ますらをの心直ぐ刃の太刀に似て荻てふ名さへ負はせそめけむ

けふも山辺の庵《いほ》より、ありとある調度やうのも（の）、机・硯などさへ取り寄すとて、浦野ぬしが従者《ずさ》ども率《ゐ》て行く。「山守が快からぬ事しつ」など罵るも、かゝる事のついでには、はかなき者[23]の心も揺るぞかし。萎《しな》びたる草木に水注ぎ、わが身も湯浴みどもしたる夕暮れ、何思ふらむといと心清々し。白き紙、青き畳もいらぬやうなり。世の中に願ふ事もさらになし。

公けに仕ふる人、はじめはいと下ざまなるも、また家古く禄など多く持《も》たるも、時にあはず家貧しきほどは、志もありげなめり。時にあひて少し上《のぼ》り来るにしたがひ、人にも持て成されぬるまゝ、我はと思ひあがり、いつしか志薄れて、つひには君をも軽んじ、身のためをのみ思ひ、御影《みかげ》にてかくまでも成りいでし事にも心づかず、家ならば家、国ならば国をわがもののやうに心得、人の思はん事にも心づかず。昨日の綴り[24]もけふは錦を着て、娘などには、身に余るばかり、髪より裾まできら〱しう出《いだ》し立つるを、片腹痛しとも思はず、たゞ羨み妬む人さへぞあめる。あるは引立て給へなど、色々の賄《まひ》して親しみ寄るもあり。いよゝ我心《われごころ》募りて上《うへ》に住まひし[25]、下には国のためも思はで、心とりてわが心委せに使ひ、少し心ありてあるまじき事など思ふらん人は、目の前のみよきさまにして、讃辞などさへ積りくるに従ひ、あまたの人を陥れなどして、いつしか世の乱れ引いづるもあめり。元はさる心もあらざめるを、人の望みはいや増しにそひくる物ならむか。いづこも〳〵長閑なりし御代のみ恵みに誇りきて、さるもの多くなりし積り[26]にや。秋津島根[27]の揺るぐらんと心得たる者は、得立ちがたき[28]ぞわりなき。昨日親しかりしも今日は疎くなり、いつしかそば〳〵しきぞ恐ろしき。人多ければ天《あめ》に勝（つ）とかいふ事、いとも畏し。

井手ぬしが今宵の守人に来りて、今日はた御馬立て場に貼文ありしは、いたう喜多岡が事褒めたりし由。そのあらかじめ[29]は、義士を討ちて義士を罪に陥るゝ奸臣のわざなりとか、いと嬉し。さならん[30]と言ひにしに違はず。さもあらば人の名も汚《けが》さず、あまたの人も疑はれず。いとう惜しさは限りなけれど、ものゝふは殊に名こそ惜しまるれ。

さて、このほどより月形ぬし[31]の従兄弟何がし（某）と言ふ人、宗像[32]の竹丸に住みたりしに、捕りにゆきすぐに縄を打ち、腰刀もなしに引き来て揚屋《あがりや》[33]に込めたりとか。度々問ひ見るに何の罪もなかりしかば赦《ゆ》りつる由。今年やう〳〵十八ばかりにて、いと心正しく、文（書《ふみ》）なども年よりはよく読みて、文など作りし人なりしを、いかに親たちの悲しびけん。さりながら、疾く赦されし事ども立ち帰りて嬉しかりつらむとこそ思ひやらるれ。さぶらひの数に入たる人を、罪も分かで綱うちて引（き）くる、いとめざましき人の心、憎しとは大方の事なるらん。君の御手足ともなげに、町中を引（き）て枡木屋《ますごや》[34]などにさへ連れゆきしとか、いと〳〵あぢきなし。

---

23 はかなき者——身分の低い者、教養の無いもの／24 綴り——ぼろぎれ／25 上《うえ》に住まひし——高みから人を見下して／26 積り——かさなった結果／27 秋津島根——日本国、日本の国土／28 得立ちがたき——世に出ることが出来にくい——29 あらかじめ——要約／30 さならんと——きっとそうだろうと／31 月形ぬし——月形洗蔵。勤王派のリーダー格／32 宗像——現・福岡県宗像市／33 揚屋《あがりや》——武士、僧侶、医師などの未決囚を入れた牢屋／34 枡木屋《ますごや》——筑前藩の獄舎で、枡の製造所

の跡に建てられたもの

解説

山の辺の庵から、今日も様々な家具を引き取ろうと、生家の浦野は召使いを連れて行った。里人の山番が快からぬことをした、というのは家具を盗まれでもしたのか。こういう際には、分別の無い者の心も揺れるだろう。

夕方湯浴みをした後の清々しさは何物にも代えがたい。でもすぐに『徒然草』ばりに世の中を論評、人を陥れて出世するある種の役人の生態を描き、「人多ければ天《あめ》に勝つ」不正な事でも多数決ならよろしいという風潮を厳しく批判する。今日の張り紙は喜多岡の事を褒めているようだ。義士を罪に陥れる奸臣のわざだとか。きっとそうだと思ったとおりである。

月形洗蔵の十八歳の従弟で宗像に住む人を、役人が捕らえに行き、腰刀も無しに縄を打ち、町中を引きまわして未決の檻房に入れたとか。しかし何度尋問しても何の罪も無かったのですぐに赦された。心正しく、読書好きで文章も書く人なのに、いかに親たちが悲しんだことか。まあ、すぐに赦されてさぞ嬉しかったろうと思いやられる。それにしてもどこまでも気に入らない役人らだ。憎いと言っても言葉が足りない。武家の女らしい望東尼の感想である。

六日

空青みて清し。いつよりも疾く起きいでゝ、例の垣穂に向ひ、明日の夜は星祭る事ども、いそ子[35]に言ひあはせて、もの書いて持《も》て行き、かしこにて友どち打ち寄りて、など契りおきしを、かの人いかにをかしうものして待

つらむ、わがことも疾く知れるならまし。さこそ思ひやるらめとて、

天つ星逢ふ夜はくれど思ふどち荻の音だにもそよと聞えず

暑さ忘れて竹を画書《えがき》て

老が世もやゝ呉竹の行末にいかで憂き節くはゝりにけむ

七日

幼き者が手をとりて、印ばかりのもの書かせて、赤き紙どもにて表紙《ほうし》つけて掛けたれば、いと嬉しがる。ろふたさ又たぐひなし。

朝顔のまだ萎ぶも待たで、女どもが染物にすとて摘み歩《あり》く、「あな心なや。この頃の心やりなるを、目のあたり盛りなるは残してんや、おのづから萎びゆくだにいとう惜しきものを」とむつかれば、顔赤らみて引（き）いるもまたをかし。白・紫・浅葱・紅こそいとうめでたしとて、標《しるし》の紙ども結《ゆ》ひつけて、

朝顔の花よりもろき身ながらに来む年咲かむ種を採る哉

こよひは神代ぬしが守にて、夕暮れより来りて、今日の事ども聞（き）知る限り物語る。あまた召しありて、御役々を改めさせ給ひ、このごろさらに止めさせ（給）ひにし御用人てふ者、はた始めさせ給ひたりとか。目付人など大方古きは召し放たれ、新たに異方《ことかた》[36]に給はりつなど、朝夕《あした》（べ）に変る世の有様すべなし。「こたび慎み被《かうぶ》れる者どもを、近きほど、さるべき役人より呼び出でゝ御疑ひの筋ども問ひあるよし、御もとに仕ふまつる人言へり」とかいふ、いとよし。

疾くも怪しと思し召すらむ事御問ひありて、わが身の罪何事と知るこそ心安けれ。かくながら[37]いかなる事にかと思ひ乍（ら）いつまでもあるは、いとうあぢきなし。はた、かくながら、老の身は朽ちも果てたらむに、行や惑ふらん。世にありて甲斐ある人々に代り果つる用《やう》もあらば、いかにともなりなまほしき、とのみ念じ暮らしてこそあれ。人の誠の著《しる》くならんは見まほしゝ。

35 いそ子――望東尼の遠縁の歌友／36 異方《ことかた》に――ここでは、別の人に／37 かくながら――このままで

解説

明日は七夕。遠縁の歌友いそ子とも、いつものようには逢えない。咎めにあった私の事も知っているだろう。

七日当日はとき子の手を取ってちょっとだけ紙に文字を書かせる。そのころの七夕の風習は今と少し違うようだ。「ほうし」は、拍子木を「ほうし木」と表記している二日の例から見て、「表紙」ではないかと読んだ。たぐいなく可愛いとき子。

朝顔の花色ごとに標の紙をつけて、一首の歌は「来む年」への希望を歌う。今宵の見守りの神代に最近の藩庁の様子を聞く。役の改廃、人事の入れ替えなどずいぶん混乱しているようだ。おおかた今の支配者に都合のよいように変えているのだろう。

近く私に尋問があるらしい。早く我が身の罪が何かを知って安心したい。

中途半端でどうなる事かといつまでもいるなんて、情けない。このままであの世へ行ったら、行く先に迷って成仏できないだろう。世に生きる甲斐のある人に代って罪を引き受ければ、どうやら行く先も決まろう、そうしたいものだ。人の誠の心がはっきりと現れる結果が見たいものだ。

八日

猶空は清く晴れたれど、はた夏に照り返りたるやうに暑し。今日は二川ぬしなりけり。よろづ事変りてをかし

き事もなく、書いつくるもうるさし。
暑さに夜を更かして寝たれども、蚊帳のうちいと苦しきまでぞある。蟋蟀《きりぎりす》の声のみ時めきて[38]をかし。夜更けて外《と》の方《かた》に人音のしたるやうなりしかば、つと起きて人を呼びなどしたるに、何事もなければ、空耳にやと臥しぬれど、清く覚めて寝られず。仏の真似[39]して起きあかしつ。

九日

朝露も浅く、猶暑けきぞわびしき。本家の郎党守りに来て、頭《かしら》伏せがちに努めて住まひしたる、いとむつかし。
暑さ紛れにとて『太閤記』てふ文（書）を見るにつけても、秀吉の君はさらなり、今の世に信長卿ばかりの御方ましまさば、異国もいつしか打ち散らして、御代ものどけかるべきを、秋津島の頭の御司と頼み奉りし、水戸の老公[40]失せさせ給ひしのちは、かの御国もあるかなきかのごとくならせ給ひ、中と頼む長門は今にいとかひ〴〵しくはなりまさり給へど、濡衣干[41]しあへ給はで、かく大樹公[42]の御軍《いくさ》を向けさせ給ふなどよりこそ、この筑紫も、打ち返したる憂き波立ち騒ぐなりけり。只今は皇国《すべくに》の御足こそ強うおはしましけれ。薩摩の国のみ揺るがぬ御礎《いしずへ》にて、こなたをも伝手にだにとて[43]、かしこよりの、み心尽くしの限りなさをも知ろし召さで、中々にそば〳〵しう[44]おはしますこそ、いといとう危うき御事ならずや。
あなかしこや、学《まね》ぶべき身にもあらで、回らぬ筆のすさび、片言に何事かは。蟋蟀の口疾くなりまさりたる、いと羨まし。濡衣の破れはいかでか綴らん[45]。汝も伏せ継ぎ[46]勧むる方人《かたうど》[47]なせそ。

　きり〴〵す大和錦の破れをば綴れ〳〵と鳴くにぞあるらん

国の司をもせん人こそ、かゝる事も思はめ。かう世を遁けて様さへ変へながら[48]、仏の道疎く、世を思ひぬる心癖こそうたてけれ[49]。

　虚貝《うつせ》われから物を思ふかなこゝろづくしの甲斐もなき世に

38 時めきて――時機にあって栄える／39 仏の真似――座禅のこと／40 水戸の老公――水戸藩主徳川斉昭（一八〇〇〜六〇）。西洋流の軍事改革、海防強化に努め、異国船打払令を説く意見書を幕府に提出、一時海防参与となる。のち条約勅許問題で幕府と対立、日米修好通商条約の調印を強行した井伊直弼を、登城して弾劾、永蟄居の処分を受け水戸で死去した／41 濡衣――禁門の変により賊軍とされたこと／42 大樹公――徳川将軍／43 伝手にだに――せめて手がかりだけでも／44 そばく〳〵しう――よそよそしく、冷淡に／45 濡衣の破れは〜綴らん――こおろぎは「綴れ刺せ」と鳴くと言われるが、濡衣の破れなどどうして繕うことができようか／46 伏せ継ぎ――継ぎを当てて繕う／47 方人《かたうど》――味方／48 様さへ変へながら――髪を剃って尼姿になっても／49 うたて――いやだ。情けない

解説

暑くて寝られぬ夜の『太閤記』。耶蘇の宣教師を厚遇した信長が「異国も打散らす」かどうか？それはさておき、現状分析の鋭さは見上げたもの。

そのための情報は見守りの親族からもたらされるのか。水戸は老公斉昭没後、派閥抗争が激しく「有るか無きか」のごとくなった。頼みにする長門は朝敵とされ将軍が軍勢を向けようとして以来、この筑紫も佐幕派が強くなり勤王派を弾圧し、混乱を極める。「皇国《すべくに》の力が強い」というのは、上京した将軍さえ朝廷の支配下で働いている事を指すのだろう。薩摩はどっしりと構え筑紫へもせっかく心遣いをしてくれるのに、当の筑紫がよそよそしくてはすこぶる危ういのではないか。「まはらぬ筆のすさび」と謙遜して見せるが、自信たっぷりの分析である。「濡衣の破れ」など綴るまでもない。当座凌ぎの「伏せ継ぎ」に味方するでないよ、とこおろぎに呼びかける。藩の役人たちこそこういう事を考えるべきだ。根本的な出直しが必要だ。出家後も世を思わずにいられない望東尼である。

十日

南がちに吹きて暑けれど、折々村雨降り来てさすがに秋めくぞをかしき。

今日も本家の郎党竹田何がし（某）ぞ来る。昨日来《こ》し者よりは少し心ありて、世の中の事も疎からず。孫・和どもと腰刀ども取り出《いで》て善し悪し目利きなどする。「かゝる物は、只今までは侍ひの印ばかりなりしを、今は片時も放ち難きに、御世とこそ見え給ふれ」など、うちなく。（ママ＊）　＊「なげく」か

この月の三日に、中島の御橋のもとに、はた貼り文したりしとて、吉田老人写し来る。「こたびは、国の御まつり事正しからず、人の心も静まらず。善き人隠れ禍々しき者のみ事執り行へば、国をも滅ぼすべき悪人誰々と名を記し、この者疾く〳〵退けさせ給はずば、国家の御為《み》、我々ども討ち果して、殿に参上《まうのぼ》り、その罪を報ひ奉り、腹を切りて果て侍らむ。かく年久しく、遠つ祖《そ》より禄を食みぬる身にて、国の御大事見るに忍びがたし」など書きたりとか。誰《た》がさやうのことをかするならむ。人々の御疑ひも、いや増しにこそならめ。

隣より知らせ文来る。このころの事なりけり。不覚の事により、扶持放たれし[50]とぞ、いとあぢきなき。

野分立（つ）○[51]夕暮れいとをかしきに、月影晴れ曇りて、

　ひとたびは野分の風の払はずば清くはならじ秋の大空

さのみ荒らぎもせで、夜もすがら吹き明かしつ。

十一日

東の空、群＊雲立ちて、淡く濃く紅《くれなゐ》の匂ひたる風も、いと心地よろしきほどに吹く。日高くなるまゝに、風絶えていと曇り、甑《こしき》[52]のうちに居る心地ぞする。＊原文「むらくたち」

日毎にをよずけゆく[53]童《わらは》をとかく心遣りにして、様々の事ども言はせなど、寄りて笑ふのみぞ心やりなりける。

　昨日まで聞き分かざりしことも今朝言ひ習ひぬる家のうなゐ子[54]

はた風いたう吹きて、やがて止みぬれば雨降りいづ。

濡衣を干しぞかねたるわが宿の露けき秋に雨さへぞ降る

よもすがら、小止《を》みもせず。今日の守、二川・吉（田）。

十二日

いと涼しう曇りたれば、例の日覆《あふ》ひもなし。雨の徴《しるし》ありけり。空もかつ晴れ行くめり。

秋の雨の残りし夏は和《なご》しけり世のうき雲もかゝれとぞ思ふ

今日は桑野ぬしぞ、ひねもす守り居らるゝ。瀬口がいたく責められて、水など呑みきと聞く。いと〱うれたし。さりながら知らぬ余事は著《しる》くやありけむ、人や（囚）よりは少し軽《かろ》き揚屋《あがりや》に入替へたりと聞き、少しは心安し。

濁りくる憂き世の水を浴ぶせても曇らぬ玉（魂）はあらはれぬべし

露深き夜にて、軒端の朝顔の露、机の上に落ちかゝれり。その時鈴虫の初声して、月をかしう、かなしかりければ、

鈴虫の音に鳴きいづる夕暮は月さへ露の涙もらしつ

事もなき時ならば、いかにをかしき秋ならまし。

50　扶持放たれし——（当主の勇平が殺されたことにより）一日一人当り米五合の給与である扶持を止められた／51　野分立（つ）——暴風の吹く／52　甑《こしき》——瓦製の蒸し器／53　をよずけゆく——成長してゆく／54　うなゐ子——うない髪（お下げやおかっぱ）にした幼子

解説

那珂《なか》川の中州中島に架かる橋のたもとに、また人心を攪乱するような張り紙。誰がこんな事をするのか、望東尼は内容はともかく、これでは当局の疑いも増すばかりだと嘆く。

隣の喜多岡家は扶持を放たれた由、主がいないので当然ではあるが、気の毒なこと。台風が去って「野分の風の払はずば清くはならじ」の歌は、先日の「伏せ継ぎ」の味方をするなという歌に続く感慨。そんな中で家族は幼子に、様々な言葉を言わせて笑い合う。その日進月歩の成長ぶりが頼もしく嬉しい。
瀬口は拷問されているようだ。心配だが、知らぬことは答えようが無く、牢屋から拘置所に移されたと聞く。
「露深き夜にして…をかしき秋ならまし」のくだり、胸に沁みる風情である。

十三日
紅《くれなひ》だちたる雲を幼き者見出でて、指差《をよび》し教うる、いとらうたし。いと露深き朝《あした》の野辺より刈りもて来《きた》る、百草《もゝくさ》の花、山守が心ばへもあはれに覚ゆ。ことさら山辺の家こそ懐かしけれ。
今宵は霊《たま》迎ふる[55]とて、例＊1ならばい＊2かに事繁からむを、よろづ忍びて事削ぎたれば、長閑＊3なる夕暮れに、こゝかしこ、御世のために命を捨てたりし正義の霊、いかに天翔《あまがけ》るらん。こゝに迎へてんかし。「無可《ありよし》をとゝひ[56]こそかならずこゝに」など、家の者どもと語り合ふにも、程なく誰も行きなまし。来む秋は誰か待ちなん[57]、など思ふぞはかなき。＊1原文「れならは」　＊2原文「かにことしけ」　＊3原文「のかなる」

　世に在りて甲斐ある人に代りなば今も惜しまぬ老がいのちぞ

人の上にのみ心を砕く僻《ひが》心もうたてし。
十四日
空青やかに清し。いとしみ〴〵と肌寒《さぶ》し。胸痛みて心地例ならず。されば、臥しがちにして、和に『太閤真題記[58]』を読ませて吉田老人と二人して聴く。さる事にも思ひ合はする事ありて、見る心地に悲し。

月いと清ければ、うちむかひて、

　　むかしより親しき秋の月のみや濁らぬ水の心知るらん

昼よりの文（書）の読みさし取り出でゝ読むを聴く。

あるじが居る方は、大やけ（公）人たち、月の明《あか》ければ端居《はしゐ》してをかしげに物語る声す。

隣の方こそいとう悲しけれ。ゆくりなき玉[59]（霊）を迎へていかに悲しぶらんを、慰めにとて人あまた来て、酒ども物すらむ。笑ふ声どもしつゝ中々にぞ聞こゆる。

十五日

うき雲のさゞ波立ちたるに、さし匂ふ日影も和らびて、何の思ふ事もなげなる世界を、人の心もて憂きものとはなし果つるなりけり。志す方々に薫物《たきもの》[60]少し包みてやる。野口何がし[61]（某）が、去年のこの月の寝待には、都の戦ひにて仇《あだ》を二人突き止め、その身もそこにて、あまたの槍に貫かれて失せしを、いかにその同胞《はらから》・をぢ・をばなど遺り居る方々、悲しぶらん。早、一回《めぐ》＊りとはなりぬ。それもそれながら、殊に闇討ちになりし人の妻子、いかに敵《かたき》も分かたねば、足摺りしても歎くらんこそ、いといとをしけれ。＊原文「ひめくり」

　蓮《はちす》の花の散りたるを、知橋[62]（智鏡）が二つ拾ひきて、窓より「散りても清く侍る」とて差し入れければ、その花に書いつくとて、

　　褪せぬ間に散れば蓮《はちす》の花だにも猶清しとて人の愛づらむ

清少の君が、宮の御前より紙を給はりし時、此花にみ返り言ものして奉られし[63]こそ、いと懐かしけれ。

　　言の葉を奉りにしいにしへに蓮の花の色は変らじを

かの雅かなる事ども世に類《たぐひ》なし。その頃も、御代の御乱れなきにしもおはさゞめるを、さる姿は表さでものせられたる文のめでたさを見れば、はかなきこの日記《にき》、焼きも捨てゝんを、老の心遣りいつまでか、限り来らん時にこそ。

波立ち雲も、なごりなくさら〳〵と晴れて望月いと清し。子《ね》の時ばかりに、霊送る[64]わざども幽かに、朝の火[65]焚きてものしつゝ、うち向ひてもあらまほしき月さへ、外《と》にへだてゝ寝《ね》ぬ。

十三日より今宵までの守人は吉田老人なりけり。

世にありとあるは、寺詣でなども事繁しとて、心善き人に負ふせはてたるもをかし。

---

55 霊迎ふる――盆に死者の霊を迎える／56 無可《ありよし》おとゝひ――無可は中村恒次郎、おとゝひは兄弟の意。無可の兄は無二中村円太。無可兄弟の霊はきっとここに来ているだろう／57 来む秋は誰か待ちなむ――来る秋を誰が迎えられるだろうか。それまでに命を絶たれる人もあるだろう／58 『太閤真題記』――『太閤記』の異本の一つ／59 ゆくりなき玉――思いもかけない霊魂／60 薫物《たきもの》――練り香。盆の供養に用いる／61 野口何がし――無可中村恒次郎の変名、野口一丸。元治元年（一八六四）七月十九日の京都禁門の変における野口の壮烈な戦いと戦死の様が、馬場文英『元治夢物語』に描かれている／62 智橋――息子貞則の妻たね子。貞則死後出家して智鏡となる。橋は鏡と同音／63 清少の君が〜奉られし――『枕草子』二四一段。清少納言が清水寺に参籠した時、定子中宮から「唐の紙のあかみたるに…山近き入相の鐘の声ごとに恋ふる心の数は知るらん」と唐の紙に長居を恨む歌を贈られ、紫の蓮の花びらに返事をしたためた／64 霊送る――盆の翌朝死者の霊を送る／65 朝の火――霊を送る送り火

解説

盆の初日、冒頭は『枕草子』の風情。幼子が彩雲をみつけて指さして教えるしぐさ。山荘の草花を持ってきてくれた山守の心ばえもうれしい。あの山荘がことさら懐かしい。宵には盆の迎え火を焚いて、世のために命を捨てた正義の霊の事を想う。禁門の変で命を失った若者無可《ありよし》中村恒次郎とその兄円太。程なく誰も彼方へ行くだろう。十五日には、志ある人に供養として練香を包んでやる。野口一丸、実は無可中村恒次郎が、去年の今月寝待ちの夜に、都で戦い敵を二人倒し自らも討死にしたのを、どんなにか親族たちが悲しんでいるだろう。

隣も主人の新霊を迎えて人々が集まり酒盛をしているらしい。無可の奮戦ぶりもさることながら、闇討ちになった人――喜多岡勇平の妻子の無念が思いやられる。

ここでまた思い起こされるのが、蓮の花にまつわる『枕草子』の雅の世界である。散った蓮の花を拾ってきて差出した嫁の智鏡も、おなじく雅の世界に心を遊ばせている。清少納言が清水観音にこもって帰らないのを案じた主人定子の手紙に、蓮の花に返事を書いたという逸話を姑と共有しているようだ。あの時代にも世の乱れはあったろうに、そんなことは記さず愛でたい事ばかりを書かれたのを見れば、この日記は焼き捨てたい気もするが、老の心遣りを綴るのはいつまでか、限りの来た時こそその時である。

十六日

今日は、家の者*ども少し朝寝《あさね》したれば、寝所《ねどころ》にてふつくまりつゝ[66]この文ども書いつくるに、をかしき事もなければうちやりつ。西行の大人《うし》が、「心のまゝに[67]」と言ひしこと思ひいづる。*原文「もども」

桑野左内守人[68]なり。「いと暑ければ、堪えがたげに臥しながら守衛す」とて戯《たわ》れつゝ、ひめもす人を笑はせなどするうちも、心はさもあらずや。

けふ大村[69]より、あまた太夫[70]をはじめ、こゝの騒ぎを聞くよりすぐに来しとか、鳴りの静まる間《あひだ》は帰らじといと頼もしく言ひし由。桑（野○）に会はんとて文をおこしゝかば伺ひたりしを、御許しなかりし由。いとあぢきなく侘ぶ。夕されど猶暑し。

涼しさも暑さもさだめなかりけり晴れ曇る夜の文月の空

雲間の月差し入れば、灯火《ともしび》消ちて家《いへ》人集ひつゝしばし眺めて、来し方行く末の事ども語りつゝ寝て、孫《うまご》・和ならでは思ふ事も慎ましければ、寝ながらぞ語りあふ。薩摩よりも大村よりも、いとゞ御ためを思ひて計らはれぬるこそ、まことに〳〵有難きわざなり、など言ふまゝに夜も更けぬ。平戸の方[71]も力の限りは尽くしなん由。いと頼もしき事どもぞかし。

童《わらは》[72]が、例の腰などさすりに来りて、「いつまでかく籠もらせ給ふにや、御病や出づらむ、主《あるじ》の君[73]にもいかゞおはさんと、それのみ思ひ奉る」など言ふ。いとあはれふかし。「いかでさる事あらむや。薩摩の大島[74]といふ人は、はじめ七年又三年、又五年、島にて人や（囚）に入たりしが、つひに誠の忠心顕れて今は太夫になり、都に上りてものせらるゝぞ」と言へば、驚きて愛で畏む。「家のうちに幾年《とせ》かくありても、などか苦しからん。されど人々に労せさするこそいと〳〵苦しけれ。守《（まもり）》なくてもいづくにか逃げ隠るべき」など言ひ聞かす。

十七日

いと曇りて暑し。昨夜《よべ》より浦野ぬしが守*したりしに、いまだ代りの人来らず。主《あるじ》がもとの大やけ（公）人も来ざりけり。かう長きことになりぬれば、いかにも流人侘び[75]ぬらん。さなくても、何事かしいでむ。すべて人の善し悪しは、音に聞くこそすさまじ[76]けれ。聞くより勝りたるは、善しにも悪しきにも有難きもの[77]になむ。我とても、男《をのこ》のごとくや人思ふらむ。＊原文「もしたり」

浦野を司人より呼出《よびいだ》しにありとて、代りの来ぬ間ながら大やけ（公）人に頼みて行く。桑野やら来りて、このごろの事どもあらまし問ひ聞くに、いよゝ世は暗げながら、京のかたは、日さし出で給ふべき御気配ぞ見ゆる。

雨いたう降り出でければ、昨日よりの暑さ少し去りげなり。雷《かみ》鳴りて、うなゐが怖《お》ぢ恐れて母にしがみつきたるも、心づかひながらろうたしぞ。それ鳴らさじとて「てん〳〵はん〳〵」など言ひ聞かせて紛らはすもをかしげなり。

宵の間は月も暗かりしを、晴れ行く空の空《（××）》の雲間の光は、さすがに秋の面影いとあはれなり。やごとなき御前[78]にしも、うち眺めさせ給ふらむあたりはいかばかりならむ。

浦野が昨日の召しは、宰府の御守衛ひきゝり[79]受持ちとか。めでたき御方様に仕ふまつらんは、いと本意《ほい》なり[80]。

かゝる天離《あまさか》る鄙人《ひなびと》[81]たち、慣れ仕ふまつるこそ、いともく畏く、あぢきなき御代の乱れぞと、露けき秋になむ。
今宵はこゝの守衛、神代ぬしなり。雲の上も同じ位の侍《さぶらひ》ものするぞ憂れたき。また、はかなし。

十八日

今日は雲の行来も絶えて、夏も流れ果てし空の景色、いと涼し。かの御守衛、昼は神代ぬし、夜は桑野ぬしにて何の隔てもなし。人丸明神[82]の御祭《み》の日なれば、心ばかりの事どもして十八首など詠めり。片生《な》り[83]なれば、こゝには得書いとゞめずなりぬ。

---

66 ふつくまり――臥つくまり。寝ながら／67 西行の大人《うし》が「心のまゝに」――西行の和歌は『山家集』に「心」を歌ったものが非常に多く、それも多面的に歌われている。「心のまゝに」を文字通り含む歌には「よしさらば涙の池に身をなして心のままに月をやどさむ」がある／68 桑野左内――望東尼の弟喜右衛門の養子先の人。のちに捕らわれる／69 大村――現・長崎県大村市。ここでは大村藩。藩主大村純熙が長崎奉行に任じられた文久二年（一八六二）から佐幕派が台頭、勤王派は改革派同盟を結成、元治元年（一八六四）純熙の長崎奉行辞任により勤王派が勢いづいたが、なお佐幕派との対立が激しい時期であった。政権についた勤王派の人々が、筑前藩の騒ぎを聞き訪れたのだろう／70 太夫――家老／71 平戸の方――平戸は長崎県平戸市平戸島。平戸藩の最後の藩主は松浦詮、第二次長州征討の後、藩論は倒幕に向かった。筑前の勤王派を助けようとしたのだろう／72 童《わらは》――ここでは貞省の妻たつをさす／73 主《あるじ》の君――たつから見て夫の貞省／74 大島――西郷隆盛の変名／75 流人侘び――気落ちして流され人風になる／76 音に聞くこそすさまじ――噂に聞くほうが（実際より）ひどい／77 聞くより～有難きもの――噂よりも事実が異常なことは、善きにつけ悪しきにつけ、めったに無い。噂の方が異常である／78やごとなき御前――太宰府に滞在する五人の公家／79 ひきゝり――物事が急に決まること／80 本意《ほい》なり――自分の意思である。願い通りである／81 天離《あまさか》る鄙人《ひなびと》――都から遠く離れた田舎の人／82 人丸明神――神となった柿本人麻呂。和歌・学問の神／83 片生《な》り――未熟である、ここでは歌の出来がよくない

解説

今日の守人である桑野左内よりの情報。大村藩から家老以下大勢の人が来た。大村藩でも勤王と佐幕の争

いは激しいようだが、勤王派がやっとリードするようになったらしい。騒ぎの静まるまでは帰らぬと言ったとか。来た人のうちの一人が桑野に会いたいと手紙を寄越したのに、伺いをたてたら許されなかったよし。灯りを消して月の光に家人が集まって、来し方行く末の事を寝ながら語る。薩摩や大村・平戸の助力の有り難さを孫と語っているうち夜も更けた。孫嫁たつが腰をさすってくれながら、この私の行く末や夫貞省の様子を気に掛けている。さぞ気がふさぐことだろう、可哀想に。薩摩の大島（西郷隆盛）の例を挙げて、いつまでも苦しくはないが、人々に苦労をかけるのが心苦しい。守人がなくてもどこへも逃げも隠れもしないよ、と言い聞かす。

ここの見守りたちが太宰府の公家たちをも掛け持ちで守衛する事になった。守人たちは更に忙しくなるが、あの貴人たちと区別も無い守衛とは畏れ多いと乱世を嘆く。

人丸明神とは、柿本人麻呂の影像を安置し、香華や酒膳を供え和歌を献じて供養する歌合や歌会を「人丸《ひとまる》影供《えいぐ》」と呼び、その際の人麻呂像を宗教的に「明神」と崇めたものらしい。学問・和歌を尊ぶ野村家でも人丸明神を祀り祭をしていた。望東尼は毎月十八日に和歌十八首を献納していた。

雷の記事も興味深く、雷を恐れる幼児に「てんてんはんはん」と唱えて紛らすユーモラスな母親（貞和の妻久子）の姿が目に見えるようだ。

十九日

空清くして涼し。昼は桑野左内ぬし、夜ははた神代ぬしなりけり。

去年の今宵は、都の戦《いくさ》[84]ありていたく悲しき事ども多かりき。知る人もあまた討たれ（し）けるも、はや一回《めぐ》りなるに、[85]いまだ御世もさながらにて、長門のかたも中々なる憂き事ありとか。猶やごとなき御前、いまだ御帰京の時いたらせ給はず。いやましに都遠く渡らせましま す甲斐もなき有様、何にか譬へまつらん。討たれにし人の親しき方に、香どもひそかに遣はしたるも、いと世に慎まし。
浦野ぬしが来て、今日公けに召しありて、こたび慎み＊申付たるともがら、間《ま》には上を恐れず慎み破るゝ(×)者もありげなれば、今より猶厳しく致すべきとの仰言なり。さらば守衛も人増さではとて、司より言ひしかども、さはいづれも暇《いと》無ければ、その事またく〳〵聞え奉るなど、人々事繁し。＊原文「つゝし」
昨日初瀬川ぬしが、都より大早にて帰りしかば、桑左＊会ひてんとて行(き)たりしに、その人はあらざめれど、親しき人に語り伝へしを聞きて帰りたり。＊桑野左内の略記
天朝には、いよゝ清義士[86]をあはれび給ひ、今上《いまのぼ》りたりし者どもいとう聞えよろしく、一橋公猶み心尽しせさせ給ひて、都と難波に行(き)帰らせ給ふにも、たゞ御供五人《いつたり》ばかりにて御馬を馳せ給ふよし。いまは大樹公も一橋公に御かしらを下げて、畏き御言宣《みことのり》を奉じ給ふべきみ心ながら、添ひ奉る守ども、異国草のいや凝《しこ》りにしこりて[87]、わが国と換へ身の栄華をのみ思ふ輩《ともがら》、公の仰言にもどき[88]奉れば、さる者一人二人は江戸にお返しありて、御言宣に従はせ給ふめるとか。まことに時至らせ給ふかと思へば、飛び立つ心地ぞする。大殿の太夫[89]は何がしか、心尽しの坂道にみな惑はし＊つるも、いまや御まへにも著《しる》くおはしまさまし[90]。あらぬ御言宣[91]どもや、持て帰りて奉りけらし。＊原文「まどはみ」

84　都の戦――禁門の変は、この日のちょうど一年前の元治元年（一八六四）七月十九日に起こった／85　御世もさながら世の中も変らずそのままである／86　清義士――「正義士」の表記が一般的だが、望東尼はここではあえて「清」の字を用いたと思われるので訂正しない／87　異国草の〜しこりて――異国風をやたらに好んで／88　もどき――「もどく」は「もとる」こと。逆らう／89　大殿の大夫――藩主の君の家老／90　いまや〜おはしまさじ――今では藩主の君でも家老たちに惑わされて、以前のようにしっかりとした判断はなされないだろう／91　あらぬ御言宣――とんでもない詔書。この時代、偽勅が公家によって発行されることがあり、望東尼はその噂を知っていたかも知れない

禁門の変の戦いから一周年になるが、いまだ世の中はあの時のまま変りなく、長門は朝敵とされて難儀な事になっているそうだ。太宰府に滞在する五卿様方も御帰郷の機会がなくて、譬えようもなくお気の毒な有様だ。せめて討たれた人の遺族に供養の香を贈るさえ世を憚る。その上さらに自宅謹慎者の監視を一層厳しくせよとの命令があり、守衛を増員せよと役人が言うが、ここでは誰も暇が無いのでできない由申し上げるなど、人々は大忙しである。

それでも朝廷は正義の人を尊び、最近上京した者も評判がいい。一橋慶喜公は誠意にあふれ、大坂へ往復にも供五騎ほどで馬で行かれるよし。大樹公すなわち将軍家茂公も慶喜公に一目を置き孝明天皇の詔を奉ずる由。しかし家来には国よりもわが身を大切に思う輩もあり、公けの命令にも従わない者らは江戸にお返しになるとか。よい時代になったと飛び立つ心地がする。

それに引き替え筑紫では、保守派の閣僚たちが殿を惑わすので、今や殿も以前のようには明晰ではいられぬようだ。とんでもない偽の詔勅を持って帰り奉っているとか。

望東尼は藩主を突放して見ることは出来ていない。殿が勤王を引き立てようとしないのは、君側の奸、保守派のせいだとばかり思っている。保守派の操り人形と見るのはいかが。藩主は所詮幕藩体制の一員であり、封建領主にほかならない。

ここで当時の京都の政治情勢について一言。一橋慶喜は禁裏守衛総督兼摂海防御指揮という、朝廷・幕府両属の職に就いていた。朝廷と、改革派の有志大名―島津久光（藩主代理）、伊達宗城《むねなり》、松平慶永ら―の意を受けるとともに、朝廷に対しては幕府の代弁もするという微妙な立場にあった。京都守護職の会津藩主松平容保、京都所司代の桑名藩主松平定敬《さだあき》らが一橋慶喜を支えていわゆる一会桑政権を形成する。禁門の変の後の長州征討にあたって一橋慶喜が越権であるとして、幕府は「一会桑」の江戸帰還を命じたが、慶喜は抵抗し、朝廷の命によって将軍家茂の上洛となった。そして慶応元年九月二十一日長州再征が勅許された。再征はうまくいかず中止となる。

九月十六日米英仏蘭の四国連合艦隊が兵庫沖に来て、条約勅許と兵庫開港を求めた。幕府の閣僚らは、幕府が締結した条約に改めて勅許は必要なしとし、兵庫開港についても幕府の専決事項として直接四国に受諾を与えようという立場だった。こう主張する幕閣のうち老中らの罷免を朝廷が命ずる一方、慶喜は朝廷に強硬に条約勅許を要請、十月五日条約勅許がなった。兵庫開港のほうは一会桑で協議した結果不許可とした。朝廷は一会桑政権を味方につけ、将軍の上位に立ったが、公武一体の姿勢を崩してはいない。

二十日

初めて松本茂記ぬしなむ守に来る。常は疎々《うとうと》しかりし[92]も、引き出でられぬるこそ面無《おもな》けれ。かの人、舟乗る司[93]なれば、こゝかしこに常に行交ひなれて、都辺の物語、浦々の事は猶こまやかなり。今は異舟姿の舟を預りぬれば、猶その事どもつばらなり[94]。あまり親しきよりは中々珍しう、心も緩ばで心地よげなり。

浦野・神代・井手・松本寄り合ひて、司の取計らひの思ふやうならぬを嘆く。事の弁へ、下々の家の内もよく知らでは、大やけ（公）の司は得ならぬ、などさへぞ言ふめる。

人の疑ひ言ひ消たむとて、あまり言葉多きは、中々に疑はるべきことも言ひつるを、言ひ直しなどしたる、いと聞き苦し。かゝる折から、女などの物知り顔に、何事もさし出づるこそうたてけれ。人の言ふことなど打ち消ちたる、いと悪《わろ》し。それも事によりて、あまり〱しきこと言ふを、たゞ一言に言ひ押へしは、いと心深し。曲れるも直ぐなるも、おのづから人の知るべし。世の諺に、贔屓《ひいき》の引き倒しとか、我さへ、来し方思へばその罪や多かる。

92 疎々しかりし――あまり親しくなかった／93 船乗る司――船や海上交通に関する役人／94 つばら――くわしい

解説

望東尼の守人の四人が集まって、役所の行政の処理が人々の思うようにはならぬのを嘆く。仕事の内容をよく知り下々の家の内までよく知らなくては、公けの行政はできぬ、とまでいうらしい。人の疑いを否定しようとしてむやみに言葉多く弁解すると却って疑われそうで聞き苦しい。ここまではジェンダー中立の人間批判である。ところが「物知り顔の差し出がましい女はいやだ。それでも度を越してひどいことを言う人を、一言でぴしゃりと収めるのは見事なもの。これまでの私も言いすぎの罪は多いかもしれない」と自戒する。こう言う時、望東尼自身は女ではないかのようだ。いつの間にか男の、つまり世間一般の視点で自身を含めた女を見据えている。差し出がましいのは、仮に男であっても好もしい人物とは言い難い。女はこうあるべきだというジェンダー規範から、差し出がましい女を望東尼は批判しているのだ。望東尼はジェンダー規範をしっかり身につけているが、必要な時は男女の垣を軽く跳び越える。

二十一日

暁方、鼠の、箱やうの物を食む音凄まじくて、つと覚めて見るに、灯火も消えはてゝ、板間も暗き程なりけり。戸を少し開けたるに、月は高う澄みわたりて、荻の露きら〳〵として、悲しき宿の軒などほの〴〵としたる、さらに悲し。

老にひとしくうなゐが疾く覚めて、「起きた〳〵」と母を呼ぶ声らうたくて、行（き）見れば、あへなく皆起き出づるほどなりけり。

昨夜《よべ》の守（り）人は井手ぬしにて、代り来む人待たるれどさらに来ざりければ、「さしも遅し」など言ふうち二川来る。

とかくして、昼の物ども[95]参るころ、家の男童《わらは》[96]が目を空にして、「我を外より『来かし』とて、赤坂なる魚屋が来り、『里はいづこ』など問ひ侍る」。* ＊「と言ふ」などが省略されている。

いと怪しきものから、[97]「まづ行けかし」とてやる。しばしゝて、鬼役めかしき者[98]来りしほど、先《まづ》、公けの守人に頼みて問はすれば、「こなたの御家来、御尋ねの筋ありて召し捕り侍りき。御差支へはなきや」と言ふ。あなめざまし。[99]こゝの者を、罪あらば先、主《あるじ》に言ひてこそさはせめ。捕へし後にて「支へあるや」など、「おのがじし荒れに荒るゝ鬼どもかな」と、皆腹立たしく言ふ。「差支へあり」と言はゞ返すにやあらん。それはともあれ、いとう酷《むご》し悲しゝ。「何の心もまだ無き者を、獄舎《ごくや》にうち入れなどする、いと物憂*し」と言へば、上を恐れぬやうながら、皆すが〱しからぬ痴れ人の心任せの業著《わざしる》し。＊原文は「ものし」

やう〱驚き悲しびし隣も、忘るゝにはあらねど、心鎮むる間もなくかゝる事の出で来ぬるは、いかに契りし[100]今年の秋にやあらん。さりながら、罪無きは無きにて許されぬべし、などもあひな頼み[101]なりけり。


　　若竹の直ぐなる身にも葛かづらかゝるは何の恨みなるらん

上下の者、目をしば〱として彼が裏なかりし事ども言ひつゝ、あへなく眺め居るぞいと心苦しき。

粋方《すいほう》[102]とか目明かし[103]とかいふ者来りて、「蓄へも無く何も無しに侍れば、種々《くさぐさ》渡し給へ」など言ふ。たゞ布一重のみ着たればとて、衣ども取添へてやる。いかにも厚くせまほしきを、[104]公け人、「中々御為よろしからねば、先軽々《かろがろ》しうせさせ給へ」と教ふ。

夕べより風の音荒らぎて、暑さは室《むろ》より勝り顔なり。暮れ果てゝ猶吹けば、「民草なども、早稲はよろしげながら、晩稲《おくて》の穂のめき出づる頃[105]なれば、いと悪しかりなむ」と清水の老人[106]ぞ言はるゝ。「今日も遠道すがら見て来た（×）給へば」など語らひつゝ臥したれど、清く覚め果てゝ寝られず。やうく〳〵つらく〳〵としたるに、怪しき夢に覚め果てゝ、濡衣干す方無げなる心地すれば、「数多の人を助け、身ひとつに公けのお怒りを帰して、罪におち入（陥）りてん」とこそ思へ。言ひ寄る方いかゞはせん。もし御口問ひもあらば、と心定まりて何の思ひもなし。書い消つべき反故《ほんご》取り出でゝ、大文字「竹」など書いすさびぬるまゝ、眠《ねぶ》たげになれば枕とりていつしか寝たりしや、明け果てぬる。

---

95 昼の物――昼ご飯／96 家の男童《わらは》――家で召し使っている少年／97 怪しきものから――怪しくはあるが／98 鬼役めかしき――毒味役風の。悪者風の／99 めざまし――とんでもない。失礼な／100 いかに契りし――前世からのどんな約束なのか／101 あひな頼み――根拠のない信頼／102 粋方《すいほう》――侠客。やくざの親分／103 目明かし――町奉行所の与力・同心の手下となって犯人逮捕のため働いた者。前科者が採用されることが多かった／104 いかにも厚くせまほしき――何とかして手厚くしてやりたい／105 穂のめき出づる――（晩稲の）穂が出始める／106 清水の老人――姉たかの夫吉田信古

解説

昼食を取っている頃、召使いの男の子がうつろな目をして「赤坂の魚屋が外から僕に『来い』とか『里は何処だ』とか訊ねています」という。怪しいが「まずは行きなさい」と行かせた。悪役体の者が来たので、公けの守人に訊ねさせると、「こちらの御家来、お尋ねの事があって捕らえました。お差し支えはありませんか」という。何と、とんでもない、この家の者を仮に罪があるとしても、まず主人に告げてからそうするのが順序だろう。捕らえた後で「支えがありますか」とはまあ、荒れに荒れる鬼どもだ。「差し支えある」と言えば返すのだろうか。可哀そうに、「まだ何の心も無い子供を牢屋に入れるなど、酷く辛いことだ」とは、上を恐れぬ言葉のようだが、皆、心の汚れた愚か者のやりたい放題の仕業だ。召し使う者らもみな、目をしばたたいて、彼が隠し事もしない正直者だと言うのも心苦しい。

衣類など取りに来たので、布子一枚しか着ていないので何とか手厚く取り揃えてやると、公け人が「為にならないから最低で」などという。

「風の音」が荒くなり、台風が来たのか暑さは密閉した室《むろ》にいるよりひどい。この秋の稲の出来などを話しつつ寝たが、眠れず怪しい夢を見て目が覚める。

私の濡衣が干せないのならば、この身一つに罪を引き受け数多の人を助けようと決心をした。反故紙に「竹」と大文字で書いているうち眠くなる。

思うに、召使いの少年を捕らえに来たのは、罪科のある筈も無い彼自身を調べるのではなく、少年が野村家の内情を知っているだろうとの予断をもってした事なのだろう。望東尼はどう思っていたのか。書かれた限りでは、そこまで想像が及んでいないように思える。少年を捕らえに来た男は「手先」「岡引《おかっぴき》」などと呼ばれる類いの人であろうが、前科のある者を採用すると言われるものの、いかにも悪者風と思える。

二十二日

猶曇りて暑し。雨風止みたれど、猶晴れず。吉田老人、昨夜《よべ》より今日もひめもす守人なり。人数《かず》増しぬれば、野村彦助ぬし、本家の弟にて初めて守に来られし。皆知らぬ人がちなれば、いと空々しげなり。浦野・神代《こうじろ》は猶かなたこなたして[107]はこゝに来つゝ、中々守もよそになりぬめり。あへなき世に[108]動かさるゝこそわりなけれ。

風の憂いは止みたれど、昨日よべにかけ、下々従者《ずさ》の類二人三人《みたり》と捕はれ、夜はあまた士を召し給ひて、我々と同じさまに押込め給ひしかば、浦野が避《さ》りがたき処かた〳〵より呼びにおこしつとて侘ぶ。

古川何がし（某）が甥、融といふ若人、心清々しくして優なるよし。一人は一昨日《をとつひ》まで我を守に来りし桑野左内なれば、浦野はこなたの人少なくなれるうへ、はた二所に行（く）ぞわりなき。神代ぬしも、家別れしたる神代何がし（某）、同じさまなれば彼方にもと、互ひに侘びあへるのみかは、中老加藤大人《うし》[109]、元は太夫召上げられ、みづから籠られしを、はた昨夜《よべ》より慎みの仰言ありきとか。その外かなたこなた、また名も数も確かならねど、十人《とたり》余りなるべし。かつ〲[110]かくなる数はや八十余りならん。いづれも御大事あらむ時、命を塵と＊御楯になるべき人々をかく物し給ふを、つゆ諫め奉る人も無くおはしますこそ、いかなる御報ひにや。昨日までは、薩築長とか、世に御名清々《すがすが》と輝かせ給ひしを、いまはいかばかりか世の謗《そし》り受けさせ給ふらむと思へば、さらに生くべき心地ぞなき。＊ここに「殿の」を入れて読むと分かりやすい。

過し頃より、浅香何がし（某）・戸川何がし（某）は、みづから一つ連《つら》に物し給はれと願ひたりし由。こはある御文所の＊先達[111]にや、「かれ二人は、あちらこちらとよきに従ひ仕ふまつれば、こたびの御咎めに逃れたり」とか言ひしを聞きて、その人[112]に行（く）ことを約《つづ》めて、互ひに願ひ文奉りしとか。されば、これも昨夜《よべ》の数に入りつらむ。＊原文漢字

古川融《とふる》が、春の頃友どちの集まりたる所に行し時、ある友が古川を見て、「そや勤王が来たり」と嘲りしかば、つと寄りて、おのが穿きたりし足駄もて打ちければ、何がし（某）怒りて、「強《あなが》ち[113]に人を沓《くつ》して打つや、我も侍らひぞ」といみじう怒りければ、古川笑ひて、「皇国に生れし者、鳥獣《けだもの》さへ勤王ならぬはなし[114]、それに我をさ言ひて嘲るは、虫よりも悪しかるべし。足駄頂かせても何かは」とて、仁王立ちしたりしかば、かの人、一言も返しあへず、「さらば、この足駄は我におこせ、後に問ふ事あり」とて、懐に入れて帰りしとか。そののち如何するかと人も思ひたりしを、打たれし人、言はんかたや無かりけん、何事もなかりしに、こたび古川がかくなりたるを、いかに嬉しがるらん。正《まさ》なき時を得たるや。

真《まこと》や、御まへ若うまし〱ける時は、さるべき荒者こそ愛し給ひけれ。よろづ有難き御本性にわたらせ給ひしを、浦上・久野[115]などいふ辺りより憂き雲隔て奉り、正なき者どもをみ許に奉りなどしたりしより、よろづ御耳に触れ奉らで、大方の世の有様をも偽りのみ、京よりも奉れば、裏なき御心には真と思し給ふにや。又はかくありとも

知ろしめさで、たゞ奥深くのみわたらせ給へばにや。筑紫を知ろしめし初《そ》めにし、公がたの御霊[116]はましまさずや。あな、例のすさびの書い過ぐし、包むべきもあさましう書い表してし哉、書きも消ちぬべき、あなかしこや。

夕暮れ方になりしかば、彦助ぬし、若やかにものせらるゝに、あまり労《ろう》しからむとて、吉田老人、しばしのうちは一人にてもとて、帰らしむ。暮れ果てゝいさゝか涼しげになるまゝに、昨夜《よべ》寝ざりし、げにや微睡《まどろ》まほしとて、しばし寝たるに、亥時ばかりに神代、守に来る。今まで司のもとにてとかく物して、いとう疲れたりと侘ぶ。薬師《くすし》[117]の名元など書い出《いだ》せとありしかば、年久しう用うる薬師守屋何がし[118]（某）と言ひ出でたるに、これは今日魚住老人の言ひ出でありしかど、叶はずとありしかば、異方《ことかた》[119]になど司の言ひしとか。あなうたて、彼に類ふべき薬師、筑（紫）には有りがたし。まひて力いなど、病がちなる省が母[120]どもいたく侘ぶ。彼も我も守屋が薬にてこそ、いたき病も軽《かろ》びたるを、誰に譲りなば等しからん。かの弟子なる千葉何がし[121]（某）、近ければ彼にだにと定むる。

さてその夜は、加藤大人《うし》を初め、大音《おおと》老大人[122]その外大組三人、御馬廻りより下にかけ二十人あまり、同じさまに押込めて守らしめ給ふよし。下らは揚屋《あがりや》に入られしもありとか。中にもいたうあへなきは、魚住老人[123]なりけり。この程、わが歌のよしあしなど選び、また思ひ弁へぬ事も問ひし先立（達）なれば、いたう憂たく、ことに過にし頃より、あまたの歌を書いつめて選びを頼みおきたりしを、このごろ如何にもして取寄せ、書いつめなどせんと思ひしを、今は便りも絶え果てゝ、かくたいぐ〴しき[124]事に成りもてゆくまゝに、畏くもこの末路《すゑじ》はおのづから弱み給ひて、異方《ことかた》よりいかなる事や仕出《しいで》んと、さらに凡俗人《ぼうぞくにん》の世になり果てつと、寝《い》だに寝《い》られず。

---

107 かなたこなたして――他にも守役を勤めるべき家があるので、行ったり来たりして／108 あへなき――どうしようもない。こらえられぬ／109 加藤大人――前用人の加藤司書／110 かつぐ〴――さしあたり／111 御文所の先達――文書を扱う役所の先輩／112 その人――二人が今回のお咎めを逃れたと言った人／113 強《あなが》ちに――強引に／114 皇国に～ならぬはなし――紀貫之『古今

集』の仮名序の文言をもじった表現／115 浦上・久野――浦上数馬・久野一角、保守派の家老／116 筑紫を～御霊――筑紫の国を初めて治めた、黒田氏の先祖黒田如水（官兵衛）・初代藩主長政やその家来たちの御霊／117 薬師《くすし》――医師、ここではかかりつけの医師／118 守屋何がし――守屋善蔵／119 異方――別の人／120 省が母――貞省の母、たね智鏡尼／121 千葉何がし――千葉杏哉。百武万里の弟子の蘭方医／122 大音老大人《うし》――前家老の大音青山／123 魚住老人――大隈言道の弟子で望東尼と同門の歌人。芭蕉の葉の色紙や短冊を望東尼が見せた人／124 たい〴〵しき――やっかいな、不都合な

解説

下々従者や多くの侍まで捕らえられた。古川融、一昨日まで守人だった桑野左内など。そのため守人は一人で方々へ行かねばならず忙しい。

古川融は、友達同士で集まっていた時、ある友が「ほら勤王が来たぞ」と嘲ったので、自分の穿いていた高下駄で打った。相手は怒って「よくも履物で人を打ったな、俺も侍だぞ」と言ったので「この国に生まれては鳥獣さえみな勤王なんだ。それをそんなに嘲る奴は、下駄を被っても何でもなかろう」と応じて仁王立ちになった。相手は「この下駄は俺にくれ、後で問うことがある」と下駄を懐に入れて帰った。今回古川が捕まってどんなにか嬉しがっているだろう。見苦しくも時代に合ったということだ。若者同士の喧嘩でさえ、時代が味方したり苦しめたりという運命を辿るのだ。

自ら辞職していた加藤司書にも改めて謹みの命令が来た。このたびは十人余り、これまでの延べでは八十人余か。いずれも一旦事が起これば自らを省みず殿のみ盾ともなるべき人々を、こんなに扱うのを諫める人も無いのは何の報いだろうか。

かつては殿も薩筑長とその名も清々しく、勤王の誇りに輝いておられたのに、今は世の誇りをお受けになるようでは、生きる心地もしない。殿のお若い頃は荒者を愛されて、よいご本性であられたのに、今は浦上・久野などという家老らが世の中から隔てて偽りの情報ばかり奉るので、純情な殿は真と思われるのだろう

か。あるいは何もご存じなくていられるのか。筑紫を初めて治められた黒田氏ご先祖の御霊はましまさぬのか。藩主の心意をを勤王一方と思いこむ望東尼の心情は痛々しくさえある。

大音青山その他二十人余りも押込めになった由。中でも気の毒なのは魚住楽処老人だ。この日記の初めの日に望東尼が芭蕉の葉の短冊・色紙などを見せに行った人で、歌の選を頼んであり、この頃取り寄せて書き集めようとしたのに、この先徐々に弱られて傍からどんなことを仕出来《しでか》すか、ひどい俗人の世になり果てたよと腹が立ち、寝るにも寝られない。

かかり付けの医師の名を提出せよというので、守屋善蔵師を書いたら忌避された。さて困った。結局その弟子の千葉杏哉師に決める。

二十三日
昨夜《よべ》より雨そぼ降りて涼しきかたなり。人の心は猶暑げに数々の人の上、世の中の行末など、額を集へつゝ世をのみ恨めしと一つ心に言ふ。
　筑紫潟かつ顕れし白玉をまた荒波のうち沈めけり
神代ぬしは薬師《(くすし)》のもとに行く。松本ぬし、守のため来れども、一昨夜《をとつよ》林ゆたかぬしも等しく御疑ひのうちに入(り)○て、かしこより呼びにおこせたれば、しばし彼方に行《(い)》て来むとて、吉田老人に猶守を頼みて出でゆく。神(代)○ぬしが家の別れ神代勝兵衛も同じやうになりしかば、神代はさらなり、吉田老人が娘の婿なれば、後ろめ(が)×たし[125]とて侘ぶ。
みな避《さ》り難きところに、二ところ三所、あるは四所にも同じう守に行く人多くなりければ、疎*かならぬやうにせんこと難しと、皆額を集へ、心々に思ひよる事ども言ひあはすれど、こうよ、と思ふ知恵も出でがてなめり。

松本も帰り来て、同じくわれも筑紫と林、こなたにて三方に身を分きかね侍れば、異方に行かぬ人より度々守て、行く方数あるは、二度《たび》は一度になど言ふも宜《うべ》なりけり。＊原文「おろか」

薬師《(くすし)》千葉ぬし・百武《ももたけ》ぬし[126]やをら来りぬ。病の事ども物して、百武ぬしは父の時より親しかりしを、この頃うち絶えしかばいと懐かしう悲しと、彼方も此方もうち見たる心地は互《かたみ》に知り合ひて、守屋ぬしにも変らぬ心地ぞする。世の中の事もしば〳〵うち出でて嘆き合へり。

薩摩のみ使とて、太夫先《(まづ)》、宰府に来らるゝ。やがてこなたに来らるべしとか、長門よりもみ使差立てられしを、若松の駅《うまや》[127]にて関止められなづそふ[128]など、いとあさましうわりなし。

猶悲しきは、家の童《わらは》が捕はれて、昨日枡木屋《ますごや》に引かれ行くを見しと言ふ人あり。いかに知らぬ事責められて、うち叩かれもし、水さへ浴ぶせかけやしつらむと、胸つと塞《ふた》がりてまたかき暗す袖の雨。みな、「事も弁へぬものを」とうち泣く。来し人々も同じ心に哀れがる。こなたに召使はずば、かゝる憂き目も見ずなりぬべきを、いかなる縁《ゑにし》にか。

今宵は井手ぬし、わが方の守りなり。主《あるじ》がもとは、本家の侍添《さぶらひ》へて四人。

二十四日

残暑清う晴れていと空寒《さぶ》し。衣《きぬ》など重ねて起き出づる。この頃の暑さの八重雲、さのみ雨もいたく降らで、思ひの外晴れたりしは、世もかくやと空に頼もし。

都よりの文、いと忍びて、今持て来たる。いと畏ければ引き隠して、見まほしさもたゞ忍ぶこそすべなけれ。折しも人来れば、猶そ知らぬ顔したるは、昔の好き人めかしくや。

司より心得など種々《くさぐさ》書い並べたる、いと難《むつか》し。

浦野ぬしが来て、今日加藤大人《(うし)》の門辺を通りたりしに、大筒あまた引き並べて守りゐる由。うたてや。いかなるにかあらむ。御ためとて志深く物したりし事、うらうへ[129]になりて、公より御咎めあるを、何事か恨み奉らむ。

さる心ならば、かくなり果つるをも厭はず、心を尽すべきや。ならずば死にてんとこそ。誰も命を先にして、心尽しの御光あらむ[130]ことをこそ祈りつれ。世の人にさる事して、いとたい〴〵しき悪者《わろ》と見せんとて、上にも聞え奉らず、あぢきなき事するにやあらん。中々人はおのづから知りて笑ふめり。

罪無くて砕くる玉は惜しまねど心尽しのみ末をぞ思ふ

さて後《あと》の月の今宵[131]こそ、方々《かたがた》に憂き事あまた出で来たりしを、はやそのまゝにて三十日経にけり。殊更隣のおどろ〳〵しかりつるも、今のやうにこそ覚ゆれ。かの家の人々、いかなる心地にか偲ぶらん。

憂き月日も、立（経）（つ）にはなづみげもなし。たゞその夜の心地せられて、思ひやるぞはかなき。来し方、かゝる忌々しき事ども遠くは聞きながら、まさに見しことやはある。今更老のはて〳〵に安からぬ物思ひも、移りゆく世の有様かと言ひもしつゝ、閨に入り臥したる夜寒の床、身にしみ〴〵と濡れしめたる濡衣も、いつか干ぬべし。

今宵の守人、わが方《かた》は浦野、主《あるじ》が方は林ぬしなりしを、明日は家を継がせ給ふ召文来れば、とみに去《い》ぬる。井手ぬしを呼びに遣はしたれど、異方の守に行（き）て来ざりければ、たゞ一人にて二方の守して明かしつ。

---

125 後ろめ（が）たし——気がかりである、心配だ／126 百武《ももたけ》ぬし——百武万里は安政元年（一八五四）に死去しているので、これはその息子である／127 若松の駅《うまや》——若松は現北九州市若松区、駅は宿場／128 なづそふ——ここでは行きなやむ／129 うらうへ——逆さ。うらがえし／130 命を先に〜御光あらむ——命を投げ出して心を尽くし国を輝かせる／131 後の月の今宵——先月の二十四日の晩、望東尼と貞省が押込められ、隣の喜多岡勇平が殺され、多くの勤王家が捕われた

解説

大勢の人が押込めの罰を受け、守人たちは一人で幾所も受け持つので暇がない。松本の親戚、神代の分家も新しく罰を受けたので双方へ行かねばならない。三所、四所の人さえある、松本から、よそへ行かぬ人は

度々ここを守るようにしては、と提案があった。

　千葉医師と、かつて世話になった百武医師の子息が驚いてやって来て、病気の療養指導をするとともに、昔を懐かしみ世の中を嘆く。薩摩や長門からの使者の噂。先頃捕らわれた召使いの少年が枡木屋の牢へ引かれて行ったという話に、拷問されているのではないか、うちで雇わなかったらこんな憂き目も見なかったろうにと、皆で哀れがる。

「都よりの文」に「昔の好き人めかし」と望東尼は胸をとどろかせているが、誰からの文だろうか。馬場文英は既に五月に捕らわれ、六月三日には入牢しているし、またそれが直接の原因となって望東尼も拘束された訳だから、捕らわれる以前の文だとしてもあまりに到着が遅すぎる。

　我が身を含め多くの人が捕らわれ、隣では殺人があってからもう一ヶ月になるのに、たった今のように思える。

二十五日
一群《むら》の雲も無く青色の空いと清し。野にも出づべき頃ほひ、あたら秋の日徒《いたづら》になしう（た）る、いと悔し。わが山辺のさま、見ゆばかりに懐かし。女友どちだにせめては行けかしな。
　故郷の萩の錦を思ふどち着ぬとも袖の露けかるらん
杉山ぬし・吉田老人来る日なりしかども、杉山はけふ召文ありとて来ざりしかば、井手ぬし来る。天満御神《あまみつおんかみ》のみ祭の日ながら、おしたちたる事[132]もせず。二十五首の歌を手向（け）て。
　去《い》にかぬる夏の雨夜の浮雲に時とられたる秋の夜の月
　中空にさし向かひたるかた〲の雲間にひとり澄める月哉

いざよひの月待つ山の高嶺よりさかしらに立[133]（つ）秋の夕雲
松虫の忍び所の藤袴こゑさへ花の香に匂ひつゝ
照りまさる月に消たれて雨雲はいつしか消ゆる空の清けさ
秋の夜の居待の影の入るかたにいざと勧むる月の希人[134]
真直ぐなる心言葉も中々に言ひ僻《ひが》めつゝ言ふ世なりけり
八千草の容《かたち》作りも野分《のわき》してやつれ果てたるけさのあはれさ
八千《やち》筋に乱るゝ糸も浦安の解けゆく末はあらむとぞ思ふ
ものゝふの共争ひを和らげて蝦夷《えみし》に見せよ日本魂
巌より堅き心の白玉もまろぶばかりの夜嵐の風
善し悪しの心尽しの捨小舟《すておぶね》かひなく岸になづさはれつゝ
木綿垂《ゆふしで》[135]に老が命を懸けまくもかしこく御世を祈るころかな
年古りしかしらの雪は払ひても身に降り積る寒さありけり
彼の岸に程近からん老なればその日〴〵に楽しまれつゝ
世を捨てゝ在りとも分かぬ塵の身も憂き事のみは人なみにして
秋の野の夕影草[136]も雨露の避《よ》き簀漬[137]ぢぬる世の景色かな
眉根のみかき暗したる雲[138]晴れて清かに月を見ん夜半もがな*　*原文「ももかな」

夜もいたう更けたれば、数は詠み出でたれど書い留めざりしにや、今朝見れば足らはず。ただごと歌のみながら書いつめたればいかゞはせん。

二十六日

千代ぬしと二川なり。針の師松熊老来る。異薬師《ことくすし》はみな差し合ひありて来ず。今日も昨日のまゝに空清し。神代来る。又々司人より、守の人を数多にせよとありしとて、いと侘しがる。何故にやあらん、さらに分きがたし。
昨日いよゝ薩摩より太夫[139]の渡られし由。いかなる御用にかあらむ。もしは、人々のかくなりぬるを、彼処《かしこ》の君[140]も聞し召してのみ使にやあらん。

132 おしたちたる事——これというほど特別な事／133 さかしらに——お節介に、差し出がましく／134 月の希人——月を見に来た客人／135 木綿垂《ゆふしで》——コウゾの繊維で作られた垂《しで》（四手）。シデは、神前に供する玉串や注連縄に垂れ下げるもの／136 夕影草——夕べの光に輝く草。または朝顔／137 漬ぢ——漬づは、水にぬれる、水にぬらす／138 眉根～かき暗したる雲——眉だけを暗くするような少しの雲／139 この時期の薩摩藩家老は小松帯刀／140 彼処の君——薩摩藩の藩主。島津忠義。父の久光が後見している

解説

懐かしい向陵の庵、目に見えるようだ。二十五日は天神様の祭日で二十五首の和歌を献上するのを慣わしとしている。夜遅くまで詠んだつもりの和歌が今朝になってみると足りない。筆者の好みを言えば「松虫の忍び所の藤袴…」が面白い。松虫もだがアサギマダラが海を越えて来ていたのではなどと思う。「…いざと勧むる月の希人」も物語性があってよい。「年古りしかしらの雪…」は日々の生活実感。

役所からは、又々守りの人を増やせと言ってきたと、神代さんが困っている。なぜそんな事を命じるのかさっぱり解らない。薩摩から家老が来られたようだが、何の用かしら。人々が捕らわれたことについての使いだろうか。

二十七日

野村彦助ぬし・神代ぬし守人なり。夜は神代ぬし・浦野ぬし。

空晴れて日影晴やかに、少し暑けきかたながら、秋も中（半）ばのやうにめでたし。さるをこの七年《とせ》あなた、亡くなり給ひし貞貫君の忌日[141]明日なるを、今の家の畏まりにては、かど〳〵しき事[142]もすべきやうなければ、本家に事々頼み遣はして、内々心ばかりの弔《とぶら》ひすとて、いともの悲し。

　　先立ちし君の清さに遅れゐて浮木ながらにあるぞはかなき

七年あなたの今宵は、あるかなきかの気色し給ふを見て、上もなう悲しかりにしを、そのみ跡だに心委せに弔ひなむ由叶はぬは、いとも〳〵畏き不孝にこそと、たゞ来し方行末いとあぢきなき、夜《よ》の間《ま》の夢なりけり。

二十八日

仏の前にたゞうち向はれて、忍びたる経どもうち読みつゝ、

　　君ゆゑに世を背きたるかひもなく世の憂き中に墨染の袖

昔召使ひにし野坂何がし[143]（某）よべの守に来る。大やけ（公）の人の内なりしかば、今朝帰らんとする時しばし留めて、手向のものども物して、昔の事ども語り合へるもいとう悲し。守人は井手ぬし・二川ぬしなれば、殊に親しき中、二川は真の孫なればことに今日会へるを、憂きながら嬉しとぞ思ふ。ひめもす曇りていと涼しき夕暮れ方、心も小さく頼みがて[144]にぞ覚ゆる。

夜は貝原・竹田なり。うち寝てもしばし文（書）ども読めば、中々心強げに覚えてまどろびしを、人皆寝入りしよりはた寝られず。暁がたやをら寝たりしにや知らず。ほの〴〵となる板間に、竹田起きいづれば覚めぬ。

141 貞貫君の忌日――夫貞貫は安政六年（一八六〇）七月二十八日死去／142 かど〳〵しき事――これといって目立つような事／143 野坂何がし――野坂常興。大隈門下の歌人、望東尼は上京の時、しばしば野坂と同道している／144 頼みがて――頼りない、心細い

解説

夫貞貫の七回忌が来る。こんな家の様子ではそれらしい事も出来ず、本家に頼む。七年前の息たえだえだった夫の姿を思い出し悲しい。

二十八日は仏前に坐って小声でお経を読む。

昔召し使っていた野坂常興が公けの守人の中にいるのを呼び、お供えを渡し夫のことを語り合うのも悲しい。孫の二川幸之進も守人だった。ちょうど今日に逢えたのも、憂いのなかの嬉しさである。

二十九日

群雲立ちたる空いと涼し。やがて晴れわたりて、日影照りまさりたり。貝原が弟直之進といふ人、兄に代りて、ひめもす歌物語などして心をかしげなり[145]。一昨日山守が、無（亡）人の七回《めぐ》りの事思ひ出でゝ、百草《もゝくさ》の花に芋の団子ども調じ添へて持て来たりし、いとあはれに悲しかりつる。その花手向（け）○しまゝに挿したれば、ことさら住み果てんとこそ作りたりし庵《いほ》の事、思ひ出でられてなつかしきに、今日はかの庵《いほり》に残れる調度ども残り無（く）○こなたに移しなむとて、二川・神代ぬしなど行くとて来たる。いまは再び取返すべき世もあらじと思ふに、いみじう悲し。心清く山深う住み果つべき身の、世の乱れにかゝづらひ、解けがてなる節《ふし》にむほ（マヽ）ふれたる玉[146]の緒よ、疾く切れなばとのみ思へるを、薬師《くすし》などが来て、「何の薬、かの食物《をもの》」など勧むれば、心にもあらで物するも憂し。心の内を少しうち掠《かす》め言へば、さる事言ふ人の薬用ちからなし、薬師の嫌ふ事など言ふもわりなし。在りてかひある御世ならましかば。

主《あるじ》の守衛は永田ぬしが弟、夜は神代、こなたは吉田老人なむ夜の守りなりける。寅の時ばかりに覚めて、宵より心地もよげに覚えければ、

熟睡《うまい》して心の水や澄みつらむ思ひ浮めん塵も無げなる
世の中は成るに任せて暁の鐘をも待たじ闇の夜ながら

をりふし村雨の降りいでければ、

さすがにも荻に音する村雨に払ひかねたる袖の白露
風騒ぐ物と思ひし荻の葉にしめやかに降る夜半の村雨

板間少し明け行く頃、神代ぬしは井手ぬしが許に行（く◦）とて、起き出でゝ、家の者どもに物言ふ気配すれば、みな覚めにけり。

三十日

七月も限りとなりぬるを、いつを限りともなき直家籠《ひたや》りのいぶせさ、葎の軒にや月の盛りも待（ち◦）得らん。如何して見るにかあらん、など言へばこの暁の心とは違《たが》ふらん。[147]

今日の守衛、主かたは猶神代ぬし、こゝも吉田老人子なる浦野ぬしが代りに来りたれども、此方に飼いおきし馬を異方《ことかた》に売れとの御事により、先に求むべく言ひし人に遣はしゝを、かの人禍事したりければ、はた外より好める人に遣はすなどして、父老人に守らせて桑野が方に行。主《あるじ》に連れて馬さへ、彼方此方にうらぶれぬるこそ哀れなりけれ。

ことさら捕はれし童《わらは》、いかにしてかありなむ。あぢきなき主《しう》求めつとや侘ぶらむ。

昨日ある人の語りしは、過し頃より、江戸の生れとて日の本を隈なく回り歩《あり》きし法師めかしき者、梅崎何がし（某）といふ文の師の名を、比（肥）後の国の何がし（某）より聞きつ、とて頼り来て、十日余りも宿りつるに、その人の言ふには、「水戸の老公の御事をたい〴〵しうめざましき事ども言ひて、謗り奉りし」とか。さやうの事言ふは、必ず御世を騒がす禍人《まがびと》の、言ひ触れさするなりけんとぞ覚ゆる。才《ざえ》ありげに言ひて来りしかども、こと遠き文（書）の中の句を言ひかけたるに、よくも解《げ》せざりしかば、梅崎大人の弟子、「あな君は偽者なり」とあからさまに言ひつれば、たゞうち笑ひてありしとぞ。いよ〳〵怪しき者の振舞かなといと憎し。そのまゝ帰しやりつるこそ口惜しけれ。

今宵の守は彦助ぬしと井手ぬしにて、こなたは彦助ぬしのまだ若うものせらるれば、あまり夜を更かさむも迷惑にやとて、早く寝たりけれども、省が妻、夜ごとにわが背などうちさすりければ、今宵もしばしその業して心地よく熟睡《うまい》したりし。主《あるじ》がもとは、いと更けゆくまで大やけ（公）人と共に井手が、をかしげなる事ども語らひて笑ふ気配す。

145 心をかしげ――心に趣きがあり興味を引かれる／146 むほふれたる――『全集』では「むすぼほれたる」と読んでいる。気がふさいで晴ればれしない／147 この暁～違ふらん――この暁に思うことは「いぶせき」もので、月の盛りを待つという風雅なものとは違うだろう

解説

一昨日向陵庵の番人が、夫の七回忌を思い出して山の草花や芋の団子を手向けに来てくれた。一生住み果てようと造った庵なのに、今日はそこに残った調度をすっかりこちらへ移すとて二人の人が行った。もう再び取り返す世もなしと思えばたいそう悲しい。結ぼれた玉の緒の命、早く切れよと思うのに、医師らが来て、あの薬あの食べ物と勧めるので心ならずも食べるのももの憂い。その気持を少し医師に洩らすと、そんな事を言う人には薬効が薄いと言われる。まあ、生きて甲斐ある世ならばだが。

馬を売れという命令が出て、一度は売ったが何かトラブルがあり、また別人に売り直す。浦野に養子している吉田老人の息子が、ここを父に頼んで出ていった。主人につれ馬さえあちこちに遣られる、可哀想に。

昨日聞いた話では、江戸の生れで全国を回っている法師ようの人が、梅崎何とかという文の師の名を聞い

たと言って、その梅崎師の弟子の家に十日あまり滞在していた。その人は、水戸の老公の事をひどく謗って話したとか。そういう人は世を騒がす禍人に違いない。あまり知られていない本の中の一句を言いかけても、よく知らない様子だった。梅崎の弟子は「ああ、君は偽物だ」とはっきり言ったら笑っていたとか。怪しい振舞だ。そのまま帰したのが口惜しい。

乱世をうまく利用して食い扶持を稼ぐ、こういうやからも世の変わり目には出てくるものらしい、馬のエピソード、そして望東尼自身の生活感や生きる姿勢も世の動きに連動していると思う。

夢かぞへ（表紙）

（八月）

（七月の帖の終りから）

いと風涼しう空寒げなるあした、まことをかしき頃おひのめでたさも、徒らにうち眺めらるゝ。仏のみ前につと居たるに、幼き者[1]が睦れ寄りて数珠取り上げ、おのが首に掛けたる、いとろふたくをかし[2]。かつはあはれにも、わが真似をして押し揉み拝みたるは、まひて愛《かな》しげなり。わが千度《ちたび》よりも、いかにみ仏のみ心に適《かな》ひ給ふらん。思ふ事なきさま、習はまほしげなり。

　秋の夜の月の盛りも近ければ空のうき雲たゝずもあらなむ[3]

　小《さ》流れの水脈*の力は弱くとも清《さや》かに月の影は留めん　＊原文「水尾」

今日の守は杉山ぬしなりしかど、御目付の役を被《かうぶ》られければ、子なる久助ぬし来られて、昼過るまではわが方の守也。かくて長田平之進こなたに代り来て、暮れ果つる頃神代ぬしに代り、杉山は林ぬしに代りて帰らるゝ。かの林、去《い》にし日、家譲りの寿《ことぶき》言ふべかりしを忘れて言はず。いと心づきなしさへ[4]。

昨夜《よべ》の丑ばかりに、浦野を司人より召しありとて出でたるに、こたび対馬の国のいとたい〳〵しき[5]乱れにより、国々の上《かみ》より示させ給はんとて、み使遣はさるゝにより、此筑紫よりは、殊更御力づくしゝ給ふべき御事にしましませばとて、御使を立てさせ給ひし、その本使は尾上のうしを初めとして、尾崎ぬし・森ぬし、この二人に従ひて林何がし（某）が子何がし（某）・桑野左内が弟何がし（某）、その外の下役は誰々と得知らず。

行（き）しよりいと久しうなりぬるを、此頃の御世の変りにつけて先《（まず）》帰れとて、御舟使ひ急がせ給ひしより、やをら三十日の夜《よ》に漕ぎ帰りしを、すぐに慎みの仰言ありて、こなたとひとしく守り侍れとのよし。されば、桑野が弟をも一族に預けさせ給へば、浦野は司に召し出でられし由を、神代ぬしゝてこなたに言ひおこしぬ。さもやとはかねて思ひたりしものから、かの人々こたびかの方に行（き）しは、まことに命を懸けしみ使なりけるを、中々なる御咎めに遭へるこそ、わりなき[6]世の荒《すさ》びなりけれ。

日毎にこの日記《にき》書いつくるに、さらに嬉しき節《ふし》もなく、もとより、憂き事の出で来たりしより書い始めたればさもあるべけれど、昔人の日記やうのもの[7]は、すべてめでたきをこそ始めとはすれ。たゞ忌々しき事のみ書いつめて、何の甲斐かあらむ。日毎に守に来る人々の労のみ記しおくとも、さのみ人の為にもあらじ。あはれにをかしくもめでたき中には、いみじき憂き目も綾[8]になりぬべきを、たゞ徒らに書い留めて思ひ出草にせんも中々にとて、書い消たんと思ひしを、たね子の君が愛《いとを》しみて、「猶末さへ書いてよ」と言へば、むげにもさておきがたく、末はをかしき節もあらば、玉笹のたま〳〵には書いつくべきものから、先これを限りにとて、

　数へ来し現《うつつ》の夢は残れども寝覚め顔にもさてぞおくらん

命あらば書い直してもおくべし。かつ〴〵寝ながらもものしたれば、文字の落ち違《たが》ひ幾許《いくばく》ともなし。推し計りて読み給ふべし。必ず人にな見せ給ひそ。　葉月一日

---

1 幼き者――曾孫のとき子／2 ろふたくをかし――可愛く心惹かれる／3 たゝずもあらなむ――立たずにいてほしい／4 心づきなし――気が利かない、気に入らない／5 たい〴〵しき――やっかいな、不都合な／6 わりなき――理由がない、不条理である／7 日記やうのもの――（昔の人の）日記や随筆／8 綾――文章表現上の刺激、気の利いた表現

解説

曾孫とき子が側へ来て、数珠を首に掛けたり曾祖母のまねをして押し揉んだり、可愛いしぐさ、きっと仏

の御心にも適うだろう。

対馬藩では文久二年（一八六二）ごろから保守・勤王の対立が激しくなったが、そのころ筑前藩では勤王派が政権にあり、筑前からも対馬の乱れを収めようと、尾上・尾崎・森はじめ数人が派遣されそのままになっていた。「こたび対馬の国」とある「こたび」は、「かつて」の意味に解したい。

しかし筑前で政権交代があってから呼び戻せと沙汰があった。派遣された人々が急いで帰った三十日の夜、直ちに逮捕され押込め謹慎の命が下った。派遣された人々が勤王派で、佐幕に替った藩庁が呼び戻したのだろう。

このようないやな事ばかり書く日記を続けるべきか、またも自問。嫁のたね子が続けるよう言うのでそれも捨てがたく、一応これ限りとしたいが。

ゆめかぞへ（表紙）　八月・九月

（以下八月の帖）

怪しき夢[9]を見しより、夢かぞへとて日記やうのもの書い始めつるに、さらにをかしげもなくたゞ忌々しき憂き事のみを数ふれば、徒ら事とてうち止めたれど、ものゝ折々うめき出づる言の葉、猶うたてげ[10]なるものから、さすがに書い留めぬも本意《ほい》なくて、

駈け惑ふ心の駒を引とめん法《のり》の手綱[11]の緩みずもがな[12]

秋は今おき居るまゝにうら清く消えも果てなむ露の一玉

長らへて見るかひもなき世の中の暮れ果てぬ間に無（亡き）身ともがな

遂には神のみ国、昔に立返らせ給ふ時もましまさめど、暮れかゝる日は、先《（まず）》入りてこそ出づる朝《あした》もあれ。末短き老らくの、明日を待（ち）得べくもあらねば、世にありてかひあらん人々に代りてもなど、常に思ひぬるを、心地例ならぬとて、[13]薬師《くすし》などのさるべき薬ども物するもいとうたて、心の外にこそ覚ゆれ、など思ひ暮したる折しも、捕はれたりし家の童《わらは》、御赦しあるべきよし、司より組合の何がし（某）に告げ来りたりとて、かの人来る。「先これのみ、この頃の喜び」と皆こぞりて嬉しがる。さらば片時も早く、人や（囚）の労を逃れさせせんと思へども、また何方《いづかた》より受取に行（く）やらん、定かならねば、「司人に明日問ひに行（き）て」など言ひて清々しうもせず、長居して大声に徒らもの言ひてある、いとわりなし。「今宵のうちに事定まらば、疾くも彼が里人呼びに遣はしてん」など言へどかひなし。少し大人しき人だに、今宵の守人ならば、輩《ともがら》も言ひ合はすべきに、折悪しく若々しき守衛のみなれば、すべなし。

若竹の枝にまといし葛かづら裏吹（き）解きし風ぞ嬉しき

雨のみそぼ降りて、いと心地すごげなる今日なりしを、彼が憂き綱手の解けたる嬉しさに、曇りたる八月の三日月もほのめく心地ぞする。祈り奉りし神仏などつとめて拝み奉り、猶一玉の露は手向にとこそ思へ。

四日の朝、「疾く司人に問ひて」などありしかば、暗きより起き出でつゝ待（つ）ほど久し。いと遅くなりて、昨日の組合人来る。彼が里人を呼び出でゝ、受け取りねとの仰言なるよし。さればよ、今より十里余りの所に使を立てゝかしこより来る事、明日にこそならめ、昨夜《よべ》からと聞かば今日の暮には事整ひぬべし。されど、ひと日二日はともかうも、御赦しある忝なさには、何事もうち消たれぬめれ。やう〳〵かの頓野[14]の郷に、使の者出だしたてなどしつゝ、明日をのみ待居たりしに、ゆくりなく[15]かの童が門《かど》の内に入り来て、裏べの路地を開けんとする折柄、神代《（こうじろ）》ぬし出で会ひ、あはやと驚き、「こはいかにしてか来りしならん、たゞ今かゝる折柄、おのれと来る[16]事叶はじ。その身の為にはもとより、こなたの主《あるじ》の御為いと悪しければ、先《（まず）》疾く〳〵」と追ひ出だせども、たゞうち泣きて、とみに出でんともせざりしかば、強ひて引きずりたてつゝ門外に追ひ出だしたれば、たゞ垣の外《と》に佇まひ居て、泣き居たりぬと聞くぞ、いみじう憂たく、ろうたくも哀しき。

かゝれば、昨日司より仰言伝へたりしは、いかなりけむ。かの人や（囚）預かる者どもより、彼が里には早告げやりて、村長《をさ》など呼び出で引渡したれば、昨夜《よべ》出で来て今日受け取りぬれば、先こなたにとて、童一人馳せ来たるや。されば、こゝよりの使は徒ら事なりかし。いかで公け事のさは行き違《たが》ふるらん。さればこそ、罪あるはあらず顔して、無（き）にたい〴〵しき罪も被《かうふ》らめ。世の乱れ、しけ糸[17]のしけ〳〵しき筋、いかなる方よりか解け始むらむ。

しけ糸の解くる解けぬも待たずして切るゝぞ清き人の玉の緒

古へもかゝる世にこそ言ひつらめ在りて世（の）中果ての憂しとは

---

9 怪しき夢――「夢かぞへ」冒頭にある、梅の枝を折ろうとして、花が全部散ってしまった夢／10 うたてげなるものから――悲しく情けないものでありながら／11 法《のり》の手綱――仏教の戒／12 緩みずもがな――緩まずにあってほしい／13 心地例ならぬ――気分がすぐれない／14 頓野――福岡県直方市頓野。少年の実家のある所／15 ゆくりなく――思いがけなく／16 おのれと来る――囚われていた童が付き添いもなく自分一人で来る／17 しけ糸――繭の外側から繰り取った粗末な絹糸

解説

不思議な夢を見てから日記風のものを書き始めたが、何一つ趣きあることもなく不吉でいやな事ばかりなので、もう止めようとした。それでも何も書かないというのもどうかと思われ、折々に心からうめき出るような言葉は捨てがたい。「駆け惑ふ心の駒を引き留めん法の手綱の緩みずもがな」心だけが奔放に駆けだしてしまう、という発想の歌をいくつも作っている。文学者の特質だろう。「秋は今…露の一玉」も、秋を自らに準えて、露の玉のように清く消えたいと美しく歌っている。この神の国が、

幕府登場以前の天朝の世にたち帰る日もあるだろうが、まず幕府の落日が入り終えてからのこと。これが望東尼の思想の真髄である。しかし命の先が短い私はその明日が待てないので生きている甲斐がない。有為の人に代わってなどいつも思うのに、気分が優れないと医師から薬の服用を命ぜられるのも心外なことだ。——先にもおなじ事を書いていた。

捕らわれていた召使いの少年が、許されて帰るというニュースが入る。

三日には召使いの釈放の喜びを記し、皆喜んで用意をするが、四日も遅くなって組合人が来て、親元を呼んで受取らせよと公けからの伝言を伝える。

しかし頓野のような十里もある所へは使いをやっても明日になるだろう。とかく相手と行き違い困っていると、突然少年本人が現れ守人の神代といざこざになる。神代は「こうした折柄一人で来てはいけない。お前のためにも、主人野村家のためにも」と言って追い出したらしく、少年は垣の外で泣いていたという。可哀想で悲しい。公け事はなぜこうも行き違うのか。こんな風だから罪無き者に罰が加えられるのだと望東尼は記す。釈放を告げに来た男のガラの悪さにも閉口している。

読者としては、貧しく弱い立場の者が自分の事でもないのに公けに取調べられ、放り出されても主家の一族からまた叱られる、こんなワリの悪いことはないと言いたい。望東尼は少年に同情的に記しているが。

　このほど、松本ぬしが語りしに、仲（沖）の島[18]の御神のみ守りとて、年々《としどし》御足軽のうちより御籤《みくじ》に当りて行く。その外舟人も同じ事なり。かの留守の間《あひだ》は、その家々の門《かど》にしりくめ縄[19]を引はへて、乞食《こつぢき》なども立たせず。その外不浄のものを入れねば、かの御守衛に行（き）○し家々に、必ず人の身罷る事なしとて、皆畏み尊み奉る事、古へよりあらた[20]なりしを、いかなる事にかありけむ。

此七月廿七日にかのみ守の人、病して失せたりしかば、しばしも御島に置く事畏《かしこ》しとて、舟に載せて帰らんとすれど、皆病したりしかば、たゞ十五、六なる舟人二人して、病める者と共に亡骸を載せ漕ぎ出でたりしに、嵐吹きて、舟は小呂の島[21]になむ流れ着きける。風はいやましに吹けば、かの島に一日二日ありてやをら荒津[22]に帰り着きたるに、いま一人も舟にて命絶え果てければ、二人の亡骸、照り輝く日に当り崩れ果つるばかりに腐れ、その香いといみじうて、舟の内に積みたりし衣《きぬ》調度も移り香しみて、みな海に放りつといふ。残りの人二人は、いまだ生くべくも見えず悩みぬる由。

いと／＼聞くもうるさく忌々しき事ながら、神のみ心に適はせられぬ事おはしましてやと、いと畏ければ、書いつけおくになむ。かの者どもが家人《いへ》、いかなる心地かと思ふぞいとあはれなりける。

又人来りて言ふ。「昔のいづれの君の御時にか、此筑紫にたい／＼しき憂き事おはしましゝ時、御島にて人の死にたりし由。その後《のち》かゝる事清う無かりしに、今年かく恨めしげなる事のおはしますは、いと／＼畏き御大事や出で来らん」と、古人の言ひ伝へを引出でゝ、さる老人の嘆きおるとなむ言ひし。

筑紫潟月の海面《うみづら》立（ち）おほふ霧吹き払へ天つ神風
名に立てる世の憂き霧の晴れゆかば身はかくながら朽たすともよし

---

18 沖の島――沖ノ島。福岡県宗像市の玄界灘にある孤島。宗像神社沖津宮の神域に属する。近年の発掘により弥生時代の祭祀・生活用品が見られ、大陸との交通上果たした役割が明らかになった。一般の人の上陸は許されず、特に女人禁制が厳しい。なお、二〇一七年世界遺産に登録された／19 しりくめ縄――後端を切りそろえず組ませたままにした縄。引き渡して進入禁止の記しとした／20 あらた――神の霊験が著しい。あらたか／21 小呂の島――現・福岡市西区小呂島。志賀島から西北三〇キロメートル、玄界灘の孤島／22 荒津――現・福岡市中央区荒津。博多湾に臨む港

望東尼の守りに来ていた杉山の話によると、沖の島の神の御守衛として、お神籤《みくじ》に当たった足軽らが行くが、不浄のものを入れないためその家々では人の死ぬことは無いと伝えて来た。どうしたことか今年七月二十七日に守衛自身が病死したので、しばらくでも島に置くのは畏れ多いと病人も船に乗せて帰そうとしたが、途中で二人は亡くなり、衣類や調度まで屍体のにおいが移り海に捨てた。荒津に帰ったものの、残りの二人も治癒せずにいる。何か伝染病であろう。

伝染病ならうつるというのは現代の思考であるが、沖の島という、極めて崇高な神域で、次々に人が病死する皮肉な出来事に当時の人が「畏き御大事」の前触れと考えたとしても無理はない。

［この帖以下空白］（八月は日付が以前のようにははっきりしない）

葉月ばかりの夕月、母屋の屋根に隔たりて、見る人の居たる庵《いほり》には影のみ射したりつるに、やう〳〵弓張りも弦たるみてぞ、わが家には入り来めれ。

晴れ曇る世のうき雲のへだつれば秋の月にも向ひがてなる

西のかたの窓更けゆくまゝに、差し入る月影に押し開けば、風さと吹き来て灯火の影動かしたる。

あかつきの風に動ける灯火の危うき世には何のなすらむ

いやまさる風の音に寝《い》も安からず。

軒の荻園の竹村さやがせていくたび風の驚かすらむ

荻の穂もいつしか出でゝ、眺め暮しつる朝顔の垣穂衰ふるまゝに、移りゆく世の景色たゞならぬをも驚かで、中々に御代の御楯《みたて》の竹束の、直きを曲ぐるをあぢきなしとて、善し悪し分けて難波江の、乱れたる大樹の枝を伐るべし[23]とにや。薩摩潟より、寄せ来し波のうら清くうち始めし[24]とか言ふ。未だまことしからねど、風の訪れをたゞ留めつるのみ。

　同じ頃にや、博多の浦にうらぶれ来たれるものゝふが、宿を求むれど、世の中憚りてひと夜だに留《とゞ》めんといふ無かりしかば、問屋《といや》[25]てふ所に強ひて請ひたりしに、やをらさるべき家に言ひて留めたりしに、昔もの言ひし女、このわたりに住みぬるを、呼び寄せて語らふまゝに、糸竹[26]のいとをかしき団居《まどひ》となり行くまゝに、酔《ゑ》ひ過ぐしゝにや、今めかしき強者《つはもの》にやありけむ、剱の舞せんとて、長き刀を抜き持ちて舞ひたるに、この国人、さる荒々しき事見習はねば、いとおそれ惑ひて、その道々の司に聞えしかば、遂に憂き目の綱に絡められつとか。中々に大々しき事や引出づる綱手ならん。

　心尽しのものゝふの埋れ行くめるを悲しびて、同じ埋れたる朽木が詠める、

　　在りて世にかひなき老が命なれば神に捧げて人を助けよ

23　乱れたる大樹の枝を伐る――大樹は将軍をさし、将軍の治める世の乱れを断つとの暗喩／24　薩摩潟より〜うち始めし――薩摩国から勤王の動きがここ筑前にも及んで来た／25　問屋《とひや》――街道の宿泊施設である本陣とともに旅人の世話をした／26　糸竹――琴、三味線などの弦楽器

解説

　思い出の向陵庵の月影、それにつけてもうき雲に隔てられ危うい世の中、風景も心の反映か。七五調の美文になったところで、大樹（将軍）の枝を伐るべしと薩摩潟から波が寄せると詠い、うらぶれて来た武士が綱にからめ取られるという小さな物語を紡ぎ、「老が命を神に捧げよ」と歌を添える。

八月十五夜は、一群《むら》の浮雲もなく晴れたる月の盛りこそめでたけれ。世もかくぞあらまほしき。

虫のごと泣く人しげき秋ながら月の盛りはうき雲もなし

くもりゆく世をのみしのぶ繁りたる軒端の荒れ間洩るゝ月かな

濡衣の干《ひ》がたき袖の露ごとにはしたなきまで映る月影

住み慣れし山郷にありて見ば、いかにめでたうをかしからまし。十六夜《いざよひ》少しくもりたれど、中々にをかしかるべき空なるを、憂き事のみ繁くて、立待、居待とぞなれりける。

その頃、同じさすらへ人たち[27]、一つ家にあるは異方になど、引分けて守る*1べしと、家の続きある人々に仰言《おおせごと》あれば、この家に二人ある一人は、いたく老たるうへ病いたくして身も動きがて*2なれば、二人の者絶えて顔も見合せぬやうに、あまたして守（り）侍り。病怠りなば何方《いづかた》にも引分ちてと、願《ね》ぎ事奉りたれども叶はずして、つひに老たる身を、浦野何がし（某）が家より出でし身なれば、その方にものすとて、居待の月のぼりたる頃、乗物して住み慣れし家を出づるに、心地さへものはかなく患へれば、親しき孫《うまご》・嫁などいふ頼もし人を離れ行くは、さすがに悲しけれど、いかで背くことならねば、上辺美しう出で立つに、誰も憂たく見ゆるぞ苦しき。扇《あふぎ》に書いつけて懸けおきて出でんとて、　＊1原文「引わかけ」　＊2原文「うかきかて」

帰らでも正しき道の末なれば誰も歎くなわれも歎かじ（口絵参照）

限りにやと出で行けば、生きながらの野辺送りなりけり。同じく鳥辺野の煙と立ちのぼり消えもせよかしと、乗物の簾より仰ぎ見れば、十八夜の月さしのぼるほどなりけり。

秋の夜の居待の月を思ひきや憂き乗物（の）内に見んとは

青葉山いま立ち出づる秋の月は法《のり》のしるべ[28]の光とぞ見る

昔、帰らじとこそ父母にも契りまゐらせ、仰言も畏み出でにしか、こたびあらぬ罪ありげにもてなされて、世を避《さ》り、かしらも丸《まろ》くなしたるに相応しからぬ数に入りて、今更生れし故郷に帰れるこそ思ひがけね。家《いへ》人たち涙そゞろに迎へ取りて、まめ〲しきも中々に憂たし。自づからなる山に作りかけたる庭に、月

（き）はきら〱とさし渡りたるぞ、はしたなき人[29]の面持あめり。昔、父君のみ心深く作り給ひし気配も、この面《も》かの面に残り*て、秋の百草《もゝ》、野を見るばかり咲き乱れて、輝く露いと来し方思ひ出でらる。*原文「こりて」

ちゝはゝの御魂もそれと仰ぐ哉露にきらめく故郷の月

父母の御魂もいかに乱るらん野分に枯るゝ撫子を見て

---

27 さすらへ人――流離人、ここでは囚われ人／28 法《のり》のしるべ――仏教の導き／29 はしたなき人――（あまりに月が明るくて）慎みのない人

解説

居待というから十八日、おなじ「さすらへ人」（うまい表現、当局に言わせれば罪人）が一家に二人はまずいからと、実家の浦野方へ移れと命じてきた。病気が重く弱っているので後に、という願いも聞き入れられず、頼もしい孫の家族と別れて出る。野村家を離縁したという説があるがあたらない。結婚しても「浦野もと」の名はそのままである。「生きながらの野辺送り」と感じつつも、毅然として「帰らでも…」の歌を柱に懸ける。後の二首と併せて絶唱である。造園家だった父の造った趣きある庭に月の照りわたるのを見渡し、限りない思い出が甦る。憂愁と情趣あふれる筆致に望東尼の心はカタルシスを得たであろうか。

かくてひと日ふた日を過すほど、同じやうに籠れる人、人々残り無（く）。人や（囚）めきたる物設《しつら》ひて入れよとは、さして仰言なきものから、さなさずしては畏[30]きみ心に安からずやおはしますらんと、推し量り奉りて申上たりしに、「いとよろしげなれ」とて、いづれもさる住居《すま》とぞなれりける。さらでだに、日毎に若きものゝふた

ちの、守にのみ暇なく物せらるゝも本意《ほい》なく思ひたれば、我よりも願ひまつらばやと思ひたりし。囲みに入(り)て中々に心安しと思ひの外、猶守の人は変らざりけり。されど人遠ければ、些か心を安らかに覚ゆれば、格子の間より見やらるゝに、北面《おもて》なれば、月はよそにのみ過ゆくめり。

山郷の松の木《こ》の間に見し月をあらぬ木間《こま》[31]より眺めぬる哉

たゞにさへ北面は見劣りすとか、枕にもこそ聞きしか。[32] 彼方此方と人の行き通ふによりては、聞き違《たが》ひ、言ひ違へなどの事数々出で来めるこそあぢきなけれ。

---

30 さなさずしては——そうしなくては／31 あらぬ木間《こま》——木の間ならぬ、座敷牢の格子の木の間／32 枕にこそ聞きしか——『枕草子』にも書かれている。同書一九六段に「里などにて、北面《きたおもて》よりいだしては、いかがはせん」の、「北面」の註に「台所」としている。北面から出すのは「いかがはせん」と言っているのだから、やはり「見劣り」するのだろう

解説

遂に座敷牢の人となってしまった。守りの人の労苦を心苦しく感じて自分から申し出ようかと思っていたのに、結果は変わらなかった。でも一つ隔てが出来ただけ心安さも覚える。しかし北向きの部屋なので月を観賞するのもままならない。『枕草子』にもいうように北面は何かと不都合である。

二十三、四日の夜もすがら、仏めきたる業[33]をして居明かしぬる間《あひだ》に、天満《あまみつ》御神に手向(け)奉る心にて詠める中に、

題千代の松原

色変へぬ国の操はのこる哉心尽しの千代の松原

生《いき》の松原
これやこの神風吹きし古への心尽しのいきの松原

秋竹
中々に秋は緑もまさり来て世を経《ふ》る竹の色も分かたず

秋梅
薄紅葉散りたる梅の枝見ればやがても含《ふふ》む気色見ゆなり

桜帰り花
心鋭《と》きおのが紅葉に争ひてかへり桜の小春なる哉

待雁
天つ雁鳴き渡り来む声をのみいつしかと待つおのがどちかな

待鶴
久方の雲井の鶴のこゑをのみ待（ち○）こそわたれこゝろ尽しに

虫
虫の音とゝもに枯れても根にかへる野辺の草木は春をしも（ぞ）待つ

松露
月映る松の一葉の露ばかり清《さや》かに見えて消ゆるよしもが

梅木
薄紅葉散りて枯れたる姿さへめでたき梅の梢なる哉

竹風
竹《たか》村の裏吹く風もそよ〳〵とさゝやく秋の果てぞわびしき

初雁
　松の風波の声にもまがひなくいま渡り来る初雁のこゑ
暁霍《ママ》
　暁に田鶴鳴（き）わたる声すなり遠き海路《うみぢ》を夜半に越え来て
夜半（の）鐘
　明け方の鐘かと覚めて数ふれば寝よと打つなり秋の夜長さ
暁虫
　あかつきの声たづ〳〵し蟋蟀《きりぎりす》長き夜すがら鳴きや疲れし
八朔梅
　月清き秋にも匂ふ梅の花いづくに咲くかなつかしげなる
故郷
　帰らじとわが立ち出でし故郷《ふるさと》の月もろともにすめる秋哉
月前思世*　＊原文「世思」
　隈もなき月の盛りの空のごとうき雲払へ御代の秋風
八月夜毎に空清かりければ
　この秋の月の盛りは宵々に浮雲もなく過るめでたさ
埋れ木
　埋れ木の花は無くてもなれる実は霜に雪にもつれなかるらん
岩踏川
　三笠なる岩踏川の岩波に砕けて凄き秋の月影

心を尋ぬるわざして

　わが心今はいづくと尋ぬれば秋風わたる松の梢《うれ》なる

戸風

　誰待たむよしも絶*えたる閨の戸を人めかしくも叩く秋風　*原文「たえたえたる」

濡衣

　墨染の麻の衣の上にさへ濡衣着する世をいかにせん

この身

　いとはじな千々にこの身は砕けても心尽しの甲斐もありせば

虫

　宵々にはかなく弱る虫の音に枯れゆく野辺を思ひこそやれ

　つひに夜を鳴き明かしぬる蟋蟀汝《きりぎりすなれ》も熟睡《うまい》のならぬなるらん

天地

　何見ても人よりほかは天地《あめつち》の教へに背く物なかりけり

梅紅葉

　薄紅葉散るかたへより梅の木は春待ちげなる気色見ゆなり

梅の散りたる夢見しことゞも思ひ出でゝ、

　梅の花散りにし夢のいつしかも帰り咲く世の春は見えまし

いつしか葉月も末になりぬと、今日は無（亡）人[34]の日と思ふまゝに時雨《しぐ》れつ。心ばかりの手向草もはかなく、末々のはした者どもに、些かの物ども与へなどして、ひめもす夜すがら数珠の緒繰り返し、昔をこそ思ひしか。日毎に書いつくる事どもさらにをかしき事なく、古へ人の日記《にき》など書かれし心ばへには、さもあさましう事違《たが》へれば、一たびは得書かじとてうちやりつるものから、つれぐの思ひ草、遣る方波[35]に打ち寄せくる浮藻草、はた物するにいとう忌はしげなるがうたてさに、せめて一日に一歌をだにものせばやとて、をかしからぬ片言、猶甲斐なからめど、

二十八日の夜に

秋もまだ長月[36]一つあるものをあはれ枯れぬる鈴虫の声

二十九日

雁のあまた渡り来るをはじめて聞き*たれば、　*原文「きたれば」

思ふどち言ひ合せてか初雁のうち群れてくる声のむつまじ

三十日

雁《かりがね》に雲井の田鶴もこきまぜて昨日も今日も渡りくるかな

33 仏めきたる業――座禅を組むこと／34 無（亡）人の日――亡き夫貞貫の祥月命日。夫貞貫は安政六年（一八五九）八月二十八日に死去／35 遣る方波――ストレスを解消したいがやる方も無いので を波にかけたもの／36 長月――九月の異称

解説

二十五日の天神様に捧げる二十五首はなんと三十首にもなった。座敷牢の中は集中できるのだろうか。「心を尋ぬるわざをして」は、何ともとぼけた味わいの歌である。これが禅味というのか、何も考えず「松の梢」をじっと見ていたのだろう。「春をしぞ待つ」虫は望東尼自身、このほか自然の景物に託した望東尼の心がどの歌にも読みとれる。歌を詠み文を綴るのは、なんといっても遣る方のない思いを載せるのにもっとも相応しいと再確認した。

九月一日

昨日見し初雁がね[1]も田鶴がねも今朝は慣れたる草香江の池[2]

神仏を拝み奉るうちに

わがためを祈るにはあらず神仏御世のみ為の人のためなり

二日

露さぶくなりぬと思《も》ひし夜ひと夜に色めきそめし庭の楓《かへるで》

三日

昨日より色づき初むるかへるでの盛り見るまであるか亡き身か

またはかなく物を思ふこそあぢきなけれ。

過し日、永田ぬしが守りに来て語りしに、昔、沢（佐和）山《（さわやま）》の平岩主計《（かずえ）》[3]守（頭）五万石の大名こそ、誠の忠臣義士にて、正清《（ママ）》大明神の比[4]（肥）後の国を知ろしめしたりし頃、「いかで、かの君に一たびは会ひ奉りたし」といふ事を、その頃の方々に出で入りする侍何がし（某）に語られしかば、かの者すぐに清正公に行きて、その由を聞え奉りしかば、こなたにも、平岩殿は世に珍しき清義の人なれば、会はまほしう思ひたり。「いかで、こなたに渡り給ふやうに聞え参らせよ」となむ仰（せ）たりしかば、かの者もいと嬉しと思ひたるさまして、まかり申（し）たりし。程もなく、平岩殿にかくなむと告げたりしかば、いと嬉しみ、日を経ずして清正公の御館《やかた》に参られたり。公《こう》にもなゝめならず喜び給ひて、遂に兄弟の御契をなむ堅め給ひける。

それよりしては、絶えず訪《とぶら》はせ給ひつゝ、平岩殿はつかの五万石、清正公には五十万石の国の君にましませしかば、あまたの宝を平岩殿に遣はされなど度々なれば、かしこよりは、心ばかりの御報ひとて、扇やうのものども奉られしに、四月ばかりに、平岩殿の館《たち》に藤花いとあまたあるが盛りなる頃、これを託言《かごと》[5]にわたらせ給ふやうに聞えまつられたれば、清正公もいと嬉しく思《おぼ》して、年久しき戦さにをかしき事もおはしまさざりつるに、今この徳川の清き御流れ尽きずまじき御世にて、万民太平を唱ふる頃なれば、さる雅かならむ御団居《まどゐ》浅からずとて、いよ〱今日は渡らせ給ふらむといふ日になれる朝《あした》[6]大殿より平岩殿を俄に召し給ひ、仰あるには、「汝《なむぢ》清正と兄弟を（×）（の）○契りをして睦まじき由、さるによりて、今日そこに饗《あるじ》[7]する由、我と清正とは、いづれを大切に思ふにや」と問はせ給ひし。そのみ心を早かうよと察しられしかば、色を失ひわなく〱と震ひて御受けもはか〲しからざりければ、辺りに居並みたる御心知りの殿たち、「疾くお答へを」と切《せち》に言はるれど、猶汗を流し消えも入るべきさまなるに、大殿には、「よも我には代へまじ、かの清正、世にありてははた天下をも覆すべし。大坂の方人《かたうど》[8]たれば、我が世を治めむ便りの妨げなり。されば惜しき武士《もののふ》ながら、世の治まると治まらぬには代へ難し。今日この薬の馳走せよ」とて、恐ろしき物を給はりたるに、いよ〱心も飛び散るばかり、生きたる心地もなげに震ひわなゝき、今にも命絶う（ゆ）べくぞ見えける。

されば大殿仰（せ）○て、「彼は病起りたり、早、下城致させよ」とあれば、人々とかくして送り帰さるゝ時「このまゝ帰し給ふ物ならば、必ずこの事を清正に告げて、いよゝ御大事こそ引出《いだ》さめ、討ち果してん」など言ひ騒ぐを、さすがに畏きみ心にて、「否、さにはあらじ。彼快く肯《うけが》ひなば必ず洩らすべけれど、かくまで臆して震ひたるは、わが命《めい》の背き難きを知れるなりけり。こと〲なし得るに違《たが》はじ」とて、豊かに仰（せ）○ありきとなむ。

されば平岩殿は館《たち》に帰りて、御子何がし（某）殿に仰（せ）○けるは、「汝《なむぢ》、事の訳もなく腹を切り得るにや」と宣へば、若殿には、「父の仰（せ）○ならば、事分かたでも仕うまつらん」と答へ給ひて、御障子《さうじ》を開け給ひしに、白木の三方に刀をものしてその御設けしたれば、すぐに立ち寄り、すでに御腹を物せんとせられければ、父君「しばし」と押し留め給ひ、「その心ならば明かしなむ。今日御召しに参りたるに、かよう〱」と仰（せ）○

あり。「背けば不忠、又なし得るには義といふもの背けぬる。この二つ、わが身一つにいかにとも分け難しといへども、君の御大事をいかで背きなむや。されば今日の饗《あるじ》を汝もよく勤めて、清正公と共にかの御薬を食《たう》べ侍らむと思ひ定めたれば、その心得せよ」となん聞えられしかば、親の子にておはしゝにや、うち笑ひつゝ裏なく肯《うけが》ひ給ひぬる御心々、あはれとも大方の事なるべし。

時移れば、御客人《まろふど》＊1渡り給ひ、咲き匂ふ藤の下蔭などに限りなきおもてなし、心の香をも匂やかに尽し給ひ、いつの間にか仰言の畏き物[9]をも奉り、みづからにも食《たう》べ給ひしとか。いかにつれなきものゝふの道なるらん。御客人には裏なく興《きやう》じ給ひつゝ、夜《よ》に入りて帰らせ給ひしかば、すぐに大殿に上りて御まへに出でられしかば、「いかに成し（マヽ）を得しならん、汝もともに食《とう》べけん」と、心を察《さ》して仰（せ）ありしかば、「さに侍りたり」とぞ申上られたる。「さてわが為上もなき忠なり、さらばいとをしくも汝は近きに身罷るべし、子なる何がし（某）に幾許《いくばく》にても望みの国を与へ遣はさん」とありければ、岩殿いたく怒れる面持して、「こは仰言とも覚え侍らず。いかでわが国富み栄えん事を願ひ奉らん。親子ともにかの品をも食《とう》べ侍りつれば、やがて諸共＊2に世を去りぬべし。さりとて、後に家を立てさせられては、清正に義も立ち侍らねば、後無くなしはてさせ給はるこそ、わが本意《ほい》なり（れ）」と聞え奉られたれば、いよゝその志を深くあはれと思して、御涙も留めあへさせ給はず。錦の御袂絞り給ひし、とかいふ古へごとを語らるゝに、あまり〳〵類なき人の心ばせのめでたう悲しかりしまゝ、あらまし書い留めつ。＊1原文「まろふ」　＊2原文「もろと」

---

1 雁がね――本来は「雁が音」で、雁の鳴声のことをいうが、のちに雁そのものをさすようになった。田鶴がねもおなじく鶴のこと／2 草香江の池――現・福岡市中央区の大濠公園の南方に「草香江」の地名がある。生活排水を捨てた池か／3 平岩主計守（頭）――平岩親吉、幼時から徳川家康に仕え、信康の傅役となり、のち義直の傅役となる。甲斐府中六万三千石を領し、また犬山城主となる。子がなく、没後は絶家。佐和山《さわやま》を領した事はなく、以下の話は物語作者の創作である。加藤清正との関わりも一時的で、深いものがあったとは思えない／4 正清大明神――加藤清正をさす。幕府を憚って名を逆にしたもの。清正は

主計頭のち肥後守。関ヶ原の戦いでは東軍の中心となり肥後五十四万石を与えられた。家康に臣従したが、豊臣家の存続を願い、家康と豊臣秀頼の二条城会見を斡旋した帰途、船中で発病し死去した。清正の伝記には『清正実記』『続撰清正記』などがある。なお「清正大明神」は「加藤神社」（熊本城内）を指す／5 託言《かごと》――口実を設けること。かこつけること／6 大殿――ここでは徳川家康／7 饗《あるじ》する――饗応する。飲食の儲けをする／8 大坂の方人《かたうど》たれば――関ヶ原の合戦では豊臣方の味方だったので（これは史実と異なる物語作者の創作）／9 畏き物――家康から与えられた毒薬

解説

日付ごとに毎日記す日記体が復活。八月分は、あるいはあまりの事の多さと体の不調のため書けず、後からまとめて書いたのかも知れない。

九月三日の話題「加藤清正と平岩主計」は、史実としては根拠が無い。加藤清正の略伝である『清正実記』には平岩主計頭《かずえのかみ》親吉との接点は少し見られるが、それは平岩が主君徳川家康の意を察して片桐且元ほか二人と清正の毒殺を図り、毒饅頭を食べさせ自分も食べ、ために清正は帰国後死んだという話である。平岩主計の略伝の逸話にも、「毒饅頭事件」が見える。ウィキペディアによると、徳川家康は慶長十六年（一六一一）二条城での豊臣秀頼との会見において、秀頼の毒殺を図り、意を受けた平岩が遅効性の毒を付けた針を饅頭に刺し、自ら毒味をした上で秀頼に進めた。それを察した加藤清正は自ら饅頭を食べて秀頼を守った、とある。両話とも、清正と平岩は義兄弟どころか敵対関係にある。

史実においては清正も平岩も慶長十六年に死去している。しかし清正が秀吉の子飼いの家来であり、平岩は幼時から家康の家臣で敵対する立場にある。幕藩体制が未成熟の時期に、この夜の話題のように、二人が近くに屋敷を構えて昵懇の間柄だったとは考えにくい。「毒饅頭事件」は歌舞伎の題材になり、巷間に伝わったという。

さて加藤清正と平岩主計の義兄弟の関係を作り話と知ったうえで、さらに興味のある見方をすることが可

能である。およそ「義兄弟」なる語は、前近代においては単に精神的に兄弟のごとき昵懇を意味するだけでなく、男性間の同性愛を指している（氏家幹人『武士道とエロス』）。この逸話がいつ創作されたかは不明だが、氏家氏によれば「義兄弟の契り」が最も盛行したのは戦国期から江戸中期までで、命をかけてまで「義」を讃美する風習があったという。それを頭におくと、清正と平岩の義なる関係は、天下を取った徳川家康の権力には抗しがたく、「清正に義も立ち侍らねば」と平岩が清正を巻き添えにした同性無理心中を図ったとも読めるのである。

四日の昼間ばかりに、障子《そうじ》を開けて、粗《あら》々しき蔀《しとみ》[10]の格子の隙《ひま》より庭など見たるに、照り続きたる秋の日影うら〳〵と照れるも、寂し顔なる池のはち（す）の薄色づきたるもあはれにをかし。

　蓮葉《はちす》の裏葉に見ゆるさゞ波は水にかげらふ日影なりけり

丈立ちたる葉の裏に映りたるが面白くて見るうち、傾《かたぶ》く日影忙しくて、はや陽炎《かぎろひ》も見えず。暮れゆく空につけては、うちも泣かれつめり。

五日

　昨日より今日は色増す楓《かへるで》に人のこゝろも類《たぐ》へてしがな

六日

　長月もいつか六日となりにけん夏よりかゝる家籠りして

七日

　覆《あふ》ひたる楓の梢色づけば枯れて折れ伏す池のはちす葉

昨夜《よべ》、筑紫衛[11]といふ人、いづれもと同じさまに囲ひに込められ（し）たるに、厠の下を潜りて丸《まろ》裸にて逃げたりとて、いよゝ御怒り厳しくならせ給ふよし。猶々預かりの者ども、厚く守れかしなど、畏しともかしこし。憂たしとも憂たからずや。いかでさるはかなき事を仕出でつらん。常にもあらぬ心かなと、うち泣きても甲斐なし。明日は御疑ひの筋御調べあらんとて、その役場に出づるやうにとて、今宵遅く浦野を司人召し出でゝ言ひ渡されぬ。さもありてこそ御疑ひも晴れぬべしとは思へども、さる所にこの身のほどにて出でん事の、面なさぞ悔しき。

紅葉《(もみじば)》の赤き心を木枯しに吹き顕《あらは》して人に見えてん

などにやありけん。

明けぬれば、守りのためとて御足軽二人来る。

---

10 蔀《しとみ》――格子組に裏に板を張った建具。多くは上下二枚で下部を立て、上部を金具で吊って光を入れるようにした／11 筑紫衛――勤王派の筑前藩士で望東尼の知人でもあった。枡木《ますご》屋の獄に囚われていた中村円太を、十人ほどの仲間とともに脱獄させたこともある

解説

陰暦九月といえば太陽暦では十月、秋の色は日毎に濃くなる。蓮の葉裏に陽炎のゆらぎを見いだすが、日暮れと共に消える。繊細な感性は、人の気付かないところに季節の移ろいを感じる。思い返せば夏よりずっとこんな風に家に籠っている。人の心も楓のように染まっていく。

知人の筑紫衛は望東尼と同じく屋敷内に捕らわれていたが、囲みを破って手洗いの下をくぐり真裸で海へ逃れ、溺死したという。なぜそんなつまらない事を仕でかしたのだろう。そのせいで我々の監視がいっそう厳しくなってしまった。いつもの彼らしくない。

八日

世を捨てゝ物数ならぬ塵の身も命は君がものとこそ思へ

湯などものする頃より、右の守り人来たれば、心慌ただし。乗物など持て来たれば、急ぎ助け乗せられて行く。いたく病み弱りたる程にて、乗り降りもたづ〱しきばかりなれば、薬師《くすし》千葉老なん付従ひてぞくる。浦野・山本の二人、御足軽二人、かの千葉などうち群れ行く間《あひだ》、簾の隙《ひま》より見れば、行交ふ人、恐れ顔に見て見ぬふりしたるさまもはかなし。

駕籠の者初々しくて[12]、足も揃はず乗り苦し。中宿りは大長寺と御定めあれば、先かしこに入りて憩ひたるに、月の海[13]見渡して清らなる住まひなれば、事無くてこゝに来たらば如何ばかりめでたからんなど、千葉老に語りなどしつゝ寝たる間《あひだ》に、

月の海清けき寺の内までも世を木枯（し）のうき波ぞ寄る

浮雲も晴れんとぞ思ふ月の海の清きみ寺に中宿りして

書いつけて衣《ころも》の間《あはひ》に押し入れたるを、人や取りけん、見えずなりぬ。「はや時来りぬ」とのみ使に、はた乗りてゆく。目慣れぬ所に降りたる心地、夢の夢かと辿られて、歩み出づるより心確かになりて、事つばらに言ひしかば、やがて許しありて元の寺にと帰りぬ。

浦野方にと帰りたるに、老たる人々・女ども皆心遣ひしたる気色にて、帰りしを喜ぶもいとあはれに悲し。姉なる人は、我より高き齢《よはひ》にて、背《せな》などさすりものせらるゝこそいみじう悲しかりしか。御問ひの事々つばらに聞え奉りしかば、鬼神の心も和らぎつらんかし。

---

12 初々しくて――初心者で。不器用でまずくて／13 月の海――博多湾で福岡北部に沿う海の美称

解説

八日には最初の審問があった。われこそ正義と自負する望東尼は、何の容疑で罰せられているか分からず、疑いが晴れればよいとは思うが、そんな場に引き出されるのが悔しい。おまけに体調の悪い時、医師の付添いで出かける。中宿りの大長寺では、海の景色の美しさを歌に詠み、医師と語りつつ眠ってしまうなど、いかに早起きしたとはいえ大胆さに驚かされる。眠っているうちに、歌をメモした紙を取られたというのはスパイの仕業か。

役所でははじめ呆然としていたが、歩き出すと気がしっかりして、問われる事に詳しく答える。家で待つ人々は労ってくれたが自らは昂然としている。大長寺は現在は海も見えず街の中、寺に人の気配は無く森閑としている。門にもどこにも望東尼との関わりを示す説明はなかった。

九日　今日は菊の節会《せちえ》にて、皇《すべらぎ》のみ祭はさらなり、世にはかなき藁屋の内まで、菊の花もてはやすべき日なれば、神仏に捧ぐばかりだにと思ひながら、さしてついでも無く、人や（囚）籠りしたるこそあぢきなけれ。

　憂きことをたゞきくのはな花瓶《はながめ》に挿して板屋の直《ひた》籠りかな

去《い》にし年、都にて畏き御まへ[14]より戴きし、菊の着せ綿は家に置きたれども、かしこにも同じく畏き直家《ひたや》籠り[15]なれば、取り出づる者もあらじかし、など思ひやるも昔なつかし。

昼間過ぎて、いと小さき菊の枝の気色ばみたるを[16]請ひ出でつゝ、神仏に奉りなどして、心ばかりの花の香もいつしか世には芳《かぐは》しからん。

　わが世とはつゆ思はねど菊の花九重[17]に咲く大御代もがな

守りに来る人、よそ〳〵しき方のみうち続きて、日記《にき》なども取り出でず。歌も詠まで三日四日《よか》は徒らに過したれど、中々に日も夜も短くて安けかりき。夕暮方、手水《てうず》ものすとて障子《そうじ》（ち）を開けたるに、竹の奥より月のきら〳〵としたる、いとをかし。

　秋さへも深く見えたる竹村（叢）に暮れ待（ち）げなる夕月の影

幾日《いくか》ならむと人に問ひたるに、はや十三夜となむ、まだ十二日とこそ思ひしか。後《のち》の月[18]にてありけるかな。ことに今日は母君の御忌日《きにち》なるを、明日と思ひ違《たが》へし罪軽《かろ》からず。「いと悔し」など言ひつゝ侘ぶるもはかなし。

　しばしだに惜しみし秋の日数だに覚えぬばかり現つなきかな

月いと清かりければ、大方の御世《おほんよ》もよろしからむなど、人々言ふを聞きて、

　世を忍ぶ心尽しの浮雲も照りや消たまし後（の）月影

十四日の夜、いこう更けたるに、寝し人も覚めたりしかば、手を濯《そゝ》ぐとて戸を開けたるに、月は中空に隈もなし。光は弱げに匂ひたるも、いみじうもの悲しき。

　はちす葉の秋もろともに枯れゆけば白けて凄き池の月影

衰へゆく秋の夕べ、思ふ事なくてだに、たゞならぬ心地こそせめ。まひて、思ひもかけぬ世の疑ひに、ひた濡らしたる衣手の露けさ、自づからあはれ限りなし。

十五日　今日もうら〳〵と照らす日影、さらに小春なりけり。

　露深き閨には日影差さねども小春恋ほしき百鳥《もゝとり》の声

日にけに色勝る梢に催《もやう》されて、

　住み慣れしわが山郷のもみぢ葉もたゞ濡衣の錦こそ織れ

向ひの陵《をか》の紅葉、さらに見ゆばかり思ひやらるゝは、人を恋ひぬるにも変らず。年ごろ見慣れし梢の気配、心につと見えていとう懐かし。かしこには、あらぬ旅人[19]など泊めたり、など怪しめらるゝ事どもありて、「世を逃

るべき方中々なる、憂き山郷」と人の言ひなしたるこそうたてかりけれ。

14 畏き御まへ――千種有文。文久二年（一八六二）四月二十九日、京に在った望東尼は公家の千種有文を訪ね、夫と自分の歌集に序文をよせてくれるよう依頼、その節、有文から重陽の節句の折の菊の着せ綿をもらい大切にしていた／15 かしこにも～直家《ひたや》籠り――千種有文は和宮を将軍家茂に降下させるために働いた公武合体派公家だったため、尊攘過激派が京都を支配していたこの時期、蟄居、辞官、落飾を命じられていた／16 気色ばみたる――ほんのりと色づきはじめた／17 九重――宮中。皇居／18 後の月――八月十五夜の月を中秋の名月として愛でるのに対し、ひと月後の九月十三夜を後の月として賞する／19 あらぬ旅人――迫害されて行き場の無い人々をしばらく向陵の山荘に匿ったこともあった。そのことが、今回囚われる一つの理由となったようである

解説

菊の節会で京都の公家千種有文にもらった菊の着せ綿は、野村の家に置いたまま。『上京日記』や京都から家への手紙に、有文との感激の対面が詳しく綴られているが、それも遠い日の思い出。十三夜から十五日にかけての月の美しさに今の現つの我が身を引き比べ、そぞろもの悲しい。向陵庵の紅葉が目に見えるように思い出され、まるで人を恋うかのようだ。あそこには、迫害されて行き場の無い人々を泊めたこともあったが、世の人が「世を捨てたのに却って難を招いた」などというのもやっかいな事だ。当局が望東尼を捕らえる理由の一つに、旅人を泊めたことがあったのは事実である。

十六夜《いざよひ》*の月竹叢《たかむら》の外れに出づる頃、閨戸少し開けたるに、露吹く風も肌寒《さぶ》く身にしみ〴〵として

*ふりがなは原文

大方の身に沁む秋の夜寒かは

と言ひたるにて、下は付く（る）○人もあらばこそ。

十七日はわが父君の忌日と言ひ、朝夕仕ふまつる観世音の供養にもとて、かれこれ物遣はしなどぞする。庭の池に生（ひ）○たる蓮《はちす》を主《あるじ》が掘りけるに、「まだ枯れはてぬ薄紅葉なるを一葉取りてよ」と言へば、人々「何にかす（る）○」と怪しむもをかし。「日毎に目慣れたるが、掘り返さるゝ名残にとてこそ物しつれ」、と言へば、猶心知る人もなし。膝の下に敷きて、「早、蓮《はちす》の上に居るなり[20]」と言へば、「まだ早し」など言ふこそ、むげに心なけれ。そも、若き人ならばこそあらめ、我よりも年高き祖父《おほぢ》のあどなさ[21]ぞ、羨ましき。

　はちす葉を敷ける我より中々に否める人ぞ仏なりける

とは思へど、猶厭ふべしとて言はず。久しぶりにしづ〳〵と雨の音したる徒然は珍しげながら、いと索々《そうぞう》しく[22]、守りの人々もあまり物言はぬ本性なれば、たゞ古文などをぞ読む。

　わが庵《いほ》の紅葉もけふは濡れ〳〵て濃染《こぞめ》の雫軒に散るらん

　わが命くたす[23]陰とし頼め来し紅葉もよそに過ぐす秋かな

　わが庵《いほ》もこゝろ留めじと住みしかど住まねば行きて住む心かな

夜は守の人が昔の戦さ文など読むを聞きて、

　治まりて長き代なりき古へは戦さ無かりし暇なかりけり

夜もいたく更けたれば人々寝て、戸を開けたるに、ひめもす降りぬる雨、猶今宵も暇なくそぼ降れど、立待月[24]の匂ひうす〳〵洩りぬるにや、さらに暗くもなし。

　はづれたる尾花[25]寂しくほのめきて更けゆく秋の雨の夜の月

　夜もすがら時雨るゝ軒の玉水をわがごと聞かむ人や（囚）こそ思へ

---

20 蓮の上に――極楽で蓮の上に座っているのだと戯れている／21 祖父《おほぢ》のあどなさ――おほぢ、はここでは老人の意。老人のく

せに無邪気な、考えの浅いと皮肉っている／22 索々し《そうぞう》——原文の「そう〱し」を騒々しいと読むのは誤り。サクサクシの音便形で、張り合いがなく寂しいの意／23 くたす——腐す、死なせる／24 立待月——十七夜の月／25 はづれたる尾花——尾花は薄のこと。立待月になってからようやく穂が出始めた尾花は、時期に遅れ外れたと言っている

解説

歌の上句を詠み掛けても答えてくれる人もなく、蓮の葉を敷いて戯れてもユーモアは通じない。私より年上の「おほぢ」とは実家を継いでいる兄勝幸か、冗談に本気で答える人を「仏なりける」と皮肉ってみる、この余裕！

庵の紅葉を濡らす雫が紅葉色に染まる筈もないが、「濃染め」と想像的に表現するのも詩人の感覚である。もう住めなくなった庵にも心だけは行って住んでいる気分だ。言葉少なの人々のあいだで一人古文を読む。また守人の読む戦記物を聞き、昔はいつも戦争をしていたのだなあと思う。知らぬ人とのよい交歓である。守人は音読をしているが、古文を読む望東尼は？

軒から落ちる時雨の滴を、私とおなじく聞いている牢内の孫貞省を思う。

十八日　けふは人丸明神御み祭*のわざどもすべきを、さる事も得心《えこころ》に任せず。たゞ心ばかりの歌ども奉らむと思へど、昼は守りの人に障《さ》へられて、夜の更くるを待ち、人の静まりて念じまつる間《あひだ》に、

*原文「みつり」

わが願ふ事はわが為ならねども神のまに〱守らせ給へ

雁の絶え間なく鳴きて行交ふ声、いみじうあはれに聞ゆるも、心づから[26]なりかし。

虫の音の間遠《まどふ》になれば心得て絶えず行交ふ空の雁が音

古への雁の使[27]も、いま身の上に思ひ類へられて、

かなたこなた行交ふ雁は声すれど誰《た》が言伝《ことづて》も文も通はず

家なる孫《うまご》らが事ども、いみじう懐かしと思ふまゝに、

雁が音のそなたに鳴かば思ひやるわが言伝と人の聞けかし

露よりもはかなくこの身消えつとも神の形見の魂《たま》はくたさじ

秋の夜の更けゆく鐘にうち添ひて声かまびすく吠ゆる犬哉

中々にわれ守《も》る人は夢の世のはかなさ知らで寝たる安けさ

親を討たれ子を討たれても世に生ける人を思ひて身をば歎かじ

わが命天に委せてありながら人のためゆゑ物思ふかな

＊右二首ミセケチ

止めても心の駒の荒ければ法《のり》の綱にも繋ぎがてなる

など、たゞ書いつけに書いつくるうちに、遠くものゝ響く音すれば、何ならんと耳そばだてゝ聞くまゝに、おどろ〳〵しう響きぬれば、異国舟芦屋[28]などに寄せて、石火矢[29]もや撃つらむと思ひたりしに、近づくまゝによく聞けば、雷の轟くなりけり。

時ならでとゞろく夜半の鳴神《なるかみ》は御世の仇人《あだびと》神や撃つらん

雨降り来たらば、おどろ〳〵しくやと思ひの外、降り来りし後はさらに絶えて音もなし。

轟きし遠《おち》のいかづち音絶えて寂しげに降る秋の大雨

十九日　暁ばかりより雨止みて風荒ければ、いと寒《さぶ》く、秋も暮れたる気色なりけり。翌朝《つとめて》疾く起き出でつゝ、例の行ひ[30]などして、

秋の日はまだありながら神無月立（つ）。や時雨れて木枯しの吹く

この頃の雨に染めたる紅葉《（もみじば）》を揉みたてゝゆく木枯しの風

思ひやるわが山郷の紅葉のまだき[31]染めしはけふか散るらん
一葉だに取り来て見する人もがな[32]わが見ぬ秋の庵《いほ》の紅葉

今日は氏神を祭るとて、福岡人賑々しうものするを、こゝには気色ばかり祝ひぬる家人さへ、あはれに本意《ほい》なし。

氏神にわが濡衣《ぬれぎぬ》を切り捨てゝ幣《ぬさ》と散りゆく時をしもがな　＊この歌、所々にミセケチあり

26　心づから――自分の心が原因で／27　雁の使――中国前漢の蘇武が、匈奴に使者として久しく囚われた時、蘇武を帰国させるために「蘇武からの手紙が天子の射止めた雁の脚に結ばれていた」と使者に言わせて匈奴と交渉した、という古事から、雁は消息をもたらす使いだと言われた／28　芦屋――現遠賀郡芦屋町。遠賀川河口に港町として栄えた／29　石火矢――ここでは大砲のこと／30　例の行ひ――毎朝している座禅／31　まだき――早々と／32　人もがな――人があればいいのに

解説

十八日なので柿本人麿の社である人丸明神を祭ろうと思うが、守人に妨げられてできない。雁の渡ってくる声があわれに響くのも、わが身になぞらえるからだろう。「誰が言伝ても文も通はず」、実家にいるのに心の通わぬ人ばかり、中国古代の「雁の使」の話に準えれば、敵地に取り込められているように孤独である。うてば響くように答えてくれた野村家の家族が恋しい。どこかでものすごい響きがしたので、まさか異国船ではと思ったが雷だった。心の駒がまた荒れている。

十九日は早起きして座禅をする。秋の向陵庵の紅葉を一葉でも採ってきて見せてくれる人がいたらいいのに。

廿日は、わが舅君の御忌日なれば、下々の者どもに物など取らせて例の行ひも勤めて念じ暮すに、この頃の木

枯いと騒がしく、楓の梢などふ（き）乱し、裏吹き返す時は枯葉のやうに見えて、ものゝあはれもいと深き頃おひなるを言ひても、聞き知るべき人も無し。梢は染め果てだにせぬを散らして、立枝《（たちえ）》の寂しげに見ゆるこそ、いみじう悲しかりしか。

かへるでの梢に高く色づけばまだき嵐の散らしもぞする　＊この歌ミセケチ

二十一日

まだきにや冬となるらん木枯しの時雨を誘ふ気色のみして

二十二日、三日は、空も清らにいとのどけかりしに、守の人よそ〳〵しくて、何事も得書《えか》ひ留めず。

解説

舅君の命日なので、下々の者らに寸志を与え座禅などして謹んで暮らす。
楓が木枯しにそよぐさまを詳しく観察し、もののあわれの深い頃と思うのに、同感してくれる人も無い。
色づかぬまま散る梢の葉のあわれを知る人もなく悲しい。

二十四日　心ありげなる守人にて、さま〴〵歌物語どもする間《あひだ》に、過しころ宰府にて、連夜時雨といふ題を詠みたりしを言ひければ、その歌を詠まんとて、

宵々に古屋の軒の叢時雨《むらしぐれ》慣れてや音の絶え間寂しも

家の少女《をとめ》どもが、楓の色づきたる枝を折りけるを、囲みの格子の隙《ひま》より見てあはや止《とど》めて、

折る童《わらは》折らせぬ老も紅葉《（もみじば）》を愛づる心はひとしかりけり

書いつめておくべきものども数多あれど、日毎に代る〳〵来る守人に紛れ、しみ〴〵としたる暇もなく、かく

籠りゐても日の短さは例にも変らねば、

忙しき時のみとこそ思ひしが徒然の間も同じ短か日

今宵神代ぬし来りて、今日司に召しありて出でたるに、明日会所にて御尋ね事あれば、「過し日のごとくに罷り出でよ」となん。「こたびは寺の中宿りなしに、直ちに」などありけり。いとわびしきものから、御疑ひの筋解けゆく事もやと思ふぞ、先《(まず)》頼もしげなり（る）。

わが上はあからさまにも言ふべきを人のうへこそ如何に答へめ

二十五日　五つ時[33]とあれ（ば）、暁より起き出でゝ、いづれも事多げ（れ）なり。例は物を断ちて[34]御神を祭る日なれど、けふはさてもいかゞとて、明日に譲りて物など食《た》べ果つる頃、やがて迎ひの人来《(きた)》る。急ぎ乗り出づるほどに、

幾たびかゝくて行き交ふ道ならむ終《つひ》の迎ひ[35]となるとしもなく

かくてかしこに参りたるに、先召し出でゝ問は（せ）らるゝ事は、去年《こぞ》の春中村ぬしが、兄なる唯人を人や（囚）より忍び出しゝ時の事[36]どもになむありける。これには数多の人、力を添へたりしかば、その人々をぞ問はれける。苦しさ言はんかたなし。たゞわが身のみの事ならば、いかにもあからさまに言ふべきを、人のため悪しからん事、たわやすく言はゞいかゞとためらひたるに、「はやその人々より事々言ひ出でたれば、今更包むとも由なし[37]」など、切《せち》に言ふをいかゞはせん。今は力なく言ふうち、一人はおぼつかなかりつるまゝ言はざりしかば、そのまゝにて「罷り立て」となんありける。「人を助くとて捨て果てし命なれば、いかなる方になし給ふとも国家[38]のみ為とて、公けに捧げ奉りたる身になむ侍れば、有志たちの罪は我に負ふし給ひて、かの者ども、まさかの御用にも立つべければ、御助けありたし」など啓してまかでける。

人の罪わが身に負ひて老の身の重荷も軽《かろ》くなす命かな

33 五つ時――午前八時前後／34 物を断ちて――食べ物を断って／35 終の迎ひ――命が終ろうとする時あの世から来る迎え。来迎／36 中村ぬしが～時の事――中村円太は脱藩の廉で枡木屋の獄に囚われていたが、元治元年三月二十四日、弟の中村恒次郎はじめ十人ほどの勤王同志の手引きによって脱獄した。その相談の後、別れの宴が向陵庵で開かれたので、望東尼がその仲間のメンバーを知っていると藩当局者は思ったらしい。中村ぬしは恒次郎、唯人は円太／37「はやその人々より～由なし」――もうその者らの事は他から知れているので今更隠し立てしても何にもならない、と取り調べの常套手段で望東尼から事の次第を聞きだそうとした／38 国家――日本国

解説

二度目の審問、先回と違い迎えが来るとさっさと一人で乗る。今回は去年の春、中村恒次郎が兄の円太を牢抜けさせた時に、協力した人々の事を問われた。自分の事はともかく、他に累が及ぶことは答えられない。もう別の人が白状したと言われ、力なく答える。これは現代も行われている、吐かせるための常套手段だ。「有志たちの罪は我に負はせてかの者どもお助けありたし」という望東尼の気持は判るが、現実認識が甘いというほかない。権力がそのような老尼の言葉で弾圧を手控えする事はない。だが望東尼は、他の囚われ人の身代りになりたいのだ。

かくて帰りしかば中々に心安くて、先今宵は二十五夜、例の歌を詠まんとて、守の人の読みける文の中の言葉を題に言へと言ひて、

つもる

雪積る老のかしらの白山《しら》はかの世この世の高嶺なり来（ママ）

その中
術もなくものゝ侘しきその中にまた面白き事もありけり

菊
花瓶《はながめ》に挿したる菊のふゝみ皆開けどあけぬわが臥所《ふしど》哉

俵
山なしゝ秋の磯辺の米《よね》俵積み収めたる舟のゆたけさ

物
秋深き閨に籠りて虫の音の弱るにつけてわが身をぞ知る

貫《ぬき》
貫[39]薄き麻の衣の濡衣《ぬれぎぬ》も干がたく見えて降る時雨哉

玉
粗玉も心知る人拾ひてぞ光りも出づるものにはありける

合ひて
いつも〳〵嘆き合ひても飽かぬ哉国のみ為を思ふどちして

短か日
世の人の物忙しき冬の日の短さ知らぬ心のどけさ

水上
水上の時雨にたえず散り果てゝ濁る川瀬を行く紅葉かな

世の中
人ごとに渡り難しと言ひ〳〵て渡り果てぬも無○（き）世なりけり

常
定めなき人の生計《たつき》のためにとて常なる松も伐る世なりけり

助
残らじと見えし紅葉も残りけり任せらるれば風も避《よ》くめり

ならぬ
道直ぐに思ふさへにも成らぬ世は成らで成りゆくものにやあるらし

山郷
住み慣れしわが山郷の紅葉だにたゞ一枝見る秋の悲しさ

孝
父はゝの心安かれ〳〵と思へど子ゆゑもの思ひ増す

忠
世の中はいかになるとも□思ふ心尽し□清けくもがな

*佐佐木『全集』にこの一首無し。はじめの下句は抹消されているが、次のように読める。わか君のつきせぬ御名のきよくあらなむ

生
麗しく生（ふ）る水ぎはの根芹哉冬の小春をまことゝ思ひて

老
ともすればわが身の老も忘られて末長げなること思ふかな

われ
身の程を思へば侘し老らくは我を忘れて過すよしもが

白紙　しらかみ＊　＊「しらかみ」および第二句以下にミセケチあり
　　筑紫の海机島打つ白波は朝倉紙[40]の散るけしき哉

命
　　誰が身にも重き命も君が代の道にはかろきものとなりぬる　＊所々にミセケチおよび抹消あり。

安し
　　惜しき命惜しまぬ道に向ふれば何妨げも無き世なりけり

題を人の言ふまゝに書いつけて見れば、聞えぬ歌のみにてあさまし。
み国を思ひ奉る有志ども、森・今中兄弟・海津・江上・伊丹・安田などはじめ、無礼《むれい》の人[41]は瀬口・西原・何のけん三郎[42]などいふ者初め、みな盗人どもが入たる枡木屋《ますご》の人や（囚）に深く取込め給ひしとぞ聞く。又筑紫衛は早く囲みを抜け出でゝ、那の川の洲口にて身投げつる由、いとあはれなる事どものいみじさ、譬うべき方もなし。
されば、いかにもして在るをだに助けまほしくて、
　　君がため心尽しのものゝふに代る命は嬉しとぞ思ふ
こたび御口問ひに出でなば、その心して願《ね》ぎ事せんとぞ思ひ定めける。

39 貫《ぬき》——織物の横糸／40 朝倉紙——朝倉（現・朝倉市）の秋月地区は紙の産地である／41 無礼《むれい》の人——足軽など身分の低い人／42 何のけん三郎——左座健三郎を指す。この名前を望東尼は失念していたのだろう

解説
天神祭の献歌の二十五首を詠もうと、守人の読む本からの出題に歌作。
即座にこんな歌が詠める力量はたいしたものである。同志たちが枡木屋の牢に入れられたという消息が届

く。筑紫衛のように那珂川に身投げした人もいる。何とかして、まだ生き残っている同志たちの身代わりになりたいと、一途に思いつめる望東尼。悲壮感の中に身を置いている。

九月廿九日　神渡しとか世にいふべき木枯いみじう寒くて、しぐれし後より霰などうち混じり、昨日、一昨日の暖かなりつるに引替へ、にはかの寒さ、身の弱きにいと耐へ難きも在ればこそと思へ。紅葉はいと盛りに染め尽したり。今は散るばかりかと眺めやらるゝも、いに（み）じくいま〱し。

わが庵《いほり》の紅葉の染め尽したる枝を、家よりおこしたりしを挿して見たる頃、藪ぬし[43]が娘の婿なる人、守に来たりし時、小枝を折りて母なるかつ子の君にとて遣はしたれば、かつ子が、「この日頃君はいかにと紅葉《もみじば》も思ひこがれし色と見えつゝ」「贈りこし紅葉の枝にわれはたゞ涙の時雨かゝるのみして」など、忍びておこしける。志の嬉しさに耐えやらで、猶忍びて返りごとすとて、

　紅葉《もみじば》にかゝる涙のしぐれきて血潮を絞る墨染の袖

去年《こぞ》の秋、かつ子の君が都より帰り来て、初めて向ひの陵《をか》の紅葉を見に渡らせし事、さらに思ひ出でられて、

　もろともに去年見し秋にかへるでの今年も元居《もとゐ》[44]せんと思ひしを

かの紅葉の陰にて一世をも尽さばやとこそ思ひしか、今かくして見るに、花紅葉の思はんことさへ恥かしくて、

　わが植ゑし紅葉の枝の色濃きを見るも面無き老の身の上

枝の紅葉の枯れたるを、

　枝ながら枯るゝ紅葉のあぢきなさ散るべき風を人に避《よ》かせて

かの枯れたる葉を煎じて、藪ぬしに「これにて紙を染め給へ」など言ひしかば、帰りてそのよし言はれしにや、かつ子の君が紙をおこして、「染めてよ」と言ひおこしたれば、染の（め）て遣はすとて、

紅葉《もみじば》を移しゝ紙は薄けれど深き心に染めてこそやれ
と詠みしかども、慎ましき身の程なれば、書いつけてもやらざりき。

43 藪ぬし――藪幸三郎。望東尼在京の当時、筑前藩の京都聞役として藩邸にあった人／44 元居《もとゐ》――楓の木の下に居て語り合ったりすること

解説

木枯しが身にしみて寒い。向陵庵の紅葉が真っ赤に紅葉した枝を家の者が持ってきてくれた。京都で世話になった藪幸三郎の娘婿が守人だったので、紅葉した楓の枝を母のかつ子の君にと差上げた処、和歌を贈ってきたので密かに返歌をする。紅葉の葉を煎じて紙を染め給えというと、逆に紙を持ってきて染めて下さいという。そこで染めてあげたが、遠慮のある身、歌を贈るのはやめた。紅葉色が匂うように染まった紙を想像して見る。こうした作業は座敷牢の中でも出来たのだろうか。

夢かぞへ（表紙）

十月

十月

はや神無月一日と人の言ふに、月日には何のさすらへもなく、夢よりも儚《はかな》し。昨日の霰《あられ》も降り変りたる時雨の音に、さし覗きて、

　神無《かみな》月時雨にくたすもみぢ葉の赤き心も塵に埋れて

あまた有志たち、皆厳めしき人や（囚）に取込められつと聞くに、まだ浅はかな囲みに籠れる身は安げながら、やがて誰《た》が上にもかゝるべき、葛かづらの恨みも解け難う思ふらん。賢しら人[1]こそと思ひしか、いかで世に在りて君のみ為にもなるべき、武士《ものゝふ》たちに代りても失せまほしとて、後の世の事ども物するついでに、

　わが君の千歳の御名の清からば砕けん玉は露も惜しまじ

　中々に消えなむ後ぞわが君の御影に添ひて護りまつらん

　うら清き心尽しの甲斐あらば玉（魂）は消ゆとも何かいとはん

　かにかくに国のみ為を筑紫潟かひもなぎさとなるぞ悲しき

　空蝉の身は朽たしても皇国《すべくに》[2]を思ひ凝りたる玉（魂）は朽ちせじ

嵐いとう吹く日に、

　色濃きも薄きもゝろく散りくれば世をかこちてぞ峰の紅葉（もみじば）

紅葉を散らす嵐の身に冴えて胸に垂氷《たるひ》の凍る夜半かな
ちり〴〵に散り別れゆくもみぢ葉の朽つる所は何処《いづこ》ならまし

1 賢しら人――望東尼が自分のことを謙遜していう／2 皇国《すべくに》――天皇の治める日本国

解説

若い同志たちの身代りになろうと決心してから、十月上旬はそのことばかりに心が占められていたようで、自らに言い聞かせるように作る歌も悲壮味を帯びてくる。「葛かづら」は「恨み」の枕詞で、伝説歌「恋しくば訪ね来てみよ和泉なる信太の森のうらみ葛の葉」による。「賢しら人」（偉ぶった人）と一応は謙遜しながらも、後の事を知っている読者としては、この時期の望東尼は自己陶酔気味のように思える。しかし日記は正直な自分の気持を書くもの、心理の変化の過程をこれにより知る事が出来る。日常生活の具体的な事は書いていない。

十日ばかりに、東《あづま》[3]のみ使とて、事々しげに下りたる由をぞ聞く。これや事の限り、物のけじめにやと、静心《しづ》なくなん。

日影はうら〳〵と春めく冬の癖の偽りも、時知り顔にこそ。

神無月春に紛へて気色だつ霞の間より散る紅葉かな

日一日、夜一夜雨の降りつゞきければ、

しづ〳〵と降る雨さへも春に似て時雨めかせぬ神無月かな

小夜更くるまゝにいみじう冴えくれば、

　いや増しに故郷さぶき雨夜かな果ては吹雪となりやしぬらむ

かつ〴〵に取込めらるゝ義士の数も、今は百《もゝ》にも近づきぬべし。かくほの曇りたる空も、いとおぼつかなく思ひ渡る世の姿にやと、いと苦しくて、

　はかもなく寝覚めに物は思はじと思ひながらにまた思《おも》ふらん

薄らかに霜降りたるあした、のどかに射しくる日影に、山辺[4]などの景色さらに思ひやらるゝにつけても、わが庵《いほり》の早梅咲きやいづらん、「初花を必ず折り持《も》て来《こ》かし」と山守に言ひやりしを、音せぬはまだしきにや。

　見る人のなしとや庵《いほ》の梅の花咲く時くれど冬籠るらん

3 東《あずま》——江戸にある幕府をさす／4 山辺——向陵の庵のある平尾山の辺り

解説

幕府の使者が事ありげに下ってきたという噂。いよいよその時が来たと落ち着かない。雨の降りようは春のように続くが、夜更けになると急に冷えてくる。吹雪になるかのようだ。逮捕される義士の数も百人ちかい。物思いなどすまいとする先から、また物を思っているのに気付く。薄霜の降りるこの頃、向陵庵の早梅はまだ咲いていないらしい。梅と同じように誰もかれも余儀なく冬ごもり。

十八日の夜に、人丸明神を拝み奉りて、

　大御国祭ると知らでわがためを祈るとのみや人は見るらん

同じ夜に手向（け）奉る歌とて、

浦月

　曇る夜を明石の浦の月晴れて道清《さや》かにも照るよしもがな

ある人の語りけるは、「二條の大殿[5]、禍人の言葉に惑はせおはしつるにや、いと　＊帝[6]のみ気色悪しくて、御位をすべらせ給ひつ」とか、又は「いみじき事ありて失せ給ひぬ[7]とも伝へ聞きし」など聞くに、中々に御世や開かせ給ふらんかし。「横浜にきら〱しう造りたる異人の家を、武士《ものゝふ》どもが焼きたり[8]」と聞くぞ心地よき。いかで真《まこと》ともなれかし。多度津わたりに、異舟あまた寄せたりといふこそ[9]、いみじううたてけれ。東《あづま》の殿[10]、大内[11]に参り給ひし時、御簾《すだれ》掲げさせ給はで、み気色畏かりつる[12]」などさへぞ言ふめる。　＊原文は改行平出

いみじう寒《さぶ》くて雨の降る夜に、雁が音のたゞ独りゆく声のしたるが、いとあはれにて、

　冬の夜のあかつき寒き雨に濡れて友無き雁のひとりゆくらん

吉田老人の手足叶ひ難き病[13]にはかに起りて、こゝに臥し給ひたれば、浦野が父[14]の事なるにより、誰も〱が慌たゞしう惑ひたれど、甚《いた》くもならで物せらるれば、先《(まず)》心安し。「何事も善きかたに移りゆかば」など、皆言ふめり。

　浮き沈む世とはいへども大方は浮かび出づるぞ少なかりける

廿日に、都より侍、時なしのみ使下りたりとか、これなむ、いづれもの身の上なるべき。今は五日、六日のうちにはなど思へば、物忙しき心地こそせしか。

---

5 二条の大殿——公家の二条斉敬《なりゆき》、この当時は関白左大臣。筑前藩十代藩主黒田斉清（現藩主長溥からは養父）の正室は二条家から来ている／6 帝——この時は孝明天皇。原文は改行されているが、ここでは二字分下げた／7 いみじき〜失せ給ひぬ——「二条の大殿」についての噂では、天皇の機嫌を損じ位を引いたとか、大変な事があって亡くなられたともいう。二条斉敬は、八月十八日の文久の政変の推進者の一人で公武合体派、三条実美ら過激派公家の「七卿落ち」を促した。孝明天皇の信任篤く、一橋慶喜を支持し、文久の政変以降、中川宮朝彦親王とともに朝廷を指導していた。慶喜の将軍就任以前の八月、慶喜に反対す

る廷臣たち二十二人が列参奏上を行い、朝彦親王と二条関白の罷免・征長軍の解兵などを求めた。大原重徳が列参を代表して天皇の面前で「朝廷御失体」と批判したため、天皇が「逆鱗」し、「征長解兵相ならず」と主張した。この事件の後、二条は一時関白の地位を辞した。こうした事が誤り伝えられて、「二条が帝のみ気色を損じた」という噂になったのであろう。二条はのち徳川慶喜の許で関白に返り咲いた。この後も生き延び、明治天皇の摂政となった。望東尼は太宰府に滞在する三条ら五卿を尊敬しているので、反対派の二条が失墜すれば、却って世が開けるかも知れないと考えたようである／8 異人の家を焼きたり――高杉晋作・久坂玄瑞らが品川（横浜ではない）に建設中の英国公使館を焼き討ちしたのは、この時より三年前の文久二年十二月である。この文脈では噂であると望東尼は思っていて、「いかで真《まこと》ともなれかし」と述べる／9 多度津～寄せたり――慶応元年九月十六日、イギリス・アメリカ・フランス・オランダの四国の代表が、兵庫開港を求めて兵庫に来港した。望東尼が「異舟」と記すのはこれら四国の船をさすのであろう／10 東の殿――十四代将軍家茂／11 大内――皇居／12 み気色――孝明天皇のご機嫌／13 手足叶ひ難き病――中風など脳血管障害で手足が不自由になる病気／14 浦野が父――吉田老人は望東尼の姉の夫で、その息子が、望東尼姉妹の生家浦野氏の跡を継いでいるので、浦野からは吉田老人は父にあたる

解説

関白二条斉敬《なりゆき》は藩主黒田長溥養母の実家の主だが、孝明天皇の機嫌を損じ、退位したとか逝去したとも聞く。これでかえって新しい世が訪れるのかもしれない。二条家は筑前藩主黒田家の縁戚であるが、望東尼は二条らの公武合体派には批判的な考えをもっている事が、このくだりからも解る。横浜（実は品川）に建設中の英国公使館を高杉晋作らが焼いたのは三年前の文久二年のことだが、「…聞くぞ心地よき」と言い、また「真ともなれかし」ともいう。単なる噂だと思っていたのか。それにしても素朴なレベルの勤王思想ではある。将軍にも天皇はよい顔を見せなかったとか、これも噂。

「多度津わたりに異舟…」は、この年九月十六日英米仏蘭四国の代表が、兵庫開港を朝廷に求めるべく軍艦で兵庫沖に来港した、つい先月のニュースである。将軍家茂は条約勅許と兵庫開港を朝廷に奏請、十月五日条約は勅許されたが兵庫開港は不許可となった。

都から使者が続けざまに来る。いよいよ迫って来たと心急かれる。

二十三日の夕暮れに、孫省《うまご》がもとにおどろ〳〵しげなる召文下りて、乗物にて出でたる由告げ来たるに、さればよ、はや事定まるらん、如何にやと思ふに、さらに胸轟き安き心地もせず。今一たびの訪れを待つ間、我にもあらず。更けゆく鐘の音も胸板撞《つ》くばかり、つく〴〵と待（ち）居たるに、省を具してゆきつる人々来りぬ。言ひかねたる気色に、先、胸潰るゝ心地こそすれ。さても得た（×）耐うまじければ[15]、事のさまを言ひ出づるに、たゞ夢の夢なりけり。さて玄界てふ島[16]に流し、かしこにても人や（囚）に込めさせ給ふよし。先そこに遣はさるゝまでは、枡木屋《ますごや》なる取込みの場とかいふに、込め給ふとの事なりけり。思はざりつる事かは。衣など厚く重ねたりしや。さもなくば衾《ふすま》[17]だにあらで寒さ得耐え難くや、など取集め思ひやる苦しさ。我こそ先にさる方にと思ひの外、かくて甲斐なき老の身は、鬼さへ取残すにやと、あさましう悲しくて、（口絵参照）

在る甲斐も無げなる枯葉留めおきて若木の紅葉散るぞ悲しき

彼と同じさまに捕ら（は）れゆきし人々、何かしくれかし十五あまりにやありけむ、となむ聞くうちにいとあぢきなく、生きん心地もなかりしに、はたいみじきは、今日の昼間過に、月形・伊丹・今中兄弟・江上・海津老・伊藤・安田・瀬口・中村・左座・大神・鷹鳥（取）・森・十四人の有志たち、かの枡木屋の内にて皆はかなくなしはてられつと聞くに、我にもあら（ぬ）ず。重ね〳〵の夢の夢、あまりの事に涙も出でず。さらん事もやと思ひたればこそ、人に代へてわが命を*と、上にも願ひ、神仏にも祈りつる験《しるし》だになく、浅ましさ、情けなさと言へば大方の事なりかし。　＊原文「わがいのを」

たゞ胸のみ、灼《や》くばかりにつと塞《ふた》がりて遣る方なき内にも、今はわが身の上なれば、さる方にのみ思ひ定めて念仏《ねぶつ》のやうに言ふことさへ浅ましくや。

いつしかと今は時待つ陽炎《かげろふ》のあした夕（べ）も幾日《か》ならまし

国のため思ひ積れる雪消えて乱れし道はいつか乾かむ

冬籠る花より先に散らしけり甲斐もあらじの枯葉残して

しばしだに遅るゝこそは苦しけれかゝる憂き世の有様を見て

波の立つばかりに、思ひ流すべき教へ[18]もうち忘られて、和ぐべき心地もせず。御世の危うきを嘆き合へるどち、かゝる時至れる天《あめ》のわざもあやなき世[19]の末に生れ来し憂き人々の、妻子《つまこ》、親たちなどの心根を思ひ遣られて、時至りぬるわが身も忘れ果てゝこそ惑ひたりしか。初めよりの志変らで、皆朽ち果つるこそ先《(まず)》、本意《ほい》とは思ふべけれ。

人目はたゞさらぬさまにもてなし紛らはしつゝ、繕ふ程こそ苦しけれ。心知る人にさるべき折の事ども聞えおくべきを、日毎に替る守人《まもりびと》一人ならねば、その人来れる時だに、口なしの角々しげにあへしらひぬ[20]れば、

梔子《くちなし》の色に出でねど[21]置く霜の日影待つ間を知る人は誰

かねてよりもさならん時の衣《きぬ》どもは物したれど、書い散らしゝものどもとかくするに、ある日かの隔てぬ人々ぞ守りにとて来たる。いと嬉しくも悲しくて、家人《いへびと》に言ひ遣はす事ども、ほのめかしなどする折から、

一たびは限りと出でし家人のまた恋しくもなりまさるかな

思ふ事ども語り伝へて心安けくなりたれば、たゞ仰言をのみぞ待（ち）居る。

明日よりや無しと言はれん今日までは浮木なりとも枝に有りの実[22]

同じ頃、

ものゝふの大和心は朽ち果てゝ異魂《ことだましゐ》ぞ世に光りぬる

向ひの陵の庵《いほり》に早梅の咲くころ、山守に「初花を見せよかし」など言ひやりつるに、程経てまだふゝみばかりの枝を持て来たりしかば、

梅の花咲く間も待たで散らん身のこゝろざし枝《え》を手折《たを》り来し哉

15 さても得た耐うまじければ――そのままでは耐えられないだろうから／16 玄界てふ島――糸島半島の北東三キロメートルほど沖合にある孤島／17 衾《ふすま》――布団／18 思ひ流すべき教へ――物事に捉われないという仏教の教え／19 あやなき――筋の通らない。訳のわからない／20 あへしらひ――「あへしらふ」は相手をすること／21 梔子の色に出でねど――梔子＝「口無し」の花が白いように口に出して何かを主張することはないが／22 有りの実――梨の実、梨は音が「無し」に通じるのを嫌いこういった。歌の意は、明日からは「無し」と言われようが、今日までは浮木のようにはかなくてもようやく木に成っている有りの実です

解説

孫貞省に召文が来た。あれほど心構えをしたのに、現実となれば胸が轟き不安でたまらない。文字が乱れ、大きな×がいくつも。「衣など厚く重ねしや」という祖母らしい心配は、二十五年前小助が捕らわれたときとおなじだが、今度は自らも関わる政治的事件だけにさらに複雑な気持だろう。「枯葉とどめおきて若木の紅葉散る」と詠うのは、祖母のせいで、という面もあるかもしれぬと思うからだ。貞省は勤王運動にそれほど大きく関わった訳ではなかろう。『黒田家譜』付録「綱領十三」には「上ヲ不憚所行ニ付…流罪牢居」として「野村助作」が他の十二人とともに掲載されている。同時に捕われた十四人（実際は百四十人）の刑死・流罪・牢居に「夢の夢、あまりの事に涙も出でず」。「人に代へて我が命を」と祈ったというが、望東尼の命だけで他の百四十人もの命が買えはしない、というのが体制側の論理だろう。犠牲的精神は尊いが虚しい。やがて「思ひ流すべき」仏教の教えを思い出し、友人知人の心根を思いやって、あるがままに「朽ちはつる」のが本懐だと気付く。いざという時に着る死装束も用意し、家族にもそれとなく知らせようと思ううち、心知る守人に出会い、家人への伝言を頼みほっとする。向陵庵の早梅の蕾ももたらされた。

二十五日になりしかば、先、御神[23]に手向（け）奉りて、今、人や（囚）に入れられし武士《ものゝふ》たちの身の上の事どにも祈り奉るに、今年の六月初めつかたに、梅の移ろひがたなる枝を折りつるに、皆がら散りし夢を見たりつるより、数多の武士を初め末々我らまでも、かくいやましに痛き憂き目に遭へる事ども、みな御神の告げ知らせ給ひつる有難さ、畏さ、忘るゝ時なく思ひまつるに、いまだ覚め果てぬ夢の現つに、又ふゝめる枝を得たれば、

梅の花散りにし夢の正《まさ》しさをふゝめる枝に返してしがな[24]

つれ〳〵添ふる雨の夜《よ》、まひて霜の凍れるにつけつゝ、思ひやらるゝ人や（囚）の内、いかに波の音さへ枕に響きて明かし兼ぬらん。今は程近げながら、やがて省もおのれも、島かけて[25]など思ふにつけても、まだ思ひやる方のあるや勝らむ、命取られし人々の親同胞《はらから》、まひて妻や子の心根酷しなどは、大方の事にこそ言ひ慣ひたり。何とかいはん心知りの人たち今宵訪ひきて、「今日はた忌々しき事こそありつれ。加藤大人《うし》・建部ぬし・衣斐ぬし・斉藤ぬしは、おのれ〳〵が寺にして皆を腹切らせ給ひつ」と言ふ。

又もや夢の襲ひ来たりて、身を苦しむるなりけり。いよゝ辛き命長さを怨むるより外になきうちにも、類なく哀れに悲しきは、省夫婦にこそあれ。妻が父君、立（建）部ぬし[26]、はた叔父君は衣斐ぬし[27]なり。賀（加）藤大人[28]は叔母君の婿君[29]なれば、いかで身一つにかゝる数々の悲しびを受くらんと、心の程を想ひやるに、老の骨身も砕くばかりなども言《こと》足らず。省が聞くらんも如何にとのみ。いや長き夢の夢、世の人聞きも如何ならん。あら（ぬ）濡衣の憂き思ひだに世に似ぬを、いつ乾くともなくあらぬ罪に失はれ、無き名に流さるゝだに憂きものを、まこと長門の騒ぎ[30]も、加藤大人・月形ぬしゝて鎮められし[31]功《いさほ》は隠れ、憂き波にうち消たれしこそ。

葭《よし》とのみ思ひ入江もうら枯れて葦《あし》の葉さやぐ夜嵐の風[32]

誰《た》が露の玉もあしたには散りぬべし。しばしも耐えぬべき心地もせで、たゞかの岸にのみ、直《ひた》道に思ひ急がるゝぞはかなきを、心知らぬ人々の守りに、猶もさらぬ気色にてうちも笑ふめり。

紅葉《もみじば》も散らぬ先こそ惜しみつれ心残さでともに朽ちてん
しばしだに長らふべくも思ほえでおき明かしぬる露の白玉
常にも人はかゝるべきを、さらぬ心地に誰々も過ぐすこそはかなけれ。いまさら驚くべきにやは。

23 御神――ここでは天神／24 しがな――したいものだ／25 島かけて――島へと距離をへだてて／26 建部ぬし――貞省の妻たつの父は建部武彦／27 衣非ぬし――貞省の妻たつの叔父は衣斐茂記／28 賀（加）藤大人――元用人の加藤司書。妻は建部の妹／29 叔母君の婿君――註28から、たつの父方の叔母の婿は加藤司書となる／30 長門の騒ぎ――元治一年（一八六四）七月、禁門の変を起したことにより、長門は賊とされ、同年幕府による征討を受け、翌々年の慶応二年にも征討の対象とされた／31 大人～鎮められし――加藤司書は藩の重臣として長州の反幕的な動きをなだめる働きをし、月形洗蔵は勤王の立場から長州と同調していたのを、筑前藩政府から幕府への周旋のために利用され、結果第二次征長も幕府側の腰砕けに終った。望東尼は「騒ぎは～鎮められし」と見ている／32 葭とのみ～夜嵐の風――葭と葦とは同じ植物で、葦が「悪し」に音が通じるとして葭「良し」と言い換えたもの。一首には、「良し」と思っていた入江に夜には「悪《あ》し」がはびこっているという寓意をこめた

解説

去る六月下旬の夜に、梅の花の枝を折ったところ皆散ってしまった夢を見てから、数多の武士や我々さえ酷い目に遭うことになったが、あの夢はこれから起こる事を知らせる天神様のお告げだったと思えばまことに有難い。今度は蕾のままの向陵庵の梅を見た。正しい者が散るという梅の花の夢を、蕾の枝に返して、正しいことを実現したいものだ。

貞省も私も島のかなたに、という日も遠くない。心の通う人々が来て、加藤・衣斐・建部らの切腹を知らせる。貞省夫婦、とくにその妻たつは右三人が皆身内で、若いその身にどれほどの悲しみを受けているかと思えば、骨身も砕けんばかりだ。長門から五卿を受け取る際の騒ぎも加藤、月形の働きがあればこそ収まったのに。非情な政治の論理が辛い。

二十六日の夜《よ》に、司より神代ぬしなど呼び出でらるゝ由。今はかうよ、と待（つ）ほどに、いたく夜更けて松本ぬしと二人連ら来たりて、かの仰言の文取り出づ。二川に差し出づるを、かれが取りて読み出づるに、今宵かのかたに行くにや[33]と思ひの外、忝なくも公けの思召ありて、姫島に流し給ひ、人や（囚）に込めさせ給ふまでは、このまゝにてこゝの人や（囚）に、との仰事（言）なりけり。思はず生き返りし忝なさ、有難さは海よりも深く山よりも高きものから[34]、

潔く散りにし四方の花紅葉残る朽ち葉をいかゞ思はん

紅葉より先にと思ひしかひもなく残る朽ち葉ぞ面なかりける

など思ふこそ畏かりしか。生き留まりて、中々に物も得まゐらず[35]、薬もよくものせぬを、家人はさらなり、此うちの人々、薬師《くすし》などもいたく心遣ひして、ある夜方々より来つゝ、「やがて浮島の人や（囚）に籠らば、冬深き寒《さぶ》さに老の身の覚つかなければ、いかで魚、鳥、獣などを薬に物せでは覚つかなし」などぞ言ふ。物の命を貪《もさぼ》りて、一日だに長らふ（べ）きと思ふ心、露ばかりもあらねば、たゞうら清くして、惜しからぬ身の果てをこそ急ぐを、わりなく言葉を尽して嘆（か）ひつゝ勧むるに、さすが心弱りて、老（い）ては子にとか諺にも言へば、人々の思ふかたに任せ果てゝんとて、戒をもそらに破り顔にぞものしけるに、人々の心休めに詠みて遣はすとて、

世の仇に魚も臥す猪《ゐ》もなづらへて鳥も筑紫の杭瀬渡らん

浅ましさも大方ならずわりなし。神仏のみ心にはいたく違《たが》ひたりや。

天地《あめつち》のなすに任する世の中はわが身の仇もわが身なりけり

おのづから心一つの隠れ家はそこと知りつゝ住むに住まれず

留めおく心の駒に鞭当てゝあらぬ方にもやる憂き世かな　＊この一首ミセケチ

省が妻が事ども[36]想ひやらるゝ折にや、

繋がれし岸に離れて浮舟のかひもなぎさに舵も絶えつる　＊この一首ミセケチ
はや十月つごもりと人の言ふを聞きて、
夏の夜の夢こそ長くなりにけれ冬も一月暮るゝまで見ゆ　＊この一首ミセケチ

---

33 かのかたに行くにや――「かのかた」は彼岸、彼岸へ行くのか――死刑にされるのだろうか／34 ものから――ものながら／35 物も得まゐらず――食べ物もあまり食べられず／36 省が妻の事ども――孫貞省の妻たつのこと。たつは、夫のほか父建部武彦、叔父衣斐茂記、叔母婿の加藤司書そして夫の祖母望東尼と、身寄りの人がみな罪人とされてさぞ心痛だろうと思いやる

解説

神代が役所に呼ばれ仰せ文を受け取ってきた。今夜かの方つまりあの世へ行くのかと思いの外、姫島に流し牢に入れるとの由。「思はず生き返りし忝さ有難さ」と本音が出る。若い人の代りなどと考えたのも、結局は自分の死を自ら納得する為なのだ。「残る朽葉ぞ面なかりける」と、一方で思うのも真実であるが。家族や医師が、これから寒い孤島に住むのだから、魚鳥獣など滋養のある物を食べて力をつけなければとしきりに勧める。生き物の命を貪って一日でも長らえたくないが、説得に負けて仏教の戒も破り食した。心の駒がまた、とんでもない方向に駆けていく。

望東尼の罪状は、『黒田家譜』「綱領十三」十月廿六日の項によると次のようである。

野村助作曾祖母望東、奸曲之輩へ随身致し、旅人潜伏ヲモ致為《いたさ》せ、女之身之有間敷《これあるまじき》所行之有《これあり》、一道に仰せ付被可候得共《らるべくそうらえども》、姫島牢居（一部の漢文的表記を読み下し平仮名を送り、ふりがなを付けた）。

助作貞省は息子貞則の二男なので、助作からみれば望東尼は曾祖母ではなく祖母であるが、家督を相続する時、兄貞和の養子になっているので、実際は祖母でも法的には「助作曾祖母」ということになろう。「奸

曲之輩へ隋身致し」、勤王派の人々は守旧派にとっては「奸曲」であったろうが、「隋身」については、つき従ったのではなく仲間だった事は事実。「旅人ヲモ潜伏致させ」高杉晋作や対馬藩の流人を匿ったことも事実。しかし望東尼にとっては正義の人々を一時保護した事は、全く正義の行為なので罪の意識など無く「濡衣」に他ならない。「女之身に有之間敷所行《これあるまじきしょぎょう》」女がしてはならない行いとは、ひどいジェンダー差別の言葉である。では男ならよいのかと言いたくなるが、男でも体制側から見れば「有之間敷」筈である。「女之身」とは女のくせに、という無意味なしかし侮蔑的な説教である。「一道」に仰付けらるべきだが「姫島流罪牢居」、「一道」は菩提に至る一つの道の意で、極刑の婉曲表現である。全体として、女だから死一等を減ずると読める。責任能力の低い女性の犯罪は、男性よりやや軽く、という考えが江戸時代の刑法の思想にある。皮肉な事だが望東尼の命は救われる。

十一月十四日に姫島に送られる前の半月間には、渡島入牢の準備、家族との別れなどが記され、『夢かぞへ』につづき『ひめしまにき』の世界が展開する。

夢かぞへ（表紙）　　十一月

泥《なづ》みがちなる世（の）中も、月日には堰もなく、はや霜月にぞなりぬ。憂きながら経《ふ》るにだに、時の間の心地こそすれ。挿したりし梅の枝ふゝみのみなりしも、今朝ほゝゑみたれば、

　切られても花咲く瓶の梅の花さてこそ人もあらまほしけれ

　わが庵《いほ》のもとの梢の景色さへ想ひやらせて開く梅が枝

二日

　月立ちて一重開きし瓶の梅日を読むばかり今日はふたひら

三日

　昨日まで日を数へつる梅（の）花今日は三日とも言はぬ数かな

世の憂き目、思ひの外に逃れたる人もあめれば、

　冬籠り咲く梅とても心せよ春めく空もまことならねば

今宵は心知りあひたる守人にて思ひ限なく物語るに、過（ぎ）つる二十三日、二十五日[1]のいま〳〵しかりし人々、上の衣《きぬ》も取りて、肌衣《はだぎぬ》一重に縄打ちながら失ひたりとか。さらでも限りなく憂たきに、いと浅ましく悲しく、胸明く世なきに猶塞《ふた》がりていみじ。畏き御まへ[2]には、知ろしめさぬ御事とは懸けても著《しる》し。

　切られても香やは隠るゝ梅の花もとの心の曇りなければ

夜嵐の根さへ枯らしゝ梅桜花咲く春も待ちあへずして
時ならで先駆け散りし花のあとに名もうめの実の残る甲斐なさ

四日　瓶の梅の盛りに咲きたるを、

濡衣のかゝる人や（囚）もさりげなく開ける梅の心ともがな

五日は冬至にて、心ばかりの手向（な）どをしつゝ過ぐすも、いと本意《ほい》なし。空かき曇りていと寒く、山などには初雪降れりと人言ふを聞きて、

さぶさのみ老は知られて初雪の積れる山は伝《つて》にこそ聞け

この頃は、武士《ものゝふ》の限りを御まへに召しいでさせ給ひて、細やかなる仰言どもおはします由。何くれと思し扱はせ給ふらんこそ、いとも〳〵畏けれ。寒月影清く、思し直させ給ふらん時世《ときよ》もがな。

1　二十三日、二十五日――十月二十三日には、孫の貞省が玄海島に流されることに決定、月形以下十四人が処刑された。同二十五日には加藤司書以下建部・衣非・斎藤ら上層部の人達に切腹が命じられた／2　畏き御まへ――藩主黒田長溥《ながひろ》をさす

解説

十月末に向陵庵から持ってきてもらった梅の蕾が咲き始めた。一日ごとに花の数が増える。「切られても花咲く瓶の梅の花…」、姫島に流されてもそこで精一杯生きようという覚悟を込め、自身に言い聞かせる歌であろう。とはいうものの、三日の歌の最後「時ならで…名もうめの実の残る甲斐なさ」の下句は、「憂き目」を「うめの実」から連想したもの。望東尼の大好きな梅の花も嘆きの材料となる。

姫島に流刑ということが決定したからか気持がふっきれたらしく、日付をつけて書くというスタイルが戻ってきた。咲き初めた梅に寄せる思いは格別のようだ。貞省が流刑を言い渡された先月二十三日、そして上

層の四人が切腹を命じられた二十五日のことを心知る守人たちと語り合う。肌着一枚という屈辱的な姿で縄を打った由、まさか殿様はご存じないだろう。

この頃ではすべての武士を御前に召して細かな指示をなさるとか。このような政治の手法をきっぱりと思い直していただく時は来ないものか。

望東尼は心外な気持で藩主の政治を見ている。藩主はおそらく藩役人を信頼していないから、直接細かな指示までしているのだろう。「肌衣一重に縄打ちながら」捕縛するような藩役人のやりかたが気に入らないためか。善意に解釈すればこうなる。望東尼自身が混乱しているようだ。

六日　ある人より伝へ聞きたる、加藤大人が辞世とて、「君がため尽す真心けふよりぞ猶いやましに護りまつらん」。万代何がし（某）が「咲きもせで嵐に散るや山桜」、いみじうあはれにこそ悲しかりけれ。

　咲きもせで散るさへあるを桜木の枯木ながらに何残るらん

枕ごとにしたる梅が枝の大方咲き尽しぬれば、

　切られても咲きやすらはぬ[3]梅の花心清くも散らんと思ひて

思ふ事のついでに、

　夜嵐に咲かぬ桜の散りしより花無（き）松の花をこそ知れ

　埋れ木[4]は桜が中に交りても花し咲かねば散る時もなし

夜毎に狐の家近く鳴くを聞きて、

　国のため真心尽す狐ならば神と祝ひてわが額づかん

　誠にも神に仕ふる狐ならば人の真心君に告げてよ

かゝるはかな事のついでに、猶はかなけれど、

名にし負ふ鈴の稲荷のみ験《しるし》に正しき道を君に告げませ

十一日の夜半も寝られず、起き明かしたる暁に太鼓の音を聞きて、

村長《むらをさ》が暁さぶきに霜に起きて貢ぎを誘ふ鼓打つなり

はた馬子唄の聞ゆるも猶あはれにめでたくて、

貢ぎすと霜分けて引（く）馬唄を臥しながらにも聴く心なさ

十二日のあしたに、物乞ひ童《わらは》の声を聞きて、

物乞ひの乞ふ声悲し冬の雨にしく〳〵濡れて門に立（つ）かと

ある夜空寝《そらね》して聞きゐたるに、ある人々三人ばかりして、この程の事ども語り合へるを聞けば、もとの心[5]も知らで、目のあたりの事ども思ひ取れる気色にうち言ふぞめざましき[6]。

濡衣の乾く時世《ときよ》もあらじかしたゞ偽りに人は惑ひて

とは言へど、まこと言ひ当つるもあめり。愚かげなる人も、思ふまゝをたゞうち出づるこそよけれ。少し物知りげなるこそ、僻事《ひがごと》多かめれ。こは十一日の夜《よ》の事也。

---

3 咲きやすらはぬ――咲くのをためらわない／4 埋れ木――地中に久しく埋れていて半ば炭化した木。世間から見捨てられて顧みられぬ境遇をたとえていう／5 もとの心――本来の心、物事の本質／6 めざましき――「めざまし」は、心外だ、気に入らない

解説

歌の題材の豊富さは心が落着いている表れ、これが流される二日前の事だから驚く。咲き尽くして潔く散る梅は、望東尼がこうありたいと思う姿だ。「花無き松の花」「埋れ木」は望東尼の現実であろうか。狐の歌

の楽しさ。「ある夜空寝して聞きゐたるに…」は、人の話し声が聞こえるのだろうか、物事の表面のみを見ている、これでは濡衣の乾く日もいつのことか、それでも思うままを話すのは良いことだ。少しばかり物知り風な人のほうが、間違いが多いようである――『徒然草』的な評言。

十二日の夜に、いよゝ流されん時も近げにや聞きいでけん、いと忍びてたね子の君が、夜深く逢ひに来れるこそ、いみじう嬉しく悲*しかりけり《（マヽ）》（しか）。夜明けぬ間に帰らんとて、互《かたみ》に今宵の長からん事を言ひつゝ物するうち、鳥（鶏）の声の聞えければ　＊原文「かなかし」

鶏が音の憎さも知らで老（い）○にしをこの暁に君と侘ぶかな

返しとて、たね子の君が「宵々に待つ暁の鶏が音も今の憎さに勝るものなし」。天満《あまみつ》御神の古へ[7]をさへ畏く取出でて、互《かたみ》にうち泣かれつ。類《たぐ》へ言ふべき事かは。今宵孫《うまご》和も逢ひに来ん由言ひたれども、公け畏みて人の咎めつれば、わりなく来ざりしよし。いと悲しく恋しう思ひたれども、心弱くてはとて、言ひ遣はしける。

罪無くて見る島山の月なれば心も波に猶洗ひてん

流さるゝ我な思ひそ君が身を守りて国を猶守れかし

7　天満御神の古へ――天神社の祭神、菅原道真が太宰府に流された古事（を、自分の流刑になぞらえる）

解説

流される日が近いと知ったのか、貞則嫁のたね子が夜中に忍んで会いに来た。歌を取り交わす。昔、菅原道真公が太宰府に流された例になぞらえて涙する。孫の和は人に止められて来なかったので歌を言伝てする。

十三日　いよゝ明日は姫島に流されん由定まりたれば、その用意《やうい》どもすとて、神代《こうじろ》・井手・四宮・二川など親しき限りの大人《うし》たち集*ひて、その用意ども心至らぬ隈なく物せらるゝこそ、いみじう嬉しくはた悲しかりしか。素行[8]ぬしが、「さる事はあらじと言ひし世の人の噂頼みし身のあぢきなさ」など、書いつけて見せられければ、

　憂き事の遠ざかるかと思ふ間に後ろにのみも迫りきにけり　*原文「つひて」

先の日、和に遣はしゝ歌の返しとておこしけるを見れば、「曇り無（き）身に覆はるゝ憂き雲はいかに立つとも晴れずやはある」又「一たびは寄せ来る波も返る也満つれば欠くる慣ひある世は」など見るぞいと悲しく、このまゝこゝにて消えも果てなば、愛《かな》しき人々の手をも取りてなど、つたなき心の浮かびくるこそわりなけれ。又返しとて、　*（十三日夜）

　寄せ返る波に類へて身を知れば騒ぐ心もつひに和ぐなり

など書き交して、逢はでや別ると思ひたりつるに、かなたにも得忍びあへずして、夜深く忍び来たれる志のわりなさ、嬉しともうれしく又憂たさも限りなく、言はまほしき事も出であはで、これや終《つひ》の別れともならんと思へば胸塞《ふた》がるを、心弱さを見せじと、とかく紛らはしつゝ物語るに、長き夜も短く、暁にもなりいづる鐘の声にうち隔てられて、今はとて帰るに、たゞつれなし作りて別れしは夢とも覚えず、書いつくるもうるさし。明けて、詠みたりし歌ども書いつけて遣はすとて、　*（十四日）

　尼が袖雨の音にもしほたれぬ辛きうきめを明日は被《かづ》くと
　あかつきの鐘の諫めを限りにて別れがてなる別れせしかな
　逢はずして別るとさへに思ひしをまたも見まくのほしき君かな

今日だにたね子も和も来たらば、悲しき中の喜びならんを、術なき世の慣ひ今更にこそ。
　濡衣をかづき〳〵て流れゆく尼が袖干す時世《ときよ》こそ待て
　花紅葉さきに散らして流れ木の止まらんかひもなぎさなりけり
芭蕉《はせを》の短冊《たにさく》に書いつくとて、
　木枯（し）に軒の芭蕉も枯れ果てゝ昨日にも似ぬ今日の悲しさ
　芭蕉葉の広き心も夜嵐にやつれ〳〵て破れもぞする
かれこれ深く物する人々に別るとて、
　君が情け重ね〳〵の旅衣猶いくへにかならんとすらん
　皆人の深き情けを重荷して返す世もなく出づる旅かな

8　素行ぬし――四宮素行。望東尼の縁者で若い歌友

解説
　親戚の四人の男性が、あす姫島へ向かう用意をしてくれる。先日、和と歌い交わした何首かを思い出しているると悲しみがこみ上げてくる。会わずに別れるのかと思っていたら、むこうでも辛抱ができずにこの夜深く忍んでやって来た。志が嬉しく悲しく言葉にならない。話しているうちに暁の鐘の音がして、見かけはさりげない様に別れた。朝になり追いかけて、切ない思いの歌を贈る。
　ちょうどこの日に野村家では、三歳になったとき子の帯の祝いをした模様で、望東尼からたね子に宛てた手紙に「とき子の帯の祝ひにぎ〳〵しく、皆寄りて開き侍りしとなむ。御陰にてこゝの不都合もふたぎて、猶更嬉しくなむ。たわらはの長き齢の帯を祝ふしるしを見れば生かまくも欲し」とある。

いつの日にか会える、との願いを託して曾孫の成長を祝ったのだ。ところで筆者の素朴な疑問を一つ、姫島へ向かう用意になぜ男性ばかりなのか、同性ならでは気づかぬ物や事があったのではと思う。望東尼も「今日だに、たね子も和も来たらば…術なき世の慣ひ」と書いている。

暮れ果てゝ乗物など持て来たれば、ためらふべくもあらず出で行く事ども、うるさければ洩らしつ。

＊（十四日夜）

　終《つひ》に行く道はさりとも老らくの生きの別れは無き世ともがな

月いと明《あか》くきら〱として、あはれに凄（し）げなるを、乗物の簾より見出だして、

　乗物の簾洩りくる月影も身を入（射）るばかり冴ゆる夜半かな　＊この一首ミセケチ

　弓張りの月ならねども乗物に乗る人がらを射るばかりして

生《いき》の松（原）[9]を行く間《あひだ》に、

　わがために辛くこそあれ長らへて憂き世の旅に生の松原　＊この一首ミセケチ

　甲斐もなく世に長らへて流れ行くわがためにつくいきの松原

長垂《ながとり》の波のいとけざやかに打つ音に覚めて、

　担はれて行くも夢路の居眠《ねぶ》りを驚かしつる荒磯の波

長き道の事どもはさらに得書ひ留めず。岐志の浦[10]に着きたれば、長《（おさ）》が家にしばし憩ひたるに、守人も疲れて寝たるあひだに、山本[11]をして主《あるじ》が歌を請ひければ、　＊（十五日）

　漕ぎ出づる岐志の浦波立（ち）帰りまたこの家に宿る世もがな

井手ぬしに遣はすとて、

世に要らぬ流れ浮木の寄る辺まで君が情けのかゝる嬉しさ

9　生《いき》の松原――現福岡市西区の北方、海岸沿いの辺りの地名／10　岐志の浦――福岡県糸島半島の西方にある志摩町の南方の港。姫島へむかう船が出る／11　山本――縁者の山本久次郎

解説

歌を詠むという営為は、心が人格の中心にあり、それを客観視するもうひとつの我がなくては成り立たない。流刑地に向かうという異常な状態の中でも、八首もの歌を作れるその落着きに敬服の外はない。実は望東尼はこの日にも、たね子よりの手紙に返事を書いている。

　あひ見ても猶なつかしき言の葉に先おく物は涙なりけり

たね子の文に、とき子の「帯の御祝ひ」を催したとあるのを聞き慶んで、先に引用した「たわらはの……」の歌を贈った。

島へ渡るのに山本が付き添ってくれて嬉しかった。多くの人に見送られ心強く、たね子の実家の神代ぬしのお心遣いを喜んでいると伝えてほしい。何より昨夜、貞和に逢えたのがこの上なく嬉しい。

　何事を先づいはましと口閉じてありつるひまの今惜しきかな

　書き流す水茎さへもかぎりなし海にうかれてゆかん憂き身は

の二首を記す。切迫した心の動きがそのまま歌になっている。

十五日も、船出する岐志から二首の歌を含む短い文を家に送った。

　思ひこす人の心を思ひやりて袖こそ濡らせ岐志の浦波

　漕ぎ出づる岐志の浦波立帰りまたこの家に宿る世もがな（本文に同じ）（口絵参照）

送り来し人々、道にて別れしもあり、こゝに慕ひこしもあれば、けふ一日はこゝにもと思へど、海のどかに凪ぎたるも心なしと言はまほしげなり。さればいざとて、磯辺に出づるを送り来て、今を限りと別るゝに、はかなき従者《ずさ》どもさへしほたれて、[12]ほろ〳〵とうきなみだち別るゝに、かへり見る目もはしたなく、わざとつれなうもてなしたれば、いかゞ思ひつらん。

さて漕ぎ出づるまゝ後ろを見るに、舟子《かこ》どもが櫓を取りて立隠したる隙《ひま》に遠く出でたるが、磯辺に立（ち）○たる人々、腰などかゞめて見送るぞいみじかりつ。

　陸《くが》よりも出で来し舟の人影を誰か彼かと辿るなるらん

海の中（半）ばに出づる程、波荒らかにうねりて、心地さへぞ患はしく、見送りし人影も立隔たれば、うつ伏してぞ行く。

やをら舟はてゝあがるを、海少女《あまをとめ》、大人《をとな》など立集ひてぞ見る。かくて長《をさ》が家にゆくあひだに、

　荒海の憂き瀬一つは越えつれど猶恨めしき住まゐこそせめ

こゝにしばし憩ひて、司の許に行きたるに、手付やうの者立ち集ひたり。さて白州に蹲《うずくま》れば、司出で来て仰言ども読み聞かするぞ、むげに浅ましく、司にも、もと親しき人なれば、目映ゆげにほゝゑみたるぞ、あはれにもまたをかしかりき。

人や（囚）にとて、手付どもぞ誘《いざな》ひ行く。山本が手を取りて具したるもあはれに悲しく、さてそこに行（き）○見るに、家にて聞きしとは変り、畳もなく板敷にていと厳めしき人や（囚）なりけり。こは江上ぬし[13]が入（り）○にし故郷と見るぞ、ことにいみじうあぢきなし。いかなる縁《ゑにし》にてかくはと、思ふさへぞはかなき。

蜘蛛の巣がきていとうるさければ、山本に掃除どもせさせて入りたるに、持て来し物ども司の検《あらたむ》る間久し。や

をら衣櫃《ころもびつ》やうの物、衾《ふすま》など持て来たれば、戸をはたと閉めて封などつけたるこそ、心細う覚ゆれ。山本も、「今宵だに宿りてん」と言へど、海の荒れんも計られねば、守人たち急ぐに術なく、やがて去《い》ぬとて手をつきてほろ〳〵と零《こぼ》るれば、たえ〳〵し涙留めあへず洩らしつるこそはしたなかりけれ。留むべきよしならねば、帰りゆく後ろ影もうら懐かしう憂たし。

浦人ども誰彼と来て、さるべき事どもあはれに言ひつゝ帰る。その暇に日も暮れ果てゝ、いとゞもの凄く悲し。

　初《うゐ》に寝《ぬ》る人や（囚）の内に灯火もなみの音[14]いかで聞き明かさまし　*（十五日夜）

　夕されば故郷人《ふるさとびと》もいまやかくわが侘ぶらんと思ひこすらん

戸を立て込めたれば、文目《あやめ》[15]も分かざりつるに、板間より十五夜の月影さし入（り）たれば、

　ぬばたまの暗き人や（囚）に糸のごと心細くもさせる望月

　岩波に声うち添へてかまびすく聞ゆる里の牛の声憂し

昼に替りて海の音高し。

　初《うゐ》に寝《ぬ》る人や（囚）の枕うちつけて荒れにも荒るゝ波の音かな

　故郷の人に別ると憎かりし鳥（鶏）の声待つ初《うゐ》旅寝哉

こゝの事ども取り賄へる人、煙草の火を忍びておこしたればいと嬉しく、その光して心当てに*ものども書いつくる間《あひだ》に、はた異《こと》人のいと〳〵忍びて蝋燭をおこしたりしが、いみじく嬉しく拝みもしつべし。*原文「もとも」

　暗き夜の人や（囚）に得たる灯火はまこと仏の光なりけり

外《と》に洩れぬやうに、かなたこなたに衣《きぬ》ども掛けたれど、顕れんことのそら恐ろしければ、消ちがちにぞしたる。

嵐いと吹きすさぶこそうたてかりけれ。

　波の声松にあはせて空吹けば心の海の底ぞ騒げる

　有明の月影窓に白《しら》くるは今は明くるに違《たが》はざるらん

　月と日の影にも疎き人や（囚）には雪も蛍も集めがてなる
　ほのぐ〵と見ゆる唐津の吉井岳[16]よしとこそ見れ明くる待つ身は
とこそあかつき方は思ひたりしか。＊（十六〜十七日）
　浜荻の穂末に見ゆる吉井岳海を隔つる向ひどちかな
鏡山[17]真秀《まほ》[18]に向ひたれば、
　つくぐ〵と向ふも恥《やさ》し鏡山あらぬ姿[19]にやつれはてきて
　姫島に向ひあひたる鏡山ふさはしげなる名にこそありけれ
吉井岳といふは、浮嶽[20]なりと人の言ひたれば、
　姫島に身もうき嶽と向ひ合ひてよしひもあしの裏とこそ見れ
この頃の事どもすべて日も覚えず。いと濫《みだ》りがはしきを、遣る方なさのすさび事どもになむ。

---

12 しほたれて――潮が垂れるように涙にくれて／13 江上ぬし――江上栄之進。文久元年（一八六一）辛酉の獄で捕われた江上のためにこの囚が建てられた。江上は向陵の庵に出入りするなど個人的にも望東尼と親しかったが、望東尼と同じ日に再び捕われ、十月二十五日に処刑された／14 なみのと――「灯火もなみのと」と続き、灯火も無みと波の音をかけている／15 文目――物の姿形／16 吉井岳――現在の地図に吉井の地名はあるが、そこに山は無い。すぐあとに「吉井岳といふは浮嶽」とあるのでそれを指すのであろう。浮嶽は海より遠く、「吉井もあしの浦とこそ見れ」というのはあり得ないが、姫島から見れば海上に浮かんで見えるので、望東尼が浦と認識していたのではなかろうか／17 鏡山――福岡県唐津市のうちにあり、標高二八四メートル。領巾振山《ひれふるやま》の別名（現在はひれふりやまという）がある。姫島からは真南に浮嶽と並んで見える。註22参照／18 真秀《まほ》に――正面に／19 あらぬ姿――とんでもない姿、尼になってみすぼらしい姿／20 浮嶽――浮嶽は福岡県と佐賀県の境にある山で標高八〇五メートル。「吉井岳は浮嶽」と人が言ったとあるので、これが吉井岳なのかも知れない。姫島南方に鏡山と並んで見える

解説

十四日から十七日までの悲しく忙しく濃い時間。激変する生活を書き留め、歌を作り手紙を書く。書かずにはいられない作家魂が迸《ほとばし》る。「老いてからの生き別れは無い世にしたいものだ」の歌に始まり、辛くしかし新しい環境に身を置く中で次々に歌が生まれる。月の歌一つでもいつもとは違う鋭さ、凄さがある。悲しく切ない磯辺の別れも束の間、波のうねりに船酔いを催す。現在の定期船では岐志から姫島まで十六分、手漕ぎだとどれほどかかるのだろうか。

白州の役人は知人で互いに照れ笑い。荒れて汚れた牢は予想よりもひどい。かつて同志の江上栄之進を収容するために建てたものだと聞く。十五夜の月が糸のように細く差すほかは真っ暗な囚《ひとや》に、浦人によって煙草の火が差し入れられた。「いと嬉しく」その幽かな火で書き物をしようとしたら、また別人が蝋燭を持って來てくれた。ところで、当時煙草の健康への悪影響は知られていなかったことも考慮すると、早速女性の囚人に煙草の火を与えようと考えた浦人の心情は、囚人が男女に拘わらず煙草を吸うだろうと思ったものらしく、近代以降の喫煙の習慣が男性に偏っていたのに比して、一般の人々にまったく喫煙に関するジェンダー差が無い事が判る。

十七日付たね子・和宛ての手紙に「かねての不快にて夜分大に難渋いたし申候」、やはり気分の悪い時の無理な移動だったのだ。「肴代入用多く候て、はや壱両は無なり申候」、小さな子供が毎日群れて来て物欲しそうなので、紙など十枚五枚ずつやって半紙が少なくなった。「何卒近々に御送り可被下候様《くださるべくそうろうよう》」と頼む。親切に世話してくれる家が四五軒もあるのでそこの子供にお守り袋でもやりたいので拵えてほしい。菓子などもやってしまったので安いものを送ってほしい。「蝋燭、切れ物」は没収され、床は破れ畳に莫蓙を敷いた。厚い薄べりでもお世話下さい。賄いも悪く食べる物も少ないので「精進にはいとよろし」いが、◎をやらねば体には「あまり〲」だという。もう暗くなったが灯りも無く書けない。

急がずば猶書かましを明日といふ便りうれしみ書けど甲斐なし

急がなかったらもっと書きたいのに、明日故郷への便があるのが嬉しさに書こうとしても、こう真っ暗では仕方がない。

日記には日付がないが、手紙に添えられた「日記」には、十六日夕方「見苦しからぬ若人」が来た。かつて弟桑野喜右衛門が姫島の役人だった時、仕えていた者の兄宇吉（文脈が乱れて判りにくい）といい、この人に「昨夜は暗くて眠れなかった」と訴えたところ蝋燭を六本持ってきて、内緒ですがという。その後「勘蔵とてぃと正義の者」が来て、外へ光が洩れぬようあちこち塞いでくれた。——この部分は日記では、「こゝの事ども取り賄へる人」「こと人」と人名を隠して書いている。この勘蔵には歌を贈る。

まことある人に相見て姫島の憂き涙さへ乾きつるかな

日中は次々に人が来るので、こんなに来ては何もできない。たっぷりある時間を利用して作歌や書き物をするつもりなのに。

筆者も姫島の海岸から遠くを眺めたが、鏡山や吉井（浮）嶽は晴れた日にかすかに見える程度。山の名を人に尋ね、懐かしい気持で歌に詠んだのだろう。

十八日　昼間に忍びたる文ども書くに、人のみ訪ひ来て、やをら夕さり方に書い果てつ。今日は人丸明神に歌奉る日なれば、夜もすがら暗闇に書いつけゝるに、明けて見ればあやなく何事にかと思ふこそ、憂き中にもをかしくほゝえみつ。

家に寝て遠く聞くだに憂かりにし冬の荒波枕にぞうつ

様々に見つゝ過（ぎ）来し夢の世の末しら波の浮寝こそ泣け

冴ゆる夜は猶や思はん語るらん故郷人の我やいかにと
島山の松の葉落つる音だにも心にかゝる波の寄る〳〵
暗闇に騒ぐ鼠と波の音を幾夜かゝくて聞き明かすらん
島ごとにさも見えぬるをおのれのみ名乗りて海に浮嶽の山
姫島の岸打つ波の音きけばこゝも鳴音《なると》の海はありけり
厭ひにし隙間の風も幾筋か身を射るばかり入る人や（囚）かな

十九日　空晴れて小春だちたるに、
惜しからぬ老が命を延べよとか春めかしくも照らす冬の日
など思ひのどめたるに、昼間ばかりより掻き昏《くら》して、波のかしら見えつるに、音はさらなり。
今宵はた夢うち破る波の音にうつゝの夢も覚ましてしがな
今日はこゝに流されて小家に住める人どち、幾人《たり》も来たりて、おのれ〳〵が身を侘びたるこそいみじかりつれ。
人や（囚）だに逃れ出でなばをかしとも見つゝ過さん島の月影
夕さりより、あまた釣舟を漕ぎ出づる、その危うさ限りなし。
流されし身こそ安けれ冬の夜の嵐に出づる海人《あま》の釣舟
喜平次といふ者が、新に舟を造りたる歌をとて、請ひければ、
わだつみの波も静かに舟浮けて幾千万《ちよろづ》の魚か得るらん
夜更けて荒れまさる波風に、目も合はず侘しきに、霰《あられ》さへ荒々しうなん降り来たる。
すさまじき波風さへも荒垣に打ちつけて降る小夜霰《さよあられ》かな
夕暮れに漕ぎ出でし舟をさへ思ひやられて、
この夕べ出でにし海人の釣舟はいかにかすらん波の嵐に

宵にも言ひし事ながら、はた、

嵐吹（く）夜半の釣舟思ひやれば人や（囚）に籠るわれはものかは

忍びたる使を故郷に遣はすとて、その人に、

ふるさとの便りもなみの音づれを海より深き情けにぞ聞く

解説

人丸明神への献歌、いつもと違い中身の濃さ、感性の冴えに驚かされる。

鼠の歌、これからもずっと鼠に悩まされる日々が続く。すきま風、これも今後望東尼が格闘する相手である。十九日にかけても秀歌、名歌の連続である。「流されし身こそ安けれ冬の夜の嵐に出づる海人の釣舟」「嵐吹く夜半の釣舟思ひやれば囚に籠るわれはものかは」、牢にはいるが安全な場所にいる自分と厳しい漁師の生業を比較する思いの深さ、漁師の仕事への同情があふれ、これまでの望東尼の立場では作れない作品だろう。新しい舟を作った喜平次に祝いの歌を送り、故郷へ使いしてくれる人にも一首。同じ姫島の流人でも牢には入れられず、小家に住む人々もいた。囚から出たならば、この島の月影もずっと趣き深く見られようものを。

廿日は、いよゝ風荒らかに吹けば、窓さへ鎖《さ》し籠りたるに、隙《ひま》洩る風得耐え難くて、衣などして塞《ふた》ぎたれば、

窓の戸の隙間に掛けし古ごろも真秀《まほ》に吹き入るゝ沖の潮風

ひめもすかき曇りて荒したるに、夕暮れ方、近き家の女どもが訪ひきて外《と》にゐたるが、鯨の潮を吹きて行くをあまた舟の追ひ*行くと知らせたるに、やをら窓を開けて見れども、そこに立ち塞《ふた》がりたる心なさよ、「そなた

に」など言ふあひに島陰になりぬぞ口惜しき。小川といふ所の鯨（は）なるよし。＊原文「おひく」

　追はれゆく鯨も辛《から》き潮吹きて人に追はるゝ世にこそありけれ

　小川にも鯨住む（と）こそ楽しけれ人もいづくに誰か住むらん

雨の降り出づるまゝに、風凪ぎたれば、

　波風の荒きにかはり降ればこそ寂しき雨も嬉しかるらめ

廿一日　今日も荒し暮したるに、夜は凪ぎ間にてのどけきにいさゝか灯火を得て、経どもくりかへし、熟睡《うまい》したるに少し生きたる心地ぞする。

二十二日　海面《うみづら》のどかに小舟《をぶね》どもの行かふぞ、あはれにをかしき。

　凪ぎぬとて沖漕ぐ海人の釣舟もわれも命の小春なりけり

家にやりつる人今日も帰らねば、いと待（ち）わびて、

　故郷に行（き）し使の帰らねばおぼつかなみの今日も騒げる

この頃は忍びし灯火も殊更慎ましくなりたれば、露の光よりもはかなく箱の内にものして、衣にて包みなどしたれば、あるかなきかにて甲斐なげながら、無きにはまさる闇の灯火なりけり。

夜いたくふけて、おどろ〳〵しき大声にて訪るゝありけり。さらにかき消ちて静まりたれば、酔《ゑ》ひたる気配にて、「いかにしてか、いかばかり侘しくや」などぞ言ふ。されば「誰《た》ぞ」と言へば、「村長《むらをさ》なり。今日まで訪ひ得ざりつる」畏まりども言ふ気配なれど、舌も回らずて聞きも分かたず。猶繰り返し〳〵言ふを、とかく答《いら》へしつゝありつるほど、提灯消えたり。誰よ彼よと辺りの人の名ども言ひて呼べど、答《こと》ふる者なかりつるに、隣のみきといふ女ぞ、やをら来たりて灯火など見せつゝ連れ行くほど、小嶋ぬしが息子なん来る気配す。これも酔《ゑ》ひたると見えて、「かゝる渚に世を渡る海人の身なれば、宿も定めず[21]」と、繰り返し歌ひつゝ、長ど（も）を伴ひてぞ行く。あたら訪《とぶ》らひにいよゝ寝られず。

いと深く包めど洩るゝともしびの光や洩りて人の来つらむ

など、そら恐ろしうこそ。

今宵は昨日《きぞ》に替り嵐も波も静まりぬれば、すべてはのどかげなりけり。

波風もやゝ静まりて海さへも枕辺避けて寝《ぬ》る心地哉

俄に風起りて、海の音おどろ〳〵しうなりぬれば、明くるをのみぞ待たるゝ。

板間のみ白けながらに有明のおぼろ月夜の長くもある哉

21「かかる渚に～宿も定めず」――古くは『和漢朗詠集』(一〇一八年ごろ成立)に「白波の寄する汀に世をすぐす海士の子なれば宿も定めず」とある。『源氏物語』「夕顔」巻に夕顔が身分を卑下して「海士の子なれば」という言葉があり、十三世紀中頃成立の『撰集抄』には、第十一「行平絵島ノ海人歌ノ事」として同じ話がある。また『奥の細道』の「市振」の項に、遊女の物言いとして「白波の寄する汀《みぎは》に身をはぶらかし、海士の世を…」と、引用されている。この一節は多くの人々の常識になっていたようである

解説

初めての嵐の日。「窓さへ鎖して」とはどういう事か、現在姫島に建てられている「御堂」からは見当がつかないが、おそらく格子が二重構造になっていて内側をすべらせれば閉められるのだろう。それでも風が吹き込むので、自筆の絵に見るように古衣などを掛けて防いだのだと思われる。その歌も情景と自分の行動を描写することによって、風の冷たさ辛さを実感させる秀作。小川に鯨が住むというユーモア。夜更けに酔っ払った村長がやって来てくだを巻く。もう一人来たのが知人の小嶋の息子。「かゝる渚に世を渡る…」の謡は多くの人が知っていて、酔漢が口ずさむほどのものであったらしい。早くも沢山の島人と知り合いになり交流している望東尼である。

二十三日　いと嵐まさりて、島々の岸に打つ波、雪の崩れかゝれるやうなり。風に吹きやらるゝ雲は、皆領巾振《ひれふる》[22]山にぞ集まる。

　　雲はみな領布振山に降りさけて唐津に積る波の白雪

とらといふ女が、早梅の枝を持て来たるこそをかしけれ。されば遣はすとて、

　　たをやめが心の香さへ折り添へて人や（囚）に匂ふ冬の梅が香

徒然なるうちに、

　　浮嶽や吉井の浦を夢にだにかくて見んとは思ひかけきや

来し[23]月の今日こそは、限りなく忌々しき悲しびの出で来たりつるより、忘らるゝ間もなきものから、猶その折の心地して、ことさらかくなり果てたる人や（囚）の内にて独り思ひやるに、耐へ〳〵し涙の限りなく落ち来れば、心を取り替へつべうもなく〳〵、かの早梅を手向けつゝ弔ふほど、喜平次てふ者が来りしかば、今日は江上ぬしをはじめ、数多の人の初命日なればとて、茶などに物を調ふる代《（しろ）》など（と）して遣はしたれば、かの者も、江上ぬしがこの人や（囚）住みの時も、同じう賄ひしたりにし縁《ゆかり》あれば、いみじう悲しげにして、代は返したれど強ひて遣はしゝかば、江上ぬしに親しかりし人々を呼びて茶など物せんとて、押し戴きて去《い》ぬる。

さて人々の霊にうち向ひて、

　　咲かぬ間に梅は砕けてかひなくも流れ浮木は島に寄り来ぬ

江上ぬしが、此人や（囚）の前に、種を蒔きたりけん桃の木の、軒よりも高く伸び立ちてあるさへいみじくて、

　　春を待つ気色悲しな桃の木の種を蒔きにし人も亡き世に

夜《よ》も寝られず千々に思ひ集められて、孫《うまご》省も波音こそ聞き暮すらめ、いかゞしぬらんなど常に思へど、また今

更めきて懐かしく恋しくて、

　姫島の波の訪れ聞くまゝに月の浦曲《うらは》[24]の人や（囚）をぞ思ふ

二十四日　今日もいと曇りて波風荒し。折々みぞれ降りきて、侘しさも優り顔なりけり。夜も同じうしぐれて物寂しきを、訪ひ来る人も無ければ、暗がりにつく〴〵としたる折しも、故（郷）の使、帰りたりとて訪るゝ。いと嬉しうも悲しく、取り（る）手も遅しと取りたれど、灯火なくて甲斐なし。種々《くさぐさ》の物どもおこしたるを、取り入るゝさへたづ〴〵しく、仄かにかしこの事ども言ふに少し心慰められて、しばしかの者と何くれの物語てぞ、《（ママ＊）》去にたりし後に、細き灯しゝて、忍びやかに返り事を見るとて、　＊欠字あるか

　藻塩草かきやる伝《つて》も書きて来し文にもかゝるなみの白玉[25]

折しも霰の荒々しう降り来たれば、

　小夜あられふるさと人も夜もすがら此方や思ふ思ひこそやれ

命ありて、かゝる書き交し言も昔語りにうち向ひて、など思ふに、恋しさ懐かしさも、殊更に遣る方なければ、つと起きて坐を組みたれど、

　もとよりも色も香もなき身ながらもさすが石にも木にもなられず

灯火も消ちたれば、書いつくるにも心あてなりけり。

　暗闇に執る筆墨はあやなきを心の灯し掲げてぞ書く

二十五日も同じう荒して、霰、霙《みぞれ》などうち降り、人目も絶え〴〵に寂しけれど、例の神祭る日とて、経どもいさゝか書いつくるあひだに、埋み火のさらに消えたれば、人を呼べどほど遠く、嵐に紛れて甲斐なき声は聞えもゆかず。いと侘しかりつるに、ゆくりなくみき女が来りたるこそ、いみじ（う）嬉しく、やがて火を取り来たる、猶嬉しけれ。身も凍るばかりなりしに、先《（まず）》袖を温めて、何くれとかの女と語りあふさへはかなし。

　家にてはありとも無げの埋み火も老の命とあたりつるかな

唐津のかたを見て、
　山隠す雲より雪の降るばかり岩根にかゝる遠《をち》の白波
　折り返しまた立ちのぼる浦波は嵐に海のむせぶなりけり
　山に立ち里に住みつゝ浮雲の波のうきめにかゝる頃かな
　同じくは心の垢を波に洗ひまことおのれを知るよしもがな
梅を手向けたれば、
　畏くも離れ小島の梅見れば神も渡りていますかと思ふ
　波の花見るばかりなる人や（囚）かと思ひの外に梅もこそ咲け
夕さりがたより海も和らびたれば、
　海原も荒らし疲れてわれさへも寝ぬ夜の積り寝まくほしきを
行ひの終夜とて起きゐたれば、梅わらは[26]が提灯を点しきて、終夜《つひや》のために外面《そとも》より灯りを見するこそ、らうたく嬉しけれ。「寒＊くやあらん、はや去《い》ね」と言へど、蝋の限りを点しつゝ帰りたれば、いと索々《さうざう》しく[27]、このほど寝ざりつる疲れにや、ふら〳〵とすれば、まだ時早げながら臥したりしこそ、おのがじゝ神もいか（が○）思すらん。＊原文「さくや」

---

22 領巾振《ひれふる》山——鏡山の別名。『万葉集』に、土地の豪族の娘松浦佐用《まつらさよ》姫が、新羅《しらぎ》に出征する大伴《おおともの》狭手《さで》彦との別れを惜しみ鏡山の頂から領巾を振ったという伝説がある。註17参照／23 来し月——今月／24 月の浦曲《うらは》——月の浦は福岡北部沿岸の美称。浦曲《うらわ》は海辺の曲って入り込んだ所。孫の貞省が玄界島に流されると聞いていたので、そこにある囚にいるであろう貞省を偲んだ歌。しかし貞省はまだ枡木屋の獄に繋がれていて、玄界島に送られてはいなかった／25 なみの白玉——なみは涙と音が通じ、「なみの白玉」は涙の玉の暗喩。初句が「藻塩草」（塩を製造するための藻草）なので、「波」へと意味が続く／26 梅わらは——望東尼が気に入っていたふじという女性の年の離れた妹。年歯がいかないので、童《わらは》と呼んでいる／27 索々《さうざう》し——ものたらず寂しい

解説

嵐はなお止まず、空や海の風景を細かに観察し歌を詠む。とらという少女が早咲きの梅の枝を呉れた。何かにつけて縁の深い梅の花である。

去年の今日は多くの同志たちが捕われ犠牲になった日と思えば涙を留め難い。この牢に住んでいた江上栄之進の世話係の喜平次が来たので、茶代を遣わして追弔を頼む。江上が蒔いたという桃の木が大きくなった。それにしても孫の貞省はどうしているかしら。貞省は「月の浦曲の囚」にはまだ入っていないことを望東尼は知らない。

せっかく故郷の使いが帰って來たが、真っ暗で残念。細い灯を点して見れば、歌や手紙に恋しさ懐かしさが募る。こんな事も昔語りになればいいのに。「暗闇にとる筆墨はあやなきを心の灯掲げてぞ書く」、絶唱である。

天神祭なのに火種が無くなり嵐で人も絶え、呼んでも声が届かない。侘びしく思っていると、みき女が来て火を取ってきて呉れ、早速袖を温め語り合う。人の情け、火の暖かさが身にしみる。梅わらは（うめは後に記すふじの年の離れた妹）が来て、修行の終夜の座禅をする間中、外から灯りを照らしてくれた。

二十六日　静かに明け渡りたれば、窓を少し開けたるかたより、日影の射しわたしたるかた見えて、海山の景色もさすがにをかし。昼間過ぐる頃より曇りきて、領布振山《ひれふる》の高嶺に積りたる雪に、暗げなる雲の際やかに、あなたの空かき昏《くら》したるもまた珍し。風冷たければ、おろし込めて、日頃の日記《にき》ども取り出でて見るに、忌々しき事のみぞ多かる。

海少女《あまをとめ》どもがあまた集ひくる気配すれば、猶籠りて音もせずありつるを「いかゞや、手水《てうず》にや」などひそ〳〵

言ふもをかしげにほゝゑみながら、猶開けざればあまりに寄せぬかよし」と、賄ふ所よりしかば(ママ*)、かくぞもてなしつる。異方《ことかた》に去《い》ぬる。辛げながら、「もの言ひ拙ければあまりに寄せ

＊ここは例えば、「賄ふ所より」のあとに「あり」などを補い読むか。

法師の流されたるが忍びやかに来て、何くれと身の上につけて、わが事どもあはれびて言ふにも、我にもあらぬ心地ぞする。

高屋市（次〇）が子五助といふ者が来て、「いかに侘ぶらん」など細やかに言ふ。こは、（小〇）嶋ぬしが家に仕へし者なる由。こはこゝの下役人の子にて親市次、同じ役には、柴住・中原など三人《みたり》の由なれば、些かの物を取らするに、「さる事よろしからじ」など言ひて否みたれど、「知る人やはある、志ばかり」とて遣はしつ。

今朝起き出でたりし時、領布振山の高嶺、いとう白かりけるを、

松浦《まつら》潟ひれふる山の高嶺より先《まず》白妙の雪も降りけり

夕づく日の海に輝きて波の荒るゝ景色見ゆばかり、歌にも詠まゝほしきを、所を得がたくて言ひ連ねず。たゞこと氷の砕けて流るゝばかりに光りたるさま、書き留め難き波のあはれになむ。さと風の音高うなるかと思ひもあへずかき昏して、波頭高うなりぬ。かくて暮れたるぞもの憂き。

寄る波の岩に砕くる音聞けば咽《むせ》ばぬものもなきよなりけり

世のためと思ひしことも我からの心尽しを波に朽たして

例の鼠にさへ騒がれて、いとうたてかりければ、食《たう》べ物などよなく〳〵分かち与ふるに、はた今宵も枕に来《く》れば、人に物言ふばかり言ひたれば来ざりつるぞをかしき。

事分けて言へば鼠も知り顔に静まる見れば心ありけり

しばし熟睡《うまゐ》したりし隙《ひま》に、埋み火冷やかに消えしこそ、いみじう侘しかりしか。つと起き見れば、ほがらに明けくる気配して、風も波ものどまれるに心さへ和ぎて、過し頃よりの日記《にき》ども取り出でゝ見れば、人笑へならん

ことのみ書いつけたり。猶かく書かんも恥の書い残しなれど、とり繕ひて偽り加ふべくもあらず。たゞありのまゝに物すれば、浅ましさもいやましにて、殊更乱れたる世の忌々しさのみ積りぬるこそわりなけれ。
静かに日暮れて、このほどの疲れにや、疾く微睡《まどろ》びたりつるに、故（郷）の文を得たる夢に驚きたるこそ、いみじう悲しかりしか。

故郷の便りうれしき文のする見出でぬうちに覚めし夢かな

孫和《うまご》がおこしたるにて、「君の御短冊《たにさく》〳〵と言ひて請ふ人少なからねば、いくらも書いてよ」とて、短冊さへ添へておこしたる、猶末長きを[28]かしこにも思ひおこすらんと思ふに、姿、目のあたりに見ゆる幻の現《うつつ》の夢、いつか覚め果てん、かの弟[29]省も人や（囚）よりこゝや思はん、親はらか（ら）恋しかるべし、など取り集めて、

家人を思はざりせば天が下いづくにゐても何か歎かん

嵐はいやましに、夜は明けがてなるぞ、

白玉は波と砕けてあやもなく明けぬこの世の闇ぞ侘しき
流れ来て見る月影は明《あか》けれど曇りはてたる世こそ辛けれ

何の時とも分かず、鳥（鶏）もまだしくや、

時分かず岩打つ波の鼓して宵あかつきの限りだになし

28 猶末長きを——まだこの先長く姫島の獄に囚われるのを／29 かの弟——孫和の弟（の省）

解説
「窓を少し開けたるかたより」——やはり格子がスライドになっているらしい。日差しがあり海山の景色も見えるという。自分の時間を確保するためか、海少女らとのちょっとした駆け引きはいたずらっ子のようだ。

流刑にあった法師に憐れまれるのは嬉しくないが、それに比べ下役人たちには、親しく世話になるので志の金子を与える。夜は鼠が騒ぐので食べ物を与え、人にものを言うかのように話すと、驚いたのかしばしは現れなかった。熟睡して目覚めると埋み火も消え果てている。やがて夜が明け、これまでの日記を取り出して読む。人が見たら笑うだろうが、ありのままを書いた結果、世の中の乱れがそのまま現れていて忌々しい。暮れ方のまどろみに故郷の孫、和が手紙をよこした夢を見た。短冊を添えて、多くの人に短冊を頼まれています、というまざまざと現《うつつ》のようだった。「家人を思はざりせば天が下いづくにゐてもなにか歎かん」――望東尼の心は悲しみを抱えつつも、まさに天下を一人で闊歩している。

二十八日　今日は貞貫君の御忌日[30]なるを、あらぬかたにて弔《と》ひまつるこそ本意《ほい》なけれ。いかに思すらん、不孝の罪浅からずや。こゝにものしつるより、はや十三日の日数を過ぐしつる事よと、

　憂きながらいつか十日も過ぎつらんいまは惜しまじ急げ年月《とし》

夜も長しなど侘ぶれど、月日には何のさすらへもなし。しばしだに惜しかりつる老の余《よ》の日数《ひかず》も、今はたゞ過(ぎ)ゆくをのみこそは待たるれ。書き籠りたるたる《(××)》に、勘(蔵)が父なん杖つきたづ〳〵しげに来て、「この嵐の寒《さぶ》さ、いかばかり過し憂からん」など、涙も落ちぬべき気色したるこそいみじう悲しかりしか。高家市次てふ人も訪ひきて、「灯火・火鉢など参らせまほしきを、今一人のかしら人帰らずては」など、頼もしげに言ふぞ嬉しき。帰りたるのちに、

　宵々のわが灯火の光にも会ふこと難き家に住むかな

　月日だに曇りがちなる世の中は夜半の灯しも見せぬなるらん

海もいと静かに凪ぎたれば、些かも物のあや見ゆる限りは窓もふ(さ)がで眺め暮らしつ。

今宵勘（蔵○）が来むよし言ひしを、昨夜《よべ》寝ざりし疲れにや、微睡《まどろ》びたりつるに、もしや訪れつらん、いかゞ思ひけんかし。夜更くるまゝに波の寄せ返る音も、つれ〴〵と騒がしきよりも、猶索々《そうぞう》しくあはれ催《もやう》されて、

荒肝の心ふとげに思ひなす心ぞ細きこゝろなりける

幾たびとなく火を吹きたてなとすれど、はつかなればたゞ寒《さぶ》くて、

埋み火をかき起しても濡衣の袖温まるほどだにもなし

無き名のみ被《かづ》きく〳〵て姫島の憂き目みるめのあま[31]となりにき

磯に出て潜《かづ》きせねども辛《から》き世の潮垂衣《しほだれごろも》干す暇もなし

暁近きころ覚めたるに清う火の消えたれば、火うち取り出でゝ打つに、火移らねば、

忍ばしき人や（囚）の打ち火うちおきて寝《ぬ》るこそ心安（け○）かるらめ

とてうち寝たれど猶索《そう》々しくて、はた取り出でゝやをら打ち得たるこそ嬉しかりつれ。とかくして炭に移して、灯火も、人の歩く頃ならねば少し仄めかしたるぞ心地よき。枕に灯しを近う慣れつる癖の止まぬこそうたてけれ。法師などのすべき事かは。

すべて人は、高くも低《ひき》く＊も足らひたる事なくて、若きより慣はしおくこそよけれ。老たりとて、あまり事調ひがちなるは、中々に[32]憂き初めなりとはかねても知るを、時々におのれのみに過しつるをや、天《あめ》の諫め給ふらんかし。＊原文「たかくもきゝも」

---

30 貞貫君の忌日――夫貞貫は安政六年（一八五九）七月二十八日に死去した。二十八日は月命日である／31 憂き目みるめのあま――「うきめ」は海面に浮いている海藻。「みるめ」は「海松藻」で「見る」にかける。両者で「辛い目を見る尼」の意／32 中々に――かえって。逆に

解説

ここに来てからもう十三日も過ぎた、という。読者はまだ十三日かと思う。それほどに濃い時間だったのだ。夫貞貫の忌日も心の内でのみ。こんな所に私がいるなんて夫はご存じないだろう。夫不孝だこと。勘蔵の父が来て慰め、役人の高家市次も来て、灯火や火鉢も差し上げたいがなどと言う。好意は嬉しいが実現が難しい。二首の歌に、こんな境涯を嘆く。埋み火もかすかで袖を温める程もなく寒い。この日八首のうち半分までが灯火や火鉢に関するもの。夜明け近くなってすっかり火が消えているのに気づき、火打ち石で何度も起こそうと試みやっと成功する。そして思うのだ。

すべて人は身分の高下にかかわらず、なんでも充足するのではなく、不足ぎみに習慣づけておくのがよい。年をとっても調いすぎるのはよくないとは、以前から解っているのに、いつのまにか自己中心になるのを天が諫め給うものらしい。反省の弁はともかく、この日記には自分の体調のことはあまり書かれていないが、丈夫とはいえない望東尼の体、冬の寒さに風邪を引いたであろう。寒さが引き金になって他の病気もおこる。

二十九日　のどかに明け渡る海の景色など、かゝる折柄ならずばいかにめで（た）からん。山々霞こめて、磯辺の限りも分かぬは、まこと小春なりけりと見れば、さすがにをかし。

　唐津なる高津の山の炭窯の煙《けぶり》にけぶる波の浮霧

かの煙の、白う横たわりたるこく（そ）珍しかりしか。釣舟などの漕ぎありくを、

　海原を眺め〳〵ていつまでか海人の栲縄《たくなは》[33]繰り返す見ん

　限りなくうち延《は》へてこそ栲縄も元末《もとすゑ》つひに合はざらめやは

夜さへのどけく寒《さぶ》さもゆるびたれば、熟睡《うまゐ》もしつるを、驚かしつる鼠こそ憎けれ。

三十日　今朝も暖かげに良し。塵払ひ、湯など使ひたる心地も清けく窓の日影にうち向ひたるに、喜平次が来て、彼も日に背を当てゝ様々と物語る。「昨夜《よべ》福岡より御目付渡り給ひぬ。何事のおはすにか」などぞ言ふ。「郡《こほり》の御目付にやあらん。さらば心安かるべし」など言ふうち空かき昏しきて、南より風いと寒《さぶ》くぞ吹く。

松浦潟《まつら》領布振山《ひれふるやま》に雪降りて南の風も冴えまさりきぬ

初雪降りしより、消ゆる時もなし。

松浦なる領布振山に降る雪も岩と凍れ[34]や消ゆる日もなし

我はたゞ帰るをのみぞまつら潟ふるた（さ）と人の領布もこそ振れ

夜はまた嵐いたくぞなる。

あはれ〳〵嵐に咽ぶ姫島の波に袖干す時もあらなくに

故郷の事ども度々夢に見えければ、

思ふこと中々夢に見えずとは思ひに浅き時にこそ言へ

家人《いへ》はいつも恋しきものながらかくまでにとは思はざりにし

里人、川渡り[35]とて、暁方より餅飯《もちいひ》などつく音かなたこなたに聞え来たるに、少し思ひはるけてぞ起き出づる。さて、この（日）記を書（く）に、紙さへ限りとなりぬ。この紙は、ある人[36]の形見となりつるを、いまかゝる憂き事のみ書い付けしは、いかなる縁《ゑにし》にやありけん。かの人は、都辺《べ》にて失はれにし[37]由なりかし。これは[38]、いと濫りがはしく書い散らしたれば、人にな見せ給ひそ。家にも伝はらぬやうにしなし給へかし。御つれ〴〵の時いかで読み給ひてよ（か）し。人の見てよきやうには、こゝに書い抜きたれば[39]、追々ものして参らすべし。をかしげもなきものから、ありつるまゝをこれには物しつ。

---

33 栲縄《たくなは》――コウゾの繊維でなった縄。漁具に使用する／34 岩と凍れや――岩と凍るからであろうか。註22参照。松浦佐用姫が、

出征する男と別れられず追いかけて行き、そこで岩になったという伝説に基づく／35 川渡り――十二月朔日、漁家などで水神を祭る行事。川水で潔斎し、餅をついて祭る／36 ある人――平野國臣をさす／37 都辺にて失はれにし――平野國臣は文久三年（一八六三）生野の変に関わり京都で囚われていたが、翌元治元年禁門の変に際し切腹を命じられた 38 こは――以下「給へかし」まで朱書き。貞則の嫁智鏡尼に宛てたもの／39 書い抜きたれば――望東尼が獄中で、一般に読まれてもいいように編集したものが『比売嶋日記』として明治二年（一八六九）、木版本で京都の書肆から出版された

解説

寒さが緩み、掃除や湯浴みをしてひなたぼっこ。喜平次が来て何気ないおしゃべりしているうち、不意に寒い風が来る。

領巾振山《ひれふるやま》は鏡山、そこに雪が積もった。遙かな日の『万葉集』の伝説をそこに重ねて眺めると、ただの平らな島にも物語が読み取れる。帰る日を待ちわびるわが身に向かって、故郷の人々は領巾《ひれ》を振っているだろうか。十一月の最後に、紙が尽きた、この紙は平野國臣から貰ったものだが、今こんな憂き事ばかりを書くのも何かの縁か、あの人は都で殺されたと聞くと、偲んでいる。改めて家人に、ありのままを書いたこの日記を読んで欲しいと書く。他人に見せる分は別に書き抜いたので、追々送ると。

夢かぞへ　終

（天理図書館蔵）印

三　ひめしまにき

慶応元年（一八六五）十一月〜慶応二年三月

ひめしまにき

（天理大学図書館蔵）印

＊『夢かぞへ』が十一月三十日まで書かれており、十一月二十六日から始まる『ひめしまにき』とは五日間の重なりがあるが、内容は異なる（浅野）。

慶応元年（表紙なし）

慶応乙丑十一月廿六日の昼間ばかりより書い始む。

白ふ降りたるに、暗げなる雲の際やかに見えたるぞ猶をかしかりける。波の音聞きよげなるばかり、さら〳〵にをかし。窓の戸開け放ちて[1]日影入（れ）たるに、曇りくるまゝ、いと冷たき風身にしみ〴〵と覚ゆれば、おろして[2]この日記《にき》ども書くに、里の少女《をとめ》が群れ来てもの言はまほしげなる気配聞ゆれど、猶つれなく身じろぎもせずゐたれば、「いかにや、手洗にや」など、ひそ〳〵といふ声、忍びやかに聞ゆるもをかし。

一向宗の法師の流されて来たれるが、過（ぎ）し日よりたび（〳〵）来るが今日も来て、とかくもの言ふ。手付高や（屋）市次が子五助てふ者が来て、何くれと物語る。こは小嶋ぬしが家に仕へたりつる者なりけり。かれに、わが心地の例ならぬがおこたりだにせで[3]、かうなりたれば、その事どもつばらに語りおきつ。手付名元〇高家市次〇柴住千助〇中原宇八この三人にとて、黄金二朱をやりたるに、いと否みて返すを、とかくして遣りつ。

さて領布振山《ひれふるやま》を今朝見たりし時に、

松浦潟《まつらがた》領布振山の高嶺より先《(まず)》白妙の雪も降りけり

今朝よりは晴れつるものを鏡山またかき曇るゆふぐれの空

朝夕に向ふ我さへ鏡山晴れくもりぬる心地こそすれ

雲間より射せる夕日に唐津埼光りて寄する磯の白波

＊右の三首『夢かぞへ』には無し。

かく言ふうち、さと風の音の聞えくるに、消えはてし白波ちら〳〵と見ゆるや、はた今宵＊もいたく荒すらんといとうたて〳〵し。＊原文「こひ」

寄る波の岩に砕くる音聞けば咽ばぬ者もなきよなりけり

世のためと思ひし事もわれからの心づくしの波にくだけて

夜毎に鼠の騒がしかりしかば、わが食《とう》べけるものを分かちて、よな〳〵遣はしゝに猶枕べなどに来《く》れば、今宵は遣はす時にくれ〴〵言ひ聞かすばかりにひとりごちしたりつるに、騒がずなりたれば、

事分きて言へば鼠も知り顔に騒がずなるは人に優れり

されば、熟睡《うまゐ》したりつる間に、程なき埋み火消えはてたればいとあじきなく、つと起き見るに、板間ほがらに明けくる気配なるぞいとうれしき。

（二十七日）＊今日は波風清う静まりて、心地も少し凪ぎたる[4]やうなれば、こゝに来る前つかたの日記ども、やをら取り出でて書い改めんとするに、いみじき忌まく〳〵しさに中々なる心やりなりけり。昼間ばかりより、風（邪○）心地のやうに覚えていと寒ければ、薬など物するに、温かなる湯もまゝならずわりなし。

＊「二十六日より書い始む」とあり、次の日付は二十九日になっている。二十八日に三日分をまとめて書いたと思われ、編者が仮に二十七日と二十八日の分の日付を入れた。

今宵ものどやかに波のかけ引く音を聞きて、とく寝たりつるに熟睡《うまい》だにせず。いくたびも覚めつるうち、和が文をおこしたる夢を見て、

　故郷の便りうれしき文の末見果てぬうちに覚めし夢かな

此文に書けることは、君の御短冊《たにさく》〳〵と人があまた言へば、いくつも〳〵書き給はれ、と読むうち覚めたりし。短冊どもあまたおこしたりと見えし。懐かしさゝへいやましに思ひ乱れて胸痛く、かしこよりも思ひおこすにやと思へば、姿そこに(見)ゆる心地して、何時逢ふことにや。はた省にもかく恋ひおも(ふ)らん。母なる人々[5]、妻[6]などの心地も思ひあつめて、遣るかたなく心苦しければ、経どもうち読みて紛らはしても、忘らるべきことかは[7]。

　家人《いへ》を思はざりせば天《あめ》が下いづくに居ても何か歎かむ

嵐さへ吹(き)おこりて波荒らかになりぬ。

　白玉は波に砕けてあやもなく明けぬこの夜の闇ぞわびしき

　流れ来て月見る心あかけれど曇りはてたる世こそ辛けれ

今や明くるかと、幾たびも戸の隙《ひま》々を見れど、さら(に)闇なりけり。鳥(鶏)の声さへまだしく、時も分かねば、

　時分かず岩打つ波の鼓して宵あかつきの鐘も聞えず

　夜嵐の吹けば磯打つ音よりも心の波ぞ立(ち)まさりける

(二十八日)やゝほがらに明くるにつけても、今日は貞貫君の御忌日ぞかし。あらぬ方にて弔《とぶら》ひまつる不孝こそ畏けれ。

こゝに来りしより早十三日をなん経たりとて、

　流れ来ていつか十日は過ぎつらんさてこそ急げ帰る時来む

憂き月日も過るには安げなるこそ楽しけれ。たゞしばしも惜しかりしあたら月日を、かく思ひたるこそはかなかりしか。

いやましに海の荒るれば、書き籠りたるに、勘蔵が父いと老たる人訪ひきて、まことありげに物言ふぞうれしき。のどかなる日はいくらともなく来るも、かゝる日は得覗かず。はた手付高家市次てふ人訪ひ来て、「火などものせまほし、と古川ぬしに言ひたれど、小嶋ぬし帰らでは一人のまゝにも得しがたし。夜の灯火も」など、細やかに言ふ。いと頼もしく嬉しく、さもならば夜《よ》も明かし安かるべし。忍びやかに包みこめたりしも人悪《わろ》[8]くや、とて、この頃はさる事もやめたれば、いかで小嶋ぬし早く帰られよし、とこそ念ずれ。

老らくの寝覚めく〱の灯しにも別れて磯の憂き目みるかな

大方の日影くもれる世の中は夜半の灯しも見せぬなるらん

夕べより風止みて海ものどかに凪ぎたれば、心も静かに、暮れはつるまで窓を開けたれば、寒さはことに痛けれども、いさゝかもものゝあやめ(見)○ゆるかぎり、かくて例の坐禅などしつゝ、いつしか微睡《まどろ》まほしうなりたるまゝ臥したりしに、よべの嵐の疲れにや、熟睡《うまい》して覚めたれば、いまだ里人の臼の音して更けたりともなし。今宵勘(蔵)○といふ者来んよし言ひしかば、もし来たりつるを覚えずやありつらん、さもあらんにはいかゞ思ひたりけんかし。更けゆく波の寄せ返る音にそひて、いさゝか夜嵐の戸を訪るゝも心細くて、

あらぎもの心太げに思ひなすこゝろぞ細き心なりける

寝覚むる度ごとに、埋《う》み火をおこしつ埋《うづ》めつするぞ、いとわりなき。たゞ些かのものにおこしたるのみかは、炭さへ力なき消し炭なれば、しばしだに堪えず消えぬるぞすべなき。

埋み火をかきおこしても濡衣《ぬれぎぬ》の袖温むるほどだにもなし

ついでに詠める、

無き名[9]のみ被《かづ》きく〱て姫島の憂き目みるめの尼となりにき

磯に出で漁りはせねどからき世の潮垂衣[10]着ぬるあまかな

など、暗がりに心あてにこそ書いつくれ。更けゆくまゝにも、いと家人の事ども思ひやるに、昨日《きぞ》の夜《よ》の夢さへ恋しくなりて

天《あめ》が下いづくもおなじ住処ぞと思へど恋しあたら故郷

しばし寝て起きたるに、残り無（く）○うづみ火の消えたればいとわびしく、火打ち取り出でゝ打つに、さらに火の移らざれば、打ちおきて寝たれど、猶淋しきまゝ、はた取り出でゝやをら打ち出でつるを、とかくして炭に移し取りたるぞ嬉しき。

忍ばしき人や（囚）の打ち火うちおきて寝《ぬ》るこそ安き心なるらめ

法師などは、奥山の暗がりにも、三とせ籠りしなどさへあるを、年経るまで枕に灯火したる癖の止みがてなるおのれを、取りひしがでは仏の教へにも違《たが》ふめり。

二十九日　いと長閑に明け渡る海面《うみづら》はまた珍しく、山々の麓などは霧籠りて、海の限りも分かず見ゆるうちより、炭の煙の、尾上[11]づたひにいと白ふたなびきたるこそ、いみじうをかしけれ。

唐津なる（の）×高津の山の炭窯のけぶりにけぶる波の浮霧

日影もうら〳〵と春のやうに霞みわたりて、南の空薄くもりたるに、海さへたぐふ[12]ばかり、つゆ動く気色だになし。かくて幾日《いくひ》も経なば、心の憂き波も鎮めてんかし。釣舟など見ゆる所に漕ぎめぐるさへ、のどけくをかし。そこに延《は》へ始むと見えしを、いつしか遠方《をち》になり、また回りくる栲《たく》縄の長さ幾許《いくばく》にや。

海原を眺め〳〵ていつまでか海人の栲（縄）○長く見るべき

かぎりなく延《は》へつゝめぐる栲縄は元末つひに合へる楽しさ

夜さへのどけく寒《さぶ》さもゆるびたれば、折々熟睡《うまい》もしつるを、鼠の度々寝たる上に来るに、驚きしこそ憎かりけれ。

三十日　今朝ものどけく寒《さぶ》からねば、こゝかしこ塵払ひ拭《のご》ひなどして、湯など使ひたるぞ心地よき。賄ひの老爺《おほぢ》が、昨日も今日も来りて、様々と物語りつゝながくゐたれば、昼間ちかうな（以下欠）

1 窓の戸を開け放ちて――牢屋の前面にはしっかりした格子がはまっており、文字通り開け放つことはできない。外気を防ぐために二重格子の片方がスライド式になっているのではないだろうか。また窓に懸けた衣類を取り払ったのであろう／2 おろして――難読。『夢かぞへ』では「おろし込めて」。1のように、格子を閉め、上げた衣類をおろしたのだと思われる／3 わが心地～おこたりだにせで――望東尼は京都に滞在したときマラリアに罹り治療を受けて治ったが、マラリア原虫が体内に残り根治していなかったらしい。それが姫島に来てから再発したのだと思われる。（「野村望東尼の病歴」浅野美和子『総合女性史研究』二〇一二年三月　第29号）。一節の意味は、病気が出て気分が悪いのが治ることさえなく。『夢かぞへ』には、この一節の記述が無く、貴重である／4 心地も少し凪ぎたる――気分も少し楽になった／5 母なる人々――貞和と貞省の母たね（智鏡尼）、貞和の妻ひさも、望東尼の曾孫とき子の母である／6 妻――貞和の妻ひさと貞省の妻たつ／7 忘らるべき事かは――忘れられる事だろうか、否忘れられはしない／8 忍びやかに包みこめたりし――浦人から内緒で火種を貰って包み隠していたこと／9 無き名――無実なのに立つ悪名／10 潮垂衣――潮水で濡れたかのように涙に濡れる衣服／11 尾上――山の峰とつづきの高所／12 たぐふ――添い並ぶ。連れ立つ

解説

ここから「ひめしまにき」が始まる。内容は『夢かぞへ』とほぼ同じであるが、なぜ十一月二十六日を初めとしたかは不明である。振返れば、十月二十六日には姫島流刑の令状を受取っており、十一月十三日夜に家を出て同十五日には姫島の牢に入った。しかし十一月二十六日が特になんらかの画期であるとは思えない。望東尼は姫島牢居が長くなるのを覚悟して、「夢」を断ち切ろうと思ったのだろうか。『夢かぞへ』の三十日の分が途切れているのは望東尼の意図ではなく、物理的に亡失したもののようだ。

「ひめしまにき」十一月分は、『夢かぞへ』と内容はほぼ同じだが表現が異なっている。『夢かぞへ』の文章を整理して書き換えてあり、歌も作り替えたものが多い。歌数は三十日の分を勘定に入れなければ「ひめし

まにき」が二十五首と五首増えている。

若い下役人が訪れる処ではその名が高屋市次が子「五助」であるが、家へ出した手紙では「宇吉」となっている。この五助に望東尼は「わが心地の例ならぬがおこたりだにせで…その事ども…語りおきつ」、常に気分が悪いのが治っていないからよろしく、と持病の事を告げているのは重要である。志の金子を与えたのは多分このためであろう。二十七日にはもう「風心地」を覚えるし、薬を飲むにも湯が無く不如意を感じている。

二十八日夜には長くかかって火打石で火を熾《おこ》すが、それについて「取りひしがでは仏の教へにも違ふめり」と反省している点、法師くささがあり、『徒然草』風に記した『夢かぞへ』のほうが親しみやすい。

(十一月分は以下三十日の分と十二月分全部および慶応二年一月一日から十日までは天理に原本なし)

ひめしまにき（表紙）

慶応元年十二月より二年正月十日迄の日記

ひめしまにき　福岡市博物館蔵　この文天理図書館本になし

なづみ無（き）月日の水脈《みを》はさらに過（ぎ）やすく、憂きながらはや師走になんなりぬる。浦人は川渡り[1]とて、暁ばかりより、家毎に餅飯《もちいひ》の臼のお（と）にぎ〳〵しう祝ひぬる、訪《おと》ひども[2]は（さ）すがに珍し。波の音、梢の騒がしさにつひ微睡《まどろ》ばで、はかなきうつゝの夢いや長く、故郷の事ども忘るる間もなく、思ひ集むるこそ甲斐なけれ。

　思ふことは雪積るまで思ひてん積りてのちは溶けもこそすれ

　物《も》思ひは波打つばかり思へてふ道の教へ[3]ぞ尊かりける

鶏《とり》の鳴く声聞えければ、

　暗き夜は猶暗けれど庭鳥（鶏）の鳴けば心ぞ先明《（まず）》けにける

二日

明くれば、かた〴〵より志浅からず餅持《もちひ》て来る数、いくらともなく積み重ねたれど、いかゞはせん。

　六十川《（むそとせ）》うきせを渡る年波の寄りくる餅の数さへぞ積む

このほどの嵐にも、ひときは立（ち）まさりたる波の景色のすさまじさ、目なれぬ心にはおどろ〳〵しうこそ思ひしか。浮嶽[4]、領巾振山《ひれふるやま》[5]など、雪もや降りぬらん景色にかき昏《くら》したるは、楽しげにもあめり。梅わらは[6]が来て、「けふの寒《さぶ》さこそ殊なれ、くま〲には雪の降りて侍る」などぞ言ふ。折々小雪など、さら

〱に寒さこそ降れ。波の音少し和《やはら》びたるぞ、心のどけゞなる折しも、梅が姉なん訪《と》ひきて、「昨夜《よべ》はいかばかりか明かしがたく」など懇《ねもこ》ろに言ふ。この藤といふ女は、志ありて品容貌《しなかたち》をかしげに女らしきものになむ。かゝる島陰にくたし果てんこそ、いと惜しけれ。行平の中納言[7]にも見せまつらまほしげ也や。

人の沓音さへから〱と冴えていみじう寒《さぶ》ければ、「家の者ども、いかにこなたや思ひおこすらん」など語り聞かすれば、「げに」と、うちも泣きつべかめり。[8]雲少し晴れたれば領巾振山の峰いみじう白し。

松浦《まつら》潟領巾振山の白雪は石と凝るまで[9]降らんとすらん

誰も終には石の印[10]のみこそ残すらめ。いづくにか、などさへ思ふもはかなき。冬の日の暮れやすささ（ゝ）へ、憂きものとなりぬる身の上かな。露ばかりの灯火の影をだにと、夜な〱思ふこそ、中々なる心奢りにやとて、

わがためを思ふ心ぞわがための仇《かたき》求むる初めなりける

など、暗がりに書いつけなどするついでに、思ひ出づることありて、

人のため思ひ過ぐせば中々に仇《あだ》となるてふことぞ宜《うべ》なる

教への坐どもをして、

夜もすがら押して懲らしゝ心さへともに明けゆく東雲《しのゝめ》の空

三日

波風静まりて、雲間より折々日影差したるこそ老の命とも思へ。さりとて、生ける甲斐やはある。無眼耳鼻舌身意無色声香味触法[11]といふことを唱ふるついでに、

人の身にあるものなしの教へこそ在る甲斐あれのうらとこそ知れ

四日の朝、火を持て来たりつる藤子が、外《と》より煙草などものしつゝさぶきにしばし立ちてかくする志、手をも合はせつべし。

海人の娘《こ》が老をいたはる埋み火の熱き心に燃ゆるわが胸

風静まりてひめもす曇りたる夕暮より、雨のふり出でたるが、いとのどやかなりければ、

あはれなり冬の荒波残りなく降りしづめたる雨の夕暮れ　＊この一首ミセケチ

家にても冬の夜雨は悲しきをかくても独り聞き明かすかな

とくも春になりたらば、甲斐なき人や（囚）ごもりも過ぐしよげにやなど思へば、さすがに待遠き心地して、

年波のよるさへ寝ねず春待てばはつか[12]の冬もいそか（マヽ）ありけり

---

1 川渡り——十二月朔日に水神を祭る行事。川水に尻を浸して潔斎する。姫島ではこの日に餅をついて祝う／2 訪《おとな》ひども——来客たち／3 道の教へ——仏教の教え／4 浮嶽——福岡県と佐賀県の境にある山、標高八〇五メートル。姫島からは南に見える／5 領巾振山《ひれふるやま》——鏡山の別名。『夢かぞへ』十一月の註17と22参照／6 梅わらは——『夢かぞへ』十一月二十三日の項参照。おふじの年の離れた妹／7 行平の中納言——在原行平（八一八～八九三）、平城天皇の皇子阿保親王の子で業平の異母兄。百人一首にある「立ち別れ因幡の山の峰に生ふる松とし聞かば今帰り来む」の和歌で知られる人で、一時期須磨に流されていた。望東尼はうめの姉藤を、流され人行平中納言の流謫地の、雅趣を解する女に見立てたのであろう／8 うちも泣きつべかめり——（今にも）泣いてしまいそうだ／9 石と凝る——『万葉集』巻八の鏡山にまつわる伝説で、この地の女松浦佐用姫《まつらさよひめ》が、大伴狭手彦《おおとものさでひこ》との別れを惜しんで鏡山から領巾《ひれ》を振り、恋しさのあまり石になったという物語を踏まえている／10 石の印——墓石に書かれた名／11 無眼耳鼻舌身意無色声香味触法——『般若心経』のうちの一句。すべての存在は空であり、身体の感覚器官や感覚も空だという教え。次の「人の身に～知れ」の歌はこの経の文句の意味を説いたもの／12 はつか——しばらくの間

解説

「川渡り」は十二月朔日に餅をついて祝う風習で、「乙子《おとご》餅」とも言う。眠れぬ夜、これまでの長い「夢」の出来事、残してきた故郷の事が忘れられない。「波打つばかり」ものを思えという仏の教えが身にしみる。

十二月三日付の家への手紙によると、方々から餅を貰い鮑と京菜を入れた雑煮を六つほど食べたあと、「鼠の食ひ物だけを残し」外は賄方にやった由。これまでの賄い担当の喜平次は料理巧者で大変よろしい。

体調で困るのは「不通じ」、そのため餅類はよくない。「夜も嵐吹ぬ日は熟睡《うまい》も出来侍れば、必ずみ心遣ひあるべからず」などと伝えている。狭い囚の中で書き物などしていれば、運動不足で便秘になるのは当然と思われる。

おうめの姉のおふじが来て、寒さをいたわってくれる。望東尼はおふじに心を寄せて、伝説の行平中納言に見せたいなどと思う。「志ありて品容貌もをかしげに女らしきもの」のくだりを検討すると、「品容貌」以下は品よく美しく女らしいと、ジェンダー的判断からの一般的な褒め方だが、「志ありて」は非ジェンダー的な賛辞である。普通の少女は志など無くて決まったコースの生涯を生きるとされた時代に、「志」を褒められるとはよほどの知性の持ち主なのかも知れない。残念ながら「志」の内容は不明だが、望東尼のジェンダー観が判る一節である。おふじは四日には煙草も持ってきてくれたという。

「人の沓音さへから〳〵と冴えて」という寒さの表現は望東尼ならではの鋭さだ。領巾振山《ひれふるやま》の雪を遠く見て、男を追って石になったという松浦佐用姫《まつらさよ》の伝説をまた思いだし、死後の墓石は何処に、などはかない事を考える。三日の無眼以下十四の漢字は『般若心経』の中の一句で、それを和歌に言い替えたのが「人の身に……」である。人間の感覚器官や五感も実体は無である（変化する）からこそ、裏からみれば存在する甲斐あるように生きるべきだという意味。

五日

昨夜《よべ》の雨も止みてのどけかりつるに、はた嵐吹き出でたるぞもの憂き。昨夜浮嶽に火の見えたるを、かの火の出づる時は必ず長時化《しけ》になるよし、三代といふ者が言ひしに違《たが》はず、暗げなる雲立騒ぐに、競ひ乱るゝ波の頭《かしら》高く白ふ、唐津のかたに寄するぞすさまじき。今宵寝《い》も安からざりつるに、暁ばかりに少しまどろぶともなく見し

夢、故（郷）○のかたにいみじき悲しび出で来《こ》しと見て覚めたれば、

　明けぬれど夜の間の夢に続きたるうつゝの夢にみゆるふるさと

六日は、殊更冴えまさりて道も凍れる、人の足音から〳〵と冴えたるを、心地さへ例ならねば、臥しながら聞き居たるも、いとわびしかりつるに、故郷より品々おこしたりとて、村長《むらをさ》が告げ来たるに、昨夜《よべ》の夢心地の苦しさ、聊か覚めたるやうなり。

七日

心地も少しよろしげになりたれば、寒さもゆるびたる気色に、例の坐[13]をしつゝ聞くに、のちか（ママ*）に寄するさざ波のさらに音の絶えければ、　＊野近カ

　いかに吹く風のすさびかさざ波の打ち切るばかり音絶えにける

世の中もかくこそは。

　鼠のいたく騒ぎて寝たる上にさへ跳びありきければ、

　おのが名の寝《い》ねずのみしてよもすがら我にもゆ（ママ*）を許さざりけり　＊「ゆめ」か　＊2右二行ミセケチ

八日

おなじくのどやかに、日影も折々差しくる、潮合ひさへよろしくや。こと〳〵と梶の音の聞こゆれば、窓に覗きたるに、小舟ひと（つ）○二つ、こゝの前の浜荻の許より漕ぎ出づるこそをかしかりしか。こは、鮑《あわび》を矛もて捕るさまなりけり。

　わだつみの巌に縋る鮑すら矛の憂き目を見る世なりけり

早梅の枝挿したるが散りたれば、

　咲く時に折られて散るはめでたけれまだき移ろふ梅ぞ悲しき

梅の花咲きて散るにも思ふかな五つの君[14]のいかに坐《ま》すかと

夜も静かに小雨降りたれど、弓張月の匂ひに窓も鎖《さ》さで、

雨ぐもる弓張月も匂ひだに入（り）来《こ》と鎖さぬ閨の窓かな

波風もさらにしづめてしづしづと春近げなる雨ののどけさ

夜短く日長くなるを待（つ）身には老（い）ゆく年の惜しけくもなし　＊右二首ミセケチ

嵐吹（く）夜はまひて、静かなる波の音のうちにも、太鼓を打つばかりなる音、いかなる折にか聞ゆるに、今宵はいと長閑にぞ打つ。

姫島の波の鼓を夜々《よる》に聞くもうつゝの心地こそせね

いと仄かなる雨夜の月影に、言ひ出づることども書いつくるに、墨のけじめも分かず、あやなのすさび[15]になん。

---

13 例の坐――いつもの座禅／14 五つの君――大宰府に滞在する五人の公家たち／15 あやなのすさび――訳のわからない慰み

解説

四日の晩に浮嶽に火が見えたという。姫島から見て前方右側に見える鏡山は死火山だと辞書にあるが、当時は火を噴いていたのだろう。浮嶽と一続きに見えるので、鏡山が噴火すれば噴煙が浮嶽の上に見えることもあり得る。噴煙が浮嶽の方向に流れる時は海が荒れているのであろう。

六日に村長から、故郷から品々が来たと告げられたというが、日記には内容を記していない。手紙は望東尼から五日に出しており、すれ違ったようである。それによれば、埋み火は内々にできるようになり、注文しておいた堅炭も手に入った。火をくれる家々がそれぞれ、内分にと言ってくる。公的には許されないので仕方がないことだ。

海士の子が老をいたはる埋み火のあつき心に燃ゆるわが胸

胴着が破れたので拵えてほしいとたね子に注文する。

七日の鼠に関する記事。寝ている上を鼠が飛び歩くなど不快なことも、「寝ず見」と茶化すユーモアは見上げたものである。

十二月中旬までと推定される手紙のうち役人のことに触れた左の一通。

「甚一、役儀を思はず大に信実に御座候て、内々囚中に灯りを少しばかり、火の洩れぬやうにて点させ相成候まゝ、右の灯りが大に薬に相成、不快も早々よろしく覚え申候」、甚一は目代という重役であるが、役目のことは考えず内々に灯りをくれ、お陰で体調もよいという。今回もそちらに行くと前もって知らせてくれるので、こうして文も書いている。この人によい品をやって下さり、有難いと言っていました。人々の気遣いのお陰で不自由ない生活ですが、これは内緒で、問われたならば不自由だと言って下さい。甚一もそう言っています。調査があって「何も自由よくいたし呉るゝ」となっては、「役人賄方のためにも悪しゝ」となかなか複雑である。

「右の事は児島（小嶋）も内々聞済みの上、火は許したれどこれ又大に内々なり。児ぬし役替に相成、大に力落し申候。此度はいかなる人の来るにやと案じ申候。いと〳〵親昵《しんじつ》に世話ありし也。…此度の坂田（阪田嘉左衛門）、うわべはよげながら因循にて許し難き由なり。これから事々むつかしく相成可申やと存候。――以上は役人についての感想である。

以下は灯りと堅炭で小遣いが要ること。油は七勺ばかりで二百二十文、三夜ほどしか灯せない。堅炭は一俵二貫五百で炭も要り過ごしだという。

同じく十二月と推定される智鏡尼宛
過ぎし頃、児島ぬし二度ほどこゝ（姫島）に出浮*になり候て、「歌はなきや。あらば見せよ」とありしかば

＊出張のこと

月と日の影にも疎き囚には雪も蛍も集めがてなる

といふを書きて見せ侍りしに、大に感吟ありて、灯火お許しをぜひ〳〵此度の出福に申取べし」とのよし、密かに手付より知らせ侍りしかば、大に嬉しく楽しび侍るぞかし。…こゝの者は児島の事をむつかしなど言へど、これは正直なる人にて、当世上手せぬ人と見え申候。

小嶋はさきに役替えで姫島を離れた人だが、出張になるたび寄って様子を見てくれるので望東尼は感謝し、その人柄を高く評価しているのだ。次に、家へ使いをしてくれる、市次について、あなた（智鏡）が私の事を深く頼まれたと、たいそう気を遣って風雨の夜も訪ねてくれる。あなたのお志が届いたと嬉しくかなしく思っています。市次がいうには、あなたが若く美しくてご隠居されたのがいたわしいと、心から申していました。ここで信実があるのは、この市次・勘蔵・吉蔵と思います。「その外も、悪しき人はさばかり無し。人気よき所にて大に仕合《（しあわせ）》侍るなり」。

九日　雨も止み、波風も猶静まりたる浦の景色、春もや疾く来たらんと、憂き身も忘られて、さすがに珍しとうち眺めたる折しも、浦人のおほば[16]ども、今日の小春をのどけみ[17]てや、幾人《いくたり》も訪《と》ひくる中に、「八十路《やそぢ》になんなる」とて、髪いとう白きおほばが、「いつよりも訪ひなんと思ひ侍りたれど、寒さに閉ぢられて」など言ひよりつゝうち泣きて、「如何ばかり侘びしうおはすらん。われ〳〵は子や孫《うまご》と何くれと賄はれ、火なども彼らが絶えず物しくるれども、君には、さらに火の気絶えて、いかに〳〵と、うから[18]やから心任せに使ふ度毎に、思ひまゐらすぞかし。こゝの元の御司喜右衛門様[19]の御姉にておはす由聞くに、いよゝ悲しく、今にかの御方おはしまさば、何かと御心づけ給ふべきに、無（亡き）人となり給ひつるこそいと惜しけれ。あな、あはれ〳〵」と繰り返し、よゝと口ひゝらき[20]言ふに引かれて、留めつる涙もまた催《もやう》されつ。

　年高き老木の松の下露にぬれこそまされ冬の枯草

老人が言ふごとく、弟かつとしもこゝにてはかなくなりにしを、今またかくて、わが流され来つるなど、いかなる宿世《すくせ》にか。おなじ嶋陰の波魂ともなるべきなど、来し方行く末引出でられつるこそ、はかなかりしか。

小春の景色に思ひのどめられて、

　加はりし夏の日数のかひ見えてとくも春めく冬の海原

舟どものかなたこなたへ行くさへのどやかに、海人の心さへ推し量られてをかし。

おぼろ夜も昨日《きぞ》よりは明《あか》く匂ひて、あやに珍しき心地せられつ。

　月の面は軒に隠れて見えねども匂ひばかりも夜半の灯火

梅わらはが、夜更くるまで立ちながら何くれと物語るに、かの母を一昨年《おとつとし》失ひしことも、まことに忌まはしき災難にこそありけれ。今更聞くだに悲しきを、その時の子供や何かの心推し量られて、いみじうあはれ深し。そよとだに風も吹かねば、窓に衣《きぬ》も掛けず臥したるに、夜嵐吹（き）出でゝ下ろしつ。

16 おほば――おばあさん／17 のどけみて――のどかに感じて／18 うからやから――家族、一家の親族／19 御司喜右衛門様――望東尼の弟桑野喜右衛門は、かつて姫島の役人で、望東尼はかれに誘われて島を訪れたことがあった。その四年後の万延元年（一八六〇）喜右衛門は島で没した／20 ひゝらき――続けさまにしゃべる

解説

九日には八十歳という白髪の老女が訪ねて来た。「孫や曾孫に囲まれて、何不自由なく暮らすわれ〳〵に比べ、火の気さえなくどんなに侘びしいことでしょう…元の御役人、喜右衛門様の御姉君の由」と泣くのに引かれてまた涙を催した。姉弟おなじ島陰の波魂となるかと、来し方行く末がはかなまれた。梅わらはが夜更けまで話をしていった。一昨年母を失った事を聞くと、その時のことが推し量られて哀れ深い。

十日　猶空清く晴れやかに照らす日影、春にもまさりて、この程の干難《ひがた》かりつるあまが潮垂れ衣《ぎぬ》も、きのふけふの日にいさゝか干したるにや。人や（囚）も慣れぬるにや。

こゝぞこの憂き世の外と住みなまし故郷人を思はましかば

中々に世を避くる方にやあらん、など思ひのどむるにも、家人《いへびと》こそ徒《あだ》し絆《ほだし》[21]なりけれ。

昨日より物忌みして、行ひ[22]にのみに明かし暮らしけるひま〳〵に、過（ぎ）にしころより、憂き事ども書い留めしを取り出でて、改めなどしつゝ、長閑なる日影に心もはれ〴〵しく、人や（囚）も忘るばかり慣れたるこそ心安けれ。夜も長閑けくて、鼠も今宵はいたく荒れねば、熟睡《うまい》せられつ。

21 徒《あだ》し絆《ほだし》——かりそめのきずな／22 行ひ——座禅、読経などの修行

解説

故郷の家族を思うことさえなかったならば、この牢居こそうってつけの遁世だと、すこし負け惜しみに家族を否定的に捉えてみる。物忌みの千拝はきっとよい運動になっただろう。そして日記を取り出しまた推敲する。

十一日

霞みつゝ照りしきのふの小春にも溶けぬ深雪ぞ領巾振《ひれふる》の山

曇りがちなる空さぶげになりたるや、嵐の吹き出づらん、朝餉《あさがれい》などものする頃より、風の音、波の気色立

（つ◦）は、小春や暮れなんと憂かりつるに、行ひなどすとて水を浴みたる頃より、日影差し入りて、初春ばかりの景色めくこそをかしけれ。

冬の日の影差すかたに向ひては生き返りぬと思ひたるかな

手向（け◦）たる花の水など替うるとて、

手触るればそよと香りて梅の花一枝に老を慰むるかな

姫島に咲きける冬の梅が枝をなれにし友の心地にぞ見る

梅の花うたてある身に思はれてともに人や（囚）の冬ごもりかな

雲のたゝずまひ、景色変りたるは、またもや嵐吹くらんと、うたてぞ思ふためる。

遠方《をちかた》の領巾振山の高嶺まで袖さし招く軒の浜荻

姫島のそね[23]の岩叢打つ波は声さへ千々に□□立つ也

海原も空も分かたぬ朧夜《おぼろよ》の雲と見えしは遠《をち》[24]の島山

磯の波峰の松風争ひて吹けばこそ打て打てばこそ吹け

十二日

冬深き海とも凪げるのどけさは春にも希な小春也けり

冬の日の空のどめ[25]かは知らねども先ひと日だに老は過ぎよき

汐路より春立（つ◦）てふも違はじな先《（まず）》沖辺より霞みそめたり

吉井潟波の荒磯と見えにしも真砂ゆたかに潮ぞ干ぬめる

のどけき日影、心も晴れ〲しく、思ふまゝかつ《（ママ）》ゝ暮れゆく。月影もくまなければ、人や（囚）のうちも仄かに物のあや見えて、心安げなり。覚束なき便り得たれど、文字のゆ《（ママ＊）》ばかりになきこそいみじけれ。

＊「つゆばかり」か

十三日　昨夜《よべ》のものを見る中に、梅の枝ありて「見る人の数のたらぬも知らずして早くも梅は咲きいでにけり」、返り事すとて、

　見ん人の足らぬも知らで故郷に咲き調《とゝな》ふる花ぞめでたき

又かのかたより、「春待たで盛りに咲ける梅（の）花門《かど》の開くる初めなるらん」とあるは、家の埋もれたるをや祝ひ変へたるらん。[26]

　門開く初めと聞くぞこゝちよきまだきに咲ける梅をかごとに

和《かず》といふ人[27]が、「宵々に見え来る夢のさま〴〵にうつゝにしたき事もありけり」とあるに、

　今の夢うつゝになして今のうつゝ夢と見なさん時をこそ待て

和が、「埋み火を掻きおこしては君が住む人や（囚）のうちを思ひこそやれ」いみじう悲しとこそ見れ、

　埋み火の無（き）にも今は慣れにけり胸な焦がしそ掻きおこすとて

和が、川渡りの日にとて、「主《あるじ》だにまだ定まらぬ[28]家なれば餅《もちひ》もなくて淋しかりけり」返し、

　主《ぬし》なくて餅《もちひ》もなくて渡る川世のうきせ[29]とや言ふべかりけり

おぼろげに言ひやるとて、

　そなたにと行きつる波の帰りきて嬉しくぞ見る藻塩草[30]哉

また言ひやらんとて、

　さま〴〵に過（ぎ）にし年の積りきて人や（囚）に春を待（つ）今年哉

　年月の過（ぐ）るをのみぞ待たれける老木春めく時も来るかと

　幾春を待得て後か故郷にめぐり還らん年は来なまし

いともの淋しさに、窓を少し開きて、

　つれ〴〵とわが見る沖に海人舟も独り淋しく釣り垂れにけり

乗る人の数は知らねど舟だにもひとり見ゆるは淋し顔なる　＊この一首ミセケチ

牛の掛合ひて啼《な》くを、

隣どちつま恋ひ合ふか知らねども代る〳〵にあな牛の啼く

十四日 雨の降り出でたる気配も、春雨（め）○かしくをかし。九日より一七日《いちしち》[31]物忌み[32]して千拝などするに、伸びかゞみ同じことする荻虫[33]の梅に木伝《こづた》ふ甲斐もあら（ん）×なん

事終りて外《と》を見るに、山々薄墨に描《か》けるばかりかき昏《くら》したる雨に、海さへ薄曇りて空の境も分かず。

山々も海もみ空も見る人もみな墨染の雨の夕暮

降る雨は春に似たれど冬の日の暮れゆくころのもののあはれさ　＊この一首ミセケチ

忘らるゝ時はなけれどやるせなく思ひやらする雨のふるさと　＊この一首ミセケチ

夜も行ひなどしつゝ寝たるに、雨の晴れんとにや、嵐吹き出でゝ磯打つ波繁う聞ゆ。

さるものと思ひ流せど寄る波の心にのみもかゝりける哉

窓を少し開きて

海原も空も分かたぬ朧夜の雲と見えしは遠《をち》の島山　＊十一日に同じ歌あり

十五日　今日も雨のみ降り暮らすこそ淋しかりしか。暖かなるに心も緩びて拝などしやすく、未《ひつじ》ばかり[34]に拝み果てゝ、例の歌ども手向け奉らんとて、

雨中梅枝

梅が枝も冬を忘れて香るらん春めくけふの雨のゆるびに

梅枝

梅の花いぶせき閨に折られきて噎《むせ》ぶばかりに燻《くゆ》るなる哉

梅の花みじろぐ風に香をそへてひとへに心慰むる哉

早梅

梅の花一枝もらひて故郷の垣穂の千枝《ちえだ》見ゆ心地かな

年の内に立ちなん春も待たずして心とく咲く姫島の梅

寄る波の思ひもかけず姫島にとく咲く梅の枝を得にけり

梅枝

さしこめて固き帳《とばり》の内にても開きな（づ）まぬ瓶の梅かな

海雲

ほのかにも見せて隠して海越しの山をあやなす[35]冬の雨雲　＊この一首ミセケチ

雨中山

うちむかふ心も暗し鏡山年も暮れゆく雨に曇りて

詠み暮らしたるに、夜もすがら雨の音絶え間もなくいみじう淋し。＊この一行ミセケチ

十六日　猶降りまさりて夜嵐さへ添ひたるに、例の鼠も静心なげに騒ぐ。

いざわれも今宵はねづみまどろばぬ辛さ比べて起き明してん

はかもなき遊び仇にや。

---

23 そね――石の多い堅い痩せ地／24 打て――磯の波や峰の松風を鼓になぞらえて打てといったもの／25 空のどめ――偽りの長閑さ／26 家の埋れ～変へたる――家運が傾くのを、祝いの言葉によって好転させようとする／27 和といふ人――年長の孫貞和。脚が不自由なため武士の家の主人になれないでいる／28 主だにまだ定まらぬ――貞和が身体不自由のため武士の家を継げず、弟の貞省は囚われているため、野村家の当主が決まらないこと／29 うきせ――憂き瀬。辛い境遇。苦しい立場／30 藻塩草――天日で塩を作る際、濃縮した海水を掻き集めた海藻に掛けて乾燥させる。その海藻が藻塩草。この歌では、望東尼が掻き集めて出した手紙や歌に、故郷から返事が返ってきたのを喜び、藻塩草に喩える／31 一七日《いちしち》――七日間。二七日なら十四

日間　32　物忌み――行動を制限して謹慎し、魔や禁忌に出会わないように備える。次にいう「千拝」などの行いもその一つ／33　荻虫――枝尺取の別名／34　未《ひつじ》ばかり――午後二時前後／35　あやなす――うるわしい模様をつくる

解説

太陽暦ならば一月半ばにあたるこのごろである。珍しくおだやかな小春日の十二日、故郷より便りが届く。故郷の便りは梅の枝に孫和の和歌が添えられている。その歌に一つずつ返歌を詠む。和の「宵々に見え来る夢のさまぐ〵に現つにしたき事もありけり」という歌には

今の夢現つになして今の現つ夢と見なさん時をこそ待て

と返した。そんな時が早く来てほしい。和の「家の主がなく寂しい」という歌に、「兄なるものをやらん」と考えを書いて添える。

牛が代る代る鳴くのを聞けば、互いにつま恋い合うのかと少し羨ましい気分だ。梅の歌を七首も、寒さに負けず凛として咲く花への賛歌。

物忌みの千拝で思い切り体を動かして気分も晴れたに違いない。十六日の鼠の歌も「辛さ比べ」の遊び心が嬉しいが、相手は夜行動物、人間のほうが辛い筈である。

十七日　ふぢが方より精進久しうしたりとて、麗しき肴どもおこしたり。さて故郷に、兄なるもの[36]をやらん由言ひたれば、思ふ事ども書い暮らしつ。ひねもす夜すがら雨のみぞ降る。寂しさはさる事ながら、嵐にかへて緩びたるに、昨夜《よべ》も寝ざりつる疲れにや、熟睡《うまい》して起く。

十八日

有明の月に紛ひて明くる夜の限りあやなき雨の暁

人丸明神に手向くとて、

あま小舟筑紫の海に繋がれて御世をあかしの神祈る也
立待の明くとも分かぬおぼろ夜の暁をのみわが居待かな
背きてし甲斐もなく〳〵潮垂れしあまが濡衣《ぬれぎぬ》いつか干さまし
曇りなき心の月を明石潟よは暗闇の辛きものから
明け兼ぬる夜に込めらるゝ人や（囚）には夜の灯しも許さざりけり
今日もまた領巾振山《ひれふるやま》の峰の雪降りまさるらし雲の八重ゐる
見る度に波の立ち居も山々の景色もおなじ時なかりけり
遠く見え近く見え来る浮嶽はまことも波に浮きてありけり　＊この一首ミセケチ
人音の希にもすれば潮風のさぶき窓をも開けて見る哉
つれなげに否む下より物やれば袖先だてるあはれわりなし＊　＊この一首ミセケチ、なお第五句「よの人」とも
うちむかふ唐津がさきの鏡山曇りがちにも暮るゝ年哉
姫島の立つ瀬の波をいま幾日《いくか》枕の下に寝つゝ聞かまし

又

姫島の立つ瀬うち越す波の音《と》の響く枕をいつまでかせん

春立（つ）とて、司の家などに鬼遣らひの声ほのかに聞ゆ。

おのづから心に棲むはやらひても外《と》に立ち囲む鬼ぞすべなき
春立つと聞けば珍し身をわびて過ぐる月日のほかならねども

十九日

暁ばかりよりことさらに嵐吹（き°）て、山も崩るゝばかりなる波の音ぞすさまじき。暮れゆくまゝにいや勝れば、鼠すら静心なげに夜もすがら荒れめぐりて、よくも寝られず。故郷の事どもいよゝ思ひやられて、目につと見ゆばかりなるぞはかなき。

　おのづから心一つのまゝならぬ心は何の心なるらん

忘れてもあるべきを、何の甲斐にか思ふらん。

廿日

年もたゞ十日ばかりになれるを、いへ人如何過ぐすらん。また年の行き来もわざも晴れやかならぬ家の内、主《あるじ》だになくて物さびしくや、など思ふもはかなしや。霰さへうち降りていみじう寒し。

　海面《うみづら》にむら〳〵雲の影浮けて霰の間より差す日影哉

過（ぎ°）つる一日二日の小春日に、聊か心のうき波も静めたりつるを、昨日今日のさぶさ、得耐うまじくこそ覚ゆれ。

　わが心少し晴れげになりにしを吹雪にまた（も°）くづをるゝかな　＊この一首ミセケチ

かくうち泣く折しも、故郷より衣どもいくつも物しておこしたりとて、司人のもとより送りこしたるこそ、いみじう嬉しけれ。

　言づては何となけれど古ころも故郷人の袖の香ぞする

やがてとり重ねて、

　まだきよりけふのさぶさを思ふ人こゝろのうらにかけし衣ぞ

疾く身を温めて明しぬるさへ、猶家人《いへびと》ぞなつかしき。

36 兄なるもの――家の主人のこと

解説

物忌みの精進が明けたとて「麗しき肴ども」を賄方から供された。島に来るまでは、「物の命を貪る」ことにあれほど拘ったが、今ではわが命を繋ぐ大切な栄養源だ。故郷に「兄なるものをやらん」、足が不自由な貞和に替わる家の当主を定めてやりたいとさまざまに考え、メモをして暮らす。

十八日、立春の感慨「おのづから心に棲むはやら」ふことは禅の修行で可能だとしても、物理的な「外に立ち囲む鬼」には無力だと実感する。人丸明神に手向けの歌も実景描写に心情がこもる。今年も残す所あと十日、家の人たちはどうしているだろう。当主が無くて寂しいだろうと思いやる。家の事を思っていると、役所を通じて冬の着物を送って来た。すぐに重ね着をして身も心も温まる望東尼である。

「人音の希にもすれば」誰か来たのではないかと、潮風が寒くても窓を開けてみる、やはり人恋しいのである。

廿一日

やをら冴え明かして、ほのかに窓の戸の透き影を嬉しとて開け見るに、海面《うみづら》あやなく、たゞ波の音のみすさまじきに、遠方《をちかた》の山々かつ明けわたりくるに、

消《け》ぬが上に降りに降りたり夜半の雪領巾振山は春も立たずや

二十二日

折々日影は匂ひくれど、猶冴え〳〵てわびしきに、とら子が、「足袋を縫ひてよ」とて、持て来たるこそわりなけれ。人目さへ忍びてものすれば殊にわづらはし。夕嵐吹（き）。すさぶぞ、はた今宵さへ起き明かすらんを、

夕闇こそいぶせけれ。おなじくば宵寝して、月の出づる頃よりなど思ひたりしに、暮れゆくまゝ風もやわらびて、しばし微睡《まどろ》びつゝ覚めたれば、ほの〴〵と月影の匂ひたれば、さぶさも思はず窓の紙をかゝげたるに、きら〳〵と軒の端《つま》に月の差し出でたるこそ、いみじう嬉しけれ。こし月[37]の十四日よりこのかた、月の面《おも》見る夜《よ》もなかりつるに、夜も短くやなりぬらん、南の空に寄り来たる珍しさゝへことさらなるに、狭《せ》き窓より閨にさし入（る）は、思ふ人待（ち）得たるにも勝りぬべし。

　疎かりし人や（囚）の窓に思はずも面差し向けて有明の月

さぶさも忘れ顔に、つと起きて仰ぎ明かすあひだに、

　有明の月もあはれと思へかし冬の夜深く向ふ心を

　灯火のあるに誇りて家にては疎く過（ぎ）にし冬の夜の月

　我のみや向ふと月も向ふらん年暮れがたの深き海辺に

　かくてわが向ふと知らば故郷の人も見ましをありあけの月

二十三日

空晴れやかに波も静まりたれど、去《い》にし月[38]のけふの、いま〳〵しかりつる事どもさらに思ひ暮すに、心は猶曇り果てゝ、無（亡き）影弔《とぶら》ふ数珠の玉にも、涙の露貫《ぬ》きそふる心地せら（れ）て、仏の御戒めにも背き顔なる折しも、江上ぬしの霊に手向（け）よとて、ふぢ女が団子やうのものども、朝疾くも調じておこしたる志のあはれさに、

　亡き後をいかで弔《と》はんと思ふ間に君が心の疾き手向け哉

　無（亡き）人もいかに嬉しと受けぬらん我さへ嬉し君が手向けは

などにやありけん、書いつけて、重箱に入れてぞ遣しける。やがてまたも飯《いひ》などおこしぬ。勘（蔵）が妻よりも、美しげなる団子ども持て来たる。かた〴〵の志にて、数々の人の亡き後とぶらふさへ、あぢきなく悲しきに、

たゞ
この家々[39]の親たち、妻子《つまこ》はらからなどのありさま思ひやられて、目も暗げに胸塞《ふた》がりてやるせなければ、海面《うみづら》のみこそ眺められけれ。

浦波のあはれ〳〵とうらぶれて岩間に残る泡ぞ甲斐なき
夜さへうちも寝られず。

37 こし月——今月／38 去《い》にし月——先月／39 この家々——江上をはじめ数々の亡き人の家々

解説

「ほの〴〵と月影の匂ひたれば、さぶさも思はず窓の紙をかゝげて」とある。初めて紙が登場した。「かゝげて」というのだから、下から上へ捲り上げたのだろう。初めは紙もなかったのに、いつの間にか紙を上から下げたものらしい。すると軒端に有明の月が差し出るところでとても嬉しかった。この十四日以来、月の面を見ることもできなかったが、夜も短くなり月が南へと寄ってきて、狭い窓から部屋に差し入って来た。まるで思う人にやっと逢えた心地である。「有明の月もあはれと思へかし」「我のみや向ふと月も向ふらん」お月様に語りかける——じつは故郷の人に呼びかけているのだ。

また忌々しい二十三日が來た。亡き人々を思って心は曇り、とらわれるなという仏の教えにも背きがちな折柄、ふじ女が江上様の霊に手向けて下さいと団子などを朝早くに持ってきてくれた。勘蔵の妻からもおなじく。多くの亡き人々の遺族のことが思いやられ、胸が塞がり眠れない。

二十四日

海いたう荒れて山の音波の声、閨の底に響きておびたゞし。夜も止みがてになりつるに、いつしか微睡《まどろ》びて覚めくれば早、月影匂ひたり。

いつしかと波の音にも慣れぬらん心にかけずうちも寝《ぬ》るまで

起き明かすあひだに、月光《つきかげ》に書いつけたる中に、

姫島の波のあはれと思へども立（ち）○も帰りて消えんよしもが

こゝに来てはや四十日《よそか》となりぬる、などさへ思ひ出て、

数ふれば故郷出でゝ四十日経ぬ百夜《もゝよ》も過る心地ながらに

験《しるし》なく憂き年経ぬる人や（囚）にもさすがに春を待つ心哉

惜しげなく思ふものから行く年のあはれ名残も有明の月

二十五日

例の御神[40]祭る日とて、物も得たらへねば[41]事もなし。行ひ果てゝ、昼間過ぎより歌詠みて奉らんとて、題をみづからものしつ。

梅香

手向（け）○にと折らせて見れば咲きつくし香も浅びたる冬の梅が香

早梅

まだき立つ春忙しみ梅の花年の内より移りがほ[42]なる

水上梅枝

袖そゝぐ盥に映る梅が枝をのぞけば我かあらぬ人影

磯菜

春立ちて磯菜《いそな》[43]も近く生ふれども摘まれぬ人や身をのみを摘む

船不通

きのふより行き交（ふ○）船は通はずて年立（ち○）かへる波のあらゝさ

思来世

来ん世ありて虫に鳥にもなりぬとも物思ひせぬ心ともがな

歳暮鯛

磯の家《や》の春のまう（け○）[44]と波の花分けて釣り来し桜鯛これ

鐘

流されし身は明暮の鐘の音も波の鼓に浮かべてぞ聞く

小夜更けて寂しと聞きし鐘の音もうら懐かしき離れ島かな

寒松

島山の松の吹雪にむせかへる波もろともに老もこそ泣け

雪

春立てど猶ふる年の山の雪積らぬ方も今朝は見え来て

積るがうへに今朝も降りつゝ　＊この一首の下句二種あり

旅衣

故郷を偲ぶの露は旅衣はづるゝ袖の糸にこそぬけ

禁中年内立春

まだきにも春立ち来ぬと知らせつる人やわが待つ心知りけん

禁中歳暮

一時も惜しみし老が行く年を身のわびしさに急ぎぬる哉
身をつくし心づくしも甲斐なくて年は果てにもなりにける哉　＊この二首ミセケチ

思千鳥

磯千鳥棲むか棲まぬか荒磯の波の音《と》たかみ声や隠るゝ

二十六日

いとのどやかなりつる海面《うみづら》、にはかに荒れくる気色、かくてこそ舟のあやまちも出《い》で来《く》べし。

海のみと思ひける哉世の中も凪げるは荒らす初めなるものを

唐津の方の磯、きはやかに[45]見ゆ。

吉井潟汐や引くらし糸のごと延《は》へし[46]真砂のゆたかに見えきぬ

今宵は浦人の、年の餅飯《もちいひ》つくよし言ひしを、嵐にや消たれけん、臼の音もせず。

40 例の御神――天満宮の神。望東尼は天神様を毎月二十五日に祭って、手向けの歌二十五首を奉納することにしている／41 物も得たらへねば――お供え物も手に入れられないので／42 移りがほ――（梅の花が）もう散りそうな気配を見せている／43 磯菜《いそな》――食べられる海藻／44 まうけ――設け、御馳走の準備。御馳走／45 きはやかに――はっきりと、あざやかに／46 延《は》へし――延びている

解説

「いつの間にか波の音に慣れたのか寝るまで心に懸からない」、「島に来てもう四十日も経ってしまった、百夜も過ぎた気がするよ」。強いインパクトはないが、心に染み渡る歌である。島の生活が望東尼の日常となった。二十四日の「月影」は月そのもの、「月光《つきかげ》」は月の光の意。原文はいずれも「月かけ」である。

天神祭の献歌のうち「春立ちて磯菜も近く生ふれども摘まれぬ人や身をのみを摘む」「流されし身は明暮

の鐘の音も波の鼓に浮かべてぞ聞く」「小夜更けて寂しと聞きし鐘の音もうら懐かしき離れ島かな」など情感のこもる美しい叙情歌である。

　二十六日には、それまで静かだった海がにわかに荒れはじめる。これだから海の事故も起こるのだろう。そして世の中も。「凪げるは荒らす初め」だと言わざるを得ない。唐津の磯を見放《みさ》けた歌、「糸のごと延へし真砂」と、かくも細かい観察が出来るのだろうか。まるで望遠レンズで特写したかのような美しい風景は、想像の産物かも知れない。

二十七日

　浦々の山々、猶雪も降るべき気色なるに、こゝはたゞ霰のみぞ降りくらす。落ち溜りだにせず、いたづら（に）さぶき所なるや。朝とく、ふぢ子が餅飯おこしたれば、

　憂き年も深き心の餅飯にむかへばわが身いぶせく[47]もなし

かれこれとさすがに春の儲けめかしく、塵など払ふに、老の癖の独りごちどもせられければ、

　自づからわが身をおのがの友にして塵掃くにだに独りごたれつ

雪うち散りて波騒がし。

　春立てどまだ経《ふ》る年のものとてや雪げの雲のたゝずまひして

いづくよりともなく梅の香の入り来る心地して、

　空薫《そらだ》き[48]のけぶりも立てぬ人や（囚）にて忍びにかよふ遠《をち》の梅が香

闇の夜長く、明かしかねては又ぞ思ふ。

　いへ人と慣れにし闇の灯火の心にのみ（も）燃ゆる闇哉

ひときは冴えまさる夜[49]のわびしさ、言はん方もなし。

　冴ゆる夜の嵐にむせぶ波のごと人や泣くかと誰が思ふらん

さま〴〵と思ひあつむるうちに、

　あだ人と思ひのほかに罪なし己《(ママ)》ぞおのが仇なりける

二十八日

年もはや、ひと日ふた日になりしこそ嬉しけれ。

　手を折りて春待ちかねし昔べのわらは心地にまたなりにけり

二十九日

年の鏡[50]とてかた〴〵より持て来たるにつけても、故郷人は、数足らぬ年の餅など言ひて、索々《そうぞう》しくや[51]ものすらん。命亡くなし果てたる方々は言ふも更なり。かく人や（囚）住みしたるさへ如何ばかりか、など思ひ巡らすも甲斐なし。

　浦人の心餅飯《こころもちいひ》[52]の鏡にも故郷人の影の見ゆらん

年の暮を祝ふとて、かた〴〵より様々のものどもおこしけるこそ、思ひの外なりけれ。

嵐はのどめたれど雨の降り出でて、いとしめやかなる年の暮なりけり。

　世の中もしく〴〵泣きて行く年の果ての果てとて雨の降るらん

雲晴れて浮嶽の谷々の雪白ふ見えたる。

　行く年の神に祝ひて浮嶽の谷に掛けたる雪の白木綿《しらゆふ》

暮れゆけば、今宵はとて、囚の前に灯《ひ》を点したるぞ嬉しき。暗がりの灯火の喩《たと》へもうべとこそ思へ。

　年さへも暮るゝ人や（囚）の暗がりを心明《あか》くも照らす灯火

藤子が方より年を祝へとて、酒肴《さけさかな》などおこしたれば、

情けある人の心のひと坏《つき》に憂き身忘れて送る年哉

いへ人や如何に思ひやるらんとて、

浦人の情けありそ[53]に行く年を送ると家に知らせてしがな[54]

あかつきかたに

たぎちては淀に流れつ姫島の岩間につくす[55]我が六十年《むそとせ》かな

波風静まりてのどやかにさざ波の声聞えくれば、

年波の荒磯も夜半にしづめきて春の調べにうち変りゆく

かくてもはた、忌まはしげなる事ども心を去りやらで、

ひとゝせの行くさ来さこそ物憂けれ還らぬ（人を）人の数多ある世は

甲斐もなく老に重なる年の波人はなぎさの泡と見なして

すべ国[56]の闇さへ年の夜ひと夜に明けて春めく御世としもがな

流れいる人やも知らず迎へなんいづこも御世の春ぞと思ひて

---

47 いぶせく――胸がふさがる、憂鬱である／48 空薫《そらだ》き――どこからともなく薫りがただようように香をたくこと／49 冴えまさる――冷えがきびしい／50 年の鏡――正月の鏡餅／51 索々《そうぞう》しく――寂しく物たらない／52 心餅飯《もちいひ》――（浦人の）「心用ひ」に掛けた詞／53 情けありそ――「ありそ」は荒磯。浦人の情けのかかる荒磯／54 知らせてしがな――知らせたいものだ／55 岩間につくす――数え年では正月に年をとるので、六十歳を岩間に尽きさせる（六十一歳になる）の意／56 すべ国――皇国、天皇が治める日本国

解説

二十七日、おふじが餅を持って來てくれた。狭い牢の中も春の用意をと塵を払いつつ、いつか独り言を言

うのに気づき苦笑する。「空薫きのけぶりもたてぬ囚にて忍びにかよふ遠の梅が香」、艶な雰囲気に自ら酔っている風だ。「冴ゆる夜の嵐にむせぶ波のごと人や泣くかと誰が思ふらん」、「泣く」我を外から眺める、風景の中の人物のように焦点を当てながら。辛い実感が伝わる。

とはいうものの残り少ない今年、指折り数えてお正月を待った子供の頃の心地にまたなった。二十九日には、餅を貰うにつけても、故郷や亡き人々に思いを馳せる。日が暮れると、今宵だけはと囚の前に灯を点してくれる。心まで明るい。おふじの家から歳暮を祝えと酒肴をも貰い、波乱に満ちた「六十年《むそとせ》」を姫島の岩間、時間の彼方に送るのだ。

慶応元
春

ひめしまにき

ひめしまにき　望東尼自筆草稿　福岡市博物館蔵

慶応二年正月一日より正月十日迄の日記

慶応二寅の春をひめし（姫島）の人や（囚）に迎ふるとて、

　ふるさとに迎ふる様もまぼろしに見え来て匂ふ春の曙

のどかに霞み渡りたる海の景色どもは、さすがに目慣れぬ心地して、

　流れ来し憂き身ながらもうら〳〵と霞みて明くる春はめづらし

浦人どもがこゝかしこより、年の鏡餅《もちひ》などおこしたるを、

　島人の情けの数も身の憂さも積み重ねたる年の餅飯

明けゆくころ、

　時分かぬ人や住むかと春告げて鳴くしのゝめの群雀かな

　老らくの捨てし命を生き延びてまたひとゝせもそへてける哉

　閉《さ》し込めて開かぬ[1]まきの板間より年は明けても来たる春かな

日差し出づるころより、いと霞み渡りて、まこと春にうち変りたる波の立居ものどけくて、

　いつとなき心のあやも匂ふかなまさに春めく海の霞に　＊この一首ミセケチ

　故郷の春やいかにと思ふこそ今年の夢の初めなりける（れ）

　うつゝなく去年《こぞ》も暮れ来て今年はた如何に見えくる夢路ならまし

二日

いやましに霞こめて空と海の境もわかず、山々もみな隠れたるは、曇りくるにやあらんとて、

初春の霞める空ののどけさも過ぎなばつひ（に）○冴えやかへらん

女《め》わらはが、波されの貝[2]ども拾ひて持てこしかば、

早くより身は無（き）○物とくたしつゝ波に揺らるゝうつせ貝これ

浜荻の風の姿もうら〱と深くもかすむ初春の海

やるせなき心の波も春の来てかすめがほにものどめぬる哉

うち群れてまたも来にけり浦をとめ程なき窓の明かり塞ぎに

かゝる折こそわりなけれ。

往《い》ねかしと思へど去らず海人《あま》をとめ老を見物《(みもの)》にする気色して

あはびから

打ち寄せし鮑の殻の現し身は波の水屑《みくず》となりにけらしな

三日

宵の間に少し降りつる春雨、けさは残りなく晴れて、動くともなき海面《うみづら》かすみ込めて、春さへ深げなるのどけさに催《もやう》されて、こきあなといふ所より覗きたるに、石垣の隙よりすみれのたゞ一つ咲き出でたるが、いみじうあはれに珍しくて、

人やり[3]はすべなきものを己からこゝにす（み）○れの花咲きにけり

---

1 まき――真木、建築用材の木／2 波されの貝――波にさらされた貝殻／3 人やり――人遣り、自分の意思ではなく人に強制されること

解説

囚に迎える慶応二年の正月は、まず故郷を偲び、生き延びたという感慨にふける。鏡餅を方々から貰い、島人の情けと同じ数だけ身の憂さを重ねたと詠うその一方で、少女らは格子の前に立って明かりを塞ぎ、年寄を見物に来たのかと迷惑を率直に述べる。浜に打寄せられた鮑の殻を見て、その生きていた現し身は波の水屑となったかと哀れを催す。石垣の隙に生えたすみれの花はここへ自ら進んで来たのかと、小さな命に心を寄せる。身辺の小さな物事への関心から始まる慶応二年である。

四日

空清く晴れて風少しうち吹きたれば、きのふ（の）霞は皆山々に立たむばかりにて、海の色青やかに、少し波立ちたるも猶珍し。

　流れつる霞は山にうち寄せて波の初花咲きはじむなり

海人どもが釣り初めとて、あまた船を漕ぎ出づるが、こゝの前を過るもまた珍し。

　春さりて先《まづ》咲く波の花の間に漕ぎ連ねたる海人の釣舟

領巾振山《ひれふるやま》、去年の雪の消ゆる時もなく白かりしに、けふはあやなく霞みたり。

　白妙の領巾振山の雪に今朝霞みそひてきたる春哉

島々山々など霞みわたりたるも、さらにのどけくて、

　きのふまで波高島も霞みきて春の眠《ねぶ》りに移り顔なる

　吉井潟引わたしたる初春の霞にけさは浮嶽の山

高嶺のみうす〱と見えたるこそ、まこと絵に似て絵に勝ると、言道翁[4]の歌思ひ出でつ。

吉井潟懸けて渡して対馬にも猶余りたる横霞かな
浦風に霞の衣からげあげて裾に見せたる浦の松原

五日

空に立のぼる波の浮霧、霞に立ちそひたれば、山もなく海も空も、たゞ白み渡りて磯辺の心地だにせず。

初霞波の浮霧こきまぜてみどり褪せたる春の海原

ひめもす美しき空のみ眺めて、索々《そうぞう》しさもやるかたなし。

海や空空や海かもわかちなく霞み果てたる世にこそありけれ　＊この一首ミセケチ

夕さり方、さざ波のいと静かに音したるものどけくて、

梓弓春さりくればかけ引[5]も緩べて寄する磯の夕波

六日

おなじく霞深くして、初春の景色も中々に失せたるぞさ（び○）しげなる。

散る花に曇る頃とかいふばかり春深げなる初春の空
世の中もかゝれとぞ思ふ夜一夜に荒磯の波も凪げる初春　＊この一首ミセケチ
曇り日や冴え返らんの疑ひも晴れてのどけき初春の空
吹くとなく入り来る磯の春風に袖さぶけきも心地よきかな

鮑突く舟のかなたこなた漕ぎめぐるさへをかしくて、

鮑つく海人の小舟の櫂の音《と》も間遠《まどふ》に揺らぐ春の浦波

鶯の鳴かぬこそ、遅げに覚ゆれ。

こゝにもと待（つ○）につけても思ふかなわが山里の鶯の声

かくのみ独りごちのみして憂き心地を避けたれど、たゞ住み慣れし方の春の景色のみ、心に浮かびぬるにつけ

ても、今年は春めかぬ春を、いかにいへ人侘ぶらんかし。人や（囚）に籠れる孫《うまご》[6]、いかにしてか年の送り迎ひを過しぬらん、同じ人や（囚）にても、こゝは公けさけたれば、かく紛らはしてもあるかしなど思ふに、のどめし憂き波ぞ心に立ち騒ぐめる。

頼めども心の駒も留めずて得もまゝならぬあが仏哉

今日は、故郷などには明日の七草を摘まんとて、かなたこなた野に出づるもありぬべし。家の若き女たち、園生の若菜をやしのびに尋ぬらん様さへ見ゆ心地ぞする。こゝはさる事[7]すとも見えず、いと索々《そうぞう》し。

若菜摘む人もなきさの磯菜だに数足らはでも漁れ海人の子

鮑を見て、

沖に棲む鮑のみかは人ごとにみな片思《も》ひの世にこそありけれ

三平といふ者の娘が、栄螺《さざゐ》のいと小さきを漁りきておこしたれるを見て、

海原の栄螺の貝も動けるをたゞ居のみして暮す春哉

はた彼の母なるものが、俵子[8]をおこしなんとて、わが好めるやうに調じ来んなど、まこと〳〵しう問ひに来たれば、

あやもなき海人が漁りの俵子のうちにも心あるはありけり

この程の霞、浮霧、今日は殊更立ちこめて波音さえ（へ）さらに絶え果てたれば、海も遠ざけたる心地して、あやなく眺めたるに、

そこはかと霞のうちの梶の音《と》をたどり見る間に洩るゝ漁り火　＊この一首ミセケチ

今宵は、烏賊とる舟の漁り焚くのみ、あやに見えたるぞ珍しき。

---

4 言道翁——大隈言道、望東尼の和歌の師／5 かけ引——ここでは波が寄せたり返したりする動きのこと／6 人や（囚）に

籠れる孫《うまご》――孫の貞省は望東尼と同じ日に捕えられて囚に入れられている／7 さる事――七草を摘むこと／8 俵子――なまこまたはごまめ。ここではごまめか

解説

海は凪ぎ、遠くの領巾振山も浮嶽もかすんで見える。のどかな景色に故郷の家族が七草を摘んで楽しむ様子を想像し、別の囚にいる貞省を思いやる。心の駒はまたあらぬ方へと駆け出し、内心の仏もそれを止めてくれない。霞、梶の音、漁り火と詩情をそそる題材がこののち増えていく。

七日

七草たゝく音もせず、寂しげに明けゆくを見れば、けふも猶、海山あやなく隠れ果てたり。

初春も深くなりたる心地して眺め寂しき八重霞哉

かゝる折しも、大舟の帆影、薄墨に書けるやうに現れ来たる、いとをかし。

たゞ霞の内に人や（囚）もあるばかりに、

あやもなき霞の底にいつよりか来て驚かす大き（ママ）の大舟

世にあまりさて流されし憂き身をも洩らさでこむる春霞哉　＊この一首ミセケチ

きのふけふは、さらに波の音絶えて海面《うみづら》見えねば、島にある心地はなはるけたれど、長閑なる春日を、たゞ居ながら見て過ぐすこそ可惜《あたら》しけれ。磯辺などに出でゝ見ば、いかばかりか心ものばへまし。9 夕暮より、気色ばかりに春雨の降り出でゝ、長閑に暖かげなれば、いつしか微睡《まどろ》びたるに、

春雨の誘ひ出でたる夢の間にうち変りたる波の音かな

春来ぬと心許すないねぶりの暇にも嵐吹（く）世なりけり

さすがに嵐も春心地にや、きのふの冬に代りやわらかげなるは、心づからなるらん。臥したるに、夜半ばかりより心地例ならで[10]、下《しも》や[11]に行（く）間にいみじき事[12]しいでゝ、衣《きぬ》の裾損なひなどしたるを、暗がりに取り隠しつゝ、身を水にそゝぐなど、わびしさ限りなし。今までかゝる事もなかりつるを、憂き事の積りにや、いみじう老ほうけたりとうち泣かれて、

一回りめぐり果てたる[13]六十年《とせ》の後の老さへ今年きつらん

9 のばへまし――延ばへまし。のびのびできるだろう／10 心地例ならで――気分がいつものようでなく不快で／11 下《しも》や――手洗い。トイレ／12 いみじき事――大変なこと、下痢をして着物の裾を汚したことが、望東尼の手紙から判る／13 一回り果てたる――暦をひとめぐりして還暦を迎えた

解説

のどかな春の日を格子の内からただ眺め暮らすのは惜しい。磯辺に出て遊んだらどんなに心が浮き立つことか。などと思い床に就いたが、すわ！　一大事。一体どうしたというのだろうか。夜中に突然気分が悪くなり、手洗いに行く間もなく「いみじき事しいでゝ、衣の裾損なひ」とは。故郷への手紙にヒントを探ってみよう。正月廿日の文に「大便不通じ」「緩べばまた緩び過しも」「風（邪）気強き時用ひ候にはまぐねしやにて候や、角石にて候や」「下す時はまぐねしやにや」「不通の時は何にて候や」「春渚伝来下丸何卒お送り」「大黄ならではすまぬ時あり」などの句が見える。これらはすべて便秘に悩むことを表す言葉である。ところが望東尼はどんな時にどの薬を用いるべきなのか正確には判っていない。またこの後に家へ送ったらしい「薬用覚」（口絵参照）に「先日より大に大便不通じにて、痔ども腫れいで申、…過し八日の夜ふと下し、行きあはせ不申候て板敷を穢し申候。着物の裾など暗がりに汚れ大難渋…一向出づる事覚えぬやうにて、水

のごとき物ぞろ〳〵と出で申候。…その後明け方ごとに少しづつ下し申候。…右体《てい》の時用い申薬を詳しく千葉ぬしに御申に成…それ〳〵の薬の書付もどふぞ解るやうにお書付可被遣《つかわさるべく》」。この夜に起こった事は、望東尼がよく判らぬままに下剤を飲み過ぎて、下痢になってしまったという事である。マグネシヤや大黄は下剤だが分量が多すぎれば下痢になる。しかし症状が頑固であれば定量では足りない。その辺りを千葉医師によく訊ねてほしいと手紙で頼んでいる。日記には「いみじう老ほうけたり」といたく恥じているが、年のせいではない。浅野美和子「野村望東尼の病歴」『総合女性史研究』第二九号（二〇一二年）に詳述。

八日

やをら明けゆくを待得て、物賄ふ女が来るに、わりなくしか〴〵の由言ひつゝ、水を汲ませ衣などそゝぎ、湯など物したるぞ面なき。

海のかたを見れば、立こめたりし霞、みな山にのみ立たむばかりに昇りて、海はさや〳〵と波だちたり。

　春風も霞の衣の裾破《や》れて包みかねても見ゆる浦波

老の裳裾は、あぢきなくも綻びにけりとこそ[14]、思ひしか。昼間過ぐるころより、かき昏《くら》し降る春雨しのつくばかりなるに、雷《かみ》さへ鳴りて、波の鼓に打ち合ひたるすさまじさに、心も細りたるにや、きのふ、おとつひ群れ来たる海人をとめも、恋しげに思へど、長閑なる日に引かへて、誰訪るゝ者もなし。庇に梢の滴のおち〳〵しくかゝるを、人や来るかと思ふ折々さへありて、ふぢ女が許に遣しける。

　君が来る傘の雨かと幾たびか覗きて見つる軒の滴を

聞き知らずや、音もせず。言ひ甲斐なき磯屋なりけり。松風むらさを[15]だに住まばこそ。

暁ばかりよりいたく風荒れて、雨は小止《を》みぬ。明くるを待つ程に、

鶏の声かあらぬか春の夜の嵐に叫ぶ波か知られず

14 綻びにけり――（衣を）汚したことを婉曲に述べたもの／15 松風むらさを――松風・村雨《むらさめ》という伝承上の海女の姉妹の妹の名を「むらさ女《め》」と解釈し、さらに男の名に読み替えたものか

解説

霞が上空へ昇って海面が現れてくる様は、まるで着物の裾が破れたようだ。昨夜の下痢を恥じる気をまだ引きずっていて、「老の裳裾は…綻びにけり」などという気持になる。この歌は、衣川の合戦のとき安倍貞任を追い詰めた源義家が「衣の館《たて》は綻びにけり」と和歌の下句を言うと、貞任が「年を経し糸の乱れの苦しさに」と上句で応じたという古事を踏まえている。苦しい病気の時も、風景を見て「年を経し」「衣の裾」という共通項から、さっと古歌が浮かぶというセンスは、現代人からは理解できないほどすばらしいものである。

雷に激しい雨、うるさく寄ってきた海人少女《おとめ》も来ない。軒にかかる滴の音さえ人が来たかと思うほど人恋しい。歌を「ふぢ女が許に遣しける」というが、どのように遣したのだろう。ふじの家は囚のすぐ南西方向の隣なので、大きな声で詠ったのだろうか。しかし「しのつくばかり」の雨の中、通じるとは思えない。「松風むらさをだに住まばこそ」の解釈については、難解ながら一案を示す。

平城天皇の孫、在原業平の兄、行平の作で百人一首に次の歌がある。「立ち別れいなばの山の峰に生ふるまつとし聞かばまた帰り来む」、この歌の成立にちなむとされる伝承が後に作られた。須磨に住むもしほ・こふじという海女の姉妹が汐汲みに出たとき、天皇の勘気を蒙って須磨に流されていた中納言在原行平と出会う。姉妹は松風・村雨と名付けられ、行平に愛される。行平が赦されて都に帰る際、松の木に烏帽子と狩

衣を形見として掛けて残した。二人は尼となって行平の旧居に住んだ。この物語は『御伽草子』や謡曲「松風」、歌舞伎や浄瑠璃の題材となり人々に親しまれた。望東尼は、雨が降って友人となった少女ふじ（名が伝説のこふじに似る）も来ず人恋しい時、「松風むらさをだに住まばこそ」と記す。上のエピソードに準えるならば、「私は松風なのに、妹のむらさ女《め》はおろか男（むらさを）さえ住んでいない」と、少し恨みがましくユーモラスに表したのではなかろうか。

十二月二日には、ふじのことを「行平の中納言にも見せまつらまほしげ也や」と書いており、八日の日記では、想像の中でふじを行平に出会わせたのらしいと解する事が出来る。豊かな古典の知識によって、辛い時も文学的想像の世界に遊ぶ幸せがあった。

九日

雨は止みたれど猶波風荒らかに、雲のたゝずまひ山の景色も、まだ降りつくさぬ気配に、冴えもや返るらんと思ひたりつるを、中々に春深げなる風のすさび、花[16]も散りくべき気色に見ゆ。

　春早みぬるびすぐして桜花散るとき来ぬと咲かずもや経ん

暮れゆくまゝにいみじう索々しくて、ふら〳〵とやしつらん。

　居ねぶりの夢にうつゝの夢続き寝覚をもせず熟睡《うまい》をもせず

今宵桜盛りに咲きたる夢を見て、

　春さりて幾日《いくか》もあらず見つる哉夢に桜の花の盛りを

　書き籠る人や笑み口開くかとはかなき夢の花も楽しゝ

十日

行ひ果てゝ、朝のもの[17]ども物し果てつゝ、文ども読み居たりつるに、いと若げなる声して鶯の鳴き出でたる、嬉しさ、あはれさ、喩うべきものなし。

そやそこにあはれ鳴く也うぐひすの声知る人[18]やそこに聴くかと

幾声もなく、初々しさも、ことに珍しくも又悲しうこそ。

うぐひすのまだうら若き初声を惜しげもなみにうちはへ[19]て鳴く

去年の冬より、海人どもに、こゝも鶯は鳴くやと問ひにし時、いかにいひて鳴く鳥にやと答へたりしに、ほうけきやうと言ひたれば、さること言ふもありげに、など言ひしかば、まこと鳴くにやと、この程のゝどけさに待ちたりつるを、今日はさぶげなるを、中々に[20]鳴きぬるこそ、春も若げに楽しと思ひなしても、また、

故郷も憂しとや聞かん春ごとにかたみに[21]なれし鶯の声

わが住み慣れたりし山郷さへ懐かしくなりまさりて、

聞く人も無きわが庵《いほ》の松に来て鳴くや向ひの陵《をか》のうぐひす

珍しく初音待ち得しうぐひすに催《もやう》されたるわが涙哉

帰る雁にや、空を過ぎ行くもまた悲しく、

帰る雁うらやむ目よりかすみ来てゆく影とくも隠しつる哉

春来れば心のまゝに帰る雁絆しの綱[22]のかゝるよもなく

夕月のどやかなる匂ひに、囚の内ほの〴〵として、過しよげなるにしたがひ、宵寝もせず。

初春のわが灯火のおぼろ月別れに暗む暁の闇

今日はゑびす祭とて、海人どもが、磯辺に酒ども持て出でゝ遊び暮らすついでに、こゝを訪ひ来し者繁く、例の餅つきては、かなたこなたより持て渡るを、とかくし、いと疲れにき。志は嬉しけれど、中々なるわざなりけり。

16 花──ここでは桜／17 朝のもの～果てつゝ──朝食を食べ終って／18 うぐひすの声知る人──浦人はうぐいすの声を知らないので、声を知る人はすなわち望東尼である／19 うちはへて──長く音《ね》を引いて／20 中々に──かえって／21 かたみに──人と鶯がお互いに／22 絆しの綱──身を縛る綱

解説

「そやそこにあはれ鳴く也」と、いかにも急き込み弾んだ表現に、待ち望んだ鶯の声が遂に聴けた嬉しさと悲しみがこもる。「鶯の声知る人」は、この島では私だけ。鶯はその私に「そこに聴くかと」聴かせてくれるのだ。鶯を巡って以前に海人と交わした会話がこのあとに続くのを読めば、この歌にこめられた情感の深さが解る。

（ひめしまにき終）

（福岡市博物館本終）

ひめしまにき（表紙なし）　　　（天理図書館蔵）印

正月十一日より廿日まで

『全集』の表題が「ひめしまにき続編」となっているのは、慶応元年十一月二十六日から始まった「ひめしまにき」が十一月三十日でいったん切れ、十二月分全部と慶応二年一月十日までの草稿を佐佐木が入手出来なかったため、慶応元年分を「ひめしまにき」と望東尼のつけた表題のままにして、正月十一日からの分は「続編」としたのだろう。おそらくその後、福岡本が発見されたと思われ、本書では欠けている分を福岡本で補ったので「続編」は無意味となり、一続きのものとして「ひめしまにき」を表題とする。

正月十一日

このごろの霞より雨降り出でゝ、海の音荒々しうなんなりぬるに、昼間ばかりより雨は止みたれど、いと冴えかへる気色に[1]、今日は来る人も少なげなり。

昨日は恵比寿祭とて、しばしの暇《いとま》もなく訪《と》ひ来し人誰々とも覚えず。物おこしたるも数知らず[2]。志は嬉しけれど、中々なるわざにこそ。よき伝手《つて》あらば[3]、とてものするに、昼間ばかりよりはた人の絶えず来たれば、今日も徒らに過しつ。

十二日　昨夜《よべ》はいたく冴えつるも宜《うべ》に、山々の淡雪、冬よりも深げに見ゆ。

初春にまたあらためて降りにけりこれや今年の山の初雪

昨夜より心地悪しき[4]に、寒さも殊更に侘びしくてうつ〳〵としたるに、かき餅入るゝ袋をとて、みき女が請ひ来たれば、賄ひ人三人のもとにとて、さる事どもしつゝ、

老さへも年の餅《もちひ》ともろともにかきつめ入るゝ袋をもがな

---

1 冴えかへる――春になって寒さがぶりかえす／2 物おこしたる――物をくれた／3 よき伝手《つて》あらば――故郷へ便りを届ける伝手があったならば／4 昨夜より心地悪しき――文久二年（一八六二）一月、京都に滞在中望東尼はマラリアに罹り治療を受けたが、姫島に来て再発したのかも知れない

解説

恵比寿祭は漁家で行われる祭で、不漁のとき豊漁を願って酒宴を催し船霊《ふなだま》を慰めるものという。島人は漁を休んで酒を飲み、何人もが望東尼を訪れ、物をくれたりしたのだろう。その志を十分に喜びながら、望東尼は有難迷惑だと思う。よき便があれば手紙を書いて託したいのに、訪れる人々のためにその時間がまったく無いのだ。

そのうえ註に記したように、望東尼はマラリアの持病が起こったらしく気分がよくない。そこへみき女が、かき餅を入れる袋を作ってほしいと頼みに来たので、仕方なくその作業をしつつものしたのが、やけっぱちの一首である。年寄も新年の餅と一緒に掻き集めて入れる袋が欲しいものだ――少し腹をたてながらも何となくおかしみの漂う歌である。

十三日　寒さ少しゆるびがほなれば、心地もよげになりぬ。今日は母君の御忌日なれば、行ひがち[5]になん過ぐし

ぬ。

のどやかなる夕月夜《つくよ》に慰められて、夜更くるまで窓を開けつゝ、海面《うみづら》遠く見渡したるに、いつしか眠たげになりたれば、しばし熟睡《うまい》したりしひまより、いといたく風雨おこりて、紙ひとへの窓、打ちも破りぬべかめれば、とかく物すれど、早月も入りて暗し。内より立つべき戸にあらず、せんすべなく、破らば破れとうち任せて、念じ明かしつ。

おぼろ夜の果てはかならず波騒ぐ海はうき世の鏡なりけり

窓の紙破らば破れ雨風に濡れなば日影待ちて干してん

---

5 行ひがち——座禅など修行に時を過ごす

解説

前年の十二月二十二日に初登場した「窓の紙」である。「紙ひとへの窓」、しかもそれは外から立てられたものらしく、雨風に濡れたら破れるだろうと心配するが内側からは何とも出来ない。「破らば破れ」と投げ出すほかはない。宵の口はのどかな月を楽しんでいたようである。

十四日　明け行くまゝに、和みがたながら南も西に変りて吹けば、海は猶荒々しきに、釣舟などは、厭ひなく平戸まで漕ぎ出でつとか。

釣舟も命の綱の絆《ほだ》しより危うき瀬をも乗る世なりけり

立てるかと見れば消えぬる波よりもはかなきものは人の魂の緒[6]

今日は童《わらは》どもが、はんじやう〳〵といふことをすとて、樫の枝を皆かたげて、鄙びたれど古へめける歌をうたひ、はんじやう〳〵と言ひて、社々、人の家々に行き、歌ひて餅をもらうさまなり。此囚の西表に天神の御社まします由にて、そこに来りて歌ふ。囚の前にも来て歌ひたれば、鏡餅飯《もちいひ》をやりつるに、いと嬉しがりてゆくを、「などかやりつるや、いと悪しかりし」とて、梅わらはが来てむつかるもわりなし。よしや、悪しくても程もこそあれ、何ばかりの事かは。

ひめもすかき暗して、[7]いと索々《さうざう》しきまゝに、過し日鳴きつる鶯の、そのまゝ来ぬが、いと待遠く本意《ほい》なくて、[8]

中々に聞き初めぬ間はうぐひすも棲まぬ島かとそらに思ひしを

波越えて里にや出でし初音のみ鳴きて絶えたる島のうぐひす

月影おぼろにのどけくて寒からねば、みき女・藤女など前に来りて、夜更くるまで語りあひつゝ去にたれば、夜も短く明けぬ。

6 魂の緒――命。魂を体に繋いでおく緒の意。／7 かき暗して――かき乱したように空が暗くなって／8 本意《ほい》なくて――期待に違って残念で

解説

「はんじゃう〳〵」と鄙びた歌を歌いながら子供らが餅をもらい歩くという様は、欧米のハロウィンを思い起こさせる。毎日新聞二〇一五年十月二十三日版によると、東日本では「十日夜《とおかんや》」西日本では「亥の子」という行事があった。子供たちが縄を結んだ石や藁鉄砲と呼ばれた藁の棒をもち、家々を廻って地面をたたいてはやし立て、家の人から餅や菓子をもらった。子供らは「繁盛せい、繁盛せい」と合唱し、もらえぬ時は「貧乏せい、貧乏せい」と叫んだ、というのである。現代人はすっかり忘れて、ハロウィンは欧米の習慣を

真似たと思っているが、「はんじゃう」が「繁昌」の意だとすれば、仮装して先祖の死霊の示現を迎えるというケルト人に始まる欧米のハロウィンと同根の収穫祭だということになる。

十五日　暁ばかりに雨少し降りて、明けゆくまゝに空清く、さきつ日[9]に変り、まこと初春の気色に、風寒げなるも中々珍しげによし。領巾振山《ひれふるやま》は昨夜の雨も、雪とや降りつらんかし。

　春霞立かさねても松浦潟《まつらがた》[10]領巾振山は雪のみぞ降る

　薄物の霞に雪の下衣《したぎぬ》もあたゝかげなる領布振の山

うら〱と霞みたる空に鳶の声もけざやかに聞えて、

　初春の空に立舞ふ鳥のごとわれも飛び立つ心動けど

江上ぬしが種を蒔きにし桃の木、軒よりも高くなれるが、やがて咲きぬべき気色したれば、

　あはれ〱植ゑにし人は亡きものを知らでや桃の花急ぐらん

　植ゑおきし君をしのぶは草ならで[11]囚の軒の桃のひともと

今日は浦人も遊び暮す日にて、かれこれと訪ひくるに、流され人さへ祝儀をつけてぞゆく。

　もろともに嬉しき芽だに生ひいでゝ身を標縄《しめなわ》の解けんよしもが[12]

昼間ばかりより、風さぶげに吹き出でゝ、空もうち曇りたる夕暮れ、いみじう寂し。

　秋のみと思ひけるかな浮島は春の夕べも物ぞかなしき

　忘らるゝ時はなけれど故郷を猶思はする海人の漁り火

いと近う寄せていさりを焚くこそ、あはれも優りしか。磯屋の灯もほと〱見え来たるぞいみじき。

　たそがれと故郷人の恋しきに海人の苫屋《とまや》[13]に芦火[14]焚く也

いさり焚くあまの小舟にうち添へて寄る音寂し春の夕波

例の心を尋ぬるわざ[15]どもしつゝ、

つく〲と尋ねて見れどそこはかと知りて知られぬわが心かな

十五夜くもりたれど、中空になれるや窓も明《あか》くなりたれば、

夜もすがら今宵は望の月影に起き明かしつゝ心たづねん

など思ひたりつる。いつしか眠たげになりて夢心地さへおぼろ〲しく寝たりつるに、覚めたれば、はや明けゆく気色と見て、衾《ふすま》などたゝみたるに、まだ寅の時ばかりにやありけん、かの漁り舟の人音聞えければ、覗きたるに、所も変へず影ほそ〲と見ゆ。

春浅み潮風冴ゆる海原に起きあかしぬる海人のいさり火

心ある人にもがもな見せてしが[16]おぼろ夜に焚く春のいさり火

胸焦がす尼が見るとも知らじかし春の渚の海人の漁り火

かくて海人の業ほど、世にあはれにあぢきなき業はあらじかし。

---

9 さきつ日――先つ日、前の日、昨日／10 松浦潟――佐賀県唐津湾とその沿岸の地域。風光にすぐれる。歌枕／11 しのぶは草ならで――忍《しのぶ》はシノブ科の羊歯植物。ここでは忍は草ではなくて…（桃の木である）／12 標縄《しめなわ》の解けんよしもが――標縄は神の占有の印の縄、ここでは標と身を締める目に見えぬ縄を掛けている、標縄の解ける方法があればいいのに／13 苫屋――菅《すげ》や茅《かや》で屋根を葺いた粗末な家／14 芦火――灯りをとるために芦を燃やした火／15 心を尋ぬるわざ――自分の心を座禅をしながら省みること／16 心ある～しが――そうあって欲しいという意の助詞。上句の意は、心ある人がいてほしい。いたらその人に見せたいものだ

解説

一月十五日は全国的に「女の正月」「小正月」などと呼ばれ女も仕事を休む。望東尼の所にも多くの人が

訪れて来た。流され人でも牢に入れられていない人がいる。こんな人さえ望東尼に祝儀を渡しに来るのが情けない。文章、歌ともに読者の心にしみいる抒情の韻《ひび》きに満ちている。鴬の声に鳥のように飛び立つ心が動く。亡き江上が植えた桃の木の花が咲き急ぐ。身を締める縄を解きたい。故郷、海人の漁り火、春のおぼろ夜のいさり火に胸焦がす尼と、抒情の要素はそろいすぎるほど。わが身の悲しみとひとしく、「すべて海人の業ほど、世にあはれにあぢきなき業はあらじかし」と、満腔の同情と共感を海人の営みに寄せる。歌が読者の胸を打つのも、技術に頼らず、経験や感覚や思惟の深さを掘りさげて歌って訴える所にあるようだ。

十六日　猶曇りて風寒けれど、春の若やかなるは、温び過たるより珍しうこそ。人や（囚）のうち、上下隔てたる渋紙の掛処《かけど》よろしからねば、竹を貫ひいでゝさる事どもしつ。又みひ貝てふ貝の殼を貫ひたるが、いみじ（う）をかしげなれば、数を集めて故郷に遣はしなんとて、先（づ）二つ得たるを磨きなどして、労《いたつ》がはし[17]くぞ過ぐす。

都日記[18]をやをら昨日より取り出でゝ見るに、*猶身の浮き沈み、来し方行く末さへお（も）はるれば、

＊（以下張紙）

九重[19]の御《み》垣の梅や匂ふらん見しその春の頃は来にけり　＊（以下三首張紙にあり）

風いたう騒がしくてしづ心なげなり。

九重の御《み》垣の梅や匂ふらん見しその春の忘られなくに

今や夢昔やうつゝ都にて梅見し春のころは此頃

風猶あらく〳〵し。

春来れば風の心ぞ騒ぐめる梅の盛りにあだをせんとて

暮れゆく空かき曇りたれど、十六夜の月やがて匂ひくれば、窓もふたがず嵐に吹かれ居たるに、藤子が訪ひて、さぶき風もいとはず、小夜更くるまで何くれと語り、慰めてぞ帰りぬ。

　寒き夜を訪ひ来し人を汐風に吹かせて閨に入れぬわりなさ

漁り舟いく連《つら》もこの島陰に漕ぎ寄せて、烏賊を取るとて漁り火焚き連ねたるも、いみじうあはれなるに、風はいやましに吹く。

　寒き夜も焚きあかしぬる漁り火は明日の魚釣る餌を求むとか

この頃は、夜昼寝《い》ぬる事もなく、かくのみ漁りぬるよし。いかにも〱あはれなる海人の生計《たつき》にこそあめれ。さるを、求むる人は、代の高し（ひ○）きゝ[20]など、とかく言ふぞわりなき。

寝覚めたるに、白みたる窓、月とも明くとも分かずして、

　中々に夕暮れよりも暁の明くる明けぬにいざよひ[21]の月

漁り舟の人声しきり聞ゆるや、沖辺に漕ぎいづる気配なりける。＊一首抹消

　いさり舟夜はよすがら火を焚きて昼はひねもす沖に釣する

17 労《いたつ》がはし――煩わしい／18 都日記――文久元年（一八六一）から同二年五月半ばまで、大坂・京都に上り滞在した時の日記／19 九重――宮中。皇居／20 高しひきゝ――（値段が）高い安い／21 いざよひの月――十六夜の月で、いざよふ、はためらう、停滞すること

解説

「上下隔てたる渋紙の掛処よろしからねば」竹を貫ってちょっとした修理をした、とあるがどのような構造になっているのか、筆者にも理解出来兼ねるが、以前のような吹き曝しよりはましなのだろう。藤子との語らい、夜昼寝ることもなく烏賊を捕り、明日の餌を求めるいさり舟の苦労を見続けて、「いかにもあはれな

る海人の生計」と思い、町の消費者が、魚の値が高いの安いのなどいうのは不当だと、海人の身になって考える。日付不詳の家への手紙に、「正月二日の釣初めの時…博多に持て行きしに（銭高—浅野註）壱貫五百目だけに売りしとか。…誰々が舟は八百目、七百目釣りたりと申候。鰤一本を八十目に売りしとも言ふ。…高う売るも宜にこそ。まこと嵐のさぶき夜もすがら、漁りを焚きて烏賊を捕り、それを餌にして暁より平戸又は遠《をち》の島あたりまでも釣に行くなり。舟は見えぬばかりに立つ波を押し切りて行くさまを見れば、居ながら魚を食ふはまことに〳〵心なし」と漁師の生活の厳しさを見聞した通りに記している。

十七日　猶風止まず。寒さもいやましに冴えかへりたれど、日影の折々さしくるに、心はるけくて過ぐしよげなり。

　今日は御仏の事どもに大方過すめり。

藤子の身の仕合せ悪しければ、ゆく（ママ＊）よろしげなる歌をとて請ひたれば、

　ひとすぢに心の直路《たゞぢ》君ゆけばつひに高嶺の花もこそ見め

＊ゆくすえカ

猶風激しくてさし籠りたるに、少し開き見れば、

　窓だにも開きがてなる春風に帆を上げて来る舟もありけり

　梅散りて桜まだしきひまなれど憎げにつらき春の浦風

　風をいたみたゆたひぬるか帰りしか昨日も今日も雁の声せぬ

雁の声の聞えければ、

　空にこそ別れ慣れしか帰る雁鳴きて泣かするこの春べかな

　数足らで去《い》ぬる雁かもわがどちは亡きも生けるも帰る世の無き

暮れゆくまゝに、猶風すさび吹く。月もまだしき程の暗さに、いと待ちわびて、

つく〴〵と海をみなみの人や（囚）には居待[22]こそすれば（×）立待[23]の月

やをら月影ほのかにさしくれば、

　いかめしき槇の荒垣洩りきても影和らげる春の夜の月

　思へども梅も桜も見え来ねば月こそひとり親しかりけれ

　灯しなき人や（囚）に住みて昔より親しみまさる夜半の月影

更けゆくころ波風もかつ静まり顔なりや。

　辛かりし嵐も波も春の夜のおぼめく月夜に和められつる

　おぼろ夜の月に向へば故郷の梅の木陰にゆく心かな

東風《こち》のみ吹くころ

　梅の花匂ひおこせ[24]の神《かみ》事も東風ふくたびに思ふ春かな

　日数経てつらく吹つる春風に散りや果てけんふるさとの梅

枕辺の窓の紙に、何かさはり〱と音するやうに覚えて、開き見たるに、

　磯あさる舟の梶の音《と》いかにして枕にさわる心地しつらん

22　居待――十八日の月／23　立待――十七日の月／24　匂ひおこせ――菅原道真の和歌「東風吹かば匂ひおこせよ梅の花あるじなしとて春な忘れそ」にちなむ

解説

「藤子の身の幸せ悪しければ」とは具体的にどういうことなのか不明であるが、妹のおうめ（梅わらは）が、前年十二月八日に語ったように、母を失ったことに関わって未来に不安を抱いているのかも知れない。その

藤子を励ます歌として「ひとすぢに心の直路《たゞぢ》君ゆけばつひに高嶺の花もこそ見め」とは、まことに望東尼らしく、ジェンダーに縛られることなく心の望むままの道を行けば、最高の幸せが訪れるだろうと諭している。「数足らで去ぬる雁かもわがどちは亡きも生けるも帰る世の無き」、雁はこの地で命を失って員数が不足になってもそのまま帰る。わが仲間は、亡くなった人も生きている者も帰る家が無い。悲痛な歌である。しかし漂泊の境涯を、天が下すべてわが住処、とプラス思考に転ずる時もある。「東風ふくたびに思ふ」とは、菅原道真が流刑地太宰府で「東風ふかばにほひ起こせよ梅の花あるじ無しとて春な忘れそ」と詠んだ歌にわが身を重ねている。舟の梶の音に窓の紙が共鳴するのを聞きとめたのも面白い発見である。

十八日　人丸明神に手向まつる歌とて、昨夜より詠みつゞけ、明けゆくころ思ふ事又浮び来て、

散り果てし花のうてなに残る実の春に逢ひても生《おふ》る芽ぞなき

こゝは地方《じかた》の村々より、牛の仔を預かりて、たゞ小屋にのみ繋ぎたるに、かなたこなたより絶えず吠ゆる声、いと聞き苦しくて、

牛や牛さのみな鳴きそ聞くも憂しわれも絆《ほだ》しの繋がれてのみ

辛かりし嵐絶えて、長閑に暮れゆく海面《うみづら》に焚き始むる、いさり火の影いみじ（う）。珍しくて、

夕暮のもの寂しさを慰めて焚き連ねぬる海人のいさり火

慣れぬ間はもの寂しげに見えしかど今は友めく海人の漁り火　＊この一首ミセケチ

海人舟のみなぎる櫂の音よりもさゞ波かろき春の夕凪

星とのみ眺むる間よりかた変へてそれと知らるゝ沖の漁り火

風止みて居待の月の楽しきに降りかはりくる春雨の空

十九日　昨夜《よべ》の春雨、猶しく〱と降るに、今日は無可君《ありよし》[25]の忌日なれば、経ども読むに、中々に罪深く思ふ事多くて、

身をはやにつくしがひなく流るれば浮ぶ瀬波に魂《たま》も騒がん

いかに本意《ほい》なく思ふらんかし。

春雨は世を侘び人の浮草の生《おふ》る袂の雫なりけり

春めかぬ囚の軒の春雨にうき世しのぶの草ぞ時めく

日たけゆくまゝに雨は止みて、はた荒らしに荒らす西風いたう吹けば、波の頭高く、海の色暗みて怖しげなるに、釣舟の帰りくる帆影のあやうさ、喩うべきものなし。

さばかりに目にこそ見えね人の身も嵐の舟に何か変らん

など思ふ折しも、童《わらは》どもがうちつらだちて騒ぎくるを見れば、鶯を殺してぞ持たりける。「そは、いかにして」と問へば、「今、人の銃《つゝ》にて撃ちておこしつ」と言ふ。

火音は聞えしものから、さる事あらんとやは思ひし。

うぐひすを撃ちも撃ちしや情けなやあな人げなやさも心なや

聴き初めしよりこのかた、人よりも懐かしう思ひたりつるを、いみじき憂き事も出できたるかとまで、いみじう悲しくて、

思ふどち離れ小島にかつ馴るゝうぐひすにさへ別れつる哉

思ふ事のついでに、

ともすれば猫の食ひさし食みにくる鼠も世にはありげなる哉

十九日*　空清う晴れていとのどけし。　*十九日、二度記されているがもとのまま

霞たちむかふ朝日の鏡山春の姿ぞ先（づ）写りくる

25　無可君《ありよし》――勤王派の中村恒次郎（1842〜62）。元治元年七月十九日、禁門の変の戦いで討死した

解説

もの寂しげに見ていた海人の漁り火もこのごろは友のように親しく思える、人の身も嵐の舟と同じようなものだ、いつどんな目に遭うか知れぬと思う。忌日を迎えた中村恒次郎の魂も騒いでいるだろうと偲ぶうち、子供たちの騒ぐ声がして、鶯が撃たれたという。どんなに鶯の声に慰められてきたか「情けなやあな人げなやさも心なや」と嘆いても歎ききれない。

廿日付け智鏡尼たね宛ての手紙には様々なことを頼みまた訊ねている。（口絵参照）体調の不良を訴え、便秘薬、胃腸薬を送ってほしい、そして薬の正しい用法を医師に尋ねてほしい、ほかに朝顔の種、るうだ草（有田草、乾燥して駆虫、健胃、解熱などに用いる）の芽の出たものなども頼んでいる。たね自身の不快はどうか、貞和は、おときの夢を見た、このごろひどく体が弱っているので、ひげ人参と丸ごと炒りつけた鮑を注文したら元気が出た、それらのため賄い人に二百文から五百文ほどを与える。世の中はどうなったか、貞省と同時に囚に入った人名が知りたい。などなど盛沢山の記事を記している。

（裏表紙）

正月廿日朝までを記す。

（天理図書館蔵）印

郵便はがき

料金受取人払郵便

福岡中央局
承認

4

差出有効期間
2020年2月29
日まで

810-8790

157

(受取人)
福岡市中央区渡辺通二―三―二四
ダイレイ第5ビル5階

石風社

読者カード係 行

注文書◆ このハガキでご注文下されば、小社出版物が迅速に入手できます。(送料は不要です)

書名	定価	部数

＊郵便振替用紙を同封しますので、送金手数料は不要で

ご愛読ありがとうございます

＊お書き戴いたご意見は今後の出版の参考に致します。

野村望東尼　姫島流刑記

ふりがな ご氏名	（　　歳） （お仕事　　　）
〒 ご住所 ☎（　　）	

●お求めの書店名

●お求めのきっかけ

●本書についてのご感想、今後の小社出版物についてのご希望、その他

月　　日

（表紙なし）

正月廿日朝後より書。

いよ〵のどやかに、うら〱と照らす春日に、籠るべき心地こそせられね。草木のけし（き）゜さへ同じ心になん見ゆる。

春の日に畑の大根《おほね》もあらはして土にこもらぬ心見ゆなり

昼間過《すぐ》るころよりうち曇りて、海はいよ〵凪ぐめり。

暮れゆけばかつ燃えまさる島山の野焼につゞく海人のいさり火

今宵は舟も心静かに見ゆ。

明日なん暁ばかりより里に行よし、佐吉てふ者が言ひしかば、忍びて聞こえつがせてんと思ふ事ども語らひ合せて、文ども書いつるに、日暮れたれば灯火なくていと苦しく、線香を立て〵その明かりに書いさし〵事ども物しつるに、その末に、まさぐりておぼろ〱に書く文の、経しかた見えずなるぞわびしき。種々《くさぐさ》の事書いつけて、

いくたびか憂きも乱れも書きつめて君に見すれど告ぐる時なき

徒然のあまり徒然草など思ひよそへて、今様[26]をなん口ずさびける。

聞くべきものは水の音　深山うぐひす　鶴の声　牡鹿　雁が音　虫の声　笛　琴　琵琶に古（き）゜言

廿一日　など歌ひつ〵夜を明かしたれど、かの佐吉さらに来ずなりしかば、暗きに書いたりしも徒らになれるのみかは、謀られやしつらむと胸騒がれて、三木女に問はせたれば、空曇りたれば止みぬるよしを聞きて、心も和ぎつ。いま少し聞ゆべき事どもを書いつけて遣はしなんと思ふ折しも、古川友五郎てふ人、この頃こ〵に来たれるよし聞きたれど、逢ふ事は得なるまじう思ひて、いと懐かしかりしに、いと忍びやかに窓の許（に）゜来たりぬ。

思はず嬉し涙こそ先立ちけれ。さて言ひ遣はしてんとて、

思はずも君を見るめの嬉しさと名残の涙引（く）゜しほぞなき

ひめもす春雨の降り暮していみじう物寂し。夜は殊更降りまさり来るを、いたく眠《ねぶ》たげにて、月もかひなく暗ければ、とく寝たりつるに、寝覚めてもはたまどろび、明けはてゝやをら起きつ。

26 今様——最初の和歌の師二川松蔭は、平安朝の民謡である今様に詳しく自ら今様の作品を創作した。「黒田節」は彼の代表作。望東尼も習って作ったものらしい

解説

「徒然草など思ひよそへて」今様を吟じたと望東尼はいうが、『徒然草』に出てくる「今様」の語は、単に今流行の事や物という意味で使われている（七六～七九段）だけで、「今様」の歌謡の意味ではない。ただ連想の及ぶままに、昔二川松蔭に習った今様を思い出し作詞したのだろう。望東尼が今様を作ったのはこれが初めてではない。「上京日記」（古谷知新編『江戸時代女流文学全集』第三巻所載　翻刻者不詳　一九七九年日本図書センター）文久元年（一八六一）十一月二十九日の夜の作に「関の泊りのかゞり舟　枕はひき（低）し風寒し　衾もなみの憂き旅寝　かくて幾夜か明かすべき」がある。数えてみれば五年ぶりに作詞、あるいは曲もつけて楽しんだのかも知れない。

線香のかすかな明かりで書いた文の跡が見えない。それを佐吉に託すつもりだったのに来ないので謀られたかと心配するが、ただ天候の都合だったと判る。旧友古川友五郎（島の役人の古川とは別人）に会い、嬉しくも名残り惜しさの涙（これも手紙にあり）。

二十二日　春雨の淋しき夜半も熟睡《うまい》して朝寝《あさい》するまで馴れし人や（囚）か

今日も猶空暗げに曇れり。風さへ寒く吹入るれば、窓も開けがたくいと淋しきに、はた雨のしく〳〵と降り出づるはいみじう寂しかりつるに、故郷より便りありて、家の禄、得耐うまじかりつる[27]も、事なく賜りて、世継などものしつる由言[28]ひおこ（た）[×]せたるに、心地嬉しく、淋しさも消たれ顔なるに、

　故郷の喜ばしげのおとづれに猶懐かしさまさりくるかな

かの便り聞く前つかたに、月日貝[29]と、こう貝[30]てふを人のおこしたれば、いと珍しくて、今日故郷にはた行く人のあれば、喜びのしるしに遣はすとて、

　月と日の曇りも晴れて世を思ふ心つくしのかひも見えこん

夜深く覚めてみれば、末の弓張月窓に差しいりたり。

　初春もはや末筈《うらはづ》[31]の弓張の月に入れとて開くる窓哉

雨の晴れがたよりいとう冴え〳〵て、冬のうちにもかく冷たきことも無かりし心地して、

　初春のまだうらさぶき汐風とともにかげ入る弓張の月

二十三日　暁ばかりより、忌はしかりつる人々[32]の亡きあと弔《とぶら》ふとて、経ども読みけるついでに、

　死出の山先にと思《も》ひしを中々に遅れて跡を弔《と》ふぞ悲しき

さま〴〵思ひつゞけられて、

　世も末の弓張月ぞ恨めしき大和もの〻ふ埋れし思へば

いみじうさぶくて心地さへ例ならねば、ひめもす引きかゞふりて、夜も殊更冴えまさりたり。冬に（に）[×]まさりて冴えかへりぬるこそいみじけれ。

　似げもなく年の初めはぬるびきて冬より寒く冴えかへるかな

世の中もかくこそは。

27 家の禄〜かりつる――家の当主がきまらず、禄を支給されなかったので、生活が苦しかった／28 世継などものしつる――貞省が囚われの身なので、本家から貞幹を養子に迎え世継が出来た／29 月日貝――殻径約一二センチメートルの円形の二枚貝で、右殻は淡黄色、左殻は濃い赤色でこれを月と日に準えていう／30 こう貝――甲貝。大型の巻き貝、天狗螺《にし》／31 末筈《うらはず》――弓の上部の弭《ゆはず》。筈は弓の上下の弦をかける所。ここでは、月齢が上がって弓張月の張りがゆるくなり、月が大きくなって来たという意／32 忌まはしかりつる人――戦死、刑死、切腹など不吉な死に方をした人

解説

月齢が増えて弓張月も太く明るくなってきた。故郷からの便りは、家の禄がようやく支給されるようになり、跡継ぎも本家の貞幹が養子に来るという喜びの知らせだった。祝いの印に月日貝とこう貝の殻を磨いて贈る。それにしても冬より寒く冷える日々、また病気がぶり返す。

二十四日　猶寒ければこもりつるに、昼過る頃より、いさゝか心地もよげになりしかば、都に行きし時の道の記ども書くに、寒さもゆるび顔に風絶えて、波の音遠ざかりたるやうに聞ゆ。

　いくたびか冴えかへりてはのどむなり定めなき世や空に写れる

二十五日　今日は、例の御神[33]を百拝をして、一時二十五詠をなん手向（け）奉りける。この歌、外に記せばこゝに洩らしつ。

雨は降らねど猶曇りがちに寒し。野焼（の）火、唐津山に見ゆ。

　波風も立（ち）隠したる八重霞雨と見て焼く春の野辺かも

少し晴れきて、

灯火も掲げぬ閨は夕星《ゆふづゝ》の影もたのしき夕闇のころ

二十六日　猶曇りてさぶし。昼間過る頃より、雨降りいづ。

春雨のまた故郷をしのぶ草濡れまされとてしく〳〵ぞ降る

さは言へ、憂き住処も馴れゆくにつけて、夜な〳〵寝《い》がたかりしも、このごろは熟睡《うまい》する夜こそ多けれ。

さてこゝの柱に書いつくとて、

またこゝに住みなん人よ耐えがたく憂しと思ふははつかばかりぞ[34]

ついでに、

来し時は生ける心地もなかりしを今は帰らんことをのみこそ

暮れゆくまゝいとう暗くてわびしきに、ほと〳〵と梢の滴、音いみじう寂し。

中々に繁くも落ちず梢より洩る音淋し軒の春雨

はつかなる埋み火も、炭尽きて消え果てたれば、疾（く）明くるをのみぞ待ちわびる。

33 例の御神――毎月祭を行っている天神様／34 はつかばかり――わずかばかり

解説

都日記、草稿があったものらしく推敲しつつ書き直したのだろう。二十五日、天神祭の手向けの献歌二十五首はほかに記したという。この際の百拝は、出獄を祈ってお百度を踏むようなものか、いずれにしろ運動して気分一新できただろう。またこの囚に住む人も出るのだろうと、メッセージの歌を柱に刻む。またここに住む人が出来ると望東尼は予想していたのだろうか。来たときは生きた心地さえなかったのに、この頃は帰りたいの一心だ。夜は囚近くの木の梢から滴る雨の雫の音さえ淋しい。それでも、このひどい住処にも慣れて、冷えて侘びしい雨の日、火の気がすっかり無くなっても熟睡できるようになった自分に驚く。

二十七日　雨名残りなく晴れて、空の色の緑海面《うみづら》に通ひて、いとのどけし。

　きはやかに霞の衣《きぬ》も引はへて陸路《くがぢ》波路を分つ今朝かな

水を汲ませたる担桶《たご》のうちに、朝日のさし入たるを見て、

　もの濯《そゝ》ぐ水にも塵の浮世《うくよ》ぞとさしも知らする朝日影かな

久しぶりに日影はなやかに射して、いと珍しと思ふほど、故郷にやりつる使、返りごと持て来たる。いみじう嬉しく、取る手も遅しとひら（き）見るに、家のことども、又わ（づ）らひがちなりしたね子が心地よくなりて、里などにも物に乗らで春より二たび行、などあり、二なううれしき。

訪れを聞かんとてにや、昨夜《よべ》坐をしたるうちに微睡《まどろ》びしつる時、蛤の殻に亀甲の型つきたるを、藤子が持てきておこしたりと見てしかば、はかなき夢も善し悪しとなく心にかゝるあだ心地に、歌占[35]を引たりつるに、「なつそひく海上《うなかみ》潟の沖つ州に舟はとゞめん小夜更けにけり」といふ万葉の歌出できたれば、心地よげに思ひたりつるに、嬉しき訪れをこそ聞きたりけれ。されど静幽古（居）士[36]の七とせのみ弔ひ、去年《こぞ》の文月なりしを、家の騒ぎにより、公け憚りて内《うち》々にのみ物したれば、此二十八日になん、かのみ弔ひすと言ひおこしたり。よくもとく〳〵思ひおこしたりと思ふは嬉しけれど、さる折ふしにも居合はで、かゝる憂きかたに物するを、無（亡き）君にもいかゞ思すらんかしと思ふに、胸つぶるゝ心地ぞする。

　　君にわが長くおくれていつまでか独り憂き世の夢を見るらん

明日はこゝにも如何してか訪《とぶら》ひまつらん。

　いかにわが跡訪《と》ふとも君はたゞ背に振り放《さ》けていますならまし

言ひやりし事どもの返り事つばらに無きが、いと心許なくて、
わが思ふほどには人の思はじとおもふ程なほ思ひこそ増せ
夜いたう深きまで行ひどもしつゝ、しばしとて臥したりつるに、少し寝過ぐしたるこそ、おぼなかりけれ。[37]
二十八日　今日もいとうら〳〵と長閑けくて、霞さへ程よげに立渡りたる海面《うみづら》、鮑突く舟どもゆき通ひたるこそ、いみじ（う）をかしかりしか。
故郷には、亡き君のみ跡訪ふとてまろふ（ど）もありなん。先、日影のどけきこそよかめれと思ひやるに、いつしか汐垂るゝあまが袂《たもと》こそわりなけれ。
浮島に流れてみ跡訪はましと君や思ひし我や思ひし
かひなき弔ひながら、浦人どもに物ども取らせて、ひめもす経ども読み暮し、書きくらしぬるに、いとゞ昔人思ひいづる事ども多くて、
はかなくも還らぬ昔思ひ出てまたもあらばと嘆きつる哉
唐津のかたの山に、野焼の煙見ゆ。
うら〳〵と霞む野焼の煙にもわが胸燻《く》ゆる今日にもある哉

35 歌占――小弓に様々な和歌を書いた短冊を結びつけ、他人に一枚引かせて（ここでは自分で引いたのだろう）出てきた歌で吉凶を占うこと／36 静幽古（居）士――夫貞貫の戒名／37 おぼなかり――おぼつかなかりに同じ

解説
「故郷にやりつる手紙、返りごと持て来たる。いみじう嬉しく…」に関して、二十六日付和宛ての手紙に、島の喜平次という者が難病で牛肉を手に入れたいというので手配してほしい、お母上（たね）の体調がよく

なり、家も継ぐ人が出来てめでたい、「言ひやりし事どもの返り事つばらに無きがいと心許なく」に関して、手紙の返事は気付いた時に何度も書きためておいて送ってほしい、日記の草稿をそちらに送っている、こちらに残すのは人が見ても差し支えないものばかり、注文品は○薬三つ・字引○朝顔種・るうだ草○薬の用法が判りにくいのでもう一度、などの後、「終《つひ》の別れと思ひて別れ侍りたれど、今は心きたなくも、いかで君たちに逢ひて身罷《まか》らんの心止みがたくて、身の保養のみ致し侍る」と、なんとか生き残りたい思いを記す。亡夫の七回忌の法会にも言及し、島でも浦人に施物《せもつ》を与え、経を読み、こんな島でみ跡を偲ぶと貴方も私も思ったでしょうかと詠う。

唐津の野焼きの煙にわが胸の燻る思いを重ねているが、そこまで見えるのだろうか。姫島から見る唐津は遠く、多分に想像の産物ではないかと思われる。

二十九日　昨日弔ひし君の母君の忌なるとこそ、猶昔偲ばしけれ。空も昨日に変り、うち曇りて物思はしげなり。春の日の延びゆくまゝに、中々にありし事ども偲ばしく、もの悲しさもその折より猶しみかへりて、人々とゝもに剣の露と消ゆべかりし老の身、心の外に生き止まりて、長き憂きをなん見るにつけても、今はこの海山を友と眺めはて（ん）なましと、思ひなりぬるにつけても、孫《うまご》どもに今一たび逢はまほしさのみ止みがたく、法《のり》の道にもいたく背けりとこそ、うたて心の隈なりけれ。

いましめの絆しの綱にまさりても心にかゝる家のうまごら

一人は同じ人や（囚）の住処、いかで逃れ出でさせて、相見ん世こそあらまほしけれ。

昨日のゆふべ詠みたりしをこゝに。

人目無み心ゆるぶか別れにし昔にまひて降る涙こは

島山の野焼の火影あからかに見えきて暮るゝ闇ぞかなしき

赤くなる野焼の煙見つるまにあやめもわかず日は暮れにけり

ひと日鳴きつる鶯を人の銃《つゝ》にて撃ちしかば、今は来るもあらじといと悲しう思ひたりつるに、今日おなじ処に声の聞えければ、

撃たれしを見て嘆きつる鶯の子がおととひ[38]のあはれ鳴くなり

そのまゝに馴れて歎かじ鶯の声聞く間こそ春心地すれ

やるかたもなげなる胸の憂き波をなき静めたるうぐひすの声

磯屋の垣のちんちくてふ竹を見て、

笹垣の親より高き若竹の枝もさしあへず年は経にけり

江上ぬしの植ゑおきたりし桃の花のこなたざまなるが、開きいづるを見て、

無（亡き）人の形見の桃の面向けて咲くを見る目に露ぞ零《こぼ》るゝ

樵女《きこりめ》の帰るを見て、

うなひ子[39]の泣くは歩ませわりなくも薪背負ひて帰る樵女

若松の枝など伐りそへたれば、

樵《こ》り取りて薪に焚かば千代経《ふ》べき杣《そま》の若松[40]一夜だにあらじ

大方の事、世の中はさるものにこそ。

三十日　いたく潮や引くらん。

幾筋か沖の荒磯《ありそ》のかた〳〵に現れて引く春の朝潮

昨日の鶯いと疾く来て鳴くが、いみじうあはれに嬉しくて、

馴れて来《こ》と言ひし言葉を聞きしにや明くればやがて来鳴く鶯

ひめもす幾たびも鳴くがいよゝあはれにて、

老らくの心のまゝに鶯の憂き住処とも言はで来るかな

経を読む折しも、はた鳴きければ、

読む文のその名唱ふる鶯[41]にわが声止《や》めてゆづりぬる哉

今日は、かれに慰められてぞ過ぐいける間《あひだ》に、

浜荻の下音《したね》鳴きては浜松の高音にも鳴くうぐひすの声

今までも疎《うと》からなくに鶯と分きて親しきこの春べかな

鶯の声に春知る心にも鳴くやと偲ぶ故郷の庭

軒端の桃の花、東《ひんがし》のかた遅げに開きかねたれば、

中々に日の差す方へはまだしくて窓にさし枝の桃咲きにけり

憂き住処も山、水、書など読み書くに、春の日も長からず。日ごとに暮るゝをこそ惜しめ。さて戯《たわ》れごとながら、

筆と紙すゞり海山もゝ千鳥文にまぎれて住む囚かな

など思ふにも、月の海辺の人や（囚）[42]、いかに侘ぶらんかし。春の日影も拝まずして、波の音のみやこゝに等しかるらんと、思ひやるこそ心狂をしけれ。

三木女が受持こよひ限りとて、さまぐ〵心を尽して、窓の外面《そとも》に火を灯したるが、消えく〵になるを見て、

世の中よ油尽きたる灯火の驚くばかり照らすはかなさ

---

38 おととひ――兄弟。ここでは撃たれて死んだ鶯の兄弟／39 うなひ子――うなひ髪に結った幼子。おさな子／40 杣の若松――杣は樹木を植えて材木を採る山のこと、その山にある若松／41 その名唱ふる――うぐいすは「法法華経」と鳴くので、経の

名を唱える鳥という／42 月の海辺の人や（四）――福岡北方の海を月の海と呼んだが、その海辺にある牢屋。そこに孫貞省が流されていると望東尼は思っていたが、まだ貞省は枡木屋の牢にいた

解説

空が曇れば物思いも深くなる。事件などで亡くなった人々と共に消えるべき命が、思いのほかに生き延びたのにつけ、故郷の家族のことが偲ばれる。こんな物思いは仏の道にも背くのだけれど。

先に撃たれた鶯の兄弟が来て鳴いている。あわれに嬉しい。「法法華経」と鳴く声に、経の声をしばらく止めて聴きほれた。物を読み書く仕事にふけっていると、長い春の日もすぐ暮れる。「筆と紙すゞり海山もゝ千鳥文にまぎれて住む囚かな」、この充足の一方では、春の日も拝まず波の音をのみ聞き暮らす貞省を思っては心も狂おしくなるのだ。

正月末ごろの手紙には、「鼠の荒れしは猫を近づけしまゝのどみたれど」、百足、蜘蛛など多く出て困る。先日大百足が膝の間に入り殺した。夜こんなことがあったら怖ろしい。都のこと、世の中の事、この使人なら大丈夫だから伝えてほしい、など頼んでいる。樵《きこり》は男の仕事だと思っていたら、この島では女が木をこるようだ。薪を背負って帰る樵女は、泣いている小さな子を抱いてやることもできず歩かせている。浦人の生業の厳しさを、囚われ人望東尼は格子の中から垣間見たのである。みきが受持も今宵限りだと言って窓の外から火を灯してくれたが、消え際の火は驚くほど明るかった。まるで灯火が世の中を映しているかのようだ。

ひめしまにき（表紙なし）

二月一日

明けゆくそらいみじう霞みて、海もみな一つになりぬ。波の音だに閉ぢはてゝ、はや春も暮れ果つる心地に見ゆるも、のどけさあまりて物淋し。うぐひすの疾く鳴くぞ嬉しき。

　人なくて友とこそなれ鶯の来るかと待てばやがて声して

　契りおきて待（つ）にも人は違《たが》ふ世に時も変らず来鳴くうぐひす

昼間ばかりより音《ね》をあげず、たゞ人来《ひとく》[1]鳴きのみすれば、

　下音《したね》[2]のみ鳴く鶯ものどかなる今日の春日に心浮かずや

静かなるまゝに、猶思ふことこそ繁かりけれ。暮れゆけば漁り火の影あまた見ゆ。

　舟とふね遠さ近さのむらもなく漕ぎならべたる海人の漁り火

など紛らはしつゝうち見るさへ、潮垂れ[3]がちなめり。

　われとわが心を諌め慰めつ春めかせても春ならぬ春

　海原ののどけき見ても故郷の春なつかしくなるばかりして

明けゆく頃より風荒くなり、彼方此方の戸などきしりはためきて、寝《い》も安からず。行ひ[4]などしつゝ起き明かしたるに、いよゝ荒れまさる如月《きさらぎ》の二日なりけり。空とひとしく海の面《おもて》暗みたるに、雪の崩れまどふばかりに波立

ちさわぐ景色の怖ろしげなるに、昨夜《よべ》より沖に出でつる舟、かつ帰りたれど、二船ばかり行方《ゆくへ》分かずなど、藤女が語るもあわたゞしげなり。皆磯に出でゝ騒ぐめり。人音もせずなりたるに、雷《かみ》さへいたく鳴りとゞろきて、いと暗き閨に射し入る稲妻の光は、目もあやに開きがて[5]なるをいかゞはせん。猶念誦《ねんず》どもして思ふに、紫の君が書かれし須磨の巻[6]こそいみじけれ。目のあたり見てだに、見ゆばかりには得書い留めがたきを、空にいかでか、さは物せられけん。まことあやに妙なる物語と、いよ〳〵思ひ知らるゝ今日の海原なりけり。

戸を立てに来る人もなければ、粗き格子の隙《ひま》よりうち入るゝ雨風、いたく閨も濡らしつ。

雷鳴りて波風さわぐ雨の日は去りあへず来し人は音せず

はかなき童《わらは》だにあらばとこそ。雲雷、鼓掣、電降、雹澍、大雨[7]といふあたり読むころより、心づからにや[8]、些か音静まれる気配なるぞあやしき。かつ静まりたれど、まだ波のさま怒らしげなり。

白波の息せきあへず咽びても消ゆればつひに跡なかりけり

行方分かざりし舟々の、島陰に寄りかねたるを見いでゝ、助け舟も出《いだ》しがたければ、海人どもが海に入りて、助け来たりつとか。

見るにだに恐しげなる千重《ちへ》の波越せば越さるゝ世にこそありけれ

うら〳〵と霞にこめし海原をうち返したる春の浦風

のどかなる春の海原うち返し荒れ立つものは波ばかりかは[9]

桃の花さりげなく咲きまされば、

浦風に揉まれても咲く桃の花開きそはでもあらましものを

三日　空晴れて波風し（づ）まりたれ（ば）心さへに、

おなじ海と思へどあやし潮風の昨日の荒さけふのゝどけさ

今日は鶯の声あげて鳴かねば、
何しかも高音《たかね》[10]やめけん鶯の人もこなくに人来《ひとく》〳〵と
夜の暗さも、初めのごとは憂しともなく思ひなりぬるまゝに、
中々に闇の暗さに慣れ〳〵て心の闇は去りげなる哉
うすぐもれる空も仄かに、海山など見ゆれば、
灯火のさらになければ春の夜の闇にもあやの匂ふ[11]海原　＊この二行ミセケチ

---

1 人来《ひとく》鳴き――（鶯の）さゝ鳴き。谷渡り。ホーホケキョウと高らかに鳴かず、ケキョケキョケキョと続けて鳴くのを、この頃の人は「人来、人来」と聞いたようだ。この鳴き方は縄張り《テリトリー》宣言だという／2 下音《したね》――小さく囀る声。「人来鳴き」を指す／3 潮垂れ――涙で袖が濡れる。後出、動詞は「しほたるる」／4 行ひ――座禅・写経など仏教の修行／5 目もあやに開きがて――（稲妻の光で）目もなぜか開けていられない／6 須磨の巻――『源氏物語』の須磨の巻。紫式部は須磨へ行ったこともないのに、荒海の情景を空でよくお書きになったと感心している。紫式部は須磨の海は知らなくても、父に従って越前に滞在したことがあるので、北陸の荒海は見た事があると思われる／7 雲雷～大雨――この一連の漢字は『法華経』の普門品の一節。「雲から稲妻がきらめき雨が降り、激しい雷雨が襲ってこようと、観音の力を心に念ずれば雷雨はその瞬間に静まる」という意味／8 心づからにや――気のせいであろうか／9 荒れ立つものは波ばかりかは――荒れ立っているの波ばかりだろうか、否、今の世の中もそうなのだ／10 高音《たかね》――ホウホケキョウと高らかに囀る声。雌を呼ぶ声だという／11 あやの匂ふ――（闇のなかでも海の）物の形がぼんやり見える

解説

囚住みという境遇、心身の不調などから春愁の深くなる望東尼。折から霞の中に鳴く鶯は「人来〳〵」とさゝ鳴きばかり。鶯は「人来る」というが、夕方から嵐がつのり、絶えず来ていた人の影も見えない。『源氏物語』の「須磨」の巻を思い出す。こうして目の当たりに荒海を見ていてもうまくは書けないのに、紫式部は荒海を見たこともなく空でよくお書きになったこと。嵐をついてようやく戻って来た釣舟が島に近づけ

ないのを、漁師が泳いで助けるのを見て驚く。法華経の雷電風雨に関する一節を読んでいると、心なしか雷も静まってきた。夜の闇にも慣れてきた。

四日　今朝はとくより、鶯の絶えず鳴くをつく〴〵と聞きて、

　鶯の声聞くたびに思ふかな家のうなゐ[12]が言ひし物腰

とら子が度々梅、桃の枝《え》など持てくれば、詠みて遣はすとて、

　折々に君がもてくる花の枝は幾重かさなる情けならまし

はた藤子が、大いなる桃の枝をおこしたれば、

　君が心かけて折りこし桃の枝は千枝八千枝《ちえやちえ》にもまさるうれしさ

竹の筒をいくつもかけて挿したるに、鶯も絶えず鳴く。

　花の枝鶯の声絶え間なみ春には富める人（や）（四）ならずや

暮れゆく頃より雨の降りいづるに、淋しさいやまさりて、

　鶯はねぐらに帰る夕暮に降りかはりくる春雨のおと

夜もすがら降りあかしつ。

五日　猶静かに降りて、昼間ばかり止みたれど、はた降りいでゝ、夕暮方ことに繁うなりぬ。今朝の雨のうちに鶯の鳴くを、

　春雨にけふも濡れきて鶯の声も惜しまず聞かせぬる哉

彼岸の中日とて、例の浦人どもが、団子やうのものどももおこすを、幾たびとなく御仏に捧げては、彼が（お）こしたるはこれにやり、これなるは彼になどいみじう難かし。普門品《ふもんぼん》[13]など書いつゝ静かにと思ふを、いたづらに

こそ。

彼の岸に至らぬほどは閉したる人や（囚）も人を隔てざりけり

三木が来て、何事かさまぐ〳〵言ふうち、牛の離れたりとて慌てゝ帰るうちに、はや牛は遠く逃げ行くを、雨に濡れつゝ追ひゆくもあはれなり。

つながれし家を憂しとて離るればあなうし〳〵と人も追ひゆく

捕はれて繫がるゝ身も折々は牛となりても出でまほしきを

夜もすがら小止みなき春雨の、こゝかしこに洩る音のすれば、閨にやとおぼつかなくまさぐれども、さらに分かず。よく聞けば、窓のもとに庇《ひさし》より落つる也けり。楠《くす》の大木の雫、ほと〳〵と庇を打つ音さへ絶えず。

梢より庇に落つる春雨の心にのみもかゝる夜半かな

---

12 家のうなゐ――家の幼子。曾孫のとき子をさす／13 普門品《ふもんぼん》――『法華経』第二十四巻は「観世音菩薩普門品」といわれ、観音菩薩の功徳と霊験を称える

解説

鶯が朗らかに鳴くようになった。桃の枝をたくさんもらい囚のあちこちに插す。彼岸の中日なので写経を思う処までしようと思うのに、次々と人が来ては食べ物をくれる。やむを得ずたらい回しにして、一日疲れる。繫がれた牛の鳴き声もわが身の事のようにあわれだ。楠の大木から落ちる雨の雫が心にかかるというのも、望東尼の感受性の強さの表れである。

六日　今日は雨止みて風寒し。猶曇れる空は晴れ間もなし。

経[14]を思ふ所まで書いなんとて、何事もうち忘れて、やをら申の時[15]ばかりに書いはてゝ、故郷より過し日おこしたる、孫《うまご》どもが文を取り出でゝ見るに、いみじうなつかしく、はた事のあらましなることを咎め遣はしゝに、繰り返し見ればさにあらず、深き心ばへこそ匂へれ。事繁くて短う書いためるを、などかは恨みやりつと、悔いの八千度《やちたび》にこそ。

　思ふ人中々物やおもふらん思ひ過ぐしの老が僻みに

七日　今日も雨のみ降り暮して、索々《そうぞう》しさ言はんかたなし。されど鶯はいよ（ゝ）馴れつきて来鳴くこそ、かぎりなくあはれに愛《かな》しくも嬉しくも、またゆづらし。

　言にいはゞ浅くやならん鶯の馴るゝまに〳〵思ふ心も
　聞き慣れぬ波の響きのうちよりも知る人げにも鶯は鳴く

　つれ〴〵と物のみ思はしくて、
　捨てし世の絆《ほだ》しの綱にかゝる身は心弱きぞあだにはありける

八日　今日は亡き母君の御忌月日に、彼岸の終にさへあたらせ給へば、藤女に頼みて草の餅《もちひ》など調ぜさせ、近き家なる老婆《おほば》どもに茶など食《たう》べさせつゝ、ひめもす行ひにのみ過ぐしつるにも、家にはかくもやしつゝ弔[16]ひまつらん、孫どもがみ寺にや詣づらんなど、見ゆ心地してぞ、思ひやらるゝにつけては、昔君たちのみ影より始め、この頃亡くなりし人の有様、うつゝの夢に見え来るは、数珠の玉にも消ちあへぬ、罪深さこそわりなけれ。

　中々に日数積りていやましに影身離れぬまぼろしぞ憂き

亡きはさる事ながら、家人のいと忍びて、別れにとて、夜深く来りにし母子[17]の姿面差し、さらに忘れ難く、見まほしさのみいやまさるにつけても、頼み少なき老の命、かくながら朽たしはてん事のみ、いみじう口惜しとこそうち泣かるれ。一生の別れとて、二人ながら心《した》には思ひ越しつらん。われもさこそ思ひしか。その折は中々に心強くすが〳〵しう別れしを、今更かくのみ恋ひ聞ゆるはかなさ、われにもあらぬ心地こそせらるれ。

別るとて堪えし涙の深くして尽きぬ名残りにしほたるゝあま
姫島の春のみるめ[18]は生《おひ》たれど故郷人を見るよしのなき

言はまほしき事も言はざりしこそ、猶思ひ草なりけれ。忌はしかりし人々[19]の後に残るらん妻子《つまこ》の事さへ、種々《くさぐさ》思ひやる事のいつかおこたるらん[20]。誰々事も、今一たび逢ひて、憂き物語りだにせば、胸のけぶ（り）も立去りぬべし、などさへ、かきくらしたる春雨の空にたぐへて思（ひ）くらし、明（か）しつる夜半にもありつる哉。

14 経――ここでは『法華経』／15 申の時――午後四時ごろ／16 かくもやしつゝ――こんな風にして～だろうか／17 母子――貞則の寡婦たね智鏡尼とその子の貞和／18 みるめ――海藻の名。見る目に通う／19 忌はしかりし人々――殺されたり戦死したりして不吉な死に方をした人々／20 おこたる――ここでは、思いが消えて無くなる

解説

母の忌日と彼岸の終日が重なり、親しい人々をもてなしつつ亡き人を思う。亡き人がうつゝの夢に出るのは罪深いというが、亡き人が甦るのは思いが深いからで、かれらがこの世の生き方を指示してくれるのだ。ついでに思い出す家族のこと。島に渡る前日の夜深く忍んで会いに来てくれた面影が今更のように迫り、逢いたさが募る。情におぼれることを嫌った望東尼は、武家の女性らしく感情を表に出さず、従容として家族との別離に臨んだのだろう。

言いたい事も言わず別れたのが今更に悔やまれる。政治の犠牲になった人々の遺族にも逢って、悲しみを語り合ったならば胸の閊《つか》えも去るだろう。

九日　いたく冴えかへりて、霰さへ折々うち降りて、物のあはれも殊更なりけり。亡き人のためにとて、心経[21]を

血書せんとかねて思ひしを、手本の事頼みたりしに[22]、未だおこせねどあまり日を経《ふ》るまゝに、そも待たで、先（づ）○一巻をだにとて物しつゝ、昼間過ぐしぬ。

例の鶯も、今日の寒さにやはた籠りけん、一声もせで、こと*1（に）○もの淋しくて、思ふ事も千々になん。かの経の末に書いつくとて、

いとせめて書くも甲斐なし法《のり》の文蘇り来ん[23]たよりなら*2なくに

＊1難読、佐佐木『全集』には「うたゝ」と読む。

＊2現在伝わっている血書心経には、結句「つてならなくに」とある。

十日　殊更寒《さぶ》さいやまさりて、明けゆく頃、霰など降る音いみじ。

初春はのどめ過ぐしてきさらぎの空冴えかへり雪の降るらん

あまりのつれぐ〵に、都の日記[24]ども取り出でゝ読みぬるに、言翁[25]の事、さらに思ひやられつ。わが事聞きしにや、さもあらば、如何にあぢきなく思ひこさるらん。いかで一筆の伝手だにせまほしゝ。月の瀬、吉野などに行きにし頃と、今の身の上、おなじ身とも覚えず。

むかし見し都（の）○花や夢なりし今やうつゝの夢かあらぬか

---

21 心経——般若心経／22 手本~頼みたりし——写経の手本を頼んだ。孫の二川幸之進に手本をくれるよう依頼したことが手紙でわかる／23 蘇り来ん——死者が生き返ってくる／24 都の日記——文久元年（一八六一）十一月末から翌年五月十二日まで上京、滞在した時の日記。『上京日記』として刊行された／25 言翁——和歌の師大隈言道

解説

霰が降ったりしてまた寒さがぶり返した。以前、般若心経を血書しようと思い立ち、手本を書いてくれるよう孫の二川幸之進に手紙で頼んであったが、まだこない。せめて一巻だけでもと始める。経を書いたとて

亡き人が蘇りくる訳でもないが、と悲しみつつその悲しみを手向けようとするのだろう。血書の心経はいま福岡市博物館に残る。

十一日　猶冴え〳〵て曇れる空、いかにやなるらんとうち眺められて、

　きさらぎの春忘れ雪さら〳〵に冴えかへりつゝ日数経るらん

今日も度々霰など降りて、まこと冬よりも寒し。

　初春の深き霞ぞ中々に中（半）ば冴えんの初めなりにし

世の中もかくこそ、など思ふ折しも、鶯のくゝと鳴きければ、

　うぐひすもまた冬来ぬと音《ね》を入れてくゝみ[26]居て鳴く声の悲しさ

日影ほのかに匂ひくるに、少し心もはるめり。梅童《わらは》が来て、古川ぬし[27]の、こたび福岡より帰られしに、このほど福岡には、山犬三つ出でゝ、人を二人食ひ殺しつとか、いたく荒れめぐる間、いくたりも人に傷をつけなどしたれば、永田何がし（某）と外一人具してうち殺しつるに、いたく死にかねたりなどぞ言ふ。世の乱りがはしきにつけては、あらぬ毛物さへ時を得たる哉、とさらに味気なし。

　鬼神もあはれと思へ国のため思ふはさらに埋れ果つるを

　梓弓おして春日にのどめつる心の波も冴え返りつゝ

やをら夕近みより、凪ぎゆく空の雲間より、入日さしたる方ものどみたる折しも、都の方の事ども、人の来て語るに、頼もしげなる事どもうち交りたれば、憂き心地も慰みつ。

　如月の冴えかへりたる風凪ぎてうち替りくる春の浦波

　夜もあかくなるべき波の訪れに冴えたる風の雲も晴れつゝ

（裏表紙）（十二日以降なし）

26 くゝみ——口の中に含むこと。鶯の声が含み声であること／27 古川ぬし——姫島の役人の一

解説

「都の方の事ども…頼もしげなる事どもうち交り」とは、具体的には何だろうか。前年（慶応元）十二月五日、徳川慶喜に将軍宣下があり、一方では岩倉具視や大久保利通らが王政復古をもくろんでいた。しかしこうした情報が望東尼に届いたかどうかは不明である。だが「うち替りくる春の浦風」と、心明るくなっていたのは事実である。

（表紙なし）

三月一日　やをら空清くなりて寒さもゆるび、海の景色もをかしきに、昨日の提灯今日もとかくするぞ、可惜《あたら》しげなる。この暁がた、ひまごが、ろふたき[1]様して寄り来たるを、抱きたりと見て夢覚めたりしかば、

二日

　うなゐ子を抱きし袖は空しくてしまりながらも覚めし夢かな

いみじう悲しく懐かし。夢よりもおよずけ[2]てやあらんかし。

昨日よりおとらが方の賄ひにて、つくろはぬ本性は、中々に末よろしげに心安し。

三日　はや桃の節《せち》になりたるを、故郷人祝ふらんさま見ゆ心地ぞする。主《あるじ》の替りたる[3]こそいみじけれ。傍ら索々《さうざう》しくや物すらんかし。

浦人どもさへ、今日は餅飯《もちいひ》に桃ども添へて、もて渡るもをかし。花散りし家々は、葉をのみ折り挿したるも、猶あはれにめづらし。かゝる寿ぎ、いづくにも行き渡れる　御世の久しさこそ、畏くもめでたけれ。

島の海人も流れ尽きせず汲めるかなけふ九重の桃の下水[4]

一とせ都にありて、京、大内などまかり歩《あり》きしことゞも、さらに思ひ出でつ。

1 ろふたき——ここでは、かわいい／2 およずけて——成長して／3 主《あるじ》の替りたる——貞省が囚われているので、本家から貞幹を養子に迎え家督を継がせた／4 九重の桃の下水——もとは宮中のしきたりだった桃の節句も、庶民のところまで及んで来たことをいう

解説

旧暦の三月は現在の四月以降にあたるのでかなり暖かく、桃の花も散っているのだろう。曾孫を抱いた夢に望郷の念が募る。新しい主が来た家、主がいなければ寂しいが、慣れない人が家にいるのも気づまりな「索々しい」ものではあろう。桃の節句の寿ぎが下々の家にも行き渡る世が、いつまでも続くことは尊くめでたい。

四日　いよ〳〵空清く、潮などいたく引きたるぞめづらしき。

打つ波の音も間遠《まどふ》に夜々の臥し安げにぞやゝなりにける

うつせ貝[5]を

うら〳〵と春のさゞ波うつせ貝置き並べては引ける朝潮

＊以下原本に錯雑があるように思われる。数行あとの☆印から☆までを先に読み、そのあとに＊印から＊までを読むと意味が通

る。＊以下、食べ物をもらった記事は正月分のものと思われる。原文の解説参照のこと。

＊○三平方より　もち

○吉蔵方より　もち

○貞八方より　もち

よく聞き分けて持て来ぬと思ひ、心安かりつるに、夕暮にかけて持てくるこそわりなく、せつ〳〵しけれ。されど志の深さは嬉し。せんすべなくて、流人どもに[6]多く遣はしつ。おとらが方にやりて、些かあられどもを頼みて、家にては折々食《たう》べたれど、こゝにてはたゞ一つ二つも物してだによろしげなければ[7]、人の心ざしもむげになしつ。＊

☆　おとら方より、なます、平つぼ、鮑、人参、牛蒡、せんふきなど持て来たる。餅も。

勘蔵方より、鮑の煮付おこしたり。こは、わが餅類をいたく物せぬ[8]を知りて、薬食ひにとて、角ながら丸煮にて物しつるに、はた娘が餅持て来たる。

○藤が方より　煮しめ、もち

○直七がたばゞより　もち

○辰次郎母　もち

○御手付　もち

○三次郎ばゞ　もち

○流人受持惣十より　もち　☆

（裏表紙）

（天理図書館蔵）印

5 うつせ貝――貝殻／6 流人ども――姫島に流されても牢には入れられず住む人々／7 よろしげなければ――望東尼は便秘しているので、餅類は控えている。少し食べても体調が悪くなるので／8 餅類をいたく物せぬ――7の理由で餅類を控えているので

解説

多くの人からのもらい物を記録。志は有難いが、却って困ると率直に記す。鮑の丸煮を薬食いとしてもらう。体を養うためなら何でも食べるこのごろである。

（別本）（表紙なし）

三月四（日）。やゝ春深き気色、うら〳〵と潮干たる夕暮などをかしきにつけても、外《と》に出ら（れ）ぬ絆《ほだ》しこそうたてけれ。[9] 日長く、夜短うなるのみぞ楽しき。

憂き人の心も延べて春の日のひと日〳〵に長くなりきぬ

さゞ波の音も間遠《まどふ》に夜々の臥し安けくぞやゝなりにける

うつせ貝の歌とて、

うら〳〵と春の浦波うつせ貝置きては引ける磯の夕汐

五日もおなじく、うら〳〵と照れる日影もうす霞みて、殊にのどけし。藤女が篠懸《すずかけ》の枝をおこしたれば、

春深き心も見せてすゞかけの涼しき花を手折り来し哉

深くなれる春の景色にも、故郷の方にて、かなたこなた行き通ひし辺りの事、見ゆばかり思ひいづるぞわりなき。唐津の山あひにはつかに白ふ見えしを、花かあらずや[10]と思ひ疑ひたるに、今日はそこはかもなくなりぬ。

色あせていよ〳〵花と知られけりをちの山辺に白く見えしも

9ぅたて——いやだ、つらい／10花かあらずや——桜の花ではないか

解説

遠くの山に白いもの、それは桜だった。春らしい陽気、外へ出られたらどんなに嬉しいことだろう。春が深むと、故郷であちこち行き来して楽しんだことが思い出されてやりきれない。

六日　今日同じさまなる空にて、先（づ）過ぐしよき頃になんなりぬと思ふにも、猶逃《のが》り出《いで》まほし。

この頃は大敷の網[11]を敷くとて、夜昼海人どもが声賑やはし。女《おみな》どもは麦畑、芋植ゑ、牛の草刈りのひま〳〵に磯あさりなど、さも暇《いと》なげに見ゆ。若き男《をのこ》の限りは皆漁《すなど》りにのみ物すれば、薪《たきゞ》こり、畑打ちなどは、老かゞみたる男まじりに、女こそ物すれ。

島人のいとなさ[12]見ればつく〳〵と眺めする身ぞ安げなりける

猫の遊びたるを、

春の日に麦生分け行く猫にだに類《たぐ》はまほしき人や何なる

血書すとて萱をもて切りたるに、思ふまゝに血の出でざれば、

春の野の萱の若葉の八ちしほに染まぬもうべよ秋師[13]ならねば

村長《むらをさ》が扇を三本おこして、もの書いてよと、勘をもてぞ言ふ。こは過ぎし日、短冊《たにさく》を一ひら遣はしたるを、三日の日、備前の生簀《いけす》舟こゝに着きたる時、児島（小嶋）・古川[14]など家内残らず、磯遊びに舟して巡りけるに、か

の舟に会ひて、皆備前舟に乗り込み、酒などものしいと賑やはしう楽しびたる帰るさに、かの舟頭を村長が家に連れ来たり、はた酒ども物したる時、わが歌を見せたるに、かの舟人乞ひ得て行しかばその代りとてなん。此生簀舟は、鰻を下かたにて買い求め、大坂に持てゆくよし。こたび舟に物したる鰻の代《しろ》、千両とか言ふ。都のかたは大川もあまたありて、さる魚は多かめるを、猶この筑紫のはて〳〵よりも買求むるだに、誠、大都ならずや。藤女どもゝかの舟に共に物したるに、まことこゝの話の種など言ひて、珍しがる心地せげなるもうべ〳〵し。

世の中は広く狭《せば》くも人々の心々になるぞをかしき

さてかの扇の中に、京都の祇園の画描きたるに、花盛りなる景色なれば、

白妙の扇開けば浦安の都の花を畳み込めたり

床を敷きなどするうちに、

敷きて寝つ起きて畳みつ小衾《をぶすま》のはても渚の海松《みる》とあはけて

11 大敷の網――古い漁法で、三角形の袋網の一辺が開いている／12 いとなさ――いとまのなさ、忙しさ／13 秋師――稲刈りのために雇われる人／14 児嶋（小嶋）・古川――姫島の役人たちの名

解説

島人の生活を観察する。男は夜昼漁に忙しく、女は畑仕事、家畜の世話から薪割り、力仕事まで何でもこなす。何もせず眺めている私は安げにみえるが、麦の畝を分けて行く猫さえ羨ましい。二月九日に決意して始めた心経の血書のため、萱の葉で指を切ってみたが、うまく血が出なくて困る。

短冊をめぐる話。村長にかつて短冊に歌を書いて与えたが、三日の日、役人の児島（小嶋）・古川らが家族で舟遊びをしていて、備前の生簀舟に出あった。その人らが備前舟に乗り移り、また村長の家に行き、酒

宴を催した際、備前舟の人が望東尼の短冊を欲しがったので与えたため、村長はもう一枚書いてほしいという。この生簀舟は千両もの値で鰻を買って行った。大坂と取引する由だが、かの地は大きな川もあり鰻は沢山とれると思うが、さすが大都会だ、とみな感心の様子である。千両とはあまりに大仰なと思うが、一つの話題。望東尼の短冊は備前の漁師たちにも渡った筈である。役人のコジマは小島・児嶋のいずれが正しいのか不明なので初出の文字を併記した。

七日　うすく〳〵と曇りて、波風そよともせず、いみじう静かなるに、百首歌の清書どもしつゝ暮らしつるに、夕暮がたいともの淋しくて、

　甲斐もなく物は思はじと紛らはし昼は過ぐせど誘ふ夕（ぐ゜）れ
　中々に波風絶えて行く春の夕山見ればものぞ悲しき

暁ばかりより雨降りいづ。

八日　小雨降りたれど、やがて止みぬ。空は猶曇りたるに、この頃大敷の網を敷くとて、海人どもが夜を日につぎ物する声絶えず聞ゆ。今朝、かの網を敷きにゆく舟、朝ぼらけより漕ぎ通ふを見たるに、いさゝか索々《そうぞう》しさも紛れつ。

　勇みあひて海人が漕ぎ行く大敷はいくらの魚の憂き目みる網
　魚はおきておかす事なき人[15]さへもかゝる憂き目の大敷の網

はたしく〳〵と小雨降りて、海の荒したるに、猶大敷の槽《うけ》などあまた運ぶ舟、浮き沈むぞ危き。

　あはれ〳〵あはれ〳〵と見やるかな波に浮きては沈む海人舟

いと索々《そうぞう》しくて、

つゆばかりあらまほし野の木の芽かなつれぐ〳〵絶えぬ春の小雨に

など言ふうち、古への人の言葉ども思ひあはせて、

かにかくに古へ人の言葉こそ真幸《まさき》かりけれ何によりても

九日　空清げながら風冴へて、春深き海面《うみづら》とも見えず。

いつまでか春かたまけて[16]潮風の冴えかへるらん荒磯の波

月いたう明きにも、

故郷の花の木陰も月影に雪とみるまで散りかつもらん

春の夜の月に桜を夢にだに見まくほしさの思ひ寝ぞする

十日　風も止みて、霞み渡りたるぞのどけき。経ども書き暮したるに、海人の女《め》どもが集ひあひて米《よね》搗く音に、波さへ静かに打つ。

浦波もゆるけく打てばのどけみて海人の褻稲《けしね》[17]を搗く夜なる哉

春の夜の月に褻稲の音だにもうら淋しかる島陰の里

十一日　今日も霞深く立こめて、海人舟のゆきかふ様も心安げに目安し。都に行きし時の日記ども書いくらしつ。

今日ひと日都の花も遊ばせてわれと心を慰めてけり

十二日　はら〳〵雨降り出でゝ、ひめもす曇れり。暁方に、

明くるかと雨夜の月にはかられて起きては惑ふ明け暗《ぐ》れの闇

十三日　雨は晴れたれど猶曇りがちなり。

浮嶽の峰の浮雲浮きたちて空に消ゆるや雨も尽きけん

目付役の人来たりて、いみじう嬉しく、はた空恐ろしげなる事ども、ひそかに告ぐる。心ざしはいみじう深し。

善し悪しの隔てもなみのうら清くうち出でゝ訪ふ人の真心

歌ども、人の頼むに遣はすこと、いと悪しからんさまなるぞ、わりなき。

15 おかす事なき人――自身を含めて、罪を犯さず無実の人／16 かたまけて――待ちもうけて／17 褻稲《けしね》――自家食用の穀物

解説

望東尼はこれで日記を終えるつもりはなかったのだろう。締め括りの言葉も無く淡々と普通の書き方をしている。これ以降の日記が亡失してしまったのは不運である。皮肉なことに、不明な言葉がこの数日に集中している。列挙してみよう。

1　三月七日の百首歌とは？　その草稿は残存するのだろうか。望東尼の作品は渉猟されつくしているとは思うが。

2　三月八日の「古へ人の言葉」とは、誰のどんな言葉か、「真幸《まさき》かりけり」というのならば、ぜひ具体的に知りたいものだ。清少納言、西行、兼好など思い浮かぶが。漠然とあるいは一般的に古えびとというのだろうか。

3　目付役の人が来て、「いみじう嬉しくはた空恐ろしげなる事ども」を告げたという。一体どんな事を？

三月と推測される手紙に「近きに囚屋の湯殿普請あるよしなれば、その間は出囚致申べしと楽しび居申候。さもあらば、暑く相成可申候間、右の二品（袷《あわせ》の被布《ひふ》・御形見の略衣）なくてはあまり見苦しかるべし」と、驚くべきことが書かれている。「いみじう嬉しくはた空恐ろしげなる事ども」とはこれだろうか？　残念ながら日記はこの後失われてしまった。これが実現していたら、どんな日記が書かれただろう。しかし「空恐ろしげ」な事は別の事かも知れない。これに続き、歌を人の頼みに応じて与えるのが「いと悪しからん」が、

なぜそう言われるのか、この辺りになると、以前なら例を挙げて緻密に記述していたことが、どこか一人よがりの上の空になっているように思える。また後で詳しく書くつもりだったのかも知れない。

写経、都の日記など、物思いは心深く秘めて、囚の日常は表面は静かに過ぎていたようである。

なお、春山育次郎『伝』では、三月七日が日記の最尾であるとしてその理由に、版本となった『姫島日記』も「春の半ばを以て稿を廃せられた」ことを挙げている。「別に多少の書き綴られたるもの」や歌はあった筈だが失われたとしている。『伝』の内容は、歌や文章もこの「ひめしまにき」とは少しずつ異なり、底本が違っているようである。

家への手紙は三月に七通出している。このうちたね子宛のものでは、平尾の庵の山桜を見に行ってくれた事、清水の姉の不快を訊ねてくれた事などたね子の心遣いに礼を述べ、中（那賀）川の「わかゆたで」を日毎に楽しんだと書き、若鮎の蓼酢？が使いとともに送られた消息を伝える。たね子自身、貞和、とき子、孫嫁のおひさ、おたつに至るまで様子を訊ね、また獄中の貞省を偲んでいる。

（完）

（裏表紙）

手紙に見るその後の様子

三月十四日以降、日記が無いので折々に送られた手紙から、その後の姫島での望東尼の生活の断片を綴ってみよう。

三月ごろと思われる手紙に、「此五、六日腰の痛み強く立居に困り」思いついて大きな芋を焼き、塩を上に包んで重ねて腰に当てたら和らいだ。たね子のかたも痛い時は試してごらんとあり、運動不足による腰痛に悩み、たね子にも勧めて居ることがわかる。

同じ頃の別の手紙に、欲しいものとして、水甕、七、八升入りと三升入りのものと二つ〇小土瓶〇小土鍋〇生姜〇わさびおろし〇らんきゃう（らっきょう）桶〇白、黒の糸〇御形見の略衣〇袷の被布〇浅黄毛の大坂筆、あけくれ書くと読むばかりなので筆紙の入用多く、なんとか紙類も見つくろってお送り願います。（口絵参照）薬はマグネシア、ホフマン（エチルエーテルを含む鎮痛剤）カンシウセキ精（甘硝石精――止渇、下剤、消熱の作用）振り薬（効用不明、熱湯で振り出す煎じ薬）は以前頼んだがまだ届かず、ひげ人参（高麗人参の国産のもの、強壮剤）と朝顔の種は届いたという。土鍋や土瓶は、賄い方に渡すのだろう。この頃の病状と生活がよく解る便りである。またおなじく三月末の便りに、ここに来る時浦野に預けてきた白い本箱を、役人の児島・古川らから連絡があったら送ってほしいとある。書き物などが溜まって整理が必要になったようだ。

同じく三月、心経血書を始めたが手本が（日々読んでいる経本では）むつかしいので、孫の幸之進に観音経の通りの手本を書いてくれるよう頼んで下さい。二月九日と三月六日の「ひめしまにき」に「心経を血書せんとかねて思ひしを…」以下参照のこと。

三月カ、とされる手紙。白羽二重の胴着はここで着るのはあまり畏く「長き形見と思して」、具足下（下着カ）お拵えください。蓮月焼の急須《きびしやう》（上京中に蓮月尼に会った時手に入れたものか）もあの人はもう亡き人かも知れぬので、あなた方の老後の楽しみに秘蔵して、時々お使いなさい。布子表（綿入れの綿を抜いた木綿布）はこちらで単衣物に仕立てます。裏と綿を送ります。古晒裏で袷にして下さい。

三月末のたね子宛は先にも少し触れたが、今は囚暮しにも慣れ、却って世を逃れたと思うこともあるが、やはりあなたと、和・省らと語り合いたい思いは去らない。家を出る時扇に書き付けた歌（帰らでも正しき道の末なれば誰も歎くなわれも歎かじ）の手前も恥かしい。「月花と恩愛の欲は、さも避り難き物にこそ侍れ」。「（貞省の嫁）おたつどのは上の橋（実家）に行かれしよし。…上の橋のおばゞ君は如何おはすらん。お病の出でたるも宜《むべ》にこそ。…杉土手（たね子の）お里おばゞ様はおいでの事もおはしますや。…彼方もお咎め中、いかに御老人様方わびさせ給ふらんかし」。親戚、縁戚の多くが藩の咎めにあって家の方でも交際もままならぬ様子が窺われる。

三月末家宛。薬など品々ありがとう。二十三日朝より心地悪しく今宵は熱が出るようだ。でもひどくはないからご心配あるな。容躰は別に記した——実はこの時から望東尼の体調に変化が現れる。

詳しくは拙論「野村望東尼の病歴」に記したが、三月二十二日から数日間はもっとも不快がひどく、家への便りに「暮れゆくまゝに、何となく昼よりきつげなる心地強くて、夜五つ頃より眠り強く、寝入りし間より汗出で、いつものごとく差し引なしにて、夜もすがらねぶり強く、汗止みがてに出で申候。二十四日…朝より気分悪しく物狂をしく、何するもきつげに寒くありしに、しばし寝入りし間より汗出で、…汗出づるにつけて少し心地よげになり」などと記している。

月不明（三月と思われる）の「容躰書」、これは役所か医師に提出したものらしく、廿四日より廿六日と断り、発熱は二夜ごしまたは一夜ごし、眠りや痛み発汗などの症状をのべ、大便の様子は「ヲンユ（エ）キ」（瘟疫カ――細菌性の胃腸病）らしきものよほど下し申候。此頃はマグネシヤを止め居候まゝ、夜前少し用ひたるに出でしやと存候。…下腹など痛み腰たゆきは、ヲンユ（エ）キかと存候間、今朝もマグネシヤを用ひ申候、如何あらん。…御知らせ可被下候。熱もヲンユキ熱にやと存候。昼過より…熱さしも止み申候。」このほかのぼせ、耳鳴り止む間なし。薬は「丸薬、常の方かキナ（マラリヤの薬）入の方かをお知らせ可被下候」「大かたの薬も、それ〴〵に用ひ時何か、つばらに知らせ給へかし」。

これらを見ると、病状はマラリヤと便秘の二つの病が複雑に絡みあっていると思われるが、望東尼は薬の基本的な作用が解っておらず、体温計も無い当時のこと、医師を呼び薬の薬効を聞くこともできず、自己流の解釈による自己診断のほかなく、結果病気はさらにこじれるという悪循環に陥っていたようだ。望東尼の心身の苦しみの程が想像され、獄中で独り病む苦衷がひしひしと伝わる容躰書である。

四月十五日家宛。

近いうち島人の勘吉が会いに行くでしょう。「御文などお認めおきありて、（医師の）守屋・千葉・月しろぬしたちに何卒よろしく…不快の事も」お伝え下さい。「薬お送りの時、これはかやうの時用い候へとの…書付お頼み申入候」。これが最も必要な事は望東尼自身よく解っていたのである。そのほかでは〇煙草はいまだ二束あり。〇白方（薄い半紙）いまだ二束あり。いずれも月に二束以内でよろしい。などとある。おなじく四月の、懐郷の情を綴った知人宛の手紙に、歌一首（省略）、「過ぎしころより足よろつき、心地うか〴〵としていまだその気色止み侍らねば、水薬の瓶を」児島に預けおいたのでお手元に行った時早々お送り給はれ。「一衣（僧衣カ）一単衣物わざ〳〵御織立、不浅《あさからず》こそ。袋、緒、朱、受取侍りぬ。お文の無きがいと力無し」。…「衣に袈裟《けさ》は添ひ不申や。あらずば、緞子《どんす》の袈裟にても便りにお送り可被下候《くださるべくそうろう》」。たね子も忙しい中単衣物の反物を織り送ったが、手紙を書く暇がなかったらしい。

五月七日の書簡。一目でも会えたら心晴れるのにと思いを記したあと、残念な死に方をした人々のために経（心経カ）を書写したが、「同じ剣の下に散り残りし罪さへやる方なく、せめてもと絞り出でたるくれなゐは、赤き心の徴とだに御覧じてよかし」。この経をなんとか月形洗蔵・森勤作君をはじめそれぞれの書付を添えたので、その家々に密かにやって下さらぬか。寺などにとも思うが、「時世の至るまでは、その家人に秘めおかるゝやうに物し給はれかし…

惑はじと思ふ蓮《はちす》の糸によりて中々まどふ法《のり》の道筋

何の験《しるし》もあらじとは心得乍、つもれる憂き塵、書いやる方なければ、あらぬ痴れわざもするぞかし」

五卿の消息、知人の安否を訊ね、「君達には折々逢ひ参らすべきを、かく離れ果てゝはさる便り無こそ侘びしけれ。浮島の泡と消えぬとも、もとより思ひ定めたれば今更歎かしからねども、懐かしき人らに今一たび逢ひて…憂き物語聞え交はしたらんの後は、ともかうもなれかしと、…かく生き止まりては、一たび帰りて君達に逢ひなん事ども、家の者どもにも…逢ふ世もがなと…拙き心こそ動き侍れ」。これはごく親しい知人宛に書いたもので、血書した心経を極秘のうちに遺族に渡してくれるよう依頼している。

五月二十七日以前の手紙、内容から貞和宛と判る。「とゝさんの言ひ納めの声こそ、今のやうになん」夫の臨終の言葉がはっきり思い出されるという。そなたと「田舎を歩きし事ども…その時の連の人らを今に取返したい。「大島のをかしかりにしに引替へて、あらぬ浮島の波に漂はんとは、思ひかけたりしや。貞省にも…「五片の梅の花散らすべき東風の吹ききぬるよし、風の便りに聞きて、…覚つかなく…いかゞならせられしにや」。「大方の世の様推し量るに、とてもひとゝせ二年の間にいづれも囚開は覚つかなくやあらん」。私一人はともかく、貞省はじめ若者らが「徒らに押込められてあたら月日を送らんこそ悔しけれ」…「今はこゝに長く住まん用意どもこそ物し侍らめ。…中々世を遙けたりと思ひ侍る…仏の導かせ給ひしにやあらん」「経血書も限りある人々の手向は書いはてたれば、送りまゐらす也…先その家々に密かに送り給ひてよかし。…いかで二幸（二川幸之進）にお選ばせありて、名元書き付けの順に計らひてよかし。守善ぬしにその手続きは頼み遣はし侍るまゝ、此文お達し給はるべし」。「守善ぬし」（以前のかかりつけ医師の守屋善蔵）とは、先の五月七日付の手紙の宛名だろうか。外には、送った品の受取を必ず欲しい。五月五日に「ジウキ舟」が唐津の高島に来てまだいるが、あるいは千賀の浦に来た舟だろうか。省、おとき、智鏡、の消息訊ね。おぢいさま、おとゝさん、おひいばあさまのことに心傷めていられようが、思いつめぬように。お久の方（和の妻）によろしく。この人もおばゞさん、おかゝさんに心安からぬ事でしょう。

　この頃はあまり不快ではないが、気分くら〳〵して足よろつく事あり、大の通じ悪く、吉松下丸を毎朝五つから七つ今では十ほども飲まねば徴が無い。もう残り少ないので送って下さい。間に合わねば、薬のことだからお役所へ頼んでもよろしい。古川・児島らに浦野から手紙を出してもらってもよい。たゞ患わぬ用心ばかりして暮らしています。「こゝにて一日にても寝《い》ぬるやうにありては、いと心苦しからんとて、さま〴〵我とわが身を守をし侍るのみ。」○先日の御文に言道先生お帰りになったとお知らせだったが、いと嬉しう悲しうなん、…まだ帰らずやお知らせ。○素行ぬしに先生より来た文、なんとか借りて見せてもらえないか。一目見てすぐに返すので、お借受け下さい。「○雁皮紙代壱分指出申候。何卒これだけ二幸ぬしにお頼給はれかし。此代は、智橋（鏡）のかた歳暮御祝儀の分なり。紙にして長く楽しび侍らん。いと〳〵忝なし。」近頃の半紙は質が悪く、すぐに筆が切れてしまう。「何卒上々の白方お求め、半紙は悪しき分にてよし。たゞ明け暮れ神仏に仕への間は、読み書きのみにて、長き日も短く過ぐし侍るになん。これなくては、一日も経がたかるべし」〇先日申した大坂筆、どうぞ松本ぬしにお頼み下さい。あの人ならば、衛ぬしが頼んだ時、所も知られ速やかでしょう。「〇都日記〇夢日記〇又昔よりの歌選び、清書し侍るまでは、筆紙の入用いと多くなん。これを仕果てなば、何も要らぬ身となりて、真成仏し侍らんと念じ暮し侍るになん。それまでは、此二品のお世話くれぐ〳〵頼み入侍る也。経もいますこし書きたき事もあり、観音経を物して於光明寺に一切供養いたしたし。」

この和宛五月末頃の手紙は、何日もかかって書き足されたようで、多岐な内容が整理されておらず、日常語も交じり、いかにも孫に話しかける風で親しみやすい。体に微恙《びょう》は感じても一時に比べ小康状態、精神も安定している。風の便りに聞いた、太宰府に滞在する五卿のなりゆきが心配である。この時期、幕府が朝廷の命を奉ずる形で長州攻めを行うと同時に、五卿の関東送致を要求したと考えられるが、具体的な事は判らない。

犠牲者に手向けるべく血書した経を、名元の順に幸之進に選ばせて密かに家々へ送ってほしい。政治の犠牲になった人々への追善の思いは、自分が獄中とはいえ、生きている事への恥に繋がる。幾通もの血書など、せめて人々の犠牲に値する程と思えばこそである。犠牲の上に保たれている安定だと感じているのだ。

和歌の師大隈言道を深く懐かしむ。歌友の素行へ来た師の文を見せてほしいと願う。師への懐旧はすべての歌友や歌会への懐旧を誘う。

智鏡たね子から貰った、歳暮の御祝儀一分で雁皮紙を買ってほしい。紙にして長く楽しもうという、息子の嫁への愛と感謝の情が嬉しい。

「 」に入れて引用した文章は、いずれも真情が吐露され心を打つ。

五月二十七日和宛。「こたび立花ぬしの家臣、盛岡勘内といふ者帰島して、文あらば達しなんよし言ひ侍れば」、先には、博多に住む侍の弟戸時新太郎が帰参したとき、いずれも手紙を認め言付《ことづ》けた。——意外に島から侍として福岡などへ出ている人が多いという感じだ。

この人たちは、望東尼を憐れんで度々肴や鮨などを馳走してくれたので、そちらに行ったらよく御礼を言って下さい。五卿のことが心配、詳しく知らせてほしい。とき子の夢ばかり見る。どんなに成長していることか。

見ねば恋ひ見ればかなしき故郷の文にわりなきわが涙かな
うつゝなく思ひやりては君が顔こころに見えぬ時の間もなし

おたつの事、母君より聞いた。やりきれない世の慣よ。

貞省の妻おたつ、望東尼が家に閉居していた時は、夜ごとに曾祖母の腰をさすってくれた「わらは」であるが、実家の父建部武彦、叔父が処刑され、夫は獄中という境遇にあるなか、実家を継ぐ人がいなくなり、建部、野村両家熟談のうえ、おたつは離縁されることになったのである。

ここの隣にまた囚が出来る由。貞省も移し替えられるかも知れない。ジウキ舟は肥後の舟だとか、ようやく去った。囚から見えるのだろう。

五月

「夜光る玉にも換へぬ子と言ひしこの子にかへん宝あらんや
うまごらを思ひやるせの先駆けは老の波こそ立ち走りゆけ
いたく老いまさりたる心地になむ。…よろづの事、向ひ合ひて語るばかりに書い給へかし。其のみ楽しびぞかし。

日増しに暑くもなれば皆々いとひ給へ。」こちらは夜も寒くまだ蚊帳も吊っていません。ほとゝぎすの声を聞きました。日の入り果てぬ頃、幾声となく山より出て海の面を遠く鳴きつつ行くのを聞きいと嬉しく、これのみここに住む証《しるし》かとあわれに思います。まことの「ほぞんかけたか」で、古人の心ばへ歌の趣きも知られました。

また五月。（前文欠く）神ほとけのみ光を心の灯しに暮らしています。君（素行カ）と二川の心づくしで経も読み得て、暗い間を紛らしています。畏いことに眠りを誘うにはいとよろしい。波、山々、雲の佇まいなどは家では見られない事ながら、明け暮れ心の内に向かっていると、み目のあたりに語り合ったならばという思い草の数々、降り止まぬ五月雨のながめに思いやって下さい。

「山里にひとりながめも慣れしかど世に言ひ知らぬ島の五月雨

過ぎにし頃、（大隈言道）先生より文参らせつるよし、ほの聞き侍りていと懐かし。おのれが事どもさへ聞えまゐらせし由、いかでその文たゞ一目見せ給ひなんや。すぐに返しまつるべし。…おのが例のたゞごと歌、数つもれる中、いさゝか翁に見せ侍る御計らひはなるまじくや。下坂の由も聞き侍りぬ。いまだにや、さもあらば嬉し、悲しきことにこそ。

和宛五月末の手紙にも、師大隈言道の手紙が素行の所に来たと聞いて、見せて欲しいと頼んでいるが、これはどうやら素行宛の手紙らしい。あなたが私のことを先生に知らせたようですが、その先生のお手紙を一目見せてほしいと「祈《ね》ぎまつる」、私の詠みためた歌も先生に見せるよう計らってもらえないか、大坂から福岡へ下られると聞いたが、まだですか。

現代の目から、言道と望東尼の歌を見比べれば、望東尼のほうに軍配が上がるだろう。境遇と経験の違いが望東尼の歌を鍛えた。少なくとも私はそう思う。しかし師弟の情は別の事、二川相近の相弟子*ながら、初期には言道が優れていたからこそ望東尼は言道に師事したのだ。初めに導かれその後も歌会の集いを重ねて親しんだ間柄、また昔のように作品を見てもらいたい。孤島の囚から師を慕わしく思うのは当然である。

＊小河扶希子氏が村田邦男より聞き書きした由。

月日不明歌友宛

かねても聞え交はしつゝめで侍りつる事、今更言ふも心遅げながら、草径集を、憂き心のやるかたなき折々必ず取出でゝ、心遣りにたび（ママ）物し侍るに、一たびよりは二たびと繰返す度毎に、妙なりけりと貫之の大人の言はれし、古への人の歌にも遙かに立ち優りてめでたしとこそ覚え侍れ。さも言ひ、思ひもより侍りたれど、かくまではあらざりつるは、わが心遅きにや。又歌の心深きにやありけむ。君たちには疾くもさ思し分きけんものから、猶繰返して跡を踏ませ給ふべし。あらぬ世にさまよひて老いくたしたる身、今更一節《ひとふし》だに及ぶべくもあらじかし。今は自集の補遺も思ひ絶え侍りつ。まこと先生を今二十年《はたとせ》彼方《あなた》に集など出させまほしうこそと、還らぬ事ながら思ひ侍るになん。かゝる人を、たゞかくながら朽たしなんこそいと惜しけれ。二十年前つ方ならば、都に住ませ、畏き御辺にも慣れ仕《つかうまつ》られなば、いかで立ち並ぶ人、世にあらんや。されど又、今はとまれかくまれ、かの集だに長く伝はらば、百年《もゝとせ》の後、世治まりて光輝くべし。もとより翁もさる心にはありけれ。いかで次の巻の出来るかたこそ願はしけれ。かの人病いたくば、とても出来侍らじ。二篇の事は聞き給はずや。帰られん由なるは、いできたるか、又とてもかゝる乱れ世となりて、事成らぬにや。知らせ給へかし。後篇出来侍らば、必ずわが家人にさ言ひ給ひて、求め給はれかし。かゝる事聞えまつるにつけても、み目のあたりこそ恋しけれ。翁にも今一たび逢はまほしうこそ。

月日不明ながら、歌友宛師大隈言道についての便りなのでここに置いた。

『草径集』を称え、先生をこのまま果てさせるのは惜しい、都に住んで才能を発揮してほしかった。『草径集』も百年のちに平和な世が来たならば、評価されるだろう。第二篇を出す計画はないか、もし出来たなら家人に伝えて求めておいてほしい。あなた方にも先生にも逢いたいと。

五月和宛。

君が文皐月の闇に送り来て短き一夜千代にまされり

五月雨の故郷びとも絶え間なみかけてやこなた思ひ起こさむ

こちらも去年より却って障り無く過ごしています。種々の贈り物に心が和みます。母上のみ文では、この頃書見に励んでいるとか。深く喜んでいます。先生はどなたですか。それさえ懐かしい。

五月素行宛カ。

五月雨に誘われて、先日書いた文にまた書き添えます。「もとより明けぬ心地いよゝかきくらし侍るにも、猶御辺りこそ見え来るうつゝの夢…早苗などの盛りも過ぎつらんを、向かひの陵などには行かせ給ひしにや。家の者ども如何なりつらむ。こゝはたゞ手の平ばかりなる磯田のある由…歌など歌ふ間もなくこそ、植えはつらめ。

海山も降りかくしたる五月雨に田子《たご》の小笠《をがさ》の綾だにもなし

いまだ先生の下りはなきや。此頃お便りはあらずや。いかでかの文一目見せ給はらんことこそ、伏して願ひ聞ゆれ、など書いすさぶにも、あな懐かし、あな恋し」。…

五月家宛。

薬の注文。表向きにも申し出たので、早お送りだしならば結構。

一　マグネシヤ　一吉松下丸　一常の丸薬　一振り薬

一　半紙　白方の上なくば、下ばかりにてよし。
一　白方　上々　これなくば下ばかりにてよし。
一　茶　（茶壺の図）このくらいばかりにてよし。
先日の分、長雨にてきり通し申候。

五月は八本の手紙を家族と友人に出している。孫の貞和が、大人になっても先生について学問しようとしているのを大層喜んでいる。体調は、薬の内容から見て便秘のほかは悪くないようだ。五月雨＝梅雨で気分は晴れないとしても。品物の注文は薬のほか紙類と茶。


六月十日家宛。

やう〳〵五月雨晴れたる空に…海など見渡すに、いよ〳〵去年の大島思ひ出でられてさらに悲しく、お懐かしさもいやましに…翁は如何なりにしや。…おときどの山見どもはいかゞにて、去年の今日はわが連れて行きし時の有様、目にかゝるやうなり。猶今年は嬉しがりて見給ふらんとさらに恋しく耐え難き心地ぞし侍る。

おのれも…過ぎし頃より邪気少々ありて、不食がちに痩せ強く、腹大に背に付、気力も衰へたるやうなれば、そのよし司のもとに申出置、薬の事も書付いたしたれば、やがて申ゆくべし。何卒早々お送り可被遣候《つかはさるべくそうろう》。此人帰りにならば、猶よろしくなむ、ヒゲニンジンかヲタネかを…お送り給はるべし。

守屋、千葉にもよろしくお話し合給はれ…一たびは無くもがなと思ひし身ながら、命はとまれかくまれ、獄のなかにて病こそいとう苦しけれ。…何事も手につかで胸のきつきやうにて、聊かの事しても、きつや〳〵と言ひ侍る也。○帷子…大に待ちかね申候。
○此甚一と申人は目代役なれば、とてもよそならばかやうの取次はでけぬ事ながら、喜右衛門と心安くありし由、此度はあちらから内用あらばなど申たるにより、かねて認めし文さへに送りまゐらす。甚一、娘十四五なるいとう（つ）くし（き）があり。同人に何なりと御言伝あれかし。
○又々長御征伐とか、此島よりも水夫十八九人も出で申候。如何の御都合にや知らせ給へかし。
○重右衛門方、有難き仰ごとを蒙《かうぶ》り、誠に〳〵思ひかけぬ幸ひ、わが不幸があちらの幸ひとなりつらん。これにてばゞさんの心持もよろしからんと嬉しうなむ。ことに清水親達の喜び、この上なく…○憂き雲のかけはじめしよりはや一とせとなり侍りぬる。月日のはかなさ、過ぎし憂き間だに疾くも行くものにこそ。一回りの弔ひする方の事ども思ひやられて、いとあはれなれ。…。

梅雨明けの六月、暑さと事の多さが思われる。大島は現宗像市の北西にある島、舟遊びをした思い出だろうか。おときの山見は山笠見物のこと、博多の総鎮守櫛田神社の祭で、盛大な夏の例祭は「博多祇園山笠」と称される。山笠の市中巡幸は賑やかで有名。その祭に去年おときを連れて行ったのを思い出す。一年成長した今年は、いっそう嬉しがっているさまが目に浮かぶ。

体調がまたよくないらしい。食欲不振で痩せたという。薬を頼み医師にも相談してほしい。こんな獄中で病むのは苦しい。マラリアは大丈夫だろうか。使いの甚一は目付役の人なので、とても取次を頼めるような人ではないが、亡き弟の喜右衛門と親しかったので、向こうから申出てくれた。美しい娘がある由なので、何かお礼をしてほしい。

第二次長州征討は六月七日に始まっている。この手紙は十日に書かれた。水夫の徴発があり、ニュースは早い。その成り行きが気にかかる。

重右衛門は望東尼の父親勝幸の通称だが、その子孫、すなわち姉たかとその夫吉田信古の息子吉之助が養子にいって勝幸を名乗っている、この人を指すのだろう。わが不幸があちらの幸ひとなっても、心から喜んでいる。この勝幸の親が清水親達つまり姉夫婦にあたる。しかし「有難き仰せごと」が具体的に何なのかは分からない。

憂き雲のかけはじめより一年という。まさに、激しく変化し辛くも濃い一年だった。「憂き間だに疾くも行く」月日に驚く。

六月十五日家宛。

博多人いまや櫛田のみ社に山鉾とよみ舁《か》きているらん

○長州又々御征伐により、唐津は殿様はじめ五百人ばかり討死とか聞き侍る。彦根も六百人討たれし由。爰よりゆきし水夫の者の、手紙にて言ひやりたりとか。そなたにてはいかなる沙汰にかあらん。何かと騒がしくやおはすらん。

戒めのほだしの綱の情けにていくさある世もよそにこそ聞け

○何事もつばらに知らせ給ふべし。此勘印には、大方の事御打明けありてもよろしかるべし。昔より随分〱尽力あまたある人なり。しめやかに、人遠き所にてお話しあるべし。おまへがた御母子の事、大に尊み感心いたし居侍るなり。おのれにかの人の方より心をつけ候事、不浅《あさからず》いたし侍るまゝ、よく〱お礼あるべし。いつぞやの黒豆も、同方よりいと柔らかに調じておこし侍りぬ。少しも紛らはしき事家内までもせねば、よろづ心地よし。賄ひもかしこになしたしと思へども、心に任せずこそ。

○亀の甲の汗はぢき、何卒可被遣候。綟《もじ》の肩ばかり着るとにてもよし。いづれなりと一つにてよし。先日お送りの綟の汗はぢきは、お三木にやりたし。同人、肩に引掛くる物ほしがりて、すこしなぞ〱もあれば、遣はし侍らん。

○金子は先日の分いまだあれば、いり侍らず。切手を少しばかりお送りお頼み申入候。何も〱紙限り。かしこ。

櫛田神社は現博多区上川端町一—四一にあり、当時の野村家からは北東方向、直角に歩けば、三キロメートルほどか。去年はおときを連れていったという。博多の総鎮守、氏神で旧暦六月ならば、祇園山笠で大きな山鉾を担ぐ賑やかな祭だという。その賑わいをはるかに思いやる。

長州再征は前述のように六月七日に始まったが、手紙にある「唐津」は、当時の藩主小笠原長行《ながみち》で幕府老中。幕府軍の九州方面総督の地位にあり、小倉に赴任していたが長州軍に敗れ、小倉城に火を放って脱出、一時は謹慎逼塞《ひっそく》を命ぜられたがすぐに老中に復帰している。「殿様はじめ五百人ばかり討ち死に」とは、何かの間違いだろう。彦根も譜代大名で、井伊直弼の暗殺後は子の直憲が跡目を継ぎ、幕府軍として第二次征長に加わっていた。望東尼の手紙にあるような情報は、姫島から水夫として幕軍に徴発された人が家へ出した手紙により伝わったという。歌にあるように、長幕の戦さも「よそに聞く」ことが出来るのは囚にいる「ほだし」のお陰と、余裕を喜んでいた。

勘印は勘蔵という人で、姫島の勘蔵として福岡まで名の知られていた（『伝』）が、先の囚人江上栄之進にも志を表し世話をした人でもあった。そのため望東尼は全面的に信頼し、家族に「大方の事御打ち明け」人のいない所で静かに話し、「よく〱お礼あるべし」と告げている。この時も手紙のほか何かを持って行ったのだろう。

「汗はぢき」とは浴衣の一種か。「肩ばかり着る」という着方がこの地方にあったらしい。腰から上だけに羽織るものか。綟は麻糸を縒って荒く織った夏向きの織物。

切手は藩札のことと思われる。藩内だけで通用する不換紙幣。

六月十七日、和ぬし御母子宛。

入用覚として一　帷子《かたびら》　一　黒ごま二合　一　生姜二片　一　のふかたのあせん丸三十計《ばかり》　これは盆の貰ひ物の移りに致すべし。一　上する目薬十計　これも同様。○寒晒しのり　少し　一　とばせ　すこし計

一　勘蔵方、此の頃男子出生致したり。おときの小さき胴着、肌着などのあらばおやり可被成候。…いつぞやお送りの物山々嬉しく、昨日まで菓子はありしぞかし（菓子の形の絵）。…砂糖はまだ手にかけ不申候。二十五日に口開けと存候。

○おときの摘みしつく〳〵しは二十八日と二十六日のみ仏の手向にして尽くし侍りぬ。いかばかりか亡きひゝぢい様、おぢい様お喜びならんかし。…

あせん丸は阿仙薬と思われ、主成分はカテキン、収斂剤、口中清涼剤、染料などに用いる。インド産アカネ科植物のエキスを濃縮した生薬。貰い物のお返しにという。目薬も同様とあり、生活の一端が解る。勘蔵方男子出生におときのお古を、という。この手紙も勘蔵が運んでくれたと判る。

おときの摘んだ土筆をみ仏の手向にした。二十八日は、おときからすると「ひゝぢい様」の貞貫、二十六日は「おぢい様」の貞則の命日にあたる。勘蔵の働きで家族の恩愛が固く結ばれている。

六月　（初めと終りを欠く）家宛

もうあの帷子は生地が弱って今一夏はもたぬようだが、あの者にやれば晴着になります。今度勘蔵が行った時、和の古足袋、いかに破れていてもよいので事づけてください。

私の足袋はまだおろさぬのが二足あります。古足袋は直七方ばゞがたいそう信実にしてくれるので、一足遣しました。八十三歳になる勘一の母が、涙を流して親しく話すので一足遣したので残りは二足です。今年は白二足に水色か鼠色のをお拵えください。…人々にやったのは、皆破れて継ぐも面倒なものだが、誰も足袋など作る事

出来兼ねるようで、大いに嬉しがるのです。
　姫島の漁民と、中級武家の生活程度の格差をいやというほど感じさせる手紙である。足袋まで作るのでは、嫁のたね子も大変である。漁師の家では作る暇も無いのだろう。

六月十五日母子宛。五月雨の後はこゝは却って涼しくなりました。…蚤も蚊も少ないけれど鼠と蟻には困ります。はや憂き雲のかかってから一年になるので、晴れる時も近づくかと思って心を慰めています。○おたつの離縁について。○太宰府の方は如何。
○此処の隣に囚が建つという話、別の方になって普請が始まった。誰が入るかは分からぬが、私と同じ時に定まった人ではない由。○省も同様、暑中いかばかりかと案じている。○わが囚、修理もまだ始まらない。普請方が今日来たので、近いうちか、その間は外に出られると楽しみにしています。
○おときは夏病みなどしていませんか。よくいたわってやって下さい。山鉾見物はいかがでしたか。
○今度はお二人とも、お返事細かにください。いと〳〵懐かし。
　添へて申入侍る。
　　月の雲晴るゝ夜なくてめぐり来ぬ欠けはじめたる去年の今宵も
　　思ふかと思ひおこさん家人も驚かれにし去年の今宵を
　歌を家に遣したりといふ聞合《(ききあわせ)》こゝに入りたれば、必ず〳〵人にな洩らしそ。
○此度の便りは目代甚一なれば、ことさらなり。此人いと信実に物すれば、娘に何ぞおやり給はれかし。左の品を此便りにお送り。
○吉松下丸　○常の丸薬　…○マグネシヤ　○甘硝石精《カンシウセキセイ》　○生姜

○黒ごま　○帷子

秋も近うなりたれど、此頃こそこゝはいたく暑けれ。しかし今日はいと涼しゝ。二十三夜の大雨大神鳴りにて、大水出で申したり。

その験にや、今日は暮らしよし。そなたはいかゞ。…久しう絶えて訪れ聞かねば、いと〳〵お懐かし。…

近く囚の修理があり、普請の間は外に出られるという。どんなに待たれることか。家内閉居の命を受けてから一年、もう出られるのでは、という切望も虚しかった。二首の歌が物語る。歌を家に送ることを禁ずる命令がそういえば前にあった、なぜか解らないが。聞き合せが来たという。この便りは目代の甚一なので用心しなさい。此人は親切にしてくれるので、娘に何かやって下さいと。微妙な立場の使人である。入用品も変わらず便秘薬が中心。

家人も忙しく返事が書けないようだが、とにかく望東尼は便りが欲しい。

七月朔日（文頭を欠く）

…お留守、皆々御堅固に過ぐし給へかし。おときのさぞ〳〵もの寂しくおはすらん。…

よろづ御事繁きに、又々金子お送り被遣、不浅《あさからず》御心ざしに深く感じ入、嬉しく悲しく受申候。いつぞやの金子いまだあれば、先これにてしばらくはよろしくなん。必ず〳〵御心つくし給ふな。…切手ももう入りません。初めのように入用もありません。買物はこちらでは調いかねるので、何やかやと申してお忙しい事でしょう。紙類を折々お送り下さるのが嬉しいのです。

七月六日家宛カ

つゝしみは、の古歌のお諌めいと嬉しうなん。まことさる事こそ世には多けれ。ことに口軽き身に、その誤りこそ避りあへね。何ぞ仮初めの事より、これと思しつきたる事どもあらば、必ず〳〵つばらに知らせ給へかし。おのづから心づかぬ事こそあらめ。老たりしより、中々さる事がちならんと心がけ侍るに、猶々慎みなんかし。

○蓮・撫子・朝顔の花、浅からず嬉しう悲しう手も放ち難くなん。

撫子もはちすも垣の朝顔もかゝらでまこと見る夏もがな

○こゝに送られし朝顔の種、おふぢとおとらにやりて、苗の生《おい》たらばわが前に植ゑてよと、くれ〴〵契りし甲斐なく、幾たび言ひもなをざりなるうち、苗は人に盗まれつなど言ふに、やをら五尺ばかりに伸びて五・六本植ゑさせしに、二本着きたり。伊達鏡と紅ばかりなり。いと本意なし。されど無《なき》にはまさりてなん。……

朔日の文、「お留守」「おときのさぞ〳〵もの寂しく」とあるのは、おときの父貞和が何らかの用で家を留守にしたものか。金子は十分にあるし、以前のように人に与えることも少ないので送って貰わなくてもよいが、筆や紙などはここでは調わないのでこれからも頼むと言っている。六日の文は、朝顔の種について、おふぢ・おとらに育苗を頼み、それをこの前に植えてほしいと頼んだが二本しか出来なかったという。観賞用の草花を育てるという習慣がなかったのかも知れない。伊達鏡は朝顔の品種名だがどんな花か不明。

次の手紙はまた病気の報告である。

七月十九日家宛。

残暑もやわらぎ、…宵々風もよろしきに、おのれ心地悩ましくて、はつかに入る月も隔てゝなん。

世にこそはさもありぬべけれ月花に疎き春秋のあらんとや思ひし

…こたびはおのれ薬のため、わざ〳〵司人よりの使にて左市参り候まゝ、容躰は司より役所に申出に相成、右容躰書、千葉ぬしに渡しに相成申候。もとはるい、ギャクのやうに候へども、此頃に相成、一日ごしに熱出でゝ大に疲れ候まゝ、千葉ぬしを呼びて見せたきよし申出しに、司人承知になり、此度御役所に願になり申べし。叶ひ候はゞ、何卒〳〵千葉ぬし出浮なり候様、呉々お頼可被下候。遠方ご苦労は申までもなし。いまだ死ぬるほどの不快にても無之候へども、こゝの地方《じかた》の医者に診せ候ても一向解り不申。何分心許なく、又死ぬるやうになりては、よき医者も薬も徒らなれば、疲れまさらぬ中、見せまゐらせたし。くれ〴〵よろしく御申給はれかし。京都にて患ひしより強きかたなり。何分あけくれ蚊帳の上げ下ろしも難しく、夜々大に難儀なれば、千葉ぬし容躰申分によりては、薬用中出囚も出来申べし。そのお心得にて御出給はるやう、お話し合可被成候。

○先日桑野まで参らせし品々は、受取給ひしや。お返事取らでカン（勘蔵）が帰り、大に力なく存候。

○いつぞやお送りの氷砂糖・白砂糖、此度の不快に大によろしく御座候。口中渇き強き時口にくゝみて寝申候へば、それにて寝入りも出来申候。まだ沢山に御座候まゝ、来月便りどもあらば、今少しお送り可被遣候。

○大便通じかねに付大に難渋いたし申候まゝ、何卒左の通（徳利の形の絵の中に）此くらいの徳利に蜜を入可被下候。（絵の外に）さらしに及ばず。（口絵参照）

○白味噌をがく壱勺お入可被下候。醤油は苦味ありていけかね申候。○痰吐き物に露たこぼんの火入のごときもの。座りよきものを何卒お渡し。

○先日送りし古綿入、出来候はゞ御役所頼にてお送り可被下候。

○薬には何卒、いかなる時これを飲め、かゝらん時はやめよなど、つばらかに片仮名書きにて薬袋に御書付あるやうに、千葉ぬしに御申可被下候。千葉の書、文盲にては読めかね申候。

いやまさる病の水に故郷の人の恋しさ深くなりゆく

今まで君たちの心深く扱い給はりたる甘み忘れがたく、誠に〳〵思ひ知られて打ち嘆くのみなん。足らひても足らぬと言ひし言草《ことくさ》の心おごりも今ぞ恥《やさ》しき過ぎし日の御文に、明石のおとさん剃髪にてわたられし時、おときのわれを思ひ出でゝ訊ねられし由こそ、あかず忘れ難く悲しうなん。いよゝ機嫌よくいらるゝにや。何かと聞えたけれど、心地悩ましさに書い疲れたれば、惜しき筆留め侍る。かしこ

七月十九日

またマラリアの再発である。自己診断で京都の時よりひどいようで、蚊帳の上げ下ろしも出来兼ねるという。千葉医師に往診して貰いたいと願い出て、役人が承知したので許可されたら、そちらからも千葉先生によく頼んでほしい。ここの医者では解らないので、ひどく疲れないうちに診てもらいたい。薬の用法、用量など最も大切なこと、「文盲」とは恐れ入るが千葉医師の文字は読みにくかったのだろう。診断によっては病気出囚も出来そうだ。――後の手紙によれば、こういう希望は容れられなかったが、きついと言いながら長い手紙である。熱で口が渇き氷砂糖を含むとよく眠れるという。さもありなんとは思うが、歯にはよくないという衛生知識は当時なかったのか。

太文字で書いた大便と痰に関する部分は、佐佐木の『全集』には採録されていない。偉人を聖化しようという意図は、学者として適格と思われない。「明石のおとさん」は遠い親戚ながら歌人としての付き合いがあり、この人はなぜ剃髪したのか解らないが、それを見たおときが、ひいばゞさんの剃髪を思い出し忘れがたい。さて次の「口上」はこの後のものらしい。「おこり」の文字が二度出てくる。役所宛の文書か。

口上　御送りの品々受取又々

わざと御人差立てられ、不快お尋ね被下、誠に〳〵有難く嬉しく、かつは恐入まゐらせ候。一先は大に強く相成可申と存、医者の事など申出候へども、昨日より少しはよき方にて、食事も今日は勘蔵方より見事のめばる遣

し候まゝ、快く食べ申候まゝ、強く相成申まじくやと相考へ居申候。しかし朝夕がおこり前に候へば、如何あらんやとは存候へども、此頃は一夜ごしにおこり候ひしも、二夜ごしに相成候まゝ、少しは減じたるかと存候。さぞかし陰で御気遣ひとは存乍、薬のこともあれば、是非無く知らせ申候。

七月家宛（A）

お二人よりまことに〳〵細々の御文不浅、対面《たいめ》の心地に繰返し〳〵嬉しく、又泣きつゝも見侍りぬ。後を水にて揉み消すがいと〳〵惜しけれど、用心すべなし。…こゝにいたくは障らで過ぐひ侍れば、御心安かれかし。さて色々よき品お送り不浅御志、…忝なく嬉しうなむ。又々金子百匹さへ添へ給ひ、…思ひもかけぬ御心づくし不浅」これにて堅炭など此度求め可申候。先しばらくは金子お心遣ひ御無用に存候。…

おときどのいよゝ巧者になられし由、さこそと思ひやられいと見まほし。姉さんになりかゝられしこそ、二無喜び侍る。いよゝばゞさん御世話なるべし。…どふぞ大丈夫の男子産み給へかしと存候。父様も喜び給ふらん。めでたく〳〵申上候。

○長御征伐、いよ〳〵面白げなるよし、こゝにても聞き侍りぬ。これもめでたし。

○杉土手の御祖父様御不快のよし、さぞかし御心遣ひ被成べし。去年より御内外の御心遣ひにて、御障りありけんかし。されど元お強き所、御里のお筋にておはしませば、やがておこたり給ふべし。いかで省やおのれが帰るまでおはしませかし。○…○…

○昨日はおのれふと心地悪しくて、医者の事、又保養中出囚の事願ひ置きたれば、お耳に入べし。さりながら、必ずお気遣ひあるべからず。少しは薬のメンケンにやと今日は思へども、はや言ひ出でたればとり返しならず。しかし夏口より例ならねば、さのみ徒ら事にもあらじかし。御世話のなきため聞えおく也。

七月家宛（B）

こゝより行く人の訪れねば、さらにうち絶えいと〳〵案じ、お懐かしさも殊更なりつるに、ゆくりなく金子二両入の御文、いと〳〵嬉しうなむ。暑さにも障らで皆々平らかにおはすよし、二無嬉しうこそ。おのれもいたくは障らず侍れども、様々申分がちなり。…残暑殊更にて、この四五日は誠に〳〵暮らしかね侍るぞかし。さりながら、今少しの暑さと念じ暮らし申候。

…おたつ事、御言伝てつばらに承りぬ。…さりながら省如何思ふらん。あぢきなき世の慣ひすべなし。

大雨にていづこもおなじ大水にて、…長御征伐中に米ができずば、猶々ぞかし。あるじにもかなたに出張ありしよし、浦野もさにと聞き侍りき。いとことく〳〵しき御事のよし。まこと去年と今年と替えたらば、とこそ思ひ侍れ。彦助出張に付（以下欠）

七月家宛（C）

医者呼び寄せの事、お用ひ無よし、一昨日割付浦次にて、司のもとにお達し御座候に付、大に力なく存候。司たち二人乍大に心尽くしにて世話あれども、力に及びかね、新町の医者なりとも呼ぶやうになど、信実《しんじち》に世話御座候へども、これも伺ひの上ならではと申事ゆゑ、先御見合せあるやうに、おのれより申いで申候。もし私事ゆゑ御二人様御身にともかゝりては、猶々おそれ入事と申いでたれば、いづれも涙流して、老人のむごき次第とのよし、甚一より内々聞き申候。甚一何かよろしく申なし、誠に〳〵信実にいたし申候。

○勘はとり分大に世話いたし、食べ物も同方より薬になるべきと肴のみ世話いたし候。此度も、おのれがためにわざ〳〵出福いたし候まゝ、何卒同人が小児に、型付のきれ…おやり可被遣候。金子などやりてもよければおのれ遣はせど、腹を立て申候まゝ致し方なし。言ひたき事山々なれど筆執るも難しく、あら〳〵かしこ。

日付不明の（A）

たね子と和が、望東尼の病気を心配して詳しい手紙を送ったのであろう。

「水にて揉み崩すがいとく惜しけれど」と記す。望東尼は家からの手紙をすべてこうしていたのだろうか。何が不都合な記事と解釈されるかも知れず、証拠物件となるのを恐れたのか。十九日の症状は忘れたかのように、「いたくは障らで」と述べている。送られた品物や金子への礼。百匹は二千五百文、金に換算すると二両と銭五百文となる。これで堅炭を買ったという。ひそかに用いる手あぶりも、消し炭ではすぐに火が尽きるので、長持ちする堅炭が欲しかったのだろう。おときが成長し姉さんになり、和・ひさ夫妻にもう一人子が出来る、曾祖母の望東尼は跡継ぎの男子を望んでいるのだ。「ばゞさん」はたね子、「父様」は和にあたる。

「長御征伐…面白げ…めでたし」、幕府の征長軍は劣勢で批判も相次いでいる。その事を聞いたのだろうが、彦助や浦野の出張はこれと関係しているのかも知れない。

「杉土手の御祖父様」はたね子の父か、病気の報を聞き省や私が帰るまで無事を祈っている。

先日からの不快について、「薬のメンケンにや」とも述べるが、メンケン「瞑眩」は漢方でいう過反応、副作用のことで、薬の飲み始めには、症状がかえって悪くなりのちに正常に作用する場合があるという。しかし望東尼の薬は以前から飲んでいるものばかりで、それはあたらない。「夏口より例ならねば」というように、おそらく五月くらいから不快が続いていた筈である。

（B）について。おたつの離縁のこと、「省如何思ふらん」の一句は重い。本人の承不承も聞かず夫婦の離別が決まるのは、いかに貞省が服役中でも「あぢきなき世の慣ひ」と言わねばならない。

（C）について。前述のように、医師の呼び寄せは許可されなかった。島の役人二人は大いに尽力してくれ、せめて新町の医者でも呼んでは、と努力してくれたが、これも伺いをたてねばという事なので、私のせいでお二人によからぬ事があっては申し訳なく、私から頼んで止めてもらった。二人も涙を流して、老人に酷い次第だと言ったよし、甚一から聞いた。「新町の医者」がどういう意味を持つかは不明。甚一も誠に親切にしてくれる。

勘蔵は取分け親切で、食べ物も栄養のある肴ばかり調理してくれる。此度も私のためにわざわざ福岡へ出かけてくれたので、どうかこの人の赤子に模様つきの布地などをやって下さい。金子なら私がやってもよいけれど、腹を立てるのでできません。「筆執ることも難しく」とあり、不快はひどいらしい。

月日不明、たね宛七月カ

（前欠）かし。いづこの方々も、わが帰るまでは長らへさせ給ふやうにとのみ、念じ侍るぞかし。過ぎし日、浦野にお出でありし由、いたく取持ちたりと和より申こされたりしは、よき事になん。少しは世の中も解り来つらん。

守屋、出入り叶ひたる由いと〳〵嬉しく、千葉も家継ぎの願ひ済みつるよし。旁々喜び侍りぬ。いとも〳〵懐かしき事也。二人ともによろしきやう聞え継がせ給へかし。わが不快につきては、こゝに呼び侍る事叶ひ申べしや、お知らせあれかし。（中略）

〇喜平次も牛のお手入れの御品、不浅有難がり申候。猫の食ひたるこそ惜しけれ。いろ〳〵のお心尽し、皆わがためにこそ。

〇勘蔵方にもよき品被遣候よし、有難がり申候。

先これまで、かしこ。

親戚の誰彼が病気でも、何とか私が帰るまで生きていてほしい。たね子が望東尼の実家の浦野を訪れ、随分歓迎されたとか。

守屋善蔵は医師、かつてかかりつけを訊ねられ指名したが、役人に拒否された人である。その弟子が現在かかっている千葉。千葉医師を姫島に呼ぶことは出来ないか知らせてほしい。

いつも世話になる勘蔵に、何かよい品を与えたらしい。

七月カ

度々いろ〳〵数々の事、いかに忙しうおはしなんかし。御志の数々にて、とかく過ぐひ侍るこそ嬉しけれ。何くれと事多くおはしますらんとは察しながら、老の耐え難き心まかせに物し侍るぞかし。

彦助ぬしも、いよゝ御居なじみあらんかし。若きばゞさんかゝさんこそあぢきなけれ。お祖父さん猶々思ひやり侍るぞかし。おひいばゞさんの御心づくしこそ、いと〳〵悲しけれ。省にはいかゞ過ぐし給ふらん。おのれは枝の花に埋もれてなりと過ぐし侍れど、色も見ずにいかに〳〵と案じやられつるに、いと悲しうなん。御うちの事又外の事ども、少しは知らせ給へかし。

嬉しきも悲しき事も故郷のたよりは聞くに慰まれぬる

○喜多村二男逃げられ候由、いかなることにかありけん。此島果てまでも大に御詮議あり。…

○楽処先生の御便り聞きたし。いかゞなり給ひたるか。

○天満宮に二十五日、百首歌奉手向たるを宰府に奉納、内々出来いたしなばまゐらせたく思ひ侍る也。如何にやあらん。否やお知らせ願ひ侍るぞかし。

御母子、おぼさんがた、さしおかず知らせ給へかし。

この手紙、日付不明のため七月頃ではないかと見当をつけてここへ入れてみた。「若きばゞさん・かゝさん」という用語から、貞和ひさ夫妻に二人目の子が生れた後の事と判るからである。「お祖父さん」は貞和の亡き父貞則、「おひいばゞさん」は望東尼自身を指す。「彦助ぬし」は養子に入った貞幹。(『伝』)は当時十七歳だったとする。親戚の人とはいえ、互いに気を遣う存在だったろう。「御居なじみあらんかし」と、家族になじんだだろうかと気を揉んでいる。貞省への心配も。家の内外の事が知りたい。楽処先生は魚住楽処、歌人としては先輩で、先年六月捕らわれた日にも、芭蕉の短冊を贈り歌を選んでもらうつもりだった人である。

八月カ　家宛

秋とゝもに故郷しのぶ草の露やつれて深くなりまさりつゝ

夜なく〳〵の夢さへ人々を見ぬ夜もなく、

恋しさのます田の池のねぬなはの寝ぬ間苦しゝ夢だにも見ず

御忌みもはつかになり給へれば、障らで過ぐし給へ。和ぬしは疾く藤衣を脱ぎ給ひたれど、いかゞすぐし給ふらん。御里の御方々いかに入おはしますにか。

おのれが不快も、色々浅からぬお世話届きていよゝ心地よくなりぬ。たゞ疲れと寒さこそいたく侍れ。今より綿二つに袷又は禅帯《ぜんたい》など着るばかりなり。されど数々お仕立送られしかば心強くなん。いづれもお手際誠にく美しく、この内にて着るはいと惜しく覚え申候。わが流儀をよく覚え給ひ、おのれがのよりもお手際はるかにまさりて、いと嬉し。久子にや、はた御みづからにや、こゝにて着るにはご心配なしに、あらましにお仕立てあれかし。裾などは見る者もなし。

○ちゞみ綿入、御出来になり居申候はゞ、此便りに御事づてありてよし。甚一にも申置候。

○被布の仕立やうの事、先日申入候へども、右の被布はいましばし入用侍らねば、先御洗いのまゝにて御直しおきあるべし。又は羽織にとも御入用あらば、御取りありてもよし。鼠の被布、洗ひに参らすまでは入不申候。
○先日の袷の裏、元のゝは、おみきが胴着あまり破れて見苦しかりしかば、先月賄ひ看病の礼に、壱歩もやらではならぬ所を、右の故裏《ふるうら》に一朱、肴代にて遣はし申候。大に喜び、金子よりは嬉しがり申候。右家内の者にも、壱朱肴代遣はす。
○白絣の帷子も、七月おみきに遣はし申候。これもあまり不快の苦しさに、介抱のためにやり（以下欠）

「御忌みも」云々、たね子の里方の人が亡くなったようだ。先に病気の報せがあった父親だろうか。私の不快も親切な看病が届いて心地よくなったという。しかし、「疲れと寒さ」が辛いと、現在の九月ごろの気候が寒く、随分な厚着をしているようでは、やはり熱があると思われる。七月のマラリアの発作が治まったとすれば、結核性の病かも知れない。「禅帯」は佐佐木によれば「座禅の時疲労を休め、姿勢を維持するために用ふる帯」の由。家からは着物が数々仕立てて送られ、「お手際誠に〳〵美しく」囚の内で着るのは惜しい、久子かあなた自身か、私の仕立ての流儀をよく覚えて私よりずっと巧い、と褒めて感謝している。

袷の裏地の元のものは、あまり破れて見苦しかったのでおみきに与えた。賄いや看病の礼に一歩やる所を、古い裏地と一朱肴代にやったら金子よりも喜んだという。一歩（分）は一両の四分の一、一朱は一分の四分の一なので、古裏地を三朱に代えたことになる。島人は貧しさもさりながら、品物を買うのには福岡へ渡らねばならず、手に入れ難い事もあり、金子よりも喜ぶのではないだろうか。この手紙は途中で切れている。望東尼の体調の都合というより、史料撮影の不備らしい。

八月カ家宛

一胴着の掛衿。…花色絹にても紋金巾にてもよし。

一木綿浅黄か又は花色かの、壱幅半ばかりの風呂敷作るくらいの布。無地か縞かがよろしく御座候。これは日々賄方より行平など包み来ば、醬油《しょうゆ》などしみ申候。去年より更紗《きれ》の風呂敷二つほど、はやこんぐに焼き破りなど致し申候。右には悪しき布にてよし。しかし故ものにては、食べ物包めばよろしからず。

○木綿、絹のつぎ布。○故綿少し。○新し綿少し。

○綿入れ前掛けの紐になるやうなる布。右裾包む布。いづれも切れ申候。

○先日お送りの茶の茶碗、太くて囚の格子より出で入いたし不申に付、（茶碗の絵、一つは梅の花、一つは鳥）山よりこの茶碗来たるべし。これをいづれにても、疵あるにてよろしければ、二つ三つお遣り可被遣候。どうもそゝうがちに割らし申候事多く御座候。探るぐものをすればなり。

○先日申入候きびしやう。○土鍋、行平也。○小服茶碗。（口絵参照）

○素焼のぼうらの類、又はかき餅にてもよろし。これは三木方と勘蔵かたの小児が、日には三四たびも来て、物をせびる事癖となり候まゝ、少しばかりありしかき餅もやり尽くし、折々お送りの菓子などやり、又飴ども整へ遣し候へども、こゝの飴（飴の大きさを示す絵）此くらいの分が十文に相成、何分手に合ひ不申候。

又おのれも少し病後の渇き、秋かはきと一つに相成候へども、千葉ぬしの御諫めを守り、中がさにて二椀にきはめゐ申候所、何分三度の間紛りがたく候へども、それを過ぐしては甲斐もなければ、飴半分くらいにて紛り申候に付、素焼ぼうろどもがよろしからんと存候。よき菓子類は必ず御心配あるべからず。行平にひかぬ飴どもお入れ被下てもよろしく御座候。しかし、これも値段よくなり居申べくと察し候へば、何にても安きものにてお送り可被下候。

○白砂糖少しばかり。

右はこのわたりの者どもが、餅草団子などをわざぐ見舞ひにやり候まゝ、そのやうな物は毒断ちにて食べず、志ならば畑打つ時、百合根どもあらばと言ひしより、こゝかしこより百合根をおこし侍る也。山芋よりも元気つきて、食べ心地もつかへずよろしければ、常に食べ申候。右山百合根にて大に苦味強ければ、砂糖なしには少し食べにくゝ候まゝ、白砂糖入申候。何卒〳〵お頼申入候。ことにおとら方醤油まことに苦々しうなん。右体の物お送りの時は、どふぞ〳〵よく〳〵御封じ被成候て可被遣候。いつもがく入の物はいかゞと思ふ時ある也。
◎味噌も少しばかりお頼入申候。がく一ツにてよし。此冬味噌御付立ての時に、壱升入の桶か甕におつき可被下候。江上なども、味噌は宿元より送りになりし由申候。おのれは味噌類はあまり食べず候へども、肴切れつゞく時は、少しは食べずては腹あしく候まゝ、少しにてよし。
◎大四つめ錐　一本。○三寸釘　二十本計。
◎絹糸か縫糸か五かせ。白・紫・萌葱・間にて。

獄中の生活がよく解る手紙である。賄方が行平などを包んで運ぶ風呂敷が焼け破れたので新しいのが欲しいが、浅黄（水色）か花色（淡藍色）で上等ではなくても、食べ物を包むので新品がよい。先日送ってくれた茶碗は太くて囚の格子を通らないので、「山より来たる」の意味が解らないが、多分、望東尼が以前向陵庵で使っていた、絵のある茶碗二つのうちいずれかという事ではないか。暗い所で使うので粗相して割れてしまうという。「きびしやう」は以前京都で蓮月尼から手に入れた急須、これは望東尼からたね子に送られた筈だが、また欲しいのだろうか。

　ぼうらかまたはかき餅。三木と勘蔵の家の子がせびるのでやりたい。自分も病後の渇き（というが空腹感だろう。回復期の体におこる食欲か）と「秋かはき」が重なってという。健康が戻りつつある証拠だ。しかし医師から摂生を命じられ、軽く二椀にきめているが、どうも食間におなかが空くので飴かぼうろがよかろう。値段を心配し安いのでよいと。

病気見舞いにくれる草餅などは便秘によくないので、志があるなら山の百合根がほしいというと、あちこちから呉れる。しかし苦味が強いので砂糖なしでは食べにくい。白砂糖を送ってほしい。

「がく」とはどんな物か解らないが、蓋がしっかり出来ない容器か。味噌を「がく一ッ」とはどれだけか？冬に味噌を仕込む時に一升入の桶か甕かにして、ともいう。「肴切れつゞく時は…腹あしく」、漁師の村でもそんな時があるのか、栄養学の知見はなくても、味噌が肴の蛋白質の代りと考えられていたか、など疑問と興味が尽きない。

八月カ、たね子かず子宛

此あたりの医者に診せ候様御申遣され候へども、先日診せ候処、一向判り不申。つまらぬ医者は中々恐ろしければ、診せ申まじく候。吉井にはよき医者あれど、これを呼ぶ事むつかしかるべし。命は天まかせ也。今日の病苦を助かりたし。何も世の中とあきらめて過ぐし候へども、なるべき事はなしてもとて、千葉のこと言ひ出でたれど、強ひわざは禍のもとなれば、押しては計らひ給ふなよ。医者よりも薬よりも、おまへがたたゞ一人あらば、何もいり不申候。

埋もれたる病のなかの憂き塵の流れいづべき水口もがな

書いもてゆくまゝあぢきなければ、留め侍る也。皆々秋の冷え〳〵たるに障らで過ぐひ給へかし。必ず我が事いたく心な尽くし給ひそ。かしこ

ともより

たね子の方に

かず子の方に

この辺の医者に病気を診せたが判らず、つまらぬ医者はかえって恐ろしい。

医師の国家試験も免許も無い時代、信用ならぬ医師もいただろう。吉井は海を隔てた南の地だが、知人も無く呼ぶのはむつかしい。命は天に委せるが、今の病苦を助かりたい。できれば千葉がよいと申し出たが無理をしないで。

医薬よりおまへ方が一番ですよ。「おまへ」は現代語のお前より尊敬の意が強い。歌は「診断されにくい病苦が流れ出る水口がほしい」の意。

病苦を訴え家族への情を表す文、ともよりの「とも」は伴、道連れ、同志。

九月家宛

先日切手の事申入候事は、金子度々御送りの分ありしかど、こゝにて換へては金子（ここまでの分、福岡博のフィルムに無し。佐佐木『全集』にて補う）安く相成候やうなれば申入候。しかし換へて此頃はしまひ居申候。どふで不快に付、つもりよりは入過ごし申候。佐吉より少々借りられ候所、いまだ返し不申、同方大に欲強く家内ことにわろく候て、不快中も行届かず。少々心付けしても役にたゝぬやうなれば、今よりは同方にはさのみせじとは思ひ候へども、月々にやり慣れたるは止めがたし。三木方は家内まで正直によろしければ、やりたる程は忘れぬ者どもぞかし。おふぢ方遠くなりたれど、たえず色々の物どもおこし候まゝ、かれこれ報ゆるに入事のみなり。もはや快方にて、少しはよろしくあらんかし。…御行届きの事ども、勘蔵など大に感心いたし申候。誠にく残るかたなきお志、嬉とも嬉しく、悲しとも悲しく思ひ侍るに、御文の無きのみわづらはし。いかでこたびは御母子の御文こそ待ち聞こゆれ。何ぞ世の中の有様をお書きには及ばず。たゞいつかにはいづこに行きし、誰が来てなどにても、おときがおよずられけての言ひ事などお書きあるが、いと楽しびとなり侍る也。たゞわやく戯れにてもお書き遣はさるべし。

○久子はいつが産み月やらん。思ひやらるゝ也。

○清水夫婦、不快いかゞならん。

○彦助殿帰りになりしや。

○浦野もいかゞならん。

○森勤の方はいまだ跡は立たずや。

○守屋・千葉・四宮・二川にやりし文は如何なりつらん。御達しありしにや。

○十願の仮名付け、素行ぬしに頼み遣はしたるはいかゞ。

○雁皮すき紙の事いかゞにや。

○大坂浅黄毛の筆、注文御出来可相成や。大に切れ筆のみに相成申候。日記、よほど清書になり居候へども、右の筆紙なくては誠の清書出来不申候。これがおのれが一生の大願なれば、何卒〱二川御申合ありて、右の二品お世話お頼申入候。あさぎ筆出来がたくば、二川流の画筆屋五十本ばかりお頼可被下候《たのみくださるべくそうろう》様、呉々お頼申入候。

かくさすらへし証に、「都日記」「夢かぞへ」家集、又は娘子などのためになるべき文など書きて、おときに形見にも残し侍らんと思ひ侍れば、中々に四中もよろしきやうなり。さる事なくば、いかに過ぐし憂からんや。秋深きもの悲しさに、神仏を拝みては日記など書くに、一日も短く、いよゝ日の短きが忙はしく暮らし侍るぞかし。されば、かたみに取交はす文を、み目のあたりに向かひあひて物語る心地に、楽しびと思へば、いらぬ事も書きて見せ給ふべし。

此頃薩摩の法条が書し書画、まことなぐり書きの巻物を、勘蔵が見せ侍りたるがいと〱珍しく、世に優れたる才子なりと感じ入申候。右は家の娘が慰み物に送りくれよとて、頼みおきしよしなるを、いまだこの姫島に留まり居侍る也。右を面影なりと写しとりたく侍るまゝ、何卒左の品、勘蔵が行きし時に御送り可被下候。

◎みぞくち　二状　○さらしにかは　五匁　○明礬　十匁

右、出来次第送り参らすべし。

藻鹽草かくに寄り来てうち寄する数尽き果つる時ぞ知られぬ
あまりの長文煩はしうこそ見給ふらめ。今はとて留めつ。かしこ
長月十日
〇半切なしにては、夜々など書くにむつかし。おとの半切にても少しばかり。

切手つまり藩札の事を前に申入れておいたが、何度か送ってくれた金子がここでは安くなる、すなわち少しの藩札としか交換出来ないという事である。それでも換えてしまっておく。なぜなら、病気の時は予定以上に消費してしまうから。佐吉に金を貸してまだ返さないが、今更月々にやる金をやめられない。三木方の正直、おふぢ方の親切に報いるにも必要なのはお金。でも今は快方に向かっています。あなた方の行届いたお志、みきや勘蔵もすこぶる感心しています。嬉しく悲しく思うが、お手紙が無いのが物足りない。何時どこに行ったとか、誰が来たとか、おときの成長ぶりや言葉などを書いてくれるのが何より楽しみなのです。冗談でも歓迎。何より家の様子が知りたい。

久子の産み月、清水夫婦の病気、浦野などの情報。医師の守屋・千葉、歌友の四宮・孫の二川たちへの手紙はどうなっているか、お届け下さったか。

「雁皮のすき紙」いかゞにやとは、特注したのだろうか。大坂浅黄の筆――当時、大坂は筆の産地だったか、注文してくれましたか。筆の穂先が皆切れて困っている。日記の清書も出来ない。「これがおのれが一生の大願」なので、二川と相談して右の紙と筆をお世話頼みます。なければ、二川流と取引のある画筆屋から五十本でもいいのでよろしく。この漂泊生活のあかしに、「都日記」「夢かぞへ」、家集や娘子のための文章などを、おときへの形見に残したいと思うと、囚中もかえってよい環境に思える。家では家事や人づきあいなどに気を遣い時間も取られて、こういう風にはいかないだろう。「神仏を拝みては日記など書く」とある

文では、以前に書いた物をまとめるだけでなく、まだ日々の日記も書いていたとも取れる。もしそうなら真に惜しまれるがそれはともかく、一日が短く忙しく暮らしていると。

薩摩の法条とは、人名かまたは、法帖――手本・観賞用に先人の筆跡を紙に写した石刷の折本か、「書きし」とあるので人名のようだが。殴り書きのような巻物を勘蔵が見せてくれた。優れた才能の持主と感じた。これは、勘蔵の娘が観賞したいので送ってほしいと頼んでいる物で、勘蔵が前から持っていてまだこの姫島に留まっているという。とすると娘は島外に住んでいるのか、父娘の教養の程が偲ばれる。望東尼はこれを何とか写し取りたいと頼んだ材料が、みぞくち（不詳）・晒し膠・明礬などだろう。そして、写しが出来次第送るという。

九月にもう一通手紙があるが入用品の注文ばかり。自分用の常の薬と茶葉のほか、島人がほしがる風邪薬・あせん丸。「二人が知れば、島中に知れて」押しかける。「効く事誠に〳〵壁土でも効き申べし」目薬四つ五つ。

以上が福岡市博物館所蔵の望東尼が姫島より出した書簡のすべてである。日記以上に望東尼の獄中生活を物語っていよう。

四　姫島脱出

姫島脱出

姫島の獄中にいる望東尼から家族宛の手紙の最終は、慶応二年九月十日のものである。当分はここから出られないと覚悟を決めて、「かくさすらへる証に」「一生の大願」として「都日記」「夢かぞへ」、家集、「娘子などのためになるべき文」などを、曾孫とき子への形見に書き残したい。ものを書く環境としてはこの囚中も中々よろしいと述べ、それに必要な品々として「雁皮の漉き紙」や大坂筆五十本などを特注している。「囚中」という困難な状況下において「さすらいの証」を書くという「一生の大願」を果たすことは望東尼の生きる力の源泉であったろう。

真冬は孤島の嵐にさらされ、夏は狭く風の入りにくい暑さをしのぎ、マラリアなどの病気を何度か病んでもかかりつけの医師にも手が届かなかった。幸いその病気も今は快方に向かっていた。ものを書くための集中が突如破られたのは、慶応二年（一八六六）九月十七日のことである。

囚の鍵が叩き壊され、望東尼は侍たちに両脇を抱えられ囚から連れ出された。他の侍が望東尼の持物や原稿類を手早くまとめて持ち出す。望東尼にもようやく事情が飲みこめてきた。谷川佳枝子『野村望東尼』・春山育次郎『野村望東尼伝』などによると、長期の牢生活で足腰の弱った望東尼が武士らに抱えられて歩く途中、よく世話をしてくれた森みきにたまたま行き遇った。みきは一行を見て、何事が起こったか合点できず慌てて脇の畑に飛び込んだが、望東尼は「みきさん、私ゃこれから遠か所に行くのばい」と声をかけたという。一行は足早に迎えの船へと向かった。

望東尼を不意に牢から連れ出したのは六人の武士たちであった。このうち藤四郎《ふじしろう》茂親と多田荘蔵は島番の坂田嘉左衛門の役宅を訪れ、朝廷より望東尼御赦免の沙汰があったと懐より書面を取り出し、ついては身柄を受け取りに来たと述べた。坂田がそんな筈はないなどと言って互いに押問答をしているうち、銃声が一発轟いた。それは望東尼を連れ出しにいった残りの四人が仕事を終った合図だった。この合図をしおに二人は役宅を引き上げ、四人と一緒になって望東尼を船に乗せた。坂田は急いで手下の者に後を追わせたが、船はすでに出帆し沖へと離れていた。

望東尼を島抜けさせる計画は、藤四郎・対馬藩士多田荘蔵らにより周到にたてられていた。この時を去る一年三ヶ月前、望東尼の隣家の喜多岡勇平殺害事件が起こったが、その犯人の一人が藤四郎であった。藤四郎は、喜多岡勇平が藩政府の内部にあって、亡き平野國臣の志を継ぎ勤王を目指しているのをよく知らぬまま、保守派の走狗とばかり早合点して過激派の勇平殺害計画に加わったが、のちにそれが勇平に申し訳が立たぬばかりか、彼の友人望東尼をひどく傷つけたと知り、いたく後悔していた。望東尼を島から救出することで、少しでも罪を償いたいと考えるようになった。ちょうどこの頃、前年の乙丑《いっちゅう》の獄で玄界島に流謫《るたく》中の同士二人が断首された事を聞き及び、同じ事が姫島の望東尼に及ぶのを案じて救出を決心したという（慶応三年十一月　望東尼の訃報を藤が野村家に知らせた手紙『全集』八三七頁）。

多田荘蔵は、文久二年（一八六二）に始まった甲子事件すなわち対馬藩の跡目相続と絡んだ、勤王対佐幕の抗争には一時の勝利を得たが、激戦中に小舟で漂流した勤王派の一人である。望東尼の好意により、子供を含む彼ら数名は向陵庵に暫時匿われた。その時からの恩義を感じていたのと、望東尼の流刑の罪状の一つに「旅人潜伏をも致させ」とあるのを知り、藤とともに望東尼救出の計画を練った。他に四人、合計六人が望東尼の島抜けに手を貸した。計画を実行するには船が要るし資金も必要である。藤は高杉晋作に相談しようと思った。

高杉はこの時、馬関（下関）の廻船問屋白石正一郎宅で病の床にあり、半月ほど前に喀血して以来医師の石田清逸の診察を受けていた。

石田は野村家と懇意だった百武万里《ももたけばんり》の弟子で、望東尼とも共通の知音であった。藤は石田に望東尼救出の志を告げ、高杉に取り次いでもらった。高杉もかつて向陵庵で世話になった情義を思い、白石に協力を願い出て船と資金が用意された。

脱出後望東尼が家族宛に出した手紙（これは届いたらしいが、家からは一切返事が得られなかった）によれば、一行は唐津から浜崎に集まり「波風静かなる日を待ちて押し寄せ」た。望東尼は驚きのあまり「否とも言ひあへず…誠に夢のゆめみる心地」であった。その後船は玄界灘の大島へ向かい、そこに収監されている筈の貞省を救出する予定だったが、貞省はそこにはおらず、流されていた桑野半兵衛・澄川洗蔵・喜多村重四郎の三人を乗せて馬関へと向かった。

長州での生活

望東尼らを乗せた船は慶応二年九月十七日夜、馬関の豪商白石正一郎宅の浜門に着岸した。望東尼は白石宅にしばらく世話になる。馬関滞在中に望東尼は家宛三通の手紙を書いた。順次紹介しよう。

まず、嫁のたねと孫の貞和宛には、白石家は「家内皆々大正義にて暮らしよし」、しかし「衣類入用のだいぶ多く」送ってもらいたい。谷梅（高杉晋作）が家を建てているが、出来上がれば私を置いてくれる由「誠に先年向陵にしばし物したるが、今の我が身のためとなり侍る」「今は省を始め囚の苦を逃れいづるやうにのみ、誰々にも頼み、其事のみに心を砕き侍るなり。御国御正儀にひるがへし、有志を助くるまで…身もいとはずなむ」「こたび御方々（あなた方）に逢ふ事も叶はじ。これのみ返すぐ〳〵も悲しく本意なく思ひ沈み侍る也」。

手紙には、助け出し世話をしてくれる人々への感謝、高杉晋作への感謝と期待、家族に逢いたい、築前藩が「正義」になってほしいという願いがあふれる。ここには日付が無いが、白石家に滞在中で、囚からの前便より一ヶ月ほど経っていようか。

白石家を出たあと、望東尼はこれも「大正義」の町人入江和作の家に匿われた。第二信は十一月七日の日付の智鏡（たね）・貞和宛の手紙。四畳半の茶室の炉に火があり寒さしらず、豪華な寝具、源氏物語の絵を描いた屏風の内に、紫檀の机と硯箱があり、頼まれた短冊や色紙に揮毫している。「極楽世界に生まれたよう」だが、囚から着て出た「やつれ衣」には困る。着類だけはどうか送ってほしいと記す。

さらに高杉が医師の石田を通じて藤の願いを聞き私を助けようとしたのは、彼が山里の向陵庵に隠れ住んだ昔のゆかりによる計らいで、大金を投じての船支度だったようだ。彼は大病で今は山里で療養している。「肺労と見ゆれば石田も困りたるさまになん」。望東尼自身も、石田が「野村家には昔の恩ありとて、よろづねむごろに物し」てくれるので、その投薬に安心して任せている。「近頃はエンギリス・ヤメリカの医者来りて高杉の容態診たる由。又小倉（征長戦で幕府軍の攻撃を受けた）手負ひのけが人の療治、珍しき事どもするよし也。異人を初めて此地にて度々見申候」などと綴る。さて高杉の治療に石田が困っていると述べたあとに記す、「療治の珍しき事」とは何だろうか。注射でも見たのか。異人を初めて見た素朴な感想である。続いて「中々なる事ぞかし」という意味の取り難い感想も洩らす。「たいしたものだ」というのだろうか。上海で外国の事情を見聞し、欧米の医師の診察を望んだ高杉自身と、「攘夷」だけを正義と信じてきた望東尼との、欧米人への意識の差があらわになる。高杉は、上海での見聞、下関戦争の経験などから、欧米の体現する「近代」を日本の未来に見すえつつ、戦略としての攘夷を主張していたので、自らの病気の診療を英米の医者に委せることに、何ら忌憚する所はなかった。「近代」を知らず、その医術を見て驚く望東尼はまことに素朴であったと言える。

先頃まで世話になっていた白石正一郎は、生野の変で平野國臣と共に討死した白石連作の兄で、弟は大葉（庭）伝作（七）、最近唐《から》に行った人でまだ話をする暇が無い。白石家には平野をはじめ国々の有志が匿われたが、正一郎は「愚痴なるかた多くて、なれ住むには心やましげ」なので、それまで高杉が借りていた入江宅に移ったのだという。白石は商売での儲け以上に、有志援助に資産を消費する一方なのに悩み、思わず客に愚痴を洩らしたのかもしれない。白石も入江も（引用しなかったが）京都の町人山中成太郎（大坂鴻池分家）も、資金などの面で志士たちの運動の援助に奔走し家産を傾けたことは、望東尼はこの時になって知った。

いまひとつ日付の無い手紙は貞和と二川宛。筑前も早く正義にならなくては「不為出来《ふためしゅったい》すべし」、第二次長州征討では小倉口で幕府が降参した。方々で幕府離れが起こっている。異舟が来て異人が町を行き交っているさまは「いみじうわづらはし」。朝鮮国がイギリスの船を無法打ちにして略奪したのでイギリスが攻めて来た。「かくては対馬も難しかるべし。かの地の有志も大に嘆き侍る」「唐津（藩主小笠原長行《ながみち》は幕府老中で第二次長州征討の総督）もまづ滅亡の形なり」。日田（天領）の代官が有志の者を狩り出して牢に入れる由で、豊前豊後の有志たちが長州にあまた逃れて来る。

金子《きんす》着類の事を頼むのは養子彦助の手前、智鏡にも難しそうだが、こちらでは「大身の老母と愛ではやす」のでこの身なりでは筑前の肩がすぼまる。どうか二人して浦野にも頼み、申し入れてほしい。代金さえあればここでも着物は作れるが諸品高く…と金額を述べる。

幕長戦争にも望東尼の関心は高い。幕府が小倉口の戦闘に破れたのは、総督である小笠原長行が七月三十日、将軍家茂の死去の秘報を得て戦線を離脱、軍艦で長崎に退去して大坂に戻ってしまい、熊本軍も敵を一手に引き受けるのは無謀と判断して退去、同じく久留米・柳川両藩も撤兵したせいである。姫島から遠く望んでいた唐津の今の有様を、望東尼は「滅亡」と考えたのであろう。

対馬には去る文久元年（一八六一）二月にロシア船が上陸、占領を企て島民と衝突する事件があった。八月に英艦が幕府の依頼を受けて退去を迫ったためロシア艦は撤退したが、その後元治元年（一八六四）には藩の内紛で尊攘派が敗れるなど混乱が続き、望東尼は「かくては対馬も難しかるべし」と記さざるを得なかった。

おなじ手紙に、石田の家に招かれ藤とともに訪れた時の様子も記す。伊崎の音戸《をど》（下関市伊崎町）は海に臨んで左は小倉、先に彦島が見え景色が面白い。ここに石田は家を普請中で、一晩泊めてもらい気晴らしになった。出来上がったらしばらく住んでくださいと言われ、梅の咲く春には泊めて貰おうと楽しみにしている。石田は今はやりの医者で、六カ所に家を作り妾や大きい子が十人もいるとか。内情は難しいが、筑前が正義になるよう沙汰しているよし。

望東尼の家宛の手紙三通を紹介した。しかし願い空しく、頼みの衣類や金子はおろか、返事も来ないのだった。望東尼の失望は深かったが、家の事情を考えればやむを得ない事だったかもしれない。

二人の罪人を出し、そのうち一人が「島ぬけ」を犯したとあれば、役所の監視も厳しくなっただろうし、家の当主である養子の彦助への遠慮もあって、たねや貞和が周囲の目を盗んで荷物を送り手紙を書く余裕はなかったであろう。（この手紙は福岡市博物館により、20長門だより乙と、21長門だより丙とに分類されている。内容の酷似する二本のうち丙より抄出した。これらが写本だという説（谷川）もある）

高杉晋作を見舞う

高杉晋作は肺労が重くなり、志士としての一切の運動から手を引き、桜山（下関市桜山町）に家を建て東行庵と名付け、病を養っていた。愛妾おうの（法名梅処尼）が付き添っていたが、望東尼は折々に高杉を見舞いに訪れおうのを助けた。春山『伝』にも所載の「東行庵梅処尼今昔物語」聴取者小月笠峯生（野村望東尼資料八四）によると、おうのは次のように述べている。

「旦那（晋作）は…、命の親様と名のつく人を、いはゞ自身の身がはりに牢獄へ打ち込むだやうなもの…とおっしゃいまして…尼さんを援け出し…（東行庵には）尼さんもいっしょに妾《わた》し共三人が棲まふことになりました。ところが尼さんも軽い風をお引きなすって、これは三階にお休みなさる、旦那は下に寝てをゐでまして、毎日の仕事はお二人が詩と歌のお取りやりでございます。その使者《おつかひ》は妾しで、段梯子を昇ったり降りたりするので、ずいぶん足がつかれました。…尼さんの御病気は…間もなくお床をあげられましたが、…殊の外お衰弱《よは》りなされました御様子、それでも旦那の御病気を非常にお気遣ひなされまして、何呉れと御心配遊ばす風を見ますのがお気の毒でなりません。妾しは素早く先に廻って何もかも仕事をしておきますと、尼さんは大変御不服で、どうか私にも介抱させてくれと、熱心にお頼みなさいますので有り難くて涙がこぼれました。その後は二人手を分けまして、旦那の御介抱に心をくばることに致しました」。

高杉はやがて重体に陥り、慶応三年四月、狂気を発して二十九歳で他界した。

時間は少し遡る。望東尼は家族宛に出した手紙に返事は得られなかったが、友人たちとの文通を始めていた。谷川『野村望東尼』によると、そのうちの一人が御笠郡通古賀《とおのこが》（太宰府市）の歌人陶山《すやま》一貫で、長州藩の志士たちが太宰府の五卿に随従する諸士に宛てた密書は、まず陶山の許に届けられ、それが確実に宛先に届くよう彼が手配していたので、おそらく望東尼の陶山への手紙もおなじルートで落手したのだろうという。

慶応二年十月二十五日陶山宛の手紙に望東尼は、私が姫島を脱出したことにより、獄中にいる志士たちへの監視が一層きびしくなったと聞き、胸がつぶれる思いだと記す。そして「わが家の者どもが志、いかになり変わりてあらんとおぼつかなし」と疑念を抱き、陶山の親族からそれをよく問い質してほしいと頼む。

翌慶応三年四月三日付、宛先不明の手紙は「ゆめものがたり」と題されて思ひの外なる風流にものせらるゝ…かゝる折ふしにも、御許を始め友だちのこと忘れ難く…こゝ許はいと品ある所も多くなん。門司が浦の花、ことに…見せまほしうこそ思ひやられ…

故郷の一もと桜いくはるの花見るたびに思ひいづらむ

などの歌が添えられている。当地の花が美しいにつけ、あなたをはじめ友だちが忘れがたいと述べ、末尾には

わが家人に四たびばかり文遣はしたれど、未だ返りごともなし。世を憚りたる事ながら、御もとより探り知り給ひて知らせ給ふ事は、いかゞおはすらん。かゝる世の人心浅ましき中にも、そなたより我を問ひ給ひたる御心ばへの浅からぬを、返す〴〵もうれしみて…

とあり、あなたの方から私の居場所を探して下さったご厚意がくれぐれも嬉しく、わが家族がどう過ごしているかを何とか探って頂けないだろうかと頼んでいる。谷川氏は、この手紙も陶山一貫宛のものだろうと推察している。再三家族の心変りを心配する望東尼の思いもさることながら、答えることさえ許されぬ家族の苦衷も透けて見え、両者の間に横たわる時世の溝がやるせない。

さらに五月十九日陶山宛の手紙（三宅花圃『もとのしづく』所収）では、

「私がこうして過ごしている事を家族に知らせてほしいので、よき伝手があれば教えてほしい…ただし、あなたに罪科がかからぬように…何とかして故郷が昔の正義に帰ることを神仏に祈っています」「五卿様が御帰朝の由…忝く…喜び侍る」など、家族への連絡と故郷の政治的帰趨にこだわり、気にかけていた五卿の帰朝（正式にはこの時点では未定）の報せを喜んでいる。

この年の二月十日付けで望東尼は、長州藩から二人扶持を賜ることになった。（以下二行小河『野村望東尼』六五頁）京都の馬場文英が三条実美を取材するにあたり、長州藩が病気の実美の許に遣わした医師の竹田佑伯を通じて、望東尼の窮状を救うよう頼み、それが実現した結果のようである。富家の食客となっても、衣服や細々とした日用品を買う金子は別に必要なので、望東尼には嬉しいことであった。

何の御役にもたゝぬ老いの身を、かくばかり厚くものせらるゝは…たゞ神仏の御わざにやあらん。身に余る事ながら更にわが本意にはあらず、こたび異方に仕ふるは悔しきものから、こは…滞留の間との仰言なれば、まづ御客分にこそ侍れ…（『全集』）。

何とかして故郷に帰り御国の土になりたいというが、滞在中の身には有難いもてなしだった筈である。

山口に移住

高杉を見送ったあと、望東尼は四月ごろから山口に移住した。山口での主な世話人は小田村素太郎（伊之助、後の楫取素彦）であった。小田村は高杉の盟友で、高杉がおのれ亡き後、望東尼の事を彼に託したという。望東尼は小田村の名に覚えがあった。妻は吉田松陰の妹美和（文とも）で、望東尼とは話が合ったらしく、望東尼が三田尻で臨終を迎えた際、山坂を越えて見舞いに駆けつけている。望東尼の滞在先は小田村家だけではなく、近所の熊丸市右衛門宅をも借りていた。小田村・熊丸両家は山口の鴻ノ峰北麓の字宝泉寺にあり、隠れ住むには恰好の幽邃の地である。ここから更に北上すれば「柳の水」という名水の湧く所もあり、望東尼はその水を称えた歌も詠んでいる。

その後しばらくして望東尼は、宝泉寺を出ておなじ山口の湯田にある吉田屋に移った。宝泉寺よりは南西にあたり、温泉の湧く所である。『伝』に引用の陶山一貫宛五月十九日書簡には次の歌が記されている。

山口なる湯田の田うえをみて、

世にあまる塵の此身の命にもかゝるめぐみの早苗とぞ見る

まことに田の雨のやにものして、思もかけぬ早苗のさま見るさへ夢のこゝちになん。去年の此頃は憂き島の囚にて、田も見られず、たゞ思ひやり侍りしを

うれしきも悲しき時も夢なれば覚むる時しもあらじとぞ思ふ

稲という食べ物が命を支えている実感を望東尼は改めて感じたのだろう。姫島で故郷の田植えを偲んで歌を作ったのを思い出す。あの時も、雨宿りして見る今の田植えもまさに夢の心地がする。私の人生が夢だとすれば、覚める時も無いだろう。――次々に住処を移っていれば、これは真実の私ではない、きっと夢なのだという望東尼の感懐も、筆者には肯ける。

谷川『野村望東尼』(三〇二頁)は、望東尼は湯田の吉田屋に転居したのは六月末だとする。吉田屋は、三条実美の随員土方久元の仮寓である。ここを紹介してくれた楫取素彦(三田村素太郎)はじめ有志たちに望東尼は感謝している。住処を転々と変えるよう計らったのも、島抜けをした望東尼を筑前藩当局の探索の目から守るためであろう。

湯田にいたころ、望東尼は長州藩主毛利敬親・世子広封《ひろあつ》に拝謁し、歌集と袱紗を賜った。長州藩から扶持を受け、藩主親子にまで会う身になった望東尼は、この時も「御国元の事どもいろいろ嘆願」したと、藤四郎が同志の秋月藩町人三角十郎に宛てた十二月二十三日付書簡(『伝』四四四頁)にある。故郷筑前藩の藩論がふたたび勤王に転じて、今も獄中にある孫の貞省や同志たちの解放が実現するよう願い、長州藩士はじめ脈のありそうな人に訴え続けた。望東尼自身も、「此事のみを方々の人々に頼むばかりのわが務め」と述べる。

国元の政情の好転と同志の解放を願った他の一例は、慶応二年十一月、薩長盟約の藩同士の正式承認の儀式に際してである。薩長盟約は先に慶応二年一月二十二日、長州の木戸孝允・薩摩の黒田清隆に土佐浪人の坂本龍馬らが介在して六ケ条の攻守同盟を結び、藩主同士も承認して実効をあげてきた。幕府に幕長戦争をやめさせる事が出来たのである。そして六ヶ条のうち第六条は、将来にわたり、皇威が輝き、日本が回復に至ることを目途

に双方力を合わせ、誠心をつくし尽力することを謳っている。その実現として十一月十四日から一ヶ月にわたり、薩摩からは黒田清綱、長州からは木戸孝允を正使として藩主の書翰の交換が行われた。いわば条約を批准した形である。

この黒田が使命を帯びて山口に来た時、望東尼は面会を願い出て「福岡なる有志者の幽閉をとかれん周旋を依頼し」（三宅『もとのしづく』一四七頁）、歌三首を献じた（一首略）

黒田大人《うし》に国の事どもねぎまゐらすとて

隼人のさつまの波にあらへかし心づくしの浦のあくたを

国のことも聞えまゐらせける時に

わが思ふ心つくしのうら波をあらはに月のてらすよもがな

こうして望東尼は機会あるごとに築前藩の事と、孫はじめ有志の釈放を訴え続けた。しかし貞省その人は、慶応三年八月十六日城内の獄中で没していたのだった。野村助作貞省二十四歳はあまりにも早すぎる死であるが、劣悪な監獄の環境に丈夫でない体が耐えられなかったのであろう。望東尼はその事を知らない。

この頃でもなお望東尼は衣服に不自由したらしく、次のように歌っている。

きぬなど破れたるに

きりぎりす鳴きあかせども旅衣綴りもあへぬ我が夜寒哉

九月十六日には

畏くも三条のきみより黄金を賜らむとて…

山吹のめぐみの露の深くして捧ぐるたびに濡らす袖かな

と詠んでいる。三条実美が毛利家へ使者を送った際、望東尼のことを心に留め、使者に黄金一両を託したのである。望東尼はかつて馬場文英の手紙を持って太宰府に三条を訪れたこと、還暦の祝賀の歌を賜ったことなども思い出し、かつあたかも昨年のこの日は藤四郎らに助けられ姫島を脱出したことも思い合わされ、三条の恩顧の深さとこもごも相まって感極まるものがあった。

三条はこの時、使者に二つの事を命じていた。まず以前病気の節、毛利家から遣わされた医師によって快癒した礼を述べ、次にこの時あたかも、王政復古を目指す薩長出兵協定が成立しようとする間際だったので、その間の情勢を探り、五卿帰洛の協議を毛利家と行うという内用を命じていたのである。

望東尼はこの日の九日後、九月二十五日に三田尻行きを決意し、その日からまた日記をつけ始めた。「慶応三卯年」と題され、「防州日記」と呼ばれている。自身には三田尻に移住するつもりがあったかどうか定かではないが、結果的に臨終まで続くことになった。

三田尻に転居

長州と薩摩の軍が、幕府軍を破るため都に門出しようとて、知人の誰彼も用意しているのを見るにつけ、ここでこのまま別れるのもさすがに残念で、「をのこにしもあらば共に」とさえ思われる。そこで、三田尻まで送りがてら宮市の防府天満宮に戦勝を祈るつもりで出発した。

以上は「防州日記」から現代語訳して一部引用したものである。

長州藩庁は、文久三年に幕府の政情をにらんで、萩城から山口政治堂へ居を移していた。藩主毛利敬親も藩士たちも山口に集まり、慶応三年の秋には前述のように倒幕の雰囲気が色濃くなった。「防州日記」にあるように、三田尻で薩摩船の兵士と合流すべく、有志たちは競って出陣の準備を始めていた。望東尼は長州・薩摩の軍隊が京都・大坂へ攻め上る途上で三田尻に集結するのを見送り、宮市天満宮に武運を祈るため、三田尻へ向かったのである。

ここで「防州日記」前後の政治情勢を振り返ってみよう。禁門の変後幕府は長州征討を構え、西国諸藩に出兵を命じたので、筑前藩も諸藩とともに長州に敵対する事になった。喜多岡勇平は長州藩との協調を望む藩主黒田長溥の意を受け、また亡き友人平野國臣の志をも継いで、筑前と長州との関係を調停周旋する活動を続けていた。望東尼も書状の中で喜多岡の活動を「長州と小倉（征長軍）を御取りあひ（取扱い＝調停）…外の人にては出来ぬ事」（馬場文英宛慶応元年七月三日）と評価している。

藩主は月形洗蔵にも同様の事を命じた。しかし慶応二年一月薩長盟約が成立し、筑前・長州の関係は、相対的に影が薄くなった。筑前では「辛酉《しんゆう》の獄」（文久元・一八六一）に次ぐ「乙丑《いっちゅう》の獄」（慶応元・一八六五）で月形はじめ勤王派が刑死し、喜多岡が同志に殺された後、藩論は佐幕に傾いていた。藩主も勤王派を利用しただけであった。薩摩藩は長州との盟約から第二次長州征討を拒否、安芸・備前・阿波・因幡等の藩が征長軍の解兵を建議し、八月幕府の敗北をもって征長戦は終わった。

将軍家茂が七月に死去し、十二月には徳川慶喜が将軍に就任した。翌三年五月、薩摩の島津久光のリードで宇和島の伊達宗城《むねなり》・越前の松平慶永（春嶽）・土佐の山内豊信《とよしげ》（容堂）ら四名の有志大名で四侯会議を催し、それを将軍慶喜が引取り続行したが、兵庫開港や長州処分の問題を巡って意見は一致を見なかった。慶喜は四侯の賛成を得たとみなし、兵庫開港については勅許を待たず、外国公使らに一方的に開港を宣言した。長州処分については一応、「寛大の沙汰書」が発せられた。先の喜多岡や月形の周旋の努力は、四侯会議においてこうした形で報いられたとみるべきだろう。だが、四侯たちは失望のうちに帰国した。

六月十六日、四侯会議の結果に覚悟を固めた島津久光は、長州の山形狂介（有朋）・品川弥次郎を招き倒幕の意思を伝えた。

土佐では後藤象二郎の提唱により、十月三日幕府に建白書を提出した。これには、六月に薩土盟約を結んだ大久保利通・小松帯刀らも加わっていた。建白書には大政奉還・王政復古・将軍職廃止・上下議事所開設、条約改正などの注目すべき提案があった。

しかし西郷・大久保らは大政奉還には消極的であった。四侯会議の失敗を見た彼らは、武力倒幕の決意を固めていた。土佐との盟約により幕府に大政奉還を促すよりも、薩長盟約による武力倒幕のほうが、その後の政権掌握に有利だと考えていたのである。

九月十八日大久保は、大山格之助を伴い長州藩主毛利敬親・世子定広に謁見し、倒幕挙兵の決意を具申した。藩主父子は「玉を奪われては実に致し方なき…」の言葉とともに倒幕計画を裁可した。「玉」とは天皇をさす隠語である。九月二十日には薩長出兵協定が結ばれた。その内容では、宮中に政変をおこして天皇の身柄を味方に確保し大坂城を奪取、破れた場合に備え天皇の動座先を大坂以西の味方藩領にするなどの想定もなされた。正義の象徴としての「玉」が必要とされたのである。この出兵協定には、九月二十五〜六日に薩摩艦船が三田尻へ着船、碇泊するという項目があった。

早くも九月二十三日長州の広沢真臣が、他との折衝のため広島に赴き、二十七日には世嗣毛利定広が上坂の兵を三田尻の鞠生《まりふ》松原に閲兵した。望東尼が「防州日記」に「鞠生松原にて此度の軍立《いくさだち》を公のみ心見（試み）させ給へるを見奉りける時」と詞書して一首を詠んでいるのはこの時の事である。長州軍は薩摩の艦艇が三田尻に現れるのを待ちこがれていた。

薩摩藩は藩論がなお大政奉還論と相半ばして出兵に踏み切れず、九月二十五〜六日ごろに三田尻集結という期日に遅れて、戦略の練り直しを余儀なくされた。ようやく十月六日夕刻、薩摩藩船豊瑞丸が三田尻に入港した。「防州日記」には「神無月の夕つかた薩摩舟、上の関に入りぬるとて…」と詞書した一首がある。

一方おなじ十月六日、薩摩の大久保・長州の品川弥二郎は、なお岩倉村に蟄居中の岩倉具視と、赦免された中御門経之に関し王政復古の協議を行った。この際岩倉は「錦の御旗」のデザインを示し、長州・薩摩に調製を依頼した。筆者は山口の一の坂川のほとりで「ここで錦の御旗が作られた」との説明板を見たことがある。

また岩倉は、正親町《おおぎまち》三条実愛《さねなる》・中御門経之・中山忠能《ただやす》らとともに討幕の「密勅」にも関わり、十月十三日には島津久光・忠義父子にこれが手渡された。「密勅」とは、徳川慶喜を追討せよという天皇の命令を装った偽文書である。薩摩藩主ならびに長州藩主に伝えて軍備を整え藩内の条件を好転させるために、将軍の大政奉還以前に根回しが必要と考え、暗黙の了解のもとに成り立つものだった。長州藩主には禁門の変の罪の赦免、官位復旧の沙汰書も添えられていた。

将軍慶喜は長州戦争敗北後、幕府の弱体化を痛感していたが、土佐藩の建白書を受けて老中以下の幕閣、在京の諸藩重臣の意見を徴した。これに対し土佐・薩摩・広島・岡山・宇和島らの諸藩が大政奉還すべきとの意見を述べた。若年寄の永井尚志《なおむね》からも勧告され、十月十五日慶喜は「大政奉還」を敢行した。しかし外交上権力の空白は許されず、慶喜は大政奉還後の朝廷政権の運営にも構想を巡らしつつあり、朝廷や諸藩にも同意する者があった。だがそれは薩長の倒幕派や岩倉らの意思とは異なるため、彼らはクーデタによる政権奪取に踏み切った。

十二月八日の朝廷会議で正式に長州宥免が決まり、岩倉も晴れて蟄居が赦免された。クーデタ決行の日付は、盟約を結んだ土佐藩との応酬のうえ十二月九日と決め、朝議の果てた翌朝辰の刻（八時）、待機していた薩摩・尾張・越前・安芸ほか四藩の兵が御所の門などを警護し、外部との接触を断った。長州は万一の場合に備えて西宮に兵を配備していた。慶喜は恭順の意を示し、幕府側の抵抗はなかった。

廷臣と大名が午後になって小御所に参集、王政復古の宣言に続き、総裁・議定・参与の三役任命が行われた。

この後戊辰戦争へと歴史は動くが、望東尼の死までの背景としてはさしあたりここまでにしたい。

望東尼の勤王の志はまことに素朴なもので、喜多岡勇平・平野國臣・馬場文英らから攘夷後の日本の在り方などを学んだとしても、「天朝の昔にかへらせ給ふ」という国学者流に憧れをもち、異人の館を焼討ちした噂を聞けば喜ぶという程のものだった。自己の正当化の手段として天皇を利用する「一挙奪玉」などという、あくどい戦略を同志たちが弄していることなど知る由もなかった。

徳川の天下、幕府は我が身を姫島流謫へ追いやった張本であり、孫や多くの友人たちの命を奪った敵と考えていたことは間違いない。その幕府を滅ぼし新しい世の中を作るための戦に出かける勇士を鼓舞したい、神に武運を祈り出征する軍人を見送る、そのために山を越えて三田尻まで出向こうというのである。

ことさら去にし年の辱めそゝがんとて、その用意ありしも人知らず…さらに九月廿日過る頃、大方の士にうちいで給ひいかのぼらしめ給ふに、その中にて優れたる方々に馬の餞《はなむけ》すとて、小田村大人に

いつしかとわが待ち侘びし田鶴群の声を雲居に挙ぐる時来ぬ

御世のため戦立ちするもののゝふに心ばかりは遅れやはする

「去にし年の辱め」とは、禁門の変の結果長州が朝敵とされた事を指すのだろう。その理想実現のため出征する男たちを祝い、同感の言葉を贈る。おなじく国貞直人・山田市之丞・交野十郎らにも餞別の歌を贈った。

九月廿六日にいよ〳〵門出せらるとてその用意どもあるに、こゝを限りに別れんことさすがに本意なく、をのこにしもあらば共に、など思ふにつけて、三田尻まで送りがてら、宮市の御神に此度の戦をも祈り奉らんとて出で立つ。

望東尼が三田尻へ出立した九月二十六日は、藩主毛利敬親が総督に任じた毛利内匠《たくみ》に「背水の陣と心得よ」と親書を手渡したその翌々日に当たっていた。

急のことで誘う人もないままに、ただ一人「ほと〳〵」と行く途次、氷上の里（山口市大内御堀）に福田侠平の家を訪ねた。福田はこの後、三田尻で薩摩艦艇を待つが現れないため入洛して、その事を大久保らに報告した奇兵隊の幹部である。この時はまだ家にいたのであろう。萩往還を東へ、そして南へ辿る。連山の姿に孫たちを

思い出したのか、歌を詠む。

故郷をひとり出で来て行く旅に羨ましくも親子連れ山

長野で一服、矢田村に至る。

関ヶ原の合戦以来、長州藩は豊臣の味方をした廉で「長く世に塞がれ」領土を減らされたうえ、文久三年（一八六三）八月十八日の政変に続く禁門の変（元治元・一八六四）により朝敵とされて、苛酷な立場に置かれて来た。今度やっと京都の情勢が変わり、幕府を仇として戦う機会を得て、多くの軍勢を差し向けることが出来る、望東尼は待った甲斐のあった嬉しさのあまり「尼の身さへかく浮かれいでにけり」「栄《さか》ゆく世にもあればこそ逢へ」――これから栄える世に逢いたいと思うのだった。鳴滝（山口市小鯖）では、趣のある橋のほとりの小さな家が筧の水を湛えていて興趣を誘われた。中へ入り昼食を請うと、食べ物の商いはしていませんと断られたが、強いて頼むと珍しいものを調えてくれ、主人の心ばえを称えて「…心の底の清げなるかな」と詠んだ。

日が傾いて来てさすがに一人も物寂しくなってきた所へ、老いた侍が歩いているのに出会い言葉をかけると、そちらも友欲しげで語らいながら歩く。名を問うと、この度の戦大将の毛利筑前（軍総督内匠の父）の家臣山本萬助と名乗り、戦の用事で山口へ行った帰りだという。勝坂を共に越えた感謝の一首を詠んで彼に贈った。この人は勝坂の先の分かれ道で北東の右田の方へと去ったので、また一人になり望東尼は宮市の天神へと急いだ。

菅原道真が流竄《るざん》の道行きに滞在した名に負う天神社は、祭日にあたり人だかりがしている。日頃信仰する天神様も急いで拝み、

もののふの仇に勝坂越えつつもいのる祈《ね》ぎ事受けさせ給へ

の一首を献じ、神禰宜《かんねぎ》にお守りを明日早くと頼んで退出する。

日はすっかり暮れた。目指すは中塚町（防府市三田尻本町）の荒瀬百合子の家である。百合子は歌を明倫館助教で国学者の近藤芳樹に学んだ人で、望東尼は知己の近藤から紹介され、百合子に三田尻での宿を頼んでいた。

夜道を人に尋ねながら、疲れはててやっとの思いで荒瀬家に着いた。
この荒瀬家に滞在して望東尼は、今日九月二十六日を初めとして天神社に七日詣でをし、一日一首の歌を手向けた。七首の中から

御世を思ふ弥猛心《やたけごころ》のひと筋も弓取る数に入らぬ甲斐なさ
梓弓《あずさゆみ》引く数ならぬ身ながらも思ひ入る矢はたゞにひとすぢ

などは、老女の身で戦には加われぬが心だけは矢のように一途に逸り、新しい世を祈念しているさまが歌われている。
前述のように、薩長出兵協定では九月二十五〜六日に薩摩艦艇が三田尻に入津するとされていた。望東尼の三田尻到着のその日である。望東尼は「日を経れども訪れもなかりしかば」と前書きして

契りおきて帆影も見えぬ薩摩舟また憂き波や立ち帰るらん

と心配し、その場にいた福田侠平にこの歌を見せた。福田は笑いながら「皆その事で気を揉んでいるのですよ」というのでなおさら不安になる。次の歌はその時の三首のうちの一首である。

今かとて待てど寄りこぬ軍舟《いくさぶね》何になづみて七日経ぬらん

二十七日には、先に紹介した世子毛利定広の鞠生松原における閲兵があり、その時、望東尼が詠んだ一首は「新しい御世のための軍勢の配備を見ようと来たのに、足利高氏の昔の陣立てをここ鞠生松原で見るのだろうか」と不満を洩らしたものである。故郷筑紫もこの戦に加わってくれたら、どんなに誇らしいかと思われた。

薩摩潟こぎみなれこん大舟に競ひて来かし心づくしも

同じ日、小田村（楫取）素彦・国貞直人・山田市之丞らが望東尼の宿所を訪れて歓談した。小田村の歌「難波江の芦の仮寝も恋ならで世にうきふしとなりにける哉」に答えて、別れを惜しむ歌二首を贈る。

いさと言ひて勧めもすべき軍《いくさ》立ち知らずや別れ惜しむ涙は

また亡き高杉晋作の掛軸を見せて語り合ったりもした。

十月一日となり、荒瀬百合子の案内で堀口（三田尻二丁目）の旅館山城屋を訪れ一泊した。荒瀬家からはいくらも離れていない宿で、地名の華浦（三田尻の別名）や塩竃の風情を詠み込んだ歌二首を作った。


別の日か「人々門出せらるゝ頃」と詞書して

秋更けてやゝ待ち得たる桜島都に花の開きいづるを

「待ち得たる」とはいえ、この時はまだ薩摩船の姿も見えない。

三日には望東尼は宮市の商人山内鉄五郎の家に一泊、周辺の風流人の集まりで風雅の遊びを楽しんだ。山内が描いたいくつかの絵に三十一文字の賛を加えたりした。このころ光明寺（谷川氏は光妙寺だろうという）を訪れ、駐屯する山田市之丞とともに桑ノ山（一〇七メートル）に登り、勤王志士たちの墓に詣でた。

六日になり、やっと待ちおおせた薩摩艦艇が、十日遅れで三田尻港に現れた。「やうく神無月の夕つかた薩摩舟、上の関に入りぬるとて人々言ひ騒」ぐのに安堵の胸をなでおろす。


待ちくしかひも荒磯にいざ行て先仰《まづ》がばや薩摩大舟

この時到着した豊瑞丸には、大山格之助らに率いられた兵が四百、続いて九日には翔鳳丸と平運丸が八百五十九人の兵を乗せて周防小田浦に入港した。十一月十七日には、薩摩藩主島津茂久が西郷吉之助らを従え、三千人の兵を四隻の船に分乗させ三田尻に到着すると早速、待機する長州軍幹部との間に軍議が催された。薩摩藩兵は二十三日入洛、三百人余の安芸藩兵も加わり、長州藩兵は西宮に布陣し、前述の十二月九日のクーデタに向け配備されることになった。

十月の半ばごろから望東尼の体調に少し変化が兆す。九月二十七日に鞠生松原へ行った時ほどの元気はもうない。「先仰《まづ》がばや」と歌ったものの、薩摩船を港へ見に行こうとはせず、「周防の国と心をあはせて御世の仇ほふらんとて、薩摩の大舟にあまた乗りて上の関に泊れるを見んとて」、人に誘われて桑ノ山に登っただけである。

頂上から眺望はできたであろうが、このために山口から山越えをして来たにしては、読者として拍子抜けの感がある。山で菊の花を手折ると、花に蜻蛉が止まったまま飛ぼうともしない。

　御世ひらくたよりや菊の花ならん蜻蛉虫《あきつむし》さへゆたにやどれり

新しい世が開けるという便りを聞く菊の花だろうか。秋津島大和の蜻蛉虫はゆったりと菊に宿っているよ、と討幕軍の頼もしい姿に身も心も委ねる歌である。飛ぼうとしないのは望東尼自身でもある。

ほかに六首連作もあり、昂ぶる感情を抑えかねるかのようである。

毛利内匠の大人《うし》のいと畏き仰《おおせ》ごとをかゝふられてみ使ひに行かるゝ時、仰はことさら、その御受けさへ世に類なくめでたかりつる由聞き出でゝ人の語りければ

　潔き君と臣との言の葉の露の洩り来てぬるゝ袖かな

毛利内匠親信は、周防右田一万六千石を領ずる主家一門の家老である。この度の戦の総督に選ばれ、藩主敬親よりお召を受けた時の命令とその応答も類いなく麗しかったと望東尼は洩れ聞いた。故郷の筑前藩の藩論が芳しくないのは、君臣の意思の不一致によると考えて、長州の君臣関係を羨み称えて歌った。また「人の憂きことをた《（ママ）》りければ」と題して二首を詠んだ（うち一首）。

　周防灘潮待つひまに難波舟波うちかへし寄すとこそ聞け

当然あり得る幕府方の反撃情報に接したのであろう。幕府もまた大坂湾を制することが、戦略上有利であろうことを望東尼は察していたに違いない。飛び交う情報に憂慮することもあった。

　難波江のよしやあしやは分かねどもかく進みゆく世の景色哉

結果の善し悪しはわからないが、こうして世の情勢は進んで行くのだと、静かに見守ろうとする。そのうえおのれの病の容態も重くなってきた。文字も乱れがちである。

　立かへり見むと思ひし菊よりも老のこの身は霜枯れぬべし

若かった遠い日に立ち還って、皇室の菊の姿を見たいと願っていたのに、老いた私はその前に霜にあたって枯れてしまうだろう。あれほど夢に見た新しい世の到来をこの目で見ることは、もはや出来ないのだ。寂しさ悲しさに耐えながら、その心を横から眺めている諦観がある。

望東尼が病臥するようになったのは十月十五～六日ごろ、京都では大政奉還が受理され、長州藩が討幕の密勅と官位復旧の沙汰書を得たまさにその日であった。長州藩の討幕の軍備は九月から始まっていたので、それを知った望東尼は三田尻に来たのだが、十月六日に桑ノ山から薩摩船を遠望したきりで、その後病臥してからは大政奉還という歴史的大事件も音に聞くのみ、薩摩兵を乗せた船がこぞって上京するのを見送ることも出来なくなっていた。

「防州日記」は日付を行きつ戻りつして書かれている。後から思い出して以前のことを書き入れたのだろうか。九月十二日の記事は

山口にてまだ住みける時、小田村久子の君がもとにて

世の憂さを嘆き合ひぬる友がほに鳴く音悲しききりぐす哉

とある。小田村素彦の妻久子（文・美和とも）は吉田松陰の妹で、初婚の久坂玄瑞が禁門の変で自決したあと、松陰の盟友小田村素彦と再婚した。素彦ははじめ美和の姉寿《ひさ》の夫であったが、寿が病のため亡くなり、美和がそのあとを継いで素彦に縁づいた。ソロレート婚と呼ばれるこの婚姻形態は、先の大戦中まではよく行われたものである（逆に妻が夫の兄弟と結婚するレビレート婚も）。久子の名は、姉寿の名をそのまま継いでいるのであろう。幕末の戦乱で、思いを遂げようとした兄や夫を失った久子と、わが子四人を失い、継息子や孫たちも幸せには恵まれず、最後に島流しにまで遭った望東尼が「世を嘆き合」えば、語り尽くせなかったであろう。その久子が、山口から勝坂を越えて望東尼を見舞いに訪れた。

霜月朔日楫取氏細君へ（小田村はこれ以前に楫取と改姓）

わがために遠き山坂越てこしこゝろおもへば涙のみして

同二日御同人山口へ帰らるゝ暇乞に参られし時

露ばかり思置くことなかりけり終《つい》のきはまで君を見しかば

山口で会った時の事も思い出され涙にくれたが、最期にあたって存分にあなたと語り合えたので思い残すことは露ほどもありませんと、心の底をさらして久子と別れた。「わがために…」の歌は楫取家に残され、「老尼病中荊妻山口より三田尻旅宿へ尋問候節此送候分」という素彦の詞書のあと、戦に出で立つ素彦に贈った

あづさ弓やまとこゝろのものゝふを猶引たてゝとくかへれ君

の二首が巻子《かんす》に仕立ててある（野村望東尼資料四五）。

二十五日以降は「病中作」として他人（荒瀬百合子か）の代筆になるもののようである。病床についてからは、滞在中の荒瀬家の親身の看病と長州の人々の見舞いを受けることになった。十一月朔日には、長州藩主から見舞いの菓子が贈られ、藩からは役人と二名の看護人が派遣された。毛利家の侍医武（竹）田佑伯は、高杉晋作も看取った事から知音でもあったが、三度往診に訪れた。

四日には、三田尻の医師秋本里美《さとよし》の診察を受けるとともに、「尽せりと思ふ誠は誠かはつくしがてにも尽す誠か」の歌も贈られた。「誠を尽したと自ら思うのは誠だろうか。つくしきれなくて猶も尽すのが誠なのでしょう」に答えて

いゐば皆大かたの事になりぬなり拝みて泣くに外なかりけり

「言葉に出せば、皆一通りの事になります。ただ拝んで泣くよりほか、私の気持は表せません」。看取ってくれた多くの人々への感謝の気持をこめて望東尼は、姫島で書きためた「ゆめかぞへ」の原稿を秋本に贈った。それは秋本から歌友の荒瀬百合子に渡され、望東尼亡きあと百合子の師匠近藤芳樹の手に渡って、明治二年（一八六七）平楽寺書店から刊本『比売嶋日記』が上梓された。

六日の暁方には毛利氏の恵みに深謝し己の病を嘆く歌があり、遠路をものとせず往診してくれた武（竹）田佑伯には次の二首を贈った。

思ひおく事もなければ今はたゞ涼しき道に急がせ給へ

冬ごもりこらゑ〳〵てひとときに花咲きみてる春は来るらし

前の歌「涼しき道」は極楽へ行く道のこと、もうこれで私の生涯は完結し、思い残すこともないので極楽へ行く道を急がせて下さいと。後の歌は、自分自身も長州や日本全体も、これまで冬ごもりのように耐え続けて来たが、今や一時に美しい春の花が咲き春が来るようだ、歓びに満ちた予祝の調べの中に、私の労苦も無駄ではなかったという思いがこもる。

六日には臨終を迎えるが、その様子を春山『伝』に依りながら描くことにする。著者春山育次郎は三田尻に取材の旅をした節、古老の言い伝えを聞書きし、また藩庁から派遣されて望東尼の看護にあたった岡村米吉が健在であると知り、病気の経過や臨終の模様の子細を訊ねて答えを得られた事と、望東尼の旧知藤四郎の「告訃状」などを参考にして臨終の様を克明に記している。「告訃状」は、藤が望東尼の訃を家族に知らせるために記した書状を春山がこう名付けたもので、望東尼のことを「先醒《せんせい》」ととくに呼び、十五、六日からの「疫疾」で危篤との報を聞き、澄川洗蔵（望東尼とおなじ時に大島から救出された三人のうちの一人）とともに「昼夜兼行いたし十八里」（馬関から）を駆けつけた。「甚御待兼之模様にて、至而《いたつて》御気象は慥《たしか》に有之《これあり》」、「残る処なく御覚悟御座候」。…「六日之朝には自ら起而《おきて》沐浴、潔服（姫島滞在中に縫った白衣）之上」に袈裟をかけ禅尼の姿で「夜五ツ半（九時頃）に如眠《ねむるがごとく》に而御落命に相成申候」。臨終の際には、藤に頼んで筆と紙を求め一首を記したが、力つきはてて文字になってはいなかった。

望東尼は主治医の秋本に、臨終が近づいたら教えてほしいと頼んでいたので、秋本はその時が来たことを告げた。ちょうどそこへ藤らが到着したので、右のような見事な命終を遂げることが出来たのだろう。病名は「寒疾もしくは疫疾、今のチブス性」（『伝』）と言われる。「防州日記」は身体症状にはまったく触れていないので判断材料も無いが、望東尼の宿痾マラリアも考えられると筆者は思う。

葬儀は翌日桑ノ山下で、藤・澄川の世話で執行され、一七日《いちしちにち》の法事の後、二人は馬関へ帰った。「告訃状」には「霜月十七日」の日付と「野村荒太様」の宛名がある。法事の一ヶ月後に書かれ、荒太は貞和の通称である。

この頃の筑前の政情は、太宰府に在った五卿の復位が十一月九日になり、毛利家の官位も正式に恢復されはしたが、諸隣藩に遅れをとって十八日にやっと藩主が入洛することになった。しかし生き残った勤王派はまだ獄中にあり、藩庁は佐幕派の支配下にあった。野村家はこの三ヶ月前に貞省の獄死を知らされて悲哀にうち沈みつつ、因循の雰囲気漂う世間を避けて暮していた。そのうえ望東尼自身からも、手紙を何度出しても応答が無いので家族も志が変わったのではないかと疑われていた。家族にしてみれば、長年家長的存在であった祖母の訃報を悲しまぬ筈はないが、それを外に表すことも出来ない苦境にあったのだ。このような野村家に藤は、どのような方法をもってか、望東尼の遺品遺物を「告訃状」とともに届けたのであろう。望東尼の文学作品がほぼ完全な形で残ったのは藤の尽力の賜物である。

それでも藤の胸中には、望東尼の友人であり自らにも同志であった喜多岡勇平の命を、誤解して奪ってしまった後悔と申訳なさが渦巻いていたに違いない。

五　和歌作品の検討

和歌に見る望東尼の思想

浮雲のかゝるも嬉しものゝふの大和心の数に入る身は

『夢かぞへ』の冒頭、嫌疑を受けて家内謹慎を命じられた時の第一作である。勤王派の人数に入れられるとは、疑いの雲がかかっても嬉しいことだ、と皮肉の内にも名誉を感じて喜ぶという歌である。

望東尼は文久二年（一八六二）上京したとき、大田垣蓮月に会い「いと美しき尼ぞかし」と感心し、その時手に入れた蓮月焼のきびしょ（急須）を大切にしていた。その蓮月は、戊辰戦争によせて、

討つ人もうたるゝ人も心せよおなじ御国の御民ならずや（長沢美津編『女人和歌大系』より、以下二首も同）

と詠んでいる。時代は少しずれるが、時代状況に処する姿勢はおのずから明らかである。望東尼が一つの立場を選び取りそこから歌っているのに対して、蓮月はいずれにも就かず、人々が戦う情況そのものを憂えている。むろん望東尼とて平和を願う点では人後に落ちるものではない。

都にて春を迎へて世の憂さも今日より戌（去ぬ）の年となれかし

蓮月はさらに「世の中騒がしかりける頃」として、

夢の世と思ひ捨つれど胸に手をおきて寝し夜の心地こそすれ

胸に手を置いて寝ると怖い夢を見る、そんな気持で騒然たる社会を見ている。「伏見よりあなたにて人あまたうたれたりと人の語るを聞きて」の詞書は、寺田屋事件を指しているのだろうか。

きくまゝに袖こそぬるれ道の辺にさらす屍は誰が子なるらむ

と胸を痛める。立場を越えておよそ暴力、武力というものが嫌いで、敢えて関わろうとはしない。勤王・佐幕どちらにも身を置かず、土をこねて焼物を作る日々の生業に忙しく飄々と過ごす。望東尼は上京以後はあるべき社会を求めて、周囲の勤王派とともに現実にコミットしていく。とはいえ、それほど行動的というより、同志たちを励まし陰から支える程度の働きをしつつ、もっぱらものを書くことに生活の中心を置いている。

慶応元年（一八六五）九月二十五日、当局の取調べの時、脱獄者について二度目の尋問を受けた時の作、

人の罪わが身に負ひて老の身の重荷に軽くなす命かな

取調べの内容は、囚われている中村円太を弟の恒次郎が仲間の協力を得て脱獄させた時の仲間の名を言えというものだった。望東尼は罠にかかって告げてしまったあと、「人を助けようと捨て果てた命です。私をどうなさろうと、公けに捧げた身、有志たちの罪は私に負わせて、まさかの時に役に立つあの者どもをお助け下さい」と述べてその場を下がった。それは相手の心を動かす程の言葉ではなかったが、望東尼の思想がよく表れている。別の所で、悩んだ末こう考えたら気が楽になった、と述べている。以後この覚悟で望東尼は生きていく。

同十月二十三日、孫の貞省が玄界島へ流罪の宣告を受けた時には、

ある甲斐もなげなる枯葉とゞめおきて若木の紅葉散るぞ悲しき

と歌い、若者のそして誰よりも孫の命をいとおしむのである。「枯葉」とはいうまでもなく、貞省の祖母望東尼自身にほかならない。

同二十五日にも、

しばしだに長らふべくも思ほえで起き明かしぬる露の白玉

とあり、この頃は死ぬことばかりを考えていたようだ。

そしてやがて自らも姫島へ流され囚暮らしとなる。同二十六日、姫島流罪の命令が来る。「今宵かの方に行く

にやと思ひの外、忝くも公けの思し召しありて、姫島に流し給ひ囚に込めさせ給ふまでは」このままこの座敷牢にいてよいという。

思はず生き返りし忝さ、有難さは、海よりも深く山よりも高きものから
潔く散りにし四方の花紅葉残る朽葉をいかゞ思はん
紅葉より先にと思ひしかひもなく残る朽葉ぞ面なかりかる

これは本音であろう。散った若者に顔向けならないと思う一方で、「かの方」あの世に行かなくて済んだのを忝く有難く思っているのだ。

この思いは島に渡ってからも続く。

慶応二年一月二十六日の歌は、

来し時は生ける心地もなかりしを今は帰らんことをのみこそ

とにかく生きて帰ろうと願うばかりである。

安政六年（一八五九）夫の死後十日ほどで、俗名もとは曹洞宗の修行をして剃髪、望東禅尼となった。仏教の教えの一つに「物事に捉われぬ」という精神のありようが求められるが、望東尼はそれに到達するために様々な努力をしている事が歌から判る。

駆け惑ふ心の駒を引とめん法《のり》の手綱の緩みずもがな（八月初め）

「心の駒」を題材とした三首のうちの一である。文学者の常で放っておけばどこまでも駆け出す心を駒に譬え、仏教の教えが手綱となってここに引き留めておいてほしい、と歌う。ところが

止めても心の駒の荒ければ法の綱にも繋ぎがてなる

仏の教えさえ振り切って駆けて行くわが心をもてあます。また

頼めども心の駒も留めずて得もまゝならぬあが仏哉

「あが仏」、わが心のなかに住む仏もままにならぬ程、心の駒は荒いという。紙幅節約のため、歌の詠まれた状況はあえて無視したが、望東尼の心にある文学精神の強さは、法の手綱との葛藤を歌っても常に勝ってしまうのだ。逆にそれだけ望東尼は仏の道に忠実であろうと意識したのだろう。命あるものを食べないという仏教の戒も、姫島の囚の中で自分が生き残ろうとすれば、破らざるを得ない。しかし時々は座禅をしてわが心を見つめる。

　同じくは心の垢を波に洗ひまことおのれを知るよしもがな

わが心を知りたいとは、人間の永遠の願いかも知れない。心のありかを訊ねると松の梢にあった、というとぼけた禅味ただよう歌もある。

　思ふことは雪積るまで思ひてん積りてのちは融けもこそすれ

　物思ひは波打つばかり思へてふ道の教へぞ尊かりける

「雪積るまで」とか「波打つばかり」とかは詩的な表現だが、納得出来るまで何度でも繰り返しつきつめて考えよと仏教は教える。「捉われるな」と一見矛盾するようだが、捉われとは、物事にはまって抜け出せない消極的なありようであり、上の歌に見るように、思い抜いて物事を「融かす」積極的な態度とは逆の状態である。こういう教えに救われている望東尼である。

　座禅は健康によい影響を及ぼすが、眠らずに修行するのはかえって健康を損ねるだろう。疲れて途中で眠ってしまうこともあったようだ。枕元に灯りが無くては眠れぬ癖を、法師である自分が捨てきれないのは仏の教えに背くものだとも自戒する。仏教という核を中心に望東尼の生活の思想は形成された。

　普通の日本人の信仰のありかたとして、望東尼は仏とともに神をも信心していた。仏教が後世を頼み、生活を律する宗教であったのに対し、神はより近く祈りの対象であった。病む母のための太宰府天満宮への千度《ちたび》詣で、出征する兵士の武運を祈る防府天満宮への七日詣で、そのたびに和歌の奉納。また自宅に祀る柿本社の十八日ごとの月祭には十八首の和歌を捧げ、毎月二十五日の天神祭には二十五首の和歌を奉納する。それらは祈りとともに、和歌という文芸の実修の場でもあった。神仏混淆の信仰は機能的に使い分け？　されていた感がある。

望東尼は牢内でさまざまな病気をしたが、日記には具体的には記されていない。そこで家への手紙を見ると、五月半ばごろの手紙の中には、「折々気分くら〳〵として足などよろつく事あり」とあり、半年に及ぶ拘禁のため足の機能障害に陥っていたと思われる。「大の通じ」も悪く下剤の使用は以前の倍にもなったが、それでも「たゞ患はぬ用心ばかりに暮らし侍る也。命は定めあらめど、こゝにて一日でも寝《い》ぬるやうにありては、いと苦しからんとて、さまざまわが身の守《もり》をし侍るのみ」ここで病臥したくない、命を大切にしようと考える。しかし三月と七月にはもっとも大きな病気、マラリアの症状が出ている事が判る（『全集』福岡市博物館蔵「望東尼雑書簡」）。七月の手紙には、この地方の医者に診せても何も判らず心配だとあり、八月には、「つまらぬ医者は中々恐ろしければ、診せまじく候。…命は天任せ也。今日の病苦を助かりたし。何も世の中とはあきらめて…も、なすべき事はなして…」なんとか生き延びて家族に逢いたい。そのために家でかかりつけだった医師に出張して貰いたい。この島で寝付いて死ぬなどとんでもないと、かつては捨てたと言った命への執着を見せる。

観念的に死を願ったとしても、重病にかかり死を目の前にすると、こんな所で死にたくない、家族に逢いたいとの一念が頭をもたげ、命を守るための手をつくすのである。

望東尼の思想はここに見るように、生活の中から形成されたことは確かだが、それはまことに素朴なものであった。時間を前に戻すと、例えば外国認識は、嘉永六年以後に蒸気船を歌ったもので、

　舟にさへ車をつけて速めたる異国の人は心みじかし

というように、やがて同じ形の船を日本も所有することになるが、近代的技術への率直な驚きはない。いつも体を診てもらっている医師が蘭方医だという認識はどのくらいあったのだろう。異人の医師の治療を「珍しき事」と感じたのは前述したが、日本の蘭方医の技術と「珍しき事」とがひと続きだとは思わなかったのだろうか。

安政七年（一八六〇）三月の桜田門外の変では、

さばかりはいかでと思ふ世の中の驚くばかり変りきにけり

「これほどまでにはまさか」と驚いて判断放棄の体である。その後、世の中が勤王・佐幕二派に分かれて見えるようになり、ある人が、どうなるのでしょうと訊ねた時、

こちあなち吹き諍《いさか》へど朝日さす方になびかむ野辺の草木も

こちは東風、あなちはあちらの風、風に準えて朝日のさす方に皆なびくでしょう、という。「朝日」は希望を感じさせる表現だが、どこか傍観的である。

このような望東尼が立派な勤王派に成長するのは、これまでに述べたように上京後、馬場文英と交際を始めてからである。勤王思想が幕藩体制を変革し日本を近代化する力になったことは、否めない事実だが、望東尼の勤王は「天朝の昔に還る」という復古主義に終わっているようだ。現代から見れば「攘夷」ということは無意味であり不可能でもある。外国事情を記した本を読んだり、欧米の先進国を見て来た人々は、わが国とはおよそ違う国家・社会の実情に将来の日本の進むべき方向を見たであろう。イギリスと戦った薩摩、米蘭英仏と戦争した長州は、このままでは日本は世界に伍していけないと知り、勤王は手段として手放さないが、攘夷は不可能と悟ったに違いない。

戊辰戦争の直後、岩倉具視が「戦が終わったら攘夷をせねばならぬが」と桐野利秋に問うと、彼は「攘夷など討幕のための口実」と答え、同席し驚いている有馬藤太も「先生（西郷隆盛）に訊ねて来い」と言われ、「攘夷はただ幕府を倒す口実よ、攘夷攘夷というてほかの者の士気を鼓舞するんじゃ」と西郷に教えられた（この項、半藤一利『もう一つの「幕末史」』）。そういう西郷自身が、勝海舟を通じて横井小楠の「共和政治」（雄藩連合による共治）を学んだ一人であり、横井はまたオランダ語とオランダからの情報に詳しい勝に学んで、それまで心に描いていた「共和政治」の構想を具体化したのである。かように外国の実情を知る識者、またそれを学んで自身の考えを改めた人々が倒幕論者には多かった。

望東尼も自身を勤王派と自認している。自宅謹慎のつづく七月四日、鍼師の石井仲琢に鍼を打ってもらいながら世間話に、石井師が笑って言う。望東尼のことを「女なのにどうして勤王ということをするのか、唐にはあったが、日本では聞いたこともない」と言った人があると、「浅ましく、おかしくまたはかないこと、全体、そんな人ばかりが時めく世だからこそ、私がこんな憂き身になったのです」と答える。まるで耶蘇宗のように思っている人もあるらしいと望東尼は思う。

老らくの行く末人に知られじと思ひの外に名こそ出でけれ

老いらくの行く末は無名でありたいと思っていたのに、意外なことに勤王思想のせいで名が出てしまったよ、と望東尼は途惑いながらも「生きとし生けるもの、何かは勤王ならざらむ」と古今和歌集の仮名序（紀貫之）を借りて、勤王は特別なことではないと主張する。そして芭蕉の葉で栞を作りそこに、惑わぬ決心を書き付けた。

宵々の月の宿りの広葉もて惑はぬ道の標にぞする

女だって勤王ぐらいするよ、と言外に脱ジェンダーの心意気も見せる。

残念ながら、望東尼の勤王はここまでである。その先に近代は見えていない。武家の主婦であり、周囲にも攘夷論者に取巻かれていた望東尼が攘夷の果てに、「天朝の昔」を理想の社会として夢見ていたとしても、無理はない。

和歌の達成は最高に

望東尼の若い頃からの和歌作品は歌集『向陵集』に見る事ができる。歌の道を学んでからというもの、見る事聞くこと経験した事への思いを、すべて歌に込めて残してきた望東尼である。若いときから順風満帆の日々とは言いがたく、むしろ波瀾に満ちた経験の方が多かったが、作歌に心を傾けることにより何とか苦難を乗り越える事ができた。神仏への信仰の厚い望東尼ではあるが、作歌という営為もまた心の救済に役立った筈である。

天保三年（一八三二）正月、大隈言道に師事して初めての作品、

たゞひと夜わが寝しひまに大野なる三笠の山は霞こめたり

おっとりして小さな発見もあるが印象は強くない。天保十年

生まれける子の程なく身まかりければ

たゞ一夜世にあらむとて生れいでしこは何事の報ひなるらむ

望東尼は四人の子を出産したが、すべて夭折したという。結婚十年目のこの歌は何番目の子の死を歌ったものか、歓びがたちまち悲しみに変わった落胆の歌にしては、切実さに欠ける憾みがある。「こは」は「これは」と「子は」をかける伝統的な手法だが、何事かの報いという持って回った感じ方に読者はあまり同意できず、もっと直接に表現してほしいと思わせる。上句も、一夜だけ世にあろうとして子は生まれたわけではなかろうと言いたくなる。技法が目立ち素直に悲しみが伝わらない。『向陵集』の初めの方では、後年の思いを偽らずさらけ出した作品にはお目にかかれない。

天保十二年、隅田《すだ》家に養子に行った三男の小助が、江戸で同僚との人間関係に悩み、脱走し捕われて牢に入れられたと聞き、

荒津辺に舟は着きぬと聞きしかど顔見ぬほどはうたて人づて

この短歌の前に事情が解るような長歌があり、その反歌である。ここには煩雑な技法はなく、わが子の顔を見られず、わずかに人づてに様子が知れるのみのじれったさ、やりきれない悲しみが直《じか》に伝わる。事によるのか、時によるのか、作風が少し変わってきている。

弘化三年（一八四六）「やをら事整ひて山里に移ろひける午の年の初めに貞貫君にきこゆとて」の詞書のあと、

山里に初めて春を迎ふれば先《まず》めづらしと君を見るかな

さまざまな経緯もやっと解決し、向陵庵に二人で住むことを得て、ほっとして夫の顔を見て贈った歌、情感がまっすぐに伝わる。

嘉永四年（一八五一）八月二十六日、長男貞則が江戸勤務を終えて帰ってから気が晴れず鬱々としているのを、家族も心配して始終気を配っていた矢先、ふとした隙に自害して果てた。

この世にて剣の枝となり果つるこのみを見んと思ひかけきや

悲嘆のどん底から歌い出された歌はさすがに胸を打つが、表現に物足りなさを感じるのは、後の姫島での作品群が頭にある故か。

安政三年（一八五六）異国船が外洋に度々来るので戦に備えて、「調練てふこと」を筑前藩でも行っているのを見物して、の詞書のあと

夢にだに戦だてするものゝふを見べき御世とも思はざりしを

「武」を本文とする武士身分の人さえ、戦の準備をする武士を「夢にだに」見ようとは思っていなかった、これが長い平和に慣れた江戸時代の武士の偽らざる感慨なのだ、それはちょうど、わが子が私的な争いに敗れ、掟を破り脱走して捕らえられても決して叱らず、悲しみだけを訴えた「愚かな」母の姿と通底している。後に勤王派の一人となる兆しさえ、そこには見えない。

安政五年、二川家に養子に行った二男相遠《すけとお》が病死した。前日見舞いに行くと、今宵は泊って下さいと頼まれたが、父君の待たせ給へば、と無理に帰ってきた、その翌日の死だった。

しばしとて我を留めし面影ぞ心に消えぬ形見なりけり

情景描写で悲しみの心象を語り心をうつ。

安政六年七月二十八日、夫貞貫が亡くなった。この年の夏から疔という病気がはやり、夫妻ともども庵に枕を並べることになった。夫は高熱で意識が朦朧とする日が続いたが、望東尼自身も患っていて看病もできない。遠縁で歌友の四宮素行が度々見舞ってくれたのが救いだった。「夢うつゝともわかで暮らしける頃」

初秋の風に吹かるゝ灯火の影も心も細る夜半かな

心細く悲しい心象が「灯火」によって描かれる。亡くなると「ものも覚えずくれ惑ひ」、死者は孫らが住む本宅へ担われていく。

うち群れて庵は出づれど君ひとり帰らぬ旅となるぞ悲しき

もろともに長き病に臥せる間は我もや先と思ひしものを

十月末にようやく庵に帰り、

狭しとて二人住みにし伏庵のかたはら広く寝たる独り身

いつも傍らにいた人がいない。その広さが辛く身にしみる。この間に連作的に作られた歌は、技巧は目だたず情況を見つめて描くなかに自然な情感がこもり、読者を作歌の現場へと連れていく。

この辺りから望東尼の和歌の読者は、作者の心の襞に触れて共感できるようになる。状況の描写を通じて心が掘り下げられ、技巧が邪魔せず読者の感動を呼ぶのである。

この後に前述の桜田門の変の歌が続く。先に「判断放棄」と書いたが、この段階の望東尼の生活には、政治的社会的事件はごく遠く、判断の圏外にあるものだったのである。ただ、「水戸四十七士（実際には浪士十七人）大老をみよのためにうちし」という詞書に価値観を覗かせる。

文久元年（一八六一）大坂を経て京都に向かう。上京には家族の反対がよほど強かったらしく、『上京日記』に「うからやからとゞめければとかく物かしましき事のおほかりき」と詞書して、

たましひも老の骨身もくだくまでかひなき事を思（ひ）立けり

昔より千たび思へど一たびもまこととなしうる時のなきかな

「かひなき事」と反語を用いて何とか願いを叶えようとする。おそらく「かしましき」論争も引起こして家族を説得し、二首目のような述懐も出るのだが、今回こそは真となして我が意を得た思いを歌う。

十一月廿日の門出の前あたりから書かれた『上京日記』は翌年一月五日までで終わるが、旅はこの年の六月十二日まで続く。途中大坂では歌の師匠大隈言道を訪ね、京都では上立売の呉服商大文字屋比喜田家を宿に頼んだ。およそ七ヶ月の旅の途上で多くの和歌を詠んだが、その中から瞥見しておこう。十一月二十八日「せき」(下関)にて、

昨夜《よべ》の夜は誰が着つらんわがものゝ薄き衾《ふすま》を引かづきつゝ

旅のわびしさが表されている。十二月五日多度津の辺りで潮待ちの時、

帆柱をか行きかく行き夕星もまなく揺らるゝとまり舟哉

しぐれ降る軒の雫の音に似て舟の底うつさざなみの声

舟なれぬ人の心を驚かす響の灘の荒海のおと

舟の揺れにつれて帆柱と星の動くさまをうまく捉え、さざ波の音に軒の雫を思い出す。響の灘は福岡の北から下関へとつづく荒海の称である。主観語を使わずに全体として旅愁をかもし出している。後年の『夢かぞへ』を思わせ、実感をそのまま言葉にした旅行詠で、体感しなければ発想できず、読者も感覚的心情的に共感できる歌である。明けて文久二年正月の感慨。

老いはてゝ世にあるかひを思ふかな都の宿に春を迎へて

老いて生き甲斐を失いがちな日々だが、都で春を迎えられ生きていてよかったと思う。喜びの歌は難しいものだが、これは成功している例である。この旅では千種有文へ歌集の序文を依頼したり、マラリアに罹ったり、名所旧跡を観光するなど忙しかったが、その中で見過ごせないのは、望東尼が宿所である比喜田家の分家の主《あるじ》馬場

文英の話を聞き、後日も情報交換の文通をした事によって、思想的転回を遂げる事である。国学的な立場からなんとなく勤王に心を寄せてはいたが、馬場との交際は、はっきりとそこに一つの足場を築かせたのだった。帰郷後は平野國臣と歌を交わした後に会い、中村円太ら志士と交流するようになった。文久三年八月十八日の政変で平野も中村も捕らわれるが、その事を巡っても馬場との文通は行われた。

元治元年（一八六四）池田屋事件が引金となり、七月十七〜十八日、禁門の変が起こり長州藩は朝敵となる。その後の筑前藩の周旋活動などの詳しい歴史は前述したが、この間の望東尼の和歌作品は、志士らとの交信交情、勤王の思いを述べたものなど数多く、それなりの機能を果たしている。文学作品とは別の意味を持つが、技巧を削ぎ落としていて解りやすい。

慶応元年（一八六五）望東尼の馬場との交信は幕府に探知され、馬場は五月に捕縛されて、『夢かぞへ』の世界が始まるのである。

『夢かぞへ』は全編、本書に収録したが、文学作品として特に高く評価したい和歌をピックアップしておこう。解説、成立事情などはすべて『夢かぞへ』のほうをご参照願いたい。なお原文の表記の誤りなどは訂正後のものを用いる。

『夢かぞへ』から

慶応二年六月二十五日

何事の罪ある身とも身に知らでいま幾日かもかくて過さむ

六月二十九日

うなゐ子が笑める面輪に朝顔の花の匂ひは消たれ顔なる

七月七日

朝顔の花よりもろき身ながらに来む年咲かむ種を採るかな

七月二十五日

松虫のしのびどころの藤袴声さへ花の香に匂ひつゝ

秋の夜の居待ちの影の入るかたにいざと勧むる月の客人《まろふど》

年古りし頭《かしら》の雪は払ひても身に降りつもる寒さありけり

八月朔日

駆け惑ふ心の駒を引きとめん法《のり》の手綱の緩みずもがな

八月十八日

秋の夜の居待ちの月を思ひきや憂き乗り物のうちに見んとは

青葉山いま立いづる秋の月は法のしるべの光とぞ見る

九月廿日ごろ

山里の松の木の間に見し月をあらぬ木間《こま》より眺めぬる哉

八月二十三日夜～二十四日

月うつる松の一葉の露ばかりさやかに見えて消ゆるよしもが

明け方の鐘かと覚めて数ふれば寝よと打つなり秋の夜長を

わが心いまはいづくと尋ぬれば秋風わたる松の梢《うれ》なる

何見ても人より外は天地の教へに背く物なかりけり

八月二十九日

思ふどち言ひ合はせてか初雁のうち群れ来たる声の睦まじ

九月三日

昨日より色づき初むるかへるでの盛り見るまで在るか亡き身か

九月十八日

かなたこなた行き交ふ雁は声すれど誰が言づても文も通はず

雁が音のそなたに鳴かば思ひやる我が言伝てと人の聞けかし

九月二十九日

枝ながら枯るゝ紅葉のあじきなさ散るべき風を人の避《よ》かせて

十月二十六日～二十九日

天地の成るに任する世の中はわが身のあだもわが身なりけり

繋がれし岸に離れて浮舟の櫂《かい》も渚に梶《かじ》も絶えつる

十一月十七日

暗き夜の囚に得たる灯火はまこと仏の光なりけり

日と月の影にも疎き囚には雪も螢も集めがてなる

十一月十八日

家に寝て遠く聞くだに憂かりにし冬の荒波枕にぞ打つ

厭ひにし隙間の風も幾筋か身を射るばかり入る囚かな

十一月十九日

流されし身こそ安けれ冬の夜の嵐に出づる海人の釣舟

嵐吹く夜半のつり舟思ひやれば囚にこもる我は物かは

十一月二十三日

たをやめの心の香さへ折り添へて囚に匂ふ冬の梅が香

十一月二十四日
暗闇にとる筆墨はあやなきを心の灯しかゝげてぞ書く
十一月二十五日
家にては有りとも無げの埋み火も老の命と当りつるかな
十一月二十六日
寄る波の岩に砕くる音聞けばむせばぬ者もなき世なりけり
故郷の便りうれしき文の末見果てぬうちに覚めし夢かな
十一月二十八日
埋み火をかきおこしても濡衣の袖温まる程だにもなし
十一月三十日
思ふ事中々夢に見えずとは思ひに浅き時にこそ言へ

『ひめしまにき』から
慶応元年十一月二十六日
雲間より射せる夕陽に唐津崎光りて寄する磯の白波
十一月二十七日
時分かず岩打つ波の鼓して宵あかつきの鐘も聞えず
十一月二十九日
かぎりなく延へつゝめぐる栲縄《たくなは》は元末つひに合へる楽しさ
十二月四日

十二月二十七日
　海人の娘《こ》が老をいたはる埋み火の熱き心に燃ゆるわが胸
　いへ人と慣れにし閨の灯火の心にのみも燃ゆる閨哉
　冴ゆる夜の嵐にむせぶ波のごと人や泣くかと誰が思ふらん
十二月二十九日
　たぎちては淀に流れつ姫島の岩間につくすわが六十年《むそとせ》かな
慶応二年一月二日
　うち群れてまたも来にけり浦をとめ程なき窓の明かり塞ぎに
一月六日
　そこはかと霞のうちの梶の音をたどり見る間に洩るゝいさり火
一月八日
　君が来る傘の雨かと幾たびか覗きて見つる軒の滴を
一月十日
　そやそこにあはれ鳴く也うぐひすの声知る人やそこに聴くかと
一月十二日
　老さへも年の餅《もちひ》ともろともにかきつめ入るゝ袋をもがな
一月十五日
　初春の空に立ち舞ふ鳥のごとわれも飛び立つ心動けど
　忘らるゝ時はなけれど故郷を猶思はする海人の漁り火
　いさり焚くあまの小舟《をぶね》にうち添へて寄る音さびし春の夕波

胸焦がす尼が見るとも知らじかし春の渚の海人の漁り火

一月十六日

寒き夜を訪《と》ひ来しひとを汐風に吹かせて閨に入れぬわりなさ

いさり舟夜はよすがら火を焚きて昼はひねもす沖に釣する

一月十七日

ひとすぢに心の直路《ただぢ》君ゆけばつひに高嶺の花もこそ見め

数たらで去《い》ぬる雁かもわがどちは亡きも生けるも帰る世の無き

一月十八日

慣れぬ間はもの寂しげに見えしかど今は友めく海人の漁り火

星とのみ眺むる間よりかた変へてそれと知らるゝ沖の漁り火

一月十九日

うぐひすを撃ちも撃ちしや情けなやあな人げなやさも心なや

一月廿日

暮れゆけばかつ燃えさかる島山の野焼につゞく海人の漁り火

一月二十二日

春雨の淋しき夜半も熟睡《うまい》して朝寝《あさい》するまで馴れし囚《ひとや》か

一月二十九日

やるかたも無げなる胸の憂き波を鳴き静めたるうぐひすの声

うなひ子の泣くは歩ませわりなくも薪背負ひて帰る樵女《きこりめ》

一月三十日

二月一日
　読む文のその名唱ふる鶯にわが声止めてゆづりぬる哉
　筆と紙すゞり海山もゝ千鳥文にまぎれて住む囚かな
二月三日
　人なくて友とこそなれ鶯の来るかと待てばやがて声して
　何しかも高音《たかね》やめけん鶯の人も来なくに人来《ひとく》人来と
二月四日
　花の枝うぐひすの声絶え間なみ春には富める囚ならずや
二月五日
　囚はれて繋がるゝ身も折々は牛となりても出でまほしきを
二月八日
　姫島の春の海松藻《みるめ》は生《おひ》たれど故郷人を見るよしのなき
三月六日
　春の日に麦生《むぎふ》分け行く猫にだに類《たぐ》はまほしき人や何なる
三月八日
　勇みあひて海人が漕ぎ行く大敷はいくらの魚の憂き目見る網
三月九日
　春の夜月に桜の夢にだに見まくほしさの思ひ寝ぞする

以上、一読者として心に響いた作品を抽出したが、望東尼の一生の歌の中でも、『夢かぞへ』『ひめしまにき』

における歌は、臨終の時の歌と並んで最高峰に位置していると思われる。狭い牢獄の中で自由を奪われ、病気に罹って肉体の苦しみを受け、家族や友人、同志を恋い慕い、国の未来を憂える。そんな望東尼を島人たちは密かに護り支え続けた。望東尼はその情けに感謝し、狭い牢獄の中で心だけは高く飛翔し深く沈潜する。その心がそのまま歌となった。作品の刻みの深さ、心の広さ自由さ、表現の率直さは、江戸時代のどの歌人にも真似の出来ない望東尼だけのものである。江戸時代の和歌を全部見る事は不可能だが、代表作とされるものを見渡しても、望東尼の歌に匹敵する作品は少なく、和歌史における最高の達成の一つといえるだろう。その理由は何か。

望東尼のために食事の賄いをしてくれる人、健康を気遣ってくれる人、ひそかに故郷に使いをしてくれる人、話し相手になってくれる人、これら一般庶民に接し気持を通じあう事は、中級武士の主婦の普段の生活ではむつかしく、姫島の牢獄に入らなければ出来ない経験だった。

海人とその家族たちの生活の厳しさと彼らが示す情けを知る事で、望東尼は物の見方や心の世界の自由自在を獲得したのである。

入牢経験をした歌人は、女性では他になかった。男性ではおなじ入牢を経験した人はあっても、彼らは政治家や志士や特殊な思想家であって歌人ではない。彼ら男性が人生の特定の経験においてたまたま所懐を和歌に詠むことはあっても、歌人と名のつく男性の中には、望東尼のような経験をした人は無いのではないか。

師匠の大隈言道は、自ら「天保の歌人」即ち当該時代の現代歌人と称して新しさを自認しているが、現代の目から見れば率直で切迫感のある表現、境地の自由自在な点において望東尼に軍配があがる。現代短歌をまっすぐに遡れば望東尼の和歌に出会うことが出来る。

望東尼は生来文学的素質に恵まれてはいたが、入牢という異常な経験をしなかったならば、果たして『夢かぞへ』『ひめしまにき』にある作品群のような高みに達し得たかどうか疑わしい。伝統的技法にますます習熟したとしても、直截に人の心を打つ歌が詠めたかどうか。「技法を削ぎ落とす」ことが抒情の効果を高めるという方法的自覚があったかどうか、それも疑わしい。なぜなら獄中でも律儀に「年内立春」だの「禁中歳暮」などという題詠をしているのは、その歌の内容が優れているとしても、どこか伝統への囚われがあるように思われるからだ。むしろ経験の厳しさが望東尼の才能を鍛え上げ、「うめきいづる」ように歌わずにはいられず歌っているうちに、自然に不要な技法を脱して高みへ到達したと考えられる。

和歌（短歌）が「悲しみの器」と言われることがあるが、世に秀歌とされる作品は、喜びを歌ったものより悲しみを詠んだものの方が多い。幸福の様相は誰も似ているが、不幸の姿は人ごとに異なるという意味の俚諺に見るように、喜びには浸っているだけで心が満たされるが、苛酷な状況下では望東尼が「うめきいづる」と言うように、誰かに訴えずにはいられない切迫感で思わず声が出てしまう。それが原初的な「詩」である。三十一文字の形をとれば和歌となる。逆に幸福な状態にある時、よい歌を作ろうと自ら逆境を求める人はいないだろう。いたとしても、僧侶の修行のように、人生の必然とは言い難い。物語のようにフィクションではなく、生きる必然がもたらした苛酷な経験から「うめきいづる」歌が秀歌とされるのは、読者にとって自分と異なる経験をした人の切実感が、驚きとともに感動を呼ぶからである。『夢かぞへ』『ひめしまにき』の歌が和歌史上最高の位置を占めるのはこうした理由からであろう。

六　夢かぞへ　原文

天理図書館蔵　印

ゆめかそへ（原文・表紙）　水無月の書　七月八月のはじめ　（天理大学図書館蔵）印

六月のそらかきくらし、雨のミふりつゞけハ、夏もなきとしにやとうたふ（ママ）はかり、はたさふきよのゆめに、しろきうめの花のうつろひかたなるか、もりのこのまより枝さしいてたるを、一枝引よちてをりつるに、のこりなくちりぬと見えてさめぬ。こハあまミつ御神の見せしめ給ひつらむと、はかなきゆめもこゝろにかゝる。ミたれよの中なれハ、宰府におはしますいつゝの御前に、何事かおはしますらんとさへ、おもふそいとかしこき。あめかしたよつの時たにさたかならす、あかつきのきり〳〵すのこゑうちしきりたるも、つき〳〵しからぬとしのゆくて、さ月はかりよりいとすゝしくて、六月十八日に秋のたちそめしより中々やくはかりにて、たミくさのうれいさへそひぬへきよのありさま、ひとのこゝろもしつめかたけなりや。

二十よかのよハ、いへちかきところにまし〳〵ける天満宮に、さとわらハ夏のハらへにとて、ちゝのともしひ奉るを、ひまこにをかませんとて、となりのむすめなとゐてまうてゝ、をさなきものとも女ともと御社にあそハせおき、をとこわらハをゐて、このころ作りたりし、はせをの色紙たにさくを見まほしといふ老人ありしかハ、そこにとてもて行つるに、ほともなくいへのすさはせ来りて、とくかへれ、いそく事いてきたりといふ。事のやうすとへとしらす。さらハとて行かたにもゆかす。かへりさまに御やしろに行、をさなきものともくしてかへる時、はた先に来りし従者か文もて来る。やりすてゝはたことかたにも文もてゆく。見まほしけれと、人もゆきちかへハ、はやいへもちかし、かへりてと思ひ、とりかくしつゝかへり見れハ、あるしはふくを御いましめありけなる召文きたりたりとて、よひにおこしゝ文なりけり。

さていちそくてふものもひとりゐて、なとあれハ、先にあひしハ浦の何かしをよひに行しなりけり。つかひとゝもに来れり。かくて司人のもとにとていてゆく。

いかなる事ならむと、こゝろあわたゝし。こゝかしこさるへき人をよひにつかはしゝに、先、井手何かし、四宮何かしなむきたる。瀬口といふ者、わかいほをもらせて、こそよりものしたりしか、けふはりものゝやうありて、けさより来りしを、この事きゝていときつかひ、かへらむともせす。ミなつれ〳〵とあるしかゝへるをまつほと、浦の一人そかへり来る。一ひらの仰文をいたし、われにわたす。

こハ、御うたかひの事ありて、いへのつゝきあらんうからやからに、しはしあつけさ（ママ）給ひて、かはる〳〵まもらしめ給ふよしなりけり。

よをすてし身にさへ　かゝるうきくさのぬれきぬ、すミのころもに引かさねつる事とも、いとかしこしとも思ひわきかたし。

子の時過る頃、あるしもかへりしかハ、先仰ことをうちよりてそとふ。ことなる事もなく、たゝわれとおなしさまなから、こハ大やけより守人つけさせ給ふよしなりけり。

こよひおなしさまに御いましめありし人々、先、月形ぬしのおや洗蔵・筑紫衛・鷹鳥（ママ）養巴・森安平・万代保之丞・江上栄之進・伊熊幾次郎・海津又八・今中作兵衛・伊丹真一郎・真藤善八・尾崎逸蔵と野村省・おのれまてあハせて十よたり、その外御そはの筒役十人、御あしかるやうの者まてあハせて三十九人なりけり。過し廿日にハ建部武彦ぬし・衣非（ママ）茂記ぬし斉藤五六郎ぬし、かのかた〳〵ハひときはおもくめしつかハせ給ふ人々なれハ、守人ハなし。河合茂山老といふ人も、かの人々とおなしひにものせられしかとも、こハいちそくに御あつけとか。

さることいてきぬるころより、たかうへにもなとハ思ひしかとも、かくあまたあらむとハおひもかけさりき。たれ〳〵も御国家のミためを、ふかくおもひ奉るはかりなるを、いかなる人のまかことやしつらむ。さりなから、

よにしられたるすへくにの義士とかいふ人々の中に、いひかひなきあまほうしの身にてつらなれる、人わらへも
も中々にとて

　　うきくものかゝるもうれしものゝふのやまと心のかすにいる身ハ

なとかいつけて見せけれハ、瀬口わらひて、われもその御かすに入にやあらん、いて、かへりて御いほりをもかたつけおき侍らむ、御入用のものあらハあすとりにおこし給へ、なといひてかへる。

　人々うちよりひたひをあつめて、まもりにこむ（ママ）ん人々の名ともかいあつむるうち、となりに板戸のたふれたるひゝきてすさまし。ミなおとろきて耳そはたてゝきけと、つゝくおともせねハ、こハ此ころかなたのひんかしの、さかやかいへのそうさくすとて、さかひのかへやふりたれハ、そこに戸をやたてつらむ、いぬなとのたはし（ママ）ゝにやなといひつゝ、こゝろ安かりつるに、やかて、こゝかしこはたく〳〵といふおとして、人のあしおとたゝならすきこゆれハ、いよゝ家のうちにいぬのいりたるを、おひいたしてうつにやとおもふうち、おもてのかたにはせゆくおとするやいなや、このちくしやう〳〵とかいふこゑ遠くきこえて、ハた〳〵とうつおと、よついつゝもきこえけれハ、何かハたゝならぬことなれハ、よそに見てあるへきにあらす。

　されと、あるしもわれも かゝる身にて、いかゝはせん。われまもりのかた〳〵なから、ゆきて何事にもよらすちからをそへ給へとて、井手ぬし、四宮ぬしをやらむとてともしひの用意ともしつゝ、従者ともにもとく〳〵なといふうち、となりの妻なる人、うらへの家にむすこのねたるをよひて、父うへハ大事なり、われもむすめも手をおひたり、といふこゑきこゆ。

　されハよ、人ころしなりけり、いてハやく、なといふもゆめのやうなり。ミなあわてゝすへきかたなし。いかにわかミ御とかめにあへりとて、たゝはつへき事にもあらねハ、人々つかはしゝうしろより、うら道のさかひまて行て、いかなる事にやと、こゑをかけたるに、たゝあハや〳〵とはかりなりけり。

　ありあけの月もまたしきほとなりけれハ、ものゝあやめもわかす。はやくせものハさりしにや、遠くはたく〳〵

としたるのちハ、何のおともなし。喜多岡かころハさらにせて、たゝいへ人、いつち〳〵とたつぬるけはひのミなりけり。かしこハ火もきえはてゝ、何のあやめもわかさりしに、井手ぬしかてうちんにて、やをらむすめかきられしところも見るけはひすれと、そこまていりたらむことハ、つゝましき身のうき時、心はかりさわかれて、身もふるひたり。

先にやりつる人かへりきて、ぬしのゆくへしれすといふ。さらハのかれていつくにかゝくれけむとて、ミな行てかなたこなたたつぬともわかすとて、かへりこしなといらふ。いとおほつかなけれとも、いのちいけらんと、そらにうれしくおもひたるに、ハた、こゝに〳〵なといふころして、女もをとこもはしりゆくとひとしく、あな〳〵こハ〳〵となくころいミしうして、つまのころにて、こハたれにや〳〵といふ。母なる人、これこそあるしなるそといふハ、されハ、ころされてこそあらめと、いとうかなしくうれたきなとも、よのつねなりや、さらにうつゝけもなし。

ハた二人の人に、いまひとたひ行て、ちからをそへ給へとたのミつかはし、すさともゝのこりなくやりて、いかなる事やらんと、たゝいよゝよの中あやしまれぬるそわりなき。

しはしありてミなかへりきたり。ありしことゝものはしめおはりをかたるを、人々よりあひてそきく。先東のやりとをこほちはなちて、三人入来り、勇平ありやと、にくけに二声よハはり、すくに蚊やの手をきりおとす。ぬしハこたへもせすすへりいてゝ、北の戸をおしやふりつるを、そこにもくせものやまハりけむ。おひかけてむすこかねたるいへと、わかいへのあハひにかけいりたるを、一うちうちたるおとしたるを、つまなる人ハいてもやらす、戸に身をよせてひそミ居たりしよし。むすめハひんかしのかたにまろひいつるを、あるしとおもひてか、ひとうちうちて、手さわりやおほつかなかりけむ、勇平にやといひしかハ、むすめハ、父うへと声いたしたれハ、さなきとやおほひけん、そのまゝにしておもてのかたにいてゆきしよし。そのまゝあとをおひゆきて、むかへなる小家のあハひに、井のありけるうしろにておひつきけん。こゝにいつかたなにきりふせあるよし。そのくせものハ、おとたえしより、うたうたひて、いつくともなくうせハてしと、そのをやにねたるをとこそかたりけるよしになむ。むすめかきすなとかいほうせんと井ぬしかしたりし時、われハいとひ給ハて、はやく父のありかを、といひて、かしら四寸はかりきられてちなかるゝを、手しておさへなから、父のありかしれしときゝし時、はせ行しよし。

まことにこゝろゆうにありけりと、人々もおとろきていふ。つまハかのありさまを見て、さふらひのならひ、かゝるめにあふハつねなから、一たちたにむくひ、たとひうち得すとも、手に一刀たにとりて、帯なとものしてかくなり給ふものならハ、かくくちをしくもあらしを、あなあさましや、たゝひたはたにあさころもひとへも、帯なけれハ、きたるかひやハある。見くるしのありさまこそ、かへす〳〵もくちをしと、かなしひたりときくも、いとかなしういま〳〵し。われさへさおもふを、つまやこのこゝろのうち、おしはかられて、わかミをわかものゝやうにもおほえす。あしもよろめきて、たゝゆめにやとたとられ、身うへのうき御とかめハわすれハてつ。やかてあかつきにもちかけなれと、いへのものとも、ふすへくもあらす。おそれをのゝきてありなから、かくてもハてねは、かとさゝせて、しはしのまたにふせれかしとて、ミなかやともひかせていりたれハ、ことにものかなしうこゝろすこし。さらにうつゝともおほえねハ、こゝろおさめんかたもなし。まとろふともなく二十五日とはなりぬ。

かといたくたゝくを、すさともおそれてあけまとふめり。こハおほやけ人三人、あるしをまもりのためなりけり。かの人々、よへとく来りたらハ、くせものをもとらへなむを、いかておそくはありけむ、とか人をまもらせ給ふ人を、その仰事ありて後ほとへて、かくくる事ならハ、さらになくてもよろしからましを、何事ももとするわかぬ事とも、あなかしこ。

猶けふもあつけく、ひかけやくはかりにありなから、またきさきいてしあさかほのミそ、ひとりゐミしたる。白、あさきなとことにうるハし。

　　ものふかく何おもら《ママ》んあさかほのあさきいろこそめてたかりけれ

うら野・井手・神代ぬしなと、かたく〵にしらせ文ともかく。たゝよへのおそろしかりつるゆめものかたりのミ、外にこともなし。

ひるますくるころより、夕立ふりいてけれハ、このほとのあつさいさゝかなこめかほなり。たゝひとまにのミこもりゐて

　　何事のつミある身ともミにしらていまいくひかもかくてすくさむ

となりのものおと、よろつにつけていとあハれにかなしきに、人々いりきて、かの人よ、おもてハ清けなりしかとも、正をさんしておのれか身をたてんとしたりしかハ、有志てふともからか、御国家のミためにとて、なといふそ、いとあやしき。御まへちかうつかふまつる人さへいひしといふ、いとあちきなし。こハかならすよからぬ人の、かゝる事しいてゝ、よき人にあふせていひなかすまかことなるへしとそ《ママ》、おしはかられ《ママ》。

　けふのまもり人ハ神代ぬし二川ぬしなりけり。こよひもさらにいかたくて、こしかたゆくするゑあちきなくおもふことゝも、かたつはしよりかいつけんとて、きのふよりのありしことゝも、ゆめのするゑをかいつゝくるに、むかし人の、ことにけたかき身にして、たくひなうかしこき御前とものゝ、事によりかいつらねし日記やうのものハ、めてたき事をかいのこさんこゝろかまへより、人の心得へき事もあさからすかゝれけんを、こハいといまく〵しくあさましき下さまの事、あからさまに物する、何のあハれもをかしけもなく、うたてく〵しけれハ、かゝぬこそまさるらめ。

　さハおもふものから、いまよりいつまてかゝくてあらんこゝち、やるかたもなし。山郷にたにすミなは、なかめやるかたもあハれふかゝるへきに、いへのミたてひろけて、庭たにいとせハけれ《（ママ）》、こゝろやりもなし。たゝおもふ事きくことを、けふよりかいつけて見んとて、紙ともとちそへなとするに、よもあけぬぬ《（ママ）》へし。

　いまよりまもりにくる人々のろふもしるしなんとて、かりにものすれハ、もしおのかなくなりなハ、いへ人や

きすてよかし。人になもらしそ。
二十六日　そらはれて北風すこし吹、夏もさりゆくけはひ見ゆ。ひのさかりハいとあつきに、神代ぬし、わか居るところ、あさひ夕日かなたこなたよりいれハ、あふひして得させんとて、ミつからものせらるゝ、いとうれしゝ。

清水のさとに姉君すミ給ふ、そのむすこなる吉田又右衛門か父遊藻老人きたられて、いとうわかうへを姉のこゝろつかひすといひて、さま〴〵なくさめらるゝもうへ〴〵しけれと、何かハおもひくし侍らむ。つミあらはこそ、よくあねうへにさとし給へ。

本家の野村ぬしきたられぬ。こハ此ころ省ともかつかさ人となれゝハ、ことによろつの心得ともいひさとして、となりのうき事により、こなたよりも、とゝけ文ものせよなとある。

けふハ、しらせ文きゝつけてくる人おほくて、つねよりもにき〴〵しく、中々なるとか人のいへなりけり。何事もくらやミなからものゝふのたちのひかりハさやけかりけり、とか、たれよめるともしらねと、このころきゝつとて、かたりし人もたれなりけむ。いとうくもりてあつきに、あせしほりいつるやうなる夕せミの、こゑうちしきりてなく。

　　物おもふやとゝやとゝのなかゝきになくねいふせきゆふせミのこゑ

雨すこしふりいてけれ《ママ》、ミなうれしかるうち、とくやミぬ。

　ふれかしとおもひし雨ハふりやミてまたあつけくもなるゆふへかな

かしこハこよひのへおくりにや、人こゑあまたして、ものいそかしきけはひそする。くれはつるころ、おくりいつるおときこえて、いとあハれにものうし。一昨日のゆふへハ、うらミちよりものいひかはしゝを、けふかくなりゆく友とち、おくりたにせられぬ身のうへ、あちきなし。大やけわたくしのまもり人、あまたつとひたれハ、女ハ中々心つよけにて、こよひさなくハいかにおそろしからむと、よろこひあへるもうへなりかし。ゆあミなとくれなハとて、ひるのうちにやしたりけん。ハた夕へのあつさにかひなくきぬもぬらしけん、なとわらふもあり。
二十七日　れいよりとくおきいてゝ、いへのめくりにたゝうゐに植たる朝顔のミそ、うちむかひかたきなりけり。
いつのあさよりも、いとさきまさりたり。
　　人ことにものゝミおもふやとなからさきさかりぬる朝顔の花
二川ぬしをむかひのをかにつかはしゝに、せくちハことなくありしとそ。西原来りて、このころの大事により、
せくちに御うたかひありときゝたりなと、かたりしよしいひしかハ、うちわらひて、われおそくうたうたひし
まゝさる事いふにや、さなくともミな人なミに、いつとりにくるかと待入そかし、西原も、われとてもうたかひ
のかすにもれぬるこそ、おもなけれ。おなしくハともにとらハれまほし、なとたわふれしよし。いとこゝろゆく
たわふれなりけり。
神ぬしかきたりて、けふあるかたにてきけハ、過しよのくせものハ、こたひ人やにいりしあしかるのうち三た
りか、いとおそくよひたしにいてしかハ、かれらに御うたかひありとか。
夕立のけしきいたくふりくへきくも、いつしか遠さかり、けしきはかりふりてやミぬ。
　　いさゝめにうきくもはるゝゆふくれのけしきのミこそすゝしかりけれ
　あめかした人のこゝろもかひなしとなくかかなしきひくらしのこゑ
やをらあきのたちしゝるしそ見ゆる。こよひハ粟野ぬしかまもり人に来る。あかつきのきりく〳〵すのこゑも、
時めきてあハれふかし。
宰府の御いつかた、いかゝきかせ給ふらむ。わかいへにありてたに、うきことのかゝれる身となりてハ、れい
ならぬこゝちするを、くし奉りてミちからともなるへきものゝふとものかきり、かくとりこめられしかハ、ミ心
ほそく御ゆくするゑあやうくや、おほしわたらせ給ふらん、なとおもひつゝけていもやすからす。
　　あきことにめつらしかりしきり〳〵すかなしき物とこよひしるかな

二十八日　あさひさしいつるより、むらくもたちて、巳時はかりより雨ふりいつる。こゝろしりたるくすし石井何かし来りしかハ、かしこき御前よりたまハりしミうたとも、とりいてゝ見すれハ、いとうめてかしこミて拝し奉る。いつとりいてゝをかミまつりても、あくよなき御筆のめてたさ、ミ歌のあはれにうるはしさなと、たれかハまねひ奉らむ。よに立ならふ御かたやハある。猶かと／＼しきかたにも立まさらせ給へハ、あめかしたこそりてめて奉る御ひかりハ、よにミち／＼てけたれ給はねと、あちきなきまか人なむいひけちて、いとなめくもてなしまつるこそはらたゝしけれ。それもいとあわつけきものならハいかゝハせん。時めかしき大やけ人なむ、ことにたゝうとのやうにいひて、ものしりか（ママ）したる、ことにくし。此文ひことにありつる事をこそと思ひしを、はた、れいのおもふ事のとハすかたりに時をうつしぬ。

月形、伊丹にきのふより御あしかる三人、いちそくにそへてまもらしめ給ふよし。瀬口・西原なとに御うたかひありて、これもとらハれんよし。御足かるの十五たりとらハれしは、ミな人やにいりしか、こハ組に御あつと（ママ）なりたりとか。御ゆるへありしハ、その中に御うたかひもなきにや。

あるしをもれる人のかはり、よるの申の時にくへかりしを、酉すくるまてこさりけれハ、ミなはらたてゝ、おほやけにきこしあけむとて、ひとり行しも、やをら戌の時過てそかへりきたる。いまたとのゝうちさわかしく、ことに大頭のやく場なむ、人こミ居たりといふ。はたとらはるゝ人やあるらん、せくち・にし原なといかゝなりつらんと、いへのものよりてひそ／＼かたりあふもあちきなし。

有志てうかきりして、父母とたのミきこゆる黒田太夫・矢野太夫のうしたち、ミなつかへをかへされて、黒田のうしハ、あくら（ママ）のミなきの居城に引入られ、矢野のうしハ、いはら村のいへにひかれしよし。都にのほられし吉田しめといふ人も、かしこにておしこめられしなとゝいふもあれハ、さらは大内をはしめ奉り、よハくらやミとなりゆくかと、こゝろひとつに、あめかしたひろくおもひあつかふ、ゆめのゆくすゑは中々。

あかつきのとりかねに、つら／＼とまとろひしまにあけはてぬ。

二十九日　あけゆくまゝに、うすくもむらたちて、くれなゐ匂ひたるに、こちすこしふきて、さらにあきとハなれり。いへのめくりにうゑたりし、あさかほの花のミゑま《（ママ）》さりたり。

　あさことにさきあらためてしほれつる昨日わするゝ朝顔の花

　しほれつるきのふわすれてあさかほのさきあらたむる花のきよけさ

をさなきひまこか、何のうれいもなくしたひきて、むつれ〱して、ものなとけしかはかりいひならひていふ、ろふたさうつくしさにそ、まきらハさるゝこそをかしけれ。

　うなゐこのゑめるおもハにあさかほの花の匂ひハけたれかほなる

あさかれいなとものする時、むかひのをかなる山もり、あハたゝしけにきたれり。こハ瀬口の事ならんとゝハすれハ、たかはす。昨日とりての人々きたりしかとも、留守なれハ、平尾のさと人あまたに、御いへハもらせたりといふ。さらハ、こなたよりうけとらてハかなはしとて、司のもとに浦野なとつかハすなと、さま〱事しけし。

　そらかきくらし、雨すゝしけにふるかと見えしを、やミて、やくはかりあつし。

　こゝろさへすゝしきあきハいつかこむはれくもるよのさためなけれハ

こよひのまもりに井手ぬし来りて、けふ黒御門の外にはりたりとて人の見せしかハ、うつし来りぬるよしにて、見せられしはり文、そのことハ、

　皇国不容易時ニ当リ、各藩之人志、膽ニ国家ニ砕キ候折柄、此者主命ヲ矯、諸侯往復いたし、天下有志ノ笑ヲ主君ニ帰、加之、陽正義鎊リ、政府有志ノ役人ヲ欺、陰ニ姦党ヲ結候、一藩之覆敗ヲ謀候条、天地不容之罪、神明赫怒、手ヲ野人ニ借、此罪ヲ加る者也

　とあり、こハ過にしひ、うたれしものゝ事と見えて、いとあさまし。かれの人ハもと有志にて、いとこゝろたゝしき人とゝ《（ママ）》こそ思ひつれ。いかなることにかあらむ。こハ、そのとものしたるやうに、いひなさんと思ふまか人の、かゝるむつかしけなることかきて、はりたるにこそあらめ。

二十八日に瀬口ハ、紅葉松原にてとらハれしよし。

わかいほりにおけるてうとゝも、こなたにとりよせんも、司にうかゝひてなと、ことむつかし。

ゆめかそへ（表紙）　文月

七月一日になりぬときゝて、まことによへハ、なこしのはらへなりしを、中々あつけきはつあきのそら、てりかゝやく日影たえかたし。

　ミそきするきそのゆふへもわすられて猶あきしらぬ七月空《ママ》

けふハ平尾のいほりに浦の・二川なとゆきて、こなたのてうと・瀬《ママ》かてうとなととりわかちて、かれか身よりのものにわたすなと、人々のろふするこそ、こゝろくるしけれ。すさともかはこひくるも、いとあちきなくせハくし。

ひるハ井手ぬし、よるハくハのぬしゝて守る。

二日　けふハゆたち《ママ》のけしきもなく、ひかけもやわらひて、をきのハそよくあき風こそめつらしけれ。まとひたるあさかほの花も、いとすゝしけなり。よるのまもりに神代ぬし来りて、すミたなのめくりなるをき・あさかほに水うちて、わかあつさをたすくれハ、

　君かいとふかき心のうち水にわかミのなこしこよひこそすれ

となりにも、けふハ七日のとふらひするけはひしるく、むすめなとかいたつきも、こゝちよけにきけハ、うかりし時のことも身にしミて、わするとにハあらねと、なきものひゝにとか、人のわらふこゑもきこえて、よそよ

り思ひやるはかり、なきしつミたる人もなけなるこそ、いさゝかこゝろやすけれ。

うつゝけもなくまにいつか七日にもなるまてそてハかはきたにせす

われもまたあすのうきめハしらねとも先なけかるゝ人のうへ哉

いへのわらハか、よことに老の身をうちさすりて、ろふをなくさむるそ、いとろふたき。

そのまきれにまとろひしを、このころいつくも、よまハりこと〳〵しくすなる、そのおとおひたゝしく、さとのわか人ともかたわれあされて、ほうし木にかねつゝミなとうちそへ、大こゑ（ママ）しめくる（ママ）おとに、いくたひかさめつらん。ハて〳〵ハさらにねられす、たゝきり〳〵すのこゑかそへらるゝ、こゝろやりもはかなし。

やまゐして、おやはらから・をとこなとにわかれたるハ、人にもあらぬうき身ひとつのやうに、思ひなされてかなしきを、まひて、やミにうしなひたるをとこのかたきもしれす、いかにつまこの思ひわふらん。あきのよのありさま、思ひやるたにいかたきを、かゝるわかミのつゝましき時ならすハ、をり〳〵とひてたに、うきものかたりもかたりあへハ、なくさむこゝちもすなるそかし。このあはれさのミは、かなしといひてもことたらす、たゝ大かたの事になむ。

うちつけによなかくなりてうき人にうつゝのゆめを見するあき哉

三日　草木のつゆもおきまさりて、ところからあるかたにもすミなハ、いかにをかしきあかつきならまし。

吉田老人きのふもりあかして、あさかほの花かれこれよしあしきなと、いへ人といひしらひ、よきたねをとて、しるしなとつけて物すれハ、おなしこゝろめきて、かいつけなとしつゝハありなから、さためかてなるよの事、心にはなるゝ時なし。

むかひのをかのいへに、せくちをとらへに来り時（ママ）、そのやく人ともか、戸（ママ）をしてこほちはなちさかしたりとて、そこをまたそのまゝにしてあるよしなれハ、はた、けふも人々そこにゆく。いかに御用とて、人のいへをさやはしつる。おきてもいかゝにや。

神代のおほは君より、きのふもけふも、めつらしきものともてうして、とふらハらるれとも、一ふてたにきこゆる事もかなハねハ、あさからぬこゝろもしられかたし。

をさなきものか、あけくれ何こゝろなきふるまひのミこそ、うき事はるけにハなりぬ。かのおほハの君にも、うちたえてあひまゐらす事たに得ならねハ、いかにこひしく思ひ給ふらむかし。

いミしう人のよからぬこと、うち〳〵にてハ、したしきかきりハかたりあハめと、あまりにものにくミして、あしき人をいとあしう、とさまの人にもうちいてゝいふ人こそ、いときゝくるしけれ。人のいまハのあさましかりしことゝもハ、ことさらにきこえてわろし。その人のしたしきかきりきかんにハいかならむ。ことに かゝるをりから、ものいひつゝましうこそ、せいしおくへき事そかし。

ゆふされは、三日月見ゆらむを、こゝより見えねハすへなし。

はつあきの匂ひそめたる月にたにうときわかミとなにのなしけん

四日　今日空清く、はたさふくふく風にあきのあハれ、たれ〳〵もうこくへきころほひなりけり。吉田老人、ひとまあるをさらに、うちつゝきてまもり人となり、けさもあさかほのたねのしるしなとして、ちよもへぬへきひとのこゝろハへ、いとうらやまし。ほかにさく花もなけれハ、こちたきまてうゐしけらせたる、あさかほもかひありけなり。大やけ人さへあさことにめてありくもをかし。

はりの師なる石井ぬしきたりて、はりとも物す。かねてこゝろしりたる人なれハ、そのあひたによのありさまともかたりあひけるに、ある人わかことを、女にていかなれハ、勤皇てふことするならん、からにハありしかとも、日本にハきかすとかいひしとてわらふ。いとあさましう、をかしうもまたはかなし。なへてさる人はかり時めくよなれハこそ、かゝるうき身ともなりぬる、なといひあへるついてに、

老らくのゆくするゑ人にしられしとおもひの外に名こそいてけれ

すへらきおほミくにゝいきとしいけるも、何かハ勤皇ならさらむ、うたさへよまぬハなしと、つらゆきのうし

もかゝれしそかし。いまハ勤皇とて、異国のやそしゆうなとにたくひたるさまにいひなし、さこゝろ得たるもすくなからすや。はせをのハにて枝折を作りて、かいつくとて

よひ〳〵の月のやとりのひろハもてまとはぬミちのしるへにそする

あまりにも文のはやしのしけりきて中々まとふ人もありけり

五日

けふハ本家のろふとう竹田何かしまもり人なれハ、いへのもと（ママ）も中々につくろひけなるこそはかなけれ。いたうあつきひにて、青きものゝ葉しほれぬもなし。荻のハのミ、ほこをたてたるやうに立ほこりたり。

ますらをのこゝろすくハのたちにゝてをきてふなさへおはせそめけむ

けふも、山へのいほより、ありとあるてうとやうのも（ママ）、つくえ・すゝりなとさへとりよすとて、浦のぬしか、すさともゐてゆく。山もりかこゝろよからぬ事しつなとのゝしるも、かゝる事のついてにハ、はかなきものの心もゆるそかし。しなひたるくさきに水そゝき、わかミもゆあミともしたるゆふくれ、何おもふらむと、いとこゝろ清し。白き紙、青きたゝミもいらぬやうなり。よの中にねかふ事もさらになし。

おほやけにつかふる人、はしめハいと下さまなるも、またいへ古く、ろくなとおほくもたるも、時にあハすいへまつしきほとハ、こゝろさしもありけなめり。時にあひてすこしのほりくるにしたかひ、人にもゝてなされぬるまゝ、われハとおもひあかり、いつしかこゝろさしうすれて、つひにハ君をもかろんし、身のためをのミおもひ、ミかけにてかくまてもなりいてしことにもこゝろつかす、いへならハいへ、国ならハくにをわかもののやうにこゝろ得、人のおもハんことにもこゝろつかす、きのふのつゝりもけふハにしきをきて、むすめなとにハ、身にあまるはかり、かミよりすそまてきら〳〵しういたしたつるを、かたはらいたしともおもハす、たゝうらやミねたむ人さへそあめる。あるハひきたて給へなといろ〳〵のまひして、したしミよるもあり。いよゝわれこゝろつのりて、うへにすまひし、下にハ国のためもおもハてこゝろとりて、わかこゝろまかせにつかひ、すこしこゝ

ろありて、あるましきことなとおもふらん人ハ、めのまへのミよきさまにして、さんしなとさへつもりくるにしたかひ、あまたの人をおとしいれなとして、いつしかよのミたれ引いつるもあめり。もとハさるこゝろもあらさめるを、人のゝそミはいやましにそひくる物ならむか。いつこも〳〵のとかなりし御よのミめくミにほこりきて、さるもの多くなりしつもりにや。あきつしまねのゆるくらんとこゝろへたるものハ、得たちかたきそわりなき。昨日したしかりしもけふハうとくなり、いつしかそは〳〵しきそおそろしき。人おほけれハ、あめにかつとかいふ事いともかしこし。

井手ぬしか今宵の守人に来りて、けふハた御馬たてはにはり文ありしハ、いたう喜多岡の事ほめたりしよし。そのあらかしめハ、義士をうちて義士をつミにおとしいるゝ、かんしんのわさなりとか、いとうれし。さならんといひしにたかはす。さもあらハ人の名もけかさす、あまたの人もうたかはれす。いとうをしさハかきりなけれと、ものゝふハことになこそをしまるれ。

さてこのほとより、月形ぬしのいとこ何かしといふ人、むなかたの竹丸にすミたりしに、とりにゆきすくになハをうち、こしかたなもなしにひきゝて、あかりやにこめたりとか。たひ〳〵とひ見るに、何のつミもなかりしかハゆりつるよし。ことしやう〳〵十八はかりにて、いと心たゝしく、文なともとしよりハよくよみて、文なとつくりし人なりしを、いかにおやたちのかなしひけん。さりなから、とくゆるされしことゝも、立かへりてうれしかりつらむ、とこそおもひやらるれ。さふらひのかすに入たる人を、つミもわかてつなうちて引くる、いとめさましき人のこゝろにくしとは、おほかたの事なるらん。

君の御手あしともなけに、町中を引て、ますこやなとにさへつれゆきしとか、いと〳〵あちきなし。

六日　空あをミて清し。いつよりもとくおきいてゝ、れいのかきほにむかひ、あすのよハほしまつる事とも、いそこにいひあはせて、ものかいてもてゆき、かしこにてともとちうちよりて、なとちきりおきしを、かの人、いかにをかしうものしてまつらむ、わかこともとくしれるならまし。さこそおもひやるらめとて、

あまつほしあふよハくれとおもふとちをきのおとたにもそよときこえす

あつさわすれて竹を画書て

老かよもやゝくれたけの行するゑにいかてうきふしくハゝりにけむ

七日　をさなきものか手をとりて、しるしはかりものかゝせて、あかき紙ともにて、ほうしつけてかけたれハ、いとうれしかる。ろふたさ又たくひなし。

あさかほのまたしなふもまたて、女ともか染物にすとてつミありく、あなこゝろなや。このころのこゝろやりなるを、まのあたりさかりなるハのこしてんや、おのつからしなひゆくたに、いとうをしきものを、とむつかれハ、かほあからミて引いるもまたをかし。白・むらさき・あさき・紅こそいとうめてたしとて、しるしのかミともゆひつけて

あさかほの花よりもろき身なからにこむとしさかむたねをとる哉

こよひハ神代ぬしか守にて、ゆふくれより来りて、けふの事とも聞しるかきりものかたる。あまためしありて、御やく〳〵をあらためさせ給ひ、このころさらにやめさせ(マヽ)ひにし御用人てふもの、ハたはしめさせ給ひたりとか。めつけ人なとおほかた古きハめしはなたれ、あらたにことかたにたまハりつなと、あした夕にかはるよのありさますへなし。

こたひつゝしミかうふれるものともを、ちかきほと、さるへきやく人よりよひいてゝ、御うたかひのすちともとひあるよし、御もとにつかふまつる人いへりとかいふ、いとよし。とくも、あやしとおほしめすらむこと御とひありて、わかミのつミ何事としるこそ、こゝろやすけれ。かくなから、いかなる事にかと思ひ乍、いつまてもあるハ、いとうあちきなし。ハたかくなから、おいの身ハくちもはてたらむに行やまとふらん。よにありて、かひある人々にかはり、ハつるやうもあらハ、いかにともなりなまほしき、とのミねんしくらしてこそあれ。人のまことのしるくならんハ、ミまほしゝ。

八日　猶そらハ清くはれたれと、はた夏にてりかへりたるやうにあつし。けふハ二川ぬしなりけり。よろつことかはりて、をかしき事もなく、かいつくるもうるさし。

あつさによをふかしてねたれとも、かやのうちいとくるしきまてそある。きり〳〵すのこゑのミ、時めきてをかし。よふけて、とのかたに人《ひと》おとのしたるやうなりしかハ、つとおきて人をよひなとしたるに、何事もなけれハ、そらミヽにやとふしぬれと、きよくさめてねられす。仏のまねしておきあかしつ。

九日

あさつゆもあさく、猶あつけきそわひしき。本家のろふとう守りにきて、かしらふせかちにつとめてすまひしたる、いとむつかし。

あつさまきれにとて、太閤記てふ文を見るにつけても、秀吉の君ハさらなり、今のよにのふ長卿はかりの御かたましまさハ、異国もいつしかうちゝらして、ミよものとけかるへきを、あきつしまのかしらの御つかさとたのミ奉りし、水戸の老公うせさせ給ひしのちハ、かの御国も、あるかなきかのことくならせ給ひ、中とたのむ長とハ、いまにいとかひ〳〵しくハなりまさり給へと、ぬれきぬほしあへ給ハて、かく大樹公の御いくさをむけさせ給ふなとよりこそ、このつくしも、うちかへしたるうき波立さわくなりけり。たゝいまハ、すへ国のミあしこそつようおはしましけれ。薩摩の国のミゆるかぬ御いしすへにて、こなたをもつ手にたにとて、かしこよりのミ心つくしのかきりなさをもしろしめさて、中々にそハ〳〵しうおはしますこそ、いといとうあやうき御事ならすや。あなかしこや、まねふへき身にもあらて、まハらぬ筆のすさひ、かた事に何事かハ。

きり〳〵すのくちとくなりまさりたる、いとうらやまし。ぬれきぬのやふれハ、いかてかつゝらん。なれも、ふせつきすゝむるかたうとなせそ。

　　きり〳〵すやまとにしきのやふれをハつゝれ〳〵となくにそあるらん

国の司をもせん人こそ、かゝる事もおもハめ。かうよをはるけてさまさへかへなから、ほとけのミちうとく、よを思ひぬるこゝろくせこそうたてけれ。

　　うつせかひわれから物を思ふかなこゝろつくしのかひもなきよに

十日

　南かちにふきてあつけれと、をり〳〵むらさめふりきて、さすかに秋めくそをかしき。けふも本家のろふとう竹田何かしそ来る。きのふこしものよりハ、すこしこゝろありて、よの中の事もうとからす。うまこ和ともと、こしかたなともとりいてゝ、よしあしめきゝなとする。かゝるものハ、たゝいまゝてハ侍ひのしるしはかりなりしを、いまハかた時もはなちかたきに、御よとこそ見え給ふれ、なとうちなく(ママ)。

　この月の三日に中島の御はしのもとに、はたはり文したりしとて、吉田老人うつし来る。こたひハ、国の御まつりことたゝしからす、人のこゝろもしつまらす。よき人かくれ、まか〳〵しきものゝミことゝりおこなへハ、国をもほろほすへきあく人たれ〳〵と名をしるし、このものとく〳〵しりそけさせ給ハすハ、国家のミためわれ〳〵ともうちはたして、とのにまうのほり、そのつミをむくひ奉り、はらをきりてハて侍らむ。かくとしひさしく遠つ祖《そ》より、ろくをはミぬる身にて、国の御大事見るにしのひかたし、なとかきたりとか。たかさやうのことをかするならむ。人々の御うたかひもいやましにこそならめ。

　となりよりしらせ文来る。このころの事なりけり。ふかくの事により、ふちはなたれしとそ、いとあちきなき。

　野分立ゆふくれいとをかしきに、月かけはれくもりて、

　　ひとたひハの分の風のはらハすハ清くハならしあきの大そら

　さのミあらゝきもせて、よもすからふきあかしつ。

十一日

　東のそらむらく(ママ)たちてうすくこくくれなゐの匂ひたる風も、いとこゝちよろしきほとにふく。ひたかくなるまゝに、風たえていとくもり、こしきのうちに居るこゝちそする。ひことにをよすけゆくわらハを、

とかくこゝろやりにして、さまぐの事ともいはせなと、よりてわらふのミそこゝろやりなりける。

きのふまてきゝわかさりしこともけさいひならひぬるいへのうなゐこ

はた風いたうふきて、やかてやミぬれハ雨ふりいつ。

ぬれきぬをほしそかねたるわかやとのつゆけきあきに雨さへそふる

よもすからをやミもせす。今日の守、二川・吉。

十二日

いとすゝしうくもりたれハ、れいの日あふひもなし。雨のしるしありけり。そらもかつはれゆくめり。

あきの雨ののこりし夏ハなこしけりよのうきくもゝかゝれとそおもふ

けふハ、くはのぬしそひねもす守り居らるゝ。せくちかいたくせめられて、水なとのミときく。いとぐうれたし。さりながら、しらぬよことハしるくやありけむ、人やよりハすこしかろきあかりやに入かへたりときゝ、すこしハこゝろやすし。

にこりくるうきよの水をあふせてもくもらぬ玉ハあらハれぬへし

つゆふかきよにて、のきはのあさかほのつゆ、つくえのうへにおちかゝれり。その時、すゝむしのはつこゑして月をかしう、かなしかりけれハ、

すゝむしのねになきいつるゆふくれハ月さへつゆのなミたもらしつ

こともなき時ならハ、いかにをかしきあきならまし。

十三日

くれなひたちたるくもを、をさなきもの見いてゝ、をよひさしをしうる、いとろうたし。いとつゆふかきあしたの野へより、かりもてきたるもゝくさの花、山もりかこゝろハへもあハれにおほゆ。ことさら山へのいへこそなつかしけれ。

こよひハ、たまむかふるとて、れな（ママ）らハか（ママ）にことしけからむを、よろつしのひてことそきたれハ、のか（ママ）なるゆふくれに、こゝかしこ、ミよのためにいのちをすてたりし正義のたま、いかにあまかけるらん。こゝにむかへてんかし。無可をとゝひこそかならすこゝになと、いへのものともとかたりあふにも、ほとなくたれもゆきなまし。こむあきハたかまちなむ、なとおもふそはかなき。

　　よにありてかひあるひとにかはりなハいまもをしまぬ老かいのちそ

人のうへにのミこゝろをくたくひかこゝろもうたてし。

十四日

そら青やかに清し。いとしミ〳〵と、はたさふし。むねいたミてこゝちれいならす。されハふしかちにして、和に太閤真題記をよませて、吉田老人とふたりしてきく。さる事にもおもひあハすることありて、見るこゝちにかなし。月いと清けれハ、うちむかひて、

　　むかしよりしたしきあきの月のミやにこらぬ水のこゝろしるらん

ひるよりの文のよミさしとりいてゝよむをきく。あるしか居るかたハ、大やけ人たち、月のあかけれハはしゐして、をかしけにものかたるこゑす。

となりのかたこそ、いとうかなしけれ。ゆくりなき玉をむかへて、いかにかなしふらんを、なくさめにとて人あまたきて、さけとも物すらむ。わらふこゑともしつゝ、中々にそきこゆる。

十五日

うきくものさゝ波たちたるに、さし匂ふひかけもやわらひて、何のおもふこともなけなる世かいを、人のこゝろもてうきものとハなしはつるなりけり。こゝろさすかたく〳〵に、たきものすこしつゝミてやる。野くち何かしか、こそのこの月のねまちにハ、都の戦ひにてあたを二人つきとめ、その身もそこにて、あまた（ママ）のやりにつらぬかれてうせしを、いかにそのはらから、をち・をはなとのこり居るかた〳〵かなしふらん。早ひめくりとハなり

ぬ。それもそれなから、ことにやミうちになりし人のつまこ、いかにかたきもわかたねハ、あしすりしてもなけくらんこそ、いといとをしけれ。
はちすの花のちりたるを、知橋かふたつひろひきて、まとより、ちりても清く侍るとてさしいれけれハ、その花にかいつくとて、
あせぬまにちれハはちすの花たにも猶きよしとてひとのめつらむ
清少の君か、宮の御前より紙を給はりし時、此花にミかへりこともものして奉られしこそ、いとなつかしけれ。
ことのハを奉りにしいにしへにはちすの花のいろハかはらしを
かのミやひかなることゝも、よにたくひなし。そのころも、御よの御ミたれ、なきにしもおはさゝめるを、さるすかたハあらハさて、ものせられたる文のめてたさを見れハ、はかなきこのにき、やきもすてゝんを、老のこゝろやりいつまてかゝきり来らん時にこそ。
波たちしくもゝなこりなくさら〳〵とはれて、もち月いときよし。ねの時はかりに、たまおくるわさともかすかに、あさの火たきてものしつゝ、うちむかひてもあらまほしき月さへ、とにへたてゝねぬ。
十三日よりこよひまてのまもり人ハ、吉田老人なりけり。よにありとあるハ、寺まうてなともことしけしとて、こゝろよき人におふせハてたるもをかし。
十六日
けふハ家のもとも《ママ》すこしあさゐしたれハ、ねところにてふつくまりつゝ、この文ともかいつくるに、をかしきこともなけれハうちやりつ。西行のうしか、こゝろのまゝにといひしこと、おもひいつる。桑野左内守人なり。いとあつけれハ、たえかたけにふしなから守衛すとて、たわれつゝ、ひめもす人をわらハせなとし《ママ》するうちも、こゝろハさもあらすや。
けふ大村より、あまた太夫をはしめ、こゝのさわきをきくよりすくにこしとか。なりのしつまるあひたハかへ

らしと、いとたのもしくいひしよし。桑にあハんとて文をおこしゝかハ、うかゝひたりしを、御ゆるしなかりしよし、いとあちきなくわふ。

ゆふされと猶あつし。

すゝしさもあつさもさためなかりけりはれくもるよの文月のそら

くもまの月さしいれハ、ともしひけちていへ人つとひつゝ、しはしなかめて、こしかたゆくすゑの事ともかたりつゝねて、うまこ和ならてハおもふこともつゝましけれハ、ねなからそかたりあふ。さつまよりも大村よりも、いとゝ御ためをおもひてはからハれぬるこそ、まことに〳〵ありかたきわさなり、なといふまゝによもふけぬ。ひらとのかたも、ちからのかきりハつくしなんよし、いとたのもしき事ともそかし。

わらハか、れいのこしなとさすりにきたりて、いつまてかくこもらせ給ふにや、御やまひやいつらむ、あるしの君にもいかゝおはさんと、それのミおもひ奉るなといふ、いとあハれふかし。いかてさる事あらむや、薩摩の大島といふ人ハ、はしめ七年又三年、又五年、島にて人やに入たりしか、つひにまことの忠心あらハれて、いまハ太夫になり、都にのほりてものせらるゝそといへハ、おとろきてめてかしこむ。いへのうちにいくとせかくありても、なとかくるしからん、されと人々にろふせさするこそ、いと〳〵くるしけれ。守なくてもいつくにかにけかくるへき、なといひきかす。

十七日

いとくもりてあつし。よへより浦のぬしかも（ママ）したりしに、いまた代りの人来らす。あるしかもとの大やけ人もこさりけり。かうなかき事になりぬれハ、いかにも流人わひぬらむ。さなくても、何事をかしいてむ。すへて人のよしあしハ、おとにきくこそすさましけれ。きくよりまさりたるハ、善にもあしきにも、ありかたきものになむ。われとても、をのこのことくや人おもふらむ。

浦のを司人よりよひいたしにありとて、代りのこぬまなから、大やけ人にたのミてゆく。桑のやら来りて、このころの事ともあらましとひきくに、いよゝよハくらけなな（ママ）から、京のかたハ日さしいて給ふへき御けはひそ見ゆる。

　雨いたうふりいてけれハ、きのふよりのあつさすこしさりけなり。かミなりて、うなゐかおちおそれて、母にしかミつきたるも、こゝろつかひなからろうたしそ。それならさしとて、てん〳〵はん〳〵なといひきかせて、まきらはすもをかしけなり。

　よひのまハ月もくらかりしを、はれゆくそらのそらの（ママ）くもまのひかりハ、さすかにあきのおもかけ、いとあハれなり。やことなき御前にしも、うちなかめさせ給ふらむあたりハ、いかはかりならむ。浦のかきのふのめしハ、宰府の御守衛、ひきゝりうけもちとか。めてたき御かたさまにつかふまつらんハ、いとほゐなり。かゝるあまさかるひな人たち、なれつかふまつるこそ、いとも〳〵かしこく、あちきなき御よのミたれそと、つゆけきあきになむ。

　こよひハ、こゝの守衛、神代ぬしなり。くものうへもおなしくらひのさふらひものするそ、うれたき。またはかなし。

十八日

　けふハくもの行来もたえて、夏もなかれはてしそらのけしき、いとすゝし。かの御守衛、ひるハ神代ぬし、よるハ桑のぬしにて、何のへたてもなし。人丸明神のミまつりのひなれハ、こゝろはかりのことゝもして、十八首なとよめり。かたなりなれハ、こゝにハ得かいとめすなりぬ。

十九日

　そら清くしてすゝし。ひるハ桑の左内ぬし、よるハハた神代ぬしなりけり。

　こそのこよひハ、都のいくさありて、いたくかなしき事ともおほかりき。しる人もあまたうたれし（ママ）けるも、はやひとめくりなるに、いまた御世もさなからにて、長とのかたも中々なるうき事ありとか、猶やことなき御前、いまた御帰京の時いたらせ給ハす。いやましに都遠くわたらせましますかひもなきありさま、何にかたとへまつらん。うたれにし人のしたしきかたに、香ともひそかにつかはしたるも、いとよにつゝまし。

　浦のぬしかきて、けふおほやけにめしありて、こたひつゝし（ママ）申付たるともから、まにハ、かミをおそれすつゝしミやふるゝ（ママ）ものもありけなれハ、いまより猶きひしくいたすへきとの仰ことなり。さらハ守衛も人まさてハとて、司よりいひしかとも、さハいつれもいとなけれハ、その事またく〳〵きこえ奉るなと、人々ことしけし。昨日初瀬川ぬしか、都より大はやにてかへりしかハ、桑左あひてんとて行たりしに、その人ハあらさめれと、したしき人にかたりつたへしをきゝてかへりたり。

　天朝にハ、いよゝ清義士をあハれひ給ひ、いまのほりたりし者とも、いとうきこえよろしく、一橋公猶ミこゝろつくしせさせ給ひて、都となにはに行かへらせ給ふにも、たゝ御ともいつたりはかりにて、御馬をはせ給ふよし。いまハ大樹公も、一橋公に御かしらをさけて、かしこき御ことのりをほうし給ふへきミ心なから、そひ奉る守とも、異国くさのいやしこりにしこりて、わかくにとかへ、身のゑいくハをのミおもふともから、公の仰ことにもとき奉れハ、さるものひとり二人ハ江戸におかへしありて、御ことのりにしたかハせ給ふめるとか。まことに時いたらせ給ふかとおもへハ、とひたつこゝちそする。おほとのゝ太夫は何かしか、こゝろつくしのさかミちにミなまとは（ママ）ミつるも、いまやおまへにもしるくおはしまさまし。あらぬミことのりともや、もてかへりて奉りけらし。

二十日

　はしめて松本茂記ぬしなむ守に来る。つねハうと〳〵しかりしも、ひきいてられぬるこそおもなけれ。かの人舟のるつかさなれハ、こゝかしこにつねに行かひなれて、都へのものかたり、うら〳〵の事ハ猶こまやかなり。いまハ異舟すかたの舟をあつかりぬれハ、猶その事ともつはらなり。あまりしたしきよりハ、中々めつらしう、こゝろもゆるハてこゝちよけなり。

浦の・神代・井手・松本よりあひて、司のとりはからひの、おもふやうならぬをなけく。ことのわきまへ、しも〳〵のいへのうちもよくしらてハ、大やけの司ハ得ならぬなとさへそいふめる。

人のうたかひいひけたむとて、あまりことハ多きハ、中々にうたかはるへきこともいひつるを、いひなをしなとしたる、いときゝくるし。かゝるをりから、女なとの、ものしりかほに何事もさしいつるこそうたてけれ。人のいふことなとうちけちたる、いとわろし。それもことによりて、あまり〳〵しきことといふを、たゝ一ことにいひおさへしハ、いとこゝろふかし。まかれるもすくなるも、おのつから人のしるへし。世のことわさに、ひいきの引たをしとか、われさへ、こしかた思へハそのつミやおほかる。

廿一日

あかつきかた、ねつミの箱やうのものをはむおとすさましくて、つとさめて見るに、ともしひもきえはてゝ、いたまもくらきほとなりけり。戸をすこしあけたるに、月ハたかうすミわたりて、荻のつゆきら〳〵として、かなしきやとのゝきなと、ほの〳〵としたる、さらにかなし。老にひとしくうなゐかとくさめて、おきた〳〵と母をよふこゑらうたくて、行見れハ、あへなくミなおきいつるほとなりけり。よへのまもり人ハ井手ぬしにて、代りこむ人またるれと、さらにこさりけれハ、さしもおそし、なといふうち、二川来る。

とかくして、ひるのものともまゐるころ、いへのおとこわらハか、めをそらにして、われを外よりこかしとて、あか坂なるさかなやか来り。さとハいつこ、なとゝひ侍る。いとあやしきものから、まつゆけかし、とてやる。しはしゝておにやくめかしき者来りしほと、先おほやけの守人にたのミてとハすれハ、こなたの御家来、御たつねのすちありてめしとり侍りき。御さしつかへハなきや、といふ。

あなめさまし。こゝのものを、つミあらハ先あるしにいひてこそ、さハせめ。とらへしあとにて、つかへあるやなと、おのかしゝあれにあるゝおにともかなと、ミなはらたゝしくいふ。さしつかへありといはゝかかへすにやあらん。それハともあれ、いとうむこし、かなしゝ。何のこゝろもまたなきものを、こくやにうちいれなとする。

いとものし（マヽ）といへハ、うへをおそれぬやうなから、ミなすか〱しからぬしれ人のこゝろまかせのわさしるし。やう〱おとろきかなしひしとなりも、わするゝにハあらねと、こゝろしつむるまもなく、かゝる事のいてきぬるハ、いかにちきりしことしのあきにやあらん。さりながら、つミなきハなきにてゆるされぬへし、なともあひなたのミなりけり。

わかたけのすくなる身にもくすかつら　かゝるハ何のうらミなるらん

上下のもの、めをしハ〱として、かれかうらなかりしこともいひつゝ、あへなくなかめ居るそ、いとこゝろくるしき。すいほうとか、めあかしとかいふもの来りて、たくはへもなく何もなしに侍れハ、くさ〱わたし給へなといふ。たゝぬのひとへのミきたれはとて、衣ともとりそへてやる。いかにもあつくせまほしきを、おほやけ人、中々御ためよろしからねハ、先かろ〱しうせさせ給へとおしう。

ゆふへより風のおとあらゝきて、あつさハむろよりまさりかほなり。くれはてゝ猶ふけハ、たミくさなとも、わせハよろしけなから、おくてのほのめきいつるころなれハ、いとあしかりなむと清水の老人そいはるゝ。けふも遠道すから見て来た給（マヽ）へハ、なとかたらひつゝふしたれと、きよくさめはてゝねられす。やう〱つら〱としたるに、あやしきゆめにさめはてゝ、ぬれきぬほすかたなけなるこゝちすれハ、あまたの人をたすけ、身ひとつに公のおいかりをきして、つミにおち入てんとこそおもへ。いひよるかたいかゝハせん。もし御くちとひもあらハとこゝろさたまりて、何のおもひもなし。かいけつへきほんことりいてゝ、大もし竹なとかいすさひぬるまゝ、ねふたけになれハ、枕とりて、いつしかねたりしや、あけハてぬる。

二十二日

猶くもりてあつし。雨風やミたれと、猶はれす。吉田老人、よへよりけふもひめもすの守人なり。人かすましぬれハ、野村彦助ぬし、本家の弟にてはしめて守に来られし。ミなしらぬ人かちなれハ、いとそら〱しけなり。

うら野・神代ハ猶かなたこなたしてハ、こゝにきつゝ、中々まもりもよそになりぬめり。あへなきよにうこかさるゝこそわりなけれ。風のうれいハやミたれと、きのふよへにかけ、下々すさのたくひ、ふたりミたりとらハれ、よるハあまた士をめし給ひて、われ〱とおなしさまにおしこめ給ひしかハ、浦野かさりかたきところかた〱より、よひにおこしつとてわふ。

古川何かしかをい融といふわか人、こゝろすか〱しくしてゆうなるよし。ひとりハをとつひまてわれをまもりに来りし桑野左内なれハ、浦野ハこなたの人すくなくなれるうへ、ハた二ところに行そわりなき。神代ぬしも、いへわかれしたる神代何かし、おなしさまなれハ、かなたにもと、たかひにわひあへるのミかハ、中老加藤大人、もとハ太夫めしあけられ、ミつからこもられしを、ハたよへよりつゝしみの仰言ありきとか、その外かなたこなた、また名もかすもたしかならねと、十たりあまりなるへし。かつ〱かくなるかす、はや八十あまりならん。いつれも御大事あらむ時、いのちをちりと、ミたてになるへき人々を、かくものし給ふを、つゆいさめ奉る人もなくおはしますこそ、いかなる御むくひにや。きのふまてハ薩筑長とか、世に御名すか〱とかゝやかせ給ひしを、いまハ、いかはかりかよのそしりうけさせ給ふらむとおもへハ、さらにいくへきこゝちそなき。

過しころより、浅香何かし、戸川何かしハ、ミつからひとつゝらに物し給ハれと、ねかひたりしよし、こハある御文所の先たつにや、かれ二人ハ、あちらこちらと、よきにしたかひつかふまつれハ、こたひの御とかめにのかれたりとかいひしをきゝて、その人に行ことをつゝめて、たかひにねかひ文奉りしとか。されハ、これもよへのかすにいりつらむ。

古川とふるか、はるのころ、友とちあのつまりたるところに行し時、あるともか古川を見て、そや勤王かきたりとあさけりしかハ、つとよりて、おのかはきたりしあしだもてうちけれハ、何かしいかりて、あなかちに人をくつしてうつや、われも侍らひそと、いミしういかりけれハ、古川わらひて、皇国にうまれしもの、とりけたものさへ勤王ならぬハなし、それにわれをさいひてあさけるハ、むしよりもあしかるへし。あしたいたゝかせても何かハ、とて二王たちしたりしかハ、かの人一言もかへしあへす、さらハこのあしだハわれにおこせ。後にとふ事ありとて、ふところに入てかへりしとか。そのゝち如何するかと、人もおもひたりしを、うたれし人いはんかたやなかりけん、何事もなかりしに、こたひ古川かかくなりたるを、いかにうれしかるらん。まさなき時を得たるや。まことや、御まへわかうましくける時ハ、さるへきあらものこそ、あひし給ひけれ。よろつありかたき御本しやうにわたらせ給ひしを、うら上・久のなといふあたりより、うきくもへたて奉り、まさなきものともをミもとに奉りなとしたりしより、よろつ御耳にふれ奉らて、大かたのよのありさまをも、いつはりのミ京よりも奉れハ、うらなきミ心にハまことゝおほし給ふにや。又ハかくありともしろしめさて、たゝおくふかくのミわたらせ給へハにや。筑しをしろしめしそめにし、公かたの御れいハましまさすや。あな、れいのすさひのかいすぐし、つゝむへきもあさましうかいあらはしてし哉、かきもけちぬへし、あなかしこや。

ゆふくれかたになりしかハ、彦助ぬし、わかやかにものせらるゝに、あまりろうしからむとて、吉田老人、しはしのうちハひとりにても、とてかへらしむ。くれはてゝいさゝかすゝしけになるまゝに、よへねさりし、けにやまとろまほしとて、しはしねたるに、亥時はかりに神代守に来る。いまゝて司のもとにてとかく物して、いとうつかれたりとわふ。

薬師の名もとなとかいいたせとありしかハ、としひさしうもちうる、薬師守屋何かしといひいてたるに、これハけふうをすミ老人のいひいてありしかと、かなはすとありしかハ、ことかたになと司のいひしとか、あなうたて、かれにたくふへきくすし　筑にハありかたし。まひてちからいなと、やまひかちなる省の母ともいたくわふ。かれもわれも守屋かくすりにてこそ、いたきやまひもかろひたるを、たれにゆつりなハひとしからん。かの弟子なる千葉何かし、ちかけれハかれにたにとさたむる。

さてきそのよハ加藤大人をはしめ、大音老大人そのほか大組三人、御馬廻りよりしもにかけ二十人あまり、おなしさまにおしこめて守らしめ給ふよし。下らハあかりやに入られしもありとか。中にもいたうあへなきハ、魚住老人なりけり。このほとわかうたのよしあしなとえらひ、またおもひわきまへぬことをもとひし先立なれハ、いたううれたく、ことに過にしころより、あまたのうたをかいつめて、えらひをたのミおきたりしを、このころいかにもしてとりよせ、かいつめなとせんと思ひしを、いまハたよりもたえはてゝ、かくたい〳〵しきことになりもてゆくまゝに、かしこくも、このするしハおのつからよはミ給ひて、ことかたよりいかなる事やしいてんと、さらにばうそく人のよになりはてつと、いたにいられす。

二十三日

よへより雨そほふりてすゝしきかたなり。人のこゝろハ猶あつけに、かす〳〵の人のうへ、よの中のゆくするなと、ひたひをつとへつゝ、よをのミうらめしとひとつこゝろにいふ。

つくしかたかつあらハれししら玉をまたあら波のうちしつめけり

神代ぬしハ、薬師のもとにとゆく。松本ぬし守のため来れとも、をとつよ林ゆたかぬしもひとしく、御うたかひのうちに入て、かしこよりよひにおこせたれハ、しはしかなたに行てこむとて、吉田老人に猶守をたのミていてゆく。神ぬしかいへのわかれ、神代勝兵衛もおなしやうになりしかハ、神代ハさらなり、吉田老人かむすめのむこなれハ、うしろめ（ママ）かたしとてわふ。

ミなさりかたきところに、二ところ三ところ、あるハよところにも、おなしうまもりにゆく人おほくなりけれハ、おろか（ママ）ならぬやうにせんことかたしと、ミなひたひをつとへ、こゝろ〳〵におもひよる事ともいひあハすれと、こうよと思ふちへもいてかてなめり。松本もかへりきて、おなしくわれも、筑しと林こなたにて、三かたに身をわきかね侍れハ、ことかたにゆかぬ人より、たひ〳〵守て、ゆくかたかすあるハ、二たひは一たひになといふもうへなりけり。

薬師千葉ぬし・百武ぬしやをらきたりぬ。やまひのことゝもものして、百武ぬしハ父の時よりしたしかりしを、このころうちたえしかハ、いとなつかしうかなしと、かなたもこなたもうち見たるこゝちハ、かたミにしりあひて、守屋ぬしにもかはらぬこゝちそする。よの中のことも、しハ〳〵うちいてゝなけきあへり。薩摩のミつかひとて太夫、先宰府に来らるゝ。やかてこなたに来らるへしとか、長とよりもミつかひさしたてられしを、若松のうまやにて、せきとめられなつそふなと、いとあさましうわりなし。

猶かなしきハ、いへのわらハかとらハれて、きのふますこやにひかれゆくを、見しといふ人あり。いかにしらぬ事せめられて、うちたゝかれもし、水さへあふせかけやしつらむと、むねつとふたかりて、またかきくらす、そての雨。ミなこともわきまへぬものをと、うちなく。こし人々もおなしこゝろにあハれかる。こなたに召つかはすハ、かゝるうきめも見すなりぬへきを、いかなる〓にしにか。

こよひハ井手ぬし、わかゝたのまもりなり。あるしかもとハ本家のさふらひそへて四人。

二十四日

残暑清うはれていとそらさふし。きぬなとかさねておきいつる。このころのあつさの八重くも、さのミ雨もいたくふらて、おもひの外はれたりしハ、よもかくやとそらにたのもし。

都よりの文、いとしのひていまもてきたる。いとかしこけれハひきかくして、見まほしさも、たゝしのふこそすへなけれ。をりしも人来れハ、猶そしらぬかほしたるハ、むかしのすき人めかしくや。

司よりこゝろへなと、くさ〳〵かいならへたる、いとむつかし。

うら野ぬしかきて、けふ加藤大人のかとへを通りたりしに、大筒あまた引ならへてまもりゐるよし。うたてや。いかなるにかあらむ。御ためとてこゝろさしふかく物したりし事、うらうへになりて、公より御とかめあるを、何事かうらミ奉らむ。さるこゝろならハ、かくなりはつるをもいとハす、こゝろをつくすへきや。ならすハ、しにてんとこそ。たれもいのちを先にして、こゝろつくしの御ひかりあらむことをこそいのりつれ。よの人にさることとして、いとたい〳〵しきわろものと見せんとて、うへにもきこえ奉らす。あちきなき事するにやあらん。中々人ハおのつからしりて、わらふめり。

つミなくてくたくるたまはをしまねとこゝろつくしのミするゑをそおもふ

さてあとの月のこよひこそ、かた〳〵にうき事あまたいてきたりしを、はやそのまゝにて、三十日へにけり。ことさらとなりのおとろ〳〵しかりつるも、いまのやうにこそおほゆれ。かのいへの人々、いかなるこゝちにかしのふらん。

うき月日も、立にハなつミけもなし。たゝそのよのこゝちせられて、おもひやるそはかなき。こしかたかゝるいま〳〵しきことゝも、遠くハきゝなから、まさに見しことやハある。いまさら老のハて〳〵に、やすからぬものおもひも、うつりゆくよのありさまかといひもしつゝ、ねやにいりふしたる。よさむのとこ身にしミ〳〵とぬれしめたるぬれきぬも、いつかひぬへし。

こよひのまもり人、わかゝたハ浦の、あるしかゝたハはやしぬしなりしを、あすハいへをつかせ給ふめし文来れハ、とミにいぬる。井手ぬしをよひにつかはしたれと、ことかたの守に行てこさりけれハ、たゝひとりにて二かたの守してあかしつ。

二十五日

一むらのくもゝなく青いろのそらいと清し。野にもいつへきころほひ、あたらあきのひいたつらになしうる《（ママ）》、いとくやし。わか山へのさま、見ゆはかりになつかし。女ともとちたに、せめてハゆけかしな。

ふるさとのはきのにしきをおもふとちきぬともそてのつゆけかるらん

杉山ぬし・よし田老人くるひなりしかとも、杉山ハけふ、めし文ありとてこさりしかハ、井手ぬし来る。あまミつ御神のミまつりのひなから、おしたちたる事もせす。二十五首の歌を手むくて《（ママ）》、

いにかぬる夏の雨よのうきくもに時とられたるあきのよの月
中そらにさしむかひたるかた〳〵のくもまにひとりすめる月哉
いさよひの月まつ山のたかねよりさかしらに立あきの夕くも

まつむしのしのひとところのふちハかまこゑさへ花のかに匂ひつゝ
てりまさる月にけたれて雨くもハいつしかきゆるそらのきよけさ
あきのよの居待のかけのいるかたにいさとすゝむる月のまれ人
ますくなるこゝろことはも中々にいひかめつゝいふよなりけり
やちくさのかたちつくりも野分してやつれハてたるけさのあハれさ
八ちすちにミたるゝいともうらやすのとけゆくすゑハあらむとそおもふ
ものゝふのともあらそひをやわらけてえミしに見せよ日本たましゐ
いはほよりかたきこゝろのしら玉もまろふはかりのよあらしの風
よしあしのこゝろつくしのすてをふねかひなくきしになつさはれつゝ
ゆふしてに老かいのちをかけまくもかしこくミよをいのるころかな
としふりしかしらのゆきハはらひても身にふりつもるさむさありけり
かのきしにほとちかゝらん老なれはそのひ〳〵にたのしまれつゝ
よをすてゝありともわかぬちりのミもうき事のミは人なミにして
あきの野のゆふかけくさもあめつゆのよきすひちぬるよのけしき哉
まゆねのミかきくらしたるくもはれてさやかに月を見んよはもも（ママ）かな

よもいたくふけたれハ、かすハよみいてたれとかいとめさりしにや。けさ見れハたらハす。たゝことうたのミなから、かいつめたれハいかゝハせん。

二十六日

千代ぬしと二川なり。針の師松熊老来る。ことくすしハミなさしあひありてこす。けふもきのふのまゝにそらきよし。神代来る。又々司人より、守の人をあまたにせよとありしとて、いとわひしかる。何故にやあらん、さらにわきかたし。きのふいよゝ薩摩より太夫のわたられしよし。いかなる御用にかあらむ。もしハ人々のかくなりぬるを、かしこの君にもきこしめしてのミ使にやあらん。

二十七日　野村彦助ぬし・神代ぬし守人なり。よるハ神代ぬし・浦野ぬし。

そらはれてひかけはれやかに、すこしあつけきかたなから、あきも中ハのやうにめてたし。さるを、この七とせあなたなくなり給ひし、貞貫君のきにちあすなるを、いまのいへのかしこまりにてハ、かと〳〵しき事もすへきやうなけれハ、本家にこと〳〵たのミつかはして、うち〳〵こゝろはかりのとふらひすとて、いとものかなし。

先たちしきミのきよさにおくれゐてうきゝなからにあるそはかなき

七とせあなたのこよひハ、あるかなきかのけしきし給ふを見て、うへもなうかなしかりにしを、そのミあとたに、こゝろまかせにとふらひなむよしかなハぬハ、いとも〳〵かしこきふかうにこそと、たゝこしかたゆくするいとあちきなき、よのまのゆめなりけり。

二十八日

ほとけのミ前にたゝうちむかハれてしのひたる経ともうちよミつゝ

きミゆゑによをそむきたるかひもなくよのうき中にすミそめのそて

むかしめしつかひにし野坂何かし、よへのまもりに来る。大やけ人のうちなりしかハ、けさかへらんとする時しはしとゝめて、手向のものとも物して、むかしの事ともかたりあへるも、いとうかなし。まもり人ハ井手ぬし・二川ぬしなれハ、ことにしたしき中、二川ハまことのうまこなれハ、ことにけふにあへるを、うきなからうれしとそおもふ。ひめもすくもりていとすゝしきゆふくれかた、こゝろもちいさくたのみかてにそおほゆる。

よるハ貝原・竹田なり。うちねてもしはし文ともよめハ、中々こゝろつよけにおほえてまとろひしを、人ミなねいりしより、ハたねられす。あかつきかたやをらねたりしにやしらす、ほの〳〵となるいたまに、竹田おきいつれはさめぬ。

二十九日

むらくもたちたるそら、いとすゝし。やかてはれわたりて、日影てりまさりたり。貝原か弟直之進といふ人、あにゝかはりて、ひめもすうたものかたりなとして、こゝろをかしけなり。一昨日山もりか、無人の七めくりの事思ひいてゝ、もゝくさの花に、いものたんことも、てうしそへてもてきたりし、いとあハれにかなしかりつる。その花手向しまゝにさしたれハ、ことさらすミはてんとこそ作りたりしいほの事、思ひいてられてなつかしきに、けふハかのいほりにのこれるてうとゝも、のこり無こなたにうつしなむとて、二川・神代ぬしなとゆくとてきたる。いまハふたゝひとりかへすへきよもあらしと思ふに、いミしうかなし。こゝろきよく山ふかうすミはつへき身の、よのミたれにかゝつらひ、とけかてなるふしにむほふれたるたまのをよ、とくきれなハ、とのミおもへるを、薬師なとかきて、何のくすりかのをものなとすゝむれハ、こゝろにもあらてものするもうし。こゝろのうちをすこしうちかすめいへハ、さる事いふ人の薬用ちからなし。薬師のきらふ事、なといふもわりなし。ありてかひあるミよならましかハ。

あるしの守衛ハ永田ぬしか弟、よるハ神代、こなたハ吉田老人なむよるのまもりなりける。とらの時はかりにさめて、よひよりこゝちもよけにおほえけれハ、

うまいしてこゝろの水やすミつらむおもひうかめんちりもなけなる
よの中ハなるにまかせてあかつきのかねをもまたしやミのよなから

をりふしむらさめのふりいてけれハ、

さすかにもをきにおとするむらさめにはらひかねたるそてのしらつゆ
風さわく物とおもひしをきのハにしめやかにふるよハのむらさめ

いたますこしあけゆくころ、神代ぬしハ、井手ぬしかもとに行とておきいてゝ、いへのものともに物いふけはひすれは、ミなさめにけり。

三十日

七月もかきりとなりぬるを、いつをかきりともなきひたやこもりのいふせさ、むくらの軒にや月のさかりも待うらん。如何して見るにかあらむ、なといへハ、此あかつきのこゝろとハたかふらん。

けふの守衛、あるしかたハ猶神代ぬし、こゝも吉田老人子なる浦のぬしかかはりに来りたれとも、こなたにかいおきし馬をことかたにうれとの御事により、先にもとむへくいひし人につかはしゝを、かの人まかことしたりけれハ、はた外よりこのめる人につかはすなとして、父老人にまもらせて桑野かゝたに行、あるしにつれてうまさへ、かなたこなたにうらふれぬるこそあハれなりけれ。

　ことさらとらハれしわらハ、いかにしてかありなむ。あちきなきしうもとめつとや、わふらむ。

　きのふある人のかたりしハ、過しころより、江戸のうまれとて、ひのもとをくまなくめくりありきし法師めかしき者、梅崎何かしといふ文の師の名を、比《（ママ）》後の国の何かしよりきゝつとてたより来て、十日あまりもやとりつるに、その人のいふにハ、水戸の老公の御事を、たい〳〵しうめさましきことゝもいひて、そしり奉りしとか。さやうの事いふハかならす御よをさわかすまか人の、いひふれさするなりけんとそおほゆる。ざへありけにいひて来りしかとも、こと遠き文の中の句をいひかけたるに、よくもげせさりしかハ、梅崎大人か弟子、あな君ハにせものなりと、あからさまにいひつれハ、たゝうちわらひてありしとそ。いよゝあやしきものゝふるまひかなと、いとにくし。そのまゝかへしやりつるこそ、くちをしけれ。

　こよひの守ハ彦助ぬしと井手ぬしにて、こなたハ彦助ぬしのまたわかうものせらるれハ、あまりよをふかさむもめいわくにやとて、はやくねたりけれとも、省かつま、よことにわかせなとうちさすりけれハ、こよひもしはしそのわさして、こゝちよくうまいしたりし。あるしかもとハ、いとふけゆくまて、大やけ人とゝもに井手か、をかしけなることゝもかたらひてわらふけはひす。

八月一日

（七月の帖の終わりから）

いと風すゝしう空さむけなるあした、まことをかしきころほひのめてたさも、いたつらにうちなかめらるゝ。ほとけのミまへにつと居たるに、をさなきものかむつれよりて、ずゝとりあけおのかくひにかけたる、いとろふたくをかし。かつハあハれにも、わかまねをしておしもミをかミたるハ、まひてかなしけなり。わかちたひよりも、いかにミほとけのミこゝろにかなひ給ふらん。おもふ事なきさま、ならハまほしけなり。

あきのよの月のさかりもちかけれハそらのうきくもたゝすもあらなむ

さなかれの水尾のちからハよわくともさやかに月のかけハとゝめん

けふの守ハ杉山ぬしなりしかと、御めつけのやくをかうふられけれハ、子なる久助ぬし来られて、ひる過るまてハわかゝたの守也。かくて長田平之進こなたにかはりきて、くれはつるころ神代ぬしにかはり、杉山ハ林ぬしにかはりてかへらるゝ。かの林、いにしひ、いへゆつりのことふきいふへかりしを、わすれていはす。いと心つきなしさへ。

よへのうしはかりに、浦のを司人よりめしありとていてたるに、こたひ対馬の国の、いとたいくしきミたれにより、国々のかミよりしめさせ給はんとて、御使つかはさるゝにより、此つくしよりハ、ことさら御ちからつくし給ふへき、御ことにしましませハとて、御使をたてさせ給ひし、その本使ハ、尾上の大人をはしめとして、尾崎ぬし・森ぬし、このふたりにしたかひて、林何かしか子何かし・桑野左内か弟何かしそのほかの下役ハたれくと得しらす。

行しよりいとひさしうなりぬるを、此頃の御よのかはりにつけて、先かへれとて、御舟つかひいそかせ給ひしより、やをら三十日のよにこきかへりしを、すくにつゝしミの仰ことありて、こなたとひとしくまもり侍れとのよし。されハ、桑野か弟をもいちぞくにあつけさせ給へハ、浦野ハ、司にめしいてられしよしを、神代ぬしゝてこなたにいひおこしぬ。さもやとハ、かねて思ひたりしものから、かの人々、こたひかのかたに行しハ、まことにいのちをかけしミつかひなりつるを、中々なる御とかめにあへるこそ、わりなきよのすさひなりけれ。
ひことに、このにきかいつくるに、さらにうれしきふしもなく、もとよりうきことのいてきたりしより、かいはしめたれハ、さもあるへけれと、むかし人の日記やうのものハ、すへてめてたきをこそはしめとハすれ。たゝいまくしき事のミかいつめて、何のかひかあらむ。ひことに守にくる人々の、ろふのミしるしおくとも、さのミ人のためにもあらし。あハれにをかしくもめてたき中にハ、いミしきうきめも、あやになりぬへきを、たゝいたつらにかいとゝめて、思ひてくさにせんも中々にとて、かいけたんと思ひしを、たねこのきミかいとをしミて、猶すゑさへかいてよといへハ、むけにもさておきかたく、すゑハをかしきふしもあらハ、玉さゝのたまくにハかいつくへきものから、先これをかきりにとて、
かそへこしうつゝのゆめハのこれともねさめかほにもさてそおくらん
いのちあらハ、かいなをしてもおくへし。かつくねなからもものしたれハ、もじのおちたかひ、いくはくともなし。おしはかりてよミ給ふへし。かならす人にな見せ給ひそ。　葉月一日

ゆめかそへ（表紙）　　八月・九月

あやしきゆめを見しより、ゆめかそへとて、にきやうのものかいはしめつるに、さらにをかしけもなく、たゝいまくしきうき事のミをかそふれハ、いたつら事とてうちやめたれと、ものゝをりくうめきいつることのハ、猶うたてけなるものから、さすかにかいとゝめぬもほいなくて、
かけまとふこゝろのこまを引とめんのりのたつなのゆるミすもかな

あきはいまおき居るまゝにうらきよくきえもハてなむつゆの一玉
　なからへて見るかひもなきよの中のくれハてぬまに無ミともかな
つひにハ神のミくに、むかしに立かへらせ給ふ時もましまさめと、くれかゝるひハ先いりてこそ、いつるあしたもあれ。するミしかき老らくの、あさを待うへくもあらねハ、よにありてかひあらん人々にかはりても、なとつねに思ひぬるを、こゝちれいならぬとて、くすしなとの、さるへきくすりとも物するもいとうたて、心の外にこそおほゆれ、なと思ひくらしたるをりしも、とらはれたりしいへのわらハ、御ゆるしあるへきよし、司より組合の何かしにつけ来りたりとて、かの人来る。
　先これのミこのころのよろこひと、ミなこそりてうれしかる。さらハかた時もはやく、人やのろふをのかれさせんとおもへとも、またいつかたより受取に行やらん、さたかならねハ、司人にあすとひに行てなといひて、すかく〱しうもせす、長居して大こゑにいたつらものいひてある、いとわりなし。こよひのうちにことさたまらハ、とくもかれかさと人よひにつかはしてん、なといへとかひなし。すこしおとなしき人たに、こよひの守人ならハ、ともからもいひあハすへきに、をりあしくわかく〱しき守衛のミなれハ、すへなし。
　わかたけの枝にまといしくすかつらうら吹ときしかせそうれしき
　雨のミそほふりて、いとこゝちすこけなるけふなりしを、かれかうきつなてのとけたるうれしさに、くもりたる八月の三日月もほのめくこゝちそする。いのり奉りし神仏なとつとめて拝ミ奉り、猶ひとたまのつゆハ手向にとこそおもへ。
　四日のあさ、とく司人にとひてなとありしかハ、くらきよりおきいてつゝ待ほとひさし。いとおそくなりて、きのふの組合人来る。かれのさと人をよひいてゝ、うけとりねとの仰ことなるよし。されハよ、いまより十里あまりの所につかひをたてゝ、かしこよりくること、あすにこそならめ、よへからときかハ、けふのくれにハことゝのひぬへし。されとひとひふたひハともかうも、御ゆるしあるかたしけなさにハ、何事もうちけたれぬめれ。

やう〳〵かのとん野の郷に、使のものいたしたてなとしつゝ、あすをのミ待居たりしに、ゆくりなくかのわらハか、かとのうちにいりきて、うらへのろちをあけんとするをりから、神代ぬしいてあひ、あハやとおとろき、こハいかにしてかきたりしならん、たゝいまかゝるをりから、おのれとくる事かなはし。その身のためハもとより、こなたのあるしの御ためいとあしけれハ、先とく〳〵とおひいたせとも、たゝうちなきて、とミにいてんともせさりしかハ、しひて引すりたてつゝ門外におひいたしたれハ、たゝかきのとにたゝすまひ居て、なきいたりぬときくそ、いミしううれたく、ろうたくもかなしき。かゝれハ、きのふ司より仰ことつたへたりしハ、いかなりけむ。かの人やあつかるものともより、かれかさとにハ早つけやりて、村をさなとよひいて引わたしたれハ、よへいてきてけふうけとりぬれハ、先こなたにとて、わらハひとりはせきたるや。されハ、こゝよりのつかひハいたつら事なりかし。いかておほやけ事の、さハゆきちかふるらん。されハこそ、つミあるは、あらすかほして、無にたい〳〵しきつミもかうふらめ。よのミたれ、しけいとのしけ〳〵しきすち、いかなるかたよりとけはしむらむ。

しけいとのとくるとけぬもまたすしてきるゝそ清き人のたまのを
いにしへもかゝるよにこそいひつらめありて世中（ママ）はてのうしとハ

このほと、松本ぬしかゝたりしに、仲（ママ）の島の御神のミまもりとて、とし〳〵御あしかるのうちより御くじにあたりてゆく。その外舟人もおなし事なり。かの留守のあひたハ、その家々のかとに、しりくめなはを引はへて、こつぢきなともたゝせす。その外ふしやうのものをいれねハ、かの御守衛に行しいへ〳〵に、かならす人のミまかる事なしとて、ミなかしこミとうとミ奉る事、いにしへよりあらたなりしを、いかなる事にかありけむ。

此七月廿七日にかのミ守の人、やまひしてうせたりしかハ、しはしも御島におく事かしこしとて、舟にのせてかへらんとすれと、ミなやまひしたりしかハ、たゝ十五六なる舟人二人して、やめるものとゝもになきからをのせこきいてたりしに、あらし吹きて、舟ハおろの島になむなかれつきける。風ハいやましにふけハ、かのしまに一日二日ありて、やをらあら津にかへりつきたるに、いまひとりも舟にていのちたえはてけれハ、二人のなきから、てりかゝやくひにあたり、くつれはつるはかりにくされ、そのかいといミしうて、舟のうちにつミたりし、きぬてうともうつりかしミて、ミな海にほうりつといふ。のこりの人二人ハ、いまたいくへくも見えすなやミぬるよし。いと〳〵きくもうるさく、いま〳〵しきことなから、神のミ心にかなハせられぬ事おはしましてやと、いとかしこけれハ、かいつけおくになむ。かのものともかいへ人、いかなる心ちかと思ふそ、いとあハれなりける。

又人来りていふ。むかしいつれの君の御時にか、此つくしにたい〳〵しきうき事おはしましゝ時、御島にて人のしにたりしよし。そのゝちかゝる事きようなかりしに、ことしかくうらめしけなる事のおはしますハ、いとも〳〵かしこき御大事やいてくらんと、古人のいひつたへを引いてゝ、さる老人のなけきおるとなむいひし。

筑しかた月のうミつら立おほふきりふきはらへあまつかミかせ

名にたてるよのうきゝりのはれゆかハ身はかくなからくたすともよし

[この帳以下空白]

は月はかりのゆふ月、おもやのやねにへたゝりて、見る人の居たるいほりにハ、かけのミさしたりつるに、やう〳〵ゆミはりも、つるたるミてそ、わかやにハいりくめれ。

はれくもるよのうきくものへたつれハ秋の月にもむかひかてなる

にしのかたのまとふけゆくまゝに、さしいつる月かけにおしひらけハ、風さとふきゝて、ともしひのかけうこかしたる。

あかつきの風にうこけるともしひのあやうき世にハ何のなすらむ

いやまさる風のおとにいもやすからす。

のきのをきそのゝ竹村さやかせていくたひ風のおとろかすらむ

をきのほもいつしかいてゝ、なかめくらしつるあさかほのかきほ、をとろふるまゝに、うつりゆくよのけしき、たゝならぬをもおとろかて、中々にミよのミたてのたけたばのなをきをまくるを、あちきなしとて、よしあしわけてなにはえの、ミたれたる大樹の枝をきるべしとにや。さつまかたよりよせこし波の、うらきよくうちはしめしとかいふ。いまたまことしからねと、風のおとつれをたゝとゝめつるのミ。

おなしころにや、はかたのうらに、うらふれきたるものゝふか、やとをもとむれと、よの中はゝかりて、ひとよたにとゝめんといふなかりしかハ、とひやてふところにしひてこひたりしに、やをらさるへきいへにいひてとゝめたりしに、むかしものいひし女、このわたりにすミぬるを、よひよせてかたらふまゝに、糸たけのいとをかしきまとひとなり行くまゝに、ゑひすくしゝにや、いまめかしきつはものにやありけむ、つるきのまひせんとて、なかきかたなをぬきもちてまひたるに、このくに人さるあら〳〵しき事見ならハねハ、いとおそれまとひて、そのミち〳〵の司にきこえしかハ、つひにうきめのつなにからめられつとか。中々に大々しき事や引いつるつてならん。

こゝろつくしのものゝふのうもれゆくめるをかなしひて、おなしうもれたるくち木かよめる、

ありてよにかひなき老かいのちなれハかミにさゝけて人をたすけよ

八月十五夜ハ、一むらのうきくもゝなく、はれたる月のさかりこそめてたけれ。よもかくそあらまほしき。

むしのことなく人しけきあきなから月のさかりハうきくもゝなし

くもりゆくよをのミしのふしけりたるのきハのあれまもるゝ月かな

ぬれきぬのひかたきそてのつゆことにはしたなきまてうつる月かけ

すミなれし山さとにありて見ハ、いかにめてたうをかしからまし。

いさよひすこしくもりたれと、中々にをかしかるへきそらなるを、うきことのミしけくて、たちまち居まちとそなれりける。

そのころ、おなしさすらへ人たち、ひとつ家にあるハ、ことかたになと、引わかけ（ママ）てまもるへしと、いへのつゝきある人々に仰ことあれハ、このいへに二人ある一人ハ、いたく老たるうへ、やまひいたくして身もうかき（ママ）かてなれハ、二人の者、たえてかほも見あハせぬやうに、あまたして守侍り。やまひおこたりなハ、いつかたにも引わかちてと、ねき事奉りたれともかなハすして、つひに老たる身を、浦の何かしかいへよりいてし身なれハ、そのかたにものすとて、居待の月のほりたるころ、のり物してすミなれしいへをいつるに、こゝちさへものはかなくわつらへれハ、したしきうまこ・よめなといふたのもし人をはなれゆくハ、さすかにかなしけれと、いかてそむくへきことならねハ、うわへうつくしういてたつに、たれもうれたく見ゆるそくるしき。

あふきにかいつけて、かけおきていてんとて、

かへらてもたゝしきミちのすゑなれハたれもなけくなわれもなけかし

かきりにやといいてゆけハ、いきなからののへおくりなりけり。おなしくとりへのゝけふりとたちのほり、きえもせよかしと、のりものゝすたれよりあふき見れハ、十八夜の月さしのほるほとなりけり。

あきのよの居待の月をおもひきやうきのりもののうちに見んとは

あをは山いまたちいつるあきの月ハのりのしるへのひかりとそ見る

むかしかへらしとこそ、ちゝ母にもちきりまゐらせ、仰こともかしこミいてにしか、こたひあらぬつミありけにもてなされて、よをさり、かしらもまろくなしたるに、ふさはしからぬかすにいりて、いまさらうまれし故郷にかへれるこそ、おもひかけね。

いへ人たちなミたそゝろにむかへとりて、まめ〳〵しきも中々にうれたし。おのつからなる山につくりかけたる庭に、月き（ママ）ハきら〳〵とさしわたりたるそ、はしたなき人のおもゝちあめり。むかしちゝ君のミこゝろふかくつくり給ひしけはひも、このもかのもにこり（ママ）て、あきのもゝくさ、野を見るはかりさきミたれてかゝやくつゆ、いとこしかたおもひいてらる。

ちゝはゝのミたまもそれとあふく哉つゆにきらめく故郷の月

父母のミたまもいかにみたるらんのわきにかるゝなてしこを見て

かくてひとひふたひを過すほと、おなしやうにこもれる人、人々のこり無、人やめきたるものしつらひていれよとハ、さして仰ことなきものから、さなさすしてハ、かしこき御こゝろに、やすからすやおはしますらんと、おしはかり奉りて申上たりしに、いとよろしけなれとて、いつれもさるすま居とそなれりける。さらてたに、ひことにわかきものゝふたちの、まもりにのミいとまなくものせらるゝも、ほいなく思ひたれハ、われよりもねかひまつらはやと思ひたりし。

かこミに入て中々に心やすしと思ひの外、猶まもりの人ハかはらさりけり。されと人遠けれハ、いさゝか心をやすらかにおほゆれハ、かうしのまより見やらるゝに、北おもてなれハ、月はよそにのミ過ゆくめり。

山さとの松のこのまに見し月をあらぬこまよりなかめぬる哉

たゝにさへ北おもてハ見をとりすとか、枕にもこそきゝしか。かなたこなたと人のゆきかよふによりてハ、きゝたかひ、いひたかへなとの事、かすく\いてくめるこそ、あちきなけれ。

二十三よかのよもすから、ほとけめきたるわさをして居あかしぬるあひたに、あまミつ御神に手向奉るこゝろにて、よめる中に、題

ちよの松原

いろかへぬ国のミさをハのこる哉こゝろつくしのちよの松原

いきのまつはら

これやこの神風ふきしいにしへのこゝろつくしのいきの松はら

秋竹

中々にあきはミとりもまさりきてよをふる竹のいろもわかたす

秋梅
うすもミちちりたるうめの枝みれハやかてもふゝむけしき見ゆなり

桜帰り花
こゝろときおのか紅葉にあらそひてかへりさくらのこはるなる哉

待雁
あまつかりなきわたりこむこゑをのミいつしかとまつおのかとちかな

待鶴
ひさかたのくも井のつるのこゑをのミ待こそわたれこゝろつくしに

むし
むしのねとゝもにかれてもねにかへるのへのくさ木ハはるをしもまつ

松露
月うつる松の一葉のつゆはかりさやかに見えてきゆるよしもか

梅木
うす紅葉ちりてかれたるすかたさへめてたきうめのこすゑなる哉

竹風
たかむらのうらふく風もそよ〱とさゝやくあきのはてそわひしき

はつかり
松の風波のこゑにもまかひなくいまわたりくるはつかりのこゑ

暁霍《（ママ）》
あかつきにたつ鳴わたるこゑすなり遠きうミちをよハにこえきて

夜半鐘
あけかたのかねかとさめてかそふれハねよとうつなりあきのよなかさ
暁むし
暁のこゑたつ〳〵しきり〳〵すなかきよすからなきやつかれし
八朔梅
月きよきあきにも匂ふうめの花いつくにさくかなつかしけなる
故郷
かへらしとわかたちいてしふるさとの月もろともにすめるあき哉
月前世思（ママ）
くまもなき月のさかりのそらのことうきくもはらへミよのあき風
八月よことにそらきよけれハ
このあきの月のさかりハよひ〳〵にうきくもゝなく過るめてたさ
うもれ木
うもれ木のはなハなくてもなれるミハしもにゆきにもつれなかるらん
岩踏川
三笠なる岩ふミ川のいは波にくたけてすこき秋の月影
こゝろをたつぬるわさして、
わかこゝろいまハいつくとたつぬれハあき風わたる松のうれなる
戸風
たれまたむよしもたえたえ（ママ）たるねやのとを一めかしくもたゝくあきかせ

ぬれきぬ

すミそめのあさのころものうへにさへぬれきぬきする世をいかにせん

このミ

いとはしなちゝにこの身ハくたけてもこゝろつくしのかひもありせは

むし

よひ〳〵にはかなくよわるむしのねにかれゆくのへをおもひこそやれ

つひによをなきあかしぬるきり〳〵すなれもうまいのならぬなるらん

天地

何見ても人よりほかハあめつちのをしへにそむく物なかりけり

梅紅葉

うすもみちちるかたへよりうめの木ハはるまちけなるけしき見ゆなり

うめのちりたるゆめ見しこともおもひいてゝ

梅の花ちりにしゆめのいつしかもかへりさくよのはるハ見えまし

いつしか、は月もすゑになりぬと、けふハ無人の日とおもふまゝにしくれつ。こゝろはかりの手向くさもはかなく、すゑ〳〵のはしたものともに、いさゝかのものともあたへなとして、ひめもすよすからずゝのをくりかへし、むかしをこそおもひしか。

ひことにかいつくることゝもさらにをかしきことなく、いにしへ人のにきなとかゝれしこゝろハへにハ、さもあさましうことたかへれハ、一たひは得かゝしとてうちやりつるものから、つれ〳〵のおもひくさ、やるかた波にうちよせくるうきもくさ、ハた物するにいとういまハしけなるかうたてさに、せめて一日に一歌をたにものせハやとて、をかしからぬかたこと、猶かひなからめと、

二十八日のよに
あきもまたなか月一つあるものをあハれかれぬるすゝむしのこゑ
二十九日
かりのあまたわたりくるを、はしめてきたれ《（ママ）》ハ
おもふとちいひあハせてかはつかりのうちむれてくるこゑのむつまし
三十日
かりかねにくも井のたつもこきませてきのふもけふもわたりくるかな
九月一日
きのふミしはつかりかねもたつかねもけさハなれたるくさかえのいけ
神仏を拝ミたてまつるうちに
わかためをいのるにハあらす神仏御世のミための人のためなり
二日
つゆさふくなりぬと思ひしよひとよにいろめきそめし庭のかへるて
三日
きのふよりいろつきそむるかへるてのさかり見るまてあるかなき身か
またはかなく物をおもふこそあちきなけれ。
過しひ、永田ぬしかまもりにきてかたりしに、むかし沢山の平岩主計守《（ママ）》五万石の大名こそ、誠の忠心義士にて、正清《（ママ）》大明神の比後《（ママ）》のくにをしろしめしたりし頃、いかでかの君に一たひハあひ奉りたしといふことを、そのころのかた〳〵にいていりする、侍何かしにかたられしかハ、かのものすくに清正公にゆきて、そのよしをきこえ奉りしかハ、こなたにも、平岩殿ハよにめつらしき清義の人なれハ、あハまほしう思ひたり。いかてこなたに

わたり給ふやうに、きこえまゐらせよとなむ仰たりしかハ、かの者も、いとうれしと思ひたるさまして、まかり申たりし。ほともなく、平岩殿にかくなむとつけたりしかハ、いとうれしミ、ひをへすして、清正公の御やかたにまゐられたり。公にもなゝめならすよろこひ給ひて、つひに兄弟の御契をなむかため給ひける。

それよりしてハ、たえすとふらはせ給ひつゝ、平岩殿ハはつかの五万石、清正公にハ五十万石の国の君にましませしかハ、あまたのたからを平岩殿につかはされなとたひ〳〵なれハ、かしこよりハ、こゝろはかりの御むくひとて、扇やうのものとも奉られしに、四月はかりに、平岩殿のたちに藤花いとあまたあるかさかりなる頃、これをかことにわたらせ給ふやうに、きこえまつられたれハ、清正公もいとうれしくおほして、としひさしきいくさに、をかしきこともおはしまさゝりつるに、いまこのとく川のきよき御なかれ、つきすましき御よにて、はんミん太平をとなふるころなれハ、さるみやひかならむ御まとゐあさからすとて、いよ〳〵けふハわたらせ給ふらむといふひになれるあした、大とのより平岩殿をにハかにめし給ひ、仰あるにハ、なむち清正と兄弟をちきりをしてむつましきよし、さるによりて、けふそこにあるしするよし、われと清正とハいつれを大せつにおもふにやと〻ハせ給ひし。そのミ心を早かうよとさつしられしかハ、いろをうしなひ、わな〳〵とふるひて、御うけもはか〳〵しからさりけれハ、あたりに居なミたる御心しりのとのたち、とく御こたへをとせちにいはるれと、猶あせをなかし、きえも入るへきさまなるに、大殿にハ、よもわれにハかへまし、かの清正よにありてハ、ハた天下をもくつかへすへし。大坂のかたうとたれハ、わかよをゝさめむたよりのさまたけなり。されハをしきものゝふなから、よのをさまると、をさまらぬにハかへかたし。けふこのくすりのちそうせよとて、おそろしきものをたまハりたるに、いよ〳〵こゝろもとひちるはかり、いきたるこゝちもなけにふるひわなゝき、いまにもいのちたうへくそ見えける。

されハ大殿仰て、かれハやまひおこりたり、早下城いたさせよとあれハ、人々とかくしておくりかへさるゝ時、このまゝかへし給ふ物ならハ、かならす此事を清正につけて、いよゝ御大事こそ引いたさめ、うちはたしてん、なといひさわくを、さすかにかしこきミ心にて、いな、さにハあらし。かれこゝろよくうけかひなハ、かならすもらすへけれと、かくまておくしてふるひたるハ、わかめいのそむきかたきをしれるなりけり。こと〳〵なしうるにたかはしとて、ゆたかに仰ありきとなむ。

　されハ、平岩殿ハたちにかへりて、御子何かしとのに仰けるハ、なむち、ことのわけもなくはらをきり得るにやとのたまへハ、わかとのにハ、父の仰ならハ、ことわかたてもつかうまつらん、とこたへ給ひて、御さうしをあけ給ひしに、白木のさんぼうに刀をものして、その御まうけしたれハ、すくにたちより、すてに御はらをものせんとせられけれハ、父きミ、しはしとおしとゝめ給ひ、そのこゝろならハあかしなむ。けふ御めしにまゐりたるに、かよう〳〵と仰あり。そむけハ不忠、又なしうるにハ、義といふものそむけぬる。この二つわか身ひとつに、いかにともわけかたしといへとも、きミの御大事をいかてそむきなむや。されハけふのあるしを、なむちもよくつとめて、清正公とゝもにかの御くすりをたうへ侍らむ、と思ひさためたれハ、そのこゝろ得せよ、となんきこえられしかハ、おやのこにておはしゝにや、うちわらひつゝうらなくうけかひ給ひぬる御こゝろ〳〵、あハれともおほかたの事なるへし。

　時うつれハ、御まろふとわたり給ひ、さきにほふ藤の下かけなとに、かきりなき御もてなし、こゝろのかをもにほやかにつくし給ひ、いつのまにか仰ことのかしこきものをも奉り、ミつからにもたうへ給ひしとか。いかにつれなきものゝふのミちなるらん。御まろふとにハ、うらなくきやうし給ひつゝ、よにいりてかへらせ給ひしかハ、すくに大殿にのほりて、御まへにいてられしかハ、いかになしを得しならん。なむちもともにとうへけんと、こゝろをさして仰ありしかハ、さに侍りたりとそ申上られたる。さてわかためうへもなき忠なり、さらはいとをしくもなむちハ、ちかきにミまかるへし、子なる何かしに、いくはくにてものそミの国をあたへつかはさん、とありけれハ、岩殿いたくいかれるおもゝちして、こハ仰ことゝもおほえ侍らす。いかてわか国とミさかえん事をねかひ奉らん。おや子ともに、かの品をもとうへ侍りつれハ、やかてもろと《（ママ）》によをさりぬへし。さりとて、あとにいへをたてさせられてハ、清正に義もたち侍らねハ、あとなくなしハてさせ給ハるこそ、わかほいなり(ママ)、ときこえ奉られたれハ、いよゝそのこゝろさしを、ふかくあハれとおほして、御なミたもとゝめあへさせ給ハす。にしきの御たもとしほり給ひし、とかいふ、古ことをかたらるゝに、あまり〱たくひなき人のこゝろハせの、めてたうかなしかりしまゝ、あらましかいとゝめつ。

四日のひるまはかりに、そうしをあけて、あら〱しきしとミのかうしのひまより、庭なとみたるに、てりつゝきたるあきの日影、うら〱とてれるも、さひしかほなる池のはちの(ママ)、うすいろつきたるもあハれにをかし。

はちすハのうらハに見ゆるさゝなミハ水にかけらふ日影なりけり

たけたちたる葉のうらにうつりたるか、おもしろくて見るうち、かたふく日影いそかしくて、はやかきろひも見えす。くれゆくそらにつけてハ、うちもなかれつめり。

五日

きのふよりけふハいろますかへるてに人のこゝろもたくへてしかな

六日

なかつきもいつか六日となりにけん夏よりかゝるいへこもりして

七日

あふひたるかへてのこすゑいろつけハかれておれふす池のはちすハ

よへ、筑紫衛といふ人、いつれもとおなしさまに、かこひにこめられし(ママ)たるに、かはやの下をくゝりて、まろはたかにてにけたりとて、いよ〱御いかりきひしくならせ給ふよし。猶々あつかりのものとも、あつくまもれかしなと、かしこしともかしこし。うれたしともうれたからすや。いかてさるはかなことをしいてつらん。つねにもあらぬ心かなと、うちなきてもかひなし。

あすハ御うたかひのすち御しらへあらんとて、その役場にいつるやうにとて、こよひおそく浦野を司人めしい

てゝいひわたされぬ。さもありてこそ、御うたかひもはれぬへしとハ思へとも、さるところに、この身のほとに

ていてんことの、おもなさそくやしき。

紅葉のあかき心をこからしにふきあらハして人に見えてん

なとにやありけん。あけぬれハまもりのためとて、御あしかる二人来る。

八日

よをすてゝものかすならぬちりの身もいのちハ君かものとこそおもへ

ゆなとものするころより、右の守り人きたれハ、心あわたゝし。のりものなともてきたれハ、いそきたすけのせられてゆく。いたくやミよわりたるほとにて、のりおりもたつ〳〵しきはかりなれハ、薬師千葉老なんつきしたかひてそくる。浦野・山本の二人、御あしかる二人、かの千葉なとうちむれゆくあひた、すたれのひまより見れハ、行かふ人おそれかほに、見て見ぬふりしたるさまもはかなし。

かこの者うゐ〳〵しくて、あしもそろハすのりくるし。中やとりハ大長寺と御さためあれハ、先かしこにいりていこひたるに、月ノ海見わたして、清らなるすまひなれハ、ことなくてこゝにきたらハ、いかはかりめてたからんなと、千葉老にかたりなとしつゝ、ねたるあひたに、

月のうミさやけきてらのうちまてもよを木枯のうき波そよる

うきくもゝはれんとそおもふ月のうミの清きミ寺に中やとりして

かいつけてころものあハひにおしいれたるを、人やとりけん、見えすなりぬ。はや時来りぬとのミ使に、ハたのりてゆく。めなれぬところにおりたるこゝち、ゆめのゆめかとたとられて、あゆミいつるよりこゝろたしかになりて、ことつはらにいひしかハ、やかてゆるしありて、もとのてらにとかへりぬ。

浦野かたにとかへりたるに、老たる人々・女ともミな心つかひしたるけしきにて、かへりしをよろこふも、いとあハれにかなし。あねなる人ハ、われよりたかきよはひにて、せなゝとさすりものせらるゝこそ、いミしうか

なしかりしか。御とひのこと〳〵つはらにきこえ奉りしかハ、おにかミのこゝろもやわらきつらんかし。
九日　今日ハ菊のせちえにて、すへらきのミまつりハさらなり、世にはかなきわらやのうちまて、きくの花もてはやすへきひなれハ、神仏にさゝくはかりたにと思ひなから、さしてつひてもなく、人やこもりしたるこそあちきなけれ。

　うき事をたゝきくの花はなかめにさして板屋のひたこもりかな

いにしとし、都にてかしこきおまへよりいたゝきし、菊のきせわたハいへにおきたれとも、かしこにもおなしく、かしこきひたやこもりなれハ、とりいつるものもあらしかし、なと思ひやるもむかしなつかし。
ひるますきて、いとちいさき菊の枝のけしきはミたるをこひいてつゝ、神仏に奉りなとして、こゝろはかりの花のかも、いつしかよにはかくハしからん。

　わかよとハつゆおもハねときくの花こゝのへにさくおほミよもかな

まもりにくる人、よそ〳〵しきかたのミうちつゝきて、日記なともとりいてす。うたもよまて三日よか（ママ）ハいたつらに過したれと、中々に日もよもミしかくてやすけかりき。ゆふくれかた、手うすものすとてそうしちをあけたるに、竹のおくより月のきら〳〵としたる、いとをかし。

　あきさへもふかく見えたる竹村にくれ待けなる夕月のかけ

いくかならむと人にとひたるに、はや十三夜となむ、また十二日とこそおもひしか。のちの月にてありけるかな。ことにけふハ、母君の御きにちなるを、あすと思ひたかへしつミかろからす。いとくやし、なといひつゝわふるもはかなし。

　しはしたにをしミしあきの日かすたにおほえぬはかりうつゝなきかな

月いときよかりけれハ、大かたのおほんよもよろしからむなと、人々いふをきゝて、

　よをしのふこゝろつくしの浮くもゝてりやけたまし後（ママ）月影

十四日のよ、いこうふけたるに、ねし人もさめたりしかハ、手をそゝくとてとをあけたるに、月ハ中そらにくまもなし。ひかりハよわけに匂ひたるも、いミしうものかなしき。

はちすはのあきもろともにかれゆけハしらけてすこき池の月影

をとろへゆくあきのゆふへ、おもふ事なくてたに、たゝならぬこゝちこそせめ。まひて、おもひもかけぬよのうたかひに、ひたぬらしたるころもてのつゆけさ、おのつからあハれかきりなし。

十五日　けふもうらく〳〵とてらすひかけ、さらに小春なりけり。

つゆふかきねやにハ日かけさゝねともこはるこほしきもゝとりのこゑ

ひにけにいろまさるこすゑにもやうされて、

すミなれしわか山さとのもミちハもたゝぬれきぬのにしきこそおれ

むかひのをかの紅葉、さらにミゆはかり思ひやらるゝハ、人をこひぬるにもかはらす。としころ見なれしこすゑのけはひ、こゝろにつと見えていとうなつかし。かしこにハ、あらぬたひ人なとゝめたり、なとあやしめらるゝ事ともありて、よをのかるへきかた中々なる、うき山郷と人のいひなしたるこそ、うたてかりけれ。

十六夜《いさよひ》の月、たかむらのはつれにいつる頃、ねやとすこしあけたるに、つゆふく風もはたさふく、身にしミく〳〵として、

大かたの身にしむあきのよさむかハ、といひたるにて、下ハつく《(ママ)》人もあらハこそ。

十七日ハわが父君のきにちといひ、あさ夕つかふまつる観世音のくやうにもとて、かれこれにものつかはしなとそする。庭の池に生たるはちすを、あるしかほりけるに、またかれハてぬうす紅葉なるを、一葉とりてよといへハ、人々何にかすとあやしむもをかし。ひことにめなれたるか、ほりかへさるゝなこりにとてこそ物しつれ、といへハ、猶心しる人もなし。ひさのしたにしきて、早はちすのうへに居るなりといへハ、またはやし、なとい ふこそむけにこゝろなけなれ。そもわかき人ならハこそあらめ、われよりもとしたかきおほちの、あとなさそう

らやましき。

　はちすハをしけるわれより中々にいなめる人そほとけなりける

とハおもへと、猶いとふへしとていはす。ひさしふりにしつく〳〵と、雨のおとしたるつれ〳〵ハ、めつらしけなから、いとそう〳〵しく、まもりの人々も、あまりものいはぬ本しやうなれハ、たゝ古文なとをそよむ。

　わかいほの紅葉もけふハぬれ〳〵てこそめのしつくのきにちるらん

　わかいのちくたすかけとしたのめこし紅葉もよそにすくす秋かな

　わかいほもこゝろとめしとすミしかとすまねハゆきてすむ心かな

よるハ守の人、むかしのいくさ文なとよむをきゝて、

　おさまりてなかきよなりきいにしへハいくさなかりしひまなかりけり

よもいたくふけたれハ、人々ねて、とをあけたるに、ひめもすふりぬる雨、猶こよひもひまなくそほふれと、たちまち月の匂ひ、うす〳〵もりぬるにや、さらにくらくもなし。

　はつれたるをハなさひしくほのめきてふけゆく秋の雨のよの月

　よもすからしくるゝのきのたま水をわかことききかむ人やこそおもへ

十八日　けふハ人丸明神御ミ《(ママ)》つりのわさともすへきを、さる事も得心にまかせす。たゝこゝろはかりのうたとも奉らむとおもへと、ひるハまもりの人にさえられて、よのふくるをまち、人のしつまりてねんしまつるあひたに、

　わかねかふことハわかためならねともかミのまに〳〵まもらせ給へ

かりのたえまなくなきて行かふこゑ、いミしうあはれにきこゆるも、こゝろつからなりかし。

　むしのねのまとふになれハこゝろ得てたえす行かふそらのかりかね

いにしへのかりのつかひも、いま身のうへに思ひたくへられて、

　かなたこなたゆきかふかりハこゑすれとたかことつても文もかよハす

いへなるうまこらかことゝも、いミしうなつかしとおもふまゝに、

かりかねのそなたになかハおもひやるわかことつてと人のきけかし

つゆよりもはかなくこのミきえつとも神のかたミのたまハくたさし

あきのよのふけゆくかねにうちそひてこゑかまひすくほゆるいぬ哉

中々にわれもる人ハゆめのよのはかなさしらてねたるやすけさ

おやをうたれこをうたれてもよにいける人をおもひて身をハなけかし

わかいのちあめにまかせてありなから人のためゆゑ物おもふかな　＊右二首ミセケチ

とゝめてもこゝろのこまのあらけれハのりのつなにもつなきかてなる

なとたゝかいつけにかいつくるうちに、遠くものゝひゝくおとすれハ、何ならんと耳そハたてゝきくまゝに、おとろ〳〵しうひゝきぬれハ、異国舟あし屋なとによせきて、石火矢もやうつらむとおもひたりしに、ちかつくまゝによくきけハ、かミなりのとゝろくなりけり。

時ならてとゝろくよハのなるかミハミよのあた人神やうつらん

雨ふりきたらは、おとろ〳〵しくやと思ひの外、ふりきたりし後ハ、さらにたえておともなし。

とゝろきしおちのいかつちおとたえてさひしけにふるあきの大雨

十九日　あかつきはかりより、雨やミて風あらけれハ、いとさふく、あきもくれたるけしきなりけり。つとめて、とくおきいてつゝ、れいのおこなひなとして、

あきのひハまたありなからかミな月立やしくれてこからしのふく

このころの雨にそめたる紅葉をもミたてゝゆくこからしのかせ

おもひやるわか山郷の紅葉のまたきそめしハけふかちるらん

一葉たにとりきて見する人もかなわか見ぬあきのいほの紅葉

けふハ氏神をまつるとて、福岡人にき〳〵しうものするを、こゝにハけしきはかりいはひぬるいへ人さへ、あハれにほいなし。

うちかミにわかぬれきぬをきりすてゝぬさとちりゆく時をしもかな　＊この歌、所々にミセケチあり

廿日ハ、わかしうと君の御きにちなれハ、下々のものともに物なととらせて、れいのおこなひもつとめてねんしくらすに、このころの木枯いとさわかしく、かへてのこすゑなとふミた（ママ）し、うらふきかへす時ハ、かれ葉のやうに見えて、ものゝあハれもいとふかきころおひなるを、いひてもきゝしるへき人もなし。こすゑハそめはてたにせぬをちらして、立枝のさひしけに見ゆるこそ、いミしうかなしかりしか。

かへるてのこすゑにたかくいろつけハまたきあらしのちらしもそする　＊下二句ミセケチ

二十一日

またきにや冬となるらんこからしのしくれをさそふけしきのミして

二十二日、三日ハそらもきよらに、いとのとけかりしに、守の人よそ〳〵しくて、何事も得かひとゝめす。

二十四日　こゝろありけなるもり人にて、さま〳〵うた物かたりともするあひたに、過しころ宰府にて、連夜時雨といふ題をよミたりしよしをいひけれハ、そのうたをよまんとて、

よひ〳〵にふるやのゝきのむらしくれなれてやおとのたえまさひしも

いへのをとめともか、楓のいろつきたる枝をゝりけるを、かこミのかうしのひまより見て、あハやとゝめて、

をるわらハをらせぬ老も紅葉をめつる心ハひとしかりけり

かいつめおくへきものともあまたあれと、ひことにかはる〳〵くる守人にまきれ、しミ〳〵としたるひまもなく、かくこもりゐても、ひのみしかさハれいにもかはらねハ、

いそかしき時のミとこそおもひしかつれ〳〵のまもおなしミしかひ

こよひ神代ぬしきたりて、けふ司にめしありていてたるに、あす会所にて御たつね事あれハ、過しひのことく

に、まかりいてよとなん。こたひハ寺の中やとりなしに、たゝちになとありけり。いとわひしきものから、御うたかひのすち、とけゆく事もやとおもふそ、先たのもしけなり。

わかうへハあからさまにもいふへきを人のうへこそいかにこたへめ

二十五日　五つ時とあれ（ママ）、あかつきよりおきいてゝ、いつれもこと多けれ（ママ）なり。れいハものをたちて、御神をまつるひなれと、けふハさてもいかゝとて、あすにゆつりて、ものなとたうへはつるころ、やかてむかひの人来る。いそきのりいつるほとに、

いくたひかゝくてゆきかふ道ならむつひのむかひとなるとしもなく

かくてかしこにまゐりたるに、先めしいてゝとハら（ママ）るゝ事ハ、こそのはる中村ぬしか、兄なる唯人を人やよりしのひいたしゝ時の、事ともになむありける。これにハあまたの人ちからをそへたりしかハ、その人々をそとハれける。くるしさいはんかたなし。たゝわかミのミの事ならハ、いかにもあからさまにいふへきを、人のためあしからんこと、たわやすくいはゝいかゝと、ためらひたるに、はやその人々よりこと〳〵いひいてたれハ、いまさらつゝむともよしなし、なとせちにいふをいかゝハせん。いまハちからなくいふうち、ひとりハおほつかなかりつるまゝいはさりしかハ、そのまゝにてまかりたてとなんありける。人をたすくとてすてハてしいのちなれハ、いかなるかたになし給ふとも、国家のミためとて、公にさゝけ奉りたる身になむ侍れハ、有志たちのつミハわれにおふし給ひて、かのものとも、まさかの御用にもたつへけれハ、御たすけありたし、なとけいしてまかてける。

人のつミわか身におひて老のミのおもににかろくなすいのちかな

かくて帰りしかハ、中々にこゝろやすくて、先こよひハ二十五夜、れいのうたをよまんとて、守の人のよミける文の中のことはを、題にいへといひて、

つもる

ゆきつもり老のかしらのしら山ハかのよ此よのたかねなり来（ママ）

その中
　すへもなくもの〳〵わひしきその中にまたおもしろき事もありけり
きく
　花かめにさしたるきくのふ〳〵ミみなひらけとあけぬわかふしと哉
たわら
　山なし〳〵あきのいそへのよねたわらつミおさめたる舟のゆたけさ
物
　あきふかきねやにこもりてむしのねのよわるにつけてわかミをそしる
ぬき
　ぬきうすきあさのころものぬれきぬもひかたくみえてふるしくれ哉
たま
　あらたまも心しる人ひろひてそひかりもいつるものにハありける
あひて
　いつも〳〵なけきあひてもあかぬ哉くにのミためを思ふとちして
ミしかひ
　よの人の物いそかしき冬の日のミしかさしらぬ心のとけさ
水上
　水上の時雨にたえすちりハて〳〵にこる川せをゆくもミちかな
よの中
　人ことにわたりかたしといひ〳〵てわたりハてぬも無よなりけり

つね
さためなき人のたつきのためにとてつねなる松もきるよなりけり

助
のこらしとみえし紅葉ものこりけりまかせらるれハ風もよくめり

ならぬ
ミちすくにおもふさへにもならぬよハならてなりゆくものにやあるらし

山郷
すミなれしわか山郷の紅葉たにたゝ一枝見るあきのかなしさ

孝
ちゝはゝのこゝろやすかれ〳〵とおもへとこゆゑものおもひます

忠
よの中はいかになるとも□おもふこゝろつくし□きよけくもかな

*佐佐木『全集』にこの一首無し。はじめの下句は抹消されているが、次のように読める。わか君のつきせぬ御名のきよくあらなむ

生
うるはしく生る水きはのねせり哉冬の小春をまことゝおもひて

老
ともすれハわかミの老もわすられてするゐなかけなることおもふかな

われ
身のほとをおもへハわひし老らくはわれをわすれて過すよしもか

白紙
*しらかみ　*「しらかみ」および第二句以下ミセケチ

つくしのうミつくえしまうつしら波ハあさくらかミのちるけしき哉

いのち

たか身にもおもきいのちも君かよのみちにハかろきものとなりぬる　＊所々にミセケチ及び抹消あり

やすし

をしきいのちをしまぬミちにむかふれハ何さまたけもなきよなりけり

題を人のいふまゝにかいつけて見れハ、きこえぬうたのミにてあさまし。

ミ国をおもひ奉る有志とも森・今中兄弟・海津・江上・伊丹・安田などはしめ、むれいの人ハせくち・にし原・何のけん三郎なといふものはしめ、ミなぬす人ともか入たるますこやの人やに、ふかくとりこめ給ひしとそきく。又筑紫衛ハ、早くかこミをぬけいてゝ、なの川のすくちにて身なけつるよし、いとあハれなる事とものいミしさ、たとうへきかたもなし。されハいかにもして、あるをたにたすけまほしくて、

君かためこゝろつくしのものゝふにかはるいのちハうれしとそおもふ

こたひ御くちとひにいてなハ、そのこゝろして、ねきことせんとそおもひさためける。

九月二十九日　神わたしとかよにふへき、木枯いミしうさむくて、しくれしのちよりあられなとうちましり、きのふをとつひの、あたゝかなりつるに引かへ、にハかのさむさ、身のよわきにいとたえかたきも、あれハこそとおもへ。紅葉ハいとさかりにそめつくしたり。いまハちるはかりかと、なかめやらるゝも、いにしくいま〳〵し《（ママ）》。

わかいほりの紅葉のそめつくしたる枝を、いへよりおこしたりしを、さして見たる頃、藪ぬしかむすめのむこなる人守にきたりし時、小枝をゝりて、母なるかつ子の君にとてつかはしたれハ、かつこか、このひころ君ハいかにと紅葉もおもひこかれしいろと見えつゝ、おくりこし紅葉の枝にわれハたゝなミたのしくれかゝるのミしてなと、しのひておこしける。こゝろさしのうれしさにたえやらて、猶しのひてかへりことすとて、

紅葉にかゝるなミたのしくれきてちしほをしほるすミそめのそて

こそのあき、かつこの君か都よりかへりきて、はしめてむかひのをかの紅葉を見に、わたらせしこと、さらにおもひいてられて、

もろともにこそ見しあきにかへるてのことしももとゐせんとおもひしを

かの紅葉のかけにて一世をもつくさハやとこそおもひしか、いまかくして見るに、花紅葉のおもはんことさへはつかしくて、

わかうゑし紅葉の枝のいろこきを見るもおもなき老の身のうへ

枝のもミちのかれたるを、

えたなからかるゝ紅葉のあちきなさちるへき風を人のよかせて

かの枯れたる葉をせんして、藪ぬしに、これにて紙をそめ給へなといひしかハ、かへりてそのよしいはれしにや、かつこの君か紙をおこして、そめてよ、といひおこしたれハ、その《（ママ）》てつかハすとて、

紅葉をうつしゝかミはうすけれとふかき心にそめてこそやれ

とよミしかとも、つゝましき身のほとなれは、かいつけてもやらさりき。

ゆめかそへ（表紙）　十月

はや神無月一日と人のいふに、月日にハ何のさすらへもなく、ゆめよりもはかなし。昨日のあられも、ふりかはりたるしくれのおとにさしのそきて、

かミな月しくれにくたすもミちはのあかきこゝろもちりにうもれて

あまた有志たち、ミないかめしき人やにとりこめられつときくに、またあさはかなかこミにこもれる身ハやすけなから、やかてたかうへにもかゝるへき、くすかつらのうらミも、とけかたうおもふらん。さかしら人こそと思ひしか、いかてよにありて、君のミためにもなるへき、ものゝふたちにかはりても、うせまほしとて、のちのよのことゝも物するついてに、

わか君のちとせのミなのきよからハくたけんたまハつゆもをしまし
中々にきえなむ後そわか君のミかけにそひてまもりまつらん
うらきよきこゝろつくしのかひあらハたまハきゆとも何かいとはん
かにかくにくにのミためをつくしかたかひもなきさとなるそかなしき
うつせミの身はくたしてもすへくにをおもひこりたるたまハくちせし

あらしいとうふくひに、

いろこきもうすきもゝろくちりくれハよをかこちてそミねの紅葉
紅葉をちらすあらしの身にさえてむねにたるひのこほるよハかな
ちりくにちりわかれゆくもミちはのくつるところハいつこならまし

十日はかりに、あつまのミつかひとて、ことくしけにくたりくるよしをそきく。これやことのかきり、ものゝけしめにやと、しつ心なくなん。

ひかけハうらくとはるめく、冬のくせのいつはりも、時しりかほにこそ。

かミな月はるにまかへてけしきたつかすミのまよりちるもミちかな

日一日、よ一夜あめのふりつゝきけれハ、

しつくとふる雨さへもはるにゝてしくれめかせぬかミな月かな

さよふくるまゝいミしうさえくれハ、

いやましにふるさとさふき雨よかなハてハふゝきとなりやしぬらむ

かつ〳〵にとりこめらるゝ義士のかすも、いまハもゝにもちかつきぬへし。かくほのくもりたるそらも、いとおほつかなくおもひわたるよのすかたにやと、いとくるしくて、

はかもなくねさめに物ハおもはしと思ひなからにまたおもふらん

うすらかにしもふりたるあした、のとかにさしくるひかけに、山へなとのけしき、さらにおもひやらるゝにつけても、わかいほりの早梅さきやいつらん、初花をかならすをりもてこかしと、山もりにいひやりしを、おとせぬハ、またしきにや。

見る人のなしとやいほのうめの花さくときくれと冬こもるらん

十八日のよに、人丸明神を拝ミ奉りて、

大ミくにまつるとしらてわかためをいのるとのミや人ハ見るらん

おなしよに手向奉るうたとて浦月、

くもるよをあかしのうらの月はれてミちさやかにもてるよしもかな

ある人のかたりけるハ、二条の大との、まか人のことハにまとハせおはしつるにや、いとミかとのミけしきあしくて、御くらゐをすへらせ給ひつとか、又ハいミしき事ありて、うせ給ひぬとも、つたへきゝしなときくに、中々に御世やひらかせ給ふらんかし。

よこはまにきら〳〵しうつくりたる、異人のいへを、ものゝふともかやきたりときくそ、こゝちよき。いかてまことともなれかし。たどつわたりに、異舟あまたよせたりといふこそ、いミしううたてけれ。あつまのとの大内にまゐり給ひし時、御すたれかゝけさせ給ハて、ミけしきかしこかりつる、なとさへそいふめる。

いミしうさふくて雨のふるよに、かりかねのたゝひとりゆくこゑのしたるか、いとあハれにて、

冬のよのあかつきさふきあめにぬれてともなきかりのひとりゆくらん

よし田老人の手足のかなひかたきやまゐ、にはかにおこりて、こゝにふしたまひたれハ、うらのか父の事なるにより、たれも〳〵かあはたゝしうまとひたれと、いたくもならて物せらるれハ、先こゝろやすし。何事もよきかたにうつりゆかハ、なとミないふめり。

　うきしつむよとハいへともおほかたハうかひいつるそすくなかりける

廿日に、都よりさむらひ、時なしのミつかひくたりたりとか、これなむいつれもの身うへなるへき。いまハいつか六日のうちにハなとおもへハ、物いそかしきこゝちこそせしか。

　二十三日のゆふくれに、うまこ省かもとに、おとろ〳〵しけなるめし文くたりて、のり物にていてたるよしつけきたるに、されハよ、はやことさたまるらん、いかにやとおもふに、さらにむねとゝろき、やすきこゝちもせす。

いま一たひのおとつれをまつ間、われにもあらす。ふけゆくかねのねも、むないたつくはかり、つく〳〵と待居たるに、省をくしてゆきつる人々きたりぬ。いひかねたるけしきに、先むねつふるゝこゝちこそすれ。

　さても得たたう《ママ》ましけれハ、ことのさまをいひいつるに、たゝゆめのゆめなりけり。さてげんかいてふ島になかし、かしこにても人やにこめさせ給ふよし。先そこにつかはさるゝまてハ、ますこやなるとりこミのはとかいふに、こめ給ふとの事なりけり。おもハさりつることかハ。衣なとあつくかさねたりしや。さもなくハ、ふすまたにあらて、さむさ得たえかたくや、なとゝりあつめて思ひやるくるしさ。われこそ先にさるかたにと思ひの外、かくてかひなき老の身ハ、おにさへとりのこすにやと、あさましうかなしくて、　＊以下六帖分、大きな×印抹消、書き直しなど筆跡乱れる

　　あるかひもなけなるかれハとゝめおきてわかきの《ママ》紅葉ちるそかなしき

　かれとおなしさまにとられゆきし人々、何かしくれかし十五あまりにやありけむ、となむきくうちにいとあちきなく、いきんこゝちもなかりしに、ハたいミしきハ、けふのひるま過に、月形・伊丹・今中兄弟・江上・海津

老・伊藤・安田・瀬口・中村・左座・大神・鷹鳥・森、十四人の有志たち、かのますこやのうちにて、ミなはかなくなしはてられつときくに、われにもあらす。かさね〳〵のゆめのゆめ、あまりのことになミたもいてす。さらんこともやと思ひたれハこそ、人にかへてわかい《（ママ）》のをと、うへにもねかひ、神仏にもいのりつるしるしたになく、あさましさ、なさけなさといへハおほかたの事なりかし。たゝむねのミ、やくはかりにつとふたかりて、やるかたなきうちにも、いまハわかみのうへなれハ、さるかたにのミおもひさためて、ねふつのやうにいふことさへあさましや。

いつしかといまハ時まつかけろふのあした夕もいくかならまし
くにのため思ひつもれるゆきゝえてミたれしミちはいつかゝはかむ
冬こもる花より先にちらしけりかひもあらしのかれ葉のこして
しはしたにおくるゝこそハくるしけれかゝるうきよのありさまを見て

なミのたつはかりにおもひなかすへき、をしへもうちわすられて、なぐへきこゝちもせす。ミよのあやうきをなけきあへるとち、かゝる時いたれるあめのわさもあやなき、よのすゑにうまれこしうき人々の、つまこおやたちなとのこゝろねをおもひやられて、時いたりぬるわか身もわすれはてゝこそ、まとひたりしか。はしめよりのこゝろさしかはらて、ミなくちはつるこそ、先ほいとハおもふへけれ。

人めハたゝ、さらぬさまにもてなし、まきらはしつゝ、つくろふほとこそくるしけれ。心しる人に、さるへきをりの事とも、きこえをくへきを、ひとことにかはるまもり人、ひとりならねハ、その人来れる時たに、くちなしのかと〳〵しけにあへしらひぬれハ、

くちなしのいろにいてねとおくしものひかけまつまをしる人ハたれ

かねてよりも、さならん時のきぬともハものしたれと、かいちらしゝものとも、とかくするに、あるひかの、へたてぬ人々そまもりにとてきたる。いとうれしくもかなしくて、いへ人にいひつかはす事とも、ほのめかしな

とするをりから、

一たひハかきりといてしいへひとのまたこひしくもなりまさるかな

おもふことゝもかたりつたへて、こゝろやすけくなりたれハ、たゝ仰ことをのミそ待居る。

あすよりやなしといはれんけふまてハうきゝなりとも枝にありのミ

おなしころ、

ものゝふのやまとこゝろハくちハてゝことたましゐそよにひかりぬる

むかひのをかのいほりに早梅のさくころ、山もりに初花を見せよかしなといひやりつるに、ほとへてまたふゝミはかりの枝をもてきたりしかハ、

うめの花さくまもまたてちらん身のこゝろさし枝をたをりこし哉

二十五日なりしかハ、先、御神に手向奉りて、いま人やにいれられし、ものゝふたちの身のうへのことゝもいのり奉るに、ことしの六月はしめつかたに、梅のうつろひかたなる枝をゝりつるに、ミなからちりしゆめを見たりつるより、あまたのものゝふをはしめ、するゑ〳〵われらまても、かくいやましに、いたきうきめにあへる事とも、ミな御神のつけしらせ給ひつる、ありかたさかしこさ、わするゝ時なくおもひまつるに、いまたさめはてぬゆめのうつゝに、又ふゝめる枝を得たれハ、

うめの花ちりにしゆめのまさしさをふゝめる枝にかへしてしかな

つれ〳〵そふる雨のよ、まひてしものこほれるにつけつゝ、おもひやらるゝ人やのうち、いかになミのおとさへ、枕にひゝきてあかしかぬらん。いまハほとちかけなから、やかて省もおのれも、島かけてなと思ふにつけても、またおもひやるかたのあるやまさらむ、いのちとられし人々のおやはらから、まひてつまや子のこゝろね、むこしなとハ、大かたの事にこそ、いひならひたり。何とかいはんこゝろしりの人たち、こよひとひきて、けふハたいま〳〵しきことこそありつれ。加藤大人・たてべぬし・ゑひぬし・斎藤ぬしハ、おのれ〳〵か寺にして、

ミなはらをきらせ給ひつといふ。またもやゆめのおそひきたりて、身をくるしむるなりけり。いよゝつらきいのちなかさを、うらむるより外になきうちにも、たくひなくあハれにかなしきハ、省夫婦にこそあれ。妻か父君、立部ぬし、ハたおち君ハ衣非ぬしなり。賀藤大人ハおは君のむこ君なれハ、いかて身ひとつにかゝるかすく〳〵の、かなしひをうくらんと、こゝろのほとおもひやるに、老のほね身もくたくはかりなともことたらす。省かきくらんもいかにとのミ、いやなかきゆめのゆめ、よの人きゝもいかならん。あらぬれ《（ママ）》きぬの、うきおもひたによにゝぬを、いつかはくともなく、あらぬつミにうしなハれ、なき名になかさるゝたにうきものを、まこと長とのさわきも、加藤大人・月形ぬししてしつめられしいさほハかくれ、うき波にうちけたれしこそ。

よしとのミおもひいり江もうらかれてあしの葉さやくよあらしの風

たかつゆのたまもあしたにハちりぬへし。しはしもたえぬへきこゝちもせて、たゝかのきしにのミ、ひた道におもひいそかるゝそはかなきを、こゝろしらぬ人々のまもりに、猶もさらぬけしきにて、うちもわらふめり。

紅葉もちらぬさきこそをしミつれこゝろのこさてともにくちてん

しはしたになからふへくもおもほえておきあかしぬるつゆのしらたま

つねにも人ハかゝるへきを、さらぬこゝちにたれ〳〵もすくすこそはかなけれ。いまさらおとろくへきにやハ。二十六日の夜に、つかさより神代ぬしなとよひいてらるゝよし。いまハかうよと待ほとに、いたくよふけて松本ぬしと二人つらきたりて、かの仰ことの文とりいつ。二川にさしいつるを、かれかとりてよミいつるに、こよひかのかたにゆくにやと思ひのほか、かたしけなくも公のおほしめしありて、姫島になかし給ひ、人やにこめさせ給ふまてハ、このまゝにてこゝの人やに、とのあふせ事なりけり。おもハすいきかへりし、かたしけなさありかたさハ、うミよりもふかく山よりもたかきものから、

いさきよくちりにしよもの花もミちのこるくちハをいかゝおもはん

紅葉より先にと思ひしかひもなくのこるくちハそおもなかりける

なと思ふこそかしこかりしか。いきとゝまりて中々に物も得まゐらす、くすりもよくものせぬを、いへ人ハさらなり、此うちの人々、薬師なともいたくこゝろつかひして、あるよかた〳〵よりきつゝ、やかてうきしまの人やにこもらハ、冬ふかきさふさに、老の身おほつかなけれハ、いかてうをとりけものゝ（×）なとを、くすりに物せてハおほつかなしなとそいふ。ものゝいのちをもさほりて、一日たになからふき（マヽ）と思ふこゝろ、つゆはかりもあらねハ、たゝうらきよくして、をしからぬ身のハてをこそいそくを、わりなくことハをつくしてなけひ（マヽ）つゝすゝむるに、さすかこゝろよわりて、老てハこにとか、ことわさにもいへハ、人々の思ふかたにまかせはてゝんとて、かいをもそらにやふりかほにそ、ものしけるに、人々のこゝろやすめによミてつかはすとて、

　よのあたにうをもふすゐもなつらへてとりもつくしのくひせわたらん

あさましさも大かたならすわりなし。神仏のミこゝろにハいたくたかひたりや。

あめつちのなるにまかするよの中ハわかミのあたもわかミなりけり

おのつからこゝろひとつのかくれかハそことしりつゝすむにすまれす

とゝめおくこゝろのこまにむちあてゝあらぬかたにもやるうきよかな　＊この一首ミセケチ

省がつまかことゝもおもひやらるゝをりにや、

　つなかれしきしにはなれてうきふねのかひもなきさにかちもたえつる　＊この一首ミセケチ

はや十月つこもりと、人のいふをきゝて、

　夏のよのゆめこそなかくなりにけれ冬も一月くるゝまて見ゆ　＊この一首ミセケチ

（天理図書館蔵）印

ゆめかそへ（表紙）　　　　十一月

なつミかちなる世中も、月日にハせきもなく、はやしも月にそなりぬ。うきなからふるにたに、時のまのこゝちこそすれ。さしたりし梅の枝、ふゝミのミなりしも、けさほゝゑミたれハ、

きられても花さくかめのうめの花さてこそ人もあらまほしけれ

わかいほのもとのこすゑのけしきさへおもひやらせてひらくうめか枝

二日

つきたちてひとへひらきしかめのうめひをよむはかりけふハふたひら

三日

きのふまてひをかそへつる梅花けふハ三日ともいはぬかすかな

よのうきめ、おもひのほかにのかれたる、人もあめれハ、

冬こもりさくうめとてもこゝろせよはるめくそらもまことならねハ

こよひハこゝろしりあひたる守人にて、おもひくまなくものかたるに、過つる二十三日、二十五日のいまく〱しかりし人々、うへのきぬもとりて、はたきぬひとへに、なハうちなからうしなひたりとか。さらてもかきりなくうれたきに、いとあさましくかなしくむねあくよなきに、猶ふたかりていミし。かしこき御まへにハ、しろしめさぬ御ことゝハかけてもしるし。

きられてもかやハかくるゝうめの花もとの心のくもりなけれハ

よあらしのねさへからしゝ梅桜花さくはるもまちあへすして

時ならてさきかけちりし花のあとに名もうめのミのゝこるかひなさ

四日　かめのうめの、さかりにさきたるを、

　ぬれきぬのかゝる人やもさりけなくひらけるうめのこゝろともかな

五日ハ冬至にて、こゝろはかりの手向と《（マヽ）》をしつゝすくすも、いとほいなし。そらかきくもりていとさむく、山なとにハ、はつゆきふれりと人いふをききて、

　さふさのミ老はしられてはつゆきのつもれる山ハつてにこそきけ

このころハ、ものゝふのかきりを御まへにめしいてさせ給ひて、こまやかなる仰ことゝもおはしますよし。何くれとおほしあつかハせ給ふらんこそ、いとも〳〵かしこけれ。寒月かけきよく、おほしなをさせ給ふらん時よもかな。

六日　ある人よりつたへきゝたる、かとう大人か辞世とて、「君かためつくすまこゝろけふよりそ猶いやましにまもりまつらん」。万代何かしか「さきもせてあらしにちるや山桜」、いミしうあハれにこそかなしかりけれ。

　さきもせてちるさへあるをさくらきの枯木なからに何のこるらん

枕ことにしたるうめかえの大かたさきつくしぬれハ、

　きられてもさきやすらハぬうめの花こゝろきよくもちらんとおもひて

おもふことのついてに、

　よあらしにさかぬさくらのちりしより花無松の花をこそしれ

　うもれきハさくらか中にましりてもはなしさかねハちる時もなし

よことにきつねのいへちかくなくをきゝて、

　国のためまこゝろつくすきつねならハ神といはひてわかぬかつかん

　まことにも神につかふるきつねならハ人のまこゝろ君につけてよ

かゝるはかな事のついてに、猶はかなけれと、

なにしおふすゝのいなりのミしるしにたゝしきミちを君につけませ

十一日のよいもねられず、おきあかしたるあかつきに、たいこのおとをきゝて、

むらをさかあかつきさふきにしもにおきてミつきをさそふつゝミうつなり

はた、まこうたのきこゆるも猶あハれにめてたくて、

ミつきすとしもわけて引うまうたをふしなからにもきくこゝろなさ

十二日のあしたに、ものこひわらハのこゑをきゝて、

ものこひのこふこゑかなし冬の雨にしく〳〵ぬれてかとに立かと

あるよ、そらねしてきゝゐたるに、ある人々三人はかりして、このほとの事ともかたりあへるをきけハ、もとのこゝろもしらて、まのあたりのことゝも、おもひとれるけしきに、うちいふそめさましき。

ぬれきぬのかハく時よもあらしかしたゝいつはりに人ハまとひて

とハいへと、まことといひあつるもあめり。おろかけなる人も、おもふまゝを、たゝうちいつるこそよけれ。すこしものしりけなるこそひかことおほかめれ。こハ十一日のよの事也。

十二日のよに、いよゝなかされん時も、ちかけにやきゝいてけん、いとしのひて、たねこの君か、よふかくあひに来れるこそ、いミしううれしく、かなか《(ママ)》しかりけり。よあけぬまにかへらんとて、かたミにこよひの、なかゝらんことをいひつゝものするうち、鳥のこゑのきこえけれハ、

とりかねのにくさもしらて老にしをこのあかつきにきミとわふかな

かへしとて、たねこのきミか、「よひ〳〵にまつあかつきのとりかねもいまのにくさにまさるものなし」

あまミつ御神のいにしへをさへ、かしこくとりいてゝ、かたミにうちなかれつ。たくへいふへきことかは。こよひうまこ和も、あひにこんよしいひたれとも、おほやけかしこミて人のとかめつれハ、わりなくこさりしよし。いとかなしくこひしうおもひたれとも、こゝろよわくてハとていひつかはしける。

つミなくて見るしま山の月なれハこゝろも波に猶あらひてん
なかさるゝわれなおもひそ君かミをまもりて国を猶まもれかし

十三日　いよ〳〵あすハ姫島になかされんよし、さたまりたれハ、そのやうぃともすとて、神代、井手、四宮、二川なとしたしきかきりのうしたちつひ《(ママ)》て、そのやうぃとも、こゝろいたらぬくまなく、ものせらるゝこそ、いミしうれしく、ハたかなしかりしか。素行ぬしか、「さる事ハあらしといひしよの人のうわさたのミし身のあちきなさ」なとかいつけて見せられけれハ、

うき事の遠さかるかと思ふまにうしろにのミもせまりきにけり

先の日、和につかはしゝうたのかへしとて、おこしけるを見れハ、「くもり無身におほはるゝうきくもハいかにたつともはれすやハある」又「一たひハよせくる波もかへる也ミつれハかくるならひあるよハ」なと見るそいとゝかなしく、このまゝこゝにてきえもハてなハ、かなしき人々の手をもとりてなと、つたなきこゝろのうかひくるこそわりなけれ。又かへしとて、

よせかへる波にたくへて身をしれハさわくこゝろもつひになくなり

なとかきかはして、あハてやわかるとおもひたりつるに、かなたにも得しのひあへすして、よふかくしのひきたれるこゝろさしのわりなさ、うれしともうれしく、又うれたさもかきりなく、いはまほしき事もいてあハて、こふ《(ママ)》れやつひのわかれともならんとおもへハむねふたかるを、こゝろよわさを見せしと、とかくまきらはしつゝものかたるに、なかきよもミしかく、あかつきにもなりいつる。かねのこゑにうちへたてられて、いまハとてかへるに、たゝつれなしつくりてわかれしハ、ゆめともおほえす、かいつくるもうるさし。

あけて、よミたりしうたとも、かいつけてつかハすとて、

あまかそて雨のおとにもしほたれぬからきうきめをあすハかつくと
あかつきのかねのいさめをかきりにてわかれかてなるわかれせしかな

あハすしてわかるとさへに思ひしをまたも見まくのほしき君かな

けふたに、たねこも和もきたらハ、かなしき中のよろこひならんを、すへなきよのならひ、いまさらにこそ。

ぬれきぬをかつき〳〵てなかれゆくあまかそてほす時よこそまて

花紅葉さきにちらしてなかれ木のとまらんかひもなきさなりけり

はせをのたにさくにかいつくとて、

こからしにのきのはせをもかれはてゝきのふにもにぬけふのかなしさ

はせをハのひろきこゝろもよあらしにやつれ〳〵てやふれもそする

かれこれふかく物する人々にわかるとて、

きミかなさけかさね〳〵のたひころも猶いくへにかならんとすらん

ミな人のふかきなさけをおもにしてかへすよもなくいつるたひかな

くれはてゝのり物なともてきたれハ、ためらふへくもあらすいてゆくことゝも、うるさけれハもらしつ。

つひにゆくミちハさりとも老らくのいきのわかれハなきよともかな

月いとあかくきら〳〵として、あハれにすこ《(ママ)》しけなるを、のりものゝすたれより見いたして、

のりものゝすたれもりくる月かけも身を入はかりさゆるよハかな　＊この一首ミセケチ

ゆミはりの月ならねとものりものにのる人からをいるはかりして

いきの松《(ママ)》をゆくあひたに、

わかためにつらくこそあれなからへてうきよのたひにいきのまつはら　＊この一首ミセケチ

かひもなくよになからへてなかれゆくわかためにつらきいきのまつはら

なかとりの波の、いとけさやかにうつおとにさめて、

になハれてゆくもゆめちの居ねふりをおとろかしつるあらいその波

なかき道の事ともハさらに得かひとゝめす。きしの浦につきたれハ、長かいへにしはしいこひたるに、守人もつかれてねたるあひたに、山本をしてあるしかうたをこひけれハ、

こきいつるきしのうら波立かへりまたこのいへにやとるよもかな

井手ぬしにつかはすとて、

よにいらぬなかれうきゝのよるへまて君かなさけのかゝるうれしさ

おくりこし人々、ミちにてわかれしもあり、こゝにしたひこしもあれハ、けふ一日ハこゝにもと思へと、うミのとかになきたるも、こゝろなしといはまほしけなり。されハ、いさとて、いそへにいつるをおくりきて、いまをかきりとわかるゝに、はかなきすさともさへしほたれて、ほろ〳〵とうきなミたちわかるゝに、かへり見るめもはしたなく、わさとつれなうもてなしたれハ、いかゝおもひつらん。

さてこきいつるまゝにうしろを見るに、舟こともか、ろをとりて立かくしたるひまに、遠くいてたるか、いそへにたちたる人々、こしなとかゝめて見おくるそいミしかりつ。

くかよりもいてこし舟の人かけをたれかかれかとたとるなるらん

うミの中ハにいつるほと、波あらゝかにうねりて、こゝちさへそわつらハしく、見おくりし人かけも立へたゝれハ、うつふしてそゆく。

やをら舟はてゝあかるを、あまをとめ、をとなゝと立つとひてそ見る。かくてをさかいへにゆくあひたに、

あらうミのうきせひとつハこえつれと猶うらめしきすまゐこそせめ

こゝにしはしゐこひて、司のもとにゆきたるに、手付やうのもの立つとひたり。さてしらすにうつくまれハ、司いてきて、仰ことゝもよミきかするそ、むけにあさましく、司にも、もとしたしき人なれハ、まはゆけにほゝゑミたるそ、あハれにもまたをかしかりき。

人やにとて、手付ともそいさなひゆく。山本か手をとりてくしたるも、あハれにかなしく、さてそこに行見る

に、いへにてきゝしとハかはり、たゝミもなくいたしきにて、いといかめしき人やなりけり。こハ江上ぬしか入にし故郷と見るそ、ことにいミしうあちきなし。いかなるゑにしにてかくハと、おもふさへそはかなき。

くものすかきていとうるさけれハ、山本にそうしともせさせていりたるに、もてこしものとも、司のあらたむる間ひさし。やをらころもひつやうのもの、ふすまなともてきたれハ、戸をハたとしめて、封なとつけたるこそ、こゝろほそうおほゆれ。山本も、こよひたにやとりてんといへと、うミのあれんもはかられねハ、守人たちいそくにすへなく、やかていぬとて、手をつきてほろ〳〵とこほるれハ、たえ〳〵しなミたとゝめあへす、もらしつるこそはしたなかりけれ。とゝむへきよしならねハ、かへりゆくうしろかけも、うらなつかしうゝれたし。

うら人ともたれかれときて、さるへき事ともあハれにいひつゝかへる。そのひまに日もくれハてゝ、いとゝものすこくかなし。

うゐにぬる人やのうちにともしひもなミのといかてきゝあかさまし

ゆふされハふるさと人もいまやかくわかわふらんとおもひこすらん

とをたてこめたれハ、あやめもわかさりつるに、いたまより十五夜の月影さし入たれハ、

ぬはたまのくらき人やにいとのことこゝろほそくもさせるもち月

いは波にこゑうちそへてかまひすくきこゆるさとのうしもうらめし

ひるにかはりてうミのおとたかし。

うゐにぬる人やのまくらうちつけてあれにもあるゝ波のおとかな

故郷の人にわかるとにくかりし鳥のこゑまつうゐたひね哉

こゝのことゝもとりまかなへる人、たはこの火をしのひておこしたれハ、いとうれしく、そのひかりしてこゝろあてにもとも《（ママ）》かいつくるあひたに、ハたこと人の、いと〳〵しのひて、ろふそくをおこしたりしか、いミしくうれしく、おかミもしつへし。

くらきよの人やに得たるともしひハまことほとけのひかりなりけり

とにもれぬやうに、かなたこなたにきぬともかけたれと、あらハれん事のそらおそろしけれハ、けちかちにそしたる。あらしいとふきすさふこそ、うたてかりけれ。

なミのこゑ松にあハせてそらふけハこゝろのうミのそこそさわける

ありあけの月影まとにしらくるハいまハあくるにたかはさるらん

月とひのかけにもうとき人やにハゆきもほたるもあつめかてなる

ほの〳〵と見ゆるからつのよしひたけよしとこそ見れあくるまつミはとこそ、あかつきかたハ思ひたりしか。

はまをきのほすゑに見ゆるよしひたけうミをへたつるむかひとちかなかゝミ山まほにむかひたれハ、

つく〳〵とむかふもやさしかゝミ山あらぬすかたにやつれハてきて

ひめしまにむかひあひたるかゝミ山ふさはしけなる名にこそありけれよしいたけといふハ、うきたけなりと人のいひたれハ、

ひめしまに身もうきたけとむかひあひてよしひもあしのうらとこそ見れ

このころの事ともすへてひもおほえす。いとミたりかはしきを、やるかたなさのすさひこととともになむ。

十八日　ひるまにしのひたる文ともかくに、人のミとひきて、やをらゆふさりかたにかいはてつ。けふハ人丸明神にうた奉るひなれハ、よもすからくらやミにかいつけゝるに、あけて見れハあやなく何事にかと思ふこそ、うき中にもをかしくほゝえミつ。

いへにねて遠くきくたにうかりにし冬のあら波まくらにそうつ

さま〳〵に見つゝ過こしゆめのよのするゑしら波のうきねこそなけ

さゆるよハ猶やおもはんかたるらんふるさと人のわれやいかにと
しま山の松の葉おつるおとたにもこゝろにかかるなミのよる〳〵
くらやミにさわくねすミと波のおとをいくよかゝくてきゝあかすらん
しまことにさも見えぬるをおのれのミなのりてうミにうきたけの山
ひめしまのきしうつ波のおときけハこゝもなるとのうミハありけり
いとひにしすきまの風もいくすちか身をいるはかりいる人やかな

十九日　そらはれてこはるたちたるに、

をしからぬ老かいのちをのへよとかはるめかしくもてらすふゆのひ

なと思ひのとめたるに、ひるまはかりよりかきくらして、波のかしら見えつるに、おとハさらなり。

こよひハたゆめうちやふる波のおとにうつゝのゆめもさましてしかな

けふハ、こゝになかされて、小家にすめる人とち、いくたりもきたりて、おのれ〳〵か身をわひたるこそ、いミしかりつれ。

人やたにのかれいてなハをかしとも見つゝ過さんしまの月影

ゆふさりより、あまたつり舟をこきいつる、そのあやうさかきりなし。

なかされし身こそやすけれ冬のよのあらしにいつるあまのつり舟

喜平次といふものか、新に舟をつくりたるうたをとて、こひけれハ、

わたつミのなミもしつかに舟うけていくちよろつのうをかうるらん

よふけてあれまさる波風に、めもあハすわひしきに、あられさへあら〳〵しうなんふりきたる。

すさましきなミ風さへもあらかきにうちつけてふるさよあられかな

ゆふくれにこきいてし舟をさへおもひやられて、

このゆふへいてにしあまのつり舟ハいかにかすらんなミのあらしに
よひにもいひしことなから、ハた、

　あらし吹よハのつり舟おもひやれハ人やにこもるわれハものかハ

しのひたる使を故郷につかはすとて、その人に、

　ふるさとのたよりもなミのおとつれをうミよりふかきなさけにそきく

廿日ハ、いよゝ風あらゝかにふけハ、まとさへさしこもりたるに、ひまもる風得たえかたくて、衣なとしてふたきたれハ、

　まとのとのすきまにかけしふるころもまほにふきいるゝおきのしほかせ

ひめもすかきくもりてあらしたるに、ゆふくれかた、ちかきいへの女ともかとひきて、とにゐたるか、くじらのしほをふきてゆくを、あまた舟のおひく《(ママ)》としらせたるに、やをらまとをあけて見れとも、そこにたちふたかりたるこゝろなさよ。そなたに、なといふあひに、しまかけになりぬそくちをしき。小川といふところのくしらハ《ママ》なるよし。

　おはれゆくくしらもからきしほふきて人におはるゝよにこそありけれ

　小川にもくしらすむ《(ママ)》とこそたのしけれ人もいつくにたれかすむらん

あめのふりいつるまゝに風なきたれハ、

　波風のあらきにかはりふれハこそさひしきあめもうれしかるらめ

廿一日　けふもあらしくらしたるに、よるハなきまにてのとけきに、いさゝかともしひを得て、経ともくりかへし、うまゐしたるに、すこしいきたるこゝちそする。

二十二日　うミつらのとかに、をふねともの行かふそあハれにをかしき。

　なきぬとておきこくあまのつり舟もわれもいのちのこはるなりけり

いへにやりつる人、けふもかへらねハ、いと待わひて、

故郷に行しつかひのかへらねハおほつかなミのけふもさわける

このころハ、しのひしともしひも、ことさらつゝましくなりたれハ、つゆのひかりよりもはかなく、はこのうちにものして、衣にてつゝミなとしたれハ、あるかなきかにて、かひなけなから、なきにハまさるねやのともし火なりけり。

夜いたくふけて、おとろ〳〵しき大こゑにて、おとつるゝありけり。さらにかきけちてしつまりたれハ、ゑひたるけはひにて、いかにしてか、いかはかりわひしくや、なとそいふ。されハ、たそ、といへハ、村長なり。けふまてとひ得さりつる、かしこまりとも、いふけはひなれと、したもまハらすて、きゝもわかたす。猶くりかへし〳〵いふを、とかくいらへしつゝありつるほと、てうちんきえたり。たれかれよと、あたりの人の名ともいひてよへと、ことふるものなかりつるに、となりのミきといふ女そ、やをらきたりて、ともし火なと見せつゝつれゆくほと、小嶋ぬしかむすこなん来るけはひす。これもゑひたりと見えて、かゝるなきさによをわたる、あまの身なれハ、やともさためす、とくりかへしうたひつゝ、をさと（マヽ）をともなひてそゆく。あたらとふらひに、いよゝねられす。

いとふかくつゝめともるゝともしひのひかりやもりて人のきつらむ

なと、そらおそろしうこそ。

こよひハきそにかはり、あらしもなミもしつまりぬれハ、すへてハのとかけなりけり。

なミ風もやゝしつまりてうミさへもまくらへさけてぬる心ち哉

にハかに風おこりて、うミのおとおとろ〳〵しうなりぬれハ、あくるをのミそまたるゝ。

いたまのミしらけなからにありあけのおほろ月よのなかくもある哉

二十三日　いとあらしまさりて、しま〳〵のきしにうつ波、ゆきのくつれかゝれるやうなり。風にふきやらるゝ

くもハ、ミなひれふる山にそあつまる。

　くもハミなひれふる山にふりさけてからつにつもるなミのしらゆき

とらといふ女か、早梅の枝をもてきたるこそをかしけれ。されハつかはすとて、

　たをやめかこゝろのかさへをりそへて人やに匂ふ冬の梅かゝ

つれ〳〵なるうちに、

　うきたけやよしひのうらをゆめにたにかくて見んとハおもひかけきや

こし月のけふこそハ、かきりなくいま〳〵しきかなしひの、いてきたりつるより、わすらるゝまもなきものから、猶そのをりのこゝちして、ことさらかくなりはてたる、人やのうちにて、ひとりおもひやるに、たえ〳〵しなミたの、かきりなくおちくれハ、こゝろをとりかへつへうもなく〳〵、かの早梅をたむけつゝとふらふほと、喜平次てふものかきたりしかハ、けふハ江上ぬしをはしめ、あまたの人のはつめいにちなれハとて、茶なとにものをとゝのふる、代なと《（ママ）》してつかはしたれハ、かの者も、江上ぬしかこの人やすミの時も、おなしうまかなひしたりにしゆかりあれハ、いミしうかなしけにして、代ハかへしたれと、しひてつかはしゝかハ、江上ぬしにしたしかりし人々をよひて、茶なと物せんとて、おしいたゝきてそいぬる。

さて人々のれいにうちむかひて、

　さかぬまにうめハくたけてかひなくもなかれうきゝハしまによりきぬ

江上ぬしか、此人やのまへに、たねをまきたりけん桃の木の、軒よりもたかくのひたちてあるさへいミしくて、

　はるをまつけしきかなしなもゝの木のたねをまきにし人もなきよに

よもねられす、ちゝにおもひあつめられて、うまこ省も、波おとこそきゝくらすらめ、いかゝしぬらんなと、つねにおもへと、またいまさらめきて、なつかしくこひしくて、

　ひめしまの波のおとつれきくまゝに月のうらハの人やをそおもふ

二十四日　けふもいとくもりて波風あらし。をり〳〵ミそれふりきて、わひしさもまさりかほなりけり。よるもおなしうしくれてものさひしきを、とひくる人もなけれハ、くらかりにつく〳〵としたるをりしも、故《（ママ）》のつかひ、かへりたりとておとつるゝ。いとうれしうもかなしく、とりてもおそしとゝりたれと、ともしひなくてかひなし。くさ〳〵のものともおこしたるを、とりいるゝさへたつ〳〵しく、ほのかにかしこの事ともいふに、すこしこゝろなくさめられて、しはしかのものと、何くれの《（ママ）》ものかたりてそ。いにたりしのちに、ほそきともしゝて、しのひやかにかへりことを見るとて、

　もしほくさかきやるつてもかきてこし文にもかゝるなミのしら玉

をりしもあられのあら〳〵しうふりきたれハ、

　さよあられふるさと人もよもすからこなたやおもふおもひこそやれ

いのちありて、かゝるかきかはしことも、むかしかたりにうちむかひて、なとおもふに、こひしさなつかしさも、ことさらにやるかたなけれハ、つとおきて坐をくミたれと、

　もとよりもいろもかもなき身なからもさすか石にも木にもなられす

ともし火もけちたれハ、かいつくるにもこゝろあてなりけり。

　くらやミにとる筆すミハあやなきをこゝろのともしかゝけてそかく

二十五日もおなしうあらして、あられ、ミそれなとうちふり、人めもたえ〳〵にさひしけれと、れいの神まつるひとて、経ともいさゝかゝいつくるあひたに、うつミ火のさらにきえたれハ、人をよへと、ほとゝほく、あらしにまきれて、かひなきこゑハきこえもゆかす。いとわひしかりつるに、ゆくりなくミき女かきたりたるこそ、いミし《ママ》うれしく、やかて火をとりきたる、猶うれしけれ。身もこほるはかりなりしに、先そてをあたゝめて、何くれとかの女とかたりあふさへはかなし。

　いへにてハありともなけのうつミ火も老のいのちとあたりつるかな

からつのかたを見て、

　山かくすくもよりゆきのふるはかりいはねにかゝるをちのしらなミ

　をりかへしまたゝちのほるうらなミハあらしにうミのむせふなりけり

　山にたちさとにすミつゝうきくものなミのうきめにかゝるころかな

　おなしくハこゝろのあかをなミにあらひまことおのれをしるよしもかな

うめをたむけたれハ、

　かしこくもはなれこしまのうめ見れハかミもわたりていますかとおもふ

　なミの花見るはかりなる人やかとおもひの外にうめもこそさけ

ゆふさりかたより、うミもやわらひたれハ、

　うなハらもあらしつかれてわれさへもねぬよのつもりねまくほしきを

おこなひの終夜とておきゐたれハ、梅わらハかてうちんをともしきて、つひやのために、そともよりあかりを見するこそ、らうたくうれしけれ。さく（マヽ）やあらん、はやいね、といへと、ろふのかきりをともしつゝかへりたれハ、いとさう〳〵しく、このほとねさりつるつかれにや、ふら〳〵とすれハ、また時はやけなからふしたりしこそ、おのかしゝ神もいか（マヽ）おほすらん。

二十六日　しつかにあけわたりたれハ、まとをすこしあけたるかたより、日かけのさしわたしたるかた見えて、うミ山のけしきもさすかにをかし。ひるますくるころよりくもりきて、ひれふる山のたかねにつもりたるゆきに、くらけなるくもの、きわやかにあなたのそら、かきくらしたるもまためつらし。風つめたけれハ、おろしこめて、ひころのにきとも、とりいてゝ見るに、いま〳〵しき事のミそおほかる。

　あまをとめともか、あまたつとひくるけはひすれハ、猶こもりておともせすありつるを、いかゝや、てうすにや、なとひそ〳〵いふも、をかしけにほゝゑミなから、猶あけされハことかたにいぬる。つらけなから、ものい

ひつたなけれハ、あまりによせぬかよしと、まかなふところよりしか《(マヽ)》ハ、かくそもてなしつる。法師のなかされたるか、しのひやかにきて、何くれとミのうへにつけて、わかことゝもあハれひていふにも、われにもあらぬこゝちそする。

高屋市《(マヽ)》か子五助といふ者かきて、いかにわふらん、なとこまやかにいふ。こハ嶋《(マヽ)》ぬしかいへにつかへしものなるよし。こハこゝのしたやく人のこにて、おや市次、同しやくにハ、柴すミ、中原なと三たりのよしなれハ、いさゝかのものをとらするに、さる事よろしからし、なといひていなミたれと、しる人やハある、こゝろさしはかり、とてつかはしつ。

けさおきいてたりし時、ひれふる山のたかね、いとうしろかりけるを、

まつらかたひれふる山のたかねより先しろたへのゆきもふりけり

ゆふつくひのうミにかゝやきて、波のあるゝけしき見ゆはかり、うたにもよまゝほしきを、ところを得かたくていひつらねす。たゝこと、こほりのくたけてなかる《(マヽ)》ハかりにひかりたるさま、かきとゝめかたき波のあハれになむ。さと、風のおとたかうなるかとおもひもあへす、かきくらして波かしらたかうなりぬ。かくてくれたるそものうき。

よる波のいはにくたくるおときけハむせはぬものもなきよなりけり

よのためとおもひしこともわれからのこゝろつくしを波にくたして

れいのねつミにさへさわかれて、いとうたてかりけれハ、たうへものなとよなく〳〵わかちあたふるに、ハたこよひも枕にくれハ、人に物いふはかりいひたれハ、こさりつるそをかしき。

ことわけていへハねつミもしりかほにしつまる見れハこゝろありけり

しはしうまゐしたりしひまに、うつミ火ひやゝかにきえハてしこそ、いミしうわひしかりしか。つとおき見れハ、ほからにあけくるけはひして、風も波ものとまれるに、こゝろさへなきて、過しころよりの日きとも、とり

いてゝ見れハ、人わらへならんことのミかいつけたり。猶かくかゝんも、はちのかいのこしなれと、とりつくろひていつはりくハふへくもあらす。たゝありのまゝに物すれハ、あさましさもいやましにて、ことさらミたれたるよのいま〳〵しさのミつもりぬるこそわりなけれ。

しつかにひくれて、このほとのつかれにや、とくまとろひたりつるに、故（マヽ）の文を得たるゆめにおとろきたるこそ、いミしうかなしかりしか。

　故郷のたよりうれしき文のすゑ見ハてぬうちにさめしゆめかな

うまこ和かおこしたるにて、君の御たにさく〳〵といひて、こふ人すくなからねハ、いくらもかいてよ、とてたにさくさへそへておこしたる、猶すゑなかきを、かしこにもおもひおこすらんとおもふに、すかたまのあたりに見ゆる、まほろしのうつゝのゆめ、いつかさめはてん、かの弟省も人やよりこゝやおもはん、おやはらかこ（マヽ）ひしかるへし、なととりあつめて、

　いへ人をおもはさりせはあめかしたいつくにゐても何かなけかん

あらしハいやましに、よハあけかてなるそ、

　しらたまハ波とくたけてあやもなくあけぬこのよのやミそわひしき

　なかれきて見る月かけハあかけれとくもりハてたるよこそつらけれ

何の時ともわかす、鳥もまたしくや、

　時わかすいはうつ波のつゝミしてよひあかつきのかきりたになし

二十八日　けふハ貞貫君の御きにちなるを、あらぬかたにてとひまつるこそほいなけれ。いかにおほすらん、ふこうのつミあさからすや。こゝにものしつるより、ハや十三日の日かすをすくしつる事よと、

　うきなからいつか十日もすきつらんいまハをしましいそけとし月

よもなかし、なとわふれと、月日にハ何のさすらへもなし。しはしたにをしかりつる老のよの日かすも、いま

ハたゝ過ゆくをのミこそハまたるれ。かきこもりたるたる《(ママ)》に、勘か《(ママ)》父なん、杖つきたつ〳〵しけにきて、このあらしのさふさ、いかはかり過しうからんなと、なミたもおちぬへき、けしきしたるこそ、いミしうかなしかりしか。高家市次てふ人もとひきて、ともしひ、火はちなとまゐらせまほしきを、いまひとりのかしら人かへらすてハ、なとたのもしけにいふそうれしき。かへりたるのちに、

　　よひ〳〵のわかともしひのひかりにもあふ事かたきいへにすむかな

　　月日たにくもりかちなるよの中ハよハのともしも見せぬなるらん

うミもいとしつかになきたれハ、いさゝかも物のあや見ゆるかきりハ、まともふか《(ママ)》てなかめくらしつ。こよひ勘か《(ママ)》こむよしいひしを、よへねさりしつかれにや、まとろひたりつるに、もしやおとつれつらん、いかゝおもひけんかし。

よふくるまゝに、波のよせかへるおとも、つれ〳〵とさわかしきよりも、猶そう〳〵しくあハれもやうされて、

　　あらきものこゝろふとけにおもひなすこゝろそほそきこゝろなりける

いくたひとなく、火をふきたてなとすれと、ハつかなれハたゝさふくて、

　　うつミ火をかきおこしてもぬれきぬのそてあたゝまるほとたにもなし

　　なきなのミかつき〳〵てひめしまのうきめ見るめのあまとなりにき

　　いそにいてゝかつきせねともからきよのしほたれころもほすひまもなし

あかつきちかきころさめたるに、きよう火のきえたれハ、火うちとりいてゝうつに、火うつらねハ、

　　しのはしき人やのうち火うちおきてぬるこそこゝろやすか《(ママ)》るらめ

とてうちねたれと、猶そう〳〵しくて、ハたとりいてゝ、やをらうち得たるこそうれしかりつれ。とかくしてすミにうつして、ともしひも、人のありくころならねハ、すこしほのめかしたるそこゝちよき。まくらにともしをちかうなれつるくせの、やまぬこそうたてけれ。ほうしなとのすへきことかハ。

すへて人ハ、たかくもき《(ママ)》ゝも、たらひたることなくて、わかきよりならハしおくこそよけれ。老たりとて、あまりことゝのひかちなるハ、中々にうきはしめなりとハ、かねてもしるを、時々におのれのミに過しつるをや、あめのいさめ給ふらんかし。

二十九日　のとかにあけわたる、うミのけしきなと、かゝるをりからならすハ、いかにめてか《(ママ)》らん。山々かすミこめて、いそへのかきりもわかぬハ、まことこはるなりけりと見れハ、さすかにをかし。

　からつなるたかつの山のすミかまのけふりにけふる波のうきゝり

かのけふりの、しろふよこたわりたるこそ、めつらしかりしか。つり舟なとのこきありくを、

　うなハらをなかめ〳〵ていつまてかあまのたくなハくりかへすミん

　かきりなくうちハへてこく《(ママ)》たくなハもとすゑつひにあハさらめやハ

よるさへのとけく、さふさもゆるひたれハ、うまゐもしつるを、おとろかしつるねつミこそにくけれ。

三十日　けさもあたゝかけによし。ちりハらひ、ゆなとつかひたるこゝろもきよけく、まとの日影にうちむかひたるに、喜平次かきて、かれも日にせをあてゝ、さま〳〵とものかたる。よへ福岡より御目付わたり給ひぬ。何事のおはすにか、なとそいふ。こほりの御めつけにやあらん。さらハこゝろやすかるへし、なといふうち、そらかきくらしきて、南より風いとさふくそふく。

　まつらかたひれふる山にゆきふりて南の風もさえまさりきぬ

はつゆきふりしより、きゆる時もなし。

　まつらなるひれふる山にふるゆきもいはとこほれやきゆるひもなし

　われハたゝかへるをのミそまつらかたふるた《(ママ)》と人のひれもこそふれ

よるハまたあらしいたくそなる。

　あハれ〳〵あらしにむせふひめしまの波にそてほす時もあらなくに

故郷の事ともたひ〱ゆめに見えけれハ、

　おもふこと中々ゆめに見えすとハおもひにあさき時にこそいへ

　いへ人ハいつもこひしきものなからかくまてにとハおもハさりにし

さと人、かはわたりとて、あかつきかたより、もちいひなとつくおと、かなたこなたにきこえきたるに、すこしおもひはるけてそおきいつる。

さて、このき《（マヽ）》を書に、紙さへかきりとなりぬ。このかミハ、ある人のかたミとなりつるを、いまかゝるうき事のミかいつけしハ、いかなるゑにしにやありけん。かの人は、都へにてうしなハれにしよしなりかし。

こハ、いとミたりかはしくかいちらしたれハ、人にな見せ給ひそ。いへにもつたはらぬやうにしなし給へかし。御つれ〱の時、いかてよミ給ひてよし。人の見てよきやうにハ、こゝにかいぬきたれハ、おひ〱ものしてまゐらすへし。をかしけもなきものから、ありつるまゝをこれにハものしつ。＊「こハ」以降一行朱書

（天理図書館蔵）印

（夢かぞへ）（終）

七　ひめしまにき　原文

ひめしまにき（原文・表紙なし）　（天理図書館蔵）印

慶応元年十一月二十六日より三十日迄の日記

慶応元年

　慶応乙丑十一月廿六日のひるまはかりよりかいはしむ。しろふふりたるに、くらけなるくものきわやかに見えたるそ、猶をかしかりける。波のおときゝよけなるはかり、さらく\にをかし。まとのとあけはなちて、日影入たるに、くもりくるまゝ、いとつめたき風身にしミく\とおほゆれハ、おと（ママ）ろしてこの日きとものかくに、さとのをとめらかむれきて、ものいはまほしけなる、けはひきこゆれと、猶つれなく身しろきもせすゐたれハ、いかにや、手洗にやなと、ひそく\といふこゑ、しのひやかにきこゆるもをかし。

　いつこうしゆうの法師のなかされてきたれるか、過しひよりた（ママ）ひくるか、けふもきてとかくものいふ。手付高や市次か子五助てふものかきて、何くれとものかたる。こハ、嶋（ママ）ぬしかいへにつかへたりつるものなりけり。かれに、わかこゝちのれいならぬか、おこたりたにせて、かうなりたれハ、その事ともつはらにかたりおきつ。手付名元○高家市次○柴住千助○中原宇八この三人にとて、こかね二朱をやりたるに、いといなミてかへすを、とかくしてやりつ。

　さてひれふる山をけさ見たりし時に、

　　まつらかたひれふる山のたかねより先しろたへのゆきもふりけり

　けさよりハはれつるものをかゝミ山またかきくもるゆふくれのそら

あさ夕にむかふわれさへかゝミ山はれくもりぬるこゝちこそすれ

　くもまよりさせるゆふひにからつさきひかりてよするいそのしらなミ

かくいふうち、さと風のおとのきこえくるに、きえはてししら波、ちら〳〵と見ゆるや、ハたこひ《（ママ）》もいたくあらすらんといとうたて〳〵し。

　よる波のいはにくたくるおときけハむせはぬものもなきよなりけり

　よのためと思ひし事もわれからのこゝろつくしの波にくたけて

よことにねつミのさわかしかりしかハ、わかとうへけるものをわかちて、よな〳〵つかはしゝに、猶枕へなとにくれハ、こよひハつかはす時に、くれ〳〵いひきかすはかりに、ひとりこちしたりつるに、さわかすなりたれハ、

　ことわきていへハねつミもしりかほにさわかすなるハ人にまされり

されハ、うまゐしたりつる間に、ほとなきうつミ火きえはてたれハ、いとあしきなく、つとおき見るに、いたまほからにあけくるけはひなるそうれしき。

けふハなミ風きようしつまりて、こゝちもすこしなきたるやうなれハ、こゝにくるまへつかたの日記とも、やをらとりいてゝ、かいあらためんとするに、いミしきいま〳〵しさに、中々なるこゝろやりなりけり。ひるまはかりより、風こゝちのやうにおほえて、いとさむけれハ、くすりなと物するに、あたゝかなるゆもまゝならす、わりなし。

こよひものとやかに波のかけ引くおとをきゝて、とくねたりつるに、うまゐたにせす。いくたひもさめつるうち、和か文をおこしたるゆめを見て、

　故郷のたよりうれしきふミのすゑ見ハてぬうちにさめしゆめかな

此文にかけることハ、君の御たにさく〳〵と人かあまたいへハ、いくつも〳〵かき給ハれ、とよむうちさ

めたりし。たにさくとも、あまたおこしたりと見えし。なつかしさゝへ、いやましに思ひミたれてむねいたく、かしこよりもおもひおこすにやとおもへハ、すかたそこにゆに《（ママ）》ゆるこゝちして、いつあふことにや。ハた省にもかくこひおもら《（ママ）》ん。母なる人々、つまなとのこゝちもおもひあつめて、やるかたなくこゝろくるしけれハ、経ともうちよミてまきらはしても、わすらるへきことかハ。

　いへ人をおもはさりせはあめかしたいつくに居ても何かなけかむ

あらしさへ吹おこりて、波あらゝかになりぬ。

　しら玉ハ波にくたけてあやもなくあけぬこのよのやミそわひしき

　なかれきて月見る心あかけれとくもりハてたるよこそつらけれ

いまやあくるかと、いくたひも戸のひま〳〵を見れと、さら《（ママ）》やミなりけり。鳥のこゑさへまたしく、時もわかねハ、

　時わかすいはうつ波のつつミしてよひあかつきのかねもきこえす

　よあらしのふけハいそうつおとよりもこゝろの波そ立まさりける

やゝほからにあくるにつけても、けふハ貞貫君の御きにちそかし。あらぬかたにてとふらひまつる、ふかうこそかしこけれ。

こゝにきたりしより早十三日をなんへたりとて、

　なかれきていつか十日ハすきつらんさてこそいそけかへる時こむ

うき月ひも、過るにハやすけなるこそたのしけれ。たゝ、しはしもをしかりしあたら月ひを、かく思ひたるこそはかなかりしか。

いやましにうミのあるれハ、かきこもりたるに、かん蔵か父、いと老たる人とひきて、まことありけに物いふそうれしき。のとかなるひハいくらともなくくるも、かゝるひハ得のそかす。ハた手付高家市次てふ人とひきて、

火なともの せまほし、と古川ぬしにいひたれと、小嶋ぬしかへらてハ、一人のまゝにも得しかたし。よるのともしひもなと、こまやかにいふ。いとたのもしくうれしく、さもならハよもあかしやすかるへし。しのひやかにつゝミこめたりしも、人わろくやとて、このころハさる事もやめたれハ、いかて小嶋ぬし早くかへられよし、とこそねんすれ。

　老らくのねさめ〳〵のともしにもわかれていそのうきめ見るかな
　大かたのひかけくもれるよの中ハよハのともしも見せぬなるらん

ゆふへより風やミて、うミものとかになきたれハ、こゝろもしつかに、くれはつるまてまとをあけたれハ、さむさハことにいたけれとも、いさゝかもものゝあやめ（ママ）ゆるかきり、かくてれいのさせんなとしつゝ、いつしかまとろまほしうなりたるまゝ、ふしたりしに、よへのあらしのつかれにや、うまゐしてさめたれハ、いまたさと人のうすのおとして、ふけたりともなし。

　こよひ勘といふものこんよしいひしかハ、もしきたりつるを、おほえすやありつらん、さもあらんにハ、いかゝおもひたりけんかし。ふけゆくなミのよせかへるおとにそひて、いさゝかよあらしの、とをおとつゝる（ママ）ゝもこゝろほそくて、

　あらきものこゝろふとけにおもひなすこゝろそほそきこゝろなりける

ねさむるたひことに、うミ（ママ）火をおこしつうつめつするそ、いとわりなき。たゝいさゝかのものにおこしたるのミかは、すミさへちからなきけしすミなれハ、しはしたにたえす、きえぬるそすへなき。

　うつミ火をかきおこしてもぬれきぬのそてあたゝむるほとたにもなし

ついてによめる、

　なきなのミかつき〳〵てひめしまのうきめ見るめのあまとなりにき
　いそにいてゝあさりハせねとからきよのしほたれころもきぬるあまかな

なと、くらかりにこゝろあてにこそかいつくれ。ふけゆくまゝにも、いといへ人の事ともおもひやるに、きそのゆめさへこひしくなりて、

あめかしたいつくもおなしすミかそと思へとこひしあたら故郷

しはしねておきたるに、のこり無うつミ火のきえたれハ、いとわひしく、火うちとりいてゝうつに、さらに火のうつらされハ、うちおきてねたれと、猶さひしきまゝ、ハたとりいてゝ、やをらうちいてつるを、とかくしてすミにうつしとりたるそうれしき。

しのハしき人やのうち火うちおきてぬるこそやすきこゝろなるらめ

法師なとハ、おく山のくらかりにも、三とせこもりし、なとさへあるを、としふるまて、枕にともし火したるくせの、やミかてなるおのれをとりひしかてハ、ほとけのをしへにもたかふへかめり。

○二十九日　いとのとかにあけわたるうミつらハ、まためつらしく、山々のふもとなとハ、きりこもりて、うミのかきりもわかす見ゆるうちより、すミのけふりの尾上つたひに、いとしろふたなひ《（ママ）》たるこそ、いミしうをかしけれ。

からつなるたかつの山のすミかまのけふりにけふる波のうきゝり

日かけもうら〳〵と、はるのやうにかすミわたりて、南のそらうすくもりたるに、うミさへたくふはかり、つゆうこくけしきたになし。かくていくひもへなハ、こゝろのうき波もしつめてんかし。つり舟なと、見ゆるところにこきめくるさへ、のとけくをかし。

そこにはへはしむと見えしを、いつしかをちになり、まためくりくる、たくなハのなかさいくはくにや。

うなハらをなかめ〳〵ていつまてかあまのたくなか《（ママ）》く見るへき

かきりなくはへつゝめくるたくなハはもとすゑつひにあへるたのしさ

よるさへのとけく、さふさもゆるひたれ《（ママ）》、をり〳〵うまゐもしつるを、ねつミのたひ〳〵ねたるうへにくるに、

おとろきしこそにくかりけれ。

三十日　けさものとけくさふからねハ、こゝかしこちりハらひ、のこひなとして、ゆなとつかひたるそこゝちよき。

まかなひのおほちか、きのふもけふもきたりて、さま〲とものかたりつゝ、なかくゐたれハ、ひるまちかうな（以下欠）

（十一月分、以下は天理図書館本に原本なし）

ひめしまにき（表紙）　望東尼自筆草稿　福岡市博物館蔵　（この文天理図書館本になし）

慶応元年十二月より二年正月十日迄の日記

ひめしまにき

なつみ無月ひのミをハ、さらに過やすく、うきながらはや、しハすになんなりぬる。浦人ハかはわたりとて、あかつきはかりより、いへことにもちいひのうすのお（ママ）、にき〳〵しういはひぬる。おとなひともハ（ママ）すかにめつらし。波のおと、こすゑのさわかしさに、つひまとろハて、はかなきうつゝのゆめいやなかく、故郷の事ともわするるまもなく、おもひあつむるこそかひなけれ。

　おもふ事ハゆきつもるまておもひてんつもりてのちハとけもこそすれ

　物もひハ波につはかりおもへてふミちのをしへそたうとかりける

とりのなくこゑきこえけれハ、

　くらきよハ猶くらけれとにハ鳥のなけハこゝろそ先あけにける

二日

あくれハ、かた〳〵より、こゝろさしあさからす、もちひもてくるかす、いくらともなくつミかさねたれと、いかゝはせん。

　六十川うきせをわたるとし波のよりくるもちのかすさへそつむ

このほとのあらしにも、ひときは立まさりたる、波のけしきのすさましさ、めなれぬこゝろにハ、おとろ〳〵しうこそおもひしか。浮たけ、ひれふる山なと、ゆきもやふりぬらんけしきに、かきくらしたるハ、たのしけにもあめり。

梅わらハかきて、けふのさふさこそことなれ、くま〳〵にハゆきのふりて侍る、なとそいふ。をり〳〵小ゆきなと、さら〳〵にさむ《(ママ)》こそふれ。波のおとすこしやわらひたるそ、こゝろのとけゝなるをりしも、梅かあねなんとひきて、よへハいかはかりかあかしかたく、なとねもころにいふ。この藤といふ女ハ、こゝろさしありて、しなかたちもをかしけに、女らしきものになむ。かゝるしまかけに、くたしはてんこそ、いとをしけれ。行平の中納言にも、見せまつらまほしけ也や。

人のくつおとさへから〳〵とさえて、いミしうさふけれハ、いへのものとも、いかにこなたやおもひおこすらん、なとかたりきかすれハ、けに、とうちもなききつへかめり。くもすこしはれたれハ、ひれふる山のミね、いミしうしろし。

　まつらかたひれふる山のしらゆきハいしところまてふらんとすらん

たれもつひにハ、いしのしるしのミこそのこすらめ。いつくにか、なとさへ思ふもはかなき。冬の日のくれやすささゝ《(×)》へ、うきものとなりぬる身のうへかな。つゆはかりのともしひのかけをたにと、よな〳〵おもふこそ、中々なるこゝろおこりにやとて、

　わかためをおもふこゝろそわかためのかたきもとむるはしめなりける

なと、くらかりにかいつけなとするついてに、おもひいつることありて、

　人のためおもひすくせは中々にあたとなるてふことそうへなる

をしへの坐とともをして、

　よもすからおしてこらしゝ心さへともにあけゆくしのゝめのそら

三日

波風しつまりて、くもまよりをり〳〵日影さしたるこそ、老のいのちとも思へ。さりとて、いけるかひやハある。無眼耳鼻舌身意無色声香味触法といふことをとなふるついてに、

　人の身にあるものなしのをしへこそあるかひあれのうらとこそしれ

四日のあさ、火をもてきたりつる藤子か、とよりたはこなとものしつゝ、さふきにしハし立ちて、かくするこゝろさし、手をもあハせつへし。

　あまのこか老をいたはるうつミひのあつきこゝろにもゆるわかむね

風しつまりて、ひめもすくもりたるゆふくれより、雨のふりいてたるか、いとのとやかなりけれハ、

　あハれなり冬のあら波のこりなくふりしつめたる雨のゆふくれ　＊この一首ミセケチ

　いへにても冬のよ雨ハかなしきをかくてもひとりきゝあかすかな

とくもはるになりたらハ、かひなき人やこもりも、すくしよけにやとおもへハ、さすかに待遠きこゝちして、

　とし波のよるさへいねす春まてハはつかの冬もいそか《ママ》ありけり

五日　よへの雨もやミてのとけかりつるに、ハたあらしふきいてたるそものうき。よへ、うきたけに火の見えたるを、かの火のいつる時ハ、かならすなかしけになるよし、三代といふ者かいひしにたかハす、くらけなるくも立さわくに、きそひミたるゝ波のかしらたかくしろふ、からつのかたによするそすさましき。こよひいもやすからさりつるに、あかつきはかりに、すこしまとろふともなく見しゆめ、故《（ママ）》のかたに、いミしきかなしひいてこしと見て、さめたれハ、

　あけぬれとよのまのゆめにつゝきたるうつゝのゆめにみゆるふるさと

六日ハ、ことさらさえまさりて、道もこほれる、人のあしおとからく〳〵とさえたるを、こゝちさへれいならねハ、ふしなからきゝ居たるも、いとわひしかりつるに、故郷より品々おこしたりとて、むらをさかつけきたるに、

よへのゆめこゝちのくるしさ、いさゝかさめたるやうなり。
七日　こゝちもすこしよろしけになりたれハ、さふさもゆるひたるけしきに、れいの坐をしつゝきくに、のちかによするさゝ波の、さらにおとのたえたれハ、

いかにふく風のすさひかさゝ波のうちきるはかりおとたえにける

よの中もかくこそハ。
ねすみのいたくさわきて、ねたるうへにさへとひありきけれハ、　＊「ねすみ」以下次行もミセケチ

おのかなのいねすのミしてよもすからわれにもゆ（ママ）をゆるさゝりけり

八日　おなしくのとやかに、ひかけもをり〳〵さしくる。しほあひさへよろしくや。こと〳〵とかちのおとのきこゆれハ、まとにのそきたるに、小舟ひとふ（ママ）たつ、こゝのまへの、はまをきのもとよりこきいつるこそ、をかしかりしか。こハ、あわひをほこもてとるさまなりけり。

わたつミのいはほにすかるあわひすらほこのうきめを見るよなりけり

早梅の枝さしたるかちりたれハ、

さく時にをられてちるハめてたけれまたきうつろふうめそかなしき

うめの花さきてちるにもおもふかないつゝの君のいかにますかと

よるもしつかに小雨ふりたれと、ゆミはり月の匂ひに、まともさゝて、

雨くもるゆミはり月も匂ひたに入ことさゝぬねやのまとかな

波風もさらにしつめてしつ〳〵とはるちかけなる雨のゝとけさ　＊この一首ミセケチ

夜ミしかくひなかくなるを待身にハ老ゆくとしのをしけくもなし　＊この一首ミセケチ

あらし吹よハまひて、しつかなる波のおとのうちにも、たいこをうつはかりなるおと、いかなるをりにかきこゆるに、こよひハいとのとかにそうつ。

ひめしまの波のつゝミをよる〳〵にきくもうつゝのこゝちこそせね

いとほのかなる、雨よの月かけに、いひいつる事ともかいつくるに、すミのけしめもわかす、あやなのすさひになん。

九日　雨もやミ、波風も猶しつまりたるうらのけしき、はるもやとくきたらんと、うき身もわすられて、さすかにめつらしと、うちなかめたるをりしも、うら人のおほはとも、けふの小春をのとけミてや、いくたりもとひくる中に、八十ちになんなるとて、かミいとうしろきおほはか、いつよりもとひなんと思ひ侍りたれと、さふさにとちられて、なといひよりつゝ、うちなきて、いかはかりわひしうおはすらん。われ〳〵ハ子やうまこと、何くれとまかなハれ、火なとも、かれらかたえす物しくるれとも、君にハ、さらに火のけたえて、いかに〳〵と、うからやからこゝろまかせに、つかふたひことに、思ひまゐらすそかし。こゝのもとの御司、喜右衛門さまの御あねにて、おはしますよしきくに、いよゝかなしく、いまにかの御かたおはしまさハ、何かと御心つけ給ふへきに、無人となり給ひつるこそいとをしけれ。あな、あハれ〳〵とくりかへし、よゝとくちひゝらきいふにひかれて、とゝめつるなミたもまたもやうされつ。

としたかき老木の松のしたつゆにぬれこそまされ冬のかれ草

老人かいふことく、弟かつとしも、こゝにて、はかなくなりにしを、いまゝたかくて、わかなかされきつるなと、いかなるすくせにか。おなし嶋陰の波たまともなるへきなと、こしかたゆくすゑ引いてられつるこそ、はかなかりしか。

こはるのけしきに、おもひのとめられて、

くはゝりし夏のひかすのかひ見えてとくもはるめく冬のうなハら

舟とものかなたこなたへゆくさへのとやかに、あまのこゝろさへおしはかられてをかし。おほろよもきそよりハあかく匂ひて、あやにめつらしきこゝちせられつ。

月のおもハのきにかくれて見えねとも匂ひはかりもよハのともしひ

梅わらハか、よふくるまてたちなから、何くれとものかたるに、かの母をおとつとしうしなひしことも、まことにいまハしきさいなんにこそありけれ。いまさらきくたにかなしきを、その時の子ともや何かのこゝろ、おしはかられて、いミしうあハれふかし。

そよとたに風もふかねハ、まとにきぬもかけすふしたるに、よあらし吹いてゝおろしつ。

十日　猶そらきよく、はれやかにてらすひかけ、はるにもまさりて、このほとのひかたかりつる、あまかしほたれきぬも、きのふけふのひに、いさゝかほしたるにや。人やもなれぬるにや。

こゝそこのうきよの外とすミなまし故郷人をおもハましかハ

中々によをさくるかたにやあらん、なと思ひのとむるにも、いへ人こそあたしほたしなりけれ。きのふよりものいミして、おこなひにのミにあかしくらしけるひまくに、過にしころより、うき事ともかいとゝめしをとりいてゝ、あらためなとしつゝ、のとかなるひかけに、こゝろもはれくしく、人やもわするはかりなれたるこそ、こゝろやすけれ。夜ものとけくて、ねすミもこよひハいたくあれねハ、うまいせられつ。

十一日

かすミつゝてりしきのふの小春にもとけぬミゆきそひれふるの山

くもりかちなるそら、さふけになりたるや、あらしのふきいつらん、あさかれいなとものする頃より、風のおと波のけしき立ハ、小春やくれなんとうかりつるに、おこなひなとすとて、水をあミたるころより、日かけさしいりて、はつはるはかりのけしきめくこそをかしけれ。

冬のひのかけさすかたにむかひてハいきかへりぬとおもひたるかな

手向たる花の水ともかうるとて、

手ふるれハそよとかほりてうめの花一枝に老をなくさむるかな

ひめしまにさきける冬のうめか枝をなれにし友のこゝちにそ見る　＊この一首ミセケチ
うめの花うたてある身におもハれてともに人やの冬こもりかな

くものたゝすまひ、けしきかはりたるハ、またもやあらしふくらんと、うたてそおもふためる。

をちかたのひれふる山のたかねまてそてさしまねくのきのはまをき
ひめしまのそねのいはむらうつ波ハこゑさえちゝに□□立つなり
うなハらもそらもわかたぬおほろよのくもと見えしハをちのしま山
いその波ミねの松風あらそひてふけハこそうてうてハこそふけ

十二日

冬ふかきうミともなけるのとけさハはるにもまれなこはる也けり
冬のひのそらのとめかハしらねとも先一日たに老はすきよき
しほちよりはる立てふもたかはしな先おきへよりかすミそめけり
よしひかた波のありそと見えにしもまさこゆたかにしほそひぬめる

のとけき日影、こゝろもはれ〳〵しく、おもふまゝかつ《（マヽ）》ゝくれゆく。月かけもくまなけれハ、人やのうちも、ほのかにものゝあや見えて、こゝろやすけなり。おほつかなきたより得たれと、もしの《（マヽ）》ゆはかりになきこそいミしけれ。

十三日　よへのものを見る中に、うめの枝ありて、見る人のかすのたらぬもしらすしてはやくもうめはさきいてにけり、かへりことすとて、

見ん人のたらぬもしらてふる郷にさきとゝなふる花そめてたき

又かのかたより、はるまたてさかりにさける梅花《（マヽ）》かとのひらくるはしめなるらん、とあるは、いへのうもれたるをや、いはひかへたるらん。

　かとひらくはしめときくそこゝちよきまたきにさけるうめをかことに

かすといふ人か、よひ〱に見えくるゆめのさま〱にうつゝにしたき事もありけり、とあるに、

　いまのゆめうつゝになしていまのうつゝゆめとみなさん時をこそまて

かすか、うすミひをかきおこしてハ君かすむ人やのうちをおもひこそやれ、いミしうかなしくこそ見れ、

　うすミひの無にもいまハなれにけりむねなこかしそかきおこすとて

かすか、川わたりのひにとて、あるしたにまたさたまらぬいへなれハもちいもなくてさひしかりけり、かへし、

　ぬしなくてもちいもなくてわたる川よのうきせとやいふへかりけり

おほろけにいひやるとて、

　そなたにとゆきつる波のかへりきてうれしくそ見るもしほくさ哉

またいひやらんとて、

　さま〱に過にしとしのつもりきて人やにはるを待ことし哉

　とし月の過るをのミそまたれける老木春めく時もくるかと

　いくはるを待得て後か故郷にめくりかへらんとしハきなまし

いとものさひしさに、まとをすこしひらきて、

　つれ〱とわか見るおきにあまふねもひとりさひしくつりたれにけり

　のる人のかすハしらねと舟たにもひとり見ゆるハさひしかほなる　＊この一首ミセケチ

うしのかけあひてなくを、

　となりとちつまこひあふかしらねともかはる〱にあなうしのなく

十四日　雨のふりいてたるけはひも、はるさめかしくをかし。九日より一七日ものいミして、千拝なとするに、

　のひかゝミおなしことするをきむしのうめにこつたふかひもあらん（ママ）なん

ことおわりてとを見るに、山々うすゝミにかけたるはかり、かきくらしたる雨に、うミさへうすくもりてそらのさかひもわかす。

山々もうミもミそらも見る人もミなすミそめの雨のゆふくれ

ふる雨ハはるにゝたれと冬の日のくれゆくころのものゝあハれさ　＊この一首ミセケチ

わすらるゝ時ハなけれとやるせなくおもひやらする雨のふるさと　＊この一首ミセケチ

よるもおこなひなとしつゝねたるに、雨のはれんとにや、あらしふきいてゝ、いそうつ波しけうきこゆ。

さるものと思ひなかせとよる波のこゝろにのミもかゝりける哉

まとをすこしひらきて

うなハらもそらもわかたぬおほろよのくもと見えしハをちのしま山　＊十一日に同じ歌あり

十五日　けふも雨のミふりくらすこそさひしかりしか。あたゝかなるにこゝろもゆるひて、拝なとしやすく、ひつじはかりにをかミはてゝ、れいのうたともたむけ奉らんとて、

雨中梅枝

うめかえも冬をわすれてかをるらんはるめくけふの雨のゆるひに

梅枝

うめの花いふせきねやにをられきてむせふはかりにくゆるなる哉

うめの花ミしろく風にかをそへてひとへにこゝろなくさむる哉

うめの花一枝もらひて故郷のかきほのち枝見ゆこゝちかな

早梅

としのうちにたちなんはるもまたすしてこゝろとくさくひめしまのうめ

よる波のおもひもかけすひめしまにとくさくうめの枝を得にけり

梅枝

さしこめてかたきとはりのうちにてもひらきなま（ママ）ぬかめのうめかな

海雲

ほのかにも見せてかくしてうミこしの山をあやなす冬の雨くも　＊この一首ミセケチ

雨中山

うちむかふ心もくらしかゝミ山としもくれゆく雨にくもりて

よミくらしたるに、よもすから雨のおとたえまもなく、いミしうさひし。＊この一行ミセケチ

十六日　猶ふりまさりて、よあらしさへそひたるに、れいのねつミもしつこゝろなけにさわく。

いさわれもこよひハねすミまとろハぬつらさくらへておきあかしてん

はかもなきあそひかたきにや。

十七日　ふちかゝたより、しやうしんひさしうしたりとて、うるはしきさかなともおこしたり。さて故郷に、兄ならんものをやらんよしいひたれハ、おもふ事ともかいくらしつ。ひねもすよすから雨のミそふる。さひしさハさる事なから、あらしにかへてゆるひたるに、よへもねさりつるつかれにや、うまいしておく。

十八日

ありあけの月にまかひてあくるよのかきりあやなきあめのあかつき

人丸明神にたむくとて、

あまをふねつくしのうミにつなかれてミ世をあかしの神いのる也

たちまちのあくともわかぬおほろよのあかつきをのミわか居待かな

そむきてしかひもなく〳〵しほたれシあまかぬれきぬいつかほさまし

くもりなき心の月をあかしかたよハくらやミのつらきものから

あけかぬるよにこめらるゝ人やにハよるのともしもゆるさゝりけり
けふもまたひれふる山のミねのゆきふりまさるらし雲のやへゐる
見るたひに波のたち居も山々のけしきもおなし時なかりけり
遠く見えちかく見えくるうきたけハまことも波にうきてありけり　＊この一首ミセケチ
人おとのまれにもすれハしほかせのさふきまとをもあけて見る哉
つれなけにいなむしたよりものやれハそてさきたてるあハれわりなし　＊この一首ミセケチ
うちむかふからつかさきのかゝミ山くもりかちにもくるゝとし哉
ひめしまのたつせの波をいまいくかまくらのしたにねつゝきかまし

又

ひめしまのたつせうちこす波のとのひゝくまくらをいつまてかせん

はる立とて、司のいへなとにおにやらひのこゑほのかにきこゆ。

おのつから心にすむハやらひてもとにたちかこむおにそすへなき

はるたつときけハめつらし身をわひてすくる月日のほかならねとも

十九日

あかつきはかりより、ことさらにあらし吹て、山もくつるゝはかりなる、波のおとそすさましき。くれゆくまゝにいやまされハ、ねすミすらしつこゝろなけに、よもすからあれめくりて、よくもねられす。故郷の事ともいよゝおもひやられて、めにつと見ゆはかりなるそはかなき。

おのつから心ひとつのまゝならぬこゝろハ何のこゝろなるらん

廿日

わすれてもあるへきを、何のかひにかおもふらん。

としもたゝ十日はかりになれるを、いへ人如何すくすらん。またとしのゆきゝのわさも、はれやかならぬいへのうち、あるしたになくて物さひしくや、なとおもふもはかなしや。あられさへうちふりていミしうさむし。

うミつらにむら〳〵くものかけうけてあられのまよりさすひかけ哉

過つる一日二日の小春ひに、いさゝかこゝろのうき波もしつめたりつるを、きのふけふのさふさ、得たうましくこそおほゆれ。

わかこゝろすこしはれけになりにしをふゝきにまたく《ママ》つをるゝかな　＊この一首ミセケチ

かくうちなくをりしも、故郷より、ころもともいくつも、物しておこしたりとて、司人のもとよりおくりこしたるこそ、いミしう《ママ》れしけれ。

ことつてハ何となけれとふるころもふるさと人のそてのかそする

やかてとりかさねて、

またきよりけふのさふさをおもふ人こゝろのうらにかけしころもそ

とく身をあたゝめてあかしぬるさへ、猶いへ人そなつかしき。

廿一日

やをらさえあかして、ほのかにまとのとのすきかけを、うれしとてあけ見るに、うミつらあやなく、たゝ波のおとのミすさましきに、をちかたの山々、かつあけわたりくるに、

けぬかうへにふりにふりたりよ半の雪ひれふる山ハはるもたゝすや

二十二日

をり〳〵ひかけハ匂ひくれと、猶さえ〳〵てわひしきに、とらこか、たひをぬひてよとて、もてきたるこそわりなけれ。人めさへしのひてものすれハ、ことにわつらはし。ゆふあらし吹すさふそ、ハたこよひさへおきあかすらんを、ゆふやミこそいふせけれ。おなしくハよひねして、月のいつるころより、なとおもひたりしに、くれ

ゆくまゝ風もやわらひて、しはしまとろひつゝさめたれハ、ほの〳〵と月かけの匂ひたれハ、さふさもおもはすまとの紙をかゝけたるに、きら〳〵と軒のつまに、月のさしいてたるこそ、いミしうゝれしけれ。こし月の十四日よりこのかた、月のおも見るよもなかりつるに、よもミしかくやなりつらん、南のそらによりきたる、めつらしさゝへことさらなるに、せきまとよりねやにさし入ハ、おもふ人待得たるにもまさりぬへし。

うとかりし人やのまとにおもハすもおもさしむけてありあけの月

さふさもわすれかほに、つとおきてあふきあかすあひたに、

ありあけの月もあハれとおもへかし冬のよふかくむかふ心を

ともしひのあるにほこりていへにてハうとく過にし冬のよの月

われのミやむかふと月もむかふらんとしくれかたのふかきうミへに

かくてわかむかふとしらハ故郷の人も見ましをありあけの月

二十三日

そらはれやかに波もしつまりたれと、いにし月のけふの、いま〳〵しかりつることゝも、さらにおもひくらすに、こゝろは猶くもりハてゝ、無かけとふらふずゝの玉にも、なミたのつゆぬきそふるこゝちせら（ママ）て、ほとけの御いましめにも、そむきかほなるをりしも、江上ぬしのれいに手向よとて、ふち女かたんごやうのものとも、あさとくもてうしておこしたる、こゝろさしのあハれさに、

なきあとをいかてとハんと思ふまに君かこゝろのときたむけ哉

無人もいかにうれしとうけぬらんわれさへうれし君かたむけハ

なとにやありけん、かいつけて、重箱に入てそつかはしける。やかてまたもい（ママ）ひなとおこしぬ。勘かつまよりも、うつくしけなるたんごともてきたる。かた〳〵のこゝろさしにて、かす〳〵の人の、なきあととふらふさへ、あちきなくかなしきに、このいへ〳〵のおやたち、つまこはらからなとのありさま、おもひやられて、めもくら

けにむねふたかりて、やるせなけれハ、たゝうミつらのみこそ、なかめられけれ。

うらなミのあハれ〳〵とうらふれていはまにのこるあハそかひなき

よるさへうちもねられす。

二十四日

うミいたうあれて、山のおと波のこゑ、ねやのそこにひゝきておひたゝし。よるもやミかてになりつるに、いつしかまとろひてさめたれハ、早、月かけ匂ひたり。

いつしかと波のおとにもなれぬらん心にかけすうちもぬるまて

おきあかすあひたに、月かけにかいつけたる中に、

ひめしまの波のあハれとおもへとも立もかへりてきえんよしもか

こゝにきてはや四十日となりぬる、なとさへおもひてゝ、

かそふれハ故郷いてゝよそかへぬもゝよも過るこゝちなからに

しるしなくうきとしへぬる人やにもさすかに春をまつこゝろ哉

をしけなくおもふものからゆくとしのあハれなこりもありあけの月

二十五日

れいの御神まつるひとて、ものも得たらへねハこともなし。おこなひハてゝ、ひるますきより、うたよミて奉らんとて、題をミつからものしつ。

梅香

手向にとをらせて見れハさきつくしかもあさひたる冬のうめかゝ

早梅

またきたつはるいそかしミうめの花としのうちよりうつりかほなる

水上梅枝
そてそゝくたらひにうつる梅かえをのそけハわれかあらぬ人かけ
いそな
はるたちていそなもちかく生ふれともつまれぬ人や身をのミをつむ
船不通
きのふよりゆきかふふねハかよハすてとし立かへる波のあらゝさ
思来世
こんよありてむしにとりにもなりぬとも物おもひせぬこゝろともかな
歳暮鯛
いそのやのはるのまうと（ママ）波の花わけてつりこしさくらたいこれ
鐘
なかされし身ハあけくれのかねのねもなミのつゝミにうかへてそきく
さよふけてさひしときゝしかねのねもそらなつかしきはなれしまかな
寒松
しま山の松のふゝきにむせかへる波もろともに老もこそなけ
雪
はるたてと猶ふるとしの山のゆきつもらぬかたもけさハ見えきて
つもるかうへにけさもふりつゝ　＊右一首の下句二種あり
たひころも
故郷をしのふのつゆハたひころもはつるゝそてのいとにこそぬけ

禁中年内立春
　またきにもはるたちきぬとしらせつる人やわかまつこゝろしりけん
禁中歳暮
　一時もをしみし老かゆくとしを身のわひしさにいそきぬる哉
　ミをつくしこゝろつくしもかひなくてとしハはてにもなりにける哉　＊右二首ミセケチ
思千鳥
　いそちとりすむかすまぬかあらいその波のとたかミこゑやかくるゝ
二十六日
いとのとやかなりつるうミつら、にハかにあれくるけしき、かくてこそ舟のあやまちもいてくへし。
　うミのミと思ひける哉よの中もなけるハあらすはしめなるものを
からつのかたのいそ、きはやかに見ゆ。
　よしひかたしほやひくらしいとのことはへしまさこのゆたかに見えきぬ
こよひハうら人の、としのもちいひつくよしいひしを、あらしにやけたれけん、うすのおともせす。
二十七日
うら〳〵の山々、猶ゆきもふるへきけしきなるに、こゝハたゝあられのミそふりくらす。おちたまりたにせす、いたつらさ《（ママ）》ふきところなるや。あさとく、ふちこかもちいひおこしたれハ、
　うきとしもふかきこゝろのもちいひにむかへハわかミいふせくもなし
かれこれと、さすかにはるのまうけめかしく、ちりなとはらふに、老のくせのひとりこちともせられけれハ、
　おのつからわかミをおのかのともにしてちりはくにたにひとりこたれつ
ゆきうちゝりて波さわかし。

はるたてとまたふるとしのものとてやゆきけのくものたゝすまひして

いつくよりともなく、うめのかのいりくるこゝちして、

　そらたきのけふりもたてぬ人やとてしのひにかよふをちのうめかゝ

やミのよなかく、あかしかねてハ又そおもふ。

　いへ人となれにしねやのともし火のこゝろにのミも（ママ）ゆるやミ哉

ひときはさえまさるよのわひしさ、いはんかたもなし。

　さゆるよのあらしにむせふ波のこと人やなくかとたかおもふらん

さま〳〵とおもひあつむるうちに、

　あた人と思ひのほかにつミな（ママ）しおのれそおのかゝたきなりける

二十八日

としもはや、ひとひふたひになりしこそうれしけれ。

　手をゝりてはるまちかねしむかしへのわらハこゝちにまたなりにけり

二十九日

としのかゝミとて、かた〳〵よりもてきたるにつけても、故郷人ハ、かすたらぬとしのもちなといひて、そう〳〵しくやものすらん。いのちなくなしハてたるかた〳〵ハ、いふもさらなり。かく人やすミしたるさへ、いかはかりか、なと思ひめくらすもかひなし。

　うら人のこゝろもちいひのかゝミにも故郷人のかけの見ゆらん

としのくれをいはふとて、かた〳〵より、さま〳〵のものともおこしけるこそ、思ひの外なりけれ。

あらしハのとめたれと、雨のふりいてて、いとしめやかなる、としのくれなりけり。

　よの中もしく〳〵なきてゆくとしのハてのハてとて雨のふるらん

くもはれてうきたけの谷々のゆき、しろふ見えたる。
　ゆくとしの神にいはひてうきたけの谷にかけたるゆきのしらゆふ
くれゆけハ、こよひハとて、囚のまへに火をともしたるそうれしき。くらかりのともし火のたとへも、うへとこそおもへ。
　としさへもくるゝ人やのくらかりをこゝろあかくもてらすともしひ
藤子かゝたより、としをいはへとて、さけさかなゝとおこしたれハ、
　なさけある人のこゝろのひとつきにうき身わすれておくるとし哉
いへ人やいかにおもひやるらんとて、
　うら人のなさけありそにゆくとしをおくるといへにしらせてしかな
あかつきかたに
　たきちてハよとになかれつひめしまのいはまにつくすわか六十せかな
波風しつまりて、のとやかにさゝなミのこゑ、きこえくれハ、
　とし波のありそもよハにしつめきてはるのしらへにうちかはりゆく
かくてもハた、いまはしけなることゝも、心をさりやらて、
　ひとゝせのゆくさくさこそ物うけれかへらぬ人のあまたあるよハ
　かひもなく老にかさなるとしの波人ハなきさのあわと見なして
　すへくにのやミさへとしのよ一よにあけてはるめくミよとしもかな
　なかれいる人やもしらすむかへなんいつこもミよのはるそとおもひて

慶応元

春

（慶応二年正月）

慶応二寅のはるをひめし《（ママ）》の人やにてむかふるとて、

　ふるさとにむかふるさまもまほろしに見えきて匂ふはるのあけほの

のとかにかすミわたりたる、うミのけしきともハ、さすかにめなれぬこゝちして、

　なかれこしうき身なからもうら〳〵とかすミてあくるはるハめつらし

うら人ともか、こゝかしこより、としのかゝミもちひなとおこしたるを、

　しま人のなさけのかすも身のうさもつミかさねたるとしのもちいひ

あけゆくころ、

　時わかぬ人やすむかとはるつけてなくしのゝめのむらすゝめかな

　老らくのすてしいのちをいきのひてまたひとゝせもそへてける哉

　さしこめてひらかぬまきのいたまよりとしハあけてもきたるはるかな

ひさしいつるころより、いとかすミわたりて、まことはるにうちかハりたる波のたち居ものとけくて、

　いつとなきこゝろのあやも匂ふかなまさにはるめくうミのかすみに　＊この一首ミセケチ

　故郷のはるやいかにとおもふこそことしのゆめのはしめなりける《（ママ）》

　うつゝなくこそもくれきてことしハたいかに見えくるゆめちならまし

二日

　いやましにかすミこめて、そらとうミのさかひもわかかす、山々もミなかくれたるハ、くもりくるにやあらんとて、

　はつはるのかすめるそらののとけさもすきなハつひ《（ママ）》さえやかへらん

女わらハか、波されのかひとも、ひろひてもてこしかハ、

　はやくより身ハ無物とくたしつゝ波にゆらるゝうつせかひこれ

　はまをきのかせのすかたもうら〳〵とふかくもかすむはつはるのうミ

　やるせなき心の波もはるのきてかすめかほにものとめぬる哉

　うちむれてまたもきにけりうらをとめほとなきまとのあかりふたきに

かゝるをりこそわりなけれ。

　いねかしとおもへとさらすあまをとめ老を見物にするけしきして

あわひから、

　うちよせしあわひのからのうつしミハ波のミくすとなりにけらしな

三日

よひのまにすこしふりつる春雨、けさハのこりなくはれて、うこくともなきうミつら、かすミこめて、はるさへふかけなる、のとけさにもやうされて、こきあなといふところよりのそきたるに、いしかきのひまより、すミれのたゝひとつさきいてたるか、いミしうあハれにめつらしくて、

　人やりハすへなきものをおのれからこゝにすれ《（ママ）》の花さきにけり

四日

そらきよくはれて、風すこしうちふきたれハ、きのふかすミはミな、山々にたゝむはかりにて、うミのいろあをやかに、すこし波たちたるも猶めつらし。

　なかれつるかすミは山にうちよせて波の初花さきはしむなり

あまともか、つりそめとて、あまた船をこきいつるか、こゝのまへを過るもまためつらし。

はるさりて先さく波の花のまにこきつらねたるあまのつりふね

ひれふる山、こそのゆきのきゆる時もなく、しろかりしに、けふハあやなくかすミたり。

しろたへのひれふる山のゆきにけさかすミきそひてきたる春哉

しまく山々なとかすミわたりたるも、さらにのとけくて、

きのふまて波たかしまもかすミきてはるのねふりにうつりかほなる

よしひかた引わたしたるはつはるのかすミにけさハうきたけの山

たかねのミうすくと見えたるこそ、まことゑにゝてゑにまさると、言道翁のうたおもひいてつ。

よしひかたかけてわたしてつしまにも猶あまりたるよこかすミ哉

うら風にかすミのころもからけあけてすそに見せたるうらの松原

五日

そらに立のほる波のうきゝり、かすミにたちそひたれハ、山もなくうミもそらも、たゝしらミわたりて、いそへのこゝちたにせす。

はつかすミ波のうきゝりこきませてミとりあせたるはるのうなハら

ひめもすうつくしきそらのミなかめて、そうくしさもやるかたなし。

うミやそら空やうミかもわかちなくかすミハてたるよにこそありけれ　＊この一首ミセケチ

ゆふさりかた、さゝなミのいとしつかに、おとしたるものとけくて、

あつさゆミはるさりくれハかけ引もゆるへてよするいそのゆふなミ

六日

おなしくかすミふかくして、はつはるのけしきも中々にうせたるそさし《マヽ》けなる。

ちる花にくもるころとかいふはかりはるふかけなるはつはるのそら

よの中もかゝれとそおもふよひとよにありそのなミもなけるはつはる　＊この一首ミセケチ
くもりひやさえかへらんのうたかひもはれてのとけきはつはるのそら
ふくとなくいりくるいそのはるかせにそてさふけきもこゝちよきかな

あわひつく舟の、かなたこなたこきめくるさへ、をかしくて、

あわひつくあまのをふねのかひのともまとふにゆらくはるのうらなミ

うくひすのなかぬこそ、おそけにおほゆれ。

こゝにもと待につけてもおもふかなわか山さとのうくひすのこゑ

かくのミひとりこちのミして、うきこゝちをさけたれと、たゝすミなれしかたの、はるのけしきのミ、こゝろにうかひぬるにつけても、ことしハはるめかぬはるを、いかにいへ人わふらんかし。人やにこもれるうまこ、いかにしてか、としのおくりむかひを過しぬらん、おなし人やにても、こゝハおほやけさけたれハ、かくまきらはしてもあるかし、なと思ふに、のとめしうきなミそ、こゝろにたちさわくめる。

たのめともこゝろのこまもとゝめすて得もまゝならぬあかほとけ哉

けふハ、故郷なとにハ、あすの七草をつまんとて、かなたこなたのにいつるもありぬへし。いへのわかき女たち、そのふのわかなをや、しのひにたつぬらんさまさへ、見ゆこゝちそする。こゝハさる事すとも見えす、いとそうく／＼し。

わかなつむ人もなきさのいそなたにかすたらハてもあされあまのこ

あわひを見て、

おきにすむあわひのミかハ人ことにミなかたもひのよにこそありけれ

三平といふものゝむすめか、さゝゐのいとちいさきをいさりきて、おこしたれるを見て、

うなハらのさゝゐのかひもうこけるをたゝ居のミしてくらすはる哉

ハたかれの母なるものか、たわらこをおこしなんとて、わかこのめるやうに、てうしこんなと、まこと〳〵しうとひにきたれハ、

　あやもなきあまかあさりのたわらこのうちにもこゝろあるハありけり

このほとのかすミ、うきゝり、けふハことさらたちこめて、波おとさえさらにたえはてたれハ、うミも遠さけたるこゝちして、あやなくなかめたるに、

　そこはかとかすミのうちのかちのとをたとり見るまにもるゝいさり火　＊この一首ミセケチ

こよひハ、いかとる舟のいさりたくのミ、あやに見えたるそめつらしき。

七日

なゝくさたゝくおともせす、さひしけにあけゆくを見れハ、けふも猶、うミ山あやなくかくれはてたり。

　はつはるもふかくなりたるこゝちしてなかめさひしきやへかすミ哉

かゝるをりしも、大舟のほかけ、うすゝミにかけるやうにあらハれきたる、いとをかし。

たゝかすミのうちに人やもあるはかりに、

　あやもなきかすミのそこにいつよりかきておとろかす大き（ママ）の大舟

　よにあまりさてなかされしうき身をももらさてこむるはるかすミ哉　＊この一首ミセケチ

きのふけふハ、さらに波のおとたえて、うミつら見えねハ、島にあるこゝちハはるけたれと、のとかなるはるひを、たゝ居なから見てすくすこそあたらしけれ。いそへなとにいてゝ見ハ、いかはかりかこゝろものハへまし。

ゆふくれより、けしきはかりに、はるさめのふりいてゝ、のとかにあたゝかけなれハ、いつしかまとろひたるに、

　はるさめのさそひいてたるゆめのまにうちかはりたる波のおとかな

　はるきぬとこゝろゆるすないねふりのひまにもあらし吹よなりけり

さすかにあらしもはるこゝちにや、きのふの冬にかはり、やわらかけなるハ、こゝろつからなるらん。

ふしたるに、よ半はかりよりこゝちれいならて、下やに行まに、いミしきことしいてゝ、きぬのすそそこなひなとしたるを、くらかりにとりかくしつゝ、身を水にそゝくなと、わひしさかきりなし。いまゝてかゝる事もなかりつるを、うき事のつもりにや、いミしう老ほうけたりとうちなかれて、

　　ひとめくりめくりめくりはてたる六十とせののちの老さへことしきつらん

八日

やをらあけゆくを待得て、ものまかなふ女がきる（ママ）に、わりなくしかく〱のよしいひつゝ、水をくませ、きぬなとそゝき、ゆなと物したるそおもなき。うミのかたを見れハ、立こめたりしかすミ、ミな山にのミたゝむはかりにのほりて、うミハさやく〱と波たちたり。

　　はるかせもかすミのきぬのすそやれてつゝミかねても見ゆるうら波

老のもすそハ、あちきなくもほころひにけりとこそ、おもひしか。ひるますくるころより、かきくらしふるはるさめ、しのつくはかりなるに、かミさへなりて、なミのつゝミにうちあひたるすさましさに、こゝろもほそりたるにや、きのふ、おとつひむれきたるあまをとめも、こひしけにおもへと、のとかなるひに引かへて、たれおとつるゝものもなし。ひさしにこするゑのしつくの、おちく〱しくかゝるを、人やくるかとおもふをりく〱さへありて、ふち女かもとにつかはしける。

　　君かくるかさの雨かといくたひかのそきて見つるのきのしつくを

きゝしらすや、おともせす。いひかひなきいそやなりけり。松風むらさをたにすまハこそ。

あかつきはかりよりいたく風あれて、雨ハをやミぬ。あくるをまつほとに、

　　にはとりのこゑかあらぬかはるのよのあらしにさけふ波かしられす

九日

雨はやミたれと、猶波風あらゝかに、くものたゝすまひ、山のけしきも、またふりつくさぬけはひに、さえも

やかへるらんと思ひたりつるを、中々にはるふかけなる風のすさひ、花もちりくへきけしきに見ゆ。

はるはやミぬるひすくして桜花ちる時きぬとさかすもやへん

くれゆくまゝに、いミしうさう〳〵しくて、ふら〳〵とやしつらん。

居ねふりのゆめにうつゝのゆめつゝきねさめをもせすうまいをもせす

こよひ桜さかりにさきたるゆめを見て、

はるさりていくかもあらす見つる哉ゆめにさくらの花のさかりを

かきこもる人やゑミ口ひらくかとはかなきゆめの花もたのしゝ

十日

おこなひハてゝ、あさのものとも物しハてつゝ、文ともよミ居たりつるに、いとわかけなるこゑして、うくひすのなきいてたる、うれしさ、あハれさ、たとうへきものなし。

そやそこにあハれなく也うくひすのこゑしる人やそこにきくかと

いくこゑもなく、うゐ〳〵しさもことに、めつらしくも又かなしうこそ。

うくひすのまたうらわかきはつこゑをしけも波にうちハへてなく

こその冬より、あまともに、こゝも鴬ハなくにや、とゝひにし時、いかにいひてなく鳥にや、とこたへたりしに、ほうけきやう（ママ）といひたれハ、さることいふもありけに、なといひしかハ、まことなくにやと、このほとのゝとけさにまちたりつるを、けふハさふけなるを、中々になきぬるこそ、はるもわかけにたのしと、おもひなしても、また、

故郷もうしとやきかんはることにかたミになれしうくひすのこゑ

わかすミなれたりし山郷さへ、なつかしくなりまさりて、

きく人もなきわかいほの松にきてなくやむかひのをかのうくひす

めつらしくはつねまちえしうくひすにもやうされたるわかなミた哉
かへるかりにや、そらをすきゆくもまたかなしく、
かへるかりうらやむめよりかすミきてゆくかけとくもかくしつる哉
はるくれハこゝろのまゝに帰る雁ほたしのつなのかゝるよもなく
ゆふ月のとやかなるにほひに、囚のうちほの〳〵として、過しよけなるにしたかひ、よひねもせす。
はつはるのわかともしひのおほろ月わかれにくらむあかつきのやミ
けふハゑひすまつりとて、あまともか、いそへにさけともてゝ、あそひくらすついてに、こゝをとひこしものしけく、れいのもちつきてハ、かなたこなたよりもてわたるを、とかくし、いとつかれにき。こゝろさしはうれしけれと、中々なるわさなりけり。
（福岡市博物館本終・次行より天理図書館本）

正月十一日
このころのかすミより雨ふりいてゝ、うミのおとあら〳〵しうなんなりぬるに、ひるまハかりより雨ハやミたれと、いとさえかへるけしきに、けふハくる人もすくなけなり。
きのふハゑひすまつりとて、しハしのいとまもなくとひこし人、たれ〳〵ともおほえす。ものおこしたるもかすしらす。こゝろさしハうれしけれと、中々なるわさにこそ。よきつてあらハとてものするに、ひるまはかりより、ハた人のたえすくれハ、けふもいたつらに過しつ。
十二日　よへハいたくさえつるもうへに、山々のあわゆき、冬よりもふかけに見ゆ。
はつはるにまたあらためてふりにけりこれやことしの山のはつゆき
よへよりこゝちあしきに、さふさもことさらにわひしくて、うつ〳〵としたるに、かきもちいるゝ袋をとて、ミき女かこひきたれハ、まかなひ人三人のもとにとて、さる事ともしつゝ、

老さへもとしのもちひともろともにかきつめいるゝふろ（ママ）をもかな

十三日　さふさすこしゆるひかほなれハ、こゝちもよけになりぬ。けふハ母君の御きにちなれハ、おこなひかちになんすくしぬ。

のとやかなる夕つくよになくさめられて、よふくるまてまとをあけつゝ、うミつら遠く見わたしたるに、いつしかねふたけになりたれハ、しはしうまいしたりしひまより、いといたく風雨おこりて、紙ひとへのまと、うちもやふりぬへかめれハ、とかく物すれと、早月もいりてくらし。うちよりたつへき戸にあらす、せんすへなく、やふらハやふれとうちまかせて、ねんしあかしつ。

おほろよのハてハかならす波さわくうミはうきよのかゝミなりけり

まとのかミやふらハやふれ雨風にぬれなハひかけ待てほしてん

十四日　あけゆくまゝに、なこミかたなから、南もにしにかはりてふけハ、うミハ猶あらく〱しきに、つり舟なとハいとひなく、平戸まてこきいてつとか。

つり舟もいのちのつなのほたしよりあやうきせをものるよなりけり

たてるかと見れハきえぬる波よりもはかなきものハ人のたまのを

けふハわらハともか、はんじやう〱といふことをすとて、かしの枝をミなかたけて、ひなひたれといにしへめけるうたをうたひ、はんじやう〱といひて、社々、人のいへ〱にゆき、うたひてもちをもらうさまなり。此囚のにしおもてに、天神の御社ましますよしにて、そこに来りてうたふ。囚のまへにもきてうたひたれハ、かゝミもちいひをやりつるに、いとうれしかりてゆくを、なとかやりつるや、いとあしかりしとて、梅わらハかきてむつかるもわりなし。よしや、あしくても、ほともこそあれ、何はかりのことかハ。

ひめもすかきくらして、いとさう〱しきまゝに、過しひなきつる鶯の、そのまゝにこぬか、いと待遠くほいなくて、

中々にきゝそめぬまハうくひすもすまぬしまかとそらに思ひしを
なミこえてさとにやいてしはつねのミなきてたえたるしまのうくひす
月かけおほろにのとけくて、さふからねハ、ミき女、藤女なとまへに来りて、よふくるまてかたりあひつゝい
にたれハ、よもミしかくあけぬ。
十五日　あかつきはかりに雨すこしふりて、あけゆくまゝにそらきよく、さきつひにかハり、まことはつはるの
けしきに、風さむけなるも、中々めつらしけによし。ひれふる山ハ、よへの雨もゆきとやふりつらんかし。
はるかすミ立かさねてもまつらかたひれふる山ハゆきのミそふる
うすものゝかすミにゆきのしたきぬもあたゝかけなるひれふるの山
うらく〳〵とかすミたるそらに、とびのこゑもけさやかにきこえて、
はつはるのそらに立まふとりのことわれもとひたつこゝろうこけと
江上ぬしかたねをまきにし桃の木、のきよりもたかくなれるか、やかてさきぬへきけしきしたれハ、
あハれ〳〵うゑにし人ハなきものをしらてやもゝの花いそくらん
うゑおきし君をしのふハくさならてひとやのゝきのもゝのひともと
けふハうら人もあそひくらすひにて、かれこれとひくるに、なかされ人さへ、祝儀をつけてそゆく。
もろともにうれしきめたに生ひいてゝ身をしめなハのとけんよしもか
ひるまはかりより、風さふけにふきいてゝ、そらもうちくもりたる夕くれ、いミしうさひし。
あきのミと思ひけるかなうきしまハはるの夕も物そかなしき
わすらるゝ時ハなけれと故郷を猶おもハするあまのいさり火
いとちかう舟よせて、いさりたくこそ、あハれもまさりしか。いそやのひも、ほと〳〵見えきたるそいミしき。
たそかれと故郷人のこひしきにあまのとまやにあしひたく也

いさりたくあまのをふねにうちそへてよるおとさひしはるの夕なミ

れいのこゝろをたつぬるわさともしつゝ、

つく〴〵とたつねて見れとそこはかとしりてしられぬわか心かな

十五夜くもりたれと、中そらになれるや、まともあかくなりたれハ、

よもすからこよひハもちの月影におきあかしつゝこゝろたつねん

なと思ひたりつる。いつしかねふたけになりて、ゆめこゝちさへおほろ〴〵しく、ねたりつるに、さめたれハはやあけゆくけしきと見て、ふすまなとたゝミたるに、またとらの時はかりにやありけん、かのいさり舟の人おときこえけれハ、のそきたるに、ところもかへすかけほそ〴〵と見ゆ。

はるあさミしほ風さゆるうなハらにおきあかしぬるあまのいさり火

こゝろある人にもかもな見せてしかおほろよにたくはるのいさり火

むねこかすあまか見るともしらしかしはるのなきさのあまのいさり火

かくてあまのわさほと、よにあハれにあちきなきわさハあらしかし。

十六日

猶くもりて風さむけれと、はるのわかやかなるハ、ぬるひ過たるよりめつらしうこそ。人やのうち、上下へたてたる、しぶかミのかけとよろしからねハ、竹をもらひいてゝ、さる事ともしつ。又ミひかひてふ貝のからをもらひたるか、いミしを（マヽ）しをかしけなれハ、かすをあつめて故郷につかはしなんとて、先二つ得たるを、ミかきなとして、いたつかはしくそすくす。

都日記をやをらきのふよりとりいてゝ見るに、*猶身のうきしつミ、こしかたゆくするゑさへおは（マヽ）るれハ、

＊以下一首一行張紙下

こゝのへのミかきのうめや匂ふらん見しそのはるのころハきにけり

風いたうさわかしくてしつ心なけなり。＊以下三首張紙上にあり

　こゝのへのミかきのうめや匂ふらん見しそのはるのわすられなくに

　いまやゆめむかしやうつゝ都にてうめ見しはるのころハ此ころ

風猶あらく〳〵し。

　はるくれハ風のこゝろそさわくめるうめのさかりにあたをせんとて

くれゆくそらかきくもりたれと、いさよひの月やかて匂ひくれハ、まともふたかすあらしにふかれ居たるに、藤子かとひて、さふき風もいとハす、さよふくるまて何くれとかたり、なくさめてそかへりぬ。

　さふきよにとひこし人をしほ風にふかせてねやにいれぬわりなさ

いさり舟いくつらも、この島かけにこきよせて、いかをとるとていさり火たきつらねたるも、いミしうあハれなるに、風ハいやましにふく。

　さふきよにたきあかしぬるいさり火ハあすのうをつるゑをもとむとか

このころハよるひるねぬる事もなく、かくのミいさりぬるよし。いかにも〳〵あハれなる、あまのたつきにこそあめれ。さるを、もとむる人ハ、代のたかしき《（マヽ）》ゝなと、とかくいふそわりなき。

ねさめたるに、しらミたるまと、月ともあくともわかすして、

　中々にゆふくれよりもあかつきのあくるあけぬにいさよひの月

いさり舟の人こゑしきりきこゆるや、おきへにこきいつるけはひなりける。

　いさり舟よるハよすから火をたきてひるハひねもすおきにつりする

十七日　猶風やまず。さふさもいやましにさえかへりたれと、日影のをり〳〵さしくるに、こゝろはるけくてすくしよけなり。

けふはミほとけの事ともに大かたすくすめり。

藤この身のしあハせあしけれハ、ゆくよろしけ《(ママ)》なるうたを、とてこひたれハ、
ひとすちにこゝろのたゝち君ゆけハつひにたかねの花もこそ見め
猶風はけしくて、さしこもりたるに、すこしひらき見れハ、
まとたにもひらきかてなるはるかせにほをあけてくる舟もありけり
うめちりてさくらまたしきひまなれとにくけにつらきはるのうら風
風をいたミたゆたひぬるかかへりしかきのふもけふもかりのこゑせぬ
かりのこゑのきこえけれハ、
そらにこそわかれなれしかかへるかりなきてなかするこのはるへかな
かすたらていぬるかりかもわかとちハなきもいけるもかへるよのなき
くれゆくまゝに、猶風すさひふく。月もまたしきほとのくらさに、いとまちわひて、
つく〳〵とうミを南の人やにハ居待こそすれハ《(ママ)》たちまちの月
やをら月かけほのかにさしくれハ、
いかめしきまきのあらかきもりきてもかけやわらけるはるのよの月
おもへともうめもさくらも見えこねハ月こそひとりしたしかりけれ
ともしなき人やにすミてむかしよりしたしミまさるよはの月かけ
ふけゆくころ、波風もかつしつまりかほなりや。
つらかりしあらしも波もはるのよのおほめく月よになこめられつる
おほろよの月にむかへハ故郷のうめのこかけにゆくこゝろかな
こちのミふくころ、
うめの花匂ひおこせのかミ事もこちふくたひに思ふはるかな

　ひかすへてつらく吹つるはるかせにちりやハてけんふるさとのうめ

まくらへのまとの紙に、何かさハり〳〵とおとするやうにおほえて、ひらき見たるに、

　いそあさる舟のかちのといかにしてまくらにさわるこゝちしつらん

十八日　人丸明神に手向まつるうたとて、よへよりよミつゝけ、あけゆくころおもふ事又うかひきて、

　〇ちりハてし花のうてなにのこるミのはるにあひても生るめそなき

こゝハ地かたの村々より、うしの子をあつかりて、たゝ小屋にのミつなきたるに、かなたこなたよりたえすほゆるこゑ、いときゝくるしくて、

　うしやうしさのミなゝきそきくもうしわれもほたしのつなかれてのミ

つらかりしあらしたえて、のとかにくれゆくうミつらに、たきはしむるいさり火のかけ、いミし（マヽ）めつらしくて、

　ゆふくれのものさひしさをなくさめてたきつらねぬるあまのいさり火

　なれぬまハものさひしけに見えしかといまハともめくあまのいさりり火　＊この一首ミセケチ

　あまふねのミなきるかひのおとよりもさゝなミかろきはるのゆふなき

　ほしとのミなかむるまよりかたかへてそれとしらるゝおきのいさり火

　風やミて居待の月のたのしきにふりかはりくるはるさめのそら

十九日　よへのはるさめ、猶しく〳〵とふるに、けふは無可君のきにちなれハ、経ともよむに、中々につミふかくおもふ事多くて、

　身をはやにつくしかひなくなかるれハうかふせなミにたまもさわかん

いかにほいなく思ふらんかし。

　はるさめハよをわひ人のうきくさの生るたもとのしつくなりけり

　はるめかぬ人やのゝきの春雨にうきよしのふのくさそ時めく

ひたけゆくまゝに雨ハやミて、ハたあらしにあらすにし風いたうふけハ、波のかしらたかく、うミのいろくらミておそろしけなるに、つり舟のかへりくるほかけのあやうさ、たとうへきものなし。

　さはかりにめにこそ見えね人のミもあらしの舟に何かゝはらん

なとおもふをりしも、わらハともかうちつらたちて、さわきくるを見れハ、うくひすをころしてそもたりける。そハ、いかにして、とゝへハ、いま、人のつゝにてうちておこしつ、といふ。火おとハきこえし物から、さる事あらんとやハ思ひし。

　うくひすをうちもうちしやなさけなやあな人けなやさもこゝろなや

きゝそめしよりこのかた、人よりもなつかしう思ひたりつるを、いミしきうき事もいてきたるかとまて、いミしうかなしくて、

　おもふとちはなれこしまにかつなるゝうくひすにさへわかれつる哉

おもふ事のついてに、

　ともすれハねこのくひさしはミにくるねつミもよにハありけなる哉

十九日　そらきようはれていとのとけし。

　かすミたちむかふあさひの鏡山はるのすかたそ先うつりくる

（裏表紙）

正月廿日朝までを記す。（天理図書館蔵）印

正月廿日朝後より書。

いよゝのとやかに、うら〳〵とてらすはるひに、こもるへきこゝちこそせられね。くさきのけしさ《（ママ）》へおなし

こゝろになん見ゆる。

　はるのひにはたの大根もあらハしてつちにこもらぬこゝろ見ゆなり

ひるますくるころよりうちくもりて、うミハいよゝなくめり。

　くれゆけハかつもえまさる島山の野やきにつゝくあまのいさり火

こよひハ舟も、こゝろしつかに見ゆ。

あすなん、あかつきはかりよりさとに行よし、佐吉てふ者かいひしかハ、しのひてきこえつかせてんと思ふ事とも、かたらひあハせて、文ともかいつるに、日くれたれハ、ともし火なくていとくるしく、せんこうをたてゝ、そのあかりに、かいさしゝ事とも物しつるに、そのすゑに、まさくりておほろ〳〵にかく文の、へしかた見えすなるそわひしき。くさ〳〵の事かいつけて、

　いくたひかうきもミたれもかきつめて君に見すれとつくる時なき

つれ〳〵のあまり、つれ〳〵くさなと思ひよそへて、いまやうをなん、くちすさひける。

　きくへきものハ水のおと　ミ山うくひす　つるのこゑ
　をしか　かりかね　むしのこゑ　笛　琴　ひわに　古言（マヽ）

廿一日

なとうたひつゝよをあかしたれと、かの佐吉さらにこすなりしかハ、くらきにかいたりしも、いたつらになれるのミかハ、はかられやしつらむと、むねさわかれて、三木女にとハせたれハ、そらくもりたれハ、やみぬるよしをきゝて、こゝろもなきつ。いますこしきこゆへき事とも、かいつけてつかはしなんと思ふをりしも、古川友五郎てふ人、このころこゝにきたれるよし、きゝたれと、あふ事ハ得なるましう思ひて、いとなつかしかりしに、いとしのひやかにまとのもとき（マヽ）たりぬ。おもハすうれしなミたこそ先たちけれ。さていひつかはしてんとて、

　おもハすも君を見るめのうれしさとなこりのなミた引しほそなき

ひめもす春雨のふりくらして、いミしう物さひし。よるハことさらふりまさりくるを、いたくねふたけにて、月もかひなくくらけれハ、とくねたりつるに、ねさめてもハたまとろひ、あけはてゝやをらおきつ。

二十二日

　はるさめのさひしきよ半もうまいしてあさいするまてなれし人やか

けふも猶そらくらけにくもれり。風さへさふく吹いるれハ、まともあけかたく、いとさひしきに、ハた雨のしく〳〵とふりいつるハ、いミしうさひしかりつるに、故郷よりたよりありて、家のろく、得たうましかりつるも、ことなくたまハりて、世つきなとものしつるよし、いひおこた《(ママ)》せたるに、こゝちうれしく、さひしさもけたれかほなるに、

　故郷のよろこハしけのおとつれに猶なつかしさまさりくるかな

かのたよりきくまへつかたに、月日貝と、こう貝てふを人のおこしたれハ、いとめつらしくて、けふ故郷にハたゆく人のあれハ、よろこひのしるしにつかハすとて、

　月とひのくもりもはれてよをおもふこゝろつくしのかひも見えこん

よふかくさめてみれハ、すゑのゆミはり月まとにさしいりたり。

　はつはるもはやうらはつのゆミはりの月にいれとてあくるまと哉

雨のはれかたよりいとうさえ〳〵て、冬のうちにも、かくつめたきこともなかりしこゝちして、

　はつはるのまたうらさふきしほ風とともにかけいるゆミはりの月

二十三日　あかつきはかりより、いまはしかりつる人々の、なきあととふらふとて、経ともよミけるついてに、

　しての山先にと思ひしを中々におくれてあとをとふそかなしき

さま〳〵おもひつゝけられて、

　よもすゑのゆミはり月そうらめしきやまとものゝふうもれしおもへハ

いミしうさふくてこゝちさへれいならねハ、ひめもすひきかゝふりて、よるもことさらさえまさりたり。冬に
に《（ママ）》まさりて、さえかへりぬるこそいミしけれ。
　にけもなくとしのはしめハぬるひきて冬よりさふくさえかへるかな
よの中もかくこそハ。
二十四日　猶さむけれハこもりつるに、ひる過るころより、いさゝかこゝちもよけになりしかハ、都にゆきし時
のミちのきともかくに、さふさもゆるひかほに風たえて、波の音遠さかりたるやうにきこゆ。
　いくたひかさえかへりてハのとむなりさためなきよやそらにうつれる
二十五日　けふハ、れいの御神に百拝をして、一時二十五詠をなん手向奉りける。このうた外にしるせハ、こゝ
にもらしつ。
雨はふらねと猶くもりかちにさふし。野やき火《（ママこ）》、からつ山に見ゆ。
　波風も立かくしたる八重かすミ雨と見てやくはるのゝへかも
すこしはれきて、
　ともしひもかゝけぬねやハゆふつゝのかけもたのしきゆふやミのころ
二十六日　猶くもりてさふし。ひるますくるころより、雨ふりいつ。
　はるさめのまた故郷をしのふくさぬれまされとてしく〱そふる
さハいへ、うきすミかもなれゆくにつけて、よなく〱いかたかりしも、このころハ、うまいするよこそおほけ
れ。
　さてこゝのはしらにかいつくとて、
　　またこゝにすミなん人よたえかたくうしと思ふハはつかはかりそ
ついてに、

こし時ハいけるこゝちもなかりしをいまハかへらんことをのミこそくれゆくまゝいとうくらくてわひしきに、ほと〳〵とこすゑのしつくおといミしうさひし。

　中々にしけくもおちすこすゑよりもるおとさひしのきのはるさめ

ハつかなるうつミ火も、すミつきてきえハてたれハ、と(ママ)あくるをのミそまちわひる。

二十七日　雨なこりなくはれて、そらのいろのミとり、うミつらにかよひて、いとのとけし。

　きはやかにかすミのきぬを引はへてくかち波ちをわかつけさかな

水をくませたるたこのうちに、あさひのさし入たるを見て、

　ものそゝく水にもちりのうきよそとさしもしらするあさひかけかな

ひさしふりに日影はなやかにさして、いとめつらしと思ふほと、故郷にやりつるつかひ、かへりこともてきたる。いミしううれしく、とるてもおそしとひら見る(ママ)に、いへの事とも、又わら(ママ)ひかちなりしたねこか、こゝちよくなりて、さとなとにも、ものにのらて、はるより二たひ行、なとあり、二なううれしき。おとつれをきかんとてにや、よへ坐をしたるうちにまとろひしつる時、はまぐりのからに、きつかうのかたつきたるを、藤子かもてきておこしたりと見てしかハ、はかなきゆめも、よしあしとなくこゝろにかゝる、あたこゝちに、歌うらを引たりつるに、なつそひくうなかミかたのおきつすに舟ハとゝめんさよふけにけり、といふ万葉のうたいてきたれハ、こゝちよけに思ひたりつるに、うれしきおとつれをこそきゝけれ。されと、静幽古士(ママ)の七とせのミとふらひ、こその文月なりしを、いへのさわきにより、おほやけはゝかりて、うち〳〵にのミ物したれハ、此二十八日になん、かのミとふらひすといひおこしたり。よくもとく〳〵思ひおこしたり、と思ふハうれしけれと、さるをりふしにも居あハて、かゝるうきかたに物するを、無(ママ)君にもいかゝおほすらんかしと思ふに、むねつふるゝこゝちそする。

　君にわかなかくおくれていつまてかひとりうきよのゆめを見るらん

あすハこゝにもいかゝしてかとひまつらん。

　いかにわかミあとゝふとも君ハたゝせにふりさけていますならまし

いひやりし事とものかへり事、つはらになきか、いとこゝろもとなくて、

　わかおもふほとにハ人のおもはしとおもふほとなほおもひこそませ

よいたうふかきまておこなひともしつゝ、しはしとてふしたりつるに、すこしねすくしたるこそ、おほなかりけれ。

二十八日　けふもいとうら〱とのとけくて、かすミさへほとよけに立わたりたるうミつら、あわひつく舟ともゆきかよひたるこそ、いミし(マヽ)をかしかりしか。

故郷にハ、なき君のミあととふとて、まろふ(マヽ)もありなん。先、日かけのとけきこそよかめれ、とおもひやるに、いつしかしほたるゝ、あまかたもとこそわりなけれ。

　うきしまになかれてミあととはましと君やおもひしわれやおもひし

かひなきとふらひなから、うら人ともにものともとらせて、ひめもす経ともよミくらし、かきくらしぬるに、いとゝむかし人おもひいつる事とも多くて、

　はかなくもかへらぬむかしおもひてゝまたもあらハとなけきつる哉

からつのかたの山に、野やきのけふり見ゆ。

　うら〱とかすむのやきのけふりにもわかむねくゆるけふにもある哉

二十九日

きのふとふらひし君の母君のきなるこそ、猶むかしゝのはしけれ。そらもきのふにかはり、うちくもりて物おもはしけなり。はるのひのゝひゆくまゝに、中々にありし事ともしのはしく、ものかなしさもそのをりより猶しミかへりて、人々とゝもに、つるきのつゆときゆへかりし老のミ、心の外にいきとまりて、なかきうきを(マヽ)なん見

るにつけても、いまハこのうミ山をともとなかめハてん《(ママ)》なましと、おもひなりぬるにつけても、うまこともにい
ま一たひあハまほしさのミやミかたく、のりのミちにもいたくそむけりとこそ、うたてこゝろのくまなりけれ。

いましめのほたしのつなにまさりてもこゝろにかゝるいへのうまこら

ひとりハおなし人やのすミか、いかてのかれいてさせて、あひ見んよこそあらまほしけれ。
きのふのゆふへよミたりしをこゝに。

人めなミこゝろゆるふかわかれにしむかしにまひてふるなミたこハ

しま山の野やきのひかけあからかに見えきてくるゝやミそかなしき

あかくなるのやきのけふり見つるまにあやめもわかすひハくれにけり

ひとひなきつるうくひすを、人のつゝにてうちしかハ、いまハくるもあらしと、いとかなしうおもひたりつる
に、けふおなしところにこゑのきこえけれハ、

うたれしを見てなけきつる鶯の子かおとゝひのあハれなくなり

そのまゝになれてなけかし鶯のこゑきくまこそはることゝちすれ

やるかたもなけなるむねのうきなミをなきしつめたるうくひすのこゑ

いそやのかきのちんちくてふ竹を見て、

さゝかきのおやよりたかきわか竹の枝もさしあへすとしハへにけり

江上ぬしかうゑおきたりし、もゝの花のこなたさまなるか、ひらきいつるを見て、

無《(ママ)》人のかたミのもゝのおもむけてさくを見るめにつゆそこほるゝ

きこりめのかへるを見て、

うなひこのなくハあゆませわりなくもたきゝせおひてかへるきこりめ

わか松の枝なときりそへたれハ、

こりとりてたきゝにたかハちよふへきそまのわか松一夜たにあらし
おほかたの事、世の中ハさるものにこそ。
三十日　いたくしほや引くらん。
　いくすちかおきのありそのかた〱にあらハれてひくはるのあさしほ
きのふのうくひすの、いとゝくきてなくか、いミしうあハれにうれしくて、
　なれてこといひしことハをきゝしにやあくれハやかてきなくうくひす
ひめもすいくたひもなくか、いよゝあハれにて、
　老らくのこゝろのまゝにうくひすのうきすミかともいはてくるかな
経をよむをりしも、ハたなきけれハ、
　よむ文のその名となふる鶯にわかこゑやめてゆつりぬる哉
けふハかれになくさめられてそ、すくいけるあひたに、
　はまをきのしたねなきてハはま松のたかねにもなくうくひすのこゑ
　いまゝてもうとからなくにうくひすとわきてしたしきこのはるへかな
　うくひすのこゑにはるしる心にもなくやとしのふ故郷のにハ
のきはのもゝの花、ひんかしのかたおそけにひらきかねたれハ、
　中々にひのさすかたへハまたしくてまとにさし枝のもゝさきにけり
うきすミかも山水書なとよミかくに、春のひもなかからす。ひことにくるゝをこそをしめ。さてたわれことなから、
　筆と紙すゝりうミ山もゝちとり文にまきれてすむ人やかな
なとおもふにも、月のうミへの人や、いかにわふらんかし。はるのひかけもをかますして、波のおとのミや

こゝにひとしかるらんと、おもひやるこそこゝろくるをしけれ。
三木女か受持こよひかきりとて、さまぐこゝろをつくして、まとのそともに火をともしたるか、きえぐになるを見て、
世の中よあふらつきたるともしひのおとろくはかりてらすはかなさ
（天理図書館蔵）印

二月一日
あけゆくそらいミしうかすミみて、うミもみなひとつになりぬ。波のおとたにとちハてゝ、はやはるも、くれはつるこゝちに見ゆるも、のとけさあまりて物さひし。うくひすのとくなくそうれしき。
人なくてともとこそなれうくひすのくるかとまてハやかてこゑして
ちきりおきて待にも人ハたかふよに時もかはらすきなくうくひす
ひるまハかりよりねをあけす、たゝひとくなきのミすれハ、
したねのミなくうくひすものとかなるけふのはるひにこゝろうかすや
しつかなるまゝに、猶おもふことこそしけかりけれ。くれゆけハいさり火のかけあまた見ゆ。
舟とふね遠さちかさのむらもなくこきならへたるあまのいさり火
なとまきらはしつゝうち見るさへ、しほたれかちなめり。
われとわかこゝろをいさめなくさめつはるめかせてもはるならぬはる
うなハらのゝとけき見ても故郷のはるなつかしくなるはかりして
あけゆくころより風あらくなり、かなたこなたの戸なと、きしりはためきて、いもやすからす。おこなひなと

しつゝ、おきあかしたるに、いよゝあれまさる、きさらきの二日なりけり。そらとひとしく、うミのおもてくらミたるに、ゆきのくつれまとふはかりに、波たちさわくけしきの、おそろしけなるに、よへよりおきにいてつる舟、かつかへりたれと、二船はかりゆくへわかすなと、藤女かゝたるもあわたゝしけなり。ミないそにいてゝさわくめり。人おともせすなりたるに、かミさへいたくなりとゝろきて、いとくらきねやに、さしいるいなつまのひかりハ、めもあやにひらきかてなるを、いかゝハせん。

猶ねんすともして思ふに、むらさきの君かゝれし、すのまきこそいミしけれ。まのあたり見てたに、見ゆはかりにハ得かいとゝめかたきを、そらにいかてか、さハ物せられけん。まことあやにたえなるものかたりと、いよ〳〵おもひしらるゝ、けふのうなハらなりけり。

戸をたてにくる人もなけれハ、あらきかうしのひまより、うちいるゝあめかせ、いたくねやもぬらしつ。

かミなりてなミ風さわくあめのひハさりあへすこし人ハおとせす

はかなきわらハたにあらハとこそ。雲雷、鼓掣、電降、雹澍、大雨といふあたりよむころより、こゝろつからにや、いさゝかおとしつまれる、けはひなるそあやしき。かつしつまりたれと、また波のさまいからしけなり。

しら波のいきせきあへすむせひてもきゆれハつひにあとなかりけり

ゆくへわかさりし舟々の、しまかけによりかねたるを見いてゝ、たすけ舟もいたしかたけれハ、あまともかうミにいりて、たすけきたりつとか。

見るにたにおそろしけなるちへのなミこせハこさるゝよにこそありけれ

うら〳〵とかすミにこめしうなハらをうちかへしたるはるのうら風

のとかなるはるのうなハらうちかへしあれたつものハなミはかりかハ

もゝの花ハさりけなくさきまされハ、

うら風にもまれてもさくもゝの花ひらきそハてもあらましものを

三日　そらはれて波風しま《（ママ）》りたれこ《（ママ）》ゝろさへに、
おなしうミと思へとあやししほかせのきのふのあらさけふのゝとけさ
けふハうくひすのこゑあけてなかねハ、
何しかもたかねやめけんうくひすの人もこなくに人く〳〵と
よるのくらさもはしめこ《（ママ）》とハ、うしともなくおもひなりぬるまゝに、
中々にねやのくらさになれ〳〵てこゝろのやミはさりけなる哉
うすくもれるそらもほのかに、うミ山なと見ゆれハ、　＊この一行ミセケチ
ともし火のさらになけれハはるのよのやミにもあやの匂ふうなハら　＊この一行ミセケチ
四日　けさハとくより、うくひすのたえすなくをつく〳〵ときゝて、
うくひすのこゑきくたひにおもふかないへのうなゐかいひしものこし
とら子かたひ〳〵うめ、もゝのえなともてくれハ、よミてつかはすとて、
をり〳〵に君かもてくる花の枝ハいくへかさなるなさけならまし
ハた藤子か、大いなる桃の枝をおこしたれハ、
君かこゝろかけてをりこしもゝの枝ハち枝やちへにもまさるうれしさ
竹の筒をいくつもかけてさしたるに、うくひすもたえすなく。
花の枝うくひすのこゑたえまなミはるにハとめる人《（ママ）》ならすや
くれゆくころより雨のふりいつるに、さひしさいやまさりて、
うくひすハねくらにかへるゆふくれにふりかはりくるはるさめのおと
よもすからふりあかしつ。
五日　猶しつかにふりて、ひるまハかりやミたれと、ハたふりいてゝ、ゆふくれかたにことにしけうなりぬ。け

さの雨のうちにうくひすのなくを、
　はるさめにけふもぬれきてうくひすのこゑもをしますきかせぬる哉
彼岸の中日とて、れいのうら人ともか、たんこやうのものともおこすを、いくたひとなくミ仏にさゝけてハ、かれかこ（マヽ）したるハこれにやり、これなるハかれになと、いミしうむつかし。普門品なとかいつゝ、しつかにと思ふを、いたつらにこそ。
　かのきしにいたらぬほとハとさしたる人やも人をへたてさりけり
三木かきて、何事かさま〳〵いふうち、うしのはなれたりとて、あハてゝかへるうちに、はや牛ハ遠くにけゆくを、雨にぬれつゝおひゆくもあハれなり。
　つなかれしいへをハうしとてはなるれハあなうし〳〵と人もおひゆく
　とらハれてつなかるゝ身もをり〳〵ハうしとなりてもいてまほしきを
よもすからをやミなきはるさめの、こゝかしこにもるおとのすれハ、ねやにやと、おほつかなくまさくれとも、さらにわかす。よくきけハ、まとのもとに、ひさしよりおつる也けり。くすの大木のしつく、ほと〳〵とひさしをうつおとさへたえす。
　こすゑよりひさしにおつるはるさめのこゝろにのミもかゝるよハかな
六日　けふは雨やミて風さむし。猶くもれるそらハはれまもなし。
　経をおもふところまてかいなんとて、何事もうちわすれて、やをらさるの時はかりにかいはてゝ、故郷より過しひおこしたる、うまこともか文をとりいてゝ見るに、いミしうなつかしく、ハた事のあらましなることを、とかめつかはしゝに、くりかへし見れハさにあらす、ふかきこゝろハへこそにほへれ。ことしけくてミしかうかいためるを、なとかハうらミやりつと、くいのやちたひにこそ。
　おもふ人中々物やおもふらんおもひすくしの老かひかミに

七日　けふも雨のミふりくらして、そう〳〵しさいはんかたなし。されとうくひすハ、いよ（マヽ）なれつきてきなくこそ、かきりなくあハれに、かなしくもうれしくも、またためつらし。

ことにいはハあさくやならんうくひすのなるゝまに〳〵思ふこゝろも

きゝなれぬ波のひゝきのうちよりもしる人けにもうくひすのなく

つれ〳〵と物のミおもはしくて、

すてしよのほたしのつなにかゝる身ハこゝろよわきそあたにハありける

八日　けふハなき母君の御き月日に、彼岸の終にさへあたらせ給へハ、藤女にたのミて、草のもちいひなとてうせさせ、ちかきいへなるおほはともに、茶なとたうへさせつゝ、ひめもすおこなひにのミすくしつるにも、いへにハ、かくもやしつゝとふらひまつらん、うまこともか、ミ寺にやまうつらんなと、見ゆこゝちしてそ、思ひやらるゝにつけてハ、むかし君たちのミかけよりはしめ、このころなくなりし人のありさま、うつゝのゆめに見えくるハ、ずゝの玉にもけちあへぬ、つミふかさこそわりなけれ。

中々にひかすつもりていやましにかけミはなれぬまほろしそうき

なきハさる事なから、いへ人のいとしのひて、わかれにとて、よふかくきたりにし、母子のすかたおもさし、さらにわすれかたく、見まほしさのミ、いやまさるにつけても、たのミすくなき老のいのち、かくなからくたしハてん事のミ、いミしうくちをしとこそ、うちなかるれ。一生のわかれとて、二人なから、したにハおもひこしつらん。われもさこそおもひしか。そのをりハ中々に心つよく、すか〳〵しうわかれしを、いまさらかくのミこひきこゆるはかなさ、われにもあらぬこゝちこそせらるれ。

わかるとてたえしなミたのふかくしてつきぬなこりりにしほたるゝあま

ひめしまのはるのミるめハ生たれと故郷人を見るよしのなき

いはまほしき事もいはさりしこそ、猶おもひくさなりけれ。いまはしかりし人々の、あとにのこるらん、つまこの事さへ、くさ〳〵おもひやる事の、いつかおこたるらん。たれ〳〵事も、今一たひあひて、うきものかたりたにせハ、むねのけふ《(ママ)》も立さりぬへし、なとさへかきくらしたる、はるさめの空にたくへておもく《(ママ)》らし、あし《(ママ)》つるよハにもありつる哉。

九日　いたくさえかへりて、あられさへをり〳〵うちふりて、物のゝ《(ママ)》あハれもことさらなりけり。なき人のためにとて、心経を血書せんとかねて思ひしを、手本の事たのミたりしに、いまたおこせねと、あまりひをふるまゝに、そもまたて先一巻をたに、とて物しつゝ、ひるますくしぬ。

れいのうくひすも、けふのさふさにやハたこもりけん、一こゑもせて、こと[*1]ものさひしくて、おもふ事もちゝになん。かの経のするゑにかいつくとて、

いとせめてかくもかひなしのりの文よミかへりこんた[*2]よりならなくに

＊1難読、佐佐木『全集』には「うたゝ」。

＊2佐佐木『全集』の註に「今伝はれる血書心経には、結句『つてならなくに』とあり」と記す。

十日　ことさらさふさいやまさりて、あけゆくころ、あられなとふるおといミし。

はつはるハのとめすくして二月のそらさえかへりゆきのふるらん

あまりのつれ〳〵に、都の日きともとりいてゝよミぬるに、言翁の事、さらにおもひやられつ。わか事きゝしにや、さもあらハ、いかにあちきなくおもひこさるらん。いかて一筆のつてたにせまほしゝ。月のせ、よしのなとにゆきにしころと、いまの身のうへ、おなし身ともおほえす。

むかし見し都花《(ママ)》やゆめなりしいまやうつゝのゆめかあらぬか

十一日

猶さえ〳〵てくもれるそら、いかにやなるらんと、うちなかめられて、

きさらきのはるわすれゆきさら〳〵にさえかへりつゝひかすふるらん

けふもたひ〳〵あられなとふりて、まこと冬よりもさむし。

はつはるのふかきかすミそ中々に中ハさえんのはしめなりにし
よの中もかくこそ、なとおもふをりしも、うくひすのくゝとなきけれハ、
うくひすもまた冬きぬとねをいれてくゝミ居てなくこゑのかなしさ
ひかけほのかに匂ひくるに、すこしこゝろもはるめり。梅わらハかきて、古川ぬしの、こたひ福岡よりかへられしに、このほと福岡にハ、山いぬ三ついてゝ、人を二人くひころしつとか。いたくあれめくるあひた、いくたりも人にきすをつけなとしたれハ、永田何かしと外一人くして、うちころしつるに、いたくしにかねたり、なとそいふ。世のミたりかはしきにつけてハ、あらぬ毛ものさへ時を得たる哉、とさらにあちきなし。
おにかミもあはれとおもへくにのためおもふハさらにうもれはつるを
あつさゆミおしてはるひにのとめつるこゝろの波もさえかへりつゝ
やをらゆふちかミより、なきゆくそらのくもまより、いりひさしたるかたも、のとミたるをりしも、都のかたのことゝも、人のきてかたるに、たのもしけなる事とも、うちましりたれハ、うきこゝちもなくさミつ。
きさらきのさえかへりたる風なきてうちかはりくるはるのうらなミ
よもあかくなるへき波のおとつれにさえたる風のくもゝはれつゝ
（裏表紙）（十二日以降なし）（天理図書館蔵）印

（表紙なし）
三月一日　やをらそらきよくなりて、さふさもゆるひ、海のけしきもをかしきに、きのふのてうちん、けふもとかくするそあたらしけなる。このあかつきかた、ひまごか、ろふたきさまして、よりきたるを、いたきたりと見て、ゆめさめたりしかハ、
二日

うなゐこをいたきしそてハむなしくてしまりなからもさめしゆめかな

いミしうかなしくなつかし。ゆめよりもおよすけてやあらんかし。

昨日より、おとらかかたのまかなひにて、つくろハぬほんしやうハ、中々にするよろしけに心やすし。

三日　はやもゝのせちになりたるを、故郷人いはふらんさま、見ゆこゝちそする。あるしのかはりたるこそいミしけれ。かたはらさう〳〵しくや、ものすらんかし。

うら人ともさへ、けふハもちいひにもゝともそへて、もてわたるもをかし。花ちりしいへ〳〵ハ、葉をのミをりさしたるも、猶あハれにめつらし。かゝることほき、いつくにもゆきわたれる

御世のひさしさこそ、かしこくもめてたけれ。

　しまのあまもなかれつきせすくめるかなけふこゝのへのもゝのした水

ひとゝせ都にありて、けふ《（ママ）》、大内なとまかりありきしことゝも、さらにおもひいてつ。

（以下佐佐木『全集』になし）

四日

いよ〳〵空きよく、しほなといたく引たるそめつらしき。

　うつなミのおともまとふによる〳〵のふしやすけにそやゝなりにける

うつせかひを

　うら〳〵とはるのさゝなミうつせかひおきならへてはひけるあさしほ

解説

ここから以下（裏表紙）までは、原本で二帖ある。その記事の内容から見て正月分であるらしい。また、

一帖目の「○三平方より……」と、二帖目の「おとら方より……」の内容を見くらべると、これら二帖は逆に並べられていることが分かる。すなわち、正月分の断簡二帖が、三月四日の間に挟まれて、逆並びに編集されたことが分かる。

三月四日の記事は、断簡の前後で続いているように見えるが、かなり異なっている。

以後の記事を（別本）としたゆえんである。
○三平方より　　もち
○吉蔵方より　　もち
○貞八方より　　もち
よくきゝわけてもてこぬと思ひ、心やすかりつるに、ゆふくれにかけて、もてくるこそわりなく、せハ〳〵しけれ。されと、こゝろさしのふかさハうれし。せんすへなくて、浮人ともに多くつかハしつ。おとらか方にやりて、いさゝかあられともをたのミつ。いへにてハをり〳〵たうへたれと、こゝにてハ、たゝ一つ二つも物してたに、よろしけなけれハ、人の心さしもむけになしつ。

おとら方より、なます、平　あわひ、つハ、にんしん、こほう、せんふきなともてきたる。もちも。

勘蔵方より、あわひのにつけおこしたり。こハ、わかもちるいを、いたく物せぬをしりて、薬くいにとて、つのなから丸にゝて物しつるに、ハたむすめかもちもて来る。
○藤かゝたより　にしめ、もち
○直七かたばゝより　もち
○辰次郎母　　もち

○御手付　　もち
○三次郎ばゝ　　もち　　（天理図書館蔵）印
○浮人受持惣十より　　もち

（裏表紙）

（別本）（表紙なし）

三月四《（ママ）》やゝはるふかきけしき、うら〳〵としほひたるゆふくれなと、をかしきにつけても、とにいてらぬ《（ママ）》ほたしこそうたてけれ。ひなかく、よミしかうなるのミそたのしき。

うき人のこゝろものへてはるのひのひとひ〳〵になかくなりきぬ

さゝ波のおともまとふによる〳〵のふしやすけくそやゝなりにける

うつせかひのうたとて、

うら〳〵とはるのうらなミうつせかひおきてハひけるいそのゆふしほ

五日もおなしう、うら〳〵とてれる日かけも、うすかすミて、ことにのとけし。藤女かすゝかけの枝をおこしたれハ、

はるふかき心も見せてすゝかけのすゝしき花をたをりこし哉

ふかくなれるはるのけしきにも、故郷のかたにて、かなたこなたゆきかよひしあたりのこと、見ゆはかり思ひいつるそわりなき。から津の山あひに、はつかにしろふ見えしを、花かあらすやと思ひうたかひたるに、けふハそこはかもなくなりぬ。

いろあせていよ〳〵花としられけりをちの山へにしろく見えしも

六日　けふおなしさまなるそらにて、先すくしよきころになん、なりぬと思ふにも、猶のかりてまほし。

このころハ大しきのあミをしくとて、よるひるあまともかこゐにきやハし。をミなともハ、むきハた、いもうゑ、うしの草かりのひま〳〵にいそあさりなと、さもいとなけに見ゆ。わかきをのこのかきりハミな、すなとりにのミ物すれハ、たきゝこり、ハたうちなとハ、老かゝミたるをのこましりに、女こそ物すれ。

しま人のいとなさ見れハつく〳〵となかめする身そやすけなりける

ねこのあそひたるを、

はるのひにむきふわけゆくねこにたにたくハまほしき人やなになる

血書すとてかやをもてきりたるに、おもふまゝにちのいてされハ、

はるのゝかやのわかハの八ちしほにそまぬもうへよあきしならねハ

むらをさか扇を三本おこして、ものかいてよと、勘をもてそいふ。こハ過しひ、たにさくを一ひらつかはしたるを、三日のひ、備前のいけす舟こゝにつきたる時、児嶋、古川なと家内残らす、磯あそひに舟してめくりけるに、かの舟にあひて、ミな備前舟にのりこミ、酒なとものし、いとにきやはしう、たのしひたるかへるさに、かの舟頭を村長かいへにつれきたり、ハたさけとも物したる時、わかうたを見せたるに、かの舟人こひ得て行しかハ、そのかはりとてなん。此生す舟ハ、うなきを下かたにてかいもとめ、大坂にもてゆくよし。こたひ舟に物したるうなきの代、千両とかいふ。都のかたハ、大川もあまたありて、さるうをハ多かめるを、猶このつくしのハて〳〵よりも、かいもとむるたに、誠大都ならすや。藤女ともゝ、かの舟にともに物したるに、まことこゝのはなしのたねなといひて、めつらしかるこゝちせけなるもうへ〳〵し。

よの中ハひろくせハくも人々のこゝろ〳〵になるそをかしき

さてかの扇の中に、京都のきおんの画書たるに、花さかりなるけしきなれハ、

しろたへのあふきひらけハうらやすの都の花をたゝミみこめたり

とこをしきなとするうちに、

しきてねつおきてたゝミつこふすまのハてもなきさのミるとあハけて

七日　うす〳〵とくもりて、波風そよともせす、いミしうしつかなるに、百首うたの清書ともしつゝ、くらしつるに、ゆふくれかたいとものさひしくて、

かひもなく物ハおもはしとまきらハしひるハすくせとさそふゆふれ（マヽ）

中々に波風たえてゆくはるのゆふ山見れハものそかなしき

あかつきはかりより雨ふりいつ。

八日　小雨ふりたれと、やかてやミぬ。そらハ猶くもりたるに、このころ大しきのあミをしくとて、あまともか、よをひにつきものするころ、たえすきこゆ。けさ、かのあミをしきにゆく舟、あさほらけより、こきかよふを見たるに、いさゝかそう〳〵しさもまきれつ。

いさミあひてあまかこきゆく大しきハいくらのうをのうきめみるあミ

うをハおきておかす事なき人さへもかゝるうきめの大しきのあミ

ハたしく〳〵と小雨ふりて、うミのあらしたるに、猶大しきのうけなとあまたはこふ舟、うきしつむそあやうき。

あはれ〳〵〳〵と見やるかな波にうきてハしつむあま舟

いとそう〳〵しくて、

つゆはかりあらまほしのゝこのめかなつれ〳〵たえぬはるのこさめに

なといふうち、いにしへの人のことハとも、おもひあハせて、

かにかくにいにしへ人のことハこそまさきかりけれ何によりても

九日　そらきよけなから風さへて、はるふかきうミつらも見えす。

いつまてかはるかたまけてしほ風のさえかへるらんあらいその波

月いたうあかきにも、
故郷の花のこかけも月かけにゆきとみるまてちりかつもらん
はるのよの月にさくらをゆめにたに見まくほしさのおもひねそする
十日　風もやミて、かすミわたりたるそのとけき。経ともかきくらしたるに、あまのめともか、つとひあひて、よねつくおとに、波さへしつかにうつ。
うら波もゆるけくうてハのとけミてあまのけしねをつくよなる哉
はるのよの月にけしねのおとたにもうらさひしかるしまかけのさと
十一日　けふも、かすミふかく立こめて、あまふねのゆきかふさまも、こゝろやすけにめやすし。都にゆきし時のにきともかいくらしつ。
けふ一日都の花にあそはせてわれと心をなくさめめてけり
十二日　はら〳〵雨ふりいてゝ、ひめもすくもれり。あかつきかたに、
あくるかと雨よの月にはかられておきてハまとふあけくれのやミ
十三日　雨ハはれたれと猶くもりかちなり。
うきたけのミねのうきくもうきたちてそらにきゆるや雨もつきけん
めつけやくの人きたりて、いミしううれしく、はたそらおそろしけなることゝも、ひそかにつくる。心さしハいミしうふかし。
よしあしのへたてもなミのうらきよくうちいてゝとふ人のまこゝろ
うたとも、人のたのむにつかはすこと、いとあしからんさまなるそ、わりなき。
（裏表紙）（完）

あとがき

取材ノートの最初の日付を見ると、なんと二〇〇七年である。十年余の月日が過ぎてしまったのに我ながら驚いている。その間、執筆ばかりに専心出来たわけではなく、家事雑事に忙しかったが、少しでも時間があれば原史料の読み込みに力を注ぎ、併行してそれまで不勉強だった幕末の歴史を調べ、私なりに解釈し、私の捉えた幕末の歴史の文脈のなかに、野村望東尼の姿が生き生きと動いているかに気を配った。語句を調べ望東尼の生活や心理を探るのは楽しい作業だった。「むらさを」などという語は推測の域を出られなかったが。

望東尼の名を知ったのは国民学校のころのこと。修身という科目があり、「夫の影響で女ながら」国のために働き、孤島に捕らわれの身となったという書き方がしてあったと思う。女性史を研究するようになって時々それを思い出し、戦中の偏光メガネにゆがんだ望東尼ではなく、いつか本当の望東尼の姿が知りたいと考えていた。本当の姿を知るためには、何よりも望東尼本人の書いた文を正確に読み解くこと、読み解くためには望東尼が生きた幕末という時代を知り、それとの関わり方を調べる事が必要だ。そして調べるほどに望東尼は、幕末という時代が目の前に立ち塞がるのをくぐりぬけ、自ら運命を切り開き、女性としては前人未踏の地を歩いた人だと感じるようになった。時代などあまり知らずに過ぎる女の一生もあるが、望東尼は違った。

自分が生んだ子をすべて失い、わが子として育てた先妻の子も次々に先立った。苛酷な武士社会のなかで、長子貞則、末子小助は取り巻く人間関係に潰され命を失った。息子たちの悲劇的な死にも、歌を詠み経過を記録する事で、結果として打ちひしがれた自らの心も救われる。

夫に後れたあと、家集出版の希望をもって上洛する。京都は公武合体派の支配下にあったが、薩摩の島津久光が率兵入京し、寺田屋事件が起こり、それに刺激された西国諸藩の勤王派が逆に京都に集まり不穏な状況にあった。家集の序を依頼した公家の千種有文が、攘夷派によって後に閉居を余儀なくされるなど価値観が複雑にからみ、進もうにも足を取られて動けなくなる。おまけに日頃病気がちな体に、更にマラリア病原体が棲みつく。

身をかばいつつ生きる道すがら、歌を詠み日記を書き創作を試みる。書く事により現実を自分なりに認識し解釈し、馬場文英の助けも得て新しい価値観を獲得し、自ずと道は開け心のカタルシスを得ることが出来たであろう。帰国後に勤王の志士たちと交わり、やがて捕らわれ島流しの身となっても、わが心の命ずるところに従い歌を作り記録を遺す。救出され、長州から討幕軍を送るため三田尻に移るが、ついに重病を得て闘い半ばで倒れた六十二歳の生涯だった。

夫とは和歌の結社で知り合い人生観を同じくするなど、仲のよい夫婦ではあったが、夫は勤王活動をしたことはなく、その死後に望東尼が京都で見いだしたのが、勤王という価値観だった。そこに「夫の影響」が見られないのは当然で、どこまでも自分の足で歩いた望東尼の一生だった。「女ながら」などの言葉は望東尼を傷つけるものだ。

叙述の諸処においてジェンダーによる分析を行ったが、読者には唐突の感を抱かれたかも知れない。

生物学的な性別と関わりながら、文化的社会的に形成された性別であるジェンダー（観念）は、通時的に存在してきた。ジェンダーは時代と場所によって発現の様相を異にする。女性史やジェンダー史の叙述においては、この発現の仕方に注目することで物事を明らかにしようとする。望東尼に即していうならば、望東尼の意見や態度と、その時代と場所に存在した世間のジェンダー観念との相互作用を見極める事で、望東尼の心の在り方や生活の姿をよりいっそう刻み出すことができると考えた。しかし、叙述が生硬《せいこう》であるとしたら、それはひとえに私の筆力の拙《つたな》さによるものとしてご寛恕をお願いしたい。

幕末史の記述内容についてはほとんど自習であるが、別所興一さんからは、岩瀬忠震らについて参考書などをご紹介いただいた。深く感謝申しあげたい。

福岡では大勢の方々にお世話になった。小河扶希子さんは、長年独自の問題意識をもって野村望東尼と幕末期の歴史を解明されている方、谷川佳枝子さんは大学の卒業論文以来オーソドックスな手法で望東尼や幕末史の研究に携わる方、このお二人には、現地での史料などをご紹介いただいたほか、頂戴したそれぞれの御著書は、私の研究の導きとして無くてはならぬ文献であった。福田光子さんは、福岡へ行くたびご馳走して励ましてくださり、福岡市総合図書館へ同行し、出版社石風社をご紹介頂いた。朝倉市の星野さんご夫妻は、姫島でご一緒したあと、糸島市立志摩歴史資料館へ行くのに難渋していた私を車に拾い、また帰りも、バスの本数が少なく心細く待っていた私を再び拾い、筑前前原駅へご自分のコースを外れてまでお送り頂いた。お礼の言葉も無い。ご住所など詳しく聞いておくべきだったと後悔している。

資史料の閲覧については、福岡県立図書館、福岡市総合図書館、福岡市博物館、福岡市美術館、糸島市立志摩歴史資料館などにご協力を仰いだ。参考文献も現地以外では入手できない本や資料もあった。姫島では森政枝さんに、望東尼の使った食器類や手芸品などを見せていただいた、いずれの品にも望東尼の思いがこもり、歴史の手ざわりが感じられた。

執筆については、一部を友人の門玲子さん、同じく友人の大橋秀子さんに読んで細かく指摘してもらい、大いに役に立った。しかし全文の査読をお願いするには余りに長く、内容も複雑なため不可能だった。試行錯誤しつつ独断で書くほかなく、調べる度に文章を少しずつ変え、編集者をずいぶん悩ませることになった。

石風社の代表福元満治さんには、仕事が捗らない私に根気よくつきあって頂き真にありがたい事だった。一部の写真撮影までお願いする事になり、こうしたご親切な介添えがなければ、三冊目の本の誕生はえられなかったであろう。

二〇一八年六月

浅野美和子

参考文献

望東尼自筆稿本

「夢かぞへ」慶応元年（一八六五）六月二十五日～十一月三十日の日記　天理図書館蔵
「ひめしまにき」慶応元年十二月一日～慶応二年一月十日の日記　福岡市博物館蔵
「ひめしまにき」慶応二年一月十一日～三月十三日の日記　天理図書館蔵
「和綴詠草」嘉永四年（一八五一）八月ごろ　福岡市博物館蔵
「みのとしうまのとし」弘化二年三年（一八四五～四六）　福岡市博物館蔵
「長門だより」慶応二年　福岡市博物館蔵
「防州日記」慶応三年　福岡市博物館蔵
「望東尼書簡集」安政四（一八五七）年～慶応三年　福岡市博物館蔵　安政四年のものは武蔵の湯からたね宛
「望東尼姫島書簡集」一～十　慶応元年　姫島からたね宛　新太宛　他に友人・知人宛　福岡市博物館蔵
「正気伝芳」　馬場文英旧蔵　筑前藩勤王派の書簡・書跡などをまとめたもので望東尼の書簡・和歌二十二編を含む
福岡市総合図書館蔵
稿本「向陵集」　福岡市博物館蔵
「かへらても…」和歌を記した扇子　福岡市博物館蔵

刊本

佐佐木信綱編著『野村望東尼全集』野村望東尼全集刊行会　一九五八年
三宅龍子編『もとのしづく』政教社　一九一一年　復刻　日本史籍協会編　東京大学出版会　一九八二年
古谷知新編輯『女流文学全集』第三巻　文芸書院　一九一九年
磯辺　実　校注『野村望東尼　上京日記　姫島日記』文友堂書店　一九四三年
小河扶希子編『野村望東尼・獄中記―夢かぞへ』葦書房　一九九七年

楢崎佳枝子　校訂『向陵集』文献出版　一九八一年
谷川佳枝子「野村望東尼筆『柞葉集』について」『出光美術館官報』一三七　二〇〇七年
前田　淑「野村望東尼自筆本『木葉日記』」（『近世福岡地方女流文芸集』葦書房　二〇〇一年）

伝記・評伝など　関係書を含む

江島茂逸「贈正五位望東禅尼伝」『維新史料』二五　一八九六年　復刻　日本史籍協会編『野史台維新史料叢書』一五　一九七四年　東京大学出版会
馬場文英「野村望東尼行状」『野史台維新史料叢書』一五　一八九六年　復刻　東京大学出版会
春山育次郎『野村望東尼伝』著者遺稿（一九二七年頃）を筑紫豊が翻刻　文献出版　一九七六年
小河扶希子『野村望東尼』西日本新聞社　二〇〇八年
谷川佳枝子『野村望東尼』花乱社　二〇一一年
小野則秋・磯辺実『野村望東尼伝』文友堂書店　一九四三年　復刻　大空社　一九九四年
二川瀧三郎『二川相近風韻』二川相近風韻会　一九三六年
大隈言道　正宗敦夫校訂『草径集』岩波文庫　一九三八年
安川浄生『幕末動乱に生きる二つの人生』みどりや仏壇店書籍部　一九八〇年
馬場文英「中村恒次郎伝」「江川栄之進伝」『野史台維新史料叢書』一五　復刻　東京大学出版会　一九七四年
江島茂逸『喜多岡勇平遺難遺蹟』江島茂逸編輯発行　一九〇六年
森田芳雄『革命の旅人　平野国臣の生涯』新人物往来社　一九七〇年
小河扶希子『平野國臣』西日本新聞社　二〇〇四年
日下藤吾『討幕軍師 平野国臣』叢文社　一九八八年
井上尚志　戸川勿『経幹公御周旋記』一　日本史籍協会編・出版　一九二六～二七年
日本史籍協会編「平野國臣伝」「中村無二略伝」『野史台維新史料叢書』一二　復刻　東京大学出版会　一九七三年
大熊浅次郎「贈正五位　野村望東尼の晩節、姫島流謫脱獄の径路」筑紫史談第七十六集　一九四〇年
長野左右衛門談「望東尼と藤四郎氏」筑紫史談第一集　一九一三年
石田五六郎書簡「『望東尼と藤四郎氏』に就いて」筑紫史談第二集　一九一四年

力武豊隆「月形洗蔵の五卿渡海延期要請の背景について」福岡地方史研究43　二〇〇五年
力武豊隆「筑前藩国事周旋と黒田長溥」上下『福岡市総合図書館研究紀要』二〇〇一・二〇〇二年
家臣人名事典編纂委員会編『三百藩家臣人名事典』七　新人物往来社　一九八九年

幕末の歴史その他

馬場文英著　徳田武校注『元治夢物語』成立　元治元年（一八六四）岩波文庫　二〇〇八年
馬場文英　藤井貞文解題「七卿西竄始末」三条実美卿記『野史台維新史料叢書』一九　東京大学出版会　一九七二年
相良　亨『本居宣長』東京大学出版会　一九七八年
本山幸彦『本居宣長』清水書院　一九七八年
福地桜痴　佐々木潤之介校注『幕末政治家』岩波文庫　二〇〇三年
福地源一郎　石塚裕道校注『幕府衰亡論』平凡社東洋文庫　一九六七年
アーネスト・サトウ　坂田精一訳『一外交官の見た明治維新』上下　岩波文庫　一九六〇年
萩原延壽『慶喜登場　遠い崖―アーネスト・サトウ日記抄』4　朝日文庫　二〇〇七年
渋沢栄一・藤井貞文解説『徳川慶喜公伝』1・2・3・4　平凡社東洋文庫　一九六七～六八年
渋沢栄一　大久保利謙校訂『昔夢会筆記』平凡社東洋文庫　一九六六年
藤田　覚『幕末から維新へ』岩波新書　二〇一五年
佐々木　克『戊辰戦争』中公新書　一九七七年
佐々木　克『幕末史』ちくま新書　二〇一四年
半藤一利『幕末史』新潮社　二〇一二年
半藤一利『もう一つの「幕末史」』三笠書房　二〇一五年
井上勝生『開国と幕末変革』講談社　二〇〇二年　文庫版　講談社学術文庫　二〇〇九年
冨成　博『誰も知らない幕末薩長連合の真相』新人物文庫　二〇一〇年
青山忠正『幕末維新』新人物文庫　二〇一〇年
森田健司『明治維新という幻想』洋泉社　二〇一六年
中村彰彦・山内昌之『黒船以前』中公文庫　二〇〇八年

松岡英夫『岩瀬忠震』中公文庫　一九八一年
岳　真也『幕末外交官　岩瀬忠震と開国の志士たち』作品社　二〇一二年
井上　勲『王政復古』中公文庫　一九九一年
宮地正人『幕末維新変革史』上下　岩波書店　二〇一二年
安藤優一郎『幕末維新　消された歴史』日本経済新聞出版社　二〇〇九年　文庫版　二〇一四年
安藤優一郎『幕末下級武士のリストラ戦記』文春新書　二〇〇九年
徳永　洋『横井小楠』新潮新書　二〇〇五年
松浦　玲『横井小楠』ちくま学芸文庫　二〇一〇年
源　了圓編『横井小楠』別冊『環』藤原書店　二〇〇九年
岡崎正道「横井小楠の政治思想　幕政改革と共和政治論」Artes Liberales　一九九九年
関　民子『江戸後期の女性たち』亜紀書房　一九八〇年
山本博文『江戸の金・女・出世』角川ソフィア文庫　二〇〇六年
福岡地方史研究会編『福岡歴史探検』近世編　海鳥社　一九九一年
成松正隆『加藤司書の周辺』西日本新聞社　一九九七年
西日本文化協会編『福岡県史』近世研究編　福岡県　一九八八年
西日本文化協会編『福岡県史』通史編　福岡藩文化　上下　福岡県　一九九三・九四年
西日本文化協会編『福岡県史』通史編　福岡藩　一　福岡県　二〇〇〇年
安川　巌『物語福岡藩史』文献出版　一九八五年

浅野美和子（あさの　みわこ）

1934年　岐阜市生まれ。
1956年　愛知学芸大学史学教室卒業。
　　　　3年間一宮市萩原小学校に奉職。
1974年　女性問題グループ「あごら」に参加。
　　　　女性史、女性問題の研究をする。
1976年　'78年まで名古屋大学国史研究室の研究生となる。
1981年　愛知教育大学大学院教育学（日本史）修士課程修了。
　　　　専門学校、高等学校、大学などの非常勤講師を勤める。

著書　『女教祖の誕生』藤原書店　2000年
　　　『ジェンダーの形成と越境』　桂文庫　2003年
共著　『女と男の時空』近世篇　藤原書店　1995年
　　　『尾西市史』通史篇上下 1998年　資料編　2001年
　　　その他論文数編

野村望東尼　姫島流刑記
――「夢かぞへ」と「ひめしまにき」を読む

二〇一九年四月三十日初版第一刷発行

著　者　浅　野　美和子
発行者　福　元　満　治
発行所　石　風　社
福岡市中央区渡辺通二―三―二十四
電　話　〇九二（七一四）四八三八
ＦＡＸ　〇九二（七二五）三四四〇

印刷製本　シナノパブリッシングプレス

＊表示価格は本体価格。定価は本体価格プラス税です。

ジェローム・グループマン
美沢惠子　訳
医者は現場でどう考えるか

「間違える医者」と「間違えぬ医者」の思考はどこが異なるのだろうか。臨床現場での具体例をあげながら医師の思考プロセスを探索する医療ルポルタージュ。診断エラーをいかに回避するか――患者と医者にとって喫緊の課題を、医師が追究する

【6刷】2800円

冨田江里子
フィリピンの小さな産院から

近代化の風潮と疲弊した伝統社会との板挟みの中で、多産と貧困に苦しむ途上国の人々。フィリピンの最貧困地区に助産院を開いて13年、一人の助産師の苦闘の日々を通して、人間本来の豊かさとは何かを問う奮闘記

【2刷】1800円

加藤知弘
バテレンと宗麟の時代

地中海学界賞／ロドリゲス通事賞受賞　戦国時代――それはキリスト教文明との熾烈な格闘の時代でもあった。アジアをめざす宣教師たちの野心が、豊後府内の地で大友宗麟の野望とスパークする。世界史的な視点で平易に描かれた戦国史

3000円

阿部謹也
ヨーロッパを読む

「死者の社会史」、「笛吹き男は何故差別されたか」から「世間論」まで、ヨーロッパにおける近代の成立を鋭く解明しながら、世間的日常と近代的個に分裂して生きる日本知識人の問題に迫る、阿部史学の刺激的エッセンス

【3刷】3500円

渡辺京二
細部にやどる夢　私と西洋文学

少年の日々、退屈極まりなかった世界文学の名作古典が、なぜ、今読めるのか。小説を読む至福と作法について明晰自在に語る評論集。〈目次〉世界文学再訪／トゥルゲーネフ今昔／『エイミー・フォスター』考／書物という宇宙他

1500円

松浦豊敏
越南《えつなん》ルート

華北からインドシナ半島まで四千キロを行軍した冬部隊一兵卒の、戦中戦後を巡る自伝的小説集。戦争を生きた人間の思念が深く静かに鳴り響く、戦争文学の知られざる傑作。別れ／越南ルート／青瓦の家／マン棒とり

1800円

宮崎静夫

十五歳の義勇軍　満州・シベリアの七年

阿蘇の山村を出たひとりの少年がいた――。十五歳で満蒙開拓青少年義勇軍に志願、十七歳で関東軍に志願、敗戦そして四年間のシベリア抑留という過酷な体験を経て帰国、炭焼きや土工をしつつ、絵描きを志した一画家の自伝的エッセイ集

2000円

工藤信彦

わが内なる樺太　外地であり内地であった「植民地」をめぐって

忘れられた樺太の四十年――。一九四五年八月九日、ソ連軍が樺太に侵攻。八月十五日の後も戦闘と空爆は継続され多くの民衆が犠牲となった。十四歳で樺太から疎開した少年の魂が、樺太の歴史を通して国家を問う

2500円

臼井隆一郎

アウシュヴィッツのコーヒー　コーヒーが映す総力戦の世界

「戦争が総力戦の段階に入った歴史的時点で（略）一杯のコーヒーさえ飲めれば世界などどうなっても構わぬと考えていた人間が、どのような世界に入り込んで苦しむことになるかの典型例をドイツ史が示していると思われる」（「はじめに」より）

【2刷】2500円

富樫貞夫

水俣病事件と法

水俣病問題の政治決着を排す一法律学者渾身の証言集。水俣病事件における企業、行政の犯罪に対し、安全性の考えに基づく新たな過失論で裁判理論を構築、工業化社会の帰結である未曾有の公害事件の法的責任を糺す

5000円

成《ソン》　元哲《ウォンチョル》［編著］

終わらない被災の時間　原発事故が福島県中通りの親子に与える影響《ストレス》

牛島佳代／松谷　満／阪口祐介［著］

見えない放射能と情報不安の中で、幼い子どもを持つ母親のストレスは行き場のない怒りとなって、ふるえている――。避難区域に隣接した福島県中通り九市町村に住む、幼い子どもを持つ母親（保護者）を対象としたアンケート調査の分析と提言

1800円

あごら九州　編

あごら　雑誌でつないだフェミニズム　全三巻

世界へ拓いた日本・フェミニズムの地道な記録――一九七二年～二〇一二年の半世紀にわたり、全国の女性の声を集め、個の問題を社会へ開いた情報誌『あごら』とその運動の軌跡。主要論文をまとめた一・二巻、『あごら』の活動を総括した三巻の三部構成

各2500円

＊読者の皆様へ　小社出版物が店頭にない場合は「地方・小出版流通センター扱」か「日販扱」とご指定の上最寄りの書店にご注文下さい。なお、お急ぎの場合は直接小社宛ご注文下されば、代金後払いにてご送本致します（送料は不要です）。

＊表示価格は本体価格。定価は本体価格＋税です。

八板俊輔
馬毛島漂流
石油備蓄基地誘致、一企業による土地買収、大規模な「滑走路」工事——種子島西方に浮かぶ孤島が、日米安保の渦の中で〝漂流〟する。種子島在住の元新聞記者が、島に渡り、喰い、時には遭難して知った孤島の今を、短歌と写真を添えて伝えるルポルタージュ　１６００円

斉藤泰嘉
佐藤慶太郎伝　東京府美術館を建てた石炭の神様
日本のカーネギーを目指し、日本初の美術館を建て、戦局濃い中「美しい生活とは何か」を希求し続けた九州若松の石炭商の清冽な生涯。「なあに、自分一代で得た金は世の中んために差し出さにゃ」。佐藤新生活館は現在の山の上ホテルに　【２刷】２５００円

井上佳子
三池炭鉱「月の記憶」そして与論《よろん》を出た人びと
囚人労働に始まった三井三池炭鉱百年の歴史。与論から出てきた人びと、中国人、朝鮮人など、過酷な労働によって差別的に支配されながら、懸命に働き、泣き、笑い、強靭に生き抜いた人々を描くノンフィクション　【２刷】１８００円

農中茂徳
三池炭鉱　宮原社宅の少年
昭和30年代の大牟田の光と影。炭鉱社宅での日々を少年の眼を通して生き生きと描く。「宮原社宅で育った自分史が、そのまますぐれて希少な地域史となり、三池争議をはさむ激動の社会史の側面をもっている」（東京学芸大学名誉教授 小林文人）【３刷】１８００円

農中茂徳
だけど　だいじょうぶ　「特別支援」の現場から
三池の炭鉱社宅で育った少年が「特別支援」学校の教員になった。「障害」のある子どもたちと、くんずほぐれつ、心を通わせていった一教員の実践と思考の軌跡——「我有り、ゆえに我思う」。『三池炭鉱　宮原社宅の少年』のもう一つの自伝　１８００円

内田良介
子どもたちの問題　家族の力
不登校、非行、虐待、性的虐待、発達障害、思春期危機……子どもたちが抱えるさまざまな問題に大人と家族はどう向き合えるか。長年の児童相談所勤務を経て、スクールカウンセラーを務める著者がまとめた、子どもと家族の物語　２０００円

＊読者の皆様へ　小社出版物が店頭にない場合は「地方・小出版流通センター扱」か「日販扱」とご指定の上最寄りの書店にご注文下さい。なお、お急ぎの場合は直接小社宛ご注文下されば、代金後払いにてご送本致します（送料は不要です）。